# 離垢集

重輯新校

歷代竿傳藝術文獻整理與研究選輯

連晃 黃寶忠 主編　李亮 副主編

[清] 華嵒 撰　　陸天嘉 整理

ZHEJIANG UNIVERSITY PRESS
浙江大學出版社

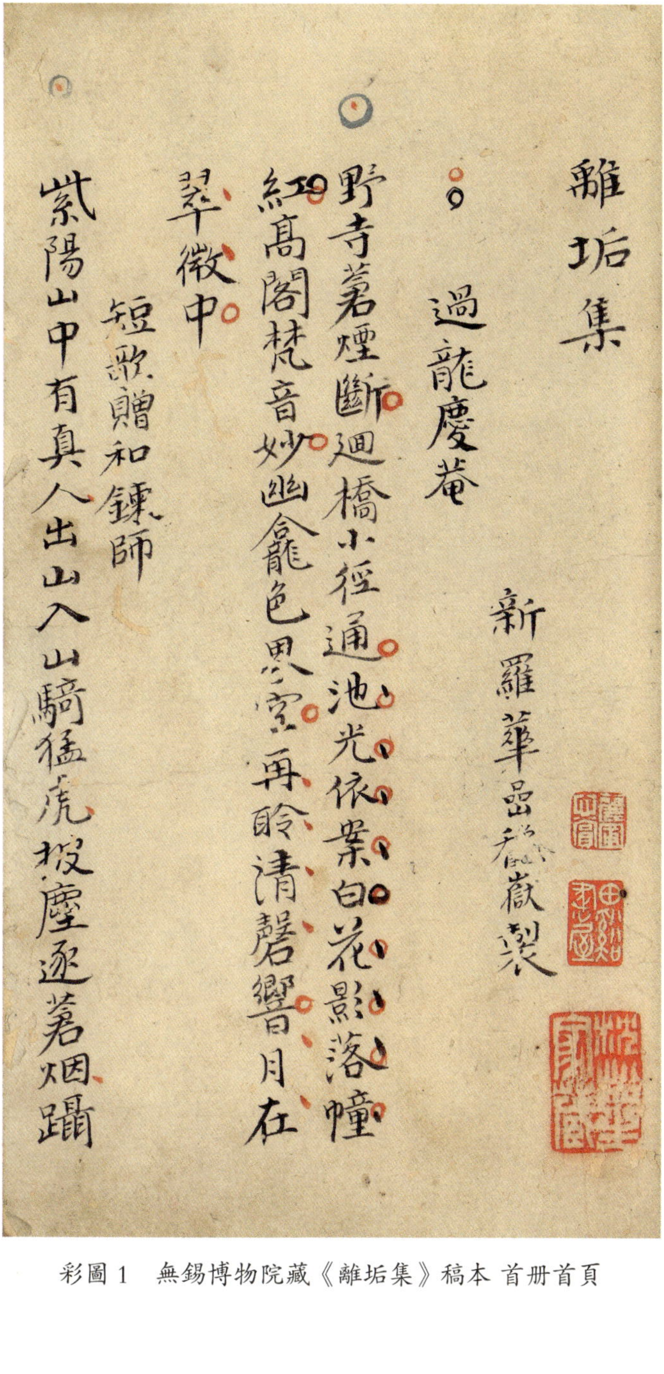

# 離垢集

過龍慶菴

新羅華嵒晶□敬製

野寺荒煙斷迴橋小徑通池光依案白花影落幢
紅高閣梵音妙幽龕色思窮再聆清磬響月在
翠微中

短歌贈和鍊師

紫陽山中有真人出山入山騎猛虎撥塵逐莽烟躋

彩圖 1　無錫博物院藏《離垢集》稿本 首冊首頁

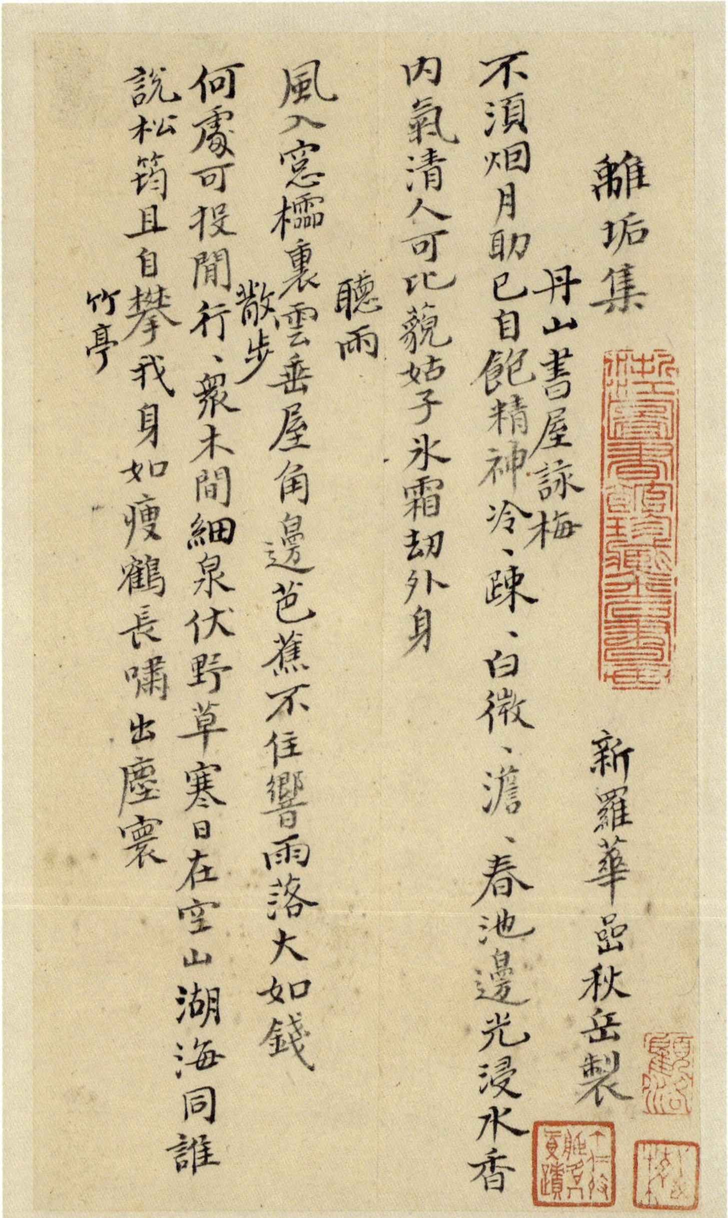

離垢集

丹山書屋詠梅

新羅華嵒秋岳製

不須烟月助已自飽精神冷、疎、白、微、澹、春池邊光浸水香
內氣清人可匹貌姑子氷霜劫外身

聽雨

風入窗櫺裏雲垂屋角邊芭蕉不住響雨落大如錢

散步

何處可投閒行、眾木間細泉伏野草寒日在空山湖海同誰

說松筠且自攀我身如瘦鶴長嘯出塵寰

竹亭

彩圖 2　浙江圖書館藏《離垢集》稿本甲冊 首頁

彩圖 3 ［清］華喦、魏士傑《層崗飛瀑圖／華喦像》1705 年
立軸 絹本設色 130cm×47.2cm
美國克利夫蘭藝術博物館（Cleveland Museum of Art）藏

彩圖 4　［清］華嵒《自畫像》　1727 年　立軸　紙本設色
130.5cm×50.7cm　故宮博物院藏

彩圖 5　[清] 華嵒《桃潭浴鴨圖》　1742 年　立軸　紙本設色
271.5cm×137cm　故宮博物院藏

彩圖 6　［清］華嵒《隔水吟窗圖》　1749 年　立軸　紙本設色
96.6cm×39.9cm　上海博物館藏

離垢集卷一

新羅山人華嵒　嵒著　　　　同里後學羅嘉杰重刊

過龍慶菴

野寺蒼烟斷廻橋小徑通池光依案白花影落幢紅高閣

梵音妙幽龕色界空再聆清磬響月在翠微中

短歌贈和鍊師

紫陽山中有眞人出山入山騎猛虎披塵逐蒼煙蹋雲昇

紫府仗劍搖寒星吹氣飄靈雨宇宙茫茫視刼灰眞人捏

指驅神雷神雷轟轟九關開長歌弄月歸去來歸臥仙山

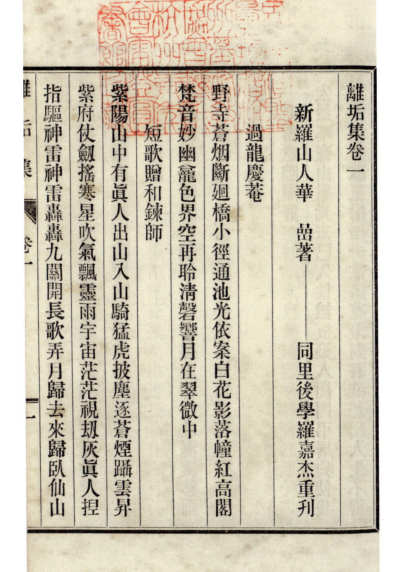

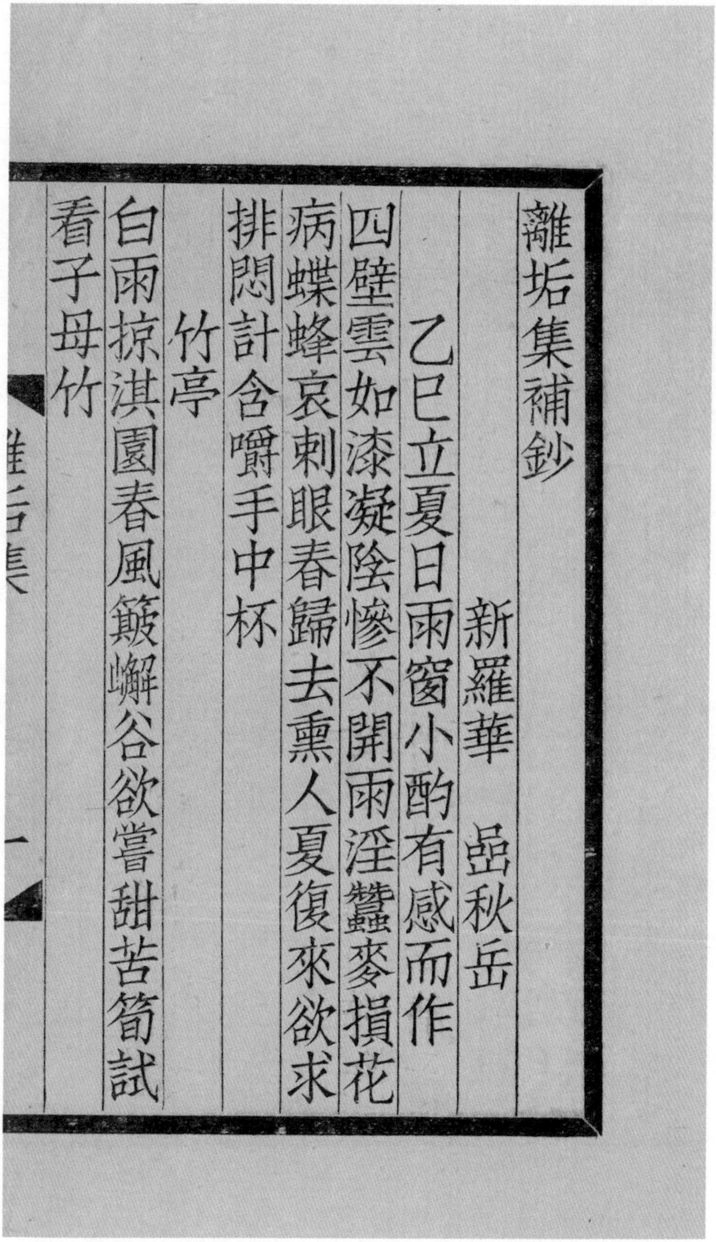

離垢集補鈔

新羅華　嵒秋岳

乙巳立夏日雨窗小酌有感而作

四壁雲如漆凝陰慘不開雨淫蠶麥損花病蝶蜂哀刺眼春歸去熏人夏復來欲求排悶計含嚼手中杯

竹亭

白雨掠淇園春風簸嶰谷欲嘗甜苦筍試看子母竹

離垢集　一

彩圖 8　《離垢集》補鈔 首卷首頁 浙江圖書館藏

# 《歷代罕傳藝術文獻整理與研究選輯》總序

## 連　冕

　　面對豐富的中國傳統文獻存藏如何科學、規範，并高品質、現代化地推進再造、整理、研究、復原等學術作爲，這同樣是當前我國包括美術、設計、音樂、舞蹈等藝術史研究界必須積極直面的嚴肅且急迫的學科自覺問題。[①] 而選擇通過選輯類叢書的出版，首要的目標即是拓殖出屬於真正"藝術"的新的疆域，由此呼應繼而切近，更力圖憑藉具規模、見深度的實證考辨工作，完整呈現"六藝"之"藝"的關鍵內涵。此既包括書繪、演樂等"純藝術"內容，也將進一步擴展向高度依賴藝術形態落實其具象化、物質化呈現的"經""史"領域。由是，亦當加入工藝、設計等材料，并吸納"子部"範疇下的"武藝""游藝"，最終推導至"集部"中特色的藝術家詩文。

　　同時，不單要重點理董"罕有傳布、罕能傳注、罕得傳習"的關鍵單書、獨部或集成材料，我們更當着力於以系統

---

　　①　并參連冕：《藝術文獻整理應遵循學術規範》，《美術觀察》，2013年第3期，第27頁；連冕：《故紙四說：關於古典專門文獻理董》，《藝術·生活：福州大學廈門工藝美術學院學報》，2014年第1期，第60—63頁。

化的思路,通過辨析、復原等科學工作而逐步再生如此範圍裏的、兼備多學科交叉特色的傳統專門、專科文獻。同時,將突破常見的古籍整理上僅以聲名、珍稀、獵奇等布局的痼疾,傾力形成一種令人矚目、壯健蓬勃且立體、繽紛,涵蓋物質與"非物質"及其相關歷史文化遺產方向的多重視角的"藝術古典學"發展新趨勢。

## 一 類目:開拓全新文獻學集成研究手段

據此,我們初步構擬了一套《歷代罕傳藝術文獻整理與研究選輯》(以下稱《選輯》),其首輯規劃當約有 4 類、9 部、18 冊,及 9 張光碟或可能電子載體。理想狀態下,總體書稿基礎工作自需嚴謹、高效推進,并能由此形成理想的學術出版積累和市場資源儲備。其內勢必還須歷經成稿、初排、校對等最基本出版流程,惟前置作業更當強調針對基礎文獻的高度精細整理後,方可進入研究稿全面撰寫階段,而非眼下不少所謂整理工作僅僅依賴於申請博、碩士學位的論文,或作者們輕率地自以爲是,甚至想當然胡亂跨界後"下筆草就"的粗鄙寫作。同時,選輯還強調針對性的核心、基礎文獻全球調研,以及實物采集工作的開展,由此輔助文獻初步整理的進行,并最終方可轉向文獻的精細處置和研究專著的深度書寫。據此推估,3 年內,首輯選目各部將形成完整可觀的規模。同時,所涉各原始文獻本身又均具高度的複製、再造價值,而製作出的綜合檢索類進階電子資料庫更可配套并提供讀者直接利用,終能切實地便利學林和大衆。

首輯可能選目現列出如下,從地理分布上約涉當前中國北京、陝西、河南、安徽、江蘇、福建等省級行政單位,和人文地理上的徽州、揚州、昆山、泉州等區塊,以及外域的朝鮮半島。歷史斷代上,由唐至近代,以及李氏朝鮮後期(正祖,1776年後)。版本形態上,抄寫本與刻印本約各占一半。

1. 典製規約——

1a.《〈大唐郊祀録〉考》(唐·王涇,抄本)

1b.《〈工部廠庫須知〉論稿》(明·何士晋等,刻本)

1c.《〈光緒大婚典禮紅檔〉研究》(清·佚名,内府精寫本、彩繪本等)

2. 詩畫弦歌——

2a.《泉州北管集成》(明—民國·佚名,傳抄本)

2b.《〈離垢集〉重輯新校》(清·華嵒,刻本、稿本)

3. 技擊武術——

3a.《〈耕餘剩技〉研究》(明·程宗猷,刻本)

3b.《〈武藝圖譜通志〉研究》(李朝·李德懋等,刻本)

4. 游藝智巧——

4a.《〈燕几圖〉辨》(北宋·黄伯思,刻本、抄本)

4b.《〈張氏藏書〉研究》(明·張應文、張丑,刻本)

換言之,本《選輯》乃基於當前蓬勃發展的藝術教育及藝術產業新格局,以確立真正的"藝術學"定義,及與之相關的"古典學"方向的學科範式爲根本目標,同時藉以明確開闢更具現代暨全球話語價值的傳統文化系統研究新路徑。

再據以上選目可見,《選輯》突出四部咸備原則,理論上看似偏重子部藝術類範疇,并相對集中於明、清時期(占 2/3),但實際執行中,經、史內容仍占極大比例,中古和近代文獻亦有相當分量。如此即真實揭示了"藝術"(尤其是其可對應的文獻記錄)即便上升到中國傳統精神和思想史層面,都具備清晰且不可替代的核心價值與根性特色。從分類上,首輯已布設了 4 個類項,涵蓋典製規約、詩畫弦歌、技擊武術、游藝智巧幾組較成熟類型,雖無法一次性收納理想中的"大藝術"的全數內容,但以此輯的推出作必要起點,人文社會研究界勢要爲此一新,更足可引領藝術專門研究的高品質發展,繼而反哺相關學科的精進考索。

## 二　考索:發掘罕傳文化史深層富礦價值

逐類解析地看,"典製規約"中《大唐郊祀錄》是目前已知主要以流傳抄本和極晚期刻本形態存世的唐時代重要國家禮製文獻,對於研究唐史各方面的關鍵意義自不待言,惟針對其文本本身現代以來系統且精細整理者未見,唐史界僅徵引各本又無辨析,更未曾做到調動全球,尤其是東瀛等國存藏的重點版本進行比勘。同樣情形也發生在《工部廠庫須知》、《光緒大婚典禮紅檔》等上,其中首輯所收《〈工部廠庫須知〉論稿》的作者,正是近十數年來發掘并詳盡整理該書的唯有的兩位專業研究人員,早前其成果已獲國家古籍整理出版資助,現特將精謹的大型研究成果悉數納入輯中。而《光緒紅檔》作爲清帝婚禮籌辦過程的文字記錄,事實上僅得兩部——以每部計 70 餘册的内府精寫本存世,且皆未公開,另有内府精繪《光緒大婚典禮全

圖册》一套,其餘尚存各類刻本、抄本和石印本等,均能對
該精寫本起到一定程度的周邊補充。此精寫本本身的價
值對於探索中國歷代帝室婚製及物質微觀,又有着不可替
代的關鍵參考價值,更勿論其對晚清史的研究更將發揮重
要的影響。選入本輯乃其首次全面整理、公布,也係規模
化研辯的真正起始,從出版產業論,其潛力和意義同樣難
以估量。

　　"詩畫弦歌"類型中《泉州北管集成》的作者對於明、清
俗曲流變典型代表的北管曲譜的收集、研究、傳承工作歷
20餘年,從未中輟,因此掌握了大量一手信息,特別是涉及
記譜、樂器、伶工等可供深度考察的不可或缺的材料,繼而
也爲北管列入第一批國家級非物質文化遺產名録做出過
實質貢獻。該書收入本輯同樣將是這批核心内容首次系
統整理、公布,對全球音樂史研究意義獨大。至於《離垢
集》,其本身乃清前中期著名的"揚州畫派"中,福建客家民
系關鍵畫師華喦的詩集。此書晚清見有刊刻,當代做過初
步整理,不過隨着文獻調研深入,該刻本已被大量新發現
的畫師本人的存世精寫稿本所超越,進而更可與華氏的書
畫作品進行細緻比對和討論。選入本輯後,研究者已對其
親自發現的各精寫本進行了細膩的文獻學校勘,同時,藉
助近十年的研究也徹底刷新了對藝術家個人史、流派發展
史内重點疑團的舊有認知。而其精微化的整理與研究形
態亦可謂別開生面,將有關藝術家個人文獻的學術化整理
水準提升到了一個嶄新的層面,開創了中國傳統藝術家文
獻與西方藝術家文獻在整理領域進行跨時空科學對話的
可能和空間。

　　至於"技擊武術"在當前學科分野中的處境可算邊緣。但，武學本身乃一個"技近乎道"的，在藝術化表現上實現了身體、器具與精神、自然巧妙融合的關鍵門類。本《選輯》面對看似層出不窮的各色纂述，首先揀選了關於其近世第一刻本《耕餘剩技》的研究作爲確定該分類選目的支柱。《剩技》儘管相對晚出，却是目前已知最早正式刊行的純武學文獻，且圖文并茂，惟幾無研究者細緻整理并展開精深求索，更勿論可能的套路技術、器械製作等的復原。而《武藝圖譜通志》係華夏技擊東傳朝鮮半島後，在李朝後期經歷數次重大內外紛亂之餘，由其國君欽定的中式武學之圖文大集成。該書不僅對武術傳播，更對朝鮮乃至東亞武術發展起到過不可磨滅的作用，在當今朝鮮半島仍有一定研究，但中國學界幾無關注。前述武學兩書選入本輯，亦乃首次進行規模整理與學術考辨，對文化史中武術史論等的發展推動自是有着極高價值，亦可謂提供了一套正本清源的絕佳素材。

　　"游藝智巧"類目前在世界漢學研究領域愈發顯得重要，其涉及"古典學"意義上帝製時代的各項賞玩和心智訓練，乃傳統文人暇餘活動名目之總稱。而北宋黄伯思《燕几圖》則是其等於中古後期、近世早期的典型代表，不單寓用於藝、寓教於樂，且技術與觀念并重，是東亞組合傢具的早期智慧結晶，更絕妙體現出中式古典幾何與數理模型在成熟階段內的種種驚人特質。選入本輯時，研究者將依其個人所經歷過的現代傢具行業的體悟，結合設計與科技相關分析手段，從文獻考訂出發，以藝術的視角重新審視算與數的具象變化，繼而爲當前仍不多見的游藝品類的微觀探究,提供一套極具高度的學術個案文本。至於《張氏藏書》,實乃晚明昆山著名收藏家、《清河書畫舫》等的作者張丑,托其父張應文之名編纂的一部真僞待考的清玩合集。雖爲刻本,但據目前調研,似僅一套孤本傳世,在文史研究領域更罕有人知,選入本輯之目的即在透過昆山張氏父子一族的收藏、賞玩史,揭示明末中國暨傳統物質生活極盛期的各色特殊社會現實。同時,以一種辨僞的精神,個案化地探討藝術僞作和文獻僞造此一亘古懸疑。

總體而論,本《選輯》重在"傳"字,"罕"乃學術切入之工具和學科奠基之礎石,傳布、傳注、傳習方爲文獻發掘、研討的内核。透過如此的整理與考索,不僅能令一部分極端稀見的材料得到新的認知與重視,同樣地,還將借由研究者經年累月的精微工作,令相關技術不單在他們身上得到承繼,更緊要的是爲這些文獻和智慧於廣大人群中的再傳播、再吸收、再轉化、再創造,提供了一爿絕然穩靠的營養土壤。

## 三 技術:修正人文社會學舊式依賴路徑

本《選輯》作爲所倡議的"新古典藝術學"的開端,對於學術界和出版界的建設與發展將具有極大的積極推動作用。又鑒於首輯選目除了個別爲大型文獻或文獻集成外,多爲中型單書文獻,惟其研究過程繁難程度同樣也已超出僅僅撰寫單篇論文,同時《選輯》整體形態已確定爲包括考辯、復原部分在内均爲繁體豎排,外加再造部分原狀複製,而其本身更規劃了完整的版塊體例,這些均須高度精准、精密的科學調研和系統處置等强有力的工作支撑,更重要的是還需要配備適當的分析儀器、特殊印務、版本手續等,并最終製作出清晰鮮活且便捷易用的紙本、電子等資料暨資料庫系統。

第一,突破性的文獻處置、復原。就體例上,以"詩畫弦歌"類型的《泉州北管集成》初擬綱目爲代表,可見《選輯》研究的要求已超越通常意義上的文史寫作或史料整理:

A. 研究系列(約 30 萬字)

1. 歷史

2. 曲譜

3. 樂器

4. 演出

5. 伶工

B. 譜器系列(約 20 萬字)

1. 傳寫集成

2. 曲譜轉譯

3. 樂器寫真

4. 表演圖録

5. 伶工傳記

C. 演奏系列

1. 曲選(30 首)

2. 視像(15 段,約 180 分鐘)

此類研究具有非常强的藝術類專門學科特點,只是一般常見的書寫形態多僅見第一段落,即"研究系列"。而本《選輯》要求同時展開整理和復原,即第二段落的"譜器系列"。事實上,該落乃第一段落的基礎,而第三段落"演奏系列"則又是第一、二段落的外化、轉化,更涉及對於前兩個段落的高度技術性整合與再現,最終塑成絕妙的藝術化表演情態。由是可見,本《選輯》集成類專書格外強調須全方位包納此三個段落,才可構成相對完備且自洽的研究整體。不過,這般的作爲勢必要求相當的心力與費用投入,經驗累積與時間消耗亦可謂巨大,且第三段落還將拍攝據研辯而來的音、視頻復原內容,涉及多媒體介質承載等等。凡此種種又皆係爲實現新的學科引領意義,同理亦可套用在本《選輯》"技擊武術"類型的研究上。

第二,創造性的文本理董、研辯。所有選目首先當是建立在前述精研文本的態度和工作上,同時適度結合"弦歌"類型的辦法,比如《〈離垢集〉重輯新校》即針對性地復原、考證華氏個人作品中的文本暨文學性的內容,繼而推導向研究華氏具體創作筆法和心態的層面。據此,已可見本《選輯》主張文本與實例、理論與創作皆密切結合,以之推動基礎甚至是高級的復原、分析工作。而相對於"典製規約"類型論,雖然"復原"也是一件非常值得開展的工作,但因該類型文本具有亟待發掘的特殊性,爲此《選輯》仍主張先深挖、精研材料本身。其更具典型代表者,可以《〈工部廠庫須知〉論稿》的簡目爲例:

A. 文冊(約 45 萬字)

1. 縱觀:貨幣、財政及工藝

2. 修緝:經濟、掌故與武茇

3. 士選:登科、題疏和考載

4. 附編

B. 表册（約 15 萬字）

1. 製度：組織架構綜表

2. 成式：核心資料綜表

3. 附校

C. 典册（約 35 萬字）

1. 萬曆末《工部廠庫須知》綴合影本

2.《工部廠庫須知》點校

D. 資料庫（約 15 萬字）

1.《工部廠庫須知》綜合檢索資料庫

　　此類研究重在回歸歷史文獻學的角度重新梳理材料本身，其間所有資料，當前已難短時間内逐一推導、復原并形成彼時之體量、規模。特別涉及中央官府製度和物質層面的内容，往往研究的結論將主要提供歷史學考辨和考古學論證時使用。故而除第一段落的“文册”作爲主幹外，涉及資料化梳理的第二段落“表册”，則需研究者和出版機構消耗極大精力，進行歷史信息資料表格化的擘畫、測算與印製，并最終配合第四段落的資料庫製作而機動展開。①至於第三段落的“典册”便是再造文獻本身，并提供一套準確的現代繁體排點校本。如此，方能徹底實現對於特殊單書歷史文本的系統且科學的開掘。同理，此亦可套用在《選輯》“游藝智巧”類的研究上。當然，《選輯》中最大型的文獻《光緒大婚典禮紅檔》，研究者也將遵循前述路徑展

---

　　①　連冕：《標本化·史料網·資料庫：工藝及書畫著錄經典文獻的科學化整理——兼記〈天水冰山録·鈐山堂書畫記〉標校》，《南京藝術學院學報（美術與設計）》，2018 年第 4 期，第 36—46 頁。

開，并製作出專門的綜合檢索資料庫。

第三，藝術性的文化呈現、推動。針對選目的研究、復原工作以及資料庫開發等均將面臨極大的物質和精力消耗，但由此確立起的《選輯》的整體呈現更將具備劃時代的價值，加之其基礎或原始文獻本身均係不可多得的孤本、善本、稿本、精寫、傳抄史料，具極高的歷史和學術價值，同時不少還是罕見的古代藝術精品，且從未見諸書影等系統公布。如清末內府精寫精繪《光緒大婚典禮紅檔及全圖册》系列、華嵒精寫精裝稿本詩集、北管傳承曲譜和朝鮮官刻《武藝圖譜通志》，幾乎占了首輯選目的一半。其中，《光緒大婚典禮》系列的《光緒大婚典禮全圖册》計 9 册 144 開，又乃清末至爲重要的內府精繪孤本。這些原始舊籍、檔册、圖譜通過此番發掘整理，若無法同時進行完整的原樣再造，對學界和出版界均屬重大缺憾，故而《選輯》將協同各作者，在研究推進過程中着手進行複製工作，以便於研究完成前即可先行推出。而此處，亦可以《〈離垢集〉重輯新校》的簡目爲例：

A. 專論（約 10 萬字）

1. 華嵒與《離垢集》

B.《離垢集》（約 10 萬字）

1. 上編（以道光本《離垢集》爲底本）

卷一（約爲 32 歲至 49 歲之作）

卷二（約爲 57 歲至 60 歲之作）

卷三（約爲 61 歲至 64 歲之作）

卷四（約爲 65 歲至 68 歲之作）

卷五（約爲 69 歲至 75 歲之作）

2.下編（以無錫博物院藏《離垢集》稿本爲底本。約爲32 歲至 49 歲之作）

C. 附錄（約 5 萬字）

1.各版本《離垢集》序、跋、題辭、附識

2.各主要版本《離垢集》與今存華嵒相關詩稿之比較

3.浙江圖書館藏《離垢集》稿本甲册、乙册及補鈔本目錄

4.華嵒現存書畫作品之題詩於《離垢集》可見者一覽

D.索引

Ⅰ.詩作標號索引

Ⅱ.詩作題名、首句綜合索引

Ⅲ.詩作人名、地名綜合索引

該目錄第二個段落中，出現了除刻本外的、畫師親筆精寫的兩種罕見稿本，其與晚期刻本有重迭亦有巨大差異，研究者不單對刻本進行了新的整理，亦互見性地完成了兩稿本與刻本的比勘。更重要的是，由此清晰呈現了作爲畫者的華氏於相關詩作撰寫上的歷時變化，再配合第三段落"附錄·索引"，實際是開拓了一種全新的藝術家詩文的現代處置模式。當然，兩精寫稿本的出現，事實上對於傳統著名藝術家史料乃是一次新的重大的發掘，即歷史上著名畫派畫師的題畫詩作終於找到了可靠的傳世稿本，由此足以擴展向文學等非美術角度，更立體地理解古代藝者過往種種難得窺見的創作生態和別樣心緒。當然，其稿本裝幀亦稱精巧，加之乃畫家親筆書跡，或爲彼時專門之饋禮，抑或自製保藏之底簿，雖然《選輯》體例上已要求呈現經現代繁體校本，但兩精寫稿本同樣值得完整再造，藉其

最真實樣態展露古代藝者最典型之日常，并進一步助推古典學研究的全域向縱深持續發展。

# 四 尾語

《歷代罕傳藝術文獻整理與研究選輯》中各歷史文本皆乃研究唐以來物質文化史難得一見、不可多得且未經詳盡研辯的關鍵材料，同時也是帝製中國中晚期政治、經濟、社會、文化等的一類重要投影。而作爲一種集錦式的研究系列，《選輯》的特點首先便是全面、科學地整理古代物質文化史範疇內的"罕傳"記錄，其意義不僅在於登錄、考索，更在於運用多元、立體的研究手法，爲學界提供一套審視中國璀璨文明的，無法繞開却又常被忽視的關鍵材料，藉之徹底夯實新時期"藝術古典學"根基。而從書稿格局上看，作者們將對相關文獻進行嚴謹的學術整理，形成一整套成脉絡的新研究系統，工作量可謂巨大，惟其一旦刊行，勢必將更清晰地令今人掌握古代世界發展的本質情況，進而不囿於慣常的習見資料，并爲學林帶來一份可貴的成果，以之正本清源。所以，《選輯》核心的任務，就是要在嚴格的傳統文獻整理規範指導下，充分深挖文本的普適性和特異性，這也是當今研究界應更多留心的新趨勢，藉此也可真正反映出研究者們敏鋭的學術覺察，并在交叉學科背景下辛勤耕耘之際，映襯出他們直面世事變幻却仍能持之以恒的學術定力。《選輯》除了在藝術學、歷史學、考古學、文學等具有互動關係的人文學科內展開外，還將運用并借鑒包括統計學、社會學、宗教學、數學等其他學科的知識、理論。就執行層面看，又是旨在通過細心挑揀出的"罕傳"文獻，對之施以再造、精校、表列和電子索引等傳統與現代相結合的手段，勾勒出個中蘊含着的文化史獨特線索，并系統闡發其跨越時空的新價值。這在當今學術界和出版領域，又都具備了足夠突出的典型性。特別是作者暨整理者們在全面校點的基礎上，所做的全新復原、標號、資料系統，乃基於對各文本的深層理解、考辨和再分類展開，這既有助於文獻的系統梳理及其内容的精確剖析，也有利於使用者充分掌握和快捷利用，還保證了原始文本的可靠與穩定。當然，一如前述，作者們在此類科學化操持之上，亦將借助現代電腦資料庫等新的方法，完成一整套與當前慣常模式迥異的文本解剖等内容，這的確也是一項頗具挑戰且意義式大的工作。同時，《選輯》各專案除了核心主體外，還將提供大篇幅的附録與索引，甚至在這個看似綴餘的部分，也置入了個別同樣罕見校點、研辯的歷史文獻，藉之配合主體文本，令使用者、閱讀者最終能夠通過一部書稿而逐步收穫一個完整、健康的史觀。

那麽，承前所述，物質文化史研究所觸及的不僅有一般理解的工藝、美術化内容，更有現代學科分類上的物理、化學、演算等技術性面向，統而論之，其所對應的乃真正意義上"大設計"的範疇。尤是就中國廣袤地域和綿長歷史看來，内裏還必要包納宗教信仰、醫藥衛生、武學戰陣及飲食烹飪等等，這些當今於國内外研究界所普遍忽視、更傾向指認爲"極限生存"的諸般領域。而這次《選輯》所嘗試的，便是希冀通過梳理"人工造物"與"社會身體"之複雜關係，以愈發多元的視野，進一步深刻思考物質與文化契合後能承載的時代真價值。

再回歸到此類新形態的史學著作書寫上,《選輯》的參與者配備勢必乃各相關領域及學科文獻研究方面的專門家和實踐家,如此才能高屋建瓴且卓有成效地推進對於傳統文明的新總結與新衍生,并藉由彙集、校勘、整編相關材料,更好地助力當下人文社會學科的新建設與新征程。而以此書刊行爲契機,具備豐富、獨到的經驗與研究方法,有跨學科的勇氣,并在現代科技運用上敢於創新、善於創造的作者們,將通過熟練運用多學科方法爲先導,調動美術、設計、武術、音樂等專科、交叉知識,全力闡明作爲人類智慧最高結晶的藝術的真諦。

# 《〈離垢集〉重輯新校》序

　　研究藝術史,可以討論很多問題,但基礎是個案。藝術是藝術家的精神活動,與生命體驗緊密相連。如果對藝術家瞭解不深入,不瞭解他的思想感情,他的生活方式,他的師承交游,他的行迹眼界,他的心路歷程,就永遠説不清他的藝術。研究兼長寫詩的書畫家,除去其書畫之外,詩集也值得重視。然而傳世的詩集,有不同時期的刻本,有時還能找到稿本和抄本,刻本和抄本都會出現錯訛,需要校勘,稿本和本人的抄本屬於手迹,是不同於印本的原作,有特殊的研究價值。

　　陸天嘉是中國美院的研究生,從本科生第一年,就在連冕老師的指導下,按照"文獻整理與學術規範"課的要求,在完成集體作業之後,饒有興味地做起《離垢集》來。當時,福建美術出版社《離垢集·新羅山人華嵒詩稿》出版不久,連老師發現浙江圖書館藏有《離垢集》稿本(下簡稱"浙圖稿本甲册""浙圖稿本乙册"),陸天嘉又在網上下載了臺灣圖書館收藏的《離垢集》稿本(下簡稱"臺圖稿本")。後來,他進一步借助互聯網和古籍目録,收集到 13 種本子,并且把研究華嵒與《離垢集》作爲了畢業論文選題。

　　這 13 種本子,分爲三種類型。一種是刻印本,一種是清稿本,一種是抄本。刻印本有四種:道光刻本《離垢集》(下簡稱"道光本")和光緒印本《離垢集》(下簡稱"光緒本"),民國印本《新羅山人題畫詩集》(下簡稱"民國本"),民國印本《離垢集補鈔》(下簡稱"補鈔本")。稿本有四種:臺圖稿本、浙圖稿本甲册、浙圖稿本乙册、無錫博物院藏稿本(下簡稱"錫博稿本")。抄本有五種:天津圖書館藏抄本(下簡稱"天圖抄本"),浙江圖書館孤山館舍藏抄本(下簡稱"孤山抄本"),南京圖書館藏抄本(下簡稱"南圖抄本"),北京大學圖書館藏抄本(下簡稱"北大抄本"),中山大學圖書館藏抄本(下簡稱"中大抄本")。

　　以前了解華嵒的詩作,主要根據四種刻印本,流布較廣的是光緒本和民國本,最早的是道光本。道光本中的詩大多爲 50 歲後所作,小部分作於 40－50 歲之間。浙圖稿本甲、乙册,均係 40－50 歲間的作品。錫博稿本中的詩作,也都作於 40－50 歲之間,且多爲道光本所無,部分又是浙圖稿本甲、乙册所有。因此,稿本和抄本的發現,增多了華嵒 40－50 歲之間詩作,有助於對他這一時期及此前的生活思想和創作的進一步瞭解。比如,華嵒與第一任妻子蔣妍結婚當在 1705 年,華嵒 24 歲。其長子已官的去世時間是在康熙六十年,華嵒 40 歲。

　　陸天嘉對《離垢集》的研究,相當多精力用於考辨版本源流。《離垢集》有刻印本、稿本和抄本三類,互相間關係繁雜,不易搞清。刻本可能來自稿本或抄本,也可能來自以往刻本。抄本可能抄自稿本,也可能抄自刻本。稿本可能全是華嵒手寫,也不排除另一種可能,部分由別人代抄謄清,部分自己續寫。所謂源流,有源,有流。一般而言,

稿本是源，刻本、抄本是流。他按照老師傳授的方法，不避
繁難，在多種本子中，理出了頭緒，弄清了源流。

　　首先，何以有四個稿本，四者是什麼關係？陸天嘉指
出，臺圖稿本的詩以寫作年代爲序，前部分可能爲他人謄
抄，後部分由作者手寫，一直寫到生命終止前不久，應該是
作者編定的稿本，但删掉或遺漏了某些早期作品。錫博稿
本所收詩作，集中於華嵒 35 歲至 49 歲，40 歲左右的詩最
爲集中。它像臺圖稿本一樣，前面也有徐逢吉、厲鶚的題
辭，但來自抄錄，應該是華嵒 50 歲時計劃刻印時的書稿。
兩種浙圖稿本保存了華嵒約 44 歲至 49 歲左右的詩作，可
能比錫博稿本早一些，但不是爲了刊印，也許是送給朋
友的。

　　其次，是稿本與刻本的關係。陸天嘉指出，道光本和
光緒本的母本都是臺圖稿本。道光本的大體内容和基本
結構均與臺圖稿本相似，但是所收的詩作多於臺圖本，多
出的詩作都能在錫博稿本和浙圖稿本中找到。由於道光
本是華嵒曾孫所編，可能除臺圖稿本外，還涵括了浙圖稿
本、無錫稿本中的詩，但時間久遠，有些詩已不知年代，錯
把中年之詩放到了晚年（70 歲前後）位置。光緒本并没有
收錄道光本搞錯的那部分詩作，也就缺失了那部分早中年
的作品。

　　再者，便是稿本、刻本與抄本的關係了。陸天嘉經過
仔細比對，列出了四個系統。在臺圖稿本系統下，有道光
本與光緒本，光緒本派生出民國本、南圖抄本和孤山抄本。
道光本則是天圖抄本的來源。在無錫稿本系統下，出現了
北大和中大抄本。在浙圖稿本甲册系統下，是來自它的民

國補鈔本。對此,他畫出了一個"《離垢集》版本源流圖",非常直觀地交代了此書版本來龍去脉。

爲了體現版本研究成果,也爲後來者提供方便,陸天嘉完成的《〈離垢集〉重緝新校》分爲上、下二編,分別展現《離垢集》的最早刻本與重要稿本。上編是最早的刻本——道光本,用它作爲底本,和所有版本對校。下編是保存早期詩作的稿本,以錫博稿本爲底本,以浙圖稿本甲、乙册、補鈔本,及北大、中大抄本校勘,凡與上編重複者不録原文,只留詩題與代號。此編除去重複標出詩題與代號者,又補充了臺圖稿本中獨有的 2 首詩,浙圖稿本甲册獨有的 9 首,浙圖稿本乙册獨有的 11 首,以及補鈔本獨有的 5 首詩。

他對《離垢集》的重輯,除去分爲二編,還有兩個特點。第一個特點是把二編中所有的詩統一標號,既可以展現不同本子原來排序的面貌,又把重複的詩作再次出現時以標號代替,不浪費篇幅。第二個特點是重刊包括稿本與印本的《離垢集》時,在按出版社慣例實現稿本手迹轉化爲印刷體的過程中,保留華嵒習慣的異體字寫法,以便不僅給閱讀文獻的人使用,更能順應從事藝術史研究者的需要。在某種意義上,是盡可能還原華嵒作爲一個藝術家的特點,也就是把他的手稿當藝術品看待。

陸天嘉在寫作學士論文期間,也許由於 30 年前我寫過《華嵒研究》吧,大概在 2014 年,他開始與我通信,使我有機會參與討論,成爲他學士論文的早期讀者。我深感,他既能用嚴密的科學思維挖掘材料的内在聯繫,周詳地設計《〈離垢集〉重緝新校》的編寫方式,又能把詩集的作者看成一個活生生的人，一個富於創造活力藝術家，理解藝術本身就是他生命的呈現，從這一點出發考辨不同稿本的關係，以及手迹稿本印刷體的用字。前不久，天嘉告知此書即將出版并索序於我，我於是寫成上文覆命。

2018 年 12 月

# 目　録

專論：華嵒与《離垢集》 …………………………………………（1）

　一、版本源流 ………………………………………（14）

　二、未完成品 ………………………………………（47）

　三、三個片段 ………………………………………（72）

　四、生平補充 ………………………………………（124）

整理説明 …………………………………………………（130）

上編（以道光本《離垢集》爲底本）………………………（141）

　卷一（約爲華嵒 32 歲至 49 歲之作）…………………（143）

　卷二（約爲華嵒 57 歲至 60 歲之作）…………………（182）

　卷三（約爲華嵒 61 歲至 64 歲之作）…………………（212）

　卷四（約爲華嵒 65 歲至 68 歲之作，其中編號 437 至
　459 爲 50 歲前的作品）………………………………（236）

　卷五（約爲華嵒 69 歲至 75 歲之作，其中編號 532 至
　582 爲 50 歲前的作品）………………………………（270）

下編（以無錫博物院藏《離垢集》稿本爲底本。約爲華嵒 32
　歲至 49 歲之作）………………………………………（301）

附録 ………………………………………………………（403）

　各版本《離垢集》序、跋、題辭、附識 …………………（405）

各主要版本《離垢集》與今存華嵒相關詩稿之比較
　　…………………………………………（422）

浙江圖書館藏《離垢集》稿本甲册、乙册及補鈔本
　　目録 ………………………………………（436）

華嵒現存書畫作品之題詩於《離垢集》可見者一覽
　　…………………………………………（452）


索引 ……………………………………………（471）

　索引説明 ………………………………（473）

　詩作標號索引 …………………………（479）

　詩作題名、首句綜合索引 ……………（538）

　詩作人名、地名綜合索引 ……………（649）


參考文獻 ………………………………（682）

圖表目録 ………………………………（689）

後記 ……………………………………（693）

# 專論：華嵒與《離垢集》①

　　每一次重要材料的發現都會引發學術界對一個歷史人物或歷史事件的重新認識。上一次關於華嵒材料的大量發現是在 20 世紀 70 年代末，薛永年先生"吸取前人研究成果的合理因素"，學習近現代諸學者"治學方法上的長處"，"廣泛接觸文獻資料與實物資料，發掘華嵒家鄉的口碑資料，在鑒別與考證的基礎上"完成的研究成果，可謂承前啓後。②

　　在華嵒研究的早期，鄭昶、賀天健分別在 20 世紀 40 年代與 60 年代以傳統書畫品評術語與扎實的繪畫技法理論"解剖"華嵒③。二人的文字不長，且未涉及具體畫作，但所談句句精到，單純從藝術實踐、品鑒的角度出發，在藝術史寫作充滿陳舊與花哨語言的當下，不失爲一劑持久的良藥。這時的華嵒被當作藝術品的作者：一切討論的主角是

---

① 本論基於整理者學士學位論文《華嵒與〈離垢集〉》增改而成。

② 參見薛永年：《華嵒研究》，天津：天津人民美術出版社，1984 年；薛永年、薛鋒：《揚州八怪與揚州商業》，北京：人民美術出版社，1991 年；薛永年：《華嵒年譜》，卞孝萱主編：《揚州八怪研究資料叢書・揚州八怪年譜》（下冊），南京：江蘇美術出版社，1993 年。

③ 參見鄭昶《跋新羅山水人物冊》、賀天健《華秋岳繪畫風格、理法的評述》，輯於薛永年：《華嵒研究》。

華嵒的畫作,而華嵒更像是其作品的附屬,并無關於他是否是,或是什么样的藝術家的討論。華嵒與其作品在這一時期内由學者不自覺地相互剥離。

而到了特殊時期,華嵒有了一個藝術家以外的身份——"勞動人民"。"新羅山人華嵒就是地地道道出身於手工業工人的一個傑出畫家"①,左海《鑒賞新羅山人作品的感受》一文起頭就強調華嵒的"正確成分"。而學者对華嵒的民間傳説也在這一時期正式開始搜集。往後談及華嵒的出身、少年時代,則又延續這一時期的説法:出身正確,且離鄉是與地主階級鬥争後的選擇。這些説法直至今日仍在使用。一方面,華嵒的傳説過少,其可傳之説聚集在無法證實的少年時代,另一方面,傳説久而久之讓人信以爲真,但後來的學者若未加思慮而直接運用則不免草率。到 20 世紀 70 年代末,薛永年對華嵒的系統研究成果發表後,華嵒逐漸"回歸"到"藝術家",②并與具體作品聯繫在了一起。這一時期,華嵒研究似乎到了一個高潮,關於華嵒或大或小的論述此起彼伏,所談主要是華嵒的繪畫造詣、"離垢"思想和未確定的卒年。最後一項在當時被多數學者確定爲 1756 年,前兩者因爲没有唯一答案,被無休止地討論至今。

---

① 左海:《鑒賞新羅山人作品的感受》,《美術》,1961 年第 1 期,第 25 頁。

② 在薛永年《華嵒的藝術》(《美術研究》,1981 年第 2 期)等論文中,華嵒被確認爲"富有獨創精神的藝術家"、"賣畫爲生"、"布衣出生的職業畫家",後來這種定義被進一步明確爲"極有代表性的文人化的職業畫家"(《華嵒研究》卷首語。盧輔聖主編:《朵雲》第 57 集,上海:上海書畫出版社,2003 年)。

　　當時也出現過不同的風景。學者曾嘉寶 1983 年在香港大學完成她關於華喦的博士論文，之後的十年間又發表三篇論文，頗具新意地從圖像學的角度解讀了華喦的繪畫。這一方法雖已被許多學者運用於解讀其他著名的畫家，但在華喦研究中還是頭一回。雖然部分結論仍有待商権，其做法確實有啓發意義。①

　　進入 21 世紀，華喦研究少見亮点。一方面，新材料的缺乏，由現有材料引發的該談的、值得談的問題已有过詳細論述。另一方面，互聯網成爲學術研究的重要工具，信息的采集較以往方便得多，這也使得論述多有雷同。而所謂信息無非是不多的現成材料：上世紀學者的研究成果和博物館、拍賣會圖録。前者有限，後者既有限，又使研究者處於被動。因此，華喦研究發展到最近，積累了大量雖冠以"華喦山水畫研究"、"華喦花鳥畫研究"等類似的"龐大"標題，但少見新意與誠意。

　　克莉絲汀（Kristen Loring Chiem）博士的專著《華喦（1682－1756）與早期現代中國藝術家的製作》[*Hua Yan (1682－1756) and the Making of the Artist in Early Modern China (Leiden：Brill，2020)*]是近年問世關於華喦的重要研究著作。該作在以往學界對華喦藝術觀念、風

---

① 　參見：Tsang，Ka Bo． "Portrait of Hua Yan and the Problem of His Chronology" *Oriental Art* 28no. 1(1982)：64－79；"The Relationships of Hua Yan and Some Leading Yangzhou Painters as Viewed from Literary and Pictorial Evidence" *Journal of Oriental Studies* 23/1(1985)：1－28．；"A Case Study：The Influence of Book Illustration on Painting as Viewed in The Work of Hua Yan" *Oriental Art* 33/2(1987)：150－164．

格等認識的基礎上，較詳細地梳理了華嵒的社會活動與藝術創作的關係，重新審視他的大量作品，其中包含國內學者較少談及的海外藏華嵒作品，并就部分作品的背景、意圖等提出極富創見的猜想。另外，該作由"新羅派"討論了繼承其風格的畫家及近代中國繪畫中的華嵒基因。[1]

今天的學術市場上有著大量被過分咀嚼的文獻整理"著作"，有些甚至模糊了點與校、錄入與整理之間的關係，這些"著作"所處理的古代文獻，或面目全非或猶如生肉，令普通讀者不明所以，研究者不敢使用。材料與方法的缺失會誤導閱讀與研究。本書希望與這類古籍整理的時尚相區別，嘗試平衡整理者與作者之間的關係，以文獻本身的特徵決定整理方法（詳見"整理説明"）。

《離垢集》是研究華嵒的重要材料，其一直被使用却未得到真正整理。在此番整理之前，學界使用的華嵒詩作大多是他 50 歲以後的作品。而華嵒的大量畫作也聚集在 50 歲之後，這使他的早、中期生活成了一個天然的盲區——研究者接受材料的引導而忽視，或只能用大量推測補充這一時期。

當前知見的華嵒《離垢集》版本共 13 種，可分作四個版本系統（見圖 1"《離垢集》版本源流"）。其中，包括四種稿本：分別藏於浙江圖書館（簡稱"浙圖稿本甲册"、"浙圖稿本乙册"）、臺灣圖書館（簡稱"臺圖稿本"）、無錫博物院（簡稱"錫博稿本"）。一種刻本：刊於道光十五年（簡稱"道

---

[1]　Kristen Loring Chiem，*Hua Yan*（1682—1756）*and the Making of the Artist in Early Modern China*，Leiden：Brill，2020.

光本"）。三種印本：光緒十五年鉛印本（簡稱"光緒本"）、民國五年石印本（簡稱"民國本"）、民國六年鉛印本《離垢集補鈔》（簡稱"補鈔本"）。五種抄本：分別藏於浙江圖書館孤山館舍（簡稱"孤山抄本"）、天津圖書館（簡稱"天圖抄本"）、南京圖書館（簡稱"南圖抄本"）、北京大學圖書館（簡稱"北大抄本"）、中山大學圖書館（簡稱"中大抄本"）。諸版本關係及情況詳見表1、圖1。

整理中有一些未經公開的材料，如浙江圖書館藏兩種《離垢集》稿本，這是此前并未受到關注，更未被研究的材料。而無錫博物院藏《離垢集》稿本，則在2013年前仍屬私家收藏，未有公開。它們被整理後，既能補充華嵒50歲前的創作與生活，又可爲人們展示其完整的詩人生涯。它們會爲現今的華嵒研究提供新材料，引發新問題，在將來的研究中扮演重要角色。本書將根據《離垢集》的四種版本系統具體情況分作上、下二編，將全部詩作標號，實現標本化。這有益於檢索諸詩，并將它們本身的結構與一般常見的《離垢集》道光本、光緒本、民國本等一同展示，進行比較。另一方面，本書決定利用現代出版技術保留、展示華嵒書寫中出現的異體字，向普通讀者、專業學者轉達他作爲藝術家在書法層面對字的選擇。

表 1(1) 《離垢集》各版本相關信息表

| 項目 | 1. 道光本 | 2. 光緒本 | 3. 臺圖稿本 | 4. 孤山抄本 | 5. 南圖抄本 | 6. 天圖抄本 | 7. 民國本 |
|---|---|---|---|---|---|---|---|
| 題名 | 新羅山人離垢集 | 新羅山人離垢集 | 新羅山人離垢集後鈔 | 離垢集 | 離垢集 | 離垢集 | 新羅山人題畫詩集 |
| 卷數 | 5 卷 | 5 卷 | 5 卷 | 5 卷 | 5 卷 | 不分卷 | 5 卷 |
| 收藏地 | 中国国家圖書館 | 浙江省圖書館孤山館舍 | 臺灣"國家圖書館" | 浙江省圖書館孤山館舍 | 南京圖書館 | 天津圖書館 | 浙江省圖書館孤山館舍 |
| 索書號 | 93936 | 普 811.17/44603 普/9198 | 402.7 13281 | 普 811.17/44603/2 | GJ/EB/132225 | S3316 | 普/3128 |
| 版本著錄 | 刻本 | 鉛活字排印本 | 清稿本 | 舊抄本 | 舊抄本 | 舊抄本 | 石印本 |
| 時間 | 道光十五年（1835 年） | 光緒十五年（1889 年）及之後 | 清 | 清 | 清 | 同治二年（1863 年） | 民國六年（1917 年） |
| 出版者 | 華時中慎餘堂 | 羅嘉杰 |  |  |  |  | 古今圖書館、杭州德記書莊 |
| 版式 | 10 行 22 字 板框：長 19.4cm，寬 12.9cm | 10 行 22 字 板框：長 19.7cm，寬 13.1cm | 半頁行數不等，大 15 字/行，小 31 字/行 | 10 行 22 字 | 10 行 22 字 板框：長 17.3cm，寬 12.4cm | 11 行 23 或 24 字 | 14 行 24 字 板框：長 16.2cm，寬 11.2cm |

續表 1(1)

| 項目 | 1. 道光本 | 2. 光緒本 | 3. 臺圖稿本 | 4. 孤山抄本 | 5. 南圖抄本 | 6. 天圖抄本 | 7. 民國本 |
|---|---|---|---|---|---|---|---|
| 裝幀 | 綫裝二冊一函 | 綫裝四冊 | 綫裝二冊 | 綫裝四冊 | 綫裝二冊 | 綫裝 | 綫裝四冊一函 |
| 題跋 | 顧師竹序、徐逢吉、廣鶚等18人題辭，華喦時中卷後 | 黎庶昌、羅嘉杰、顧師竹序、徐逢吉、廣鶚等13人題辭、華喦時中卷後 | 徐逢吉、廣鶚手書題辭 | 徐逢吉、廣鶚等13人題辭，華喦時中卷後 | 顧師竹序、徐逢吉、廣鶚等13人題辭，華喦時中卷後 | | 顧師竹序、徐逢吉、廣鶚等13人題辭，華喦時中卷後 |
| 批校 | 無 | 無 | 無 | 無 | 無 | 無 | 無 |

續表 1(1)

| 項目 | | 1. 道光本 | 2. 光緒本 | 3. 臺圖稿本 | 4. 孤山抄本 | 5. 南圖抄本 | 6. 天圖抄本 | 7. 民國本 |
|---|---|---|---|---|---|---|---|---|
| 鈐印 | | 首卷卷端、第二册末頁均有"北京圖書館藏"朱文長方印 | 序慶有"浙江圖書館藏"朱文方印 | 兩册書衣："離垢"白文方印。徐達吉題辭前有"眉州"朱文。葫蘆印，後有"寶獲我心"朱文方印。廣劇題辭前有"雄飛"朱文橢圓印。正文前頁，後有"屬劉"白文方印。正文首頁，"毅孫秘笈"白文方印、蔣祖詒印"白文方印、"秋岳"白文方印（各卷卷首均有）、正文首頁方印（各卷卷長方印）、"華嵒"白文方印（各卷卷首均有）、塵詩畫"朱文長方印（卷一卷三卷首皆有）、"布衣生"朱文方印（各卷卷首皆有） | | | | |
| 題簽 | | 據哈佛大學漢和圖書館《離垢集》，其有電子版《離垢集》，題簽"新羅集"七字離垢集題簽"新羅集"七字 | 于希題簽"新羅山人離垢集"，落款"于希題環簽" | 第 1 册有題簽"新羅山人離垢集卷二"，第 2 册題簽"新羅山人離垢集卷四卷五" | | | | |

續表 1(1)

| 項目 | 1. 道光本 | 2. 光緒本 | 3. 臺圖稿本 | 4. 孤山抄本 | 5. 南圖抄本 | 6. 天圖抄本 | 7. 民國本 |
|---|---|---|---|---|---|---|---|
| 牌記 | 道光乙未仲夏月／新羅山人離垢集／慎餘堂藏版 | | | | | | 杭州德記／書莊發行 |
| 所收詩數 | 668 | 592 | 576 | 592 | 592 | 30 | 592 |
| 其他 | 1. 道光本每卷卷端註明"校字"人和"閱刊"人。其中,"閱刊"人均為華嵒時人,除卷二為"校字"人華嵒世孫外,其餘四卷均由華嵒世孫華世琛校字。2. 道光本影印收入《四庫未收書輯刊·第捌輯》《清代詩文集彙編·第251冊》等處 | 光緒本各卷卷首"三字,卷數,"新羅山人華嵒著"諸信息后,均有"同里後學羅嘉木重刊"九字 | 臺灣文海出版社於1974年影印出版臺圖稿本,為《清代稿本百種彙刊》叢書第66種 | | | 《離垢集》收於管庭芬《待清書屋雜抄續編》第4冊,共3頁 | |

表1(2)　《離垢集》各版本相關信息表

| 項目 | 8.浙圖稿本甲册 | 9.浙圖稿本乙册 | 10.補鈔本 | 11.錫博稿本 | 12.中大抄本 | 12.北大抄本 |
|---|---|---|---|---|---|---|
| 題名 | 離垢集 | 離垢集 | 離垢集補鈔 | 離垢集 | 離垢集 | 離垢集 |
| 卷數 | 不分卷 | 不分卷 | 1卷 | 不分卷 | 不分卷 | 不分卷 |
| 收藏地 | 浙江省圖書館 | 浙江省圖書館 | 浙江省圖書館 孤山館舍 | 無錫博物院 | 中山大學圖書館 | 北京大學圖書館 |
| 索書號 | 普舊 5069 | 普舊 5069 | 普811.17/44602.02 | | 2151 | LSB/4316 |
| 版本著錄 | 清稿本 | 清稿本 | 鉛印本 | 手稿本 | 舊抄本 | 舊抄本 |
| 時間 | 清 | 清 | 民國六年(1917年) | 清 | 清 | 清 |
| 出版者 | | | 丁仁,上海聚珍仿宋印书局 | | | |
| 版式 | 半頁行數不等,大 16 字/行,小 25 字/行 | 半頁行數不等,大 16 字/行,小 25 字/行 | 9行16字 板框:長26.1cm,寬15.1cm | 半頁行數不等,大 15 字/行,小 20 字/行 | 10行20字 | 10行20字 板框:長18.9cm,寬14.2cm |
| 裝幀 | 經折裝 兩册一函 | 經折裝 兩册一函 | 綫裝 一册 | 綫裝 四册 | 綫裝 二册一函 | 綫裝 二册 |

續表 1（2）

| 項目 | 8. 浙圖稿本甲冊 | 9. 浙圖稿本乙冊 | 10. 補鈔本 | 11. 錫博稿本 | 12. 中大抄本 | 12. 北大抄本 |
|---|---|---|---|---|---|---|
| 題跋 | 無跋，卷冊末有吳慶坻手書《國朝杭郡詩輯》"華嵒傳" | | 況周頤序、張四教象記、丁仁跋 | 厲鶚題辭、陳文述、鄧爾正手書跋 | 厲鶚題辭、陳文述跋 | 厲鶚題辭、陳文述跋 |
| 批校 | 無 | 無 | 有 佚名 | 有 佚名 | 有 佚名 | |
| 鈐印 | 趙之琛題簽，"獻父"朱文方印，"趙之琛印"白文方印；正文前頁，"新羅山人"白文方印，"浙江省圖書館藏善本書"朱文長方印，"西梅"朱文方印，"顧洛"朱文方印，"丁仁收藏名人真迹"朱文方印；正文末頁，"浙江省圖書館珍藏善本書"朱文長方印，"曾藏丁輔之處"朱文長方印，"禹門"朱文方印，"布衣生"白文方印，正文後一頁；吳慶坻《國朝杭郡詩輯·華嵒傳》後，"慶坻"白文方印 | 正文首頁，"浙江圖書館藏善書"朱文長方印，"新羅山人"白文方印，"浙江省圖書館藏善本書"朱文長方印，"顧洛"朱文方印，"西梅"朱文方印，"新羅山人"朱文方印；正文末頁，"華嵒"朱文方印，"秋岳"朱文暨長方印，"西梅"白文方印，"浙江圖書館藏善書"朱文長方印 | | 趙之琛題簽，"趙次閒"白文方印，正文首頁，"龐甫心賞"白文方印，中"田谿書屋"白文暨長方印，"沈松生家藏"白文暨長方印；第二冊首頁，"居廉"白文方印。下冊首頁，"珠光劍景樓秘笈"朱文長方印，"龐甫墨迹"朱文方印，"萬歲私藏"白文方印，"冠五清賞"白文印 | 上冊、下冊末頁，"中山大學圖書館藏書"朱文橫長方印。下冊目錄首頁，"廉"白文方印，"珠"白文方印 | 上冊首頁，"北京大學藏"朱文方印，正文首頁，"麐嘉館印"朱文方印 |

11

續表 1(2)

| 項目 | 8. 浙圖稿本甲册 | 9. 浙圖稿本乙册 | 10. 補鈔本 | 11. 錫博稿本 | 12. 中大抄本 | 12. 北大抄本 |
|---|---|---|---|---|---|---|
| 題簽 | 趙之琛題簽"新羅山人詩文",落款"賓月山人趙之琛" | | | 趙之琛題簽"離垢集","新羅山人著"醋綠軒珍藏次閑題 | | |
| 牌記 | | | 書畫名人小集丁巳嘉平月上海聚珍仿宋印書局精勘印 | | | |
| 所收詩數 | 125 | 104 | 119 | 599 | 567 | 599 |
| 其他 | | 内封有高時顯題品著"新羅山人華離垢集補鈔" | 張四教《象記》前所附版畫《新羅山人像》爲吳微拳張四教本 | | | |

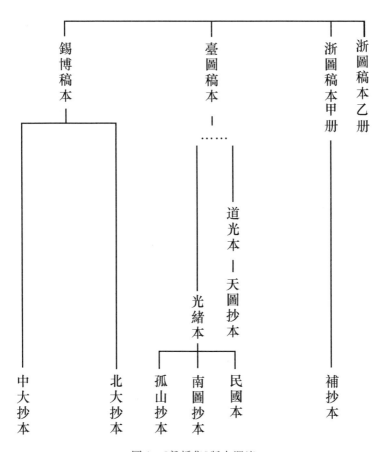

圖 1　《離垢集》版本源流

# 一、版本源流①

## （一）“道光本”版本系統

道光乙未（1835 年），距華嵒去世已過去 80 年。② 華嵒曾孫華世琮、華世璟兄弟在八年前的道光丁亥（1827 年）公開的華嵒手稿，經過華時中之子華曹“繕抄”，華時中“親加校閱”，世琮、世璟兄弟校字後，終於在華時中的慎餘堂刊印問世，名爲《新羅山人離垢集》（即“道光本”）。③ 這是目前可見的最早的《離垢集》刻本。

道光本影印收入《四庫未收書輯刊》第捌輯④、《清代詩

---

① 本章曾以《華嵒〈離垢集〉版本源流考辨》爲題發表於《美術史與觀念史》第 22 輯（范景中、曹意强、刘赦主编，南京：南京师范大学出版社，2018 年，第 618－644 頁，），部分内容在近年研究中修訂并推進。

② “以華嵒生年爲康熙二十一年（1682）得年七十五計，其卒年亦應爲 1756 年。”見薛永年：《华嵒生卒考》，輯入《華嵒研究》，天津：天津人民美術出版社，1984 年，第 47 頁。

③ 爲整理研究之便，筆者使用的是哈佛大學所藏的高清掃描電子版道光本《離垢集》，http://nrs.harvard.edu/urn－3：HUL.FIG：007230628。

④ 見《四庫未收書輯刊》編纂委員會編：《四庫未收書輯刊》第捌輯·第貳拾九册，北京：北京出版社，1997 年，第 395 頁。

文集彙編》第 251 册①等。2009 年福建美術出版社刊行唐鑒榮校注的簡體標點本《離垢集》,以道光本爲底本;在處理蟲蛀而難以辨認的字時,又參考"光緒十五年刻本"。②

所謂"光緒十五年刻本"指的是在光緒十五年(1889年)後由羅嘉傑刊印的《離垢集》(即"光緒本")。距道光本 50 多年後,《離垢集》又一次被刊行。算上組詩中各首,光緒本《離垢集》共收録 592 首詩,相比於道光本的 668 首少了 76 首。

光緒十五年,羅嘉傑在日本横濱爲光緒本作序。這時,距離羅嘉傑"咸豐丙辰"(1856 年)初獲《離垢集》已過去 33 年。

《续修四庫全書總目提要》載:

> 《離垢集》五卷,清乾隆五十五年上杭華氏家刻本,光緒二十年重刻……篇前有徐紫山、厲樊榭諸人題詞,皆備崇推之,故又有顧師竹、黎庶昌、羅嘉傑諸人序。蓋爲嘉傑依舊刊本爲之重刻者……③

"光緒二十年重刻"《離垢集》即指光緒本。光緒本具體刊行時間無法由其本身判斷,尚未知"光緒二十年"説法

---

① 見《清代詩文集彙編》編纂委員會編:《清代詩文集彙編》第 251 册,上海:上海古籍出版社,2010 年,第 113 頁。

② 見唐鑒榮《離垢集》"凡例",《離垢集》,(清)華嵒著,唐鑒榮校注,福州:福建美術出版社,2009 年。

③ 中國科學院圖書館:《續修四庫全書總目提要(稿本)》第 21 册,濟南:齊魯書社,1996 年,第 417 頁。

的依據;僅由黎、羅序可知其晚於"光緒十五年十二月"①。

羅嘉傑所見的"《離垢集》五卷"爲"榕軒"組織刻版。榕軒者,華時中之號。據《閩汀華氏族譜》(1914 年)"華時中傳",其於"乾隆壬寅生,道光戊申卒"。換言之,若《續修四庫提要》和《閩汀華氏族譜》的記錄均無差錯,則華時中"家刻"《離垢集》(簡稱"乾隆本")時(乾隆五十五年,即 1790 年),年方 9 歲。由前文所引華時中"卷後"一段可知,其初見華嵒《離垢集》是道光丁亥年。因此,乾隆本與華時中并無關係。若確實存在"乾隆本",對其刊刻時間、刊刻組織者的確認,或將隨其於未來的重現才可真正實現。

光緒本"重刊"的《離垢集》與華時中存在密切關係。"尤懼山人文章才望,久而淹没弗彰"是羅嘉傑的重刊動機;又,道光本相對光緒本多收録 76 首"山人文章",假如羅嘉傑清楚道光本與光緒本的區別,他當會保證光緒本的完整。

這 76 首集中分布於卷四末和卷五末,由序號表示則分別是[433,461]②和[543,582]兩個"區間",并非"少刊"③,亦非偶然。在幾種稿本被討論之前,這個問題大可

---

① 見附録 f1.4 黎庶昌《序》(光緒本)。參見"整理説明"五"關於附録"。

② [433,461]表示序號爲 433 至序號爲 461 的所有詩作,下同。为避免行文累贅,下文將省去"序號"等字,直接以序號代所指正文内容。關於序號,詳見"整理説明"三"關於標號"。

③ 陳傳席於《揚州八怪詩文集概述》描述光緒本:"光緒十五年羅嘉傑刊本中,卷四少刊了最後的二十八首詩,卷五少刊了最後四十首詩"。[433,461]和[543,582]兩個區間爲光緒本相對道光本少了的部分,是光緒本與道光本的基本差異。但據羅嘉傑所説,光緒本重刊乾隆本,其與道光本并不存在直接關係。陳傳席:《揚州八怪詩文集概述》,《陳傳席文集》第 3 卷,鄭州:河南美術出版社,2001 年,第 1008—1010 頁。

先放一放。眼下可以肯定的是，道光本與光緒本出自同一種《離垢集》稿本，即華氏兄弟於道光丁亥公開的華嵒手稿；而這兩種版本存在的異同，均指向了華時中負責的整理工作。

光緒本與道光本除上述差異外，還有個別字的不同，有以下幾種情況。①音近而異者，如138中"蕉"作"焦"，199.20中"繡"作"瀟"，263中"恬"作"嫻"。②形近而音異者，如10中"電"作"雷"，21中"間"作"閒"，44中"天"作"太"，119中"吾"作"告"。③音形皆不同者，如195中"恬"作"曠"，524中"恬"作"甘"。④妄乙者，如421中"高峰"作"峰高"。又有328和329在光緒本中順序互乙。⑤異體字。

天津圖書館、浙江圖書館孤山館舍和南京圖書館分別藏有一份《離垢集》抄本（以下簡稱"天圖抄本"、"孤山抄本"、"南圖抄本"）。天圖抄本爲管庭芬抄錄，共收30首新羅山人詩。將天圖抄本與道光本等版本比較可發現（見附表1），其詩的順序皆可對應道光本，其第26首到第30首均僅爲道光本所收錄。除第3首詩題"題松月圖"爲道光本第29首"題松月圖贈寧都魏山人"略寫外，兩者在詩的內容上均一致，僅個別字爲異體。由此可以判斷，天圖抄本所依底本爲道光本。

以下爲"天圖抄本目錄及各詩對應上編序號"：

| 天圖抄本 | 對應上編序號 |
| --- | --- |
| 竹溪書屋 | 13 |
| 題江山竹石圖 | 24 |
| 題松月圖 | 29 |

| | |
|---|---|
| 題畫屏（六首） | 33.1/33.3/ |
| | 33.5/33.6/ |
| | 33.7/33.8 |
| 游山 | 49 |
| 曉景 | 64 |
| 寫古樹竹石 | 93 |
| 題春山雲水圖 | 134 |
| 題畫 | 151 |
| 溪居與友人清話 | 181 |
| 題畫（二首） | 199.5/199.16 |
| 溪亭 | 258 |
| 題沈安布畫 | 287 |
| 題吟雲圖 | 295 |
| 梅林書屋 | 300 |
| 秋塾歸樵 | 314 |
| 冷士 | 344 |
| 擬邊景 | 364 |
| 溪上 | 387 |
| 雲阿樵隱 | 420 |
| 山人 | 427 |
| 草閣荷風 | 461 |
| 題秋江歸艇 | 470 |
| 寫秋意贈廣文王瞻山先生 | 479 |
| 題舊雨齋話舊圖 | 526 |
| 仿米家雲氣貽江上老人 | 547 |
| 題秋溪高隱圖 | 555 |

題聽泉圖　　　　　　557

題獨石　　　　　　　564

法米南宮畫意　　　　582

　　再看孤山抄本和南圖抄本。光緒本與道光本的基本差異（即光緒本没有的［433,461］和［543,582］），及 328 和 329 的互乙也出現在這兩份抄本中。與道光本比較可知，在個別字的差異上，兩份抄本同光緒本一致。更有，孤山抄本第三、四、五卷卷首，將光緒本"同里後學羅嘉傑重刊"九字也一并抄録。即可判斷這兩種抄本依據光緒本。

　　除了［433,461］和［543,582］兩個區間内的詩之外，孤山抄本中亦未見以下各首：279、281、282、284、297、298、351、358、359、524。校勘後可知，孤山抄本中的錯誤雖有改正者，但可佐證其依據刻本或嚴格依據刻本抄寫的抄本抄録。抄本中，386 至 467 這一部分的筆迹與其他部分明顯不同，可判斷該抄本經多人抄寫。

　　南圖抄本寫於藍格，較之孤山抄本，其全篇字迹端正。且從 1 至 110 均有句讀。但通篇看下，錯舛頗多。許多書寫相對複雜的字，如"覺"、"聲"、"擊"等，則以"又"、"之"、"以"等書寫較方便的字代替。其中大部分係音近而異者。這類明顯的抄寫錯誤不下數百處。

　　民國五年（1916 年），古今圖書館、杭州德記書莊石印發行《新羅山人題畫詩》（即"民國本"）。全書隻字不提與《離垢集》的關係。但翻閱後可知，民國本即光緒本之重刊本：民國本具備光緒本與道光本的基本差異；光緒本與道光本比較下個別字的相異，大多數也反映在民國本中。

　　此外，民國本還存在個別明顯錯誤，如 90 中"草木縱

其流洒”作“草木縱其流于”、“唯南閩華子倚怪石”作“以南
閩華子倚怪石”,178 中“伊余駕騫騫質”脱“質”一字,351 中
脱“先生手著幾欲彌屋”八字。與道光本、光緒本不同,民
國本并没有交代具體刊、校者姓名;由牌記可知,民國本爲
“古今圖書館”校印——出版負責人由個體變成了集體。

臺灣圖書館有一份《離垢集》稿本(即“臺圖稿本”),曾
經許姬傳、蔣祖詒等收藏。① 道光本、光緒本所依賴的華嵒
手稿至今未見,而臺圖稿本是目前可見的,與它們最接近
的稿本。臺圖稿本有題簽“新羅山人離垢集後鈔”,無款。
其分五卷,卷一至卷五卷次分明,由華嵒親自編寫:前二卷
卷端書有“新羅山人華嵒製”七字,後三卷卷端則書“新羅
山人華嵒稿”。

薛永年先生見過臺圖稿本影印本後,確定該本大半部
分非華嵒字迹,書法不及華嵒的水平,或爲其子代筆,僅最
後部分是華嵒晚年筆迹。② 由此可見,臺圖稿本是一部華
嵒參與編輯,但不完全由其書寫的《離垢集》。經臺圖特藏
文獻組張圍東博士告知,此稿本是由圖書館在民國三十六
年(1947 年)於北平搜購入藏,如今未見有“襯寫的格

<hr>

① 黃裳:《忆許姬傳》,《書之歸去來》,北京:中華書局,2008 年,第
235 頁。
② 徐邦達《古書畫僞訛考辨》推斷華嵒《楊柳仕女圖軸》、《春宴桃李
園圖軸》爲其子華浚所作,文中有言:“聞友人錢榮之君説,曾見新羅畫《華
燈侍宴圖》一軸上自識云:晚年作人物有時屬其子代爲。”見徐邦達:《古書
畫僞訛考辨》,南京:江蘇古籍出版社,1984 年,第 189 頁。

子"①。至於此稿本如何由華喦傳到許姬傳，又如何由蔣祖詒傳到臺圖，并無清晰的綫索可稽。

臺圖稿本的詩序除個別差異外，與道光本、光緒本完全一致。相比於道光本，臺圖稿本少了[433,461]和[532,582]兩個區間。從這點上看，光緒本與之相對接近。但臺圖稿本收録了其餘版本均未獲見的兩首詩，《忘憂草》、《窗外茶梅會芳口吟手記薄成短章》。② 兩者位於153《同員九果堂游山作》和154《雨中移蘭》之間。

另外，臺圖稿本將199.17和199.18作爲一首，③又闕467《游聖因寺》一首。如此，臺圖稿本共收録576首詩。

臺圖稿本的書寫，正如黃裳所記，"前半寫得工整，後來就逐漸率易，到了最後九頁，則潦草幾不成字，這大抵已是絶筆了"④。又，謝稚柳《北行所見書畫瑣記》以臺圖稿本最後一首531《雪窗烘凍作畫》佐證其對華喦卒年的假設，以推生年：

> 張珩同志見告，新羅《離垢集》手寫稿本其最後一首："新羅小老七十五，僵坐雪窗烘凍筆。畫成山鳥不知名，色聲忽然空裏出。"其書體至此亦已頹唐不堪，如新羅卒年爲七十五，則以乾隆二十一年上推，新羅

---

① 許姬傳購入時有"襯寫的格子"，見黃裳《憶許姬傳》，《書之歸去來》，第235頁。

② 見1102、1103。

③ 即199.17爲"層樓帀危峰，香薄薩户樹。文罘張朱綴，挂曲粲瑩璐。晨霞曳光風，净緑洒靈露。松嘯欲聾山，税鶴竦清顧"。見199。

④ 黃裳：《憶許姬傳》，《書之歸去來》，第235頁。

應出生於康熙二十一年壬戌。①

臺圖稿本最後的書寫痕迹定位了其在華嵒生命中的坐標——距離華嵒去世不會很久,即乾隆二十一年冬。②

除個別字的差異,臺圖稿本中詩的内容與道光本、光緒本并無許多不同。臺圖稿本有大量的字不同於道光本、光緒本,絕大多數是由於其爲異體字。如"坐"等字在臺圖稿本中屢屢出現,當爲華嵒或其抄寫者習慣寫法。

由於道光本所依稿本、乾隆本及其所依稿本之不得見,對道光本、光緒本的探索難以深入。作爲稿本的臺圖稿本與作爲印刷品的道光本、光緒本的比較,無法真正逼近華嵒書寫、創作等方面的真相。而作者和出版人在面對作品時的心態自然存在差別。

道光本、光緒本(包括孤山抄本、南圖抄本、民國本)詩中,寫明具體寫作時間的并不多,這些詩在臺圖稿本中一首不差。但19《爲亡婦追寫小景因製長歌言懷》的題目於臺圖稿本作"癸巳十一月八日爲亡婦追寫小景因製長歌言懷",多出的時間標記是這幾種版本中最早的時間。"癸巳",是年華嵒 32 歲。若將華嵒的一生編作時間表,將這些具體時間反映在時間表上,即如表 2:

---

① 謝稚柳:《北行所見書畫瑣記》,《鑒餘雜稿(增訂本)》,上海:上海人民美術出版社,1996 年,第 46 頁。臺圖稿本即張珩所見《離垢集》稿本:書寫情況及《雪窗烘凍作畫》的位置均與其描述吻合。薛永年《華嵒生卒考》亦引此段證華嵒卒年,誤以爲張珩所見此《離垢集》稿本爲謝國楨《江浙訪書小識》提的浙圖稿本,故按此 531"并非最後一首"。見薛永年:《華嵒研究》,第 47 頁。

② 乾隆二十一年冬究竟是公曆 1756 年末還是 1757 年初又難以考證。

表 2　道光本、光緒本、臺圖稿本中的時間標記

| 年份 | 年齡 | | 年份 | 年齡 | |
|------|------|---|------|------|---|
| 1713 癸巳 | 32 歲 | ▨ | 1735 乙卯 | 54 歲 | |
| 1714 甲午 | 33 歲 | | 1736 丙辰 | 55 歲 | |
| 1715 乙未 | 34 歲 | | 1737 丁巳 | 56 歲 | |
| 1716 丙申 | 35 歲 | ▨ | 1738 戊午 | 57 歲 | ▨ |
| 1717 丁酉 | 36 歲 | ▨ | 1739 己未 | 58 歲 | ▨ |
| 1718 戊戌 | 37 歲 | | 1740 庚申 | 59 歲 | ▨ |
| 1719 己亥 | 38 歲 | ▨ | 1741 辛酉 | 60 歲 | ▨ |
| 1720 庚子 | 39 歲 | | 1742 壬戌 | 61 歲 | ▨ |
| 1721 辛丑 | 40 歲 | | 1743 癸亥 | 62 歲 | ▨ |
| 1722 壬寅 | 41 歲 | | 1744 甲子 | 63 歲 | ▨ |
| 1723 癸卯 | 42 歲 | | 1745 乙丑 | 64 歲 | ▨ |
| 1724 甲辰 | 43 歲 | | 1746 丙寅 | 65 歲 | ▨ |
| 1725 乙巳 | 44 歲 | | 1747 丁卯 | 66 歲 | ▨ |
| 1726 丙午 | 45 歲 | | 1748 戊辰 | 67 歲 | ▨ |
| 1727 丁未 | 46 歲 | | 1749 己巳 | 68 歲 | ▨ |
| 1728 戊申 | 47 歲 | | 1750 庚午 | 69 歲 | ▨ |
| 1729 己酉 | 48 歲 | ▨ | 1751 辛未 | 70 歲 | ▨ |
| 1730 庚戌 | 49 歲 | ▨ | 1752 壬申 | 71 歲 | ▨ |
| 1731 辛亥 | 50 歲 | | 1753 癸酉 | 72 歲 | ▨ |
| 1732 壬子 | 51 歲 | | 1754 甲戌 | 73 歲 | |
| 1733 癸丑 | 52 歲 | | 1755 乙亥 | 74 歲 | ▨ |
| 1734 甲寅 | 53 歲 | | 1756 丙子 | 75 歲 | ▨ |

注：灰色區域表示道光本、光緒本、臺圖稿本《離垢集》中有詩明確寫於該年份下。下文同理。

　　灰色區域覆蓋的年份，即這三種《離垢集》明確"覆蓋"的年份。換言之，可確定在這些年份有詩被編入《離垢集》。而未被灰色區域覆蓋的年份，不能說華嵒沒有創作，沒有將詩匯入《離垢集》，只能說行文至此所涉及的一切綫

索中,未有直接證據可證明華嵒在這些年份內與《離垢集》存在關係——然而,每個"空白"的年份只需要一個例子就可被"填充"。

除極個別例外,諸詩確實"依年編録"①。從上表可直觀地看出,華嵒 59 歲至 75 歲去世的這段時間,是臺圖稿本及道光本、光緒本所代表的稿本顯示華嵒集中創作、編寫的時間段。這一時間段對應的《離垢集》(道光本、光緒本、臺圖稿本)位置是卷二的後半部分至卷五。而卷一至卷二前半部分,則零散地收録了華嵒 56 歲之前的作品。

光緒本和臺圖稿本并不存在的[433,461]中,并沒有出現明確時間標記。若這一區間沒有違反"依年編録"的規則,那就恰好位於己巳(華嵒 68 歲)、庚午(華嵒 69 歲)之間。倘若這一區間并非"依年編録",那會是什麼情況呢?臺圖稿本爲華嵒參與編寫,雖光緒本由後人參與整理出版,但這一共同點恐怕不是巧合。而經後人整理的道光本將這部分安置於此,是否为華嵒本意?

華嵒編寫臺圖稿本并非創作與編輯同步進行。由前大半統一的篇幅、工整的字迹可以判斷,這一部分爲華嵒或抄寫者集中抄録,并非初稿。也就是説,華嵒抄録這一部分時,56 歲前的詩可能已損失大半,或不在身邊,也有可能被華嵒親自整理在了《離垢集》之外(作爲作者,華嵒親自整理《離垢集》,剔除部分作品,也在情理之中)。若假設成立,後人在編輯出版道光本、光緒本時,這部分前期作品則不得見於所依稿本。這當然還只是假設:將[433,461]

---

① 薛永年:《華嵒生卒年考》,《華嵒研究》,第 47 頁。

與其他部分比較可知，這是華嵒一貫的風格與水準，并不至於因質量問題而被剔除。

再看臺圖稿本沒有的［532，582］和光緒本沒有的［543，582］。在所謂"絕筆"的 531《雪窗烘凍作畫》之後，光緒本還有 16 首詩，道光本還有 56 首詩。若道光本這部分遵守"依年編錄"，則 531《雪窗烘凍作畫》非華嵒絕筆。若這部分并非"依年編錄"，那是什麼年代的作品？它們爲何出現在這一位置？

光緒本的這 16 首、道光本的 56 首中藏有一些時間痕迹：

| | |
|---|---|
| 533《贈楓山先生》 | 一自秋來傷寂寞 |
| 534《寄懷金江聲》 | 吹動高梧秋裏聲 |
| 535《將發江東偶成一律留別諸同好》 | 秋風拂面飛華髮 |
| 539《丹山書屋月夜咏梅》 | 微微澹澹春 |
| 541《喜雨》 | 早稻結胎香綠嫩，新菱卷角冷紅鮮 |
| 542《冬日讀書》 | 北風酸辣吹老屋 |
| 543《雪窗》 | |
| 574《踏雨入東園》 | 多春不似今春冷，桃李留將入夏開 |
| 577《荷》 | |
| 578《橙木》 | 橙木含秋色 |
| 580《秋江夜泛》 | |

這些詩的順序若按照寫作先後排列，則華嵒的卒年又要向後推遲幾年。但華嵒在作 531《雪窗烘凍作畫》時，身體狀況已不是很好，542《冬日讀書》又有"年來漸老體漸衰"的描述。而以上困擾直到其他幾種稿本的出現才初見眉目。

## （二）浙圖稿本甲册、浙圖稿本乙册

民國六年（1917 年）十二月，即民國本刊行次年，上海聚珍仿宋印書局刊行補鈔本。① 丁仁於補鈔本《跋》中道：

> 《離垢集》傳本甚稀，近滬上坊肆以石版印行，更名《新羅山人題畫詩集》，取便求沽，遂失廬山面目。丁巳暮秋，余得先生手鈔《離垢集》一册，册中各詩泰半爲坊本所無。爰亟補鈔付印，俾讀先生之詩者得窺全豹。②

民國本的出現引出了補鈔本。照丁仁的説法，補鈔本收録的詩作是"手鈔《離垢集》"所有而民國本（也是光緒本）所沒有的。丁仁從收穫"先生手鈔《離垢集》"到補鈔本出版，不過是"丁巳暮秋"到"丁巳嘉平月"，可謂迫不及待。

浙圖稿本甲、乙册爲二册一夾板，經折裝，裝幀考究。書衣均爲癭木製，有裂紋。兩册正文首頁首行均有"離垢集"、"新羅華嵒秋岳製"字樣。其中一册的首折首頁右上書有"離垢集上册"五字，故暫稱此册爲"上册"。至於兩册的收藏印，由表 1 可見，顧洛的收藏印在兩册中均有，丁仁的收藏印僅出現在"上册"。

二册稿本共 229 首新羅詩。其中，一册以《丹山書屋咏梅》爲首，"二月天日好"爲尾，共 125 首詩；一册以《古意

---

① 見表 1，"補鈔本"牌記。
② 見 f1.9 丁仁《跋》（補鈔本）。

贈同好》爲首,《題牡丹》爲尾,共 104 首詩。①

補鈔本共收 119 首詩。比較后發現,其中有 108 首均分布於所謂"上册"中;雖然詩的順序發生變化,但其相互間前後關係與之大致保持一致。② 而補鈔本最後有 11 首,則未見於"上册"。其中,《題仕女圖》爲 469,《鸝鵠》爲 323《登秋原聞鸝鵠聲有感》的后四句:"勞勞鸝鵠聲,誰能無遠道。遠道弗能無,請君聽鸝鵠"。而"秀不居蘭下"和"香緑層層護幾重"二詩則出現在錫博稿本、北大抄本、中大抄本中。③ 而 1122《重九前三日晚於桂華香裏與員子説秋煮茶,分韵成句兼懷李七郎》、1123《賦得菊爲重陽冒雨開》、《畫梅石》、1124《紅菊》、1125《題梅竹小雀幅》、1126《南園圖》、《題畫竹》七首則未見於目前可見的所有《離垢集》版本中。其中,《題畫竹》由華嵒題於《十五竹圖》:

烟梢零亂一川寒,换得天孫錦繡端。却憶東窗舊時竹,年來新笋盡成竿。④

但宋代周紫芝《太倉稊米集》卷二十八:

次韵庭藻題寒林渭川二圖二首

烟水蒼茫認翠巒,寒林正在有無間。何人乞與并州剪,分取江南一半山。

---

① 參見附録 3"浙江圖書館藏《離垢集》稿本甲册、乙册及補鈔本目録"。

② 同上注。

③ 見 653、616。

④ 見《西泠印社 2007 年秋季藝術品拍賣會:中國書畫古代作品專場(清代)》,編號:102。

烟梢零亂一川寒，換得天孫錦繡端。却憶東窗舊時竹，年來新笋盡成竿。①

《夢園書畫錄》卷二十一載有華嵒《花卉册》十二開，每頁皆有題詩，後有趙之琛跋。其中，第十一頁的題詩即《題梅石》：

只此凌空意，無花亦自菲。饗之飛雪散，被以五銖衣。彭澤詩同臭，稽山玉可依。更憐清絕侣，獨有首陽薇。②

明遺民李世熊《寒支集初集》卷二有：

### 梅偶

世稱梅者，必配以孤山處士。處士名動人主，山幾移文、箋啓纖麗，不到高古，復爲王濟所窺。故是冰炭中人，非梅偶矣。意惟蘇子卿、洪忠宣，冷山雪窖時，同此臭味；次則夏仲御、劉器之木腸鐵漢，差堪把臂入林耳。作《梅偶》。

只此凌空意，無花亦自菲。饗之飛雪散，被以五銖衣。彭澤詩同臭，稽山玉可依。更遜清絕侣，獨有首陽薇。③

顯然，“烟梢零亂一川寒”四句、“只此凌空意”八句爲

---

① (宋)周紫芝:《太倉稊米集》卷二十八,《宋集珍本叢刊》第 35 册,北京:綫裝書局,2004 年,第 125 頁。

② (清)方濬頤:《夢園書畫錄》,《中國書畫全書》第十七册,上海:上海書畫出版社,2009 年,第 515 頁。

③ (清)李世熊:《寒支初集》卷二,輯入《清代詩文集彙編》第 17 册,第 496 頁。

華嵒題畫引用，而非其原創。由此可見，1122 至 1126 或爲華嵒題於他處而非《離垢集》的詩，而丁仁恰好見過，以爲全是華嵒的作品，故一并輯入補鈔本。但這六首究竟是否是華嵒作品還有待證明。

補鈔本前 100 首全輯自浙圖稿本"上册"，且"上册"有丁仁收藏印，幾可説明丁仁所謂"先生手鈔《離垢集》"即此"上册"。將補鈔本與道光本、光緒本、臺圖稿本比較後發現，除《鷓鴣》外，出現在道光本中的《乙巳立夏日雨窗小酌有感而作》、《擬竹枝詩》、《獨夜有感》、《二月一日即事》等十一首詩，均出現在光緒本（也是民國本）不存在的 [433，461] 和 [543，582]，分别是 448、459、445、443、576、567、565、564、568、562、566。《鷓鴣》雖出現在 323《登秋原聞鷓鴣聲有感》，但這類現象確實不易發現。由此來看，丁仁是有意將最後 12 首與前 100 首在布局上區别開的。而且，在丁仁獲得浙圖稿本"上册"時，浙圖稿本甲、乙册并不像現在這樣歸於一夾板。

與丁仁年紀相仿，同爲西泠成員的高野侯也曾藏有《離垢集》手稿本。"上册"書後吳慶坻之跋可證："……欣木、姻世二兄獲此册出以見示"，"欣木"，高野侯號。吳慶坻一文題於丁巳年，即丁仁獲得該本的前一年。補鈔本内封有高時顯題"新羅山人華嵒著離垢集補鈔"，高時顯即高野侯。這一册《離垢集》稿本應爲丁仁得自高氏。也不知是否是巧合，高氏梅花閣所藏古籍、書畫後多爲浙江圖書館收藏。

浙圖如今的檢索目録中，將二册《離垢集》稿本歸於一種善本《離垢集》。1956 年版《浙江圖書館特藏書目》中，①

---

① 《浙江圖書館特藏書目》，1956 年。見於北京大學圖書館。

僅記録了《離垢集》四卷四册抄本(大概是孤山抄本),未輯
録浙圖稿本。目前尚無法知曉兩種浙圖稿本是以何種樣
貌收入浙圖,更不知這二册在最初是否就如此"親密"。

　　浙圖稿本兩册中的時間標記不多。若將兩册中的時
間標記分別體現在時間表中,則分別如表3、表4:

表 3　浙圖稿本甲册中的時間標記

| 年份 | 年齡 | | 年份 | 年齡 |
|---|---|---|---|---|
| 1713 癸巳 | 32 歲 | | 1735 乙卯 | 54 歲 |
| 1714 甲午 | 33 歲 | | 1736 丙辰 | 55 歲 |
| 1715 乙未 | 34 歲 | | 1737 丁巳 | 56 歲 |
| 1716 丙申 | 35 歲 | | 1738 戊午 | 57 歲 |
| 1717 丁酉 | 36 歲 | | 1739 己未 | 58 歲 |
| 1718 戊戌 | 37 歲 | | 1740 庚申 | 59 歲 |
| 1719 己亥 | 38 歲 | | 1741 辛酉 | 60 歲 |
| 1720 庚子 | 39 歲 | | 1742 壬戌 | 61 歲 |
| 1721 辛丑 | 40 歲 | | 1743 癸亥 | 62 歲 |
| 1722 壬寅 | 41 歲 | | 1744 甲子 | 63 歲 |
| 1723 癸卯 | 42 歲 | | 1745 乙丑 | 64 歲 |
| 1724 甲辰 | 43 歲 | | 1746 丙寅 | 65 歲 |
| 1725 乙巳 | 44 歲 | | 1747 丁卯 | 66 歲 |
| 1726 丙午 | 45 歲 | | 1748 戊辰 | 67 歲 |
| 1727 丁未 | 46 歲 | | 1749 己巳 | 68 歲 |
| 1728 戊申 | 47 歲 | | 1750 庚午 | 69 歲 |
| 1729 己酉 | 48 歲 | | 1751 辛未 | 70 歲 |
| 1730 庚戌 | 49 歲 | | 1752 壬申 | 71 歲 |
| 1731 辛亥 | 50 歲 | | 1753 癸酉 | 72 歲 |
| 1732 壬子 | 51 歲 | | 1754 甲戌 | 73 歲 |
| 1733 癸丑 | 52 歲 | | 1755 乙亥 | 74 歲 |
| 1734 甲寅 | 53 歲 | | 1756 丙子 | 75 歲 |

表4　浙圖稿本乙册中的時間標記

| 年份 | 年齡 | | | 年份 | 年齡 |
|---|---|---|---|---|---|
| 1713 癸巳 | 32 歲 | | | 1735 乙卯 | 54 歲 |
| 1714 甲午 | 33 歲 | | | 1736 丙辰 | 55 歲 |
| 1715 乙未 | 34 歲 | | | 1737 丁巳 | 56 歲 |
| 1716 丙申 | 35 歲 | | | 1738 戊午 | 57 歲 |
| 1717 丁酉 | 36 歲 | | | 1739 己未 | 58 歲 |
| 1718 戊戌 | 37 歲 | | | 1740 庚申 | 59 歲 |
| 1719 己亥 | 38 歲 | ▆ | | 1741 辛酉 | 60 歲 |
| 1720 庚子 | 39 歲 | | | 1742 壬戌 | 61 歲 |
| 1721 辛丑 | 40 歲 | | | 1743 癸亥 | 62 歲 |
| 1722 壬寅 | 41 歲 | | | 1744 甲子 | 63 歲 |
| 1723 癸卯 | 42 歲 | | | 1745 乙丑 | 64 歲 |
| 1724 甲辰 | 43 歲 | | | 1746 丙寅 | 65 歲 |
| 1725 乙巳 | 44 歲 | ▆ | | 1747 丁卯 | 66 歲 |
| 1726 丙午 | 45 歲 | | | 1748 戊辰 | 67 歲 |
| 1727 丁未 | 46 歲 | | | 1749 己巳 | 68 歲 |
| 1728 戊申 | 47 歲 | | | 1750 庚午 | 69 歲 |
| 1729 己酉 | 48 歲 | | | 1751 辛未 | 70 歲 |
| 1730 庚戌 | 49 歲 | | | 1752 壬申 | 71 歲 |
| 1731 辛亥 | 50 歲 | | | 1753 癸酉 | 72 歲 |
| 1732 壬子 | 51 歲 | | | 1754 甲戌 | 73 歲 |
| 1733 癸丑 | 52 歲 | | | 1755 乙亥 | 74 歲 |
| 1734 甲寅 | 53 歲 | | | 1756 丙子 | 75 歲 |

　　由所謂"上册"以有時間標記的各詩爲基準來看,大致按照"著詩之先後"排列。但并無證據可説明"下册"也滿足這一點。可以確定的是,所謂兩者"計以所著詩之先後,裱成二册"的説法并不成立。

　　而這兩册稿本中却另有意外的現象:在一夾板中的兩

本裝幀一致的稿本存在十處互相重複（爲避免誤解，本書由此放弃"上册"、"下册"的説法，繼續稱兩者分别爲"甲册"、"乙册"），如下爲十處重複之異同（如兩首詩内容一致則只列标題，反之則列相關詩句）：

| 甲册 | 乙册 |
|------|------|
| f3.1《丹山書屋咏梅》 | f3.132《丹山書屋咏絲萼梅》 |
| f3.2《聽雨》 | f3.139《聽雨》 |
| f3.3《散步》 | f3.140《散步偶吟八句》 |
| 長嘯出塵寰 | 長叫出塵寰 |
| f3.4《竹亭》 | f3.141《題壁間畫竹》 |
| f3.5《乙巳立夏日雨窗小酌有感而作》 | f3.142《乙巳立夏日雨窗小酌有感而作》 |
| f3.19《雨窗春吟》 | f3.174《雨窗春懷》 |
| f3.35《贈楓山》 | f3.130《贈薛楓山》 |
| f3.85《畫白雲樓圖贈朱君鹿田并小序》 | f3.143《畫白雲樓贈朱君鹿田題此并序》 |

甲册：東園生終日飽食，倚檻看白雲游，恍若身居環樓珠閣，絶不復知有塵氛也。當以此景繪貽同好，分而消受何如？

乙册：東園野夫終日飽食無悶，唯倚竹檻，閒看白雲游恍，若置身居瓊樓玉閣，絶不復知有塵界也，當以此景繪貽同好，分而消受何如？

甲册：f3.100《和雪樵丈哭牙》
雪樵丈性好善素食

乙册：f3.146《和雪樵丈哭牙》
雪樵丈性好善素食長齋

長齋　　　　　　　　不葷

f3.101《題惲南田畫册》　f3.144《題惲南田先生畫册二絕》

甲、乙册之間的這類相似與差別，可反映出華嵒在不同時間對同一首詩的推敲。而當這些内容與道光本、光緒本、臺圖稿本比較時，這種推敲就顯得格外突出。比如所列甲册《畫白雲樓圖贈朱君鹿田并小序》(乙册《畫白雲樓贈朱君鹿田題此并序》)：

> 562 畫白雲樓圖贈友人(浙圖稿本甲册、補鈔本作"畫白雲樓圖贈朱君鹿田并小序"，乙册作"畫白雲樓圖贈朱君鹿田題此并序"，并甲册、補鈔本有序曰："東園生終日飽食，倚檻看白雲游，恍若身居環樓珠閣，絕不復知有塵氛也。當以此景繪貽同好，分而消受何如?"而乙册序曰"東園野夫終日飽食無悶，唯倚竹檻，閒看白雲游恍，若置身居瓊樓玉閣，絕不復知有塵界也，當以此景繪貽同好，分而消受何如。")
>
> 黄茅檐下白沄沄，屋裏雲連屋外雲。此景難憑詩句説，漫(浙圖稿本甲、乙册皆作"只")將畫筆脱貽君。

光緒本、臺圖稿本無此詩，其於道光本中作《畫白雲樓圖贈友人》。浙圖稿本甲、乙兩册均具體指明《白雲樓圖》是贈與朱鹿田。兩册中的"序"係華嵒自述，坦白作《白雲樓圖》的動機是將其平日的視覺經驗和内心體會與友人分享。

又如：

> 113 寫"天寒翠袖薄，日暮倚修竹"句復題("暮"，

33

臺圖稿本作"莫"。浙圖稿本甲册脱"復題"二字,又有序曰:"乙巳春二月二日至六日,圖成付吾友楊雪門持去。越三月,雪門復携來補題,用古體串絡數十字,附前賢句後,但金鐵同列獲愧良多。")

風颼颼今日將暮矣,思無由(浙圖稿本甲册作"定")兮幽心何似。髻偏偏而斜安,目矚矚而凝視。羅蟬翼薄,口脂霞色美。方依冷翠乎秋園,將訴清愁於月姊。亭亭兮修竹,娟娟兮美子。

同爲稿本,浙圖稿本甲册題后有序,而臺圖稿本却無。同一事件的叙述因這段序的存在變得詳細完整。雖不知差異之緣由,但可見兩種浙圖稿本包含的信息相對其他版本更爲具體,且直接指向華嵒的私人生活。

甲册最早的時間標記是乙巳,最晚是庚戌;乙册則最早到乙亥,最晚是乙巳。不可保證兩册全部是或接近初稿,但它們或多或少(有些則直接)地將華嵒 44 歲至 49 歲左右的狀態藉助詩文及書寫痕迹投射於紙上。而道光本、光緒本、臺圖稿本卷一至卷二前半部分中零散的時間標記正是這一時期。浙圖稿本甲乙册中的詩,創作時期相對道光本、光緒本、臺圖稿本編寫的時期較早,個人性較强,這或許也是華嵒晚年編製臺圖稿本(及道光本、光緒本所依據的稿本)時,有選擇地輯録的原因吧。倘若如此,華嵒對《離垢集》的編寫則是"階段性的":不斷地創作,到了某一時間點則進行挑選、修改,編輯成册。浙圖稿本甲、乙兩册相對獨立又存在聯繫的内容,及兩者一致的獨特、精緻的裝幀令人不禁懷疑它們的功能當不只是"一種稿本",可能還蘊含有更豐富的社會功能,如作爲禮物等。當然,也有可能是兩種手稿經同一位藏家之手時被有意裝裱爲如此。補鈔本中各詩詩序與如今浙圖稿本甲册詩序并非完全一致，而是局部連續，[①]這一現象或可佐證此猜想。即，丁仁據浙圖稿本甲册編輯補鈔本時，該稿本各頁順序也許没有十分清晰，裝裱成册頁或在補鈔本形成之後。

　　吳慶坻手書《國朝杭郡詩輯·華嵒小傳》係《國朝杭郡詩輯》"卷二十目"中《華嵒小傳》原文。其内容爲各種記録——《杭州府志（乾隆）》、《錢塘縣志》、《兩浙輶軒録》、《國朝畫徵録》中，關於華嵒籍貫的觀點的羅列，及徐逢吉對華嵒的評價。在《國朝杭郡詩輯》中，先是徐對華的評價，再是對華籍貫的交代；而在吳此文中，兩者的順序被互換，吳并對其中"《錢塘縣志》以爲臨汀人"作了"錯誤的"考證："慶坻按，福建省無臨汀，疑長汀之誤，校字者偶疏耳。"

　　除小傳外，《國朝杭郡詩輯》收録六首詩，分别爲《游潮鳴寺》、447《曉入花塢》、《題畫》、74《遣興》、13《竹溪書屋》、27《春愁》（道光本、光緒本、臺圖稿本、浙圖稿本乙册均作《春愁詩》）。而阮元《兩浙輶軒録》所收華嵒詩恰是《游潮鳴寺》、《題畫》、《竹溪書屋》、《春愁詩》四首。[②]這般巧合，反映出兩者或存在一些聯繫。其中，《游潮鳴寺》、《題畫》未見於前文具體討論的各類《離垢集》。

　　陳文述《頤道堂集·卷七》有《華秋岳〈離垢集〉書後》

---

　　① 參見附録 3"浙江圖書館藏《離垢集》稿本甲册、乙册及補鈔本目録"。

　　② （清）阮元：《兩浙輶軒録》卷十五，《續修四庫全書》編纂委員會編：《續修四庫全書》"集部·總集類"第 1683 册，上海：上海古籍出版社，1995年，第 523 頁。

一文,其所引新羅詩亦多爲上文詳談的各類《離垢集》之未見之作,現抄全文於下:

### 華秋岳《離垢集》書後

松生沈君得新羅山人《白雲松舍圖》,空靈曠逸,得未曾有。上有題句:"雲朝飲花上,露夜臥松下。風雲英化爲水,光彩與我同歡。"爲神似太白,曾爲七言古詩題之。今復以山人手鈔《離垢集》見示,云:"近日得之友人處。"書法虞褚,尤近雲林。余適養痾湖樓雨窗,無事展讀之。五言如"池光依案白,花影落幢紅""落日數峰外,歸雲一鳥邊",頗似司空圖、劉長卿。若"編竹界秋烟,破壁入秋雲",則又神似賈長江矣。七言如"菰塘水繞鴛鴦夢,落盡閒花過一秋""紫鷺去後從無夢,春雨蕭蕭獨掩門""昨夜滿空雲似水,藕花香裏獨憑闌""撥開窗外梧桐葉,且看銀灣月半輪",才情婉約,雅近溫李。若"清宵忽聽霜林響,知是蒼猿拗樹聲""便是秋風來作伴,夜敲松子落茆庵。寒烟石上孤生竹,瘦似天台面壁僧"。則非餐霞飲渌者,不能道矣。其詩可傳,其字可鑱,其人可入武林耆舊傳也。余近爲《湖山古詩》,有《南園懷華秋岳》,詩云:"南園秋色晚蒼蒼,曾是先生舊草堂。月華靜寫竹柏影,露氣細滋松桂香。閒中畫史自留稿,老去詩翁誰擅場。一幀梅花高士在,滿襟幽趣發寒香。"南園先生所居,余藏先生《梅花高士》一幅,逸品也。故詩中及之。道光甲申八月八日頤道居士書於青蘿浦上黃葉樓。①

沈松生何人，尚不明。

陳文述所見"山人手鈔《離垢集》"中，"池光依案白，花影落幢紅"句可見 1《過龍慶庵》，"落日數峰外，歸雲一鳥邊"句可見 30《山人》，"菱塘水繞鴛鴦夢，落盡閒花過一秋"句可見 13《竹蹊書屋》，"紫鸞去後從無夢，春雨蕭蕭獨掩門"句可見 27《春愁詩》，"便是秋風來作伴，夜敲松子落茆庵"句可見 438.2《贈指峰和尚》(之二)，"寒烟石上孤生竹，瘦似天台面壁僧"句可見 24《題江山竹石圖》。而"編竹界秋烟，破壁入秋雲""昨夜滿空雲似水，藕花香裏獨憑闌""撥開窗外梧桐葉，且看銀灣月半輪""清宵忽聽霜林響，知是蒼猿扔樹聲"各句亦未見於前具體討論的諸版本。這一《離垢集》稿本明顯區別於浙圖稿本甲、乙册和臺圖稿本。

## (三)"錫博稿本"版本系统

從 2011 年至 2013 年，華繹之之子華仲厚等三兄弟將其父所藏共 213 件文物陸續捐與無錫博物院。② 2013 年 9 月末至 10 月末，無錫博物院"天禄遺珠——無錫市圖書館、無錫博物院藏古籍珍本聯展"展出 81 件古籍，其中一件

---

① (清)陳文述：《頤道堂集》卷七，《清代詩文集彙編》第 505 册，第 123 頁。

② 華繹之(1893—1956)，無錫蕩口人，近代實業家。民國十年(1921年)於上海創辦華繹之蜜蠟公司。好收藏書畫。民國三十七年(1948 年)定居臺北。見 http://www.wxmuseum.com/wxbwy/news_detail1.asp?id＝1024。

係華繹之舊藏華嵒《離垢集》稿本(以下簡稱"錫博稿本")。[1]

錫博稿本正文首頁首行書"離垢集",下鈐"沈松生家藏"白文竪長方印等三方收藏印,次行書"新羅華穐岳製"六字。全本書寫相對兩種浙圖稿本更端正、放鬆。[2] 全書後附陳文述手書《跋》一篇。陳氏《華秋岳〈離垢集〉書後》中"編竹界秋烟,破壁入秋雲""昨夜滿空雲似水,藕花香裏獨憑闌""撥開窗外梧桐葉,且看銀灣月半輪""清宵忽聽霜林響,知是蒼猿扨樹聲"均見於錫博稿本,分别選自 867《雨中植花堂下口號》、689.1《久不見紫山作詩懷之》(其一)、689.2(其二)、757《東岩夜坐》。而《國朝杭郡詩輯》、《兩浙輶軒録》所輯《游潮鳴寺》也可見於錫博稿本(其序號爲876)。

---

① 無錫博物院相關報導:http://www.wxmuseum.com/wxbwy/news_detail1.asp? id=1016。

② 作者認爲,本文討論的四種稿本中除錫博稿本爲手稿本,其餘均爲清稿本,且經華嵒謄清。也有部分學者懷疑其似過録本,一些研究者則認爲"過録是要有明確主客體,否則都是抄本"。以其爲稿本原因如下:1. 四本均有華嵒鈐印,全本書法爲華嵒風格,其中錫博稿本全本與臺圖稿本的一部分書法猶精,當爲華嵒手迹。其餘各本書寫水平參差,同一作者不同時間的抄録會造成不同字迹風格,故全書面貌并不統一,可見抄寫者并非職業抄書,但當爲華嵒傳派,即華嵒弟子或其子華浚所書。關於各稿本字迹的討論,詳見專論第二部分"未完成品"。2. 除前兩節已敘述的,其并非初稿的原因外,此處借錫博稿本補充一點,四種稿本卷首卷端均有"新羅華秋岳製"。《正字通·衣部》:"製,俗稱撰述文辭曰製",《康熙字典》"義與著同",如"御製佩文齋書畫譜序"(《佩文齋書畫譜》)、"大學士王掞等恭製序文"(《韻府拾遺》)等,這四種《離垢集》書寫成集的意圖明顯,故可排除初稿。另,華嵒堅持以"製"字可見其爲職業畫家兼詩人的自信與認同。

　　而《清人詩文集總目提要》記錄的北大抄本、中大抄本①，就内容論，均衍生自錫博稿本。錫博稿本共收 611 首新羅詩，北大抄本亦 611 首，中大抄本少 33 首，共收 578 首。錫博稿本中部分詩有删除標記，中大抄本所闕詩作均爲錫博稿本中有删除標記的内容。尚不知删除標記是否爲華嵒本人所作。於北大抄本多處見删除標記，當爲批校者所作，并有“原稿無”云云或直接批以“删”字。中大抄本中 598《讀書擬古》亦有批曰：“此首原稿已删。”從字迹上看，兩本中的批校或出自一人之手。其所謂“原稿”或就是錫博稿本。

　　北大抄本有欄格，字迹工整大方。由“廖嘉館印”朱文方印可知，北大抄本爲李盛鐸舊藏。② 除此之外，其并無更多遞藏信息。

　　中大抄本正文前一頁有：

　　　　此集藏伍氏粵雅堂尚未授諸黎棗。余不能俟其集出，以先觀爲快也。故令兒輩抄之。③

　　可見中大抄本之原稿藏於廣州伍崇曜粵雅堂。但具體爲何人抄録尚不得知。由中大抄本收藏印可知，其曾經

---

　　① “北京大學圖書館、中山大學圖書館均藏有《離垢集》清鈔二卷本，有批校。”柯愈春：《清人诗文集总目提要》上册，第 488 頁。

　　② 又可見李盛鐸《木犀軒收藏舊本書目》：“《離垢集》二卷（筆者注：當爲“兩册”），國朝華嵒（筆者注：原誤作“華嵒山”）撰，藍格抄本。”李盛鐸編：《木犀軒收藏舊本書目（一）》，民國抄本，國家圖書館藏，影印收録於《中國著名藏書家書目匯刊·近代卷·第十九册》，林夕主編，煮雨山房輯，北京：商務印書館，2005 年，第 387 頁。

　　③ 見 f1.12。

陳壽祺、居廉等人之手。全本無格,字字清晰工整。中大抄本除正文的華嵒詩外,還包括了一些與《離垢集》無直接關係的内容,如上册首頁記録了"魚骨便符"的操作方式及醬肉製法,上册末有對各家繪畫評語,涉及華嵒、周少谷等,又抄有唐寅、曹堯賓等詩作,后落款"雲虚自題時年六十有七"。下册末,有抄沈周"筆蹤要是存蒼潤,墨法還須入有無"詩,又有抄若干詩句,配有畫作内容描述,然未知其作者。

錫博稿本除沈松生收藏印外,又有何冠五的五方收藏印。卷末緊隨陳文述文后的鄧爾疋跋文,是爲何冠五而書。① 何冠五活躍於廣州,可見錫博稿本與中大抄本確有機會發生關係。但目前證據不足,故不作過多猜想。

錫博稿本與其他版本的差異不少,多爲字的異體、異形。還有一些則爲個别内容上的差異。

浙圖稿本甲、乙册和錫博稿本在一些詩作序言中有關事件的細節,未保留在臺圖稿本及道光本、光緒本中。而兩種浙圖稿本與錫博稿本之間也存在部分措辭差異。如113《寫"天寒翠袖薄,日暮倚修竹"句復題》,浙圖稿本甲册"雪門復携來補題"與錫博稿本"雪門復携来乞余補題"的一字之差,使語氣發生變化。又如,433《蔣雪樵叔丈過訪因懷魏雲山音信不至》與錫博稿本819《張秋水近信不至詩以懷之》的内容雖一致,但詩題的差異使兩首詩的事件與人物發生了變化。

如表5,據錫博稿本的"時間標記",錫博稿本所收詩作

---

① 見附録f1.11鄧爾疋跋(錫博稿本)。

集中於華喦 35 歲至 49 歲。這一時間段有部分與兩種浙圖稿本重合。而與其它各本比較,華喦 40 歲左右的詩在錫博稿本中最爲集中。

表5　錫博稿本中的時間標記

| 年份 | 年齡 |  | 年份 | 年齡 |
|---|---|---|---|---|
| 1713 癸巳 | 32 歲 |  | 1735 乙卯 | 54 歲 |
| 1714 甲午 | 33 歲 |  | 1736 丙辰 | 55 歲 |
| 1715 乙未 | 34 歲 |  | 1737 丁巳 | 56 歲 |
| 1716 丙申 | 35 歲 | ▓ | 1738 戊午 | 57 歲 |
| 1717 丁酉 | 36 歲 |  | 1739 己未 | 58 歲 |
| 1718 戊戌 | 37 歲 |  | 1740 庚申 | 59 歲 |
| 1719 己亥 | 38 歲 | ▓ | 1741 辛酉 | 60 歲 |
| 1720 庚子 | 39 歲 |  | 1742 壬戌 | 61 歲 |
| 1721 辛丑 | 40 歲 |  | 1743 癸亥 | 62 歲 |
| 1722 壬寅 | 41 歲 |  | 1744 甲子 | 63 歲 |
| 1723 癸卯 | 42 歲 |  | 1745 乙丑 | 64 歲 |
| 1724 甲辰 | 43 歲 |  | 1746 丙寅 | 65 歲 |
| 1725 乙巳 | 44 歲 | ▓ | 1747 丁卯 | 66 歲 |
| 1726 丙午 | 45 歲 |  | 1748 戊辰 | 67 歲 |
| 1727 丁未 | 46 歲 |  | 1749 己巳 | 68 歲 |
| 1728 戊申 | 47 歲 |  | 1750 庚午 | 69 歲 |
| 1729 己酉 | 48 歲 | ▓ | 1751 辛未 | 70 歲 |
| 1730 庚戌 | 49 歲 |  | 1752 壬申 | 71 歲 |
| 1731 辛亥 | 50 歲 |  | 1753 癸酉 | 72 歲 |
| 1732 壬子 | 51 歲 |  | 1754 甲戌 | 73 歲 |
| 1733 癸丑 | 52 歲 |  | 1755 乙亥 | 74 歲 |
| 1734 甲寅 | 53 歲 |  | 1756 丙子 | 75 歲 |

錫博稿本正文前有屬鶚題辭。其與臺圖稿本屬鶚手書的題辭相比,書寫風格明顯不同,且相對草率,反倒接近華喦的書寫風格。錫博稿本中最晚的時間標記是"庚戌",

而錫博稿本、臺圖稿本的厲鶚題辭中均可見其於次年——
"辛亥上春獲讀"《離垢集》。若説厲鶚,甚至徐逢吉所見
《離垢集》正是錫博稿本,當完全符合眼下證據。

雍正九年,辛亥年,華喦五十歲。"五十知天命。"錫博
稿本在這一特殊的時間誕生,似乎是華喦對自己詩人身份
的"階段性回顧",對自己作詩歷程的"階段性小結":輯録、
手鈔以往詩作,編爲《離垢集》(即錫博稿本),向最親密的
友人展示,請他們題字,或打算出版。而華喦於錫博稿本
使用厲鶚手書題辭的"替代品",或正説明錫博稿本是其
《離垢集》的一個階段性定稿。[①] 而厲鶚,這位名士兼華喦
好友的題辭手稿對華喦及其《離垢集》的重要性可見一斑。
沒有直接證據證明四種《離垢集》稿本中哪一本是"定稿",
但從裝幀、體例、體量來看,臺圖稿本、錫博稿本都該是一
個階段的定稿。相對而言,擁有徐逢吉、厲鶚手書題辭的
臺圖稿本大概最接近最後的《離垢集》定稿。此外,雖無證
據指明臺圖稿本題簽作者爲誰,但"新羅山人《離垢集》後
鈔"之"後鈔"二字,正可見《離垢集》寫作存在"階段性"。
而三者以詩的創作時間排列,也可見《離垢集》與華喦的生
命時間密切關聯。

統計后發現,浙圖稿本甲、乙兩册中有 77 首詩,道光
本也有收録,集中在道光本的[1,113],[437,459],[532,
582]。錫博稿本中的 110 首詩出現在浙圖稿本甲册,84 首

---

① 徐逢吉、厲鶚爲華喦五十歲時的《離垢集》題辭,可以充分説明華
喦當時有出版動機。雖然《離垢集》并未於華喦五十歲時出版,但徐、厲的
文字最終移至臺圖稿本,當是五十歲後所決定的。

出現在乙册（其中 9 首也出現在甲册。若以錫博稿本爲參照，乙册與之重複者則多位於錫博稿本前半部分（尤其是在[583,615]、[649,674]、[692,719]、[908,919]等部分），甲册與錫博稿本重複之詩於後者中分布較廣泛，而其中有一定比例較集中地位於錫博稿本後半部分（908 之後），甲、乙册重複的詩作主要出現在 908 至 919 間。若錫博稿本是可靠的時間參照，可推測乙册的製作時間早於甲册。當然，除有明確時間標記的詩作外，其餘詩作或因不具備判斷時間的綫索，可能導致編輯《離垢集》時詩序發生錯位）；192 首也出現在道光本，序號集中在其[1,117]、[437,459]，[532,582]。而 489《題蒼龍帶子圖》則是唯一非此三個區間，并出現在浙圖稿本甲册、錫博稿本的一首。

道光本、光緒本、臺圖稿本的卷一正是[1,117]。而[437,459]、[532,582]，即臺圖稿本（[437,459]也是光緒本）相對道光本没有的部分。由浙圖稿本甲乙册與錫博稿本反映的這一現象絕非巧合，這恰恰説明[1,117]、[437,459]、[532,582]三個區間中的詩當屬於華嵒 50 歲之前（浙圖稿本甲、乙册、錫博稿本集中創作時期）的作品。故而，[1,117]被安排在臺圖稿本卷一符合《離垢集》"依年編録"的大致情況。而四種稿本大致符合"依年編録"，應爲華嵒編寫《離垢集》的初衷。

50 歲前的作品已經錫博稿本、浙圖稿本甲、乙册整理。合情推理，爲了主次分明，避免過度的重複、累贅，華嵒在編寫臺圖稿本時將早期作品集中在卷一，突出作爲主體的後期作品。如此，其主體，包括[437,459]、[532,582]所在的卷四、卷五，更不應該再出現卷一所代表時期的詩作。

前文所謂接近華嵒晚期身體狀況的542《冬日讀書》，其實也出現在浙圖稿本乙册、錫博稿本，當屬50歲之前的作品。道光本、光緒本之所以出現這樣的混亂，和華嵒手稿頗多、又經後人整理不無關係。有的個例或許也可以佐證這一點。如540《自題寫生六首》，該詩僅刻本收録，未見於任何稿本。且該組詩中大部分是惲壽平的作品，這一現象或爲後人編輯時的失誤。① 因此僅見於刻本《離垢集》的詩是值得關注的，其來源或是華嵒詩稿，或是他人詩作誤入。②

至此，完整的《離垢集》版本源流脉絡由知見的各類版本構建了起來。浙圖稿本甲、乙册與錫博稿本收録了華嵒50歲前的詩，以道光本爲代表的版本系統則主要集中了大

---

① 參見540。

② 僅爲刻本《離垢集》收録之詩：

435 游靈隱寺賦贈楊璞巖　436 夢入紫霞宫

439.2 懷姚鶴林其二（"其二"，点校者注補，下同）　440 訪蔣雪樵丈新病初起

441.1 和積山見寄四首其一　441.2 其二　441.3 其三　441.4 其四

442 春夜偕金江聲游虎邱　449 曉望　460 春風桃柳

461 草閣荷風　467 游聖因寺　535 將發江東偶成一律留別諸同好

540.1 自題寫生六首其一　540.2 其二　540.3 其三　540.4 其四

540.5 其五　540.6 其六　541 喜雨　544 題寒林栖鳥圖

548 畫竹送陳石樵之魏塘　553 題讀書秋樹根圖

554 白雲篇題顧斗山小影　559 題松山桂堂圖　569 畫竹

574 踏雨入東園　579 張琴和古松　581 題芙蓉蘆荻野鴨

1122 重九前三日晚於桂華香裏與員子説秋煮茶，分韵成句兼懷李七郎

1123 賦得菊爲重陽冒雨開　1124 紅菊　1125 題梅竹小雀幅

1126 南園圖

量華喦 50 歲之後的作品，四個版本系統之間，內容相互交錯，又互不重合。若將各本《離垢集》的時間標記彙整成表（見表 6），則可見《離垢集》大致"版圖"。

表 6　各版本《離垢集》中的時間標記匯總表

| 年份 | 年齡 | | 年份 | 年齡 | |
|------|------|--|------|------|--|
| 1713 癸巳 | 32 歲 | | 1735 乙卯 | 54 歲 | |
| 1714 甲午 | 33 歲 | | 1736 丙辰 | 55 歲 | |
| 1715 乙未 | 34 歲 | | 1737 丁巳 | 56 歲 | |
| 1716 丙申 | 35 歲 | | 1738 戊午 | 57 歲 | |
| 1717 丁酉 | 36 歲 | | 1739 己未 | 58 歲 | |
| 1718 戊戌 | 37 歲 | | 1740 庚申 | 59 歲 | |
| 1719 己亥 | 38 歲 | | 1741 辛酉 | 60 歲 | |
| 1720 庚子 | 39 歲 | | 1742 壬戌 | 61 歲 | |
| 1721 辛丑 | 40 歲 | | 1743 癸亥 | 62 歲 | |
| 1722 壬寅 | 41 歲 | | 1744 甲子 | 63 歲 | |
| 1723 癸卯 | 42 歲 | | 1745 乙丑 | 64 歲 | |
| 1724 甲辰 | 43 歲 | | 1746 丙寅 | 65 歲 | |
| 1725 乙巳 | 44 歲 | | 1747 丁卯 | 66 歲 | |
| 1726 丙午 | 45 歲 | | 1748 戊辰 | 67 歲 | |
| 1727 丁未 | 46 歲 | | 1749 己巳 | 68 歲 | |
| 1728 戊申 | 47 歲 | | 1750 庚午 | 69 歲 | |
| 1729 己酉 | 48 歲 | | 1751 辛未 | 70 歲 | |
| 1730 庚戌 | 49 歲 | | 1752 壬申 | 71 歲 | |
| 1731 辛亥 | 50 歲 | | 1753 癸酉 | 72 歲 | |
| 1732 壬子 | 51 歲 | | 1754 甲戌 | 73 歲 | |
| 1733 癸丑 | 52 歲 | | 1755 乙亥 | 74 歲 | |
| 1734 甲寅 | 53 歲 | | 1756 丙子 | 75 歲 | |

　　這一版圖正是華喦的"詩人"身份在其生命之地位的可視化。當道光本、光緒本作爲研究華喦的主要文字資料，而浙圖稿本甲册、乙册、錫博稿本未受重視時，關注的

重點其實局限在了華嵒的晚期作品,即"版圖"的"局部地區"。事實上,由表 6 可知,詩人的身份貫穿了華嵒的大半生。

# 二、未完成品

## (一)《離垢集》各稿本的内在關聯

　　錫博稿本、浙圖稿本甲、乙册與臺圖稿本這四種稿本
中,錫博稿本的書法水準爲最佳,當爲華喦親自書寫的手
稿本。其書風統一,爲華喦書迹之面貌,結體端正圓潤,放
鬆且克制。浙圖稿本甲、乙册雖書風較近,但水準較錫博
稿本弱,疑非華喦親筆,當爲經作者謄清、他人抄寫的清稿
本。臺圖稿本亦然,其書風變化明顯,疑有代筆者參與,可
能至少由二位抄寫者完成。不論臺圖稿本或浙圖稿本甲、
乙册,其字體近似華喦字迹,是華喦慣用的小楷風格,參與
抄録詩作的寫手應當研習過華喦的書寫偏好。縱覽華喦
的書迹并比對其稿本,華喦的小楷結體方正,剛勁沉穩,注
意字間空隙與節奏,以求氣息貫通,前後呼應,往往有鍾
繇、惲壽平的風格。

　　1. 不惑之惑:浙圖稿本甲、乙册與錫博稿本

　　錫博稿本是華喦五十歲時爲準備刊行《離垢集》時的
産物,其詩作在華喦半百之時被預期成爲公共文本,其受
衆或被預設爲廣大讀者。關於浙圖稿本甲、乙册與錫博稿
本在完成時間上孰先孰後,以及浙圖稿本甲册、乙册的受

裳是誰,暫無充分證據可供推斷。

三者的差别除個别字詞上的細微調整外,如:

> 頭上天公欲(浙圖稿本乙册作"要")作雪,黑雲四面忙(浙圖稿本乙册作"先")鋪設。西北角上朔風來,掀茅卷瓦樹枝折。呼兒飽飯入桑林,收拾敗枝縛黄篋。擔回堆積厨灶邊,供給三頓莫少缺。(浙圖稿本乙册此句後衍"乾者,取先爨。生者,留過月。留過一月都可用,温茶温酒容易熟。")記得前年春雨深(浙圖稿本乙册作"多"),屋溜連朝響不歇……①

錫博稿本比浙圖稿本乙册少的這三句話是解釋前兩句"呼兒飽飯入桑林,收拾敗枝縛黄篋。擔回堆積厨灶邊,供給三頓莫少缺"所述雨前準備柴火的行爲,説明柴火分類的經驗,有無此句對整體詩意并不影響。若在完成時間上浙圖稿本乙册在前,便可視爲華嵒對詩的精簡。

再如,人物信息的有無:

> 過斑竹庵訪雪松和尚和尚係延平人,明時孝廉,出任天臺縣知縣。鼎革後,弃家落髮,有詩文傳世(浙圖稿本乙册作"過斑竹庵",浙圖稿本乙册、臺圖稿本均無小字)

> 灣頭逢衲子(浙圖稿本乙册作"佛子"),携手入寒煙。但説前江凍,鐘聲敲不圓。②

錫博稿本、浙圖稿本乙册與臺圖稿本三種稿本皆有此首。錫博稿本與臺圖稿本均作"過斑竹庵訪雪松和尚",兩

---

① 見 887。若無註明,本章比較各詩時均以錫博稿本爲底本。
② 見 38。

者都交代了過斑竹庵的目的是拜訪"雪松和尚",華嵒也許不認爲浙圖稿本乙册的讀者需要獲得這一信息。錫博稿本將雪松和尚的生平一一交代,兩行小字分明是雪松和尚的小傳。華嵒在交代"過斑竹庵"的目的時,希望向讀者介紹這位朋友,并分享他的經歷。這是華嵒五十歲準備將《離垢集》付梓時的心態。

到了晚年,臺圖稿本的編寫時,這些信息都被剔除,只留下了"過斑竹庵"的目的。這時,雪松和尚的生平也許不再需要華嵒介紹,華嵒認爲詩本身所表達的事件需要完整地傳達給讀者。再看全詩:該詩本身是敘事,全詩四句均明顯表露事件中的人物不止一人,而首句就交代除主角華嵒外作爲配角的"衲子"。臺圖稿本與錫博稿本的讀者都會知道"衲子"是"雪松和尚";而浙圖稿本乙册的讀者所面對的"衲子"則是一個無具體身份的抽象形象。

> 題瑞蓮圖蓮之并蒂而花者,亦常有也,然分紅白二色,自是難得,因爲寫景(浙圖稿本乙册作"池蓮開出一朵紅白二色,群以爲瑞")①
> 寫"天寒翠袖薄,日暮倚修竹"句復題
> 乙巳春二月二日至六日,圖成付吾友楊雪門持去。越三月,雪門復携來乞余補題,用古體串絡數十字,附前賢句後,但金鐵同列,獲愧良多("乞余",浙圖稿本甲册脱。臺圖稿本脱小序)……②

---

① 見899。
② 見113。

《題瑞蓮圖》和《寫"天寒翠袖薄,日暮倚修竹"句復題》中的不同可見情緒差異。

《題瑞蓮圖》中,相比於浙圖稿本乙册的"池蓮開出一朵紅白二色,群以爲瑞"錫博稿本則強調了"紅白二色"的特殊性,文字間透露出作爲畫家的華嵒面對難得的視覺現象時的衝動,"因爲寫景"說明這種視覺體驗是華嵒作《瑞蓮圖》的動機。於是,"觀景—作畫—題詩"這一連貫、完整過程被具體呈現,而浙圖稿本的陳述使"觀景"直接"跳躍"至"題詩"。

再如《寫"天寒翠袖薄,日暮倚修竹"句復題》,浙圖稿本甲册和錫博稿本都表現得比臺圖稿本更爲具體、私人,而錫博稿本"乞余補題"和浙圖稿本甲册"補題"的語氣明顯不同。唯讀過浙圖稿本甲册的讀者,可以瞭解整一事件的經過。而只閱讀錫博稿本的讀者,除了事件經過,還可以感知"乞"字表達的細節:雪門希望請華嵒爲畫題詩;華嵒強調了作爲畫家的自己在應酬中的主動位置。而到了臺圖稿本中,序言的缺席致使上述細節被全部抹除。楊雪門拿畫再訪的過程被概括爲題中"復題"二字。

和《過斑竹庵訪雪松和尚》一樣,《寫"天寒翠袖薄,日暮倚修竹"句復題》在各版本中的不同情況"暴露"了華嵒五十歲和七十歲對《離垢集》的態度變化(當然,此般推測前提是這些修改均由華嵒親自完成),包括他對詩、對讀者的態度變化。在七十歲左右的華嵒看來,強調自己五十歲前這次應酬中的地位并希望其藉印刷而傳播已不再必要,取而代之的是對部分事件的敘述和一些詩句的修改,前者具體表現的方面有時間、事件、人物的删除或補充。以下案例也可佐證這一點：

> 題畫册（浙圖稿本乙册作"題畫册一絕"，臺圖稿本作"題烏目山人畫扇"）①
>
> 賦得佛容爲弟子（臺圖稿本作"賦得佛容爲弟子應王生教"）②
>
> 六宜樓聽雨（臺圖稿本作"六宜樓聽雨同金江聲作"。浙圖稿本甲、乙册無此詩）③

### 2. 暮年之思：臺圖稿本

臺圖稿本從卷一至卷三前半部分，風格統一，結體纖瘦、極扁，橫、撇、捺畫均向左右兩側舒張，所有字整齊地向左傾斜，角度幾近 10°，字距行距狹窄，略顯緊張。卷二中後部分，有傾斜的角度超過 10°，甚至有接近 30° 的部分。卷二後半部分開始，傾斜明顯減弱，結體趨向方正、厚重，向左右的張勢也變弱，而有的詩字形相對較大，字距行距也時而放鬆，雖與前後的風格相比顯得突兀，但相對接近其它兩種稿本。卷三後半部分一直到最後，字體大小、字距行距頻繁變化，出現了多種書寫風格，一種是最後近乎顫抖的書寫，一種是全本起初的風格，一種相對方正、厚重，另有一些則書寫隨性、"率意"。最後部分也許是華嵒七十五歲左右的晚年手迹。三者并非零散出現，但不像之前那樣大篇幅以一種書風，而是馬賽克般"拼貼"：連續七

---

① 見 35。
② 見 43。
③ 見 58。

八首爲一種風格,隨後七八首爲另一種,又間或穿插一二首不同風格。隨著後來書風相對頻繁的變化,或書寫者交替的頻率加大了,或詩與詩間抄寫的間隙增多了。如此明顯的風格不一,可説明臺圖稿本的書寫者至少有兩人,且其抄寫具有階段性,整個過程延續的時間并不短。

臺圖稿本與錫博稿本、浙圖稿本甲、乙册的差異均在詩題、小序、詩注等非詩文内容的部分。如果説錫博稿本、浙圖稿本甲、乙册中,詩敘述的事件更完整、詳細,那麼包括上文討論過的《過斑竹庵訪雪松和尚》與《題畫册》、《賦得佛容爲弟子》、《六宜樓聽雨》等詩的人物在臺圖稿本中更明確。也許在五十歲計劃出版《離垢集》時,華嵒認爲這些事件中的人物并不必要指明,故而以"友人"替代具體人名,或乾脆不寫明自己以外的人物。

又如,華嵒在臺圖稿本中對事件信息的精簡:

> 沈小休以新詩見懷賦此答謝(浙圖稿本乙册作"旅舍即事兼寄徐君紫山",臺圖稿本作"答沈小休")[1]
>
> 遠村以秋蘭數莖見貽,其華香貞靜,令人愛重,因譜素影,以報遠村并題四絶(臺圖稿本作"施遠村以秋蘭數莖見貽,題詩以報之")[2]
>
> 乙巳冬即山齋芙蓉石畔,海榴、宜男共時發花,光彩耀目,嫣殊群卉。時遠村將有弄璋之喜,得此佳兆,余爲破睡,譜圖并題(臺圖稿本作"即山齋海榴、宜男同時發華。時遠村將有弄璋之喜,獲此佳兆,余爲破

---

① 見 111。
② 見 72。

睡，譜圖并題”）①

正如前文討論過的《寫“天寒翠袖薄，日暮倚修竹”句復題》一樣，這些詩中關於事件的信息在臺圖稿本更爲精簡，只留下事件的起因與結果。而往往，因果之間的具體過程會決定事件的獨特性。以上詩作中，有的省略了景物描寫（如“其華香貞靜”、“光彩耀目，嫣殊群卉”等），有的則省略了部分結果（如《遠村以秋蘭數莖見貽，其華香貞靜，令人愛重，因譜素影，以報遠村并題四絶》中“因譜素影”四字的缺失，導致該詩於臺圖稿本只涉及題詩而無繪畫），這些删減没有造成事件的殘缺。而《沈小休以新詩見懷賦此答謝》，浙圖稿本乙册該詩受贈者與錫博稿本、臺圖稿本的差異，也許是因爲當時一詩兩寄，也可能是一次抄寫失誤。臺圖稿本是晚年整理詩作的結果，同一事件的不同敘事，會使之表現出不同的輕重。對於當時期待《離垢集》付梓的華嵒而言，修訂本身是他對待大半生記憶的態度。後來問世的刻本與臺圖稿本同屬一個版本系統，它們在内容上的差異也在詩題、序文之中，數量并不多。如與道光本相比：

道光本：爲亡婦追寫小景，因製長歌言懷

錫博稿本、臺圖稿本：癸巳十一月八日爲亡婦追寫小景，因製長歌言懷②

---

① 見78。
② 見19。

道光本：挽徐紫山先生善養道，壽近九十無疾而終

臺圖稿本：挽徐紫山先生先生壽近九十無疾而終，非善養道者那能如此①

道光本：壬戌歲，余客果堂。除日風雪凄然，群爲塵務所牽。唯余與果堂寒襟相對，賦以志感。

臺圖稿本：壬戌歲，客果堂。除日同員巽之作，時撫塵兆，互爲吟贈。

歲暮之日風雪凄然，群爲塵務所牽，唯余與果堂獨以寒襟相對。噫！靜躁不同，豈止懸阻千里也哉②

"癸巳十一月八日爲亡婦追寫小景因製長歌言懷"顯然是一個極私人之事，對華嵒而言，紀念妻子一事的輕重絕不等同於詩集中其他事件，對該時間的省略或非華嵒所爲。在《挽徐紫山先生》中的差異，可見道光本等刻本的底本較臺圖稿本更爲簡練。"壬戌歲"詩中題、序歸納爲一句，也可反映這點。在錫博稿本、浙圖稿本與臺圖稿本比較時，臺圖稿本表現出的晚年修改思路正是將前作精簡化，而這一思路如今也可見於道光本等刻本之中。

前文提到，在道光本中，有一部分爲臺圖稿本未收而錫博稿本、浙圖稿本甲、乙册可見。③ 將後三種稿本與道光本比較，三者在詩題上的差異，和臺圖稿本中的晚年修改特徵大同小異：

---

① 見 164。

② 見 246。

③ 見第一部分"版本源流"，第 21 頁。

題友人訪道圖（道光本作"題薛松山訪道圖"）①

贈薛楓山（道光本作"贈楓山先生"，浙圖稿本甲册作"贈楓山"，浙圖稿本乙册與錫博稿本同）②

六月八日雲山過訪有感而作（道光本作"魏雲山過訪感賦一首"）③

送友人之太末（道光本作"送錢他石之太末"）④

十月十五日曉登吳山作（道光本作"秋杪曉登吳山"）⑤

看來，對於人物指稱的具體化確實是華嵒晚年修改《離垢集》時尤其注重的思路。

又如：

汪子麟先裹糧入廬山訪遠公遺迹，多獲佳句。及歸錢塘，囑仇生丹厓作《三笑圖》，索余題詩，遂信筆書一絶句以應來意（道光本作"題虎溪三笑圖"）⑥

這類似前文所引臺圖稿本對"遠村以秋蘭數莖見貽"詩、"乙巳冬即山齋"詩、《沈小休以新詩見懷賦此答謝》等詩的縮減，道光本中也反映了晚年對詩中事件的精簡。該詩事件的起因、《虎溪三笑圖》的作者均被抹除，如今只能解釋爲整一事件對於後來的修訂已不再重要，參與詩集編

---

① 見561。
② 見533。
③ 見457。
④ 見434。
⑤ 見458。
⑥ 見572。

輯的華喦或其後人并不準備將這些信息與讀者分享。更
可見,雖詩集的作者是畫家,集中作"題某某"的題畫詩不
一定指向畫家自己的作品,更有他可能觀看且可以題詩的
畫作。

　　詩作背景多交代於題、序或詩中小字,而不同版本中
對詩句的修改所形成的區別則較事件描述之詳略更爲
抽象:

　　懷姚鶴林

　　想見鶴林一片春,風簾垂處坐幽人。奇書滿屋挑
燈讀,字字無遺記得真。(此句浙圖稿本甲册與錫博
稿本同,道光本作"細字模糊認得真")①

　　兩種説法分別有不同的側重,"細字模糊認得真"所談
是姚鶴林讀書專注。而"字字無遺記得真"則是誇讚他具
有卓越的記憶力。再如:

　　獨夜有感(道光本作"春夜感懷")

　　霧閣沉沉夜色昏,何如寒客卧春園(此句浙圖稿
本甲册與錫博稿本同,道光本作"誰憐孤客滯春園")。
燒燈漫憶當年事,却見青袍舊酒痕(此句浙圖稿本甲
册與錫博稿本同,道光本作"卷袖頻看舊酒痕")。②

　　《獨夜有感》中,修訂前後兩種説法下的氣氛截然不
同。雖皆傷感,但"誰憐"、"滯"、"頻看"等詞對情緒的強調
則明顯強過"何如"、"卧"等。而"却見青袍舊酒痕"一"却"

---

　　① 見 439.1。
　　② 見 445。

字悲傷的節奏在接近詩歌結尾時發生變化,與前句的"漫憶"形成反差,强化了悲傷的力度。而"頻看"則意爲記憶中的悲傷事縈繞於心,無法放下,這令全詩的情緒具備層次:悲傷氣氛因"漫憶"與"頻看"交織著不斷加深。無論事件是否真實,是否爲華嵒所經歷(若爲其所經歷,依版本的先後,那夜他當是忽然看見而非"頻看"袖上的舊酒痕),"卷袖頻看舊酒痕"當更妙。諸如此類改動不在少數,限於篇幅與行文便不一一列舉。

由眼下的材料尚且無法推測從上述稿本至刻本的"演變"過程中華嵒本人的意圖究竟佔據多少比例,以上修訂是否全是華嵒本人的意思,他的好友厲鶚、徐逢吉等詩壇翹楚在其中提供了多少建議。當然,當詩作及其書寫并存於《離垢集》時,無論差異大小、孰輕孰重,都由并列的位置、相近的書寫或字體而在一定程度上被統一了模樣與重量。盡可能地借詩稿中的痕迹還原華嵒的修訂,這位藝術家不同時期的情緒與意圖也許便從茫茫詩海中被激起。

隨著年紀漸長,《離垢集》對於華嵒的意義會發生變化。五十歲前後,實現《離垢集》的刊刻計劃已經付諸實踐,有徐逢吉、厲鶚撰寫題辭爲證。到了晚年他對詩的理解與寫作風格也會與早年不同,臺圖稿本誕生於彼時。華嵒生前未能使詩集刊行,詩集的讀者則由世人變爲後人:錫博稿本是華嵒留給世人的《離垢集》;而留給後人的《離垢集》,也就是最終的定稿,未有證據證明其存在。

臺圖稿本目前的書衣上有書簽,上題"離垢集後編"。所謂"後編"確實惹人懷疑其并非完整定稿,暗示其需與"前編"共同組成完整詩集。錫博稿本與臺圖稿本分別完成的時間容易造成一種錯覺：臺圖稿本體現了華嵒晚年的態度，分作五卷的清晰結構看似定稿，"延續"并"取代"了之前的《離垢集》。引發這種錯覺的原因之一，正是"離垢集"爲目前所有材料可證明的華嵒爲詩集取的唯一名字。①依上文所述，僅就三者的内容可見其各自的獨立性，我們可暫時并列地對待它們，而不因其前後順序而認爲它們存在相互替代的關係。

因此，筆者認爲錫博稿本是華嵒五十歲準備刊行《離垢集》前的一種定稿，最終刊行計劃夭折也令詩作編輯的過程延長，華嵒晚年編製的臺圖稿本是也可視作一種階段性定稿；由於没有《離垢集》在華嵒生前刊行的證據，目前無法認定有一種華嵒生前親自確定的《離垢集》存在。與臺圖稿本相關的、後來通行的主要刻本道光本《離垢集》及道光本對華嵒詩作的整理工作不能代表華嵒的最終意願。《離垢集》編寫被延長至無限，因此也有了光緒本、民國本、補鈔本等。雖迫於華嵒的過世而不得不停止，但由於定稿的未知，《離垢集》終究未能定型。因此，華嵒作爲詩人的形象始終處於流動之中、在不同版本《離垢集》之間被重複塑造，而研究者對其詩的閱讀需保持靈活。

---

① 各類關於華嵒的材料中常出現的所謂"《解弢館詩集》"是否存在，目前的證據表明，華嵒至始至終使用"離垢集"作詩集名字。"解弢館詩集"一説的起源尚待考，筆者猜測，或爲後人以其室名"解弢"而擅自以之作集名，而它實際就是《離垢集》。

## （二）詩稿與書法：作爲藝術媒介的詩

一位成熟的畫家能嫻熟且準確地調動他的創作經驗以應對不同的藝術要求，他們往往能將自己熟知的材料改造爲讓人覺得新鮮的原創作品，這被視爲畫家的一種技能。尤其是職業畫家面對大量的訂單，或是在臨時、偶然的情境下被動作畫時，這項基本技能可以幫助他們高效地完成創作任務。[①] 所謂對熟知的材料進行改造，包括對已知圖式的修正，而對於華嵒等明清以來的藝術家而言，也包括對既有文字的利用。因爲書法更多地參與進繪畫，而文字是書法的媒介。在創作的語境下，畫家對既有文字的使用總是在文字的書寫層面。對於華嵒而言，未能刊行的《離垢集》就是專屬於他的文字資料。而從其詩稿的讀者角度來説，一份詩稿一旦有一位作爲畫家的作者，對於它的觀看姿態將會不斷滑行：閱讀詩歌或是欣賞藝術。而不同的觀看有時會決定文本的命運。

1. 廣東省博物館藏華嵒楷書詩稿

廣東省博物館藏有一件華嵒“楷書詩稿”，共八開（圖2）。包括組詩中各首，該詩稿共收録四十一首詩。該詩稿無華嵒款識，書風細膩，確是華嵒書法風格中接近惲壽平的一路。暫無依據證明其爲《離垢集》詩稿，其中五詩作更未能在各版本《離垢集》中得見。詩稿最後，有康咏（1862

---

① （奥）恩斯特·克里斯、奥托·庫爾茨著，潘耀珠、邱建華譯：《藝術家的傳奇》，杭州：中國美術學院出版社，1990年，第75—82頁。

—1916)題跋:"華秋岳先生遺稿,余得自其家。乙巳重付裝池,以存名迹。汀州康咏識",若康氏所言屬實,該詩稿是從華喦後人手中流傳而出。

該詩稿四十一首詩中,五首未見於各版本《離垢集》,二首僅可見於道光本而未能在各《離垢集》稿本中找到對應者,而這兩首在道光本中的位置證明它們是華喦三十二至五十歲間的作品。其餘可與《離垢集》稿本互見的詩,以錫博稿本爲參照紛紛對應,并照錫博稿本依年編録的編輯邏輯,它們之中創作時間最晚的是《小東園遣興三絶》之第二首。而該詩於錫博稿本的位置:前有詩題名"丙午"云云,後有詩《題許用安聯吟圖》有"雍正五年夏六月"句①、又有故宫博物院藏華喦《自畫像》(1727年)上題詩的《自寫小影并題》,可知《小東園遣興三絶》時間是在丙午(1726年)與丁未(1727年)間,即該詩稿所收詩歌的創作時間最晚在華喦四十四至四十五歲之間。

若將此詩稿視作一個獨立的整體,可以推測該詩稿完成時間早於錫博稿本、浙圖稿本甲、乙册,也就是現有之《離垢集》誕生前的創作。但因没有華喦款識,以及任何暗示其開始與結束的標誌,康咏獲得的更可能是華喦詩稿中的一個片段。

這份詩稿中的作品在完成後應當經歷了華喦的删改,故而有後來的《離垢集》未能收録之作。與臺圖稿本或道光本相比,該詩稿中相關詩作與錫博稿本的差異相對較小。如該詩稿第六首《喜雨》有"遠近人間饑渴愁",錫博稿本該

---

① 見1008。

句作"遠近人無饑渴愁"，道光本作"澤沛人間解渴愁"。①

　　再如該詩稿第三十一首《題姚鶴林西江游草》之其一，該詩稿作"愛君詩筆記遨游，一句山川一樣秋。却道西江門外浪，卷空十尺雪花浮"。錫博稿本第三句"西江"作"章江"，道光本則前三句皆不同，作"誦君詩草記遨游，山色溪光筆下收。怪底西江門外浪"。其二中，該詩稿第三句作"不逐群雞同處食"，錫博稿本"雞"作"鷗"，道光本整句不同，作"肯與雞群同飲啄"。該詩稿與錫博稿本的差異在個別字詞，與道光本則有整句不同的區別。②

　　以現有材料及修改邏輯可判斷，廣東省博物館藏華喦"楷書詩稿"完成時間相對較接近錫博稿本成書（即華喦五十歲）時間，它也許是華喦四十四至四十五歲時抄録的詩稿中的一部分。合理推測，該詩稿中的詩作會在華喦約五十歲時作爲編成錫博稿本（或同時期爲刊刻準備的詩稿）的依據而被篩選、修正。至臺圖稿本、道光本完成之間，它也許參與到了華喦本人或其後人的修訂、整理過程中。另一方面，當該詩稿被收藏之際，詩作的文字内容雖未發生變化，但讀者閱讀方式從此被改變。它被當做畫家書寫的遺迹而從整體的詩歌創作、詩集編輯中抽離。如它的收藏者所言，"重付裝池，以存名迹"，它作爲手稿殘葉的證據在康氏將其重新裝裱之後被册頁的屬性取代，如今的它更容易被當做畫家的小楷作品而進入藝術的觀看語境中。

---

① 見 454。
② 見 456。

2.國家博物館藏華嵒行書册頁

　　國家博物館藏有華嵒的一套共十二開的行書册頁,册頁中抄有十三首詩:《水窟吟》、《自寫小景并題》、《畫墨龍》、《苦雨作》、《遠村以秋蘭數莖見貽,題詩以報之》、《題遠村評硯圖》、《題獨立山人小景》、《題閔韞輝小照》、《寒支詩》、《夏日泛白門》、《新羅題自寫山水》、《揮汗用米襄陽法作煙雨圖》、《作雙樹圖贈吳尺鳬》。這些詩都可見於錫博稿本,其中四首也爲浙圖稿本乙册所有、三首亦刊於道光本卷一。這十三首詩無規律地分布在錫博稿本各處,據錫博稿本各詩以著詩之先後排序可知,該册頁并未按照創作時間排列詩作。華嵒從舊詩中挑選了十三首詩并隨機組合成這件册頁的內容。而且,此册頁未表明其與《離垢集》的關係:它是獨立於《離垢集》的行書作品。由它和錫博稿本的關係可知,其創作時間在華嵒五十歲左右。區別於稿本最大之處,在於它强調的不是詩文而是書法,這件册頁是作爲書法作品的應酬之作。

　　四種《離垢集》稿本中,書法的風格被減弱,詩是主角。而這份典型的應酬之作中,書風均風格强烈、情緒飽滿,詩成了該套書法作品的配角:華嵒利用書法將風格誇大化、景觀化;它表露出的情感,是卓越的書法技巧對情感的造型,或是華嵒依委託而對情感的改編。這時的華嵒更接近一位"生產某種非主流的商品"的"工匠"。①

　　將册頁的内容與《離垢集》比較後發現，其大部分内容與錫博稿本均一致；錫博稿本也許就是抄寫所依之底本。個别字的脱文在抄録時（更何況是應酬的抄録時）難以避免；而長篇文字的脱文，比如第五開《題遠村評硯圖》（圖 3）脱文三句"選取授佳兒，譜竹擬君子。硯式削作竹形。兒獨慎加愛，耶亦大歡喜。耶固授兒兒拜受，授使愛物當愛己"。"耶固""授使"二句在錫博稿本中就示意删除，②前四句缺失的原因大致爲兩種：一，抄寫時作者認爲這一處詩文的信息不重要，即有意取捨；二，該頁近結尾幾行行距字距逐漸狹窄，或因篇幅過長，避免文字間太過擁擠而致一開内寫不下，即被迫删除。

　　第十開《新羅題自寫山水》（圖 4）：

　　　　春晨進食罷，深坐橋窗南。閑極背作癢，急搔美且甘。豈無事物擾，所幸一生憨。好書不愛讀，懶勝三眠蠶。但虧消遣計，思索至再三。記得登雲岩，怪險都能探。尚可摹寫出，兔毫漫咀含。展紙運墨汁，移竹蔽茅庵。遠天黏孤雁，高峰潑蒼嵐。霜樾摩詰句，石窟遠公龕。滚滚雲堆白，層層水疊藍。魚躍上

───────────────

①　"藝術作品實際上被視爲商品，且大部分的藝術家被視爲是屬於獨立自主的工匠或技術工人這個範疇（即使他們很合理地宣稱自己不是工匠或技術工人），可以生產出某種非主流的商品"，威廉斯此言雖顯偏激，但生產非主流商品確爲藝術家的重要技能，這裏的華嵒便爲一例。（英）雷蒙·威廉斯：《關鍵字：文化與社會的詞彙》，劉建基譯，生活·讀書·新知三聯書店 2005 年版，第 20 頁。

②　見 872。

三峽，龍歸下一潭。成此幽僻境，對之且自堪。

全詩描述的是華嵒“自寫山水”的完整過程，包括了細緻的動作描寫和心理描寫，一次繪畫經歷被描繪爲一次探險經歷。

錫博稿本、臺圖稿本在“成此幽僻境，對之且自堪”後還分別有不同的兩句作結尾。“興快還題字，題畢付二男”，錫博稿本的末句內容直白，并指向明確：題詩爲山水所題，而“二男”是這件山水作品的收藏者；錫博稿本該詩詩題爲“作山水自題付二男”，這便更直接説明了這點。這件山水雖爲應酬，是否爲華嵒滿意的作品不得而知，但可判斷這首詩應讓華嵒頗爲得意：在五十歲與晚年至少二次收入《離垢集》。而在創作這份行書册頁時，詩脱離了畫面而獨立存在。文字語言在視覺層面的可複製性遠強於繪畫的筆墨語言，再次抄録一首詩對華嵒而言輕而易舉。故而在製作這份册頁時，他將“興快”一句删去，并將詩題改做“新羅題自寫山水”。這件應酬之作被華嵒虛構成一件具備私人性的作品。很明顯，該册頁的主人絶非“二男”。原本該詩對收藏者的明確指向性一旦被拋弃，它便可作爲華嵒個人的作品出現在不同場合。

晚於這套册頁和錫博稿本的臺圖稿本將該詩修整地更爲“完美”，其題名作“作山水成題以補空”；“興快還題字，題畢付二男”改作“酬以梅花釀，東風蘇清酣”①——一場充滿起伏與巧思的冒險終於有了一個美好且滿足的結局。這首詩與“二男”的關係被掩蓋，成了徹底的個人作

---

① 見116。

品。如今，這些材料并列著聚集於此，華嵒對待一首詩的態度變化於是從版本的迷霧中走出。

除此之外，册頁第三開的《苦雨作》也值得注意。該詩可見於錫博稿本，詩集中題爲"丙申夏四月苦雨作"，詩文如下：

> 高天十日雨平傾，門巷滔滔不可行。見説蛟潭通海市，還聽鼉鼓撼江城。寒魚跋浪街沙立，饑鵲登巢翼子鳴。我向空齋窺四壁，荒荒憂思眼前生。①

其中，末四句於册頁作"風雷未必能蒙養，吳楚如何得再晴。我向空齋無一事，坐看四壁緑草生"，一改原文頹然愁苦的氣氛，變得生機盎然。積極的情緒、流暢的書風使一件禮物或一件商品有了能受歡迎的面貌，册頁的形製成了華嵒有效地表現技藝和展示價值的媒介。而原文中可具體定位到年、月的私人心理，被隔離於册頁與書法之外。

《離垢集》作爲一份未被定稿的文本，展現了不同年齡的華嵒在處理它時的豐富細節。五十歲前的華嵒也許保留有多份詩稿，廣東省博物館藏華嵒楷書詩稿或爲其中的一份，它們保留了華嵒早年的詩作。到錫博稿本、浙圖稿本甲册、乙册形成的時間，華嵒的詩作初具規模，他有了將詩輯爲《離垢集》并付梓的計劃。這一階段《離垢集》中的詩保留了對事件的具體描述，而這些内容在晚年的臺圖稿本中得到精簡，同時明確了詩中某幾位未曾登場的人物，後來道光本等刻本中延續了晚年的特徵。

---

① 見 684。

　　由於《離垢集》未刊行而無法廣泛傳播,除了華喦的密友外,常人對他的詩作是陌生的。旁人對於畫家詩稿的觀看會在"書迹"與"詩作"間搖擺,文學品評的標準難以適用於詩稿的書迹價值,而"書迹"也能轉移對詩本身的閱讀,并降低對畫家文學素養的要求。如此,畫家詩稿變成了抽離了文字内容的視覺外殼。廣東省博物館藏華喦楷書詩稿的命運也許可以作爲判斷浙圖稿本甲、乙册的參考。浙圖稿本甲册與乙册的裝裱形式若與華喦無關,則兩者如今被混淆爲一種稿本的原因便源于後人對"書迹"的觀看:忽視兩者的獨立、以精美的裝幀强調名畫家"書迹"的特質。而畫家有時也會主動滿足觀者對"書迹"的期待。當華喦被要求製作一份如國博所藏行書册頁一般的作品時,他無需爲應酬而重新創作詩歌,只要從舊作中抽取合適者即可修訂、組裝爲看似全新的詩册。未完成的《離垢集》是他豐富的素材庫。抄録舊作時難免需要針對應酬靈活製定相應策略,而這正是發揮藝術家技藝的時刻。華喦對未刊詩稿的使用、對詩作的選擇與精心修飾可以理解爲一種試圖將自己塑造爲詩書畫全才的策略,而對於求字者來説,他會因獲得了一份兼備畫家詩作與書法的作品而滿意。

　　雍正五年(1727 年),華喦 46 歲。這年夏天他在講聲書舍作《自畫像》(彩圖 4)。畫面中,華喦坐在山石間,山石上藤蔓纏繞,膝前青草茵茵。不遠的山谷間,泉水在華喦面前化作溪流。華喦穿著寬鬆的衣衫,倚石而坐,笑容含蓄。

　　畫上有題詩:

　　　　嗟余好事徒,性躭山野僻。每入深谷中,貪玩泉與石。或遇奇邱壑,雙飛折齒屐。翩翩排煙雲,如翅

生兩腋。此興四十年,追思殊可惜。邇來筋骨老,迥
不及疇昔。聊倚孤松吟,閉之蒿間宅。洞然窺小牖,
寥蕭浮虛白。炎風扇大火,高天苦燔炙。倦卧竹筐
床,清汗濕枕席。那得踏層冰,散髮傾厓側。起坐捉
筆硯,寫我軀七尺。羸形似鶴臞,峭兀比霜柏。俛仰
絕塵境,晨昏不相迫。草色榮空春,苔文華石壁。古
藤結游青,寒水浸僵碧。悠哉小乾坤,福地無災厄。

這是華嵒理想的和始終追求的生活狀態。"此興四十
年",説的是華嵒從小就"性躭山野僻"、"貪玩泉與石"。這
首詩被他抄錄於浙圖稿本甲册、錫博稿本,也出現在了國
博藏行書册頁第二開,名曰"自寫小影并題"①。除個別字
的書寫有差異外,"此興四十年"句在錫博稿本和國博藏行
書册頁上的均作"此興二十年"。華嵒對此句要表達的情
感曾存猶豫,有時它被確切地指向華嵒20多歲的時期。
20歲出頭的華嵒在做什麼呢?這裏只好先留下一個疑問。
一字之差,華嵒試圖"追思"的時期便不相同,相關志趣與
性格形成的時刻被動搖。同時,這個原本由其自身確認的
視覺形象與自傳性質的文獻材料的準確、可靠被削弱,變
得和《離垢集》一般飄忽不定起來。

近三百年過去,華嵒對《離垢集》的最終態度還有待更
多材料的出現方可揣度。正是《離垢集》沒有在華嵒生前定
稿,沒有證據反映其最終的處理意願,他死後的形象也變得
難以捉摸。恰恰是《離垢集》"暴露"的這些問題,讓"詩的"
華嵒、"書法的"華嵒不完整卻真實地投射在世人面前。

---

① 見1011。

　　一切推論，若談命中目標未免奢侈，可把握方向當是萬幸。希望可以逼近華喦的"投影"，揭露《離垢集》引發的一些問題。順便讓華喦——這個人們原本自信地以爲已經明確，或已經接近的對象再一次模糊起來。不過，這一次模糊，讓我們看見華喦能夠自由呼吸了。

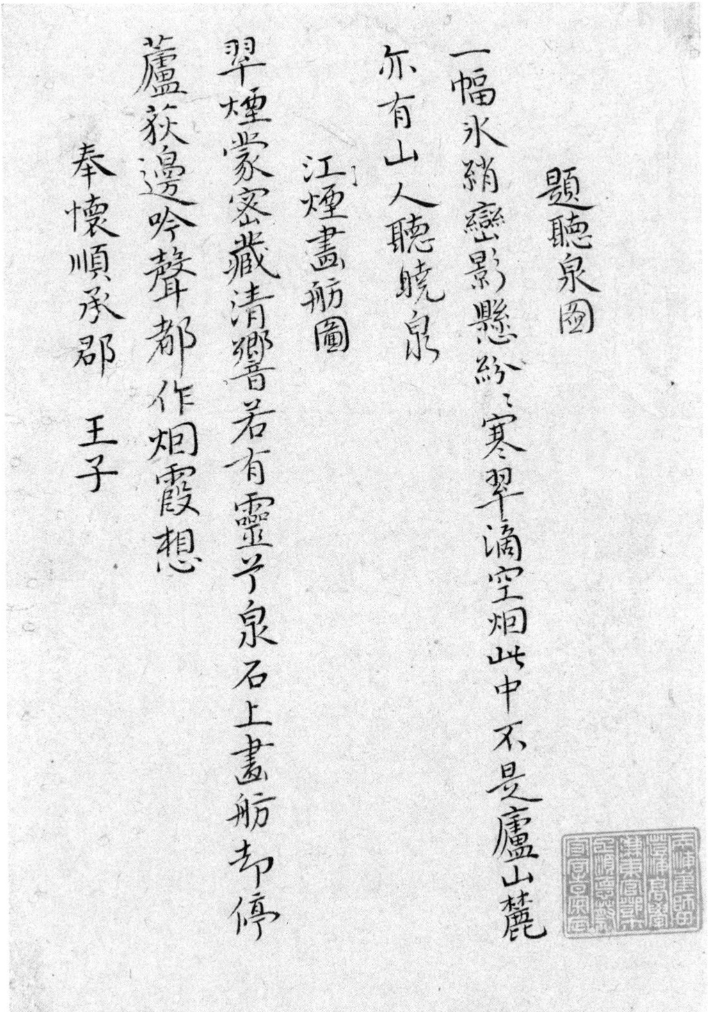

題聽泉圖

一幅永綃靈影懸紛紛，寒翠滴空烟此中不是廬山麓

亦有山人聽曉泉

江煙畫舫圖

翠煙蒙密藏清響若有靈芳泉石上畫舫初停

蘆荻邊吟聲都作烟霞想

奉懷順承郡　王子

圖 2　[清]華嵒，楷書詩稿第一開(共八開)，
册頁，紙本，廣東省博物館藏

69

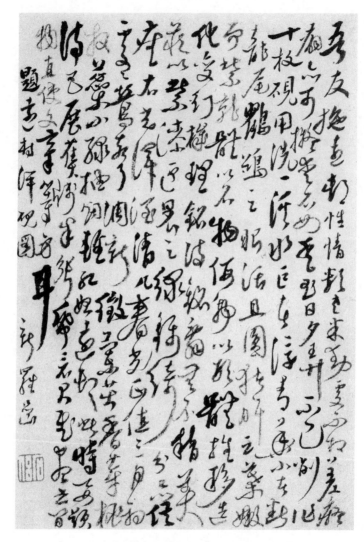

圖 3 ［清］華喦，行書題畫詩之五（共十二開），
　　　冊頁，紙本，中國國家博物館藏

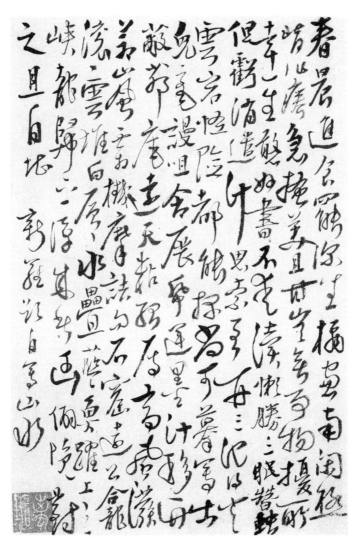

圖4　［清］華喦，行書題畫詩之十（共十二開），
　　　冊頁，紙本，中國國家博物館藏

# 三、三個片段

前文中,我們藉探究《離垢集》之機,瞥見了幾枚華嵒飄忽不定的形象碎片。筆者將進一步深入,由三件作品切入,從三個角度出發,觀察華嵒的三個側面,爲其"寫真"。三件作品分別爲《閩中花卉册》《桐華庵勝集圖軸》和《白雲松舍圖》。

## (一)《閩中花卉册》

> ⋯⋯我望鄉,鄉何處?隔春烟,渺春霧。此時閒坐綠窗前,梅子纍纍不知數。
>
> ——華嵒《沙路歸來》①

多年以後,面對江南的花卉,華嵒回想起自己在故鄉"放游山水"的時光,他憑著記憶畫下了十二幅故鄉的花草,他也當然記得在那兒的少年時代和那個離開的日子。

南宋嘉定間,華氏先祖由無錫移家至福建汀州府,建

---

① 見 25。

華家亭。① 如今的華家村（圖 5）包括了原先的華家亭與大坪村，地處山地，平均海拔近 700 米。從華家村坐城鄉巴士大約經歷 1 小時多，可抵上杭。從上杭至龍巖需要坐大巴，時長 2 個多小時。最早開通的從龍巖出發至杭州的動車是 2012 年 7 月 1 日開通的 D3135，如今兩地之間已有最快歷時 4.5 小時左右的高鐵。杭州至華家村的總車程約 10 小時。這是現在從華家村到杭州的最短距離。300 年前，華喦離家至杭，不明其原因，亦無明確證據證明他還回去過。留下的種種綫索告訴我們，這個當代 10 小時的路程，是離家後的華喦一生都無法丈量的長度。

圖 5　如今的華家村

_____

① 《華家村志》（未定稿，2015 年）："舊族譜記載：（三世祖二郎公）宋嘉定十二年（1219 年）奉父母遷居上杭白沙仙閣巒。至六、七世居華家亭，八世二、三房世守之。"

康熙二十一年(1682 年)十月七日,華嵒出生在這個客家人的村莊,成爲他們的一分子①。這時家中的成員有父親華常五、母親邱氏、兄長華東升。② 據現今華家村華氏前輩所述,一處發現有墻垣殘迹的田地,疑爲華嵒故居遺址。華家村地處山區,如今都需沿蜿蜒、陡峭的山路進村出村。民居或依山,或近山,而山多爲竹林。這便是華嵒最早遇見的山的模樣。而在他後來的作品中,也屢屢可見成片的竹林,竹多細而修長。

造紙業是華家村的傳統手工業之一,現在仍有一些舊時造紙作坊的遺迹。漫山遍野的竹林是造紙的主要原料。"凡造竹紙,事出南方,而閩省獨專其盛。"③一説華嵒少時在父親華常五所在的造紙作坊做工,④一説華嵒 14 歲時,父親華常五去世,華嵒則隨叔叔華丁五至浙江的造紙作坊打工。⑤ 無論哪一種傳說,都指向了少年華嵒與造紙的關係。華嵒當對造紙的整一過程非常了解。當華嵒面對紙,面對同樣有著明確步驟、且與紙密切聯繫的印刷行業時,

---

① 筆者於 2019 年 1 月 18 日和今福建上杭華家村長輩華松年醫師確認,華嵒是客家人無疑。

② 薛永年:《華嵒年譜》,《揚州八怪年譜》下册,第 37 頁。

③ (明)宋應星:《天工開物》,"殺青第十三造竹紙",潘吉星譯注,上海:上海古籍出版社,2008 年,第 225 頁。

④ 見左海《鑒賞新羅山人作品感受》(載《美術》,1961 年第 1 期,第 25 頁),賴其昌、閆建紅《華嵒青少年時期的傳說》(載薛永年《華嵒研究》附文,第 63 頁),《閩西民間故事選》(蘇振旺、何志溪主編,北京:華藝出版社,2009 年,第 109 頁)等。

⑤ 王輝:《華岩與閩地故里行蹤探究》,《美術研究》,2004 年第 2 期,第 96 頁。《華家村志》(未定稿)中的《華嵒的故事》亦執此説。

當然會被刺激起這一經驗。同理，在華嵒幾次"複製"《離垢集》、期待其在刻板下誕生之時，這一經驗也會隨筆下的紙和期盼中的書籍被喚醒。

《閩中花卉册》，①舊藏方濬頤處，當時并無"閩中花卉

---

① 參見（清）方濬頤：《夢園書畫録》卷二十一，盧輔聖主編《中國書畫全集》第 17 册，2009 年，第 514—515 頁。《閩中花卉册》，十二開，絹本。畫心 31.5cm×24.5cm。現由宋玉麟收藏。上海畫報出版社於 2002 年將其影印出版。有張珩題簽"華秋岳閩中花卉册"，落款"退思樓藏張珩"。有趙之琛、徐邦達題跋，分别謂書有"秋岳老人每一落筆，無不精妙入神。今觀此册，更非常作可比，蓋以蕭散閒逸得之，真不可令人思議。乙卯夏五月次閒趙之琛記"，後有"趙之琛印"白文方印。徐題曰："艷質幽姿没骨花，東園雙秀惲華二氏。没先誇。閩鄉居上傳真手，仿佛陶朱覓若耶。丁印三月爲文治兄題新羅妙迹。邦達時寓白下門并讀"，後有"徐邦達印"白文方印、"李庵"朱文方印。該册頁舊藏方濬頤處，著録於《夢園書畫録》。以下爲各開華嵒自題釋文（順序參考《夢園書畫録》）：

第一開：紅芽新吐，玉露初沉。蕩芳馨於空谷，結幽怨於重岩。遭此竟也，老生肝腸，興不淺矣。

第二開：三月天時冷暖中，朝朝小雨撲東風。桃花一樣含春色，開到枝頭却不同。（見 1049）

第三開：僕居閩鄉時常放游山水，見茂林中有垂垂花如珠串，隨風漾蕩，炫爛岩壑，不識其何名，幽艷若此，静中懸想，拂穎而出。

第四開：似蘭草，長深谷中，石壁最高處，每花時當二三月，聞其氣味，從風裏得之，酸香貫鼻，熏人欲醉，亦靈根也。

第五開：烏珠果，木不高，舉手可摘。當秋後始孰，色味精妙，難以言盡。因擬折枝并題。香緑層層護幾重，玄珠成把綴當中。葡萄未必能稱匹，荔子亦須遜下風。（見 616）

第六開：紅娘子者，閩産也。他處未經遇目。其花非梅非桃，其葉非樛非竹，一葉數出，一莖數蕊，嫩紅柔緑，晴雨皆宜，無不閒妙，大非凡卉可及，偶譜入畫册，俟鑒賞者知衆草中有此奇種也。

册"一名,《夢園書畫録》稱其爲"華秋岳花卉册",或據張珩題簽而呼之"閩中花卉册"。除這處區別外,當時的第九開,依圖册排版,今作第一開。②華喦留下極少關於其故鄉的詩畫,本節起首所引的《沙路歸來》是其中一件。如今的華家村、上杭縣,談及華喦與當地,多引用《沙路歸來》。《閩中花卉册》隻字不提"思鄉",但由各開的題字可以看出,華喦在描繪那些記憶中的花草時,也順著他少年時留在山林中的"標記",走進自己的回憶。

　　農曆三月,又稱桃月。華喦記得村裏的桃花開得特別:"桃花一樣含春色,開到枝頭却不同。"一枝桃花從畫面左下角生出,一朵粉色桃花立在最高處,其他花朵均爲白色。畫面右側的詩文收入《離垢集》,題曰"二色桃花"。

　　沿著册頁構建的時空順序,我們跟華喦走進茂林。畫

---

　　第七開:澹香葩葉,莖似珠蘭,華英深碧,一帶三出,嫣然可愛。每當夏日浴後,設著具相賞,茶味花氣,兼而消受。更得同志話邗江霜月,灑灑光風披入懷抱,如坐冰壺冰壑,時又安知大塊間有酷暑者哉。

　　第八開:此本俗名鴨腳花,又呼爲鵝掌草,風致頗適觀,但惜其少香耳。

　　第九開:五指草,雖無花可玩,然一種幽致亦雅矣。余取其能治痢疾,故爲寫真。

　　第十開:一枝香,纖素不凡,香嚴態逸,擬符蘭蕙,獨淒淒空谷,絕無顧問余,嘆草蔓亦有遇與不遇,遂口吟四句增之。秀不居蘭下,香宜置菊前。年年自石谷,低首卧風烟。

　　第十一開:只此凌空意,無花亦自菲。饗之飛雪散,披以五銖衣。彭澤詩同臭,稽山玉可依。更邀清絶侣,獨有首陽薇。

　　第十二開:籬角秋光冷,霜清菊影紅。有詩吟不得,閒看一庭風。(見1124)東園生寫於講聲書舍。

　　②　因筆者未見此册頁原作,故無從所知其如今確切的順序,故本文出現的開數均依方氏所記的順序。

面左上角垂下開著珍珠般花朵的藤蔓。他説:"僕居閩鄉時常放游山水,見茂林中有垂垂花如珠串,隨風漾蕩,炫爛岩壑,不識其何名,幽艷若此,静中懸想,拂穎而出。"①對於少年時的華喦而言,開門即見山,一切户外活動其實都在與山打交道。

由春轉夏,華喦想象自己回到了故鄉,回到了少年時。他聞見了空氣中飄著蘭草芳香,還記得那種類似珠蘭的植物"華英深碧,一帶三出,嫣然可愛"。畫面右側生出兩枝,每一枝上,緑葉托出三盞碧色小花,小巧玲瓏。他説:"每當夏日浴後,設茗具相賞,茶味花氣,兼而消受。更得同志話邗江霜月,灑灑光風披入懷抱,如坐冰壺冰壑,時又安知大塊間有酷暑者哉。"②

相比於秋冬季,讓華喦記憶猶新的還是春夏季節,尤其類似蘭草的植物,由第四開與第十開可見,華喦并不知兩者是否爲蘭,却記得它們的顏色,一種白色,一種紅色。至於前者,他甚至記得自己聞見其氣味時的驚喜:"每花時當二三月,聞其氣味,從風裏得之,酸香貫鼻,熏人欲醉,亦靈根也"。③ 花卉册中,秋冬季的菊花、梅花是這兩個季節典型花卉,且爲被畫家反復操練的題材,故無需憑藉記憶,只需信手拈來。但由華喦的文字來看,對菊與梅的描寫相對概括,并没有激發華喦細緻的記憶。對華喦來説,它們與其少年時代的關係并不如册頁中的其他植物來得密切。

---

① 見前文注釋,《閩中花卉册》第三開。
② 見前文注釋,《閩中花卉册》第七開。
③ 見前文注釋,《閩中花卉册》第四開。

　　當華嵒回憶少時經歷時，一方面，是故鄉與少年時代的回憶；另一方面，則可見華嵒對山水的興趣是從小養成，對自然的仔細觀察令他在多年以後都能爲之寫真。華嵒的《嬰戲圖》、《寫生册》等頗見情趣之作，均可見其平日積累之豐富與眼光之獨特。其自稱"嗟余好事徒，性耽山野僻。每入深谷中，貪玩泉与石。或遇奇邱壑，雙飛折齒屐。翩翩排烟雲，如翅生兩腋"，毫不誇張。自然是華嵒當之無愧的啓蒙老師。長大了些，小華嵒一邊讀書，一邊爲家裏放牛。一日，他放牛時看見水裏倒映著耕牛的影子，啓發他在沙灘上用樹枝學習畫牛。後來，他畫牛逐漸嫻熟，於是在陰橋路亭的墙壁上畫了隻牛，但牛肚子畫大了。恰遇路過的兩位民間畫師，見小華嵒所繪，連連稱贊，但又説，肚子畫大了。小華嵒聽得，便在牛背後畫了一棵大樹，讓牛看似在撓癢。畫師爲華嵒的機智感到心喜，便收華嵒爲徒。① 又有一説，并非兩位民間畫師，而是一位雲游僧人。② 另有一個版本，説華嵒隨父親在造紙作坊幫忙時，從作坊里撿來廢紙作畫。而畫牛的傳説又有：私塾先生見了那隻大肚子的牛，問華嵒爲何，華嵒答之，牛吃了一天的草，肚子自然圓大，隨即又拿出一張清晨牧牛時所畫的牛。圖上牛的肚子平扁，在先生的指點下，他分別爲紙上的牛與墻上的牛起名爲"晨牧"與"晚歸"，從此，私塾先生成了華嵒的繪畫老師。

---

　　① 　以上傳説均依據賴其昌、閆建紅：《華嵒青少年時期的傳説》，載薛永年《華嵒研究》附文，第 63 頁。
　　② 　上杭民間口頭傳説，據華嵒書畫院鄒泉生先生口述。

　　藝術家的傳説,不管中西古今,往往大同小異。畫牛一事無非是説華嵒從小技藝高超且反應機敏,而另有一則"畫虎趨狼"的傳説,更是多見的類型:傳説華嵒隨私塾先生到別村作畫,聽説該村因野狼偷吃家豬而人心惶惶,華嵒在墙上畫了一隻老虎,而老虎之逼真嚇跑了狼群。① 各版本傳説無非強調兩點:一、華嵒從小就表現出極高的藝術天賦;二、不論指路之人是民間畫師,或是雲游僧人、私塾先生,其少年時期便得到高人點撥,而其受高人指點的緣由仍是第一點。從華嵒後來的作品,包括《閩中花卉册》及"貪玩泉與石"等自述,都不難想象其從小表現出的靈性,而對事物之敏感、好奇,又是激發小華嵒藝術直覺的"必要條件"。

　　除了以上談及幾種引發華嵒具體回憶的花草,另有兩種花草在花卉册中尤爲特殊:紅娘子(圖6)和五指草(圖7)。

　　　　紅娘子者,閩産也。他處未經遇目。其花非梅非桃,其葉非樱非竹,一葉數出,一莖數蕊,嫩紅柔緑,晴雨皆宜,無不閒妙,大非凡卉可及,偶譜入畫册,俟鑒賞者知衆草中有此奇種也。②

　　華嵒搖身一變,成了一位華家亭的主人,向作爲客人

---

　　① 克里斯和庫爾茨的《藝術家的傳奇》中,舉例詳細説明了關於藝術家童年軼事中的規律,見(奥)恩斯特·克里斯、奥托·庫尔茨《藝術家的傳奇》,潘耀珠、邱建華譯,杭州:中國美術學院出版社,1990年,第28—30頁。另,軼事中的藝術家也往往善於摹寫現實的藝術作品,見《藝術家的傳奇》,第53—59頁。
　　② 見前文注釋,《閩中花卉册》第六開。

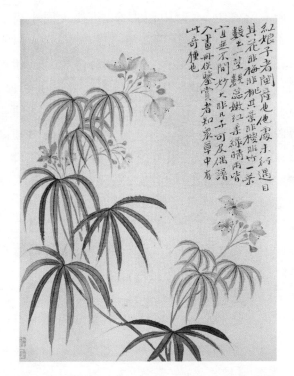

圖6　［清］華嵒《閩中花卉冊》(十二開)之五《紅娘子》
册頁,絹本設色,31.5cm×24.5cm,宋玉麟藏

的觀衆們介紹這一他家獨有的"奇種"。由花到葉,由葉至莖,再說蕊色、習氣,滔滔不絕。此開與"浴後設茗賞花氣"一開是册頁中字數最多的兩開,喜愛、自豪之情溢於言表。上杭古爲新羅地,故華嵒自稱"新羅山人";華家亭位於白砂里,其又號曰"白砂道人"。華嵒每每落款自稱"新羅山人",故鄉的影子則始終貫穿華嵒的生活。其與"離垢"構成了兩個貫穿華嵒一生的母題,後者是追求的生活狀態,朝向華嵒的"未來"生活;前者是華嵒來自的地方,是"過

圖7　［清］華嵒《閩中花卉册》（十二開）之九《五指草》

去"。而種種現實讓他的"過去"一直存在在他的"身後"，無法"逾越"至他的眼前，而"未來"也難以接近。故鄉與"離垢"是華嵒一生都難以達到的目標，但又是時刻提醒他、鼓勵他的精神支柱。

> 五指草，雖無花可玩，然一種幽致亦雅矣。余取其能治痢疾，故爲寫真。①

---

① 見前文注釋，《閩中花卉册》第九開。

　　五指草是《閩中花卉册》中唯一一種無花無香的植物，華嵒爲其寫真是由於它的醫藥價值。

　　今天，華家村南洋溪出口處左側山上，據説風水很好，聚集了許多墳墓。其中，山脚上的一處墓地（圖 8），雖已被竹叢掩蓋，地面堆著厚厚的枯竹葉，墓碑上布滿了青苔，顯然很久没有被打掃過，但熟悉這塊地區的老人還是可以憑藉記憶找到這裏。這處墓地埋葬著包括華嵒父亲在内的三十餘人，其中也有他的父親華常五。華常五在華嵒十多歲時死於痢疾。① 而這處墓地，是華嵒過世后，由其子華浚、孫華繩武奉其遺願回到華家亭，將散落各處的祖墳集中安葬於此。② 對華嵒來説，五指草是能救父親性命的藥材。他未明説，却不能掩飾作品背後的情感。華嵒確實没有留下關於父母的文字，但現在可以確定兩點：一、他對父母的愛與思念，及盡孝的欲望；二、他確實無法親自回到故鄉，無法親自爲父母盡孝道。這一嚴肅而矛盾的現實，在華嵒離家之後便一直刺痛著他。究竟發生了什麼，讓華嵒只要想到故鄉便不能自已：

　　　　霧閣沉沉夜色昏，誰憐孤客滯春園。燒燈漫憶當年事，捲袖頻看舊酒痕。③

--------

　　① 左海：《鑒賞新羅山人作品的感受》，《美術》，1961 年第 1 期，第 25 頁。又見《華家村志》（未定稿），《華嵒傳》。

　　② "華嵒祖墓。位於南洋溪出口處左側山脚，係華嵒兒、孫華浚、繩武等人奉華嵒遺願返梓時將散葬各處的祖墓集中安葬。"見《華家村志》（未定稿）。

　　③ 見 445。

圖 8　華常五等三十餘華氏先輩合葬墓

　　時至今日，那座始建於明代、供奉著華嵒先祖的華家祠堂還在當年的位置，香火不斷。與它相鄰還有一間華家祠堂，整一建築均屬現代翻修。當地的前輩說，華家從無錫遷至此地的是兩兄弟，現在的華家村人都是這兩兄弟的後人，兩座祠堂則分別供奉兩位華氏先祖與他們各自的後人，分別稱爲甲山祠、寅山祠（圖 9），前者後來被毀，故現在所見是翻修之貌。和閩西地區的其他宗祠一樣，逢年過節，或有人婚嫁、有人去世、出殯等時刻，祠堂便會熱鬧起來。每年除夕前一兩天，家家户户殺豬宰羊，陸續提著一籃子的年貨來到這裏祭祖。到了除夕夜，華家人聚集於此，集體祭拜，燃放烟花爆竹。閩西地區，包括上杭地區，祭祠祭墓的習俗至今變化不大，華嵒也從小經歷著這些儀式：

　　　　祭期有用春秋者，或春冬者，有春秋冬三祭者。
　　祭禮執事有通贊、亞贊、左右引讚祝及各執事，祭品豕

一、羊一爲大牲，熟豕、鮮魚、熟雞或鴨爲三牲，雞鴨兼備及乾魚爲五牲，果酒、餅餌、穀核、香燭、楮帛具備，兼儀節用三獻主祭，或尚齒，或尚爵不等，而邑俗尚爵爲多。①

供奉華嵒一脈華氏先人的寅山祠建於明代，後來被土匪燒毀，於清康熙年間重修。現在，柱礎、石磚鋪成的天井等是明代的，木製的柱、梁等是清代的。近代的一段時期，這座祠堂還被用作畜牧場的辦公室。祠堂原本有多根石幢，是有地位、功名者所立，其與祠堂內原有的壁畫都在"破四舊"時被破壞，牆壁已由今人重新粉刷。

圖 9　華家村寅山祠

---

①　民國本《上杭縣志》"禮俗志"，《中國地方志集成》福建府縣志輯，上海：上海書店、成都：巴蜀書社、南京：江蘇古籍出版社，2000 年，第 249 頁。

　　三百多年前的某個夜晚，華嵒悄悄潛入這座剛剛重修的祠堂。那段時間，華家族長希望爲祠堂的牆壁添幾幅壁畫。華嵒毛遂自薦，但族長瞧不起華嵒，所以拒絕了。於是，他趁著夜色自行來到祠堂，花一夜工夫，在堂內畫滿壁畫。他也知道自己此舉有違族規，隨後便告別母親、兄弟，離家而去，從此不再回來。① 又有一種説法，他當時是爲地方所建的文昌閣作壁畫，拒絕者非族長，而是豪紳，隨後連夜作畫；而祠堂作畫一事發生在他 31 歲，那年他偷偷返回故鄉，仍舊是連夜作畫，隨後逃離故鄉。② 前者爲如今主流説法，後者因兩次"作案"方式、結局雷同，或本由一種故事所衍生。因爲，這些傳説的搜集發生在積極批判地主豪紳剝削勞動人民的年代，華嵒離家的故事中是否確有豪紳，值得商榷。但祠堂作畫一事却有佐證，凡談及此事件的學者，多引用華時中在道光本《離垢集》的"卷後"：

　　　　時所見無多，而祖祠壁間墨迹歷今百年不壞，尤疑其有神火護。

　　薛永年在《華嵒與閩汀華氏族譜》一文中對此做過詳細論述。《華家亭記》又有"有志之士，多客江浙地方"，而光緒重修本《閩汀華氏族譜》"華嵒傳"記：華嵒"以家貧舉業"，華嵒兄弟也均於杭州終老。薛永年認爲，華嵒祠堂作畫一事或爲導火索，"更深刻的原因當是他的父兄輩的行

---

　　① 左海《鑒賞新羅山人作品的感受》、《閩西民間故事選》等均執此説。

　　② 賴其昌、閆建紅：《華嵒青少年時期的傳説》，載薛永年《華嵒研究》附文，第 65—66 頁。

動已昭示出一條擺脱貧困生活的道路"。①

　　藝術家的藝術衝動導致命運轉變的故事,在"藝術家的傳奇"中并不少見。華嵒的確畫了祠堂壁畫,他也確實離開了故鄉,但兩者是否存在因果關係,我們無法知道。由閩來浙,是一條脱貧之路,但脱貧之路不至於阻止華嵒返鄉。"篝燈細話當年事,冷雨蕭蕭人未眠",②《離垢集》中,"當年事"、"思鄉"分布在各個時間段。他屢屢談及,却不多説。談到此處,我們當可確定那個不願多提的"當年"確實有"事"。而那件"事"或那些"事",正讓華嵒無法回家,無法盡孝、祭祖。作爲閩人,家對他有著特殊的意義。當藝術家將故鄉或特殊的地名放在自己的字號中時,多是爲了表明自己的故鄉和對故鄉的情懷,但華嵒在這一層意思上更深了一層,是爲"念想"。

　　如前文所説,對故鄉的"念想"與"離垢"的"理想"貫穿了華嵒的一生。詩文中,時常可見華嵒對"離垢"的敘述,皆相當直接,"逍遥離塵垢"③,"掃除塵垢一清心"④。於是包括道光本《離垢集》衆多題辭在内,至今談及華嵒之藝術,無不誇其"離垢""脱俗"。而華嵒對故鄉的"念想",他從不直接説,即相對於"離垢"而言更接近"隱形",不易被發現、被理解。華嵒將故鄉作爲字號"隨身携帶"、"刻骨銘心",在華嵒的生命中,故鄉永遠擺在最高的位置上,"卧薪

---

　　① 薛永年:《華嵒與閩汀畫家族譜》,載薛永年《華嵒研究》附文,第52頁。
　　② 見526。
　　③ 見119.12。
　　④ 見785。

嘗膽"一般，隨時仰望，也隨時被刺痛。《閩中花卉冊》是他鮮有的一次，對故鄉和少年時代集中的回憶。行文至此，我們將他少年時代的傳說、他思鄉的詩文，以及《閩中花卉冊》等并列在一起，大致地勾勒出了這段華嵒最不願提起的經歷。材料之限，我們無法深入了解；但可以清楚的是，談及華嵒，故鄉對於這位藝術家猶如"離垢"對於其畢生的藝術追求，無法割捨，無法簡單弱化或閉口不提。

上杭縣，城市面積不大，支撐起這座交通至今依舊不方便的城市之經濟的，只有一個叫"紫金礦業"的大企業。地方學者與政府，包括華家村，正積極將華嵒打造爲地方名人。2011 年上杭成立"華嵒書畫院"，從上杭縣汽車站步行 20 分鐘，便可來到地方畫院"華嵒書畫院"。來到現在的華家村，一進村便可見"華嵒故里"四字。1995 年，村裏籌資建造了"華嵒亭"，2007 年重建"文昌閣"（舊爲華時中所建）作"華嵒紀念館"，《沙路歸來》被寫作書法在廳内展示，2014 年，村裏成立華嵒文化建設與发展工作小组。這座華嵒離開後再也沒有回來的城市，如今以種種方式歡迎他"回來"。相反，他定居了半個世紀的杭州，及往來頻繁的揚州，因自身名人雲集，對華嵒已很少提起。

"此時閒坐緑窗前，梅子纍纍不知數。"時至今日，華家村仍盛産梅子，釀梅子酒依舊是地方風俗。除此以外，肉餡的汀州豆腐等也是當地特色美食。不知，當新羅嘗著江南的美食時，是否會想起那只存在於少年時代的、故鄉的味道。

# (二)《桐華庵盛集圖軸》①

康熙五十八年（1719 年），玉几山人陳撰來到揚州。②

---

① 參見《王南屏藏中國古代書畫》，天津：天津人民美術出版社，2015年，第 685 頁。

《桐華庵勝集圖軸》，作於 1746 年。紙本。設色。縱 111.7 厘米，橫 30.7 厘米。款識："乾隆丙寅秋九，同人集程子夢飛桐華庵齋中。清話之餘，野鳥相逐，秋色爭妍，得此佳趣，爰對景畫之，時顏叟補石，許丈寫菊，夢飛曰：此幅似未畢乃事也，得板橋墨竹則可矣。俄頃，童子報曰：鄭先生來也。相見揖讓，更寫竹數個。新羅山人華嵒。"下押白文印"華嵒""顏岳""鄭板橋""江門"，朱文印"布衣生"。另有數枚印章不辨。

裱邊題跋：

金農題跋："秋氣凉，菊已黃。秋色蒼，葉飽霜。諸君子，上草堂。圖此景，各擅長。千古爭留翰墨香。羨先生小坐桐華深處，聆些些野鳥話文章。壬申春仲金吉金題，香南兩正可也。"下押白文印"金吉金印"、朱文"冬心先生"。

陳章題跋："沿溪小築，數椽庵屢羨。桐花深處，縹几文窗繞静業，隨意稽今考古。霜葉爭研，黃花散綺，大有消閒趣。雙雙野鳥，飛來翻風話雨。諸賢群屐相過，寺情畫意，信筆供容與。感我篷飄千里客，夢繞天涯辛苦。對景輸君，竹梧無恙，盡日翻新句。相期畫裏，研邊添我吟慮。香南詞長先生屬題，學弟陳章調填百字令。"下押朱文印"陳"。

程兆熊題跋："客至罷迎送，多緣集草堂。群賢留妙墨，秋籜解疏篁。樹老還添艷，枝殘更傲霜。平生樂疏放，敢説尚羲皇。香南自述於桐華書室。"下押朱文印"孟飛"。

高翔題跋："霜葉已紅菊未殘，秋光爭艷桐華庵。左右修竹樂且湛，朱易之館無多慚。披圖幸覯諸名士，此景此情寫不易。老夫沉醉漫題詩，願共幽人留姓字。犀堂高翔拜題。"下押朱文印"鳳岡"。

研農山人題跋："竹外黃菊三兩枝，霜醋紅葉染燕支。芭來野鳥如相識，山館桐華生筆時。板橋諸君集桐華庵圖此，香南屬余題詩，研農山人醉書二十八字。"下押朱文與白文印各二枚不辨。

陳撰題跋："我友讀書處，野鳥亂飛入。群屐寫畫圖，筆客濃欲滴。霜葉與霜花，兩兩增秋色。壬申十月，玉几陳撰題。"下押白文印"玉几山人"。

② 胡藝：《陳撰年譜》，《揚州八怪年譜》下冊，第 9 頁。

次年，金農寓居揚州；第二年，其因人生地疏在揚"閉門自
饑"。① 鄭燮約於雍正元年（1723 年）開始在揚州賣畫，②同
年邊壽民出現在揚州紅橋湖船。③ 雍正二年（1724 年），黃
慎來到揚州賣畫，次年寓居揚州李氏三山草廬，④同年與李
鱓、鄭燮在揚州天寧寺相識。⑤ 這一時期，揚州畫派的各個
重要人物紛紛在揚州亮相。就在黃慎來到揚州那年，他的
汀州府同鄉華嵒第一次來到揚州，是年 43 歲。⑥ 此後的
30 餘年間，華嵒頻繁地穿梭在杭州、揚州之間。這時，他已
在杭州定居二十年。而這段時期對他來説，可謂起伏不
止，悲欣交集。

歷來學者定位華嵒由閩來浙的時間，多依賴道光本
《離垢集》中徐逢吉《題辭》"憶康熙癸未歲，華君由閩來浙"
句，殊不知徐逢吉對這一時間并不確定。見臺圖稿本徐逢
吉題辭手迹可知，徐原作"憶壬午癸卯間，華君由閩來浙"。
若道光本所依稿本已作"癸未歲"，則實爲華嵒親自確定。
"華氏早年由家鄉閩省入浙江，大約在康熙末年，其時杭州
老畫師王樹穀還未去世，因此在華的早期人物樹石中能看
出受有王氏的影響，所見如康熙五十一年壬辰（1712 年）畫

---

① 張鬱明：《金農年譜》，《揚州八怪年譜》上册，第 17 頁。
② 周積寅、王鳳珠：《鄭燮年譜》，《揚州八怪年譜》下册，第 252 頁。
党明放：《鄭板橋年譜》，第 33 頁。
③ 丁志安等：《邊壽民年譜》，《揚州八怪年譜》下册，第 134 頁。
④ 丘幼宣：《黃慎年譜》，《揚州八怪年譜》上册，第 91—92 頁。
⑤ 王魯豫：《李鱓年譜》，《揚州八怪年譜》上册，第 17 頁。
⑥ 見薛永年：《華嵒年譜》（《揚州八怪年譜》下册，第 52 頁）、單國霖：
《華嵒繪畫藝術評述》（載上海博物館單國霖主編《華嵒書畫集》，北京：文
物出版社，1987 年，第 10 頁）。

的《松林并騎圖》軸就完全是王樹穀的傳派"，[1]"估計華嵒
早年由閩入浙碰到過王氏，或曾從王問業，或私淑其畫法，
所以人物畫很像他"[2]，是可爲華嵒的這一時期提供合理的
猜想：他初到杭州的幾年間，曾隨王樹穀學畫；而王樹穀又
是一名被明確記載且有畫作傳世可與華嵒對照的畫家。[3]

　　25 歲那年，華嵒與蔣妍完婚。之後他們育有一女二
子，子名華已官、華禮。8 年後，蔣妍去世，華嵒爲妻子"追
寫小影"，又"製長歌言懷"。[4]　康熙五十六年（1717 年），36
歲的華嵒"游京師"，"受縣丞以歸"。遂有軼事見戴熙《習
苦齋畫絮》："秋岳自奇其畫，游京師無問者，一日有售膺畫
者來，其裹紙華筆也，華見而太息出都。"[5]次年，華嵒游歷
五嶽，[6]覽大江山水。尋山覓水是華嵒的一大愛好，從《離
垢集》可知，華嵒最遠到過熱河。[7]　就在 37 歲這年，華嵒被
收入《錢塘縣志》。也在這一時期，他結識了一生的摯友厲
鶚。40 歲那年，也就是蔣妍去世 8 年後，他們的兒子華已

---

　　①　徐邦達：《古書畫僞訛考辨》，《明清小像畫被改頭換面》之三《清華
嵒畫周念修嗽荔圖卷》，第 221 頁。
　　②　徐邦達：《古書畫僞訛考辨》，第 190 頁注釋。
　　③　另外，王伯敏：《中國繪畫通史》（下册，北京：生活・讀書・新知三
聯書店，2008 年，第 195 頁）、丁家桐：《揚州八怪全傳》（上海：上海人民出
版社，1998 年，第 345 頁）均稱華嵒曾在景德鎮爲瓷器作畫，未知此説依
據，但可作爲這一時期華嵒生活的一種猜想。
　　④　見文末附文《關於華嵒生平的補充》，第一節"蔣妍去世日期"。
　　⑤　（清）戴熙：《習苦齋畫絮》，《中國書畫全書》第 20 册，第 72 頁。
　　⑥　見 44—50。
　　⑦　見 63。

官夭折。① 華嵒不到十年送走兩位至親,這是他自少年時代的舊創後受到的最大打擊。在後來的年歲里,華嵒時常拿出去世的妻兒肖像,"燒燈漫憶當年事"②。

蔣妍去世后,妹妹蔣媛爲華嵒繼室,育有一子,是爲華浚。蔣媛與華浚分别何時出現在華嵒的生活中,并無具體記録。但擺在華嵒面前的現實,不是一人獨自撫養兩個孩子,就是一個五口人的家庭需要他維持生計。這當是華嵒前往揚州的原因之一。而揚州當時的環境也促使華嵒與各地的藝術家形成一種"默契":幾乎在同一時期聚集在揚州。

清初期的揚州像明中期的吴門一般,吸引著藝術家造訪它。但不同的是,揚州城的舞台上,商人是主角。一個個商人組成大大小小的"同心圓",他們像是圓心,被藝術家圍繞著。於是就出現了這樣的現象,不同商人的院子里,聚集了不同的藝術家;而藝術家們,却常常一同出現在他們共同的友人(不一定是商人)家裏。華嵒常住在商人員果堂的淵雅堂,受果堂及員家其他成員贊助,并未有揚州畫派其他藝術家受員家贊助的記録,但華嵒又可以是馬氏小玲瓏山館的座上客。③ 而文人墨客之間,也經常組織聚會;參與聚會的友人往往來自不同的圈子,甚至兩人之間互相聽説却并無交集,這便促成不同圈子的文人墨客頻

---

① 見文末附文《關於華嵒生平的補充》,第二節"關於華嵒的女兒、長子"。
② 見 445、520、808。
③ 參見賴元冲:《華嵒交游考》。薛永年推測華嵒經高翔與馬氏兄弟相識,見薛永年:《華嵒年譜》,第 93 頁。見 281。

繁發生"對話"。

> 乾隆丙寅秋九,同人集程子夢飛桐華庵齋中。清話之餘,野鳥相逐,秋色爭妍,得此佳趣,爰對景畫之,時顏叟補石,許丈寫菊,夢飛曰:此幅似未畢乃事也,得板橋墨竹則可矣。俄頃,童子報曰:鄭先生來也。相見揖讓,更寫竹數個。新羅山人華嵒。

這是發生在程兆熊書齋中的一次聚會。程兆熊,字夢飛,《揚州畫舫錄》稱其畫與華嵒齊名。[1] 乾隆丙寅年,華嵒65歲,距離他初來揚,已過去20多年。

《桐華庵勝集圖》(圖 10)屬王南屏舊藏。20世紀80年代初,該畫收入鈴木敬所編《中國繪畫總合圖錄》第二冊,編號:S10－003。該頁共收六件立軸,分兩排,每排三件作品;《桐華庵盛集圖軸》位於上排中間。由於當時技術之限,該圖錄均爲黑白。其大小相當於距離原作約20米所見的模樣。如此,該作品的基本信息便無法直接被眼睛"吸收"。乍一眼,所見作品之構圖,畫心居中,兩邊爲裱邊。畫面上,一根樹幹搖搖而上,位於畫面最前端,并占領畫面最高處。樹幹後襯有一石,石後生出一株菊花,點有幾片竹葉。畫面頂端有一段題字。而兩側裱邊則分別題有三段文字。再細看,枝上立有二鳥:一鳥立在樹幹下部曲折處;一鳥立於枝上,順垂枝而下望。受過訓練的讀者翻到這頁,或可輕鬆辨出畫上的樹枝與鳥爲新羅筆,石後

---

① (清)李斗:《揚州畫舫錄》卷十三,汪北平、涂雨公點校,《清代史料筆記叢刊》,北京:中華書局,1960年。

圖 10　[清]華喦等《桐華庵勝集圖軸》,1746 年,立軸,紙本設色
111.7cm×30.7cm,王南屏舊藏

的幾片竹葉係板橋筆。需要再湊近看,才可認出畫上題字
係新羅所作,即上文所引,其與畫面共同組成畫心。裱邊
的題字中,可辨金農、陳章、陳撰、高翔、研農山人的簽名或
字迹,但無法做到全文釋讀。其中金農的字體最具特色,
字形也最大,是最容易全文識別的。上文所引的華喦題字
中,"程子夢飛"的"子"字、"許丈"的"丈"字、"爰對景畫之"
的"爰"字,在那個年代由於看不清而容易被識爲"于"、

"大"和"愛"①。

這一圖像及其携帶的模糊信息,一直到 30 多年後才被改進和修正。而這 30 年間,掌握基本的數據檢索技能,逐漸成爲觀看一件藝術品之複製品的"讀者"的必要前提。2015 年出版的《王南屏藏中國古代繪畫》將這件作品撑滿於 16 開的紙張上,②并彩色印刷。這讓它比 30 多年前"大"了約 4 倍。③ 這時,"讀者"被動地接受了畫面的顏色。日常經驗告訴"讀者",即使將繪畫彩色印刷,其與原作也必然存在色差。但相比 30 年前"走近"了 10 步的"讀者",還是可以看出樹幹的顏色是赭石加一點淡墨,葉子是朱磦加一點淡墨。畫面上的題跋也可以清晰地辨認了。畫册的編輯們將該作品的文字和大部分鈐印以簡體漢字配合現代標點釋讀在與圖像相鄰的一頁上,却仍有部分鈐印不辨。不過,原作的尺寸終於被標出,111.7cm×30.7cm,由此可引發對它"原型"大小的想象。不論是 20 世紀 80 年代的黑白圖像,還是 2015 年的彩色圖像,與觀看原作相比,單位時間内獲得的畫面信息必然要少。可以説,這場約 300 年前程家的聚會從其開始到畫作的完成,及其一路遞藏至王南屏手中,均具備"私人"屬性。直到《王南屏藏中國古代繪畫》的出版,聚會才以現代手段被"公開"。終於,"程子夢飛"的"子"字、"許丈"的"丈"字、"爰對景畫之"

---

① 見薛永年:《華嵒研究》(第 13 頁)、《華嵒年譜》(第 96 頁)。党明放:《鄭板橋年譜》。

② 《王南屏藏中國古代書畫》下卷,第 684 頁。

③ 《桐華庵勝集圖軸》在《中國繪畫總合圖録》的大小爲 11.5cm×5.3cm,在《王南屏藏中國古代繪畫》爲 25.3cm×10.8cm。

的"爰"字和裱邊上六人的題跋一道被公開、確認。

　　程兆熊是"勝集"的主人，也是這件合作之作的"召集人"。華嵒的題字直白地敘述了該畫的完成過程。四人作畫的先後順序，其實無需讀華嵒的記錄也能肉眼看出：先畫樹幹、棲鳥，再作石，後補菊、竹。這四個部分在畫面上明顯地表現出的重疊關係也暗示其間的先後。這樣的重疊關係不免讓畫面顯得生硬。畫石的顏嶧必須配合華嵒的樹幹、棲鳥，許濱的菊必須配合顏嶧、華嵒，而板橋的竹又要配合前三位。由華嵒所述可知，板橋到桐華庵之時，樹幹、棲鳥、菊花都已完成，補竹既突然又被動，更不知他是否情願。但這次合作的發生也是突然的，它并非藝術家自發的、有計劃的合作，而更接近為程兆熊和"勝集"助興的作品，一件眾人送給程氏的"禮物"。

　　參與那天勝集的人數和具體身份，已無從而知。但從《桐華庵勝集圖軸》的"合作方案"被提出，至最後一位作者寫好題跋，則促就了另一次"勝集"：參與者可能并未同一時刻出現在桐華庵，但"聚"在了圖上。從畫面到裱邊，參與這次"勝集"的人至少有 10 位：程兆熊、華嵒、顏嶧、許濱、鄭燮、金農、陳撰、陳章、高翔、研農山人。華、顏、許、鄭作畫，其餘人題跋。而陳章和研農山人的題跋結尾分別有"香南詞長先生囑題"、"香南囑余題詩"，可見除程氏自己，題跋的五位均受程氏所托。這件作品便像一張合影，所有參與者以各自的藝術面貌（繪畫、書法、篆刻風格）聚集在一張圖像之上，而程兆熊就像這張合影的召集人、攝影師，當他在裱邊左下題跋時，就像攝影師擺好相機，調到定時拍攝後，匆匆跑到大家中間完成合照，於是參與"聚會"的人終於到齊：

> 客至罷迎送，多緣集草堂。群賢留妙墨，秋簜解疏篁。樹老還添艷，枝殘更傲霜。平生樂疏放，敢説尚羲皇。香南自述於桐華書室。

而眾人的題跋又都是對程香南和他的桐華庵贊不絕口：

> 千古爭留翰墨香。羨先生小坐桐華深處，聆些些野鳥話文章。（金農）

> 桐華深處。鬖几文窗繞靜業，隨意稽今考古。霜葉爭研，黃花散綺，大有消閒趣。雙雙野鳥，飛來翻風話雨。諸賢群屐相過，詩情畫意，信筆供容輿。（陳章）

> 霜葉已紅菊未殘，秋光爭艷桐華庵。左右修竹樂且湛，朱易之館無多慚。披圖幸覯諸名士，此景此情寫不易。（高翔）

> 竹外黃花三兩枝，霜酣紅葉染燕支。飛來野鳥如相識，山館桐華生筆時。（研農山人）

> 我友讀書處，野鳥亂飛入。（陳撰）

"聚會"的主角香南先生收到了一件極棒的禮物。眾人所畫、所題是對桐華庵也是對他本人的贊美。但從畫面來看，主角卻不是他。無論是翻閱畫冊的讀者還是見到原作的觀衆,第一個抓住他們眼球的自然是畫面中最突出的部分——處在畫面最前端的樹幹與棲鳥。樹幹充滿節奏的曲綫由下而上貫穿畫面,配合著兩隻棲鳥,構成畫面中最靈動活潑的部分,而枝上五片紅葉也成爲畫面中最鮮艷的顏色。這讓後來的三位畫家不得不配合華嵒,深諳"經營位置"的他們,只能將各自的部分擺在配角的位置。最終,這件作品由華嵒題字,他成爲作畫過程的叙述人,也當之無愧地成爲畫面的主角。

華嵒是程夢飛桐華庵的常客。《離垢集》載,華嵒 70 歲那年又爲桐華庵作畫題詩:

程夢飛索寫桐華庵圖并題

> 擗莽藉幽塵,沉喧竝俗礙。芟役壘土爲,凸凹岩墅在。緑砌有餘陰,茅茨誠可快。淋淋碧挂眉,晰晰鹛芳灑。四垂冒空英,半懸捲清靉。伊爾羲皇人,迥然塵埃外。①

次年又與丁皋、黄正川合作《桐華庵主像軸》,這又是一次程氏組織的"聚會"。這一次華嵒不是主角。他的鶴畫在畫面下部,占據畫面極小部分。庭前畫鶴,是象征程氏品德高潔。畫上徐桐立題曰:

> 桐華庵主三十六歲小像。壬申春,丁鶴州寫照,黄正川補圖,華秋岳添鶴。徐桐立題幀首。②

華嵒和許濱也是老友,合作也有多次。69 歲那年春

---

① 見 499。
② 薛永年:《華嵒年譜》,《揚州八怪年譜》下册,第 110 頁。

天,他和許濱合作《桃柳雙鴨圖軸》。① 同年,金農《冬心先生畫竹題記》有:

> 丹陽許濱江門,善畫窠石水仙……汀州華嵒秋岳,僑居吾鄉,相對皆白首矣! 嘗畫蘭草紙卷。卷有長五丈者,一次飯便了能事,清而不媚,恍聞幽香散空谷中。二老每遇,古林茶話,各出所製誇示。予恨不能躡其後塵。今年六月,予忽爾畫竹,竹亦不惡,頗爲二老歎賞。②

這可補充華嵒的生活狀態。冬心淡淡幾句,截取晚年的華嵒與許濱交游的一二片段,爲之畫了一幅"速寫",三人如在塵外,且友誼至深。

在揚州畫派的幾位重要畫家中,華嵒和金農、高翔關係最好,互相間均有頻繁詩畫的交流。其與黃慎雖爲同鄉,却交往有限,遠不如前二者。③ 華嵒和馬氏兄弟相識,或經高翔介紹。④ 即便如此,僅一篇充滿抽象頌詞的"生日禮物"《馬半查五十初度,擬其逸致優容,寫之扇頭,并製詩爲祝》,不足以説明他是小玲瓏山館的常客,反而可見雙方的關係一般:⑤

---

① 薛永年:《華嵒年譜》,第 105 頁。
② 轉引自薛永年:《華嵒年譜》,第 107 頁。
③ 賴元冲:《華嵒交游考》,載《華嵒研究》,《朵雲》第五十七集,第 227、231 頁。
④ 薛永年:《華嵒年譜》,第 93 頁。
⑤ 賴元冲《華嵒交游考》以此詩,及丁仁跋《離垢集補抄》"主馬氏小玲瓏山館"句以證華嵒與二馬關係密切。但丁氏與華嵒并非同一時代,且此句本無依據,華嵒該詩與此句無法證明二馬對其有重要影響。

方水懷良玉,幽折韜清輝。蓄寶希聲世,猶復世彌知。君子懿文學,精理徹慧思。申言吐芳氣,寫物入遐微。川涌赴諸海,修鯨翻瀾飛。鬱雲麗舒卷,影色而賦奇。日華金照耀,月露香流離。山築玲瓏館,蘿薜綠紛披。孝友敦昆弟,斑白款殷依。青松倚茂竹,微雨新晴時。壽觴一以薦,慈顏啓和怡。榮爵靡足好,歡樂誠如斯。鄙子拂枯翰,傾想幽人姿。唯惶厚穢累,且是復疑非。①

馬氏兄弟在揚州文人圈的影響力,絕非員氏可比。但對華喦而言,有一二知己已足矣,而員果堂正是這樣的知音,他們有著共同的志趣:

……吾友員子果堂,則別拓清懷,含貞寶朴,恬處幽素,守默養和,絕不爲世喧所擾,而惟以山水雲鳥自娛。②

華喦在揚州的圈子小而偏,故而只結識少部分揚州畫派的重要畫家。至於新羅與顏嶧、研農山人等,并無其他交集的例子。甚至,這也是證明新羅與板橋見過面的極個別證據之一。"相見揖讓",從華喦的表述不難看出他們互不熟悉,否則不需有意強調。而再讀新羅所題可以發現,作爲事件的敘述者和畫面的主角,華喦非但隻字不提自己,同時在情節的安排上,把板橋放在最重要的位置:從"夢飛所言"始,都在烘托板橋的出場。

---

① 見281。
② 見188。

這年正值板橋從范縣調署濰縣。同年,他"開倉賑貸",救民無數。這位康熙年間的秀才、雍正年間的舉人、乾隆年間的進士,在當時已經聲名遠布,屬一方名士,其社會地位非其他揚州畫派畫家可比。華喦的敘述和熊夢飛期待的話語無疑佐證了一點:這位遲到的畫家,雖然只能配合之前三位畫家所作而只畫了幾片竹葉,但他是這一事件實際上的主角。無論是聚會的主人程夢飛還是畫面上的主角華新羅,他們無法遮掩板橋的"明星"光芒。可以說,程夢飛以四位藝術家爲之作畫,特別因板橋作墨竹而頗感驕傲。"板橋諸君集桐華庵圖此",研農山人在概括整一作畫過程時,也僅以板橋爲代表。畫面上,板橋的墨竹個人風格明顯,雖遠不如華喦的樹幹體積龐大,也不如他個人作品中的氣場強大,甚至這應是四人中完成最快的部分,但從"童子報曰"到這一作畫過程結束,則是這場聚會的高潮。華喦能夠成爲事件的敘述者,不僅因爲他參與了整一過程,而且由於他是衆人中年齡最長者(陳撰雖年齡大於他,但他撰寫題跋是在當日勝集之後),這也許也是他可以第一位作畫的原因。至此,《桐華庵盛集圖軸》出現了三位主角:聚會的主人、名義上的主角程兆熊,畫面上的主角華新羅,實際上的主角鄭板橋。

金農在題跋中寫道"圖此景,各擅長",四位畫家果真在圖中展現了各自最擅長的題材和嫻熟的技法。但如前文所言,這件作品更像是一張合照,雖然重要,但并非優秀的作品。而桐華庵的主人、這件作品的擁有者程夢飛也許是聚會參與者中唯一對它滿意的人。四位畫家或對自己的發揮還算滿意,但臨時到來的作畫任務,不得不讓藝術家處於被動。相比個人創作,被動接受臨時作畫任務,自然會受到不少限製,且限製的因素又會因現場情況而不斷改變,無法預測。在當時,作此畫的主要目的是爲衆人,尤其爲程夢飛助興。它從一開始就和藝術家的個人創作没有關係。將各部分獨立出畫面進行欣賞時,各部分都很精彩;甚至華嵒的這根流暢、富有節奏的樹幹,在他其他的作品中也不多見。但當四部分相互重叠、合成一個畫面時,却因兩兩間毫無照應,充滿妥協而生的尷尬。

因爲華嵒作爲畫面上的主角,這件作品顯得更接近他的風格。花鳥畫在華嵒的作品中占據很大部分,而此畫的題材與構圖又是華嵒的偏好(圖11,圖12,圖13)。雖樹幹的曲綫與鳥的種類不斷變化,但都大同小異。樹幹由畫面下部生出,或左側或右側,半包圍地"占領"畫面,成爲主導畫面大致走勢的曲綫,葉多以没骨暈染。上栖一鳥,或低頭,或昂首,或倒挂,其與樹幹的造型相呼應,先畫者决定後畫者。畫面下側多畫石以平衡重心,石的造型隨畫面氣氛而多變,常常又見石後或石下生出不同花草,竹、蘭相對多見。如《桐華庵盛集圖軸》,位於畫面左側頂部的鳥向右下側低頭,正平衡了樹幹,這條略顯誇張的曲綫在畫面右側製造的張勢。而樹幹下側的另一隻鳥,頭略向左偏,正與上部那隻相呼應,則全畫渾然一氣。但此圖竹石體積略大,頗有"搶戲"之嫌。

圖 11　［清］華嵒《風條栖鳥圖軸》,立軸,紙本設色,125.8cm×31.6cm,上海博物館藏
圖 12　［清］華嵒《竹石鸚鵡圖》,立軸,紙本設色,130.5cm×53cm,上海博物館藏
圖 13　［清］華嵒《薔薇山禽圖》,立軸,紙本設色,126.7cm×55.1cm,故宮博物院藏

　　華嵒筆下的鳥類,大多立在枝頭,悠閒祥和,還有一部分則與同伴玩耍,自然可愛。從小受大自然熏陶的華嵒,觀察、體會自然萬物是他的愛好和習慣。這些生動的畫面是他平時觀察所得,也是筆頭不斷訓練的結果。然而,這些作品,或大部分像《桐華庵勝集圖軸》一樣,是爲某人所作的禮品或商品。平時訓練所得的技能、經驗等,形成一套系統的模式。花鳥山石,每一個母題對華嵒來説都各有一套成熟的系統,在不同的畫面上,他所需要做的便是靈

活變幻它們的姿勢。① 久而久之,這些原本零件般的系統就凝聚爲他的個人風格、偏好。到了某些時刻,比如"桐華庵勝集"之時,這一模式理所當然地成爲他的應酬手段,其他的三位畫家也同樣,隨機應變、臨場發揮便是他們必備的能力。而這也是藝術家的技藝之一。

新羅的花鳥甜美清新,一方面,這是自然之態,另一方面,這般繪畫的模式也是研習古人和自我操練的結果,也可説是由"個人特性""浸透"的"模件體系"②。這兩方面都是一件花鳥作品值得交易、贈送的有利條件。我們無法忽視揚州的藝術市場及其對華嵒的意義,而所謂的"模件體系"正是他和其他揚州畫家有力的應酬手段,是藝術家的技藝之一。《桐華庵勝集圖軸》便是一件多種"模件體系"拼湊而成的即興之作。

從古至今,子承父業的現象在藝術界并不少見,但兒子的作品可與父親的一同經歷時間考驗而得以流傳,則不多見了,其中以趙子昂趙仲穆父子、文徵明文休承父子最廣爲人知。華浚是華嵒第四個孩子,能書善畫,承襲家學。從他流傳至今的畫作來看,書法、繪畫風格與華嵒極爲相似,深得其父衣鉢,幾可亂真。但這裏所要談的是的特殊身份:華嵒的代筆人。

前面已談到,華浚可能是華嵒臺圖稿本《離垢集》的抄

① 雷德侯(Ledderose Lothar)的《萬物》以揚州畫派的另一位重要畫家鄭燮爲例,討論中國繪畫中的"模件"。鄭燮將竹石等母題作爲"模件",在題詞,即書法等配合下使構圖豐富且變化。(德)雷德侯:《萬物》,張總等譯,北京:生活·讀書·新知三聯書店,2012年。
② (德)雷德侯:《萬物》,張總等译,第266、280頁。

寫者。據徐邦達《古書畫偽訛考辨》記,華嵒也在所畫《華燈侍宴圖》中坦白這點。可惜的是,筆者無法獲見徐邦達文中提及的畫作,不能親證這一口頭證據的真實性。但有一件華浚的作品從另一角度佐證了這點。《海棠鸚鵡圖》(圖 14)係華浚於乾隆二十一年(1756 年)所作,上題:"春露曉含丹紫慧,竹華涼映綠衣深。丙子秋日,擬元人法爲元兄學長先生清鑒,松岸華浚。"鸚鵡也爲華嵒擅長,他畫過一系列鸚鵡栖枝頭的作品,其中有一件也名"海棠鸚鵡圖"(圖 15),與華浚該件係同年之作,可明顯發現兩者有驚人的相似性。樹石造型雷同,兩者畫面左下角的兩隻鳥幾乎一致,字迹也極爲相近。區別在於,華嵒的海棠"開得"比華浚的"早",故而"旺盛";華浚的鸚鵡頭向左擺,尾朝右偏,是畫面呈"S"型構圖,而華嵒的鸚鵡由首尾構成的曲綫恰與下側的岩石呼應,令畫面氣息凝聚。畫面下側的竹,由枝至葉,可見華嵒用筆之勁健,而華浚明顯疲軟。華嵒明顯淡雅老到,但華浚的模仿能力也可見一斑。華浚所謂"擬元人法"實乃"摹新羅畫",擬前人法之說,無非是應酬手段;雖是假話,但"學長先生"固然不知,更因此畫可追元人而欣喜得意。

不難理解,憑華浚的繪畫技藝,他只需改作品中的"浚"字爲"嵒"字,便可讓他人深信自己所獲爲新羅真迹。他絕對擁有爲華嵒代筆的本領。這對父子聯手作僞,搞起了家庭作坊式的"繪畫製造業",專門製造真真假假的華嵒作品。父子聯手作僞雖不多見,但絕不會是孤例,因爲就像

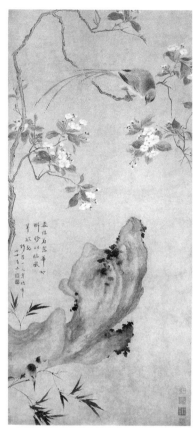

圖 14　［清］華浚《海棠鸚鵡圖》，立軸，絹本設色，
　　　　127cm×43cm，天一閣博物館藏

圖 15　［清］華嵒《海棠鸚鵡圖》，1756 年，立軸，紙本設色，
　　　　136.5cm×62.4cm，上海博物館藏

農、羅聘的師徒聯手①,這只是另一種應酬手段的形式之一。從華浚的書畫面貌可知,他非但精通華嵒的書畫風格,其實也繼承了華嵒所熟諳的應酬手段,包括他的“模件體系”。在這對父子身上體現的技藝的“世襲”,也是藝術技藝傳授的一個縮影。

然而,對華嵒來説,“模件體系”、與兒子聯手作僞還只是應酬手段的一部分。華嵒像是在硯臺里擺了一間倉庫,在需要的時刻,他每蘸一筆便調動著倉庫中的花鳥草木、山水人物,以及他珍愛的詩歌。如果説經驗中的、“體系”中的花鳥草木、山水人物將以他的獨特風格依畫面而發生變化,詩歌作爲畫面中并非最重要的部分,而往往不加變動地重複出現。

在華嵒的記憶裏,故鄉冬天的花卉也許確實不那麽清晰了。又也許,一提到梅花他便想到了這首詩:

> 只此凌空意,無花亦自菲。饗之飛雪散,被以五銖衣。彭澤詩同臭,稽山玉可依。更憐清絕侶,獨有首陽薇。

前面談到,只見於補鈔本的幾首詩中有一首《題梅石》,實見於李世熊《寒支集初集》之《梅偶》一詩,而《閩中花卉册》的第十一開便題有此詩。乾隆元年(1736年)春,金農作《梅花圖軸》,華嵒爲之所題又是李氏《梅偶》,只是這回他没用詩文而用了小序:

---

① 參見吳爾鹿:《金農和他的代筆畫》,《文物》,1998年第12期,第69頁。

世稱梅者,必配以孤山處士。處士名動人主,山幾移文、箋啓纖麗,不到高古,復爲王濟所窺。故是冰炭中人,非梅偶矣。意惟蘇子卿、洪忠宣,冷山雪窖時,同此臭味;次則夏仲御、劉器之木腸鐵漢,差堪把臂入林耳。

華嵒對此詩印象深刻,也情有獨鍾。另一方面,李氏此詩小序用典頗多,且都高潔之士,題梅喻人均可,也適合爲友人題畫,以誇贊人品高潔。由此可見,詩在不同場合,具體來説,在不同的畫作上有著不同的功能。李氏《梅偶》一詩在《閩中花卉册》、補鈔本中分別當做華嵒的題畫詩、構圖的一部分,在金農的《梅花圖軸》上又成了華嵒給金農的題字、贊美、禮物。

華嵒有一套十二幀的《寫景山水册》,作於乾隆十六年(1751 年,華嵒 70 歲)。① 所繪爲四季風景、竹林逸士、湖上泛舟、池塘觀魚等,除前四開與第十開係視角寬闊的山水,其餘皆近景小品。此册頁於民國影印出版,未知其今在何處,更不見有彩色圖版。十二開上各有題詩。比對《離垢集》後,除第五開"一溪烟,萬竿竹。空翠中,人如玉"四句未見於該集,其餘十一首均可見:

| 開數 | 《離垢集》卷次 | 序號、詩題 |
|---|---|---|
| 一 | 卷四 | 339 小溪歸棹 |
| 二 | 卷三 | 295 題吟雲圖 |

① (清)華嵒:《華新羅寫景山水》,民國十三年(1924 年)影印,筆者見於浙江圖書館孤山館舍,索書號:普 741.67 / 44601.5。

| 三 | 卷三 | 398 山居 |
|---|---|---|
| 四 | 卷三 | 258 溪亭 |
| 五 | | |
| 六 | 卷三 | 236 水閣美人觀魚 |
| 七 | 卷三 | 268 偶爾寫見 |
| 八 | 卷四 | 342 川泛 |
| 九 | 卷一 | 18 雪窗 |
| 十 | 卷四 | 334 邊夜雪景 |
| 十一 | 卷一 | 49 游山 |
| 十二 | 卷四 | 350 解弢館聽鳥鳴作 |

　　十一首詩集中在《離垢集》的卷一、卷三、卷四,係華嵒不同時期的作品。包括第五開的三言詩,它們原本在時間、空間上都是分離的,互相獨立,毫無關聯。但這件册頁讓這毫不相干的十二首"拍了一張集體照":簽上名款,蓋上印章,它們和十二個畫面放置在了同一個時空中。這時,十二組實際上相互分離的詩與畫,用一致的裝幀統一在一個時空中,成了一件作品,即"12＋12＝1"。

　　同年冬,那首出現在《寫景山水册》第七開的《偶爾寫見》,又出現在華嵒的《竹樹集禽圖軸》上,末句由原先的"擬俟照環璧"改作"掄適居山民",頗似《解弢館聽鳥鳴作》末句"適我居山民"。不由令人想起前文中談到的國博藏行書册頁中,華嵒對詩作的改動。不過在這裏,被改動的《偶爾寫見》還存在與畫面的互動。

　　"詩"本身是一個由字、詞、句三種基本單位組成的結構,華嵒"生動"地"演繹"了這一結構可拆卸、可重組的功能。於是,詩可以套用在不同的畫作,又隨具體情況拆卸、重組，還可以適當地更換三種"基本零件"（"字"是三者中的最基本"零件"，可以構成"詞"、"句"）；從而可以反複使用，無限複製、變形。相比於用他人的詩作，華嵒當然喜歡用自己寫的詩。《離垢集》成了華嵒"儲存"詩作的"私人倉庫"。《離垢集》沒有在華嵒生前出版，《寫景山水冊》的收藏者不會意識到畫上題詩均是華嵒不同時期的舊作，《竹樹集禽圖軸》的收藏者也不會知道畫上題詩無非是舊作的修改版。而藏家、買家會因收藏到了一件有著華嵒詩畫的作品而滿足。無法統計華嵒畫作中有多少詩作與畫面在同一時間、空間中誕生，但不可否認，華嵒的許多作品屬於應酬之作，哪些存在代筆則需考證。"詩"也是其應酬手段之一，而《離垢集》在其中扮演了重要角色。

## （三）《白雲松舍圖》①

由於沒有華嵒去世日期的記録，直到 20 世紀，衆學者分別依據相近的材料達成"共識"，華嵒去世於乾隆二十一年

---

① 參見天津博物館編：《天津博物館藏繪畫》，2012 年，第 252 頁。薛永年：《華嵒研究》附目，第 124—126 頁。

《白雲松舍圖》，紙本，設色，1734 年。縱 158.4cm，橫 54.5cm。

本幅自題："女蘿覆石壁，溪水幽朦朧。紫藤蔓黃華，娟娟寒露中。朝飲花上露，夜卧松下風。雲英化爲水，光彩與我同。日月蕩精魄，廖廖天府空。甲寅三月，新羅山人寫於小松館。"下押白文印"華嵒"、"更生"。題前押一白文引首印。左下角押白文印"新羅山人"。

(1756年),享年75歲。①

---

上詩堂題跋一:"白雲松舍圖。沈郎無俗韻,翰墨小神仙。負米能將母,同游畫世賢。吟餘倚松坐,客去抱琴眠。鎮日山窗下,忘機手一編。松生三兄精鑒别,此幀尤可寶也。乙酉秋日出示索題并識。園居淖。"下押朱文印"居淖",兼文印"金石一家"。

上詩堂題跋二:"中園思偃仰,躋險築幽居。山障遠重疊,野徑既盤紆。白雲停陰岡,清川過石渠。去來山林客,門無卿相與。耳目暫無憂,且還讀我書。人生各有志,吾亦愛吾廬。集選句奉題松生家長三兄白雲松舍圖,竹亭益。"下押白文印"□益私印",朱文印"竹亭"。

其左裱邊題跋一:"遠峰秋欲薯,軒窗静,分付白雲深護。蒼松繞無數,聽天風吹落寒濤聲怒。三間小屋倚琴書,倚枕獨寤。嶺頭堆絮,墟裹晚烟一抹亮度。説與尋詩勝友,子墮空階,釵摇當户,更饒别趣。林泉約賦,歸去縱無心出岫,山靈邀我新來,猿鶴易妒,展丹青,許結芳鄰,便携傢俱。端鶴仙。丙申春仲訪松生三兄於無逾華寶,以新羅山人白雲松舍圖屬題,爲填此闋,時將有岩陵之行,展玩再三,松聲雲影當與山高水長縈我夢寐也。小巢居閣主董筠并識。"下押朱文印"鏡溪",兼文印"董筠之印"。

左裱邊題跋二:"君有溪山癖,幽栖深谷中。松雲爲好侣,不與世情通。雲潑琴書潤,松圍釬館凉。閉門無個事,獨坐傲羲皇。松生三兄屬題,爽泉高 "。下押白文印"高 "。

左裱邊題跋三:"一株兩株青松陰,千樹萬樹青松深。山深嵐影淡空翠,隨風飛墮青松林。松氣化云云化水,流入前溪漱石齒。滿溪流水松花香,遠聽微風墮松子。高雲知此松雲閒,小樓静對松間山。登樓我亦看山客,一筇訪爾松雲間。松生三兄以秋岳此幀屬題,空靈清曠,神品兼逸品也。余生平所見秋岳山水不下數十幅,無出兹右者。題詞亦有凌雲之氣。仙乎!仙乎!道光甲申八月四日萬峰山房對雨書。頤道居士文述。"(道光甲申八月四日萬峰山房對雨書:"甲申",薛永年先生於《華嵒研究》原作"甲辰"。據陳文述於錫博稿本跋"曾爲七言古詩題之"於《白雲松舍圖》;又,該跋作於甲申年,故陳氏題《白雲松舍圖》當在甲申年及之前,故"甲辰"當誤。又以該畫所有題跋所在年代推斷,當爲"甲申"。

左裱邊題跋四:"萬山堆裹托身安,日向松窗静處看。分付白雲須卧隱,出山容易入山難。余所見新羅山人山水甚夥,觀此幅而始歎先生神乎其技矣。先爲菀鄉所藏,松生見而醉心,遂乞之歸,并屬書鑒湖舊題白雲松舍圖句。甲申春二月廿有八日,西梅弟顧洛。"下押朱文印"洛",白文印"西梅"。

右裱邊題跋一:"我曾寫松海,恍游黃山中。空山落松子,耳聽雞松風。自謂設想已奇絕,今見此圖我心折。長松夭矯如游龍,短松崛強如屈鐵。松氣上騰花作雲,雲光水光相氤氳。得非即屬解驛館,新羅山人自寫真。抱膝松窗看雲水,此心飛入畫圖裏。仙乎仙乎畫中仙,吟聲吹落青松巔。余在富春董文恭公家曾見唐六如有此作,後入内府疑是臨本。然六如畫係絹素,皴法深黑,此作於生紙,用靛花寫松釵而虛靈飄渺,即使六如見之亦恐退讓一步,可稱畫中仙品。松生其寶之。辛卯夏至日,芸羃周凱。"下押白文印"芸翁"。

右裱邊題跋二:"結茅青松巔,邈與人境隔。萬壑起寒濤,一徑國深碧。此中無世情,門前絕行迹。時有閒雲來,虛空皓生白。誰歟賦遐心,獨有幽居客。松生三兄屬,時乙酉花朝,石如江介。"下押白文印二"石如","江介之印"。

右裱邊題跋三:"白雲本無心,偶然露松頂。明月來相照,松下流雲影。好夢占十八公,奇書讀五千卷。填詞山中白雲,吹笛松風庭院。君家家本苕溪住,溪山團茅屋尚存。猶記一犁春雨後,濕雲如絮擁柴門。松生三兄屬尺魚題句,次閒趙之琛作隸。"下押白文二印"趙次閒","趙之琛印"。

右裱邊題跋四:"百尺蒼松一草廬,絕無塵俗足幽居。白雲去住渾難定,常與高人伴著書。黔山舊題白雲松舍圖詩。甲申春仲松生三兄屬書於下方。尋雲孫輔之。"下押白文印"輔之"。

右鑲邊題跋五:"松生三兄向有白雲松舍圖,諸名流圖咏不下數十幀。後於菀鄉處得,此爲新羅老人不多得之作,復函友人題記。余展玩三日覺松雲瀋然樸人眉宇,愛之不忍釋手,爰記數語而歸之,以志眼福。庚寅冬日汪士驤。"下押朱文印"平陽",白文印"士驤"。

① 見謝稚柳《北行所见书畫瑣記》、徐邦達:《華嵒生平補訂》(載《歷代書畫家傳記考辨》,上海:上海人民美術出版社,1983年,第70頁)、薛永年《華嵒生卒考》(載薛永年《華嵒研究》附文,第45頁)、曾嘉寶《華嵒的肖像及其生平問題》(*Portraits of Hua Yan and The Problem of His chronology*)等。

　　約半個世紀後,一位與華嵒從未謀面的後生陳文述造訪他在西湖旁的南園舊宅,作詩《南園懷華秋岳》,有"南園秋色晚蒼蒼,曾是先生舊草堂。月華靜寫竹柏影,露氣細滋松桂香"句。陳文述沒有留下南園的詳細描述,但知這處"舊草堂"已是人們藉以懷念華嵒的場所。與陳文述年齡相仿的人們,大多只聽說過這些活躍在 18 世紀中葉的揚州畫派畫家,這已是他們父輩或祖父輩的傳說。有心且幸運的人或許可以見到不少他們的畫作。倘若生活在他們曾經生活過的城市,還可抒探訪舊迹之懷感。

　　幾乎在同一時候,道光四年(1824 年),陳文述的好友沈松生開始爲一幅才入手的新羅畫作搜集題跋,陳文述也成爲題跋的第一批撰寫者。第二年,屠淖在上詩堂爲畫題名,"白雲松舍圖"——這作品上最大的 5 個字成爲此作名稱的最直接證據。從此,這個與華嵒沒有直接關係的名字開始伴隨這幅畫作出現在各種華嵒相關的場合,傳記、研究、展覽、著録等。約十年後,道光十六年(1836 年),隨著董筠等最後一批撰寫者寫完題跋,沈松生的"計劃"終於圓滿:《白雲松舍圖》(圖 16)已被上詩堂及左右裱邊上 11 位作者的題跋密密麻麻地包圍起來。《白雲松舍圖》於是成爲華嵒作品中,題跋數最多的作品之一。細探衆人所書,無非圍繞兩個内容,一是祝賀沈松生收穫佳寶,一是稱贊新羅此作,且多爲前者。而誇贊華嵒藝術造詣的,也多稱此作爲其難得精品,實際又是説沈松生的幸運和眼光獨到。接受祝賀與稱贊,并使《白雲松舍圖》最終被有關自己的頌詞包圍,當然是沈松生計劃中的結果。這是他的私人物品。他也當然清楚《白雲松舍圖》不可能永遠屬於自己,

它有比自己長久的壽命。但他絕不會想到,當張叔誠將
《白雲松舍圖》捐贈給天津藝術博物館後,①這件作品進入
了公家的庫房,不再屬於個人;而他爲這件作品充滿私人
意味的精心"設計"却能够始終伴隨它,成爲《白雲松舍圖》
的一部分。《白雲松舍圖》極少被展出,可搜集到的圖片質
量不高,且大多被截去了裱邊和詩堂。人們似乎有意識地
削除沈松生等人爲《白雲松舍圖》製造的"新"的情境,而
"還原"其本來面目。這一"削除"和所謂"還原"顯然只是
停留在數字圖像處理的層面,滿足了部分幻想;無法否認
沈松生等人製造的"新"的情境已是其不可分割的一部分。
如今來看,沈松生自私且誇張的"計劃",使《白雲松舍圖》
成爲一塊可以折射出華嵒投影的棱鏡。

　　陳文述在《白雲松舍圖》的題跋中,先作七言詩一首,
後曰:"松生三兄以秋岳次幀囑題,空靈清曠,神品兼逸品
也。余生平所見秋岳山水不下數十幅,無出兹右者。題句
亦有凌雲之氣。仙乎!仙乎!道光甲申八月四日萬峰山
對雨書。頤道居士文述。"陳文述是眾題跋作者中唯一一
位提到畫上題詩的。他與後來許多討論此畫的作者均以
爲"朝飲花上露,夜臥松下風。雲英化爲水,光彩與我同"
這樣的詩句出自華嵒。這是華嵒能詩的印象引發的誤解。
但若他們熟悉華嵒詩作的風格,當會因華嵒作出這樣的詩
句而感到驚訝。縱覽華嵒詩作,雖氣質脫俗,但多言花草,
又往往憂悶歎病,少大氣磅礴之作。《白雲松舍圖》是華嵒
在什麼情況下的作品雖不得而知,但顯然,他覺得王昌齡

---

① 　天津藝術博物館,今天津博物館。

圖 16 ［清］華嵒《白雲松舍圖》,1734 年
立軸,紙本設色,158.4cm×54.5cm,天津博物館藏

的《齋心》很適合畫面。陳文述，甚至近現代的學者無法想象，如今人人可以通過冰冷的鍵盤在龐大的數據庫進行檢索，從而避免這類誤解；而這恰是華嵒完成《白雲松舍圖》過程中的一個念頭，也是作品的一部分。然而，鍵盤、數據與更加冰冷的玻璃櫥窗、地下庫房都無法實現當年沈松生、陳文述等人，一邊展開《白雲松舍圖》，一邊翻閱《離垢集》、討論新羅山人的氣氛。《離垢集》未能在華嵒生前出版，而見過《離垢集》的自然又是少數摯交。多是聽聞華嵒有《離垢集》，或見華嵒畫上題詩而知華嵒能詩。對大多數人而言，《離垢集》是一個只聽說而未得一見的事物，而這却是形成人們心中華嵒能詩的印象的主要因素。大多數人直到道光本《離垢集》刊行（1835 年）後，才開始有機會獲見其詩作真容。

陳文述爲《白雲松舍圖》寫完題跋的四天後，道光甲申年（1824 年）八月八日，沈松生將另一件才入手的藏品出示於他：

> 松生沈君得新羅山人《白雲松舍圖》，空靈曠逸，得未曾有，上有題句云"朝飲花上露，夜卧松下風。雲英化爲水，光彩與我同"，歎爲神似太白，曾爲七言古詩題之。今複以山人手鈔《離垢集》見示云：近日得之友人處。書法虞褚，尤近雲林。余適養屙湖樓雨窗，無事展讀之。……

陳文述在錫博稿本《離垢集》後如是題。① 這本《離垢

---

① 詳見 f1.10。

集》後由趙之琛題簽。趙之琛也是沈松生之友，他在《白雲松舍圖》上的題跋位於右裱邊，恰與陳文述相對。另外，《閩中花卉册》上亦有趙氏題跋，可見這件册頁當時爲趙之琛藏或亦藏於與趙氏有關的圈子内。讀者一定記得，本論第一部分中提到，新羅山人的兩種《離垢集》稿本均爲趙氏題簽，另一本便是浙圖稿本甲册。他爲錫博稿本題"離垢集"，落款"酣緑軒珍藏次閒題"；浙圖稿本則題"新羅山人詩稿"，落款"寶月山人趙之琛"（想來趙之琛也會感到奇怪，兩者都是華嵒詩稿，也都作"離垢集"，但内容很不一樣；浙圖稿本又是互有重複的兩册）。而在這一時期，兩種浙圖稿本《離垢集》的主人也許正是沈、陳、趙等人共同的朋友，顧洛。①

　　顧洛在《白雲松舍圖》的題跋早於陳文述六個月，其亦先作七言詩一首，再言："余所見新羅山人山水甚夥，觀此幅而始歎先生神乎其技矣。先爲莼鄉所藏，松生見而醉心，遂乞之歸，并嘱鑒湖舊題白雲松舍圖句。甲申春二月廿有八日，西梅弟顧洛。"從可見的顧洛與趙之琛的畫作可知，兩人對華嵒風格的喜愛不止停留在收藏、過眼層面，其創作亦充滿華嵒的色彩。陳文述在另一首懷念華嵒的詩中提到"今杭人多傳其畫派"②，顯然，除顧洛、趙之琛外，僅杭州就有大量在技藝、風格等方面延續華嵒的畫家。

　　藝術家的"碎片"永遠不能收藏完整，"投影"終究是片面的剪影。但往往是這些零散的、有著明顯不足的殘片讓人相信他們看見了那位藝術家、他們擁有那位藝術家——

----

① 浙圖稿本甲、乙册均有顧洛鈐印，見表1。
② 見專論"四、生平補充"第三節"南園"。

藝術家從而成爲傳奇，從而"永生"。藝術作品的物質性、可視性使"看見"、"擁有"不只是幻想。其作爲藝術家製造并留下的"遺迹"，延伸着藝術家生前的瞬間，滿足後人訪古的好奇——當收藏家、鑒賞家、藝術史家等人面對作品時他們從來不滿足於只接近作品，當作品被"看見"被、"擁有"、被"議論"之時，所"看見"、所"擁有"、所"議論"的從來就不只是作品，更是藝術家本人。當兩種《離垢集》出現在這個圈子中時，他們終於面對著一個不再停留於印象的"詩的"華嵒。與此同時，新羅的大量畫作在錢塘城裏"流動"在不同的圈子中，沈松生等人組成的這個圈子可屬典型，他們收藏、交流、學習華嵒畫作，一個較立體的"華嵒""出現"在這個圈子裏。《白雲松舍圖》與錫博稿本《離垢集》爲沈松生得於菇鄉與某友人處，雖不知浙圖稿本如何傳至顧洛之手，但現在我們知道，環繞著《白雲松舍圖》的題跋構建了一個的嶄新情境——種種幸運讓《白雲松舍圖》、《閩中花卉册》、兩種《離垢集》稿本等新羅山人的"碎片"先後聚集在一個各自都收藏有新羅作品的圈子裏，并在不斷的"流動"中"活"了過來——已經去世的新羅山人在他留下的作品——他各個側面的"投影"堆砌下，形成了一個嶄新的"華嵒"。沈松生等人熱情地讓這個時期的文人們眼中的新羅可以被想象，即使這一時期非常短暫——這些"碎片"在片刻的"并列"後又歸屬其他藏家，各自"被參與"到不再相互關聯的情境中"再造"華嵒，但正因此，沈松生等人促成的偶然才顯得珍貴。

就在《白雲松舍圖》和兩種《離垢集》在沈氏等人手中聚集時，一次新羅遺物的"公開"正在計劃中進行。道光七年(1827年),華世琮、華世璟兄弟從錢塘出發前往仙源,希望請華時中出力,將曾祖父的《離垢集》"遺稿"出版。這便是本論一開始説的事了。可以想象,南園中若還住着華喦的後人,也許就是世琮或世璟。陳文述造訪南園時,若叩開門扉與南園主人相互交談,後來公開的也許就不止是"遺稿",刊印的也就不只是道光本《離垢集》。

道光五年(1825年),華時中回到華家亭"合族連郡祠始立族譜"①,華喦也終於"回到"華家。一邊通過新羅的詩與畫,一邊則以宗族的方式,與華喦相關的兩塊土地都在這一時期不約而同地以不同方式"回望"新羅。從新羅開始,他的後人們就留在錢塘,華浚已在畫作上自題"武林華浚"。直到華浚、華繩武陸續中舉,華喦才算有機會"返鄉盡孝"。② 華喦從未忘記故鄉人,故鄉人也從未忘記他。

《白雲松舍圖》描繪的是典型的隱士生活,隱士在松林間的住處不難接近,抵達那兒的石階清晰可見。有人覺得這就是華喦想象中的"離垢"生活。③ 這般流於套路的隱士圖景不難讓人理解爲受人所托之作,而"小松館"確實是個在華喦衆多落款中較陌生的場所,但這不影響這件作品成

---

① 薛永年猜測華氏兄弟公開"遺稿"與華時中修族譜有關聯。見《華喦與閩汀華氏族譜》,載薛永年:《華喦研究》附文,第53頁。

② 從族譜來看,二人中舉的時間相隔較大,或非等兩人都中舉而是華浚中舉後便携子返鄉遷祖墳。

③ 單國霖:《文質相間 空谷之音——華喦藝術品格論》,載《華喦研究》,《朵雲》第五十七集,第96頁。周凱於《白雲松舍圖》的題跋亦有這般理解,"得非即屬解弢館,新羅山人自寫真",見《白雲松舍圖》周凱題跋。

爲新羅山水中，具備唐寅風格的一件傑作。① 所謂"離垢"
有兩種理解：一，"離"意爲"脱離"，即原在塵世中，希望自
己能夠脱離俗塵，"離垢"是爲理想；二，"離"意爲"遠離"，
提醒自己與俗塵保持距離，"離垢"是爲類似座右銘的警
示。華喦的一生不得不與"俗塵"打交道，但他顯然并不擅
長。爲了堅持其擅長的繪畫之路，他也不得不提醒自己遠
離"俗塵"的困擾。嫺熟地掌握各種應酬手段既是在"俗
塵"中生存的技巧，也是遠離"俗塵"的方式。

在自畫像上，華喦把自己畫在山谷溪流之中，一處遠
離人間烟火的仙境。風景筆觸大，下筆快，顯率真，但人物
白描，頗寫實，用筆不多，顯謹慎。那個爲華喦滿意的"自
己"擺着一個并不可能久坐的姿勢，"他"似乎時刻都準備
放下拈鬚的左手，順着右手在石上一撑而站起來。畫上的
"華喦"微笑含蓄，目光慈善，顯得友好且自信。自畫像難
以被説真實。這個無法久坐的姿勢是爲作品而設計的，友
好自信的表情同樣幾經思慮。華喦并非作山水熟練於作
人物，他非常重視這次寫真，但并不習慣爲自己寫真；山石
的輕快節奏在人物處忽然小心地緩慢起來。② 相比之下，
他更擅長用文字描述自己，"自愛深山卧，常聽澗底泉"，
"山人質性懶如蠶，食飽即眠眠最甘"，"新羅山人貧且病，
頭面不洗三月餘。半張竹榻卧老骨，寂看梅雨抽菖蒲"。

華喦去世後，他的學生張四教爲之作《新羅山人像》

---

① 薛永年從繪畫技法的角度細緻分析了這件作品。見薛永年：《華
喦研究》，《華喦研究》，第 30—31 頁。

② 據 767《自題小景》，華喦當有其他自畫像。

（圖17），畫上的華嵒是個慈祥的老人，滿面皺紋，兩頰突出的顴骨實爲笑口常開而推起的肌肉。張四教向華嵒學習繪畫技法，也爲華嵒盤點書畫買賣的生意，由於太過熟悉，又出於尊重，張四教沒有爲他的老師做多餘的裝飾，畫上的華嵒於是顯得真實。這時的"華嵒"脱去一切原本在自畫像中最重要的部分——與自然的關係。畫面上沒有了華嵒爲自己設計的山水背景，而是讓坐在石上的新羅山人撐滿畫面。張四教作畫的動機很明確，這是在懷念他的老師。他在老師的肖像邊撰寫了長長一篇對華嵒的回憶，其中談及了罕見的華嵒談論其藝術觀點的文字：

> 畫，藝也。藝成則賤，必先有以立乎其貴者，乃賤之而不得。是在讀書以博其識，修己以端其品，吾之畫法如是而已。①

張四教把華嵒寄給他的八封信札裝裱在畫像四周，信上是晚年的華嵒用日常文字敘述自己的生活、賣畫經歷等等。② 雖材料不多，但這一由畫像、華嵒最日常且私人的書法、自述與張四教的回憶集體建構下的情境，已然超越畫面中的肖像而成爲有多個側面的、作爲人的華嵒形象。張四教用獨到的紀念方式懷念他的老師，巧妙利用了繪畫及其裝裱形式，建造了這座深情的"新羅山人紀念碑"。

---

① 見 f1.8。
② 見薛永年：《華嵒晚年的九通書札》，《華嵒研究》附文，第58頁。

圖 17　［清］張四教《新羅山人像》（及華嵒致張四教的八通書信），
1767 年，立軸，紙本設色，畫心 63.6cm×53cm，天津博物館藏

　　沈松生等人對華嵒的"回望"更爲隨意、日常,更爲後人所能接近。當最後一位與華嵒相識的人去世後,這位藝術家將在比他人生漫長更多的陌生時空間"重生"。簡單的,也許是隻言片語;複雜的,也許是長篇論著。我們將一直在無限逼近真實的華嵒的途中,再多的描述無非是途中風景。無論是《白雲松舍圖》還是幾種《離垢集》手稿,它們早就從各自的原始語境中脫離,被抛進不斷運動的時空中,更多時間獨處,偶有機會相遇。大有可能它們原本就毫無關係,單純是沈氏等人弄拙成巧,構建了一個巧合,一個值得津津樂道的情境。在"重生"過程中,有太多新羅山人想不到的事情了,它時刻在發生着,有時也許是遲到的驚喜。

　　華嵒是那個時代的佼佼者。善於學習,勤於動筆,對創作媒介異常敏感的他,將各家技藝彙於一身。山水,如《白雲松舍圖》等;人物,如《嬰戲圖冊》等;花鳥,如《桃潭浴鴨圖》等。工,如《荔枝天牛圖》;寫,如一些山水冊頁。對各類技法均嫻熟掌握的他可以不斷在職業畫家與文人畫家間切換角色。他是少見的能够在各種面貌間游刃有餘的畫家。這讓後世無論學習古人的哪種風格,均無法輕易繞開新羅山人。華嵒是他們的"大師兄"。但技法也成爲華嵒最大的局限。他困在筆墨技法、固有程式中,缺乏創造力。在畫面中只見愈加老道的功力却不見新意,令人難以判斷究竟哪一種是華嵒最擅長、最中意、最個人的風格。他始終未能超越他臨習的老師們(比如陳洪綬、董其昌、惲壽平等),也明顯不如同時代部分藝術家(如板橋、冬心等)有靈氣。華嵒對自己的長處與短處自然心知肚明,對同行與自身的評估是藝術家的技能之一。對華嵒而言,繪畫不是藝術鬥士們試圖翻越的山峰,他不必要絞盡腦汁而使面貌日新月異;不是抒情者們自我表達的最佳渠道,即使他的詩文水平并不高,但他和多數文人一樣,更擅長用文字自我表述。如他自述,繪畫是他"修身"的一種途徑。

新羅初到錢塘便與徐逢吉結下忘年交,後來又與厲鶚相識。而徐逢吉看過厲鶚寫給華嵒的詞後,也認識了厲鶚,①三人成了一生的知己。新羅五十歲那年,三人都聚集在新羅的《離垢集》中,用書法留下一張"合影"。"合影"中厲鶚與徐逢吉站在兩邊,華嵒站在中間。這是《離垢集》準備出版前的一次好友間的"祝賀"。"合影"伴隨《離垢集》流傳至今。那首厲鶚寫給華嵒,并促使徐、厲相識的詞,今抄錄於此,當作這一部分的結束:

高陽臺 題華秋岳橫琴小像

劍氣橫秋,詩腸滌雪,風塵湖海年年。三徑歸來,慵將身世箋天。草堂不著櫻桃夢,寄疏狂、菊澗梅邊。想清游,如此鬢眉,如此山川。

枯桐在膝冰徽冷,縱一弦雖設,亦似無弦。世外音希,更求何處成連。幾時與子蘇堤去,采蘋花、小艇銜烟。笑平生,忘了機心,合伴鷗眠。②

---

① 薛永年:《華嵒年譜》,《揚州八怪年譜》下冊,第47—48頁。

② (清)厲鶚:《樊榭山房集》,(清)董兆熊注,陳九思標校,上海:上海古籍出版社,1992年,第666頁。

# 四、生平補充

隨着《離垢集》得到整理,一些新材料使華嵒的生平得到進一步豐富,在此以短文簡單補充,主要涉及三個內容:華嵒第一任妻子蔣妍的去世時間;其長女、長子的相關問題;其在杭州的住處"南園"。

## (一)蔣妍去世日期

薛永年《華嵒年譜》據《憶蔣妍內子作詩當哭》在《離垢集》中的位置大約在丁酉年(康熙五十六年,1717 年,華嵒36 歲)九月前,并以"八年荊布儉"①句知兩人婚姻時長 8 年,故推測華嵒蔣妍結婚時間爲康熙四十八年(1709 年)。

華嵒叔丈、蔣妍叔父蔣弘道有《雪樵集》,其中有詩名"癸巳九月杪兄女妍以疾暴亡"云云,②可知蔣妍去世時間或爲"癸巳九月"。

道光本《離垢集》卷一有《爲亡婦追寫小景因製長歌言懷》,③爲華嵒紀念妻子蔣妍的長詩。該詩體於臺圖稿本、錫博稿本、中大抄本、北大抄本《離垢集》均作"癸巳十一月

---

① 見 41。
② [清]蔣弘道:《雪樵集》卷五,寧波天一閣博物館藏。
③ 見 19。

八日爲亡婦追寫小景因製長歌言懷"。所謂"癸巳"，爲康熙五十二年（1713 年），華嵒 32 歲。這是《離垢集》出現的最早時間標記，這首詩亦爲《離垢集》收錄的最早的詩作之一。如此來看，妻子的去世是否爲華嵒撰寫《離垢集》的動機是值得保留的猜想。

"追寫"二字可知，蔣妍過世時間當於或早於"癸巳十一月八日"。因此，蔣弘道記錄蔣妍去世時間"癸巳九月"當可信。再由"八年荊布儉"句可推兩人於乙酉年（康熙四十四年，1705 年）結婚，時華嵒 24 歲。

## （二）關於華嵒的女兒、長子

1982 年《閩汀華氏族譜》發現後，始知華嵒共三子，其中與蔣妍所生的第一個兒子"已生殤"，而根據部分信件與詩句，確定其還有一女兒。①

錫博稿本《離垢集》有詩《辛丑臘月八日，已兒殤，哭之痛，追寫其小景并題四絕》②，又有《閒坐蕉窗，偶展亡兒已官小景閱之，輾轉神傷，不能自遣，乃成一律聊寫衷情》③。可知華嵒長子名"已官"。"已兒"去世時間爲"辛丑年臘月八日"，即康熙六十年（1721 年），華嵒 40 歲。同日，華嵒爲"已兒"追寫小景。可推 8 年前蔣妍去世時，華嵒也是情不自已地立即用畫筆表達哀思，留下至親的肖像，善畫的華嵒用自己最擅長的方式挽留親人。"何當圖畫見，含慟絶

---

① 薛永年：《華嵒與閩汀華氏族譜》，載薛永年《華嵒研究》，第 53 頁。
② 見 777。
③ 見 808。

衷腸"①,於是,離開蔣妍與華已官的日子裏,華嵒能夠時常拿出他們的肖像懷念他們。

《辛丑臘月八日,已兒殤,哭之痛,追寫其小景并題四絕》有"母子恩情今日盡,三年心血化爲灰"②句,若"三"爲實指,可知蔣妍生前與已官共同生活了 3 年,即已官生於蔣妍去世的三年前,康熙四十九年(1710 年),那麼華已官(1710—1721)去世時當爲 11 歲。

而《閒坐蕉窗,偶展亡兒已官小景閱之,輾轉神傷,不能自遣,乃成一律聊寫衷情》"尚惜兒聰慧,知書比姊強"句,可知華嵒的女兒長於華已官,她是華嵒的第一個孩子,女兒長大後嫁至吳門。薛永年推測,華嵒女兒或嫁玉玲瓏館汪氏。③

## (三)南園

"南園"與"解弢館"均指華嵒在杭州的住所,後人多知後者,幾不提"南園"。至於兩者的關係尚需更多證據補充。

錫博稿本《離垢集》有詩《薛楓山過訪作詩謝之》,④其小序作:

> 己亥新秋,楓山過余南園,清話叢竹間。時綠陰繽紛,襟帶蕭然。拊石倚藤,如在深谷中。獨不知夕

① 同上。
② 見 777.2。
③ 薛永年:《華嵒與閩汀華氏族譜》,載薛永年《華嵒研究》,第 53 頁。
④ 見 740。

陽下山、火雲西流也。

是爲華嵒對南園最直接的"認證"。南園中有山石藤蔓，還種了一叢竹子，若游客來訪，可與人在竹間小坐。陳文述作於錫博稿本《離垢集》後的跋中亦提到：

> 近爲《湖山古詩》，有《南園懷華秋岳》，詩云："南園秋色晚蒼蒼，曾是先生舊草堂。月華靜寫竹柏影，露氣細滋松桂香。閒中畫史自留稿，老去詩翁誰擅場。一幀梅花高士在，滿襟幽趣發寒香。"南園，先生所居。①

華嵒《畫孤山圖》之序云：

> 夏日坐南園，見柯條交映，暗綠成烟，或畫或昏，景趣幽哉。然衆木雖榮，未若孤山獨秀，乃作寒梅澹月以寄興。②

南園爲茂密的樹木環繞，由園中可望見孤山。一方面可稱擇址之巧，可借孤山景致；另一方面，孤山不僅爲南園可望，更可見清晰景致——使華嵒能"畫孤山圖"。故南園就在西湖周圍、距離孤山不遠的地方。有陳文述組詩《西泠懷古》可佐證。該組詩共十六首，均爲懷念曾住西湖周圍的文人墨客所作，包括金農、厲鶚、徐逢吉，以及華嵒：

### 湖墅懷華秋岳

> 秋岳名嵒，號新羅山人。善寫生，家有小園，蒔花藥，畜蟲鳥，觀其生趣，以爲畫稿，蓋以自然爲師，也亦

---

① 見 f1.10。
② 見 847。

工山水,今杭人多傳其畫派。

秋岳丹青妙絶倫,草蟲花鳥各精神。風雲月露原多態,飲啄飛鳴各寫真。北郭園林皆入畫,西湖山水本無塵。陸郎已逝聘嘉徐生老桐華,屈指而今少替人。①

現存的華喦作品中,爲其題曰"作於南園"的畫作很少,如《江干游賞圖》等,但也可佐證"南園"在華喦生命中的地位。《離垢集》也留下了不少華喦在南園中生活、創作的詩作,如:

立秋前一日南園即事

放鴨塘幽景自殊,漁莊蟹舍隱菰蘆。柳根繫艇斜陽淡,籬脚編茅暑氣無。扶起瓜藤青未减,擘開柑子核纔粗。蟬聲唱得凉風至,明日秋來染碧梧。

南園戲筆

自笑山夫野性慵,閉關終日對髯龍。偶然洒筆來風雨,收取羅浮四百峰。

丁仁在《離垢集補抄》最後,加入了部分或爲其所見華喦畫作上的題詩,②其中一首題爲"南園圖"③:

碧雲蕩天末,遥峰綴林隙。窈窕結精廬,蒼蒼烟水隔。静者抛書坐,清嘯有時發。柴門盡日開,似待

---

① (清)陳文述:《頤道堂詩選》卷二十一,《清代詩文集彙編》第504册,第382頁。又參《續修四庫全書》第1505册,第192頁。
② 見專論"一、版本源流"之"浙圖稿本甲册、乙册"一節。
③ 見1126。

山中客。幽蹊染麝香，平臺篆烏迹。庭前獨鶴迴，羽衣霜雪白。松風刷寒翠，驚濤響晨夕。蘿帶系殘春，蘭葉交空碧。冷泉盤曲澗，奔灘簸危石。靈匠儻可求，春星豈難摘。淡然硯北窺，千山列咫尺。

劉海粟美術館藏《遥岑結盧圖軸》，畫上所題正是《南園圖》詩。該畫并無任何線索可說明所畫是"南園"。僅華嵒落款"南園客華嵒"以"南園客"自稱。若丁氏的補鈔本收錄該詩依據的正是這件作品，所謂"南園圖"之題便是由落款引發的誤解而爲編者所添。當然也有可能另有其畫。

# 整理説明

一、《離垢集》的版本

《離垢集》係華嵒詩集。此次整理依據知見的 13 種《離垢集》版本,包括 4 種稿本,共收入 1102 首華嵒詩作。大致爲華嵒 32 歲至 75 歲期間的詩作。

道光乙未(1835 年)由慎餘堂刊刻的《離垢集》(以下簡稱"道光本")是《離垢集》的第一次刊印,并成爲《離垢集》之通行本。此次整理主要以"道光本"爲底本,以可見的所有版本對校(具體校勘方式見"二、關於正文與附録")。所用的校本有:

1.《離垢集》清稿本五卷。藏於臺灣圖書館。簡稱"臺圖稿本"。

2.《離垢集》手稿本不分卷。藏於無錫博物院。簡稱"錫博稿本"。

3. 浙江圖書館藏《離垢集》清稿本不分卷,一函二種二冊,首篇爲《丹山書屋咏梅》的一冊簡稱作"浙圖稿本甲冊"。

4. 浙江圖書館藏兩種《離垢集》清稿本不分卷,一函二種二冊,首篇爲《古意贈同好》的一冊簡稱作"浙圖稿本乙冊"。

5. 光緒十五年(1889 年)《離垢集》刻本五卷,羅嘉傑編。藏於浙江省圖書館孤山分館。簡稱"光緒本"。

6.《離垢集》清管庭芬抄本不分卷。藏於天津圖書館。簡稱"天圖抄本"。

7.《離垢集》舊抄本不分卷。藏於中山大學圖書館。簡稱"中大抄本"。

8.《離垢集》舊抄本不分卷。藏於北京大學圖書館。簡稱"北大抄本"。

9.《離垢集》舊抄本五卷。藏於南京圖書館。簡稱"南圖抄本"。

10.《離垢集》舊抄本五卷。藏於浙江省圖書館孤山分館。簡稱"孤山抄本"。

11.民國五年(1916年)古今圖書館、劉德記書局石印本《新羅山人題畫詩》五卷。藏於浙江省圖書館孤山分館。簡稱"民國本"。

12.民國六年(1917年)上海聚珍仿宋印書局排印本《離垢集補鈔》。丁仁編。藏於浙江省圖書館孤山分館。簡稱"補鈔本"。


二、關於正文與附錄

1. 正文

由於各版本系統之間的詩作數目、內容各不相同,又爲保留各版本原始面貌,此次整理分爲二個部分。

上編:以道光本爲底本,其餘版本爲校本,各版本與道光本重複的詩與之作對校。

下編:以錫博稿本爲底本,浙圖稿本甲册、浙圖稿本乙册、補鈔本、北大抄本、中大抄本爲校本,其中錫博稿本與道光本重複之處,則示見上編(詳見"三、關於標號)。另,僅見於臺圖稿本的 2 首詩、僅見於浙圖稿本甲册的 9 首詩、僅見於浙圖稿本乙册的 11 首詩與僅見於補鈔本的 5 首詩(這 5 首詩是否爲華嵒所作尚待考)則附於下編末。

其中,華嵒約 32 歲至 49 歲的作品分布在上編卷一、卷四的 437 至 459、卷五的 532 至 582,及下編。約 57 歲至 60 歲的作品於上編卷二。約 61 歲至 64 歲的作品於上編卷三。約 65 歲至 68 歲的作品於卷四 437 之前的部分。約 69 歲至 75 歲的作品於卷五 532 之前的部分。

2. 附錄

爲正文部分詩文的連續與清晰,各版本的序、跋、題辭、附識等列於附錄。此外,有關各版本《離垢集》的研究性整理成果均見附錄。


三、關於標號

爲使各詩實現標本化,以便檢索,此次整理的上編,依道光本的順序,編號作 1 至 582。下編,即以錫博稿本爲底本的部分,則以錫博稿本順序標爲 583 至 1101。而 1102、1103 僅見於臺圖稿本(原依次位於 157《雨中移蘭》之後),1104 至 1111 僅見於浙圖稿本甲册,1112 至 1121 僅見於浙圖稿本乙册,1122 至 1126 僅見於補鈔本,故依原文收入。

其中的組詩,例如 18《雪窗》有兩首,則分別標爲 18.1 和 18.2。又如 56《嵒慕越中山水有年矣,……》下有詩 56.1《陳氏北園》等四首,而 56.1《陳氏北園》又由兩首組成,則分別爲 56.1.1 和 56.1.2。

　　爲保留以錫博稿本爲主的版本系統之面貌，又防止造成全書累贅，與上編重複、已校過的詩作仍保留其在各自部分中的序號及其標題，但不列出全文。如 1《過龍慶庵》中，在各版本已與道光本校過，下編仍列出 583《過龍慶庵》，但不列出全文，只於題後注明“見 1”。

　　另外，附錄中相應條目的標號均以“f＋所屬附錄序號.＋該內容於該附錄下序號”表示。如“附錄 1 各版本《離垢集》序、跋、題辭、附識”中第 1 篇“顧師竹序（道光本）”，則標號爲“f1.1”。

　　四、關於校勘記的撰寫

　　着重比較各版本各方面的差異，如詩題、詩句等。少則個別字詞不同，多則數句差異。

　　1. 本書以目前通用規範漢字的繁體字排印，原文中一般的異體字、異寫字（結構不變而筆畫略有變異者）、俗字均依《通用規範汉字字典》（2013 年版）校作繁体字。除部分頻繁出現的異體字（如“床”作“牀”、“烟”作“煙”“炯”、“窗”作“窻”“窓”、“叫”作“呌”、“吟”作“唫”、“得”作“淂”等）直接改作繁體字外，其餘異體字均列入表格（详见表 7《〈離垢集〉各版本之異體字、俗字及其通用規範漢字對照表》）。如南圖抄本有大量且重複的明顯抄錯，爲避免校勘記過於冗長，故酌加采擇。底本中的錯別字、缺字、脱字據校本改正，并於校勘記中説明（而如“己”、“已”、“巳”混用等古籍中常见者則不出校）。而《離垢集》非華嵒詩作的部分（如序、題辭等）中出現的異體字，如銕（正體爲“鐵”）、毗（正體作“毗”）、覩（正體作“睹”）分別只出現在道光本《离垢集》的顧師竹序、徐逢吉、陳汝霖題辭中,未被華喦使用於詩作,故不列入表中。

2. 在北大抄本、中大抄本中有藏書家批校,爲保留原貌,將其修改行爲、意見,及體現其版本信息的内容一并記入校勘記。其中,修改行爲,作"校作"等等;修改意見,作"批曰"等等。

凡下列情況,均不寫入校記:

1. 爲避免校勘記重複累贅,同一校本多次出現的同一異寫字、異體字等只在第一次出現時寫入校勘記,記爲"某字,某本多作某字"。

2. 因避諱而缺筆的異體字。

3. 各版本時有對"一首""二首"字樣的脱文衍文,則以底本爲准。


五、關於索引

參見索引"凡例"。


六、關於標點

此次整理,標點均依據 2012 年版《標點符號用法》。其中,上編主要參考唐鑒榮校注《離垢集》(該本以道光本爲底本,并參考光緒本,由福建美術出版社於 2009 年出版)。下編則主要參考部分校本中前人所作的句讀,如錫博稿本全文均有句讀。

**表 7 《離垢集》各版本之異體字、俗字及其通用規範漢字對照表**

說明：1. 本表依據《通用規範漢字字典》（2013年）。各字順序依照通用規範漢字的筆劃數升序排列，正體字在上，異體字在下。

2. 關於標記：若某字於《離垢集》各版本中，均或多作某異體字或俗字，則以○標記。若某字僅見於道光本的版本系統中作某異體字或俗字，則不標記。若某字僅或常於臺圖稿本中作某異體字或俗字，則以●標記。若某字於中大抄本甲冊、乙冊中作某異體字或俗字，則以▲標記。若某字於中大抄本或（和）北大抄本中作某異體字或俗字，則以△標記。若某字於浙圖稿本甲冊、乙冊、錫博稿本均作某異體字或俗字，則以◇表示。若某字於浙圖稿本《離垢集》無法隨時查閱，本表難免訛錯漏，有待進一步修訂，望讀者見諒並指正。

3. 整理者能力有限，且各版本《離垢集》無法隨時查閱，有待進一步修訂，望讀者見諒並指正。

| 筆畫 | 異體字、俗字對照 |
| --- | --- |
| 5 畫及以下 | 乃 迺● ／ 凡 凢☆ ／ 匹 疋 ／ 匝 帀 ／ 升 昇○ ／ 仇 㐂◇ ／ 幻 勾◇ ／ 世 丗☆ ／ 本 夲☆ ／ 叩 卬○ ／ 似 佀○ ／ 仞 仭☆ ／ 仙 仚／ 酒○ ／ 厄 厄 ／ 厄 厄 ／ 瓜 ／ 瓜■ |
| 6 畫 | 灰 灰■ ／ 夾 袷○ ／ 邪 衺 ／ 吊 弔 ／ 吃 喫○ ／ 囘 回 ／ 因 囙 ／ 帆 帆 ／ 仿 彷 ／ 做☆ ／ 似 佀 ／ 仁 ／ 充 充☆ ／ 冰 氷▲ |
| 7 畫 | 弃 弃◇ ／ 美 羙◇ ／ 走 迍 ／ 朶 朵 ／ 争 爭▲ ／ 妆 妝 ／ 华 華 ／ 污 汙 ／ 岌 ／ 劫 刦■ ／ 忘 忘 ／ 态 态○ ／ 沉 況○ ／ 足 跫☆ ／ 我 戋▲ ／ 坐 坐 ／ 邠 邠 ／ 佛 佛 ／ 伶○ ／ 佇○ ／ 各○ ／ 棄 |

**續表 7**

| | 明 | 昆 | 些 | 肯 | 奇 | 杰 | 松 | 杯 | 卧 | 拖 | 拔 | 坼 | 玩 |
|---|---|---|---|---|---|---|---|---|---|---|---|---|---|
| **8畫** | 明 | 崑 | 些☆ | 冐 | 奇 | 傑■ | 絫● | 盃☆ | 卧▲ | 扡 | 拔☆ | 拆■ | 琓 |
| | 含 | | 岳 | 侄 | 供☆ | | | 岩 | 咎 | 峽 | 岸 | 詠 | |
| | 甕○ | 虬 | 児■ | 泔 | | 乖○ | | 圻 | 斫 | | 周 | 週 | |
| | | 蟲☆ | 弦 | | 淨 | 夜 | 享 | | 兔 | 兔 | 卓 | 草☆ | 朋 |
| | | 蝨 | 絃☆ | 珀○ | 潘○ | 疫▲ | 亨◇ | 音 | | 柏 | 艸 | 君☆ | 阰▲ |
| **9畫** | 映 | 界○ | 冒 | 罜 | | 面 | 面 | 斷☆ | 柜 | 鬼 | 君 | | |
| | 映○ | 阰○ | 負 | 修 | 逃 | 廻○ | 迴 | 恍 | 個 | 鬼☆ | 眉 | 秋 | |
| | 亭 | 風 | 貟 | 俏 | 迤◇ | | | 忼 | 昏 | 個☆ | 眉 | | 美 |
| | 亭☆ | 凰● | 貟☆ | | | | | | 昏 | | | | 美☆ |
| **10畫** | 純 | 桃 | 栖 | 捉 | 華 | 盰 | 壺 | 起 | | | | | |
| | 尊○ | 桅▲ | 棲 | 捉☆ | 華☆ | 峩 | 盰☆ | 壺◇ | 起▲ | | | 耕 | |
| | 鳥○ | 個 | 倚 | 笋 | 笑☆ | 挨☆ | 員● | 哭 | 晉 | 起☆ | | 畊 | |
| | 鳥▲ | 笛☆ | 倚☆ | 箏 | 唉■ | 峨☆ | 宴 | 唉▲ | 晉 | 袜☆ | | 殊☆ | 針 |
| | | 調 | 兼 | 瓶 | 烟 | 煙 | 讌 | 歈 | 記◇ | | | 鍼■ | |
| | 涼 | 彫 | 簾☆ | 餅 | 桑 | 訸 | 猷☆ | 猷☆ | 股 | | | 涼▲ | |
| | 涼☆ | 涼■ | 蕭☆ | 菓■ | 訸☆ | 飲☆ | 屐 | 陰 | 殷○ | | | | |

續表 7

| 畫 | | | | | | | | | | | | | | | | | | | | | |
|---|---|---|---|---|---|---|---|---|---|---|---|---|---|---|---|---|---|---|---|---|---|
| 11畫 | 球■ | 乾▲ | 執○ | 軟 | 帶 | 虛☆ | 眸 | 晚◇ | 略 | 蛇 | 崖 | 堂 |
| | 毬 | 軋▲ | 軓○ | 輀◇ | 帯■ | 虛☆ | 眸 | 姐◇ | 畧 | 虵 | 匡 | 坣☆ |
| | 甜 | 筇 | 段 | 從 | 欲 | 貓☆ | 植 | 毫 | 庵 | 蛇☆ | 瘗 | 粗 |
| | 甛 | 筇 | 叚 | 泛▲ | 慾○ | 貓☆ | 葵▲ | 豪■ | 卷 | 黿☆ | 廐○ | 麤■ |
| | 剪 | 深 | 涇 | | | 覔○ | | | | | | |
| | 剪 | 深 | 滔 | 寂● | | 黿○ | | | | | 葬 | 彎 |
| 12畫 | 款○ | 堤 | 趆 | 趁 | 超 | 插 | 搜 | 搋 | 葬 | 彎▲ |
| | 欵○ | 隄 | 趆▲ | 趍◇ | 超 | 趔◇ | | | 搜 | 搋 | 墊▲ | 彎▲ |
| | | 榁 | 椊 | 礐 | 餛 | 殿☆ | 揮■ | 揢 | 帽 | 敝 | 刜 | 筴 |
| | 葦 | 榁 | 礐 | 礐 | 殯▲ | 最▲ | 撥 | 暗 | 帽 | 敝○ | 膡 | 筴 |
| | 葦● | 護○ | 逼 | 就 | 番 | 就▲ | 跋☆ | 焰 | 焰 | 塊 | 游 | 達○ |
| | 焦 | 俦☆ | 遁 | 婿 | 番■ | 就▲ | 羕 | 焰■ | 焰 | 塊 | 遊 | 達○ |
| | | 借○ | 隔 | 蓋 | 幾○ | 絲 | 羨 | | | | | |
| | | 書▲ | 隔☆ | 盖☆ | 幾○ | 絲 | | | | | | |
| 13畫 | 尋 | 晝▲ | 異 | | | 就 | 楚 | 槪 | 竪 | 碗 |
| | 尋○ | | 異● | | 幾 | | 楚☆ | 槩 | 竪○ | 碗 |
| | 盞 | 魂 | 魂○ | | 嵏 | 微 | 栗■ | 鼠 | 盟○ | 梳 |
| | 餞 | 魂☆ | 冪 | 劃 | 蒙 | 徵 | 激▲ | 栗■ | 鼠 | 盟○ | 梳 |
| | 暖 | 暗 | 闇 | 稚 | 家 | 肆○ | 溜 | 溯 | 胃 | 腰 | 腮 |
| | 暖○ | 唵 | 闇 | 楋 | 帚 | 勦☆ | 溜 | 溯 | 胃 | 腰 | 腮 |
| | 解 | 禀 | 痴○ | 雜 | 焗 | 稉 | 湖 | 沂 | 群 | 臀 | 顟 |
| | 觧 | 奊○ | 疯 | 雜◇ | 凍 | 耗○ | 湄 | 沂○ | 群 | 臀 | 顟 |

續表7

| | | | | | | | | | | | | | | | | | | |
|---|---|---|---|---|---|---|---|---|---|---|---|---|---|---|---|---|---|---|
| 14畫 | 璃▲ | 臺● | 臺○ | 滿○ | 蕉 | 縠■ | 剷 | 蕭☆ | 趣○ | 輦◇ | 蒜 | 臺○ | 遘☆ | 樺 | 厭■ | 暢 | 算☆ | 魄◇ |
| | 鏐 | 夐 | 裹 | 裹 | 蹩● | 熟 | 嬈 | 墻 | 慇 | 麽 | 敲☆ | 高 | 嶄 | 漢 | 墮 | 陽 | 箏☆ | 魄☆ 見 |
| 15畫 | 調鏑 | 駛☆ | 憂○ | 蕩 | 駛▲ | 駛☆ | 劍 | 嶒☆ | 慝 | 膆☆ | 膆○ | 蹳☆ | 憨 | 潢 | 墮☆ | 翠▲ | 鋤 劍 |
| | 穀■ | 蹩○ | 乾 | 蕉 | 蹩● | 熱 | 墻 | 調 | 撒 | 樸▲ | 敵 | 蹳 | 齒○ | 遊☆ | 嗶 | 盤 | 鉏 劍▲ |
| | | 劍劍 | 駛☆ | 樹 | 蹩▲ | 調 | 墻 | 碉 | 攃 | 碉 | 篩☆ | 寫 | 寫○ | 繝 | 撰○ | 盤☆ | 點 壁 |
| | | 墻 | 劍◇ | 斚 | 樹 | 調 | 碉 | 碉 | 濊 | 歷 | 燭▲ | 澄 | 衡 | 緺 | 緺◇ | 叚◇ | 龍 壁☆ |
| 17畫 | 肇☆ | 糜○ | 霞 | 嶽▲ | 慝 | 歷▲ | 檣 | 嘴○ | 窪 | 慇 | 壿 | 撤 | 衡▲ | 餡 | 彫 | 鴒 龍☆ | 幾☆ |
| | 敵☆ | 歲☆ | 覜☆ | 檣 | 攃 | 檣 | 戱 | 戱 | 澀 | 憨 | 壿☆ | 嶺 | 闌 | 鵝 | 闡 | 鵲 鵲 | 幾☆ |
| | | 鮮 斷 | 憨○ | 戲☆ | 僞 | 煤▲ | 燭 | 澀 | 總☆ | | | 嶺▲ | | 鷥 | 間○ | 鵲 點☆ |
| 18畫 | 敵☆ | 憨○ | 斷☆ | 戲 | 僞▲ | 疊■ | 燭 | 縉☆ | 捻☆ | 襲■ | 歸 | 蟹☆ | 管☆ | 蟹 | 糶 驪 |
| | 璦 | 斷☆ | 蘇 | 滿◇ | 蔘■ | 疊 | 偏◇ | 雙■ | 雙 | 蘖▲ | 歸○ | 蘾 | 管○ | 蟹■ | 繡 驪▲ |
| 19畫以上 | 瀉 | 瀉 | 斷☆ | 樹 | 儒○ | 稜 | 歷○ | 閑☆ | 閑 | 蔭 | 蘾◇ | 蟹 | 蟹☆ | 繡▲ 攀 | 耀 |
| | 麴■ | 麴● | 蘇 | 蘇● | 稜 | 歷 | 烱☆ | 閑 | 閡 | 蔭☆ | 懸☆ | 簾☆ | 蟹 | 蘾■ 攀 | 耀○ |

續表7

# 上　編

以道光本《離垢集》爲底本

# 卷　一

約爲華嵒 32 歲至 49 歲之作

### 1　過龍慶庵

野寺蒼烟斷，迴橋小徑通。池光依案白，花影落幢紅。
高閣梵音妙，幽龕色界空。再聆清磬響，月在翠微中。

### 2　短歌贈和煉師①

紫陽山中有真人，出山入山騎猛虎。披塵逐蒼烟，躡
雲升紫府。仗劍搖寒星，吹氣飄靈雨。宇宙茫茫視劫灰，
真人捏指驅神雷。神雷轟轟九關開，長歌弄月歸去來。歸
卧仙山人不識，朝朝朝禮北斗北。我過丹房扣上真，玄關
竅妙通精神。② 授我以大藥，服之度千春。悠悠終不老，許
我同登三山島。我感真人製短歌，短歌不長當奈何。

### 3　烟江詞③

吳江雲，越江雨。雨中烟，烟中樹。樹裏山，吞復吐。
濕雲移雨連山渡，青青雲外山無數。雲外亂山知何處，行

----

① 短歌贈和煉師：浙圖稿本乙册作"短歌贈紫陽山和煉師"。
② 玄關竅妙通精神："玄"，中大抄本作"元"，北大抄本原作"玄"，後
校作"元"。
③ 烟江詞：浙圖稿本乙册、錫博稿本、中大抄本、北大抄本作"烟江詞
題畫"。

人獨向雲邊去。

### 4　古意贈同好

弘景不在山,[①]嚴光去已久。世無板築人,衡門吊屠狗。[②] 使我不開顏,勞歌三拊缶。一飲瓊花漿,對君洗愁腸。人生不得意,安肯濯滄浪。何日與子游,携手三石梁。

### 5　不寐

一枕新寒夢不成,碧紗如水月光清。聽來轉覺江風急,亂落梧桐作雨聲。

### 6　塞外曲

朔風大地吹烟沙,馬蹄騰空白日斜。天山無草木,長寒雪作花。雪花飄來大如斗,羌兒暮獵天山走。長箭在壺弓在手,畫角烏烏不離口。古戰場邊鬼晝啼,嚶嚶如在刀頭栖。刀頭明月照雕鞍,壯士悲秋征衣寒。征衣寒,摧心肝。

### 7　述夢

寒聲颯颯吟孤秋,天風吹夢來瀛洲。瀛洲蓁迷半烟

---

① 　弘景不在山:"弘",道光本作"宏",當避"弘"之諱,浙圖稿本乙册、錫博稿本、中大抄本、北大抄本作"弘"。

② 　衡門吊屠狗:"門",南圖抄本作"明",當誤。

草，<sup>①</sup>海月三山不可掃。忽聞仙子下瑤階，<sup>②</sup>青桂枝邊墜鳳釵。<sup>③</sup>　一杯飲我紫霞漿，不覺口齒生奇香。笑指銀河三萬頃，西風吹浪白茫茫。中無浮梁不敢渡，身跨白龍入烟霧。回首滄溟半壁紅，火輪挂在扶桑樹。歸來還是江南人，<sup>④</sup>眼中萬類如飛塵。

### 8　又夢游仙學玉溪生

碧海濛濛捲暗塵，九枝燈下夢仙人。依稀手接蒼鸞駕，贈我瑤華一朵春。滿把幽香不能咽，弃之化作窗間雲。窗間簾子真珠織，別有靈妃侍窗側。冷光搖映玻璃屏，一片空清澹無色。微風擊動珊瑚鈎，何人爲我彈箜篌。凄凄翻作孤鳳語，語罷無聲却有愁。須臾不見三青鳥，一苑鶯花風草草。桃枝冷落竹枝扶，<sup>⑤</sup>柳絲歷亂烟絲繞。烟冥冥，燈熒熒，花落銅盤攪夢醒。瓊琚玉珮聲何在，門掩梨花獨自聽。

### 9　寄紫金山黄道士<sup>⑥</sup>

自別層城不記年，桃花落盡夕陽天。曾無靈鳥傳金

---

① 瀛洲蓁迷半烟草：道光本、光緒本脱“瀛洲”二字，依臺圖稿本、錫博稿本、中大抄本補。北大抄本原作“洲洲蓁迷半烟草”，“洲洲”後校作“瀛洲”。

② 忽聞仙子下瑤階：“階”，浙圖稿本乙册作“臺”。

③ 青桂枝邊墜鳳釵：南圖抄本作“青桂之下又鳳釵”，當誤。

④ 歸來還是江南人：北大抄脱“是”一字，批曰：“還字下添‘是’字。”

⑤ 桃枝冷落竹枝扶：“冷”，中大抄本作“泠”。

⑥ 寄紫金山黄道士：“紫”，浙圖稿本乙册脱。

字,可有癡龍種石田。弱水流來千磵月,孤雲飛去萬峰烟。遥知鶴髮慵梳洗,一卷黄庭枕石眠。

10　夏夕
電火燒青林,①海風吹欲暮。溪雲不得來,雨聲隔烟樹。

11　寫松②
野性習成懶,閉門一事無。坐看花漸落,卧到日將晡。猿鳥爲何物,形骸是故吾。今朝灑狂墨,寫個一松圖。

12　寒夜吟
三星在户,明河貫川。木落四野,哀鴻叫天。天風生而雲驅霧,③海月明而山横烟。平湖蕩影,魚龍逐淵。衰蕙乃生叢棘,濁酒豈可以忘年。躑躅於田,安得緡錢。知我者爲我以長嘆,不知我者吾獨往而誰攀。④ 吁嗟乎!擊筑長歌,時當奈何!

13　竹溪書屋
紅板橋頭烟雨收,小窗深閉竹西樓。葉塘水繞鴛鴦

---

①　電火燒青林:"電",光緒本、孤山抄本、南圖抄本、民國本作"雷"。
②　寫松:浙圖稿本乙册、錫博稿本、中大抄本、北大抄本作"作畫"。
③　天風生而雲驅霧:"雲",臺圖稿本、道光本、光緒本等皆脱,據浙圖稿本乙册、錫博稿本、中大抄本、北大抄本補。
④　南圖抄本斷句於"不知我者"後。

146

夢，①落盡閒花過一秋。

### 14　薛楓山以扇索畫題此②

徑響登山屐一雙，客來訪我綠筠窗。扇頭索畫吴淞水，雨雨烟烟剪半江。

### 15　擬廬山一角

彭澤沙明烟水涸，③九江春盡魚龍落。拂開五老峰頭雲，飛下六朝松頂鶴。

### 16　笙鶴樓

碧雲堆裏墨痕斜，樓有董華亭顏額。笙鶴横空羽士家。鏡展明湖千頃玉，香生小院一林花。石壇夜掃搏春雪，④仙竈晨開煮嫩茶。⑤　我有閒情抛未得，黃冠何日問丹砂。

### 17　鏡臺曲

雕窗繫玉女，⑥繡幔挂銀鈎。古鏡交鸞鳳，⑦青銅磨素

---

① 蒅塘水繞鴛鴦夢：“蒅”，北大抄本原作“渠”，後校作“蒅”。

② 薛楓山以扇索畫題此：“扇”，錫博稿本、中大抄本、北大抄本後衍“頭”一字，作“扇頭”。

③ 彭澤沙明烟水涸：“彭”，南圖抄本作“澎”。

④ 石壇夜掃搏春雪：“掃”，北大抄本原作“素”，後校作“掃”。

⑤ 仙竈晨開煮嫩茶：“竈”，南圖抄本作“灶”，中大抄本作“竈”。

⑥ 雕窗繫玉女：“繫”，南圖抄本作“有”。

⑦ 古鏡交鸞鳳：“鏡”，南圖抄本作“今”，當誤。“鸞”，南圖抄本作“有”，當誤。

秋。① 光圓鉛髓滿，②暈濕水華浮。香煖叠雲鬢，③髮膩滑
金鐐。翠羽分蟬翅，珠光渥鳳頭。輕羅斜舞袖，花帶壓歌
裒。因憐走馬郎，粧成獨倚樓。思深翻更思，愁多偏覺愁。
哂言弱姝子，應識夢阿侯。

18 雪窗

18.1 曉夢沉沉傍酒罏，罏邊酣卧日將晡。醒來却怪
庭前雪，壓斷山梅四五株。

18.2 清溪明月轉空廊，獨擁寒衾卧竹床。我夢羅浮
猶未到，美人先在白雲鄉。

19 爲亡婦追寫小景，因製長歌言懷④

晴光亂空影，日色染寒烟。碧瓦凝霜氣，酸風四壁穿。
佳人不可見，無心操鳳絃。筆花朝吐硯池邊，何來一幅剡
溪箋。箋長不勝意，殊情獨可憐。試將紅粉調清露，怳是
當年見新婦。悽悽哭傍明鏡臺，泪眼模糊隔春霧。此時用
意點雙眸，芙蓉花外綠波秋。眉纖澹掃，髮密勻鈎。華冠
端整，左右金鐐。翠雨珠烟沃鳳頭，⑤闌珊衿帶約春愁。⑥
叢鈴雜珮，參差相對。綾襪深藏，寒香散地。蛺蝶爲裙，疑

---

① 青銅磨素秋："素"，中大抄本、北大抄本作"數"。

② 光圓鉛髓滿："圓"，南圖抄本作"元"。

③ 香煖叠雲鬢："煖"，錫博稿本、中大抄本、北大抄本作"暖"。

④ 爲亡婦追寫小景，因製長歌言懷：臺圖稿本、錫博稿本、中大抄本、
北大抄本作"癸巳十一月八日爲亡婦追寫小景，因製長歌言懷"。

⑤ 翠雨珠烟沃鳳頭："沃"，錫博稿本、中大抄本、北大抄本作"濕"。

⑥ 闌珊衿帶約春愁："約"，南圖抄本作"全"。

水疑雲。① 如何蘭言，使我不聞。幽軒之下，清泪紛紛。肯
將遺枕爲卿夢，肯將殘鴨爲卿熏。天長地久情還在，不許
鴛鴦有斷群。

20　題沈雷臣江上草堂

八咏樓中客，江邊結草堂。簾開春水碧，門掩菜花香。
白豕行幽徑，青兒戲野塘。飼蠶桃李下，采繭作詩囊。

21　贈吳石倉

山人惟好道，自製芙蓉裳。小醉三杯酒，閒熏一炷
香。② 花開經雨雪，鶴下説滄桑。試問長生術，抛書卧
石床。

22　同徐紫山、吳石倉石笋峰看秋色③

披雲深竹裏，拄杖亂峰頭。④ 怪石一千尺，蒼烟四面
流。花幢飄素影，木葉響寒秋。願借維摩榻，談經坐小樓。

23　春日過紫山草堂不值

曉越城西陌，湖風吹客顔。蒼蒼烟水窟，小小雨花關。
雞犬寒梅外，琴書深竹間。徘徊不敢問，獨對南屏山。

--------

① 疑水疑雲："水"，南圖抄本作"雨"，當誤。
② 閒熏一炷香："閒"，道光本作"間"，此"間"即"閒"，臺圖稿本、錫博
稿本、中大抄本、北大抄本、光緒本作"間"。"炷"，民國本作"柱"。
③ 同徐紫山、吳石倉石笋峰看秋色：錫博稿本、中大抄本、北大抄本
"吳石倉"後衍"游"一字。
④ 拄杖亂峰頭："拄"，錫博稿本、中大抄本、北大抄本作"柱"。

24　題江山竹石圖

倒入空江山色澄，野風吹老一潭冰。寒烟石上孤生竹，瘦似天台面壁僧。

25　沙路歸來

沙路歸來，春江暮矣。無數打魚船，都在綠波裏。白鳥一雙洲畔去，海月半輪江上起。荒村有客聽落花，野渡無人看流水。水風獵獵過蒲塘，草色青青非我鄉。我望鄉，鄉何處？隔春烟，渺春霧。① 此時閒坐綠窗前，梅子纍纍不知數。擬開床下瓮頭香，三杯爲我袪愁去。醉裏還吟白雪詩，一口寒香沁幽懆。幽情似水，春夢如雲。夢裏桃花，落紅紛紛，②歸來沙路香氤氳。

26　題梅崖踏雪鍾馗

冷雲空處梅填雪，③倔强一枝僵似鐵。④ 咄咄髯生冰上來，破靴踏凍脚皮裂。

27　春愁詩

半幅羅衾不肯温，一燈常自對黃昏。紫鸞去後從無夢，春雨蕭蕭獨掩門。

---

① 渺春霧："霧"，中大抄本作"夢"，北大抄本原作"夢"，後校作"霧"。
② 落紅紛紛："紅"，道光本、光緒本脱，據臺圖稿本、錫博稿本補。
③ 冷雲空處梅填雪："雲"，孤山抄本作"雪"，當誤。
④ 倔强一枝僵似鐵："枝"，南圖抄本作"支"，當誤。

28　寫秋雲一抹贈陳澹江先生①

孤情只愛寫寒秋，便有秋聲紙上流。更寫白雲三四筆，此中曾與故人游。

29　題松月圖贈寧都魏山人②

何來一片月，清光净如水。蕩入空翠中，松風吹不起。

30　山人

自愛深山卧，常聽澗底泉。何如鼓湘瑟，妙響在無絃。落日數峰外，歸雲一鳥邊。未須慕莊列，此意已悠然。

31　畫蒼苔古樹贈玉玲瓏閣主人③

信筆點蒼苔，苔痕破秋雨。欲俟雲中君，④對此千年樹。

32　春吟詩⑤

叢條滴翠愁春死，十二瑶房冷如水。獨向空階覓小

———————

①　寫秋雲一抹贈陳澹江先生："陳澹江先生"，錫博稿本、中大抄本、北大抄本作"陳子石樵"。

②　題松月圖贈寧都魏山人：天圖抄本作"題松月圖"，錫博稿本、中大抄本、北大抄本作"松月圖"。

③　畫蒼苔古樹贈玉玲瓏閣主人：浙圖稿本乙册作"寫蒼苔古樹"，錫博稿本、中大抄本、北大抄本作"畫蒼苔古樹"。

④　欲俟雲中君："俟"，浙圖稿本乙册、錫博稿本、中大抄本、北大抄本作"夢"。

⑤　春吟詩：浙圖稿本甲册、錫博稿本、中大抄本、北大抄本作"雨窗春吟"，浙圖稿本乙册作"雨窗春懷"。

紅，幽香暗雨凝烟紫。<sup>①</sup> 翠鬟闌珊花帶重，濕雲頹窗喚不起。窗前老樹衣青苔，衡門一月晝不開。曉來擁被吟雨詩，詩成字字長相思。長相思，有幾時。

33　題畫屏八絕句

33.1　如此烟波裏，何來蓮葉舟。一聲橫竹裂，<sup>②</sup>喚起萬山秋。

33.2　凍合春潭水，堅冰一尺深。老龍愁不寐，寒夜抱珠吟。

33.3　明霞映晚秋，空綠染成紫。拂動一條絃，凄咽湘江水。

33.4　客來恣幽尋，<sup>③</sup>識此廬山面。青天忽聞雷，殷殷落深澗。

33.5　盤松纏綠烟，密葉掩寒峭。<sup>④</sup> 坐客講黃庭，真機發清妙。

33.6　結伴入空山，山深路亦僻。誰將齊州烟，<sup>⑤</sup>染此越江碧。

33.7　海客弄狂濤，隨風洒白雪。遙望東山頭，半個秋蟾缺。<sup>⑥</sup>

---

① 幽香暗雨凝烟紫："凝烟紫"，南圖抄本作"凝紫烟紫"，衍"紫"一字，當誤。

② 一聲橫竹裂："聲"，南圖抄本作"行"，當誤。

③ 客來恣幽尋："尋"，南圖抄本作"情"。

④ 密葉掩寒峭："掩"，南圖抄本作"抱"。

⑤ 誰將齊州烟："齊"，錫博稿本、中大抄本、北大抄本作"商"。

⑥ 半個秋蟾缺："蟾"，中大抄本作"蟬"。

33.8　禹門震奇響,萬杵帶寒春。飛落天河水,空潭浸白龍。

34　雨中畫鍾馗成即題其上①

殷雷走地驟雨傾,龍風四捲龍氣腥。高堂獨坐無所營,②用力欲與神物爭。案有鵝溪一幅橫,洒筆急寫鍾馗形。雙瞳睒睗秋天星,五岳嵷巃挂眉棱。③ 短衣渲染朝霞頳,寶劍出鞘驚寒冰。虬髯拂拂怒不平,便欲白日搏妖精。吁嗟山精木魅動成把,更願掃盡人間藍面者。

35　題烏目山人畫扇④

碧岸桃花漾烟水,人家都在紅香裏。木蘭艇子溜波回,欸乃一聲江月起。⑤

36　春夜小園⑥

拗落南枝雪,香生冷艷中。小園一榻地,和月坐春風。

37　秋潮

① 雨中畫鍾馗成即題其上:錫博稿本題後有小字"一名鍾葵"。
② 高堂獨坐無所營:"營",北大抄本原作"瑩",後校作"營"。
③ 五岳嵷巃挂眉棱:"嵷巃",錫博稿本、北大抄本作"巃嵷"。
④ 題烏目山人畫扇:浙圖稿本乙册作"題畫册一絕",錫博稿本、中大抄本、北大抄本作"題畫册"。
⑤ 欸乃一聲江月起:"欸",臺圖稿本、道光本等作"款"或"欸",或爲"欸"誤作"欸"所致。
⑥ 春夜小園:浙圖稿本乙册、錫博抄本、中大抄本、北大抄本作"夜園"。

龍君獵秋海,甲士三十萬。控絃向西發,百怪咸走遁。當空曳珠旗,飆輪上下飛。後軍擊靈鼉,<sup>①</sup>白馬無人騎。冰雪滿天來,兩岸殷其雷。吳雲不得渡,越山漸欲摧。忽如一匹練,并刀細細裁。又如白芙蓉,朵朵當花開。對此心骨爽,登舟駕蘭槳。散髮入中流,一嘯千波響。江色寒蒼蒼,<sup>②</sup>疏林下夕陽。浩歌獨歸去,幽夢在龍堂。

38　過斑竹庵訪雪松和尚<sup>③</sup>

灣頭逢衲子,<sup>④</sup>携手入寒烟。但説前江凍,鐘聲敲不圓。

39　送汪鑒滄之太原

欲發清商送遠行,離絃在指不成聲。試看關外條條柳,都向河邊繫客情。

40　題秋泛圖<sup>⑤</sup>

誰家艇子烟江曲,短櫓咿啞聲斷續。仿佛湘君鼓瑟吟,軟風揉皺秋潭緑。

--------

① 後軍擊靈鼉:"鼉",南圖抄本作"鼇"。
② 江色寒蒼蒼:"蒼蒼",北大抄本作"蒼苔"。
③ 過斑竹庵訪雪松和尚:浙圖稿本乙册作"過斑竹庵"。錫博稿本、中大抄本、北大抄本題後有小序,爲兩行小字:"和尚係延平人,明時孝廉,出任天台縣知縣。鼎革後,弃家落髮,有詩文傳世",錫博稿本於小序有删除標記。
④ 灣頭逢衲子:"衲",浙圖稿本乙册作"佛"。
⑤ 題秋泛圖:浙圖稿本乙册作"題秋江放艇圖"。

41　憶蔣妍内子作詩當哭①

便有憐妝意，何曾倚鏡臺。八年荆布儉，一病玉顔摧。
紅粉全無色，桃花空自哀。夜堂春不到，冷雨雜風來。

42　丁酉九月客都門思親兼懷昆弟作②時大兄、季弟俱
客吳門

何處抛愁好，穿庭復繞廊。東西經夜月，南北夢高堂。
有眼含清泪，無山望故鄉。紛紛頭上雁，聯絡自成行。

43　賦得佛容爲弟子應王生教③

得踐三摩地，能令五濁清。龍天瞻有象，水月悟無生。
香閣林雲接，花龕石磬鳴。佛恩垂宇宙，容我奉光明。

44　嵩山

巍巍太室近天門，④位鎮中央體獨尊。洞壑風雷時出
没，樓臺紫翠自朝昏。三花不畏霜兼雪，四嶽常如弟與昆。
林外似聞呼萬歲，六龍飛處百靈奔。

---

①　憶蔣妍内子作詩當哭：臺圖稿本、錫博稿本、中大抄本、北大抄本
作“追憶蔣妍内子作詩當哭”。
②　丁酉九月客都門思親兼懷昆弟作：“思親”，錫博稿本、中大抄本後
衍“一首”二字。
③　賦得佛容爲弟子應王生教：浙圖稿本乙册、錫博稿本、中大抄本、
北大抄本作“賦得佛容爲弟子”。
④　巍巍太室近天門：“太”，道光本作“大”，當誤，據臺圖稿本、錫博稿
本改。

45 華山

五千餘仞削空青，絳闕高高敞不扃。①鸞鶴聲中朝玉女，烟香影裏見明星。東流一綫黃河細，②西極千秋白帝靈。別有真仙在深谷，石床醄臥未曾醒。

46 恒山

北嶽玄泉不可求，③曾聞望祭渾源州。④風沙颯爾神靈降，⑤壇壝森然草木秋。常使陽光銷朔氣，⑥莫教山色照邊愁。幾回策馬閒凝佇，滾滾河聲入塞流。

47 衡山

衡山九面赤霞蒸，紫蓋亭亭在上層。萬古離宮養真火，一條瀑布挂寒冰。神碑歲久龍常護，福地天開帝所憑。七十二峰雲霧裏，不妨取次杖藜登。

48 泰山

碧霞宮殿倚巉岏，曲磴飛梯十八盤。亂削蓮花圍帝座，⑦別開雲洞列仙官。松門雨過龍鱗濕，石碣苔封鳥篆

---

① 絳闕高高敞不扃："敞"，北大抄本原作"敵"，後校作"敞"。

② 東流一綫黃河細："流"，錫博稿本原作"來"，後以朱筆校作"流"。

③ 北嶽玄泉不可求："玄"，中大抄本作"元"，北大抄本原作"玄"，後校作"元"。

④ 曾聞望祭渾源州："州"，南圖抄本作"洲"。

⑤ 風沙颯爾神靈降："爾神"，錫博稿本因破損脫"爾神"二字。"爾"，南圖抄本作"雨"，當誤。

⑥ 常使陽光銷朔氣："常"，錫博稿本、中大抄本、北大抄本作"嘗"。

⑦ 亂削蓮花圍帝座："花"，臺圖稿本多作"華"。

殘。夜半雞鳴初日上，俯看滄海一杯寬。

49　游山

半壁障青天，群峰亂秋影。① 偶來笑一聲，②雲與水
俱冷。③

50　題廬山東林古寺圖④

蕭蕭雲氣散毫端，⑤秋滿東林增暮寒。誰在六朝松影
裏，一聲問取遠公安。

51　新秋晚眺

金風蘇殘暑，火雲消清夜。⑥ 夜來白帝飲高秋，一輪明
月杯中瀉。

52　宿白蓮庵題壁⑦僧妙慧嘗諷《法華經》"一夕井中出白

---

① 群峰亂秋影："峰"，天圖抄本作"風"，當誤。
② 偶來笑一聲："笑"，臺圖稿本、錫博稿本、中大抄本、北大抄本作"嘯"。
③ 雲與水俱冷："俱冷"，錫博稿本因破損脫此二字。
④ 題廬山東林古寺圖：錫博稿本、中大抄本、北大抄本作"題秋林野寺圖"。
⑤ 蕭蕭雲氣散毫端："毫"，錫博稿本作"豪"，北大抄本有批曰："集中凡'毫'俱作'豪'，古雖可通，然究不必。"
⑥ 火雲消清夜："清"，南圖抄本作"青"，當誤。
⑦ 宿白蓮庵題壁：錫博稿本、中大抄本、北大抄本"宿"前衍一"留"字。

蓮"①,故以名庵。②

　　鑿開峰頂石,半壁立空青。玉井蓮花妙,香龕古佛靈。
竹光團野露,③松色冷秋星。夜半湖南寺,鐘聲出翠屏。


　　53　寄徐紫山時紫山客海陽
　　53.1　獨夜江潮至,④高樓寢不安。長風吹夢去,忽上
子陵灘。曲磴松花密,陰崖瀑布寒。逢君結蘿帶,黃海得
同看。
　　53.2　其二⑤
　　秋風成獨往,明月許誰期。鶴夢何曾共,琴心似可疑。
開雲燒白石,冒雨采華芝。待訪浮邱去,⑥同君得所師。


　　54　山陰道中歸舟寫景⑦
　　游罷諸名山,歸舟載風雨。薄暮望人家,遥遥隔烟樹。


--------

　　①　僧妙慧嘗諷《法華經》"一夕井中出白蓮":"嘗",南圖抄本作"常"。
"一夕井中出白蓮",臺圖稿本、錫博稿本、中大抄本、北大抄本後衍"云"一
字。
　　②　故以名庵:錫博稿本、中大抄本、北大抄本脱。
　　③　竹光團野露:"野",錫博稿本、中大抄本、北大抄本作"曉"。
　　④　獨夜江潮至:"獨",南圖抄本作"昨"。
　　⑤　其二:錫博稿本、中大抄本、北大抄本脱此二字。
　　⑥　待訪浮邱去:"邱",錫博稿本作"丘";北大抄本原作"丘",校作"邱"。
　　⑦　山陰道中歸舟寫景:"寫",錫博稿本、中大抄本、北大抄本作"書"。

55　題友人園亭五首<sup>①</sup>

55.1　梅嶼

挐舟花外渡,孤嶼隔烟水。怳有羽衣翁,獨立寒香裏。

55.2　竹墅

竹墅多陰雲,日夕雷殷殷。山雨一番過,籬根掘新筍。

55.3　水檻

清池只一曲,便好來凭依。白鳥從空下,銜魚花外飛。

55.4　稻畦

池塘烟水滿,春雨家家足。日暮上平田,微風漾新綠。

55.5　女蘿亭

白木構爲亭,青蘿覆作瓦。即此枕石眠,可以銷長夏。<sup>②</sup>


56　吳慕越中山水有年矣,<sup>③</sup>己亥秋,納言陳六觀先生招游園亭。陪諸君子渡江造勝,<sup>④</sup>飽飫林巒,復探禹陵、南鎮、蘭亭、曹山諸奇。爰歸,夢想弗置,得五言詩數首,以志平生游覽之盛<sup>⑤</sup>

―――――

①　題友人園亭五首:錫博稿本原作“題友人園亭八景”,後“八景”以藍筆删去。中大抄本、北大抄本作“題友人園亭”,北大抄本於目録處校作“將此八題分注在《題友園亭八首》總題之下”,正文處校作“《梅嶼》等題當仍原稿於詩後旁注,雖隔行頂格無嫌也”。且錫博稿本、中大抄本、北大抄本衍《桑徑》(見 967.2)、《紅香塢》(見 967.4)、《桐花鳳軒》(見 967.8)三首。

②　可以銷長夏:“銷”,南圖抄本作“鎖”,當誤。

③　道光本此序與“陳氏北園”四字互乙。

④　陪諸君子渡江造勝:“子”,道光本作“于”,當誤。

⑤　以志平生游覽之盛:“志”,錫博稿本、中大抄本、北大抄本作“識”。

56.1　陳氏北園

　　56.1.1　削地栽新竹，環山築短墻。千花閒裏放，一壑靜中香。江海通窗牖，凭窗可觀江海。[1] 乾坤寄草堂。仰卧草堂，乾坤繫之衣帶間。[2] 俯窺塵土界，風日盡荒荒。

　　56.1.2　名賢方小憩，高卧竹樓秋。先生伐竹架樓，終日宴卧其間。[3] 書卷床頭滿，琴聲月下流。新醅招客飲，野菊帶霜收。風雅誰堪匹，山公或可儔。

56.2　禹陵

　　一石存遺廟，廟旁有窆石，昔大禹治葬之物，至今尚存。千峰遠近環。龍蛇盤古穴，松柏護空山。德化蠻荒外，功垂宇宙間。聖朝勤祀典，星使未曾閒。

56.3　南鎮

　　自古神栖地，長松大十圍。龍文輝廟壁，壁有御書。[4] 山翠潑人衣。一柱爐峰秀，千秋雲氣飛。我來瞻拜畢，歸路淡斜暉。[5]

56.4　曹山

　　愛此澄潭僻，魚多水不腥。客來塵外坐，舟入鏡中停。舟從石中入，形環如鏡。[6] 竹徑藏秋響，雲岩滴古青。[7] 了無車馬迹，苔色上茅亭。

---

① 凭窗可觀江海：錫博稿本原脱，後以藍字補。

② 仰卧草堂，乾坤繫之衣帶間：錫博稿本、中大抄本、北大抄本脱。

③ 先生伐竹架樓，終日宴卧其間：錫博稿本、中大抄本、北大抄本脱。

④ 壁有御書：錫博稿本、中大抄本、北大抄本脱。

⑤ 歸路淡斜暉："淡"，錫博稿本、中大抄本、北大抄本作"但"。

⑥ 舟從石中入，形環如鏡：錫博稿本、中大抄本、北大抄本脱。

⑦ 雲岩滴古青："青"，北大抄本原作"清"，校作"青"。

57　旱岩①

何年揮鬼斧，②劈石見神工。滴瀝泉澆樹，翩翩葉墮
風。③　小蓮金點點，池面子午蓮開，④如鋪碎金。⑤　密竹碧叢叢。
野性壺中僻，癡情物外空。記游摩洞壁，登眺拂房櫳。水
漲三篙綠，⑥魚飛一尺紅。桐疏尚有子，鶴老欲成翁。向晚
蟾光吐，秋林挂玉弓。

58　六宜樓聽雨同金江聲作⑦

烟水蒼茫浦淑明，隔江遥見野雲生。⑧　詩成盡日垂簾
坐，萬竹樓頭聽雨聲。

59　題蓉桂圖

俗艷删除盡，幽酚潑麗華。風棱秋際薄，舒鍔割晴霞。

60　秋日閒居

谷響聞樵唱，林疏見鳥還。物情恣所適，幽思與之閒。
寄迹松軒下，窺形石鏡間。此中餘逸趣，何必問南山。

---

①　旱岩："旱"，光緒本、孤山抄本、南圖抄本、民國本作"早"，當誤。

②　何年揮鬼斧："揮"，錫博稿本、中大抄本、北大抄本作"運"。

③　翩翩葉墮風："翩翩"，中大抄本、北大抄本原作"翩翩"，校作"翩翩"。

④　池面子午蓮開：錫博稿本、中大抄本、北大抄本作"池面蓮花"。

⑤　如鋪碎金："碎"，北大抄本原作"砕"，校作"碎"。

⑥　水漲三篙綠："漲"，南圖抄本作"長"。

⑦　六宜樓聽雨同金江聲作：錫博稿本、中大抄本、北大抄本作"六宜
樓聽雨"。

⑧　隔江遥見野雲生："雲"，南圖抄本作"烟"。

61　蘆花

蘆花開素秋,清影自凄絶。笑指釣魚人,風吹滿竿雪。

62　題僧歸雲壑圖

半壁斜窺石罅開,冷雲流過樹梢來。茅庵結在雲深處,雲裏枯僧踏葉回。

63　題熱河磬搥峰①

63.1　東山一石欲搥空,直插雲霄慘澹中。任爾八風搖不動,青蒼萬古映皇宮。

63.2　鬼斧何年斷削成,濛濛密霧半腰生。有時月白風清夜,黄鶴飛來叫一聲。

64　曉景

曉月淡長空,新嵐浮遠樹。數峰青不齊,亂插雲深處。

65　題卧石圖

不結香茅居,不展丹書坐。恬然愛清默,遁入重岩卧。②歲月固已忘,寒暑不遷播。取餐富鮮霞,③了無夷齊餓。而多生氣浮,裊裊烟絲懦。石脉走空青,一滴苔痕破。露蘭三兩本,風竹四五個。潠泉作奇響,宮商自相和。洞

---

① 題熱河磬搥峰:錫博稿本、中大抄本、北大抄本後衍"二絶"二字。
② 遁入重岩卧:"遁",南圖抄本作"遂",當誤。
③ 取餐富鮮霞:"鮮",南圖抄本作"新",當誤。

觀景物情，無乃幽懷惰。

## 66　點筆綠窗下①

開匣香雲擁硯池，②春陰漠漠曉風吹。欲從尺幅生幽想，萬綠當窗雪一枝。

## 67　題聽蕉圖③

溪南老屋僅三椽，足丈芭蕉蒔榻前。中有籜冠人晏臥，④静聽冷雨打秋烟。

## 68　坐與高堂偶爾成咏⑤

新羅山人含老齒，笑口微開咏素居。衡門自可携妻子，庭蔓青深乏力除。即能飲酒啖肉也非昔，⑥要知披月讀書總不如。賴有山水情懷依然好，濯翠沐雲襟帶舒。有時遣興詩復畫，一水一山賦樵漁。⑦以兹烟雲蕩胸臆，便如野鶴盤清虚。

---

① 點筆綠窗下：錫博稿本、中大抄本、北大抄本作"點筆得句"。

② 開匣香雲擁硯池："擁"，錫博稿本、中大抄本、北大抄本作"起"。

③ 題聽蕉圖：錫博稿本、中大抄本、北大抄本脱"題"一字。

④ 中有籜冠人晏臥："中"，南圖抄本作"終"。

⑤ 坐與高堂偶爾成咏：錫博稿本、中大抄本、北大抄本作"與高堂偶吟"。

⑥ 即能飲酒啖肉也非昔："飲"，南圖抄本作"啖"。

⑦ 一水一山賦樵漁："賦"，臺圖稿本、錫博稿本、中大抄本、北大抄本作"付"。

69　畫墨龍

山人揮袂露兩肘，把筆一飲墨一斗。拂拭光箋驟雨傾，雷公打鼓蒼龍走。

70　高隱圖①

蓮華峰畔白雲幽，若有真人雲上頭。自結香茅成小隱，門關老樹一家秋。

71　寄金江聲

且説秋收罕有成，菱僵橘癩芋頭秕。稀逢苦菜來登市，②七八兩月秋雨壞物皆無成實，即菜亦不得真味。那見新棉賣入城。③棉亦遭風所敗。米價漸騰鹽價起，時鹽廠倉窟被潮水捲去過半，故鹽價驟昂。晚潮不退早潮生。七月十八日晚風潮過候不退，直接十九日早潮，沿海居民湮没甚衆，④深可慨也。閒窗檢點家鄉事，鈔上藤箋寄阿兄。⑤

---

①　高隱圖：錫博稿本、中大抄本、北大抄本作“題高隱圖”。

②　稀逢苦菜來登市：“來”，錫博稿本、中大抄本、北大抄本作“求”。

③　那見新棉賣入城：錫博稿本“入”字後原衍“賣”一字，後删。

④　沿海居民湮没甚衆：“湮”，錫博稿本、中大抄本、北大抄本作“飄”，且“没”後衍“者”一字。

⑤　鈔上藤箋寄阿兄：“阿”，錫博稿本、中大抄本、北大抄本作“與”。

72　施遠村以秋蘭數莖見貽，題詩以報之①

美人披蘭叢，素手撥蒙密。摘取數莖花，貽我熏秋室。養以古瓷瓶，供之清几案。潾潾冷澗泉，一日常三換。② 吟窗晝坐時，把卷静相對。愛彼王者香，堪爲野人佩。


73　幽居③

白雲嶺上伐松杉，架起三間傍石岩。妨帽矮簷茅不剪，鈎衣苦竹笋常芟。④ 厨穿活水供茶竈，壁畫鮮風送客帆。自有小天容我樂，且携杯酒對花衘。


74　遣興一首

雲脚含風亂不齊，凍陰移過小樓西。鄰梅乍坼墙頭蕊，⑤臘酒新開瓮口泥。貪遣客情隨野鶴，怕論家事避山妻。瘦藤扶我籬邊立，閒看寒沙浴竹雞。

---

75　聽蕉①

風入窗櫺裏，雲垂屋角邊。芭蕉不住響，②雨落大如錢。

76　題春生靜谷圖③

拂去空齋半壁塵，悠然靜谷暗生春。④梅花月共梅花雪，都付寒岩僵臥人。

77　題惲南田畫册⑤

77.1　一身貧骨似饑鴻，短褐蕭蕭冰雪中。吟遍桃花人不識，⑥先生有"桃花劫外身"之句。⑦夕陽山下笑東風。又詩有"家在夕陽山"句。⑧

77.2　筆尖刷却世間塵，能使江山面目新。我亦低頭經意匠，烟霞先後不同春。

78　即山齋海榴、宜男同時發花，時遠村將有弄璋之

---

① 聽蕉：浙圖稿本甲、乙册、錫博稿本、中大抄本、北大抄本作"聽雨"。

② 雲垂屋角邊。芭蕉不住響：南圖抄本作"雲垂芭蕉屋。角邊不住響"，當誤。

③ 題春生靜谷圖：浙圖稿本乙册作"題春歸靜壑圖"。

④ 悠然靜谷暗生春："谷"，浙圖稿本乙册作"壑"。

⑤ 題惲南田畫册：浙圖稿本乙册作"題惲南田先生畫册二絶"。

⑥ 吟遍桃花人不識："識"，浙圖稿本乙册作"解"。

⑦ 先生有"桃花劫外身"之句：浙圖稿本甲、乙册、錫博稿本、中大抄本、北大抄本"有"前衍"詩"一字。

⑧ 又詩有"家在夕陽山"句："有"，浙圖稿本甲、乙册脱，中大抄本"句"前衍"之"一字。

喜,獲此佳兆,余爲破睡,譜圖并題①

山人質性懶如鼉,食飽即眠眠最甘。今日爲君眠不
得,畫榴畫石畫宜男。


79　幽居遣興②

常共妻孥飲粥糜,登盤瓜豉茹芹葵。③貧家自有真風
味,富貴之人那得知。


80　瘞雞

爲汝披香土,勞余種豆鉏。鮮翎和錦瘞,美德誄金書。
野草寒烟斷,春風小雨疏。從今天放曉,無復一聲呼。


81　咏水仙花④

春烟低壓綠闌珊,素艷撩人隔座看。宛似江妃初解
珮,異香鑽鼻妙如蘭。⑤

---

　　①　即山齋海榴、宜男同時發花,時遠村將有弄璋之喜,獲此佳兆,余
爲破睡,譜圖并題:浙圖稿本甲册、錫博稿本、中大抄本、北大抄本作"乙巳
冬即山齋芙蓉石畔,海榴、宜男共時發華,光彩耀目,嫣殊群卉。時遠村將
有弄璋之喜,得此佳兆,余爲破睡,譜圖并題"。"彩",中大抄本作"采"。
"殊",北大抄本原作"姝",其目録中校作"殊"。
　　②　幽居遣興:臺圖稿本作"幽居口吟四句遣興"。參見947。
　　③　登盤瓜豉茹芹葵:"茹",浙圖稿本甲册、錫博稿本、中大抄本、北大
抄本後衍"上聲"兩小字。
　　④　咏水仙花:錫博稿本、中大抄本、北大抄本作"水仙花"。
　　⑤　異香鑽鼻妙如蘭:"鑽",南圖抄本作"入",當誤。

82　池上觀魚

爾來精力不如初，日到中時便罷書。此外更無消遣事，且從池上一觀魚。

83　夏日池上

科頭大叫苦炎熱，兩手搏空思捏雪。脫下葛衫池上行，水蒲新老正堪折。

84　美人①

膩玉一身柔，顫雲兩鬢滑。行來春滿庭，坐處香經月。

85　水館納涼②

密樹不通日，濃陰當夏涼。水軒橫一榻，留客嗅荷香。

86　北園③

探春入北園，冒雨面東壁。④ 扶起當歸花，新新紅欲滴。

87　石中人

石窟支寒隱，破被蒙頭眠。終朝不一食，吟響如秋蟬。

---

① 美人：錫博稿本、中大抄本、北大抄本作“題美人圖”。
② 水館納涼：錫博稿本、中大抄本、北大抄本作“池館納涼圖”。
③ 北園：錫博稿本、中大抄本、北大抄本作“北園探春”。
④ 冒雨面東壁：“面”，錫博稿本、中大抄本、北大抄本作“向”。

88　閒坐

一架秋霜老，滿筐豆莢肥。園夫自温飽，閒坐納山衣。

89　樹底①

山翁無個事，樹底聽秋聲。聽到諸峰静，乾坤一氣清。②

90　己酉之秋，八月二十日，與四明老友魏雲山過蔣徑之菊柏軒。③時雪樵丈然沉水檀，④誦《黄庭經》方罷，呼童僕獻嫩茶新果。主客就席環坐，且飲且啖。喜茶味之清芬，秋實之甘脆，足以蕩煩憂，佐雅論也。況當石床桂屑，團玉露以和香。籬徑菊蕊，含英華而育艷。衆美并集，糅乘何至。⑤雲山笑顧余曰：“賞此佳景，⑥子無作乎？”余欣然相頷。因得眼前趣致，乃解衣盤礴，展紙而揮。樹石任其顛斜，⑦草木縱其流洒。⑧中間二三子各得神肖，⑨蔣翁

---

① 樹底：錫博稿本、中大抄本、北大抄本作“秋樹底”。

② 乾坤一氣清：錫博稿本原作“夕陽紅更明”，後改作“乾坤一氣清”。

③ 與四明老友魏雲山過蔣徑之菊柏軒：“菊”，錫博稿本、中大抄本、北大抄本作“竹”。

④ 時雪樵丈然沉水檀：錫博稿本、中大抄本、北大抄本脱“水”字。

⑤ 糅乘何至：“糅乘”，錫博稿本、中大抄本、北大抄本作“百惡”。

⑥ 賞此佳景：“佳”，錫博稿本作“嘉”。

⑦ 樹石任其顛斜：“石”，錫博稿本、中大抄本、北大抄本作“竹”。

⑧ 草木縱其流洒：“木”，臺圖稿本、錫博稿本、中大抄本、北大抄本作“水”。

⑨ 中間二三子各得神肖：“二三子”，錫博稿本、中大抄本、北大抄本作“二三老子”。

扣杖，魏君彈塵。豪唱快絕，欲罄積累。① 唯南閩華子倚怪
石，默默静聽而已。其他雲烟明滅，變態無定，幽深清遠，
亦可稱僻。漫擬一律聊志雅集云耳②

　　倚竹衣裾碧，咀泉心骨清。寒花開欲足，老句煉初成。
徑僻人俱隱，烟空眼共明。③ 疏林歸大鳥，刷翅落秋聲。

　　91　雍正七年三月三日，④自鄞江回錢塘，⑤道經黄竹
嶺。是日辰刻度嶺，⑥午末方至半山橋。少憩，側聞水石相
磨之聲，⑦寒侵肌骨。久而復行，忽至一所，兩山環合，中間
喬柯叢交，素影横空。恍疑積雪樹底，軟草平鋪，細如絲
髮，香緑匀匀。雖晴欲濕，似小雨新掠時也。西北有深潭，
潭水澄澈，摇映山腰，草樹生趣逼人，儼然李營邱畫中景
也。余時披攬清勝，行役之勞頓相忘矣。既抵錢塘，塵事
紛紜，未暇親筆硯。入秋後，始得閉户閒居，偶憶春游佳

---

　　①　欲罄積累："積累"，臺圖稿本、錫博稿本、中大抄本、北大抄本兩字
互乙。

　　②　漫擬一律聊志雅集云耳："耳"，民國本作"爾"。

　　③　烟空眼共明："明"，北大抄本原作"朋"，校作"明"。

　　④　雍正七年三月三日：錫博稿本、中大抄本、北大抄本作"雍正七年
春三月三日"。北大抄本目録處略寫作："雍正七年三月三日，自鄞江復來
錢塘，道經黄竹嶺。入秋後，始得閉户閒居。偶憶春游佳遇，追寫成圖補
題小詩。"

　　⑤　自鄞江回錢塘："自鄞江回"，錫博稿本、中大抄本、北大抄本作"僕
自鄞江復來"。"錢塘"，臺圖稿本、錫博稿本多作"錢唐"。

　　⑥　是日辰刻度嶺："辰"，錫博稿本、中大抄本、北大抄本作"晨"。

　　⑦　少憩，側聞水石相磨之聲：臺圖稿本、錫博稿本、中大抄本、北大抄
本作"少憩橋側，耳根淙淙，水石相磨之聲"。

170

遇,追寫成圖,補題小詩用遮素壁

曾爲度嶺客,攀磴上烟虛。雲裏聞雞犬,洞中見樵漁。春林疑積雪,香草欲留車。遥憶藏幽壑,臨風畫不如。

## 92　秋園詩

園疏坼寒林,秋明裸霜梗。宿水浸生藍,游烟移澹影。草逼綠筠窗,苔封白石井。將耕拂余鉏,欲汲修吾綆。鋥眼刮高雲,正心宰靈鏡。① 鼻觀花外香,詩讀畫中景。盥手法二王,熟書幾敗穎。

## 93　寫古樹竹石

倪王合作一幀,②昔在郎中丞幕府得觀。其雲石蒼潤,竹樹秀野,精妙入微,由來二十年不能去懷。時夏閒居北窗,新雨送涼,几硯生妍。追摹前賢標致,殊覺趣味冲淡,心骨蕭爽也。

寫罷茶經踏壁眠,古爐香裊一絲烟。目游瘦石枯槎上,心寄寒秋老翠邊。

## 94　養生一首己酉冬十月望前一日作

平生未得養生方,何以安全能不死。病魔日夕持斧戈,③逼我靈臺隔張紙。顧盼左右久無援,俯首默思獲治

---

① 正心宰靈鏡:"鏡",臺圖稿本、錫博稿本、中大抄本、北大抄本作"境"。

② 倪王合作一幀:天圖抄本闕此序。

③ 病魔日夕持斧戈:"魔",浙圖稿本甲册脱。

理。① 慎度八節調四時,運養六腑保精髓。浩然之氣充膚毛,魔不須遣自退矣。昔當壯歲血性豪,登眺四方興莫比。學書學劍云可恃,那知今日無濟事。一室磬懸一榻橫,古琴作枕鼾睡美。山妻勸我禮佛王,屏去煩惱生歡喜。但使心地恒快適,胡用甘鮮黏牙齒。② 妙音苦茗自消閒,③神完體健利目耳。五十能至六七十,便成痴鈍頑老子。

### 95　夢中得句

默坐一鳴琴,悠然適我心。④ 園花含生氣,⑤石室停清音。秋水澹而洌,孤岑迴且深。百年恒逸樂,何用卜升沉。⑥

### 96　燈花二首⑦

96.1　挂壁開盲室,砭其晦物新。寸心抽腐草,永夜結醅春。舌焰團華菌,唇鋒割彩輪。殷勤報消息,繁爐墮重茵。

---

① 俯首默思獲治理:"獲",浙圖稿本甲冊作"得"。
② 胡用甘鮮黏牙齒:"胡",浙圖稿本甲冊作"何"。
③ 妙音苦茗自消閒:"音",浙圖稿本甲冊作"香"。
④ 悠然適我心:"適",浙圖稿本甲冊、錫博稿本、中大抄本、北大抄本作"寫"。
⑤ 園花含生氣:"氣",浙圖稿本甲冊、錫博稿本、中大抄本、北大抄本作"意"。
⑥ 何用卜升沉:"何",浙圖稿本甲冊、錫博稿本、中大抄本、北大抄本作"無"。
⑦ 燈花二首:中大抄本作"燈花",無 96.1。北大抄本原作"燈花二首",96.1 有批"刪此首",圈全詩示刪。

96.2　嫩黄堆不起,知是帶輕寒。撥去三分爐,養回九轉丹。薄衾賡夢澀,①密雨釀愁酸。無句探囊出,低頭畫粉盤。


97　竹窗漫吟

小園竪景逼蝸居,新竹成竿好釣魚。又是一年將過半,低眉壓目苦攻書。


98　夜坐

夜分人不寐,罷讀掩南華。檻濕雲移樹,窗明月浣紗。疏星搖入漢,一鶴叫歸家。倚枕支寒坐,青瓷細品茶。


99　四明李東門冒雨見過,②極言花隝放游之樂,兼出所作,漫賦長句以答③

檐頭滴滴雨不歇,階下活活走春水。閉門無事蒙頭眠,眠到日高還懶起。④　忽驚冷巷過車聲,如雷轟轟直貫耳。家人來報有尊客,客乃堂堂一老子。⑤　其貌古,其髯美。白髮紫瞳,朱脣皓齒。若非世外神仙,定是壺中高士。

---

①　薄衾賡夢澀:"賡",中大抄本、北大抄本作"尋"。

②　四明李東門冒雨見過:浙圖稿本甲册、錫博稿本、中大抄本、北大抄本脱"四明李"三字。

③　漫賦長句以答:"漫",臺圖稿木、浙圖稿本甲册、錫博稿本、中大抄本、北大抄本作"謾"。

④　眠到日高還懶起:"高",浙圖稿本甲册、錫博稿本、中大抄本、北大抄本作"中"。

⑤　客乃堂堂一老子:"堂堂",浙圖稿本甲册、錫博稿本、中大抄本、北大抄本作"堂然"。

余乃擁被而伸,推枕而起。① 布襪不暇結,垢面不暇洗。攬衣出迎,相顧且喜。坐我方竹床,撫我曲木几。閒文那及論,套禮無用使。啓口但言花隖游,小舟如葉載行李。低篷壓雨入西溪,沽酒花潭又麴市。結伴都是同心人,一一老成有年紀。九沙先生雅愛山,②愛山愛看暮山紫。③ 雪崖先生嗜聽泉,④白石作枕長松底。東門先生只吟詩,個個爭抄買貴紙。獨有吳子竹亭無一好,終日沉醉濃香裏。花隖之游樂如此,使我聞之興動拂拂不能止。當計十日參,未必情可弛。先生粲然破微笑,更出兩卷詩相視。展卷閱題目,古雅得正體。大篇直挽江河流,淘去凡艷剝糠粃。落落疏疏掃筆來,陶公白公精神似。眼中摘句尋章手,見此奇響真愧死。奈何先生思東歸,湖山不能留杖履。梅花芳時君來游,桃花殘時君去矣。但願多情訂後期,莫辜西子永相俟。

## 100　贈鄭雪崖先達⑤

---

① 推枕而起:"起",錫博稿本、北大抄本作"興"。
② 九沙先生雅愛山:"沙",道光本、光緒本作"妙",臺圖稿本、浙圖稿本甲册、錫博稿本、中大抄本、北大抄本作"沙"。參見下編1019,"九沙先生"指華、李共同好友萬經,"九沙"爲萬氏之號,遂改。
③ 愛山愛看暮山紫:"暮",臺圖稿本作"莫"。
④ 雪崖先生嗜聽泉:"雪崖",浙圖稿本甲册作"瀛洲"。
⑤ 贈鄭雪崖先達:"達",浙圖稿本甲册、錫博稿本、中大抄本、北大抄本作"生"。

聞君北渚堂前勝，<small>先生買北渚之地，</small><sup>①</sup><small>築堂蒔花，</small><sup>②</sup><small>晨夕吟咏</small><small>其間。</small>礙帽妨檐數樹春。看到海棠無俗色，<small>堂前有海棠一株，</small><small>枝高丈餘，紅粉垂垂，</small><sup>③</sup><small>光壓凡卉。</small><sup>④</sup> 拈來詩句有精神。山樽貯酒松黄嫩，石鼎烹泉茶味真。醉卧花茵琴作枕，烟香如被覆吟身。

101　庚戌四月二十八日，峽石蔣擔斯過訪，貽以佳篇，并出吴苣君、陳古銘兩君見懷之作，走筆和答云<sup>⑤</sup>

新羅山人貧且病，頭面不洗三月餘。半張竹榻卧老骨，寂看梅雨抽菖蒲。蓬門晝對泥巷啓，有客躡屐過吾廬。登堂相見同跪拜，古禮略使無束拘。寒温叙畢出數紙，<small>紙</small><small>短詞長密行書。</small>吴君把别經六載，赤鱗不至河脉枯。雖有江月滿屋角，夢裏顔色終模糊。今讀新詩豁心孔，陡然大快歡何如。白華之樓<small>苣君樓名。</small>連雲起，飛窗窈窕幽人居。審山烟翠席前鋪，一幅襄陽雲嶽圖。唱酬已得性命友，旦夕無愁吟興孤。陳君翩翩騷雅士，胸中百斛光明珠。二王

---

① 先生買北渚之地："先生"，浙圖稿本甲册作"雪崖"，錫博稿本、中大抄本、北大抄本作"雪崖先生"。

② 築堂蒔花："堂"，道光本、光緒本、民國本、孤山抄本作"室"，當誤，據臺圖稿本、浙圖稿本甲册、錫博稿本校。

③ 紅粉垂垂：浙圖稿本甲册、錫博稿本、中大抄本、北大抄本作"垂垂紅粉"。

④ 光壓凡卉："壓"，浙圖稿本甲册、錫博稿本、中大抄本、北大抄本作"欺"。

⑤ 走筆和答云："云"，錫博稿本、中大抄本、北大抄本脱。

神妙通筆底,掃盡肥孃湛精癯。[1] 諸君都是鵬鶴侶,[2]接翮
雲霄相搖扶。[3] 有時牽舟依葭蘆,峽水潾潾照執觚。峽石
盤盤坐釣魚,花香野氣沾衣裾。蔣子來言事不虛,使我興
酣發狂迂。回頭大聲呼長鬚,劈繭研烟供吾需。漫謄笨語
寄君去,他日訪勝東南湖。[4] 審山南下爲東南湖,紫微山南下爲
西南湖。

102　題鐵崖山人嗅梅圖[5]

出骨寒枝凍欲枯,疏香數點澹如無。[6] 微茫不盡烟霜
裏,詩酒撑腸一老儒。

103　張琴和古松

一弦撥動,衆谷皆鳴。泉韵松韵,風聲琴聲。[7]

104　揮汗用米襄陽法作烟雨圖[8]

秋深仍苦熱,敞閣納凉風。偶然得新意,掃墨開鴻濛。

---

① 掃盡肥孃湛精癯:"湛",錫博稿本、中大抄本、北大抄本作"綻"。

② 諸君都是鵬鶴侶:"都",南圖抄本脱。

③ 接翮雲霄相搖扶:"雲",臺圖稿本、錫博稿本、中大抄本、北大抄本
作"靈"。

④ 他日訪勝東南湖:"勝",南圖抄本作"于",當誤。

⑤ 題鐵崖山人嗅梅圖:錫博稿本、中大抄本、北大抄本作"題張老嗅
梅圖"。

⑥ 疏香數點澹如無:"如",錫博稿本原作"幾",後改作"如"。

⑦ 泉韵松韵,風聲琴聲:南圖抄本"松""風"二字互乙。

⑧ 揮汗用米襄陽法作烟雨圖:"作",錫博稿本、中大抄本、北大抄本
作"畫"。

溪山銜猛雨，密點打疏桐。樓觀蔽烟翠，<sup>①</sup>老樟團青楓。<sup>②</sup>
奔灘激寒溜，<sup>③</sup>雷鼓聲逢逢。方疑巨石轉，漸慮危橋冲。皂
雲和古漆，張布黔低空。游禽返叢樾，濕翎翻生紅。景物
逞情態，結集毫末中。邈然推妙理，妙理固難窮。

### 105　題荷香深柳亭

碧柳烟中黃簑亭，幽人來此著魚經。藕香滿袖衣裾
净，<sup>④</sup>坐倚湖山九疊屏。

### 106　松磵

雲抹山腰雨意濃，碧蘿烟挂兩三松。雷鳴磵底翻春
浪，亂撒冰珠打白龍。

### 107　畫馬

少年好騎射，意氣自飛揚。於今愛畫馬，鬚眉成老
蒼。<sup>⑤</sup>但能用我法，孰與古人量。俯仰宇宙間，書生真
迂狂。

### 108　題員雙屋紅板詞後

老去文章誰復憐，白頭空守舊青氈。梨花滿院蕭蕭

---

① 樓觀蔽烟翠："蔽"，南圖抄本作"敝"。

② 老樟團青楓："青"，南圖抄本作"新"，當誤。"團"，錫博稿本、北大
抄本、中大抄本作"合"。

③ 奔灘激寒溜："激"，錫博稿本、中大抄本、北大抄本作"滾"。

④ 藕香滿袖衣裾净："净"，南圖抄本作"静"，當誤。

⑤ 鬚眉成老蒼："鬚"，南圖抄本作"須"。

雨,杜牧傷春又一年。

109　裳亭納姬戲爲艷體一律奉贈

睡屏六六貼蘭房,就煖橫敷七尺床。象齒鏤花皆并蒂,①吳絲繡鳳滿文章。比肩人自無瑕玉,合黛膏凝百和香。一寸明珠今日蓺,嫩苗新雨發春陽。

110　圖成得句

烏皮几上白紛紛,半幅鮫綃展麗文。②洒去墨華凝作霧,移來山色化爲雲。松風簁綠淘秋影,野氣摶黃煉夕曛。③寫就澄潭三十畝,④芙蓉花裏著湘君。

111　答沈小休⑤

金刀繡緞謾酬君,⑥剪取秋窗一縷雲。無奈西風吹不去,望江樓上又斜曛。

---

① 象齒鏤花皆并蒂:"齒",南圖抄本作"此",當誤。

② 半幅鮫綃展麗文:"麗文",錫博稿本、中大抄本、北大抄本作"浪紋"。

③ 野氣摶黃煉夕曛:"曛",南圖抄本作"熏"。

④ 寫就澄潭三十畝:"寫",南圖抄本作"瀉",當誤。

⑤ 答沈小休:浙圖稿本乙冊作"旅舍即事兼寄徐君紫山",錫博稿本、北大抄本作"沈小休以新詩見懷賦此答謝"。

⑥ 金刀繡緞謾酬君:"緞",中大抄本作"段",北大抄本原作"緞",後批曰"段,原稿亦誤"。

112　旅館有客携茶具見過，且得清談，①因發岩壑之思②

静者携茶竈，寒宵過客寮。綠雲搏雪煮，紅葉籠烟燒。一室蘭香滿，三杯肺病銷。悠然話岩壑，岩壑自迢迢。

113　寫"天寒翠袖薄，日暮倚修竹"句復題③

風飀飀兮日將暮矣，思無由兮幽心何似。④ 鬌偏偏而斜安，目矚矚而凝視。⑤ 臂羅蟬翼薄，口脂霞色美。⑥ 方依冷翠乎秋園，⑦將訴清愁於月姊。亭亭兮修竹，娟娟兮美子。

114　宿水月庵

逼水籬垣野氣蒸，霜埋冷寺一枝藤。暫爲竹裏談禪客，也似雲根補衲僧。

---

①　且得清談："談"，浙圖稿本乙册作"譚"。"清"，北大抄本原作"請"，後校作"清"。

②　因發岩壑之思："思"，浙圖稿本乙册作"想"，且后衍"口吟八句"四字。

③　寫"天寒翠袖薄，日暮倚修竹"句復題："寫"，浙圖稿本甲册、錫博稿本、中大抄本、北大抄本作"寫得"。"暮"，臺圖稿本作"莫"。浙圖稿本甲册、錫博稿本、中大抄本、北大抄本脱"復題"二字，又有序曰："乙巳春二月二日至六日，圖成付吾友楊雪門持去。越三月，雪門復携來乞余補題，用古體串絡數十字，附前賢句後，但金鐵同列，獲愧良多"，"乞余"，浙圖稿本甲册脱。此序於北大抄本目録處作"乙巳春二月二日至六日，乞予補題，用古體串絡數十字，附前賢句後，但金鐵同列，獲愧良多"。

④　思無由兮幽心何似："由"，浙圖稿本甲册、錫博稿本、中大抄本、北大抄本作"定"。

⑤　目矚矚而凝視："凝"，南圖抄本作"疑"，當誤。

⑥　口脂霞色美："脂"，南圖抄本作"指"，當誤。

⑦　方依冷翠乎秋園："依"，中大抄本、北大抄本作"衣"。

115　題澄江春景

圓澄一鏡初披匣,①扶醉春山半面窺。雨意雲情都恍惚,石翁隔浦暗猜疑。

116　作山水成題以補空②

春晨進食罷,深坐橘窗南。閒極背作癢,急搔美且甘。豈無事物擾,所幸一生憨。好書不愛讀,懶勝三眠蠶。但虧消遣計,思索至再三。記得登雲岩,怪險都能探。③尚可摹寫出,兔毫漫咀含。④展紙運墨汁,移竹蔽茅庵。⑤遠天黏孤雁,高峰潑蒼嵐。霜樾摩詰句,⑥石窟遠公龕。滾滾雲堆白,層層水叠藍。魚躍上三峽,龍歸下一潭。成此幽僻境,對之且自堪。酬以梅花釀,東風蘇清酣。⑦

---

①　圓澄一鏡初披匣:“鏡”,南圖抄本作“錦”,當誤。

②　作山水成題以補空:錫博稿本、中大抄本、北大抄本作“作山水自題付二男”。

③　怪險都能探:“探”,北大抄本原作“操”,校作“探”。

④　兔毫漫咀含:“漫”,錫博稿本、中大抄本、北大抄本作“謾”。

⑤　移竹蔽茅庵:“蔽”,南圖抄本作“歟”,當誤。

⑥　霜樾摩詰句:“摩詰”,南圖抄本作“摹結”,當誤。

⑦　酬以梅花釀,東風蘇清酣:錫博稿本、中大抄本、北大抄本作“興快還題字,題畢付二男”。

117　咏竹硯①

誰假公輸巧，磨礱及此君。獨能含直節，②不愧供斯文。龍尾何堪比，豬肝未足群。寶泓容一滴，元氣自氤氳。

<hr />

① 咏竹硯："硯"，錫博稿本、中大抄本、北大抄本作"研"。
② 獨能含直節："獨"，錫博稿本、中大抄本、北大抄本作"猶"。

# 卷 二

約爲華嵒 57 歲至 60 歲之作

## 118　夏日園林小憩

長夏憩園林,嘉樹羅清陰。拂拭樹下石,逍遥橫素琴。白雲南山來,含華披我襟。藐盻流青末,[1]沉淪兹已深。息偃物可忽,蕭散成幽吟。

## 119　山游志意

濛鬱澹青空,幽微潔丹碧。洞壑被林柯,紛糅漏疏坼。乳竇貫流珠,礫礫飄秋白。神隩密可通,赴險搜杳僻。伸以披清懷,玩此岊藏石。吾將廣吾智,[2]何弃復何惜。道勝固不貧,才俊多見抑。[3]乃無攬詩書,[4]而惓踏山壁。夙聆健猿攀,晝觀饑鼯食。草素結幽馨,果熟貯甘液。妙會且弗擾,妍幻匪克惑。履蹇勵乎順,休泛守之默。慎潛抱澄修,詎怒窘閒寂。

---

①　藐盻流青末:"末",南圖抄本作"木",當誤。
②　吾將廣吾智:"吾",光緒本、民國本作"告"。
③　才俊多見抑:"抑",南圖抄本作"仰",當誤。
④　乃無攬詩書:"乃",南圖抄本作"探",當誤。

120 馬

神物渥懋德，騰輝吐文圖。鮮飆厲雄志，樹骨豐以軀。①眽影夾雙鏡，散踠經九區。馳驟矤乃利，②扶護款不疏。妍變橫逸態，越蕫鳴何殊。竦步登霜櫪，③驤首望天衢。

121 秋夜獨坐

秋蟲一一鳴，白露净而冷。向夜獨如何，清燈玩孤影。

122 煮茶有作

竇有靈泉，其白如乳。汲以名瓷，出之雲霧。微火漫烹，細聲低數。沸沸騰騰，浮華捲素。半旗欲開，新綠方吐。奇香幽生，神智妙遇。三碗五碗，悠悠得趣。好風披懷，夕陽在樹。極目遥睇，游心展愫。適耳遻接，因歌成賦。

123 湖心月

明湖印明月，月圓湖亦圓。寥寥水與月，一碧化爲烟。

124 題鵬舉圖

朝吸南山雲，暮浴北海水。展翅鼓長風，一舉九萬里。

---

① 樹骨豐以軀："豐"，南圖抄本作"風"，當誤。
② 馳驟矤乃利："矤"，南圖抄本作"勝"，當誤。
③ 竦步登霜櫪："霜"，南圖抄本作"雙"，當誤。

125　題美人吟蘭圖

美子吟秋蘭，皓齒發幽香。攬帶披明月，微風吹羅裳。

126　員子周南酷愛僕書畫，每觀拙構，則氣靜神凝，清致泉涌，咀味岩壑，攬結幽芬，便欲侶烟霞友猿鳥矣。若非真嗜山水者，莫能如是也。因劈繭箋，乞僕繪圖，僕將披硯拂穎，然圖安從生？乃擬員子胸中邱壑而爲之，是以成圖

員生年最少，睇識獨古蒼。向我索山水，貽伊挂草堂。雲橫棟上宿，鳥入壁間藏。清露披蘭阪，朱華揚遠芳。

127　題桃核硯①

靈核初劈，膏流金刀。紫雲秋露，研烟寫騷。

128　入山訪友

崇柯含秀姿，養氣蔭砂磧。岡巘迴港洞，幽棧懸石壁。游履勇凤晨，踐攀欣所適。念彼素心人，水西築花宅。塵蹤罕克詣，櫚庭綠苔積。樂與晤言之，宴然良有獲。和光披疏襟，蕩泱無障隔。趣勝通乎神，智遠近以寂。高嘯出流埃，②赴韵擘灘減。長袂攬貞芬，修苕固投客。仰首觀烟霞，徘徊清潭側。

----

①　題桃核硯：“硯”，臺圖稿本作“研”。
②　高嘯出流埃：“嘯”，南圖抄本作“笑”，當誤。

129　題鳴鶴圖

自惜羽毛清，迴立風塵上。老氣橫秋雲，一鳴天地響。

130　李儉漁過訪兼贈新詩撫其來韵以答

素致澹而古，幽懷逸且清。新聲秋竹韵，雅調遠山情。① 滴滴泉疏瀉，翻翻雲細生。知余蒙不苟，欲報未能鳴。

131　戊午四月念七日得雨成詩②

意懶得閒止，而鮮事物邀。面垣欣薜荔，卧雨愛芭蕉。歊垢倏然滅，民憂忽已銷。且謀康狄釀，掬溜滌山瓢。

132　題員果堂摹帖圖

秋室無塵四壁净，竹外斜陽冷相映。凹硯蒼頑聚古香，松膏磨人臂骨勁。繭箋新潑雲母光，鴻旋鵠翻翅搴迸。不似張顛似米顛，藍袍烏帽抱石眠。

133　浴佛日一律

向默探輪轉，施齋勘眾生。非關空色相，鮮可薄癡情。棹溺營安濟，鉏芬樹德耕。何如依佛老，裊裊篆烟清。

134　題春山雲水圖

春山似有道，養氣含華姿。翻下碧蘿影，水雲沃蕩之。

---

① 雅調遠山情："情"，南圖抄本作"清"，當誤。
② 戊午四月念七日得雨成詩："念"，臺圖稿本作"二十"。

135　晴朝東里館作

朝日升暘谷，晴暉麗色新。輕飆蕩野馬，①大塊蒙醄春。瞻彼西疇秀，樂余東里仁。展書敦古意，守拙何傷貧。

136　和一軒子言心

其溫故可捫，其冷獨堪操。寂寂容吾懶，②喧喧任客勞。利名歸淡息，風月就閒陶。豈敢言明達，微知懲欲撓。

137　員青衢移歸老屋作詩贈之

先生歸去補書巢，仍剪青蘿蓋白茅。不似嵇生營鍜竈，③却同杜老臥江郊。早菘便足充朝饌，焦麥無多給午苞。我與君家兄弟好，鬚眉相嘆晚年交。

138　題果堂讀書堂圖

澹然咀世味，緲耳却塵喧。破壁書聲健，營巢燕語溫。蕉香新過雨，④徑冷晝關門。不假東鄰酒，恒開北海尊。果堂善飲而愛客。

---

① 輕飆蕩野馬：“飆”，南圖抄本作“烟”。
② 寂寂容吾懶：“懶”，南圖抄本作“住”。
③ 不似嵇生營鍜竈：“嵇”，南圖抄本作“稽”，當誤。
④ 蕉香新過雨：“蕉”，光緒本、南圖抄本、民國本作“焦”。

### 139　題畫眉

眉約春嬌,聲流秋響。<sup>①</sup> 冷烟疏雨,<sup>②</sup>晴暉滌蕩。

### 140　題田居樂勝圖

北疇殷桑麻,南畝饒黍菽。平中畫澄瀅,鷗鷺戲相逐。<sup>③</sup> 橋徑達幽莽,舍廬翳榛竹。<sup>④</sup> 詎匪桃花源,<sup>⑤</sup>而循太古俗。男婦淳且勤,績紡佐攻讀。禮則洵不糅,援納何敦肅。井竈集仁里,雞犬彙馴族。春耕亦既勞,秋穫富所蓄。惠颸應律調,社酒夙已熟。親戚團嘉言,<sup>⑥</sup>意款情自睦。執信履乎道,吏嚴無見辱。綠野偃輕氛,雨露繼時沃。衆景含融輝,<sup>⑦</sup>欣欣向靈旭。

### 141　一軒主人張燈插菊,招集同儔,宴飲交歡,分賦志雅

良悟非恒獲,所欣團夕餐。豐廚出膩割,旨酒暢清歡。屏暖翳燈碧,簾深護菊寒。素馨幽自遠,君子室如蘭。

### 142　十月望夜月下作

客意如斯矣,翻然野興生。挂伊林際月,到我鬢邊明。

---

① 聲流秋響:"流",南圖抄本脱。"響",南圖抄本作"香",當誤。
② 冷烟疏雨:"雨",臺圖稿本作"竹"。
③ 鷗鷺戲相逐:南圖抄本作"以路又相逐",當誤。
④ 舍廬翳榛竹:"廬",南圖抄本作"户"。"翳",南圖抄本作"倚"。
⑤ 詎匪桃花源:"匪",南圖抄本作"非"。
⑥ 親戚團嘉言:"團嘉言",南圖抄本作"以加言",當誤。
⑦ 衆景含融輝:"融",南圖抄本作"榮"。

夜氣融春息,晴風作凍聲。嫩寒衣上結,欲賦不勝情。


143　紫藤花
修條圻麗密,幽萼啓清攢。悦以妙善致,玩之無盡歡。


144　晨起廉屋見屏菊攢繞,逸趣横生,握管臨池,①漫爾成篇
長林曳幽莽,翳日蒙酣興。濕紅爛生樹,霞氣鬱相蒸。② 窗軒敞秋室,野馬竄空騰。居寂無煩擾,几曲俯躬憑。半日納息坐,枯似禪定僧。四壁陳檀氣,五色燦畫屏。傲質已叢蠹,繽紛餘落英。仙人絶火食,歙液含金精。③ 貞女捐華飾,拖態澄幽情。美哉陶彭澤,以酒樂生平。暢飲東籬下,恒醉不肯醒。受此無盡妙,得之身後名。余亦慕疏放,落落忘枯榮。擁書既無用,硯田何須耕。不如事糟粕,④吾當養吾生。


145　厲樊榭索寫西溪築居圖并繫數語
養學從花窟,營居對鳥巢。烟香淋几席,笋蕨佐山庖。幾曲通樵徑,半鈎隱露梢。清灘翻急雪,⑤凍樹墮寒膠。妙晤鄰僧話,閒聆田父嘲。桑麻餘畎畝,梅柳遍塘坳。溪女能親講,山童或可教。多情偏好道,無欲不觀爻。門冷鳥

---

① 握管臨池:"臨池",南圖抄本作"成詞"。
② 霞氣鬱相蒸:"氣",南圖抄本作"起"。
③ 歙液含金精:"歙",南圖抄本作"飲",當誤。
④ 不如事糟粕:"如",南圖抄本作"知",當誤。
⑤ 清灘翻急雪:"雪",南圖抄本作"息",當誤。

篷繫，座深華髮交。優游似白鷺，物外玩浮泡。

146　員裳亭珠英閣落成，招集雅酌，分賦得禪字

青泥閣子白棻橼，小几疏窗醉石邊。容膝便成安樂
窟，放梅新釀嫩寒天。春從北海尊中問，詩就南華篇裏研。
半榻爐烟香細細，達人清窈味枯禪。①

147　咏磁盆冬蘭十六句

幽莒發秀姿，柔麗自芳蕤。香滿迎冬候，華舒釀雪時。
楚紉曾不遇，魯嘆絕無期。熱客何由識，東皇素未知。菊
慚初謝酒，②梅妒欲催詩。覆以冰花縠，蔽之紅錦帷。曉烟
青滴滴，寒雨夢絲絲。六曲屏開處，清英沁古瓷。

148　高犀堂五十詩以贈之

僻巷有修士，所栖唯一庵。擁書鼓神智，猛如食葉蠶。
垂老且弗惰，趣味殊自甘。當門植嘉樹，緑净烟毿毿。③馴
禽理幽唱，妍花含嬌憨。四壁凝蘭氣，④半軸飄春嵐。清貴
踵接叩，籬曲爭止驂。宴仰踏壁臥，流盼揮麈談。澄心泛
虛默，纖微悉已諳。養學固履道，抱德誠足耽。沖静自然
古，恬潔無可貪。何取嵇生鍜，而愛阮公酣。逍逍北山北，
悠悠南山南。

---

① 達人清窈味枯禪："清"，南圖抄本作"情"，當誤。
② 菊慚初謝酒："慚"，南圖抄本作"殘"。
③ 緑净烟毿毿："烟"，南圖抄本作"細"，當誤。
④ 四壁凝蘭氣："凝"，臺圖稿本作"泥"。"蘭"，南圖抄本作"丹"。

149　員十二以歲朝圖索題漫爲長句

吾聞東方之野有若木枝高萬丈，挂日車以燭天地海
嶽，砭四時以滋百草五穀，得人物以製文字禮樂，蔽身體以
製冠履裳服。乃分九州，安畎畞園廬，晨逐昏息，披沐聖化
而耕讀。自然稚者歌，耄者噱，鈍者銳者酣饗暢啜，無不陶
陶乎享升平之福。風調則春和，雨播則氣淑。蘭有阪而橋
迴，梅有塘而水曲。樹敧斜而攀垣，花繽紛而覆屋。① 迎吉
祥於元朝，②報平安之爆竹。堂啓面面，屏開六六。綺席張
以圓，華燈燦以煜。豐厨出嘉肴，③旨酒流芬馥。雍雍是
將，④溫溫且肅。唯伊父母，既壽既康。唯伊子孫，介福介
禄。唯德厥隆，以繁後育。唯天之賜，恂然自足。

150　吳薇林以耕石齋印譜出觀漫題一絶

草衣書客斷雲根，⑤黄葉蕭蕭晝掩門。半榻青氈摹漢
印，一林秋雨卧江村。

151　題畫

楓岩蕩幽嵐，影落秋潭碧。潭裏宿漁家，炊烟裊
虚白。⑥

---

① 花繽紛而覆屋："覆"，南圖抄本作"復"，當誤。
② 迎吉祥於元朝："祥"，南圖抄本作"羊"。
③ 豐厨出嘉肴："嘉"，南圖抄本作"美"，當誤。
④ 雍雍是將："雍"，臺圖稿本脱"雍"一字。
⑤ 草衣書客斷雲根："客"，南圖抄本作"衣"，當誤。"根"，南圖抄本作"耕"，當誤。
⑥ 炊烟裊虚白："白"，南圖抄本作"日"，當誤。

152　山游二絶

亭午日不晅，<sup>①</sup>四照竹陰合。愛僻吟空山，山聲冷相
答。路穿石罅過，橋寄樹根生。秋水粼粼碧，半潭搖空明。

153　同員九果堂游山作

岑崿被淋碧，幽薈敷芳烟。巉嵲噏奔雪，激浪翻洿
漩。<sup>②</sup>松揮展清籟，播角欲聾山。雲華川上動，風絲藤際
牽。群情歸一致，幻化同渾焉。<sup>③</sup>澄抱眺生景，游思憑修
妍。<sup>④</sup>佳辰何妙善，素侶味如蘭。款言會精理，休暢瑩心
顏。玩寂以貽樂，寓蹇苟可安。趨向得所適，矧乃林水間。
停策憩疏樾，悟賞無遺捐。

154　雨中移蘭<sup>⑤</sup>

露苕殊不一，不一迴靈凡。素逸祛幽蘊，貞芬偃秘岩。
移苗蓺野砌，立雨濕春衫。賴此空塵致，<sup>⑥</sup>砭余抱僻饞。

---

①　亭午日不晅：“晅”，南圖抄本作“垣”，當誤。

②　激浪翻洿漩：“翻洿”，南圖抄本作“潘洣”。

③　幻化同渾焉：“焉”，南圖抄本作“馬”，當誤。

④　游思憑修妍：“修”，南圖抄本作“好”，當誤。

⑤　雨中移蘭：臺圖稿本此首前有《忘憂草》《窗外茶梅會芳口吟手記
薄成短章》兩首，見 1320、1321。

⑥　賴此空塵致：“塵”，南圖抄本作“成”，當誤。

155　過雙屋口贈

命駕發東里，塵往無厭勞。披青入寒巷，叩門訪孤高。一榻陳歲月，雙屋周梅桃。居素有致趣，樂勝遠乖撓。好古固已篤，[1]道著光自韜。詩書益神智，蘭蕙涉風騷。浮雲觀富貴，[2]芳草結春袍。白首良可惜，澄心無所饗。知子不我拒，[3]相與話蓬蒿。

156　客春小飲有感

老矣揚州路，春歸客未還。遙憐弱子女，耐玩隔江山。衣食從人急，琴書對我閒。耽貧無止酒，聊可解愁顏。

157　夢中同友人游山記所見

林莽宿寒雨，翻牽秋老藤。新花全障壁，古室半枯僧。[4]游侶研詩并，騰猱接樹升。西岩樵徑斷，[5]靈霧漾清蒸。

158　溪堂閒仰

溪曲結衡宇，繩榻對嘉林。苔徑絕塵色，惠風流松陰。鳥唱澄閒止，澹逾無絃琴。幽蘭發深岫，薄雲冐孤岑。悠悠懷貞致，聊以寫余心。

---

①　好古固已篤："好"，臺圖稿本作"作"。
②　浮雲觀富貴："觀富"，南圖抄本作"如雲"，當誤。
③　知子不我拒："我"，南圖抄本作"能"。
④　古室半枯僧："枯"，南圖抄本作"故"。
⑤　西岩樵徑斷："岩"，南圖抄本作"谷"。

159　素梅

矯然披雪起,傲骨秉忠貞。破萼澄清苦,含葩孕雅英。
有情鶴愛護,無色月難幷。寒竹蕭蕭外,疏香數點横。

160　朱蘭

痛醉欲無醒,醺醺良自怡。有如陶處士,亦或甕邊時。
空谷香胡遠,南皋色在茲。懷貞苟不取,賢聖爲之悲。

161　庚申歲客維楊果堂家除夕漫成五言二律

161.1　去家八百里,詎不念妻孥。惜此歲華謝,悲其
道路殊。飄雲成獨往,歸鳥互相呼。欲訊東陽瘦,吟腰似
老夫。

161.2　所欣泉石友,同養竹林心。進子尊中酒,調余
膝上琴。十年交有道,此夕感分金。果堂以青銅三百文惠余壓
歲。漫擬椒花句,相依守歲吟。

162　郊游憩閒止園

東風煦野草,①寒色上春衣。竦步探梅窟,流觀入翠
微。② 半林分雨過,一鳥破雲飛。此處開岩壑,邀余暫
息機。

---

① 東風煦野草:"煦",光緒本、民國本作"昫"。
② 流觀入翠微:"觀",南圖抄本作"視",當誤。

### 163　牛

秋畬告豐穰,老牸功不細。① 十月登陽陂,蘅杜有芳味。

### 164　挽徐紫山先生善養道,壽近九十無疾而終②

徐叟既不作,緲然何處歸。柴門虛流水,岩壑絕歌薇。積善云當報,立言衆所依。知音良足感,抱泪向空揮。僕與先生交游三十餘年,③每見拙稿,擊節叫奇。咀賞移時,可謂知己者矣。庚申歲,僕客邗江,披雪樵丈書。知斯文之有限,曷勝慘戚而挽之以詩。詩成臨風三讀,冥冥幽靈知耶? 不復知耶? 悲颷嗑北壑,冷雨泣南山。④ 松瘦無榮色,⑤梅清有戚顏。先生結宇西湖之南屏山下。松梅環繞,籬徑蕭然。樂貧著書,垂老不倦。空桑鐶可復,華表鶴應還。炯炯星辰繫,塵氛何所關。

### 165　花軒遺筆

大癡老叟法堪師,弄墨風堂作雨時。花氣一簾清不減,茶鐺吟榻自支持。

### 166　坐雨

欲醉胡爲醉,方思無可思。以貧長抱疾,垂老不違痴。

---

① 老牸功不細:"牸",南圖抄本作"牛"。

② 先生善養道,壽近九十無疾而終:臺圖稿本作"先生壽近九十無疾而終,非善養道者那能如此"。

③ 僕與先生交游三十餘年:"游",南圖抄本作"友",當誤。

④ 冷雨泣南山:"雨泣",南圖抄本作"尓哭",當誤。

⑤ 松瘦無榮色:"瘦",南圖抄本作"舍",當誤。

寒結拌花雨，香彌浴鴨池。一篇披晝咏，甜苦自知之。


167　辛酉仲春，陰雨連朝。① 一軒子以肩輿見邀，遂登幽徑。是日，聽琴觀畫，極樂何之，乃爲一詩以志

之子勸吾駕，試爲衝淖游。② 入梅香點路，披晝月行舟。虎落翳寒碧，鳳絲悲古秋。清軒遠俗奢，澄寂一何幽。


168　員雙屋見過雅談賦此以贈

過我無聊齋，知君有好懷。笑凝春頰暖，氣與蕙蘭諧。秉道崇斯叩，執疑共所差。和颸清茗飲，雅晤欣良儕。


169　雨霽望鄰園

宿雨在鄰樹，新晴遣客軒。鳥欽呈逸唱，徵雅翻清塤。悅此融和景，申余瑣細言。烟香紛可結，攬袂立東垣。


170　梅邊披月有感

貧居執素志，顧影玩吾真。寒立三更月，閒吟一樹春。露華澄夜氣，霜鬢老儒巾。欲寐無成寐，凭誰話苦辛。


171　余客居揚之東里，果堂時寒霖結户，寢杖絕游，閒聽員生歌古樂府，聲節清雅，抑揚入調，喜而爲詩，書以相贈

休杖息吾駕，屏翳春雨深。由來白雪調，屬此黄童吟。

---

① 陰雨連朝：臺圖稿本後衍“濕雲冪户”四字。“朝”，臺圖稿本作“潮”。

② 試爲衝淖游：“淖”，南圖抄本作“道”，當誤。

東里戛良璞,竹西沉雅音。請焚楊子草,當廢嵇生琴。


172　霳雨疾作達夜無寐書此言情
春雨連朝夕,沉陰屬以凄。烟風征破壁,巾服檢寒綈。
何可調吾疾,念之衷心悽。雄雞在漏栅,辛苦爲誰啼。


173　曉起喜晴
揭幔興春閣,微颸漾曉清。冷花兢宿雨,肥緑暗藏鶯。
籬曲溝聲細,池開鏡面平。東軒聊一敞,晞髮可新晴。


174　和汪哉生西郊春游
嘯歌臨畎畝,刺杖入西疇。麥秀翻春浪,花妖覰白
頭。① 淺池游乳鴨,芳草卧童牛。隔樹開江面,溶溶净
碧浮。


175　雨窗同果堂茗飲口拈
主人賞我好,茶竈爲我供。三碗繼四碗,飲之春興濃。
浮雲掩白日,新雨役乖龍。雨止仍爲樂,訪蘭煩以筇。


176　汪食牛以春郊即事詩索和,步其來韵相答②
流覽獲誠景,寓言苟不空。情羈古陌怨,心醉野桃紅。
靈雨雪然止,仙源信可通。孤音奮逸籟,清響徹鴻濛。

---

① 花妖覰白頭:"妖",南圖抄本作"沃",當誤。"覰",南圖抄本作"見"。
② 步其來韵相答:"步",臺圖稿本作"武"。

177　和汪食牛清明日掃墓之作

守經敦典禮，卜祭慎清明。細雨行荒磧，青山拜古塋。
烟霞旌舊德，松柏展悲聲。邑也飄蓬者，余客江北，積歲不獲
一歸省先人墳墓，深有慚於汪生也，慨之哉！愧君獨慘情。


178　歲壬子，僕自邗溝返錢塘，①道過楊子。時屆嚴
冬，②朔飆暴烈，驚濤山推，勢若冰城雪崿。③遂冒寒得疾，
抵家一臥三越月，求治弗瘳，④自度必無生理。伏枕作書，
遺員子果堂，以妻孥相托，詞意悲惻，慘不成文。書發後，
轉輾床褥者又月餘，乃漸蘇。既能飲糜粥，理琴書，守家
園，甘葵藿，以終餘生願也。奈何饑寒驅人，未克養拙，復
出謀衣食，仍寄果堂。時辛酉秋，霪雨彌月，置杖息游，主
客恂恂，款然良對。果堂偶出前書，披閱相玩，驚嘆久之，
感舊言懷，情有餘悲，匪長聲莫舒汗簡，⑤復係以詩云

　　往舊事不遺，玩之情可悲。伊余駑蹇質，⑥偃然抱痼
疲。幽衷浸貧恚，謀食鮮神醫。⑦由此累妻子，將恐陷乖
離。清養冀良侶，⑧慷慨伸哀詞。自古籌俊哲，⑨寂蔑矧如

---

①　僕自邗溝返錢塘："塘"，臺圖稿本作"唐"。

②　時屆嚴冬：南圖抄本作"時以寒冬"，當誤。

③　勢若冰城雪崿："崿"，臺圖稿本作"霏"。

④　抵家一臥三越月，求治弗瘳：南圖抄本作"抵于家遺員子果堂求治
不瘳"，疑錯簡，當誤。

⑤　匪長聲莫舒汗簡："匪"，南圖抄本作"非"。

⑥　伊余駑蹇質："質"，民國本脫。

⑦　謀食鮮神醫："食"，臺圖稿本作"世"。

⑧　清養冀良侶："養"，臺圖稿本作"義"。"冀"，臺圖稿本作"翼"。

⑨　自古籌俊哲："籌"，南圖抄本作"儔"。

斯。苟非命有在,①形骸夙已隳。去今陳歲月,鬚白面蒼
黧。詎不念高緬,路峻終弭馳。含酸無弃飫,循墨胡苦淄。
松以冰雪茂,蘭爲烟露蕤。長卿妙筆札,犢褌惡蛾眉。②墨
翟戁雅麗,掩面而悲絲。大塊緲至理,上聖莫克移。貴賤
一遼邈,泰否疊縈之。五行尋幻用,物逐會其司。就陽固
宜暖,符秀見獲奇。積善以養德,處安以和時。毋將涉三
費,毋犯弛九思。無迹無所匿,無欲無所私。泮泮觀元化,
默默與心期。


### 179　尺波軒宴飲集字

潛窩居冷客,幽思結龐眉。文字集良侶,春風沃雅巵。
薄從澄俗要,矧復嘆衰遲。今也飄萍者,怵哉誠可悲。


### 180　寄雪樵丈

居貧固以道,交素達乎神。所感令君子,而懷碧樹春。
白頭同咏嘆,事迹薄相親。何日歸鄉井,③家山結舊民。


### 181　溪居與友人清話

環溪帶茂樹,松檜合杉榛。古翠净可掬,含彩吝華春。
歡言樂茅宇,相與羲皇人。雲鳥依閒止,山水函清真。④一
徑迷烟草,風日遠喧塵。

---

①　苟非命有在:"非",臺圖稿本作"匪"。

②　犢褌惡蛾眉:"褌",道光本、光緒本、民國本作"禪",當誤,據臺圖
稿本改。

③　何日歸鄉井:"歸",南圖抄本作"去"。

④　山水函清真:"函",南圖抄本作"含"。

182　題高秋軒蕉窗讀易圖

寸田誠苦耕，所獲有餘盈。履道崇斯志，飽經憚勝情。
蔓庭不力剪，蕉雨雜秋鳴。素景無乖擾，塵氛寂已清。

183　雪樵叔丈以詩見寄作此奉答

仲夏依芳林，凱風披素襟。發函伸雅語，流響寫清琴。
深感老人教，誠爲小子箴。高山何峝岌，瞻眺獲余心。

184　客以長紙索寫荷花題詩志趣

明湖忽在眼，平鏡光可掇。净碧蕩圓波，藻荇相紐結。
芳澂含幽貞，素絲縈藕節。緑雲捲鮮颺，朱粉清以醳。① 真
趣敷華管，舍神忘暑熱。汲之中冷泉，究乎煮茶説。山杯
鏤竹根，甘津涌靈舌。矮屋如輕舠，倚花清香雪。文禽與
老魚，夢夢無從瞥。白雲東皋來，凉雨西浦歇。赤烏流高
林，蒼烟紛曲突。② 朗玉揭團輝，③淋華濯芒髮。遠笛噴柔
歌，野情適澄達。寥寥青宇新，群動休且佚。樂我無爲齋，
幽軒妙疏豁。

185　酌酒

朗璞蒙其垢，智士恒若愚。曠然豁貞抱，一飲罄百觚。

---

① 素絲縈藕節。緑雲捲鮮颺，朱粉清以醳：南圖抄本作"神忘暑熱汲
之中冷泉究乎煮茶以醳"，疑錯簡，當誤。
② 蒼烟紛曲突："紛"，南圖抄本作"芬"。
③ 朗玉揭團輝："團"，南圖抄本作"元"。

玩彼勞者佚,嘆渠休者驅。以復究精理,固將澄幽忓。情
肥榮戰勝,①乃懌良娛娛。

### 186　秋潭吟

川谷險不塞,林藪幽可探。夙駕興東郭,遥遥詣西潭。
坐攬石壁趣,潑面飛生嵐。蘿蔓互牽束,蘺芷相藍鬖。鳥
佚攀樹息,魚定抱沙潛。溪漱無止水,雲卧有寒岩。明游
情已懌,暮觀智自恬。② 感此捐猥吝,澄抱絶癡貪。

### 187　登高邱

思將倚芳若,抱琴投高邱。屏險翳叢莽,馳慮薄潛休。
發指激清羽,逸響吞寒流。净花懸疏篠,文鱗翻淵游。光
風翼轉蕙,金氣爲之秋。③ 嘉此衆妙致,誰與結綢繆。

### 188　贈員果堂有序

天地合陰陽,④運五行,以育萬物,夙興昏寢,咸秉情
機,蠕蠕紛紐,苟莫能悉焉。⑤ 惟性之至靈,神之入微,邁乎
群之所不逮者,人也。而人之趣舍,固有不同。或慕華屋
暖幬,金鐙錦席,甘肥列前,妖艷環後,調商叩徵,散麗垂
文。或御馳榖勁,左批右拉,縛文身之猛豹,彈斑尾之捷
狐,氣不少懾,力無稍怯也。至於吾友員子果堂,則別拓清

---

① 情肥榮戰勝:"情",臺圖稿本作"清"。
② 暮觀智自恬:"恬",南圖抄本作"酣"。
③ 金氣爲之秋:"之",南圖抄本作"此",當誤。
④ 天地合陰陽:臺圖稿本"天地"前衍"夫"一字。
⑤ 苟莫能悉焉:"悉",南圖抄本作"息",當誤。

懷，含貞寶朴，恬處幽素，守默養和，絕不爲世喧所擾，而惟以山水雲鳥自娛。① 微有方於志者，薄乏濟勝之具，緣以盆壘土，以石叠山，以松、蘭、竹、梅、宜男、枸杞隨意點綴，任其欹仆，敷高蔽下。儼若三叠九曲，直峰橫岡，積嵐洒翠。孤雲出其岫，冷猿匿其竇。春夏榮矣，秋冬無凋。於是乃躡芒屨，杖之藤條，縱目流觀，舍神寓精。晴畫則披襟吟笑，朗夕則煮泉品茗。陶陶容與，何其快乎？子有是趣，余固當遣筆諧聲以贈之。

　　閉户游五嶽，結念蕩雲壑。感彼謝臨川，搴莽搜林澤。石罅流晨霞，芳蹊集幽若。響奔雪磵雷，舞動花垞鶴。館宇納虛岩，碓堰移清洛。耕稼苟不疲，灌汲誠可樂。苔卧鄙氈氍，園餐美葵藿。② 甘菽進鮮脆，澄醑交雅酌。鬱鬱蘊真趣，中聖乃能索。道著智者尊，理格乖者薄。莊墨固華詞，構旨厥有托。孔顔垂宣化，百世咸知學。山野亦放情，眷然與時作。無因貧爲傷，③何訝巧所譴。卷舒觀高雲，④霄氣青而礴。⑤ 倒影飾烟姿，緑英吐紫蕚。緬映伸壁素，浣磨圓水魄。小草沐光春，疏篁捐粉籜。爽籟一何幽，蕭蕭洞風閣。

---

① 而惟以山水雲鳥自娛："而唯以"，臺圖稿本作"其衷而以"。
② 園餐美葵藿："園"，南圖抄本作"元"，當誤。
③ 無因貧爲傷："貧"，南圖抄本作"平"，當誤。
④ 卷舒觀高雲："觀"，南圖抄本作"亦"。
⑤ 霄氣青而礴："青"，南圖抄本作"清"。

189　園居秋興

桂枝不可攀，甘依菊爲伍。理穢披荒烟，鉏秋展幽圃。
竹葉修且森，束以蔽風雨。狄酒清可漉，陶巾破可補。無
取嵇生琴，無要襧子鼓。吾自樂吾真，胡鄙乎傖父。

190　題荷花

灕塘漬藕香，吐粉出埅滓。團綠舒野風，田田蔽光沚。
越女撥蒙窺，面與花相似。清唱無良酬，所思得君子。宛
窈情可搴，惓惓其難弛。何如鴛與鷗，雙游澧之沚。歊
氣熨夕霞，流英炫新紫。羅縷陳貞芬，綿邈簸妖靡。幽勝啓
奧微，散朗攀佳士。

191　題夾竹桃<small>一名俱那衛，一名俱那異</small>

客究篇章，暇更有獲於心焉。時届商令，葛衣將置。
細雨初歇，嬌陽在户。明翠叠英，芳鮮陳媚。盡群卉之佳
趣，扇清飆之淑景者也。至若夾竹桃者，則雅冠秋麗。宛
如越女入宮，羅襪躡蹀。漢姬出塞，娥眉纖結。魂欲蕩而
神留，精欲摇而情逗。含紫葩兮委蛇，發光榮兮陸離。炫
然閒敞，郁乎芳蕤。嫻嫵嬈妍，流激瀲灑。利目之娱，無推
斯前也。乃題詩云：

幽條其扶曳，欣欣榮秀姿。靡麗含醖馥，雅致清羸疲。
俯昐作良對，廣智休神思。

192　題獲亭蒼茫獨立圖

　　士也厲其志，游乎坱漭間。高雲一遼亮，幽心與之懸。靈景麗川壑，徵覽非徒然。清飆投襟袂，素商觸秋顏。感往情欲結，理至慮可捐。或爲籬曲飲，或作井底眠。李生不受詔，杜老呵以仙。榮利苟弗注，明達何所牽。詎能從蕩瀁，返駕吟東山。

193　題華軒文淑圖

　　霧閣曉開，金烏環燭。華榱輝煌，彤欄熾煜。文幔連懸，寶締交纘。軟衾餘熏，既温且馥。睡額蘇舒，膩艷幽渥。鬒髮髿髿，黛眉曲曲。光珠貫耳，澄泲注目。娟娟淑貞，清潤良玉。雲和在抱，五聲相讀。臻鳳來凰，<sup>①</sup>有梧與竹。陽條春華，陰葉秋綠。倒景融朗，神隩奇複。遠猥離乖，迴塵越俗。雅麗紛敷，是靡是或。

194　辛酉自維揚歸武林舟次作詩寄員九果堂

　　薄言傷別離，別離情所悲。<sup>②</sup>感昔已增慨，嘆今良倍之。<sup>③</sup>理數固有定，動復不可期。重雲貫征雁，霜氣帶寒陂。敝蘆依短楫，幽鷁泛文漪。劈浪乃越險，<sup>④</sup>剪江窮觀奇。淒風備愀悵，<sup>⑤</sup>艱乖寧自知。矧此衰頹力，胡爲赴饑馳。長林下奔日，俛仰懸遐思。

―――――――――――――

①　臻鳳來凰："臻"，南圖抄本作"秦"，當誤。

②　別離情所悲："情"，南圖抄本作"心"。

③　嘆今良倍之："嘆"，南圖抄本作"歡"，當誤。

④　劈浪乃越險："劈"，南圖抄本作"新"，當誤。

⑤　淒風備愀悵：南圖抄本作"悽風倍惆悵"。

### 195　咏菊

驚商激清籟,蘇氣流冷節。微陰淪靈曜①,澄露貫融結。文砌蔽芬莽,朱英糅秋雪。浮韵寢孤貞,紛蕤緼靡鬱。遠鄙蔑淄澠,洞暢粹幽屑。俯影戀恬綏,②舒華倭暇逸。

### 196　秋室閒吟

林薄杳平莽,山澤祕幽清。秋氣蘇蒙鬱,鳴蜩厲寒聲。溪齋啓蓬壁,灑洒通空明。③休駕欣所佚,居默恂保貞。但遣心齊物,物齊苟達生。

### 197　涉峻遐眺有感

躋險迫無蹊,披清出氛土。縱目擊休光,磅唐辨齊魯。游鵬觸勁飆,④鼓翼盤青宇。感心動遐神,迴腸結虛腑。抱素澄幽研,拙鈍固所取。經務弭顛流,達變玩暗瞽。飽道熙清肥,泛迹棹容與。長嘯搴芬芳,⑤靡依念蘭圃。

### 198　泛江即景⑥

坂坻緲廬霍,澶漫錯華蕤。苣蘭符菁蒨,芳鬱清蘅虆。短棹弛畫雪,倚浪析流漸。⑦停眺無凝礙,素趣游冰絲。演

---

① 微陰淪靈曜:"微",道光本作"徵",當誤。據臺圖稿本、光緒本改。
② 俯影戀恬綏:"恬",光緒本、南圖抄本、民國本作"曠"。
③ 灑洒通空明:"灑",南圖抄本作"流"。
④ 游鵬觸勁飆:"觸",南圖抄本作"作"。"飆",南圖抄本作"焱"。
⑤ 長嘯搴芬芳:"嘯",南圖抄本作"笑",當誤。
⑥ 泛江即景:臺圖稿本作"江泛即景疊韵成章"。
⑦ 倚浪析流漸:"析",南圖抄本作"折",當誤。

徵發苦響,扣宮協甘思。應化以神晤,感變則情移。沉霞布光怪,蜃附揚妖奇。翻燕蔑流迹,驚蟬遷卧枝。<sup></sup>① 靈曜淪西谷,金精升東陂。疏烟通漁唱,江氣白迷離。泱瀁微由識,習習凉飉吹。

199　題畫二十三首②

199.1　幽露懸明條,修槎被淋灑。洞寂遁元真,蓀茝結香海。

199.2　家安就畎畝,壘土以爲囿。桃李成蔭翳,薑芋亦充茂。無講西門漑,③殷穰南山豆。

199.3　鑿壁達幽峽,悬涌浮清華。淵默誠可鑑,④靈府有修蛇。

199.4　飛閣縈青霞,連幔捲春旭。游侣狎纖妍,分香熏新服。

199.5　落葉半寒雲,林薄氣疏瑟。殘照逗餘清,飛白粲秋室。

199.6　綠泉涌陽谷,石起白離離。江靈務奇詭,鞭鱗叱頑螭。

199.7　浣素淋新華,烘赦揭春曉。碧雞鳴靈崖,群動紛相擾。誰子沐幽芬,鑿窗登橚杪。

199.8　溪漫縈山腹,溯沺明石樓。澄絃敏逸羽,雲想

---

①　驚蟬遷卧枝:"卧枝",南圖抄本作"晤支",當誤。

②　題畫二十三首:臺圖稿本作"題畫二十二首",其以 199.17. 和 199.18.爲一首。

③　無講西門漑:"門",南圖抄本作"風",當誤。

④　淵默誠可鑑:"鑑",南圖抄本作"默",當誤。

205

敦遐休。

199.9　居陋以求道，寵義無弛情。苟匪段干木，<sup>①</sup>胡爲千乘榮。

199.10　秋氣凌岡岑，驚飆敝草木。凉日薄西山，征車未云宿。

199.11　吉士被絃歌，發宮循妙響。敦其肥遁娛，而玩烟雲養。

199.12　作力事岩耕，荷鍤登南畝。翻翻川上雲，逍遥離塵垢。

199.13　仰讀沓嶂雲，俯結松筠想。無由致殷勤，何以升游鞅。

199.14　孤嶼隔囂穢，棠櫻然且碧。游鷺泛漣漪，曠望極所適。

199.15　雲夢未獨幽，吕梁亞其險。修薄迴翻湍，<sup>②</sup>猿寶石林掩。

199.16　曉夜游西池，裁雲製薄唱。野秀團輕風，新月披烟上。

199.17　層樓币危峰，香薄蔭户樹。文罘張朱綴，挂曲粲瑩璐。<sup>③</sup>

199.18　晨霞曳光風，<sup>④</sup>净緑洒靈露。松嚏欲聾山，税鶴竦清顧。

---

① 苟匪段干木："匪"，南圖抄本作"非"。
② 修薄迴翻湍："湍"，南圖抄本作"川"，當誤。
③ 挂曲粲瑩璐："瑩璐"，南圖抄本作"雲路"，當誤。
④ 晨霞曳光風：臺圖稿本以 199.17 和 199.18 爲一首。

199.19　稅駕憩石門，撥蒙搴芳蓀。香霧融雲滴，春衫影碧痕。

199.20　即事殊多戀，臨睨一不同。夕烟漾輕素，挽引繡湘風。①

199.21　險徑匪可測，藐盼入幽清。漫然申往意，姑聽霜猿鳴。②

199.22　郊夜情何適，拂杖步寒林。仰看條上月，俯聽澗底琴。樂此遠猥沓，放余東皋吟。

199.23　橫川翳拱木，雲嶺復鬱盤。要欲投岩宿，即此依幽蘭。

200　辛酉十二月小憩憺齋題古木泉石圖

澗激以沸㵓，磞磕揮岣崖。密岰迴崇島，朱萸歛甘荄。靈飆震陰壑，秋氣遒陽楷。紛糅約幽褋，疏圻析古釵。素趣蒬氛穢，净華遼淫霾。誠可羈游目，況復達吟懷。園窗枕秀臥，③吾生怡吾齋。

201　題養真圖

盤郭有遁士，采茨葺岩居。游雲藹青壁，流泉通齋厨。臨堂謝物累，寂默常晏如。④馳暉漏檐隙，息陰積庭隅。松檜鬱芳茂，習習和颽嘘。歸羽弭林曲，嚶鳴協其娛。交蘢

---

① 挽引繡湘風："繡"，光緒本、孤山抄本、南圖抄本作"瀟"。
② 姑聽霜猿鳴："猿"，南圖抄本作"媛"，當誤。
③ 園窗枕秀臥："秀臥"，南圖抄本"秀""臥"二字互乙，當誤。
④ 寂默常晏如："晏"，南圖抄本作"宴"。

蔽幽蔚,界嶺懸紆途。野秀集嘉懋,清芬縈花鬚。雲鑿啓福洞,峰聳環澄湖。表靈如莫誕,<sup>①</sup>韜真苟不虛。幻定有恒宰,浮淪無循拘。理究趣可獲,神款情克符。捲舒讀毫素,休賞悉所諸。

### 202　題古檜圖

長柯臨磊砢,霓鬱冒雲門。含華運四氣,靈變集清氛。剛風摩其巔,后土封其根。理密秉貞性,膚皴抱遒紋。偃仰以頓挫,放漫而騫翻。<sup>②</sup>如麋雙角奮,似螭遁淵蟠。秋潦未能漱,春翰烏所攀。唯伊嚼蕊士,相對無穢顏。衍懌蔑緇障,<sup>③</sup>逍遙壽同尊。

### 203　繫舟烟渚偶有所得遣筆記之

牽舫泊孤渚,弭棹逗疏陰。<sup>④</sup>蒲風嗽秋柳,流響澄商音。<sup>⑤</sup>覽睇無凡擾,野秀橫清襟。游情寄水國,泛泛隨江禽。與之同淪逸,曠然適此心。

---

① 表靈如莫誕:"靈",南圖抄本作"素",當誤。
② 放漫而騫翻:"騫",南圖抄本作"搴"。
③ 衍懌蔑緇障:"障",南圖抄本作"幛"。
④ 弭棹逗疏陰:"陰",南圖抄本作"影",當誤。
⑤ 流響澄商音:"澄",南圖抄本作"沉",當誤。

### 204　夏夜納凉作

息影臨華月，披囊發鳴琴。奏以延露曲，繼之梁父吟。蘭薄薦清馥，梧桐張空陰。泉響石澗逼，①烟渥苔道深。賞兹蕩娛樂，歊烝無相侵。

### 205　叩梅

攬秀隔山陂，遥遥叩芬馥。馳神整巾裳，②透迤循芳谷。展愫如莫申，③何爲慰幽獨。

### 206　玩物感賦

郊烟蕩凉颸，紛翻如坼絮。林薄流華英，秋露貫清注。鳴禽閒俯闚，一枝聊可寓。感人動遐思，展睇靡申愫。寥寥乎何之，修業以自固。

### 207　紅牡丹

瑩露泫英蕤，芳華播懿馥。幽酣怡春風，彌膩敦殷淑。

### 208　聽鵁

春熅影原隰，柔條媚幽翰。悦其倉庚鳴，邈然忽思散。

### 209　題董文敏畫卷後有序④

---

① 泉響石澗逼：“逼”，南圖抄本作“邊”，當誤。
② 馳神整巾裳：“巾”，南圖抄本“巾”前衍一“神”字，當誤。
③ 展愫如莫申：“展”，南圖抄本脱。
④ 題董文敏畫卷後有序：“有序”，臺圖稿本作“并序”。南圖抄本脱此題。

此圖係董文敏公生平經意作也,余佟春生偶從市擔粿物中得之。其筆力蒼健,逸致澹遠。非胸貯千萬卷書者,莫能爲之。噫!寶物靈護,雖淪塵垢,然終必華世。乃援筆題於紙末。

以道敦名教,風雅著斯人。英華蘊文府,毫末載澤山。素趣貫精理,飽齕咀荃蘭。拓莽陳墟壑,萬態羅雲間。有弇調春序,判澔濯光塵。川后赴秋節,泂沫獲驚瀾。陽嶭明朱花,陰牝涌綠泉。鮮風蕩淑氣,柔蒲翳孤垠。寒漸漾溪腹,澶漫陶逸民。良夙循薄泛,臨盼經水濱。匪緣暌物慮,懷古鬢已新。善妙會優域,沽芳渥智神。弭楫明鷗鷺,①彷徉與之鄰。


210　鴨

舒鳬循汧游,理翮揚清翰。喋喋蔓藻間,容與聊自玩。


211　題蔣雪樵先生歸藏圖

好善無近名,寵義恬養德。②取樂臨桑榆,從容睼餘晟。願言申俯仰,慷慨係今昔。誰能金石軀,安得永不息。固已誠可悲,亦復域且惻。惻域沉愁思,愁思終莫適。理睿神乃超,智曠情所憚。四運更鱗次,千秋阻遙夕。世紛蔑機苗,物謝何射迫。達士懷貞心,將擬附松柏。


212　入雨訪勝

---

① 弭楫明鷗鷺:"明",臺圖稿本作"朋"。

② 寵義恬養德:"恬",光緒本、南圖抄本、民國本作"資"。

煩杖臨欹壁，寒林戴雨看。所欣苔石秀，無悔着衣單。


213　題文禽圖

發之東陂，憩乎北澗。載浮載游，相睨容與。


214　僕性愛山水，每逢幽處，竟日忘歸，研聲志趣，幾彌層壁

静處欣有托，倚岩沐幽芬。榮條敷茂薄，净緑翳空雲。携桐待秋唱，玩此無定泉。散襟意已適，胡矧入佳山。匪徒免喧攬，①實獲情所歡。擬言役華管，端壁飛清寒。

---

①　匪徒免喧攬："免"，臺圖稿本作"緬"。

# 卷　三

約爲華喦 61 歲至 64 歲之作

## 215　吳門李客山手録窗稿見貽作此答贈

發徵既辛激，叩宮則甘怡。五清蘊繡腑，[①]精理縈睿思。川渙凑海納，泱瀁奚從窺。立言固飽道，戰肥神智奇。如比華國珍，敦其松筠姿。内融光自照，外挺薄傍持。[②]白珪矧已潔，幽貞無由緇。達生執之命，養德靡乎時。盧園當岩谷，鮮鮮和颷披。椿軒樹嘉蕙，蓍床偃靈龜。物逐觀遷化，歲徂喟悽其。好而勇愛古，信世苟不欺。且能鑒鄙鈍，曠忱良篤彌。奉言匪申報，感獲生平知。

## 216　潛休

竭爲塵外游，探賾離穢累。懷穀懌安和，指適懿恬智。[③]白雲抱青峰，幽英蕩澄氣。山靈務巧機，變態神其異。真趣非可摹，情瀾沃不致。地脉既動演，騰華苾且沸。茸茅叕所栖，歲月寂靡記。優優邇嘉林，杳杳逴營肆。兹休款符誰，賞心良弗置。

---

① 五清蘊繡腑："清"，南圖抄本作"情"，當誤。

② 外挺薄傍持："傍"，南圖抄本作"旁"。

③ 指適懿恬智："恬"，光緒本、南圖抄本、民國本作"清"。

217　題許雝庵松鹿圖小照

翠陰羅幽薄,窈藹凝芳華。惠風援松唱,修藤挽青蛇。
鹿飲投香礀,泉涌播丹砂。澹士竦澄睇,嵩岱無獨遐。岡
壁已偃蹇,洞壑奚谽谺。靈臺啓清祕,含芬飽烟霞。

218　題崔司馬宮姬玩鏡圖

寶旭啓軒挂,洞泆煥華榱。融氛既優渥,微曲協衍彌。
環琳統懿玩,錯置固淑奇。佳人美晨宴,燦服盛五絲。鮾
囊發文綺,鸞鏡涵秋瀰。滿月頤豐頰,澄波蕩眸漸。翹鬢
簪珠翠,①纂組締璜琦。娉容戀修態,和性調順思。素趣舒
閒婉,朗神廣幽怡。體疏迴蘭氣,注盻含妙嗤。惠風習錦
殿,坐障春遲遲。

219　壬戌夏,員雙屋携囊渡江,飽觀杭之西湖,兼訪
陋室,晤拙子留詩而去。余時亦客維揚,叩雙屋,則主人已
在六橋烟柳間矣。越月歸録前贈,相視擬此答焉

君冒黄梅雨,我披熟麥風。相過不相值,雲鳥各西東。
玉惠留新響,塵栖薄宴窮。頑兒承世好,由此沐清冲。

220　果堂東游海濱見寄殷殷感而答詩

魯連嘯東海,攸躋懿良游。夙趣貫幽頤,清義無苟求。
素約務其本,理奫循乎謀。匪執榮爵慕,且克安塵流。妙
語申雅唱,冷襟披商颸。芬浦結蘭芷,夕濱侶鴻鷗。倚薄
極遐眺,搴林煩升樓。懋音令我感,款惠誠難酬。欲言罄

---

①　翹鬢簪珠翠:"簪",臺圖稿本作"燁"。

衷曲,撫絲悲澄秋。

### 221　題桃溪文禽圖

晨霞媚清川,幽英啓華秀。陽柯傾柔條,炳緑煥頹覆。曲汜澹蒼垠,游漫靡泐湊。野蒲抽新姿,精膩濩以茂。嘉禽趣嬉遨,偶泛無前後。糅若坼修文,并羽狎芳漱。閒舒既猗狔,脅息薄疏逗。藻影蕩空澄,䓗坴厚湮漚。惠飀玩融春,衆妙聿休戀。

### 222　題桃潭浴鴨圖

偃素循墨林,巽寂澄洞覽。幽叩緲無垠,趣理神可感。剖静汲動機,披輝曁掬暗。洪桃其屈盤,炫曜乎鬱焰。[①] 布護靡閒疏,麗芬欲搽歙。羽泛悦清淵,貌象媚瀲灩。純碧繫游情,爰嬉亦爰攬。晴坰蕩流温,靈照薄西崦。真會崇優明,修榮憶翳奄。

### 223　黄衛瞻者,吳之虞山人也。寄籍廣陵,頗爲游好。推重而質性恬潔,[②] 無繫榮貴,所嗜籤帙、古玩、樹石、花草而已。雖逼市垣,居庭砌寂,然余慕其遐曠之致,因詩以贈焉

物役有權宰,事流無息機。暗睿各趣舍,喧默性昵之。美士敦優操,市隱閒清扉。宴景積葱鬱,荃蕙播幽馡。雖蔑溪嶺峻,且奄樹石奇。如彼蓮華秀,似挾輕雲飛。陵隰

---

① 炫曜乎鬱焰:"曜",臺圖稿本作"曄"。
② 推重而質性恬潔:"恬",南圖抄本作"高"。

一以廣,岩嶽尊而彌。恒充偃仰玩,相倚情神怡。肆目敉
修致,攬歲感芳時。好爵既不吝,素心誠獨知。稅休撿籛
軸,淘蕩益肝脾。惠然飽斯勝,何慕復何爲。


### 224　寒窗遣筆偶作喬松幽鳥圖①

舍杖憩游履,被褐臨幽軒。竹光團野秀,霜氣蘇寒園。
節物謝清曠,流景薄朝暄。感此抱真想,搴毫營孤根。勢
往欲探頤,神留起扶元。含芬固不媚,在圖蒼且尊。一枝
假文羽,整翮要飛翻。


### 225　題六貞圖以牡丹、蘭花、海棠、玉蘭、竹、石爲六貞

唯君子之華堂兮有蘭有竹,其石丈之嚴嚴兮清温且
淑。又天錫以富貴兮彌爾遐禄,祥氛渥而熠耀兮永艾
貞福。②


### 226　挽廣陵汪光禄上章

良璞蘊清輝,珍世誠足寶。哲士抱冲和,曠容德自
浩。③居敬鮮不遺,飲善靡飫飽。素風翼春條,惠泉滋秋
稿。戀行眷休明,榮爵錫有道。嗣也廣國華,茂才沐英照。
四響出花骢,慈芬及木草。④篤孝恁白雲,高高色遐好。詎
知鶴駕迎,胡乃神弗保。遷化理固恒,存没情無了。道路

---

① 寒窗遣筆偶作喬松幽鳥圖:臺圖稿本作"寒窗遣筆作此聊以申情
圖係喬松幽鳥"。

② 祥氛渥而熠耀兮永艾貞福:"耀",臺圖稿本作"燁"。

③ 曠容德自浩:"浩",南圖抄本作"皓"。

④ 慈芬及木草:"木草",南圖抄本"木""草"二字互乙。

悉已悲，市巷驚相悄。選石加磨礲，以俟勒旌表。

227　題畫

227.1　蘭

雲壑固聿復，幽芬清且修。凉風動夙夜，佳人惠然求。

227.2　忘憂草

兩丸如擲梭，歲月經一瞬。草亦能忘憂，人何獨不吝。

227.3　菊

物性秉非一，暑寒各所欣。懷茲九秋意，願獲智者論。

227.4　玫瑰花

廊曲媚青紫，暖馣翳罘罳。優矣惓花人，羅衣新換時。

227.5　梅

機運微由憑，理敷弗可度。卷默睇淒空，疏疏香雪落。

227.6　秋海棠

非曰慕春榮，自傷神色薄。淋淋新雨過，背倚鞦韆索。

227.7　栖鳥

倦鳥聿有托，勞子獨何依。結念沉衷腑，吾當寢吾機。

227.8　文雀

文雀最微細，毛翮何妍鮮。嗤鄙長喿鳥，惡聲當人前。

227.9　游翎

谷風拂吟條，逸羽莫能止。懷抱一何悲，翻飛返故里。

228　披月刷翮惄然自愛

野田匪乏粟，網罟密且堅。振襟當環璟，傾影淑自憐。①

### 229　孤鳴在林
隱憫含清音，幽嘯無凡響。稅息滯長林，仰俛絕識賞。

### 230　雁
雲門已奧，崔坻非良。中有矰繳，機迅難防。

### 231　松竹畫眉題贈員果堂
松檜交茂，南枝獨清。慧鳥擇止，憩影延精。傾喉吐響，融調五聲。情苗中抽，智幹橫生。倦客竦耳，醉夫解醒。途將稅駕，岩爲保貞。以敦彌雅，錫爾嘉名。畫眉在竹，平安有成。

### 232　雙鵝
并影游烟腹，素英揚澄波。荇披丹掌去，裊裊綠痕拖。

### 233　園雀
黍稷既䆠䆠，②竹華何翻翻。林昏日欲暮，野雀團空園。

### 234　贈金壽門時客廣陵將歸故里
修梧標端姿，綠葉若雲布。托根盤陽崖，繁英洗涓露。

---

① 傾影淑自憐："淑"，南圖抄本作"俶"。
② 黍稷既䆠䆠："䆠䆠"，南圖抄本、民國本作"繢繢"。

217

雅響蓄幽衷，寂微良工顧。窮栖雖寡立，擇方無窘步。學
優識亦彌，神完志自固。① 廣川濟洪波，坰林寫疏樹。游橐
載多奇，播世豐古趣。聊取一生歡，捐蔑百年慮。阮哭既
不爲，楊墨悲胡作。悠哉懷土心，情曲展鄉故。伐竹升南
岡，剪棘理東圃。薄葺面江堂，衍以蔽風雨。越歌發采菱，
吳濤應節赴。靈照蕩中洲，紛華逐飛鶩。檻坐納涼溫，杖
倚適朝暮。循茲謝役勞，宴然守清素。

### 235　松鹿
松磵之陽，其鹿蒼矣。既彌春秋，勃也胡似。

### 236　題水閣美人觀魚圖
水曲迴朱檻，梧柳翳華榱。芬綠撲鴛幔，流彩曳西陂。
文娥抱優懿，臨淵傾麗姿。游鱗卷槙尾，含惡奄清池。薄
陽淡歊氣，幽景鮮暮飔。光玉期三五，坰際欲懸時。

### 237　題二色桃花
猗萎媚纖飀，夭裊舒婉柔。丹英却霞火，素華凝金秋。
秀翠揚露彩，暖醇融烟浮。將營度索實，終爲王母求。

### 238　題折枝芍藥
砌隅翻紫藥，敷蕊何葳蕤。流蔭漚芬鬱，幽英遜折枝。

---

① 神完志自固：“志”，南圖抄本作“智”，當誤。

239 兔

茂薄蔭幽皐,老兔穴其陰。冒月團金氣,宵露渫淋淋。

240 題子母虎

威加百獸,惠析三苗。既逸且豫,霧晝烟宵。

241 題冬蘭

斷壁映殘雪,修阪依凄曛。翠綰華鬘結,香漬樓閣雲。

242 鹿

雲斂霄崿,徑出蒼垠。翠華敷懋,隱曜遁真。乃有靈草,滋以玄泉。彼麑衎衎,嘘嘯聾山。奥其衺廣,鬱鬱綿綿。

243 鸒斯

黄檲悉已落,秋氣日已薄。鸒斯復飛來,故枝良可托。

244 梅窗小飲

半條蒼雪拗春來,冷謐疏英蕩逸杯。罄却中山無足醉,醉如泥者醉其梅。

245 題梅竹松

靈曜沃丹英,流景炫露彩。篁篠懷清風,翠濤沸香海。

246 壬戌歲,余客果堂。除日風雪凄然,群爲塵務所

牽。唯余與果堂寒襟相對,賦以志感①

竹陰款語味修林,冷事相關共此心。世網弗羅塵外雀,聲聲詣子報佳音。


## 247　題環河飲馬圖贈金冬心

野磧敷柔莽,霜樺敵勁颸。環河遲碧溯,舍策飲纖離。


## 248　崇蘭軒即事集字

草色開殘雪,幽痕淡碧生。竹深寒鳥靜,花醉雅尊清。是日,花下飛觴,香浮酒面,人與花皆醉之矣。懷往事堪咏,庭隅嘗有古梅,逸致盤礡,俯躬欲卧,烟雨篩灑,宛然如醉。時主人頗豫其靈異,②因斫石枕之,咸相稱雅。味今詩偶成。隔林新月上,佳氣滿春城。


## 249　竹枝黄雀

霜氣撲疏林,寒葉淒已索。眷彼青竹枝,黄雀欣有托。


## 250　題華翎

林樾冒朝雨,草際翻夕烟。并影狎芳戀,呼嘯申幽原。

---

① 壬戌歲,余客果堂。除日風雪淒然,群爲塵務所牽。唯余與果堂寒襟相對,賦以志感:臺圖稿本以"壬戌歲,客果堂,除日同員巽之作,時撫塵兆互爲吟贈"爲題,有序"歲暮之日風雪淒然,群爲塵務所牽,唯余與果堂獨以寒襟相對。噫!静躁不同,豈止懸阻千里也哉"。
② 時主人頗豫其靈異:"豫",南圖抄本作"預"。

251　題韜真圖

柔祇冢幽蘊，水木麗清華。白雲抱孤石，惠風被層阿。[①] 悲猿澄遠響，逸韵凝烟蘿。想見山中人，巾帶托盤柯。鋭意臨寒苾，解髮濯新旛。所樂非好僻，誠以養冲和。

252　題松竹爲員周南母吴夫人壽

癥岹奄修靈，敷華戀松竹。露翠耀攢羅，暗曖翳洞谷。勁英鬱澄姿，冰雪鮮温肅。太虚流鮮飆，鼓響純音續。清閨聞員母，幽貞并斯淑。壽介圖爰羞，頌言惡匪郁。

253　戲筆爲蝦蟹并題句

孤坻迴淺碧，沙擁春流平。蘆根抽短笋，蒲烟冒幽青。[②] 遠謳節疏榜，長飆舒悲聲。野坰薄靈照，翻鳥思儔鳴。輕陰濩寒沫，水族盟清泠。滄浪有時涸，遷化孰能評。

254　題梅窗淑真圖

啓寒仍邇室，數點作真華。懌此無殫韵，幽襟飽烟霞。

255　燕

往昔懷人，今也燕歸。長蒲疏柳，陂池已非。

---

① 惠風被層阿：“層”，臺圖稿本作“曾”。
② 蒲烟冒幽青：“青”，民國本作“清”。

《離垢集》重輯新校

256　芍藥
純景啓新節，朱華麗夏姿。靘芬溥湛露，颲颲翻幽墀。

257　白門周幔亭貽以詩畫作此奉答
夏館匝修竹，[①]寂陰清枉賢。惠余舒錦繡，下筆生雲烟。理密何延髮，思微固入玄。恧無良璧報，薄擬絲桐宣。

258　溪亭
漁潭霧木曉風披，葉比枝分乍合離。亭上數峰青欲滴，白雲如畫隱淪詩。

259　題蘇子卿牧羝圖
圓靈函淒陰，霄氣鬱已結。復垺蕩晨飆，赴聲溧且冽。游隊出蒼垠，飛鵞擾流雪。佳人何其悲，自來國音絕。感慨河梁詩，整纓奉漢節。守一不榮邀，寸丹矩冰鐵。投足非所方，枉處曷可折。自慰澄中腸，愃影弔白月。歲運固有移，文字無銷滅。緬垂千載名，清芬播賢哲。

260　題石蘭菊露
石蘭被芳英，流醇緬凡氣。澄彩渫露絲，寒壑奄貞致。[②]

---

①　夏館匝修竹："匝"，臺圖稿本作"匼"。
②　寒壑奄貞致："奄"，南圖抄本作"庵"。

222

261　題芍藥

重羅叠烟碧淋淋，美人欲醉含嬌春。婍容修態世無比，横波眇盼流芳塵。

262　寫邊馬動歸心

塞磧圻苦寒，春氣蘇古柳。悲驅動長懷，瞻鄉一何厚。

263　湖居

築屋南湖陰，鑿窗攬芳秀。桐柏既蒼幽，筠松恒鬱茂。文藻灑華池，萍風蕩綠皺。衆景繡明章，啓帙領清奏。神瘝智已恬，①欲蔑寢外購。動詣歸乎静，理逸道自姤。誠兹息巧機，物我忘其疢。

264　贈栖岩散人

遁迹托茅茨，吞響依窮僻。體道飽丹經，奇字録簡策。交柯帶岩堂，户額申雲壁。晴雷觸檻翻，磅硠轉奔石。垂耳納清泠，九夏無煩魄。攝生貴保真，陽氣盈大宅。逍遥睥塵區，世網何由迫。

265　題幽鳥擇止圖

眷彼喬柯，爰適爰止。詎不懷游，勞情薄弛。竹風哦商，素英敷旨。纖繳奚加，幽宴激視。曠其遐林，彌有清祉。

---

①　神瘝智已恬："恬"，光緒本、民國本、南圖抄本作"嫺"。

266　題幽卉游蟲

麗旭啓青陽，芳飈繡綠野。幽卉縟已繁，柔茂各疏寫。
荃茝符蘭芬，糾紐媚纖雅。條葩榮清姿，虛滿露新灑。蕩
蝶覘華鬢，三兩隨高下。螮蠃戢其陰，穴石以廣厦。遉斯
無滯情，懌於有善瑕。試請方中人，鮮知方外者。

267　題畫

柳烟鬱曲涘，團影瀉長亭。① 誰謂春如睡，欲醒猶
未醒。

268　偶爾寫見

桐樾奄幽隩，②翠涼華爛積。野氣凭輕風，蘇白如綿
圻。流景薄西畦，牛羊返東陌。雲飄七月火，烟突四民宅。
群羽乘夕喧，籬園瘱清僻。秋軒俛仰心，擬俟照環璧。

269　題童嬉圖

窈窱弄澄猗，芳萃敷幽絢。文楣被華英，懸條約風轉。
筠篠蕭以清，③析綠如烟綫。童雅何遷情，逐物物相牽。趣
味莎雞哦，試役鴻溝戰。凉臂揚輕綃，粉玉瑩方面。④ 遆邐
肆攸升，薄雲與疾電。槐抱鳴蛶蝹，蒲翻掠燕燕。拓廣靡
所虧，⑤移方展殷見。

────────

① 團影瀉長亭："瀉"，南圖抄本作"寫"，當誤。
② 桐樾奄幽隩："隩"，光緒本、民國本、南圖抄本作"偶"，當誤。
③ 筠篠蕭以清："以"，臺圖稿本作"已"。
④ 粉玉瑩方面："玉"，南圖抄本作"欲"，當誤。
⑤ 拓廣靡所虧："廣"，南圖抄本作"黃"，當誤。

## 270　挽員九果堂

彥士修其身，内虚而外偉。素趣循圓流，道風宰方止。
視聽聿不非，篤行良乃耳。游眾無稱奇，處德逾見美。藜
菽實所甘，絲篇日積理。樂酒怡厥性，宴貧澹如泚。固已
用者深，曠其夐乎鄙。畏榮誠好古，禮賢情益瀰。薄鈍惡
忝交，旬齡一目侶。有若瑟琴和，心照神復視。唱言味苟
同，寡節被優舉。何歡班白携，鱗展揚淵水。意謂荃與蘭，
子之清可比。意謂柏與松，①子之操可擬。禀命嗟不融，脱
然弛物累。慈遺妻孥哀，義存友朋誄。傃幽云有歸，②總帳
悲風起。


## 271　高犀堂見懷五律一首步其原韵奉答

道勝文章質，情融事物齊。有懷神自廣，高唱調無低。
紅雨秋江樹，斜陽古岸堤。慚余乏雅響，何以肆清啼。③


## 272　題閔耐愚閒居愛重九小照

商坰流寒颸，野氣疏已索。澹烟團清英，夙露繁幽薄。
層籬奄逸華，④靜秘止攸蹟。之子戀文儀，展懷申雅托。外
物無擾縈，夐兹聿巖壑。爽朗麗秋姿，南山翠可握。

---

① 意謂柏與松："柏與松"，南圖抄本"柏""松"二字互乙。
② 傃幽云有歸："傃"，南圖抄本作"素"。
③ 何以肆清啼："肆"，南圖抄本作"欵"，當誤。
④ 層籬奄逸華："層"，臺圖稿本作"曾"。

273　癸亥十月七日，過故友員九果堂墓，感生平交，悲以成詩①

一坏黃壤依林莽，六十衰翁禮故人。是日，余六十賤辰。揮涕感今哭已痛，臨風念昔意何申。松門積綠陰恒閟，石碣題朱色未陳。果堂葬於九月七日。② 肆目離離霜草外，夕陽如悼冷山春。

274　余年六十尚客江湖，對景徘徊，頗多積慊，因賦小詩自貽，試發長聲以咏之

流梭玩日月，山水經浮游。少壯不可再，何以忘我憂。秋雲出遠岫，寒松退蒼道。③ 遭物傷良偶，爲故友員果堂。去國懷故邱。行途矧寂蔑，羈滯空白頭。霜郊無留影，凍日懸清愁。桑榆延暮色，歸鳥觸以休。野性且自適，誰克獲其儔。嗟余謹矩步，④忽忽甲子周。有恧先師訓，終乏志士猷。硯田既薄刈，精粒荒鮮收。體澤苦非潤，膚槁豈復柔。俛仰一已矣，長聲揚新謳。⑤

275　題松

静諦捐凡象，素掏澄雅姿。⑥ 甖膚翻甲片，修鬣挂露

---

① 癸亥十月七日過故友員九果堂墓感生平交悲以成詩："員"，南圖抄本作"園"，當誤。"墓"，南圖抄本作"慕"，當誤。

② 果堂葬於九月七日："葬"，南圖抄本作"葵"，當誤。

③ 寒松退蒼道："蒼"，南圖抄本作"窗"，當誤。

④ 嗟余謹矩步："余"，南圖抄本作"予"。

⑤ 長聲揚新謳："新"，南圖抄本作"清"。

⑥ 素掏澄雅姿："掏"，南圖抄本作"淘"。

絲。月窺不到地,風掀常在枝。逆知陶處士,種豆歸來時。

276　癸亥除夕前一日崇蘭書屋作

276.1　信説文章交有神,①從來青眼悦天真。老夫自識君昆仲,十外餘年情最親。

276.2　來日又當臘盡頭,人生能耐幾回憂。莫言風雪家山遠,且下陳蕃一榻游。

277　重過淵雅堂除夕有感題贈員氏姊弟

277.1　一過吟堂一慘神,烟花雨樹色非真。果堂性樂花木,凡葉葉枝枝,無不親爲拂拭。自物化後,晴容雨態,總非向昔神色也。去年此夕籌燈事,人鬼難言隔世春。壬戌除夕,果堂燒燈煮茗,伴余話雪,歲華彈指,又屆斯時也,慨哉!

277.2　世好能知通舊情,椒盤仍獻白頭生。禮門姊弟賢無右,果堂一女一子,女字道頤,能詩善寫竹。子字彤伯,有神童之名,時稱雙珍。素玉兼金比太輕。

278　和員裳亭立春日宴集原韵

玉杓回北斗,鳳律乍調春。薦祉崇嘉德,示耕務養民。消寒風卷臘,借暖酒衣人。見説觀梅閣,是日,余不及赴集,遥聞主人益情宴客,因念言記之。哦香硬語新。

279　題歲兆圖圖作童子迓祥,踞芳爲戲

朝曒發虞淵,濩影流陽阿。貞芬掀柔颸,朱葩榮清柯。

---

端辰啓初吉,厘祉崇三多。麟鳳紛以薦,舉體相婆娑。麗服殷繁縟,騰躍飛華靴。好面新團粉,雲冠鬱嵯峨。氣若浮青漢,①秋水激芳覿。將爲布綠醑,宴賞升平歌。

### 280　獨坐

幽向徑已僻,守陋蔑余勞。② 循流綏順止,③肥遁珍保名。內觀既不紊,外聽無所縈。愞修去穢累,體物融心情。雲想附高羽,園臥披深荆。露華凝以潔,④和風來自清。優游仰衆妙,抗響聊孤鳴。

### 281　馬半查五十初度,擬其逸致優容,寫之扇頭,并製詩爲祝

方水懷良玉,幽折韞清輝。⑤ 蓄寶希聲世,猶復世彌知。君子懿文學,精理徹慧思。申言吐芳氣,寫物入邈微。川涌赴諸海,修鯨翻瀾飛。鬱雲麗舒卷,影色而賦奇。⑥ 日華金照耀,月露香流離。山築玲瓏館,蘿薜綠紛披。孝友敦昆弟,斑白款殷依。青松倚茂竹,微雨新晴時。壽觴一以薦,慈顏啓和怡。榮爵靡足好,歡樂誠如斯。鄙子拂枯翰,傾想幽人姿。唯惶厚穢累,⑦且是復疑非。

---

① 氣若浮青漢:"青",南圖抄本作"素",當誤。
② 守陋蔑余勞:"勞",臺圖稿本作"榮"。
③ 循流綏順止:"循",南圖抄本作"情",當誤。
④ 露華凝以潔:"露華",南圖抄本 "露""華"二字互乙。
⑤ 幽折韞清輝:"韞",南圖抄本作"蘊"。
⑥ 影色而賦奇:"影",南圖抄本作"飄",當誤。
⑦ 唯惶厚穢累:"惶",南圖抄本作"皇"。

282　題員周南静鏡山房圖圖意取民動如烟,我静如鏡。

市夐塵已空,苔深徑自僻。寂蔑猶斯人,休遁亡世嘖。
寵素惀所親,剪棘葺其宅。歡養循南陔,眷戀奉和色。秋
華薦冷馨,疏桐退幽碧。梨棗蘊甘漿,薑芋實清力。佳鱗
析麗藻,菡萏羈文鷁。輕颺曳晚蒲,微烟散黄荻。遥巒銜
古蟾,茫坱蕩虚白。征途無止驂,悲馳愿正策。倦鳥赴修
林,群影會歸翮。蕭蕭歌暮愁,江上嘖漁笛。

283　甲子夏日寓架烟書屋作

一室蘿烟合,周空冷翠淋。雨花分座碧,苔色上階深。
藉此搜岩壑,因之就竹林。著書慚閉户,豈敢問知音。

284　感昔

寂居何繁思,繁思秋堂時。良景言未悉,倐往難復
追。[①] 長懷感物謝,佳晤寧再期。傷彼泉下士,故友果堂。
撫軫鳴悲絲。

285　題許勉哉竹溪小隱

修篁奄幽青,新水漾澄碧。隱徑透寒紅,浮香晝淋滴。
投詩贈風蘿,得性匪求僻。欲問鶴與猿,憩石空塵迹。

286　題汪旭瞻蘆溪書隱

深溪立巉壁,結構依寒岩。輕雲流屋角,石氣含清酣。

---

① 倐往難復追:"難復",南圖抄本 "難""復"二字互乙。

静子擁書卧，妙義飽春釃。況携鷗鷺侶，如此蕆與兼。窗
陰平遠岫，澹碧生新嵐。涼日媚沙際，疏葉烟氈毿。即役
可興會，奄兹恣幽探。素玩奚綿邈，清瘝誠殊湛。

### 287　題沈安布畫

沈郎下筆多生氣，繪水不難聲動流。閒處一蹊清可
往，松門風壁四時秋。

### 288　題松鶴泉石

青松挺秀姿，戀色有貞媚。修枝抱幽峰，清根蟠厚地。
邱中非鳴琴，雅響吞濤至。風日蔑四時，靈境乍顯閟。瑶
草濯朱泉，紫芝薦仙吏。明雪薄羽衣，甲子略不記。高步
越塵寰，逍遥樂祥瑞。

### 289　題魚

一碧净若空，游鱗無所著。誰肆濠梁觀，能趣樂其樂。

### 290　解弢館即事

掩齋咀世味，傾我懷古心。諦覽極寒壑，孤雲繞秋岑。

### 291　題幽叢花鳥

林薄媚修茂，隰原揚幽芳。軟烟凝净綠，新粉抛疏篁。
谷風搏秀羽，①群鳥欲翻翔。春雲自窈窕，春波何渺茫。夕
陽淡天際，倒影流金光。文字未能識，卷趣匣中藏。

----

①　谷風搏秀羽："羽"，南圖抄本作"與"，當誤。

292　題畫

輕烟刷净曉山秋，半壁淋淋冷翠流。人在碭西聆碭北，亂泉聲裏鳥聲幽。

293　柳塘野鴨

吹亂一溪碧玉，翻迴幾片春風。① 野鳧嗳嗳香荇，細雨絲絲暮空。

294　沙堤引馬圖

駿馬嬌行出柳徑，寒沙軟襯入江村。斜陽欲淡還未淡，孤雁長聲裂塞門。

295　題吟雲圖

出岫雲無滯物心，②淡逾秋水薄空林。蕭然只有逃名客，閒臥春山抱瓮吟。

296　題美人

輕羅壓臂滑逾烟，寶鳳斜簪珠纈偏。欲笑不言修態潔，宛如三五月新圓。

297　題雙美折桂圖

空庭布桂氣，蘭味肆以芬。素徽寢緑綺，綿褥捲華雲。

---

① 翻迴幾片春風："翻"，南圖抄本作"飛"。
② 出岫雲無滯物心："岫"，南圖抄本作"畦"，當誤。

修容麗巧笑,繁飾雜幽紛。文情共欲展,搴臂倚秋園。陽
阿附新唱,魚鳥相飛翻。臨風蕩羅袂,拗香縱妙掀。玩此
婆娑種,密葉刷蒼蕃。瓊蕤爛金屑,雅咏研清言。爲歡既
於是,何復問長門。

298  乙丑秋,客維揚,薛漠塘、殿山兩昆季見過并贈
以詩,即用來韵和答
駕言情所興,所興理文彎。秋氣日以澄,素襟夐物累。
恣探造妙微,良游涌清智。篇翰研騒雅,鑿奥啓幽邃。觀
化各其私,雲鳥互相遺。鮮風披鳴條,靈籟發新吹。朗玉
自聯翩,蘭蕙何佳致。嗜學無間求,執道諶且毖。在客蒙
相過,去鄉感不弃。羨子賢弟昆,愧余非阮視。

299  題香湖鴛鴦
靜辭敷陰涘,層華疊爛秋。錦波麗新頬,纓鬚媚妍柔。
情禽敦伉儷,善嬉亦善游。

300  梅林書屋
臥此梅花窟,誰知玩月心。① 虚窗吞夜氣,香夢入
寒林。

301  題秋溪草堂圖
紅葉翳階舊草堂,矮檐齊壓剪秋光。溪山幻寫無聲
句,別有詩情襯夕陽。

_____

①  誰知玩月心:"心",南圖抄本作"新",當誤。

302　菊夜同員周南作

碧梧疏處晚天青，最好秋光此際經。酒盡人酣花亦醉，霜衣露帽立空庭。

303　十月七日禮觀音閣作

背郭向郊原，草行霜露繁。樹疏秋耐落，山好客勤登。梵唱烟香結，幢飄花雨翻。由來尊大士，萬善統慈門。

304　題水塘游禽

晴風簸柳，暖氣暄春。綠溶嘉池，幽羽逡巡。

305　志山窗所見

春華揚修茂，迴麓抱疏陰。粉籜抽新雨，岩鼠翻石林。

306　題丹山白鳳

丹岡聳幽茂，篠蕙縈碧疏。雲華麗彩旭，融融耀太虛。金精渥玉羽，靈鳥何新殊。懷仁既寵德，神聖與之俱。

307　閒庭栖鳥

好鳥息庭柯，寓目自幽蔚。簫籟無比鳴，棹謳薄清味。①獨與區塵遥，胡有羅網畏。樂此石泉深，長烟翳秋卉。

---

①　棹謳薄清味："清味"，南圖抄本"清"後衍"眛"一字。

308　題美人玩梅圖

攣疏烟翼幹，竪冷石攢春。鬱奧宜韜麗，流芬清玉塵。①

309　題倚石山房

蹊岩美雲日，②岑嶺秀蔥青。懸羅遵曲架，虛洞鑿空明。③籤軸爛文錦，枕席餘華英。隱磵簸爽籟，流飂協松聲。初篁苞粉籜，④陽谷鳴鶬鶊。即景既多善，舒眺愜智情。所樂但於此，誠可謝浮名。

310　春郊即景

青壁懸丹葩，餘暎冒澄流。晨風舞溪雀，孤唱胡與酬。

311　題麗女園游圖

姣人若輕赴，華袿曳鮮馨。青春將歛媚，流景欲追形。揚翹翠淋滴，⑤睇眲激餘清。雍臨自容裔，暢爾逸芳情。⑥

312　題春崖畫眉

素音流峻壁，逸翩挂遒枝。向谷無卷舌，臨春澹掃眉。

---

① 流芬清玉塵：“清”，臺圖稿本作“漬”。
② 蹊岩美雲日：“日”，光緒本、民國本作“白”，當是。
③ 虛洞鑿空明：“鑿”，光緒本、民國本作“鑒”，當誤。
④ 初篁苞粉籜：“苞”，南圖抄本作“抱”。
⑤ 揚翹翠淋滴：“翹”，南圖抄本作“飁”。
⑥ 暢爾逸芳情：“爾”，南圖抄本作“田”，當誤。

313　春游

春游履絶磴，送目欲窮奇。谷杏陳疏鬱，荒烟簸雨遲。

314　秋壑歸樵

日氣初沉壑，[1]悲風展峻林。樵歸秋磵冷，雲冒石岩陰。

315　幽溪草閣

徑斜穿樹橘花疏，溪榻憑窗看罩魚。隔浦水烟青過靛，野風掀亂雨來初。

316　解嬈館即事

情憼良有作，悁兹川與邱。榻寂神可往，攀結薆飫游。松謳清且咽，雲沃遲翻流。紛蒙颭翠氣，灌洌蕩澄漚。赤鯉琴高取，紫芝去俗求。幻化理趣悟，寂動耳目收。即事倚虛館，解累遂遣憂。微雨團朝至，春華協時優。獨薦深觥酒，酒盡晏吾休。

---

① 日氣初沉壑："沉"，天圖抄本作"沈"。

# 卷 四

約爲華嵒 65 歲至 68 歲之作，
其中編號 437 至 459 爲 50 歲前的作品

### 317　丙寅春晝解弢館作

丈室弢貞秀，遠與衡廬争。林石既厭癊，累積茂葂英。
遹玩盤紆徑，敞嬬懌休情。流視以放聽，援管舒心耕。精
騖歷八極，神游逮五城。蒙冄漱芳潤，搜雅掬幽清。懲躁
雪煩怒，調暢達聰明。奉時曠倜俛，恬虚蒐牽縈。<sup>①</sup> 非必賢
智謂，苟誠願愛輕。感順識有會，宰豎良不傾。益我從玄
志，逍遥樂餘生。

### 318　題麗人玩鏡

瑰姿温潤不留塵，<sup>②</sup>古水光摇鏡裏春。合面蓮華相窺
眄，自憐絶世一雙人。

### 319　春日同沈秋田東皋游眺<sup>③</sup>

春皋累芳茂，柏竹含清陰。流覽協素侣，<sup>④</sup>晤言調瑟
琴。江平沈遠渚，蘭静發幽林。游方萬物外，栩然怡道心。

---

① 恬虚蒐牽縈：“恬”，光緒本、民國本作“清”。
② 瑰姿温潤不留塵：“留”，南圖抄本作“流”，當誤。
③ 春日同沈秋田東皋游眺：“秋”，南圖抄本作“春”，當誤。
④ 流覽協素侣：“侣”，南圖抄本作“履”，當誤。

320　題虎獅

猛氣空林澤，①雙瞳夾鏡浮。酣然吞虎豹，風霧一
團秋。


321　芍亭坐雨

濕風吹雨過蕉林，紅藥香翻綠砌深。新試袷衫亭上
坐，竹鑪茶韵佐清吟。


322　題緑牡丹

密地殷香團水魄，輕勻粉緑湛妖華。新鶯狡弄人初
醒，湘竹簾疏日影斜。


323　登秋原聞鷓鴣聲有感②

霜葉翻平原，勁風折野草。秋陽流静阿，粲烟清窈窕。
勞勞鷓鴣聲，誰能無遠道。遠道弗能無，請君聽鷓鴣。


324　丙寅孟夏，兒子浚奉府試詩題，賦得戰勝臞者
肥。余時閒居無事，偶亦作此，以自廣智

信道苟不惑，物齊識乃微。君子思飽德，在陋無懷饑。
舒情以曠智，委順懿清肥。浩氣融眉宇，③惠風集輕衣。寢
息展念暢，㲋響窒鋭機。孔獲奉時化，瞻向沐優輝。

---

①　猛氣空林澤：“氣”，南圖抄本作“虎”，當誤。
②　補鈔本録後四句，單獨爲一首，題爲“鷓鴣”。
③　浩氣融眉宇：“眉”，南圖抄本作“媚”，當誤。

325　賦得林園無世情限林字

晨風蕩陽谷，朱暉流修林。古翠團幽薄，露華凝清陰。初鳥哢新徵，并儔交好音。籬徑匪世外，鮮有俗情侵。松竹弗加剪，綠雲茂且深。取息依芬蒀，支閒弛素琴。簷倚直妨帽，花飛欲點簪。攬景每懷古，委時獨愛今。春酒日以醉，奇書無倦吟。含睇萬物表，快然懌我心。

326　賦得汀月隔樓新

夜氣忽然净，群生耳目醒。樓遮一面白，山揭四圍青。宿鳥懷春暖，游魚吹浪腥。① 素輝流野徑，高樹露泠泠。

327　題鷹落搏雀

霜飆激澹林，日氣蕩寒壑。群雀一悲鳴，鷹盤高樹落。

328　題臨流美人

蘭英渥鬢輕雲滑，②竹粉飄裾翠縠香。幽態未能空自弃，臨流頻復玩清妝。

329　梅花春鳥

溪林斂曙色，群鳥噪春來。誰謂南枝勁，③梅花戰雪開。

---

① 游魚吹浪腥："腥"，臺圖稿本作"鯹"；南圖抄本作"醒"，當誤。
② 蘭英渥鬢輕雲滑："渥"，南圖抄本作"握"，當誤。
③ 誰謂南枝勁："謂"，南圖抄本作"能"，當誤。

330　閒居

闞地匪方圓,館廬窄如斗。仰衆乏優才,訾劣存我厚。
賞心冀良知,語笑咸皓首。合樹繁鮮花,<sup>①</sup>修篁界左右。薄
陽流荒坰,朱丸彈西牖。<sup>②</sup>泛瞬餘清暉,獲趣馨卮酒。

331　題鍾馗

一怒獨要嚙鬼雄,虬髯倒捲生辣風。長聲呵咤翻霹
靂,魑魅畢方遁無蹤。

332　玩月美人

獨坐碧樹根,横琴玩新月。新月玩新人,人與月如雪。

333　雨窗

庭雨灑疏白,<sup>③</sup>檐條挂冷馨。<sup>④</sup>春眠正竹榻,鳥囀下風
亭。游枝倚詩壁,釣池生綠萍。綴言索旨酒,酒至願無醒。

334　邊夜雪景

冰老長河凍氣清,冷雲如鐵立邊城。一聲觱篥陰山
月,大雪三更細柳營。

335　四明老友魏雲山八十詩以壽之

---

①　合樹繁鮮花:"合",南圖抄本作"今",當誤。
②　朱丸彈西牖:"牖",南圖抄本作"彈",當誤。
③　庭雨灑疏白:"灑",南圖抄本作"瀟"。
④　檐條挂冷馨:"檐",南圖抄本作"雨";"冷",南圖抄本作"檐",當誤。

　　白璧重連城，明珠倍兼金。二物誠足寶，未若處士心。其華文章府，其茂德義林。融與令時進，澹隨佳水深。侶鳥結孤興，憩木齊芳陰。田父致情話，漿酒羅勸斟。黍苗延畎畝，野氣橫清襟。輕雲出遠岫，[①]素月流高岑。疏篠擁靈籟，惠風傾好音。園條綴夏果，秋室宴焦琴。壽以天所寵，道爲學者欽。君子厚謙約，福履綏且愔。善衷何用慰，薄將獻微吟。

### 336　寄懷雲山

　　江水不可涉，雲樹不可望。樹落多悲風，水深有巨浪。良晤無復期，白首同悽愴。昔時盛英華，今日盡凋喪。夢中恐不識，何以問容狀。努力奉前賢，弛累事佳釀。

### 337　玩菊以下八首俱題畫之作[②]

　　園閟遲晝啓，獨靜攬清芬。感物敷情曲，持壺借薄醺。

### 338　山窗雨夜

　　山燈寒戀客，溪雨夜鳴樓。況復楓林上，蕭蕭落葉秋。

### 339　小溪歸棹

　　春草淺淺綠微微，撥船小溪歌來歸。柳兜一丈桃花水，青蝦時與白鯿肥。

---

①　輕雲出遠岫："輕"，南圖抄本作"青"。

②　玩菊以下八首俱題畫之作：臺圖稿本作"題畫八首"，後有"玩菊"作小字。

340　春游

東風初暖弄精神,撲落花鬚化作塵。① 駿馬嬌行塵上去,玉蹄香刺草芽春。

341　溪堂問字

伐石挽泉湊坡曲,竹篷冒屋翳古木。② 客來問字多怪戇,清氣交襟迥塵俗。

342　川泛

解纜謝秋浦,扣楫游中川。瞥見猱出穴,絕壁攀蘿烟。呿趣激孤興,舒嘯抑奔泉。宴坐穿篷底,體輕類飛仙。

343　探幽

入谷循陂陀,牽苔依蒸莊。淒風迫幽林,傾壁飄晴雨。

344　冷士

冷士一窗雲,潔逾秋水白。欲去撲孤松,流光布吟席。

345　夏日作山水題以填空

梧竹陰已深,庭架綠亦茂。夏景呈朱鮮,累絡韜芳秀。將學雲鳥游,直由意外覯。筆力盡屈盤,點刷免荒陋。山令人攀登,水令人浣漱。原坦樹檟枌,壁敧鑿窗竇。松膏沃徑肥,石髓抽蘭瘦。耳目一時移,心智忽然湊。

———————

① 撲落花鬚化作塵:"落花",南圖抄本"落""花"二字互乙。
② 竹篷冒屋翳古木:"篷冒",臺圖稿本"篷""冒"二字互乙。

346　題鳥鳴秋磵
雲竇石嗽乳,風壑鳥哦秋。傾耳食爽籟,展席華胥游。

347　山居
竹舍翳雲窗几潤,緑華淋瀝野芬清。隔簾松影淘秋
魄,閒玩微風扇鳥聲。

348　題牡丹
花徑懸春雨,絲絲絮絮飛。緑香蒙野麗,嬌態耐酣肥。

349　賞紅藥
姝致逼幽薄,研其絶妙姿。探壺將復罄,款賞極淋漓。

350　解弢館聽鳥鳴作
栖僻既云陋,吝與木石鄰。寄趣聊自遠,闃默懿清真。
幽禽媚修羽,悦客絶俗神。含聲且柔逸,適我居山民。①

351　贈朱南廬先生②
高松含戀姿,延根盤厚地。白雲浣新華,冰雪養貞氣。
獨静怡太和,衆美靡所漬。流目觀兩丸,甲子略弗記。先生
時年八十有八,容若童子,非德道冲和,豈能如是。山潛峻已幽,几

①　適我居山民:"民",南圖抄本作"鳴",當誤。
②　贈朱南廬先生:此首孤山抄本無。

242

隱闉亦邃。精心究典章，①奧理著妙義。先生手著幾欲彌
屋。② 紅杏點深裾，瘖痼齊澄視。先生精於醫道，凡救拔者甚衆。
布懷在勇勞，君子事其事。清風符茂竹，翛蕭自標致。黃
鳥鳴綠條，響暢何嫵媚。士遭咸感欽，於我誠足愧。我德
既薄微，良獲温醖被。丁卯春，先室染疾，蒙先生枉駕過視，深可感
也。虛中清縈纏，醒若中山醉。引領吐粗謠，短箋難申意。

### 352　秋宵有作兼寄魏雲山

守陋甘爲木石鄰，素心㪣與茗泉親。浮名挂齒他時
事，老疾鑽筋此日身。秋雨欲愁搜亂簡，黃華新瘦憶幽人。
數聲清響江邊過，似斷遠連聽未真。

### 353　丁卯，雲山寄書索畫。因作黃鳥鳴春樹答之，并繫一絕

幽情鬱已結，何爲慰孤吟。申絛索佳侶，吐響流悲音。

### 354　題牡丹

354.1　美人醉倚青竹枝，生露洗紅漉烟絲。瑤階三
五月彌時，香霧濛濛光風吹。

354.2　新烘綠笋與紫蕨，將試春泉穀雨茶。佳士二
三踏曉露，入園先狎著名花。

---

① 精心究典章：“典”，民國本作“曲”，當誤。光緒本原作“曲”，後補
兩點作“典”。
② 先生手著幾欲彌屋：民國本脫。

355　題菊

菊意多甘苦，酒味有酸辣。松間與籬下，此趣耐咀嚼。

356　白雲溪上

春泉激浪連珠揮，甘韵醒醒冷上衣。欲就白雲峰半
宿，石華香嫩野葵肥。

357　題菊潭栖鳥

暫息憚無擾，傾耳達香岩。微中致清訴，韵節美不凡。
靈格既逸澹，文鬣碧鬖鬖。單栖附霜幹，①子飲就菊潭。未
肯忘情去，因念玉泉甘。

358　王茨檐索寫乞食圖并題以贈②

浮埃動野莽，適變因素士。理數固不一，繩道以用已。
空齋橫赤臂，極耕且弗恃。仰面伸高懷，梧桐青若似。出
門索美酒，嗜醉如泥耳。披襟散餘帶，跂踏敝雙履。吐響
激冰珠，氣馥抑蘭芷。誠爲智人欽，曷憚吝夫鄙。靈鳳亶
奇姿，凡鳥蔑能視。爲君譜斯圖，鱗鱗捲秋水。

359　戊辰初春解谻館畫牡丹成即題其上③

春陽麗融光，舒氣滋萬物。晨風沃閒庭，草芽蒙露發。
幽齋得石侶，晤暢逾琴瑟。傾懷去巧機，祇意入絲髮。霜

---

① 單栖附霜幹：“栖”，南圖抄本作“枝”，當誤。
② 王茨檐索寫乞食圖并題以贈：此首孤山抄本無。
③ 戊辰初春解谻館畫牡丹成即題其上：此首孤山抄本無。

毫拂輕綃，色香腕下出。雖非欹斜徑，聊此分蒙密。所憚遠酸寒，衹足相解達。志趣略爲詞，遣聲寄甜酵。

### 360　題美人采蓮圖①

采遥過南塘，蓮花比人長。花面如人面，花香人亦香。

### 361　題雜花

無慕人榮華，無損自神智。聊譜數枝花，庶持一日事。②

### 362　栖鳥

逸翮愛輕條，雙栖遠塵表。荒宵野氣平，林空霜月皎。

### 363　題黃薔薇

微雨欲晴還未晴，嫩凉新試袷衫輕。③ 黃薔薇放三分色，却勝丁香風味清。

### 364　擬邊景

黃野沙枯荒磧迥，黑山風勁凍雲堅。老駝寒嚙三更月，殘雪新開一雁天。

### 365　題美人玩梅圖

---

① 題美人采蓮圖："人"，臺圖稿本作"子"。
② 庶持一日事："持"，南圖抄本作"恃"。
③ 嫩凉新試袷衫輕："凉"，民國本作"涼"。

昨宵春信暗相催,竹外寒紅歷亂開。祇恐長條香壓斷,輕移淺步躑蒼苔。

366　題桃花鴛鴦

春水初生漲碧池,臨流何以散相思。含情欲問鴛鴦鳥,漫對桃花題此詩。

367　題布景三星圖

瑤島春開瑞氣增,合圍松繞一絲藤。妙香凝處星辰晤,三壽由來本作朋。

368　題畫扇

數家春水潑香堤,嫩綠烟中幽鳥啼。記得前年瓜步宿,曾於此處夢西溪。

369　題美人

個中有佳人,妙如林上月。獨背丁香花,低頭整羅襪。

370　題松

濤奔石谷剛髯豎,雨歇雲門健甲開。南極老翁相料理,千年藤杖畫莓苔。

371　題宮人踏春圖

姊妹相携去踏春,蓮花朵朵印香塵。細腰一束天生就,窄樣宮衣恰稱身。

372　秋江

江昏林挂雨,風急渡爭船。斷浦驚迴雁,蘆花捲白綿。

373　隱居

壯鳥呼林開宿霧,鮮雲捧日上崇岡。崖蜂築室同人遠,竹粉松華和蜜香。

374　題白鸚鵡

素衣玄嘴合丹心,慧性能言異衆禽。親見玉環妝點盛,明珠豆大插成林。

375　美人靧面

春鶯喚起睡鬟欹,膩頰紅生新頮時。自許海棠相比色,海棠端的妬蛾眉。

376　作畫眉①

山人也似冬青樹,枯墨槎枒托此心。不苦鳥聲難畫出,但傷行路絕知音。

377　咏菊

金風作力剪庭隅,剩此霜枝氣骨殊。未有閒人携酒過,柴桑風味近來無。

---

① 作畫眉:臺圖稿本作"作畫眉鳥"。

378　良驥

西來一疋欲追風,①舉首長鳴萬鬣空。神骨不凡有懿德,將軍能聘立奇功。

379　錦邊綠牡丹

綠衣重擁瘦腰身,韵色能迷石季倫。昨日歷頭逢穀雨,腮邊新透一分春。

380　山中

勾留人處美溪山,世味都消鳥語閒。②樹杪泉華白似乳,飛來冷冷濯心顏。

381　郊游

桃花紅減欲空條,衣上餘寒猶未消。倏爾風前聞布穀,杖藜歸去理菘苗。

382　芍藥

纖眉未待描,已欲呈清態。但恐不蒙憐,苟將色自愛。

383　柏碉錦雞

柏葉含春綠,桃膠迎夏香。鳴禽聳袞體,散麗呈文章。

384　平田

---

① 西來一疋欲追風:"疋",民國本作"匹"。
② 世味都消鳥語閒:"閒",臺圖稿本作"間"。

農婦下田刈早麥，農夫引水灌田垺。鳩聲喚雨隔江來，抽起苗烟高一尺。

385　白鷳
花迎丹嘴麗，風舉素毛輕。却被人稱異，翻迴樹裏鳴。

386　朱牡丹
半臂宮衣蓮子青，明皇携上沉香亭。金卮賜與通宵飲，醉到於今未得醒。

387　溪上
蘚徑憑橋渡，藤花藉壁分。疏松翳秀嶺，深竹出孤雲。齒齒石吞溜，翛翛鳥合群。坐來襟帶净，誰共把清芬。

388　借菊
疏徑隱籬落，竹蔭侵冷齋。無從索酒飲，借菊寫秋懷。

389　戊辰三月二十一日亡荆蔣媛周忌作詩二首①
389.1　自傷衰朽骨，誰復勸支持。去歲逢今日，是伊絕命時。春歸尚有返，水落無還期。酹盡杯中酒，音容何處追。
389.2　顯晦人神異，空嗟歲月遷。悲來情莫遣，感往

① 戊辰三月二十一日亡荆蔣媛周忌作詩二首："蔣"，南圖抄本作"將"，當誤。

事多牽。莊老固稱達,潘生誠可憐。痛拋餘日淚,①寧復整孤絃。

390　梅溪
梅疏香遲客,溪凈水明沙。如此極寥闃,長吟日影斜。

391　携同好游山
晤賞憚餘善,眷言罄遐思。循彼陂陀徑,古柏茂清姿。

392　蜂
劚苔求土汁,冒雨築香房。小隊揚鬐去,乘風繞畫梁。

393　金吕黄索余寫墨竹并題此詩②
吳繭抽生絲,素手織成絹。輕刀昨下機,飛光閃秋電。吟客雅嗜奇,闃思悦幽踐。就余説森蕭,岩谷列在面。要余劚空青,秃管批古硯。墨雨一縱横,春雲自舒卷。竿起節節聳,枝動葉葉顫。粉華吹細風,流芬布餘善。袖手對金郎,清氣令人羨。

394　徐養之先達以小照囑補竹溪清憩圖并綴一絶
水華掀處風泠泠,竹影飄來衣上青。偶脱簪纓暫小憩,石膏笋蕨有餘馨。

---

①　痛拋餘日淚:“拋”,南圖抄本作“抱”,當誤。
②　金吕黄索余寫墨竹并題此詩:“吕”,南圖抄本作“侣”,當誤。

395　題山人飲鶴圖

劈石栽松松已蒼，山中歲月去來長。烹餘一束靈芝
草，分與仙禽作道糧。

396　感作①

懷春自笑如閨女，抱月吟風琴一張。耳食河陽花半
縣，杳無消息問潘郎。

397　蓮溪和尚乞畫即畫白蓮數朵題贈之

玻璃瓶裏月，蕩出清溪上。照此妙蓮花，本來無色相。

398　山居

石嶝縈紆上翠微，跨山置屋曰來歸。白雲流向窗中
出，幽鳥翻從檻下飛。古帖礪心文字雅，春盤薦座蕨苗肥。
遠江如帶拖澄碧，映入斜陽漬冷暉。

399　畫白頭公鳥并題②

太平歲月與人同，脫帽開懷笑好風。清晝一簾由自
適，白頭還畫白頭公。

400　玫瑰花

香中疑有酒，色外度無塵。數朵掇清露，一枝貽麗人。

---

① 感作："感"，臺圖稿本作"有"。
② 畫白頭公鳥并題："并題"，臺圖稿本刪此二字。

251

401　題牡丹竹枝

晴霞高尉露初乾，貼臂輕綃耐曉寒。欲奉殷勤呈醉頰，東風扶起報平安。

402　題墨筆水仙花四首

402.1　澹月籠輕雲，流輝映墨水。隱隱碧紗帷，楊妃新病齒。

402.2　半壁冷逾冰，若有餐雪人。修眉開廣額，三五美青春。

402.3　綠衣絕緇塵，黃冠有道味。數本作幽香，一室凝清氣。

402.4　築屋非深山，夐情亦太古。游目醉生花，貞趣沁詩腑。

403　題吳雪舟洗桐飲鶴圖

403.1　背郭園無一畝深，數椽僅以薄山林。新歌製就懷中散，洗净梧桐待削琴。

403.2　半房蕉影日初斜，湘竹簾疏看煮茶。赤脚山童來飲鶴，香粳紅豆撒如沙。

404　題吳雪舟秋山放游圖并序①

丁卯冬，吳子雪舟衝寒千里而來，訪山人於竹籬蓬艾之間。意自遠矣，風亦古矣。時款言情洽，披露所懷，而榮利之欲可窒，山水之癖莫砭。欲倩山人毫端，些子鈎勒形

---

① 題吳雪舟秋山放游圖并序："并序"，臺圖稿本作小字。

骸，置身重岩幽礀、紫緑紛華之中。流觀暢攬，罄其所蓄。唯山人訥訥莫知對也。因憶前人有頰上三毫之妙，山人愧未獲此三昧，從何著筆。默然良久，恍乎有凭，乃擬雪舟胸中邱壑，并識其意，是爲照焉

清秋勇晨興，拭杖尋絶壁。循林轉陂陀，挂眼霜露滴。迴峰展孤秀，澹妝如遲客。新嵐冒笠翻，輕霧衣上積。邱皁被文緹，嬌陽浣朱碧。岩菊茂佳意，含情俟討摘。素商流悲音，哀猿忽驚躑。感物發幽吟，川谷戞金石。暢攬咸優觀，外象無隱隔。春酒携之游，槁梧存以默。二三頑童子，黄髮亂垂額。去來白雲間，所尚麋鹿迹。養素得天和，山中有彌懌。

## 405　題南極老人像

地上老人天上星，長頭闊額蒼龍形。[1] 髭鬚不落塗雲母，牙齒長存喫茯苓。[2] 竹杖四棱春水碧，藤鞋一緉瓜皮青。三千甲子流彈指，游戲塵寰托片翎。

## 406　題吴雪舟黄山歸老圖

有士懷鄉土，移家春水船。圖書界雞犬，妻孥載一邊。東風曳之去，鳥飛不能先。渺渺潮平岸，青青楚山連。江呈三曲秀，花襯五分妍。清絶七里瀬，激浪揮銀烟。樵斧空中響，漁潭网下圓。孤峰羅葛藟，輕玁獨翻搴。[3] 古寶含

---

① 長頭闊額蒼龍形："闊"，南圖抄本作"潤"，當誤。
② 牙齒長存喫茯苓："喫"，南圖抄本作"嚙"。
③ 輕玁獨翻搴："玁"，南圖抄本作"彌"。

石乳,注灑白鮮鮮。鳥道翼雲進,累若魚貫川。檣運衆力作,纖緊直如弦。眼耳獵詭異,歷險胡爲遭。朗吟淵明賦,酌之清冷泉。歸來樹枌櫃,編茅葺故椽。且獲樂人事,而違塵俗羶。老莊悟無爲,守真以養年。當訪浮邱信,飄颻黃山巓。

### 407 題賞芍藥圖

人能好事持花飲,花正要人醉眼觀。薄薄嬌陽淡淡影,三分做暖一分寒。

### 408 王茨檐囑寫柳池清遣圖并題

方池四壁柳毿毿,方水溶溶色似藍。風日此間猶太古,操觚人自樂清酣。

### 409 題佳人秋苑玩月

桐烟淡欲流,月露清已滴。佳人獨未眠,未眠抱幽寂。徙步臨芳庭,愛月倚華石。微風吹繡裳,舞鳳鼓修翮。有思不成吟,攬袂情莫莫。桂枝橫纖香,竹葉寫疏碧。泠泠秋氣侵,蕭蕭夜景迫。感此待誰知,①顧影聊自惜。自惜何所惜,惜我惸與隻。惸惸轉空房,房空秋月白。展衾夢高唐,春雲擁香魄。

### 410 題鵝并序

戊辰三月望時,天氣明潔,風日和暢。偶思友人王子

---

① 感此待誰知:"待",南圖抄本作"詩",當誤。

容大,遂買舟達湖墅。登岸北行,穿梅竹松桂之間,詣其廬焉。而王子快然躍出,讓之實日軒中。雖晤言一室,頗獲塵外之樂。適見几上短箋,墨迹淋漓,乃王子咏鵝佳製。清新雅調,迥越凡響。僕既歸草屋,猶憶"翻身穿翠荇,側翅拂清波"之句,因爲點筆,并詩索笑。

圓池媚幽泛,撥浪摇輕烟。群游戲新碧,單影翻空淵。長項含歌舉,素毛拆風妍。側睇略不審,恣意誠有搴。緑萍試一唉,荇帶青欲纏。依依清檻下,時獲右軍憐。


### 411　蘭
密意若不勝,縚締擁華鬐。何以散幽芬,和風舉清旦。


### 412　竹
虚中無欲盈,且愛作秋聲。自笑難逢俗,由來薄瘦生。


### 413　松磵二首
413.1　磵西亭子磵東樓,拂杖來尋值好秋。松味砭腸清似洗,無些煩怒與人留。

413.2　到來便欲細敲詩,但恐山靈笑老癡。静玩諸峰真色相,鳥歸雲出日黄時。


### 414　秋江
做寒秋意辣,野氣横空江。釣艇蘆花裏,人同鷗一雙。

415　作枕流圖呈方大中丞

枕泉嗽石耳牙清，①道服山巾稱野情。世外色馨誰共玩，松膏的皪藤花明。

416　鶴

道人王屋來，喚鶴出蒼野。一聲天上流，雪影翻空下。

417　鸕鷀

秋水洌已清，水清顏色白。鸕鷀下清灘，魚泣無所匿。

418　文鳥媚春

鳥貪春似酒，願醉不願醒。要待山月來，登條臥花影。

419　題玉堂春麗圖

捏雪挼香野趣生，仙家女伴鬥風情。紫姑獨與玉姜謔，直在瓊樓第五城。

420　雲阿樵隱

壁上一條苔徑微，數家鱗次接荊扉。采薪人達春山罅，山氣蒸雲雲濕衣。

---

① 枕泉嗽石耳牙清："牙"，南圖抄本作"迓"，當誤。

421　寄懷老友四明魏雲山是年雲山八十有一

雲山八十一高峰,①耳陟神攀思已勞。何以從之松柏下,細搜往事挹香醪。

422　歌鳥

微風撲涼雲,小雨疏且白。何處讀書聲,巧鳥新學得。

423　作冰桃雪鶴壽友人

層壁聳奇詭,雲浪鬱紆盤。福洞桃初熟,常令鶴護看。

424　風雨歸舟

金風掀木葉,破雨一聲秋。短棹迴奔溜,衝烟壓浪游。

425　松根道士

活龍奮鬣拏烟飛,寸厚青苔作雨衣。歲老春酣神氣足,山翁飽看道心微。

426　己巳春日解弢館即事用題梔子花

老去解頤唯旨酒,獨斟迂迂醉如泥。偶親粉墨微圖抹,仿佛生香近麝臍。

427　山人

有客空山結草廬,竹床瓦枕任蕭疏。虛窗不禁雲來

① 雲山八十一高峰:"高峰",光緒本、南圖抄本、民國本"高""峰"二字互乙。

去,閒自焚香理道書。

### 428　溪上寓目

隔水吟窗若有人,淺藍衫子墨綾巾。檐前宿雨團新綠,洗却桐陰一斛塵。

### 429　江上釣舟

亂著鴉青江上山,一峰飛起一峰環。水平沙落漫漫碧,唯有扁舟獨往還。

### 430　跋徑

團帽也如折角巾,方鞋真是入山民。① 香中覓句搴蘭草,花畔逢春憶美人。

### 431　山村

數家雲住亦山村,活水流來繞橘園。一片板橋南北岸,四時恒似桃花源。

### 432　

己巳六月,②余方銷夏於清風碧梧之閣,適有客衝炎過訪,揭談上世名賢,如鹿門、太邱、柴桑輩。舌本津津,略無鮮倦,時傍又一客徐而言曰:“子之所舉,皆前代也。獨不聞吾城有盛君約庵者,寵仁向義,踐德謙和,就俗

---

① 方鞋真是入山民:“是”,南圖抄本作“真”,當誤。

② 臺圖稿本、光緒本、孤山抄本、南圖抄本、民國本卷四至此止,闕433至461。

258

引善,遠情稽古,即昔之明達,今之君子也。豈不懋乎。"余
因奇之,乃作《蒼松彦士圖》并詩以贈

　　君子敦大雅,守道保其貞。事用固不苟,五中運一仁。
惠風集襟帶,語笑生古春。美哉非上世,亦有唐虞民。


　　433　蔣雪樵叔丈過訪因懷魏雲山音信不至①
　　天涯飄泊授衣初,良友相過話索居。把袂遥看江上
水,②白頭浪裏一雙魚。


　　434　送錢他石之太末③
　　西湖吟客又南征,相送江邊話別情。一片孤帆從此
去,子陵灘下聽秋聲。


　　435　游靈隱寺賦贈楊璞巖
　　信步穿林到斷崖,斯人先我在山齋。不嫌冷性倚修
竹,得近幽光一放懷。秋老栗拳留客剖,僧枯石竇任雲埋。
閒階蘭氣熏衣透,對榻聯吟清韵諧。


　　436　夢入紫霞宫
　　懷仙夢入紫霞宫,火樹千行照眼紅。轉過采香亭畔
去,手招青鳥説鴻濛。


─────────

　　①　蔣雪樵叔丈過訪因懷魏雲山音信不至:錫博稿本、中大抄本、北大
抄本作"張秋水近信不至詩以懷之",後有小字"時同袁曉初賦"。
　　②　把袂遥看江上水:"遥",北大抄本作"摇",校作"遥"。
　　③　送錢他石之太末:錫博稿本、中大抄本、北大抄本作"送友人之太末"。

437　壽江東劉布衣①

鶴髮鬖鬖垂兩肩，知君原是地行仙。心無雜慮能長命，②骨有靈根得永年。③擊竹每招青鳥舞，撫松常伴白雲眠。④即今岩下携妻子，⑤早晚耕桑得自然。⑥

438　贈指峰和尚⑦

438.1　曾向金臺跨紫騮，⑧壯心澹似白雲秋。自歸蓮社談經日，⑨一脱儒冠不上頭。

438.2　常持半偈坐幽龕，禪定空江月一潭。偏有秋

---

①　壽江東劉布衣：浙圖稿本乙册、錫博稿本、中大抄本、北大抄本作"壽江東劉布衣七十"。

②　心無雜慮能長命："雜"，浙圖稿本乙册、錫博稿本、中大抄本、北大抄本作"惡"。

③　骨有靈根得永年："永"，錫博稿本、中大抄本、北大抄本作"享"。

④　撫松常伴白雲眠："撫"，浙圖稿本乙册、錫博稿本、中大抄本、北大抄本作"題"。

⑤　即今岩下携妻子："即"，浙圖稿本乙册、錫博稿本、中大抄本、北大抄本作"只"。

⑥　早晚耕桑得自然："得自然"，浙圖稿本乙册、錫博稿本、中大抄本、北大抄本作"花雨邊"。

⑦　贈指峰和尚：浙圖稿本乙册、錫博稿本作"贈雪松和尚"。中大抄本、北大抄本原作"贈雪松和尚二首"，校作"贈雪松和尚"，皆有批："'二首'二字原稿無，可删。"

⑧　曾向金臺跨紫騮："跨"，浙圖稿本乙册、錫博稿本、中大抄本、北大抄本作"鞭"。

⑨　自歸蓮社談經日："談"，浙圖稿本乙册、錫博稿本、中大抄本、北大抄本作"譚"。

風來作伴,①夜敲松子落茅庵。


439　懷姚鶴林

439.1　想見鶴林一片春,②風簾垂處坐幽人。奇書滿屋挑燈讀,③細字模糊認得真。④

439.2　更愛癡懷類米顛,常携怪石卧林泉。眈貧不爲兒孫計,種福勤耕方寸田。


440　訪蔣雪樵丈新病初起

乍見鬚眉色漸枯,昂昂七尺倩藤扶。自傷疾病逢衰歲,每藉詩書伴老儒。有幾同儕時過訪,無多親戚日相娛。青氈白榻烏皮几,羅列盤飧共執觚。


441　和積山見寄四首

441.1　自笑擔囊不遇時,歸來此意復何爲。漫携高士青藤杖,閒看群鷗戲水湄。

441.2　且把琴書拋一邊,終朝懶散只貪眠。遥思水竹三分景,來詩有"水竹三分屋一分"之句。簑笠期君上釣船。

---

①　偏有秋風來作伴:"偏有",浙圖稿本乙册、錫博稿本、中大抄本、北大抄本作"便是"。

②　想見姚鶴林一片春:北大抄本批曰:"删",圈全詩示删。此首中大抄本無。

③　奇書滿屋挑燈讀:"挑",浙圖稿本甲册、補鈔本、錫博稿本、北大抄本作"篝"。

④　細字模糊認得真:浙圖稿本甲册、補鈔本、錫博稿本、北大抄本作"字字無遺記得真"。

441.3　深巷安居迹已潛，素風祇許柏松兼。耽貧我亦能瀟洒，總不如君意味恬。

441.4　見說蕭齋夏日長，塵毛揮盡柄成槍。悠然寄我岩潭趣，碧澗幽泉滿紙凉。

442　春夜偕金江聲游虎邱

貪玩虎邱石，夜來步翠微。照花分佛火，帶月扣僧扉。塔影翻風竁，春寒在客衣。可中亭子畔，此景遇應稀。

443　二月一日即事

正月已過二月來，飽香梅蕊未全開。野夫閒立茅檐下，①手把松毛掃綠苔。

444　春園對雪②

春園冷如水，日暮樹栖鴉。③獨立風檐側，徘徊看雪花。小梅千瓣發，④老竹一枝斜。正好披裘去，城南問酒家。⑤

---

①　野夫閒立茅檐下：“檐”，浙圖稿本甲冊、補鈔本、錫博稿本、中大抄本、北大抄本作“堂”。

②　春園對雪：浙圖稿本乙冊、錫博稿本、中大抄本、北大抄本作“對雪”。

③　日暮樹栖鴉：“樹”，浙圖稿本乙冊、錫博稿本、中大抄本、北大抄本作“不”。

④　小梅千瓣發：“發”，浙圖稿本乙冊、錫博稿本、中大抄本、北大抄本作“落”。

⑤　城南問酒家：“問”，浙圖稿本乙冊、錫博稿本、中大抄本、北大抄本作“覓”。“酒家”，浙圖稿本乙冊脱。

445　春夜感懷<sup>①</sup>

霧閣沉沉夜色昏，<sup>②</sup>誰憐孤客滯春園。<sup>③</sup> 燒燈漫憶當年事，捲袖頻看舊酒痕。<sup>④</sup>

446　題牧犢圖<sup>⑤</sup>

且放春牛過嶺西，<sup>⑥</sup>綠陂烟羃草萋萋。<sup>⑦</sup> 東風忽趁楊花起，嬌鳥一聲枝上啼。

447　曉入花塢

曉踏春林雨，<sup>⑧</sup>山烟濕敝裘。軟風生遠籟，<sup>⑨</sup>空翠冷如秋。擊竹調清韵，摩崖記勝游。梅花千萬樹，處處白

---

　　① 春夜感懷：浙圖稿本甲册、補鈔本、錫博稿本、中大抄本、北大抄本作“獨夜有感”。

　　② 霧閣沉沉夜色昏：“昏”，浙圖稿本甲册、錫博稿本、中大抄本、北大抄本補鈔本作“渾”。

　　③ 誰憐孤客滯春園：浙圖稿本甲册、錫博稿本、中大抄本、北大抄本、補鈔本作“何如寒客卧春園”。

　　④ 捲袖頻看舊酒痕：“捲袖頻看”，浙圖稿本甲册、錫博稿本、中大抄本、北大抄本、補鈔本作“却見青袍”。

　　⑤ 題牧犢圖：浙圖稿本乙册、錫博稿本、中大抄本、北大抄本作“放犢圖”。

　　⑥ 且放春牛過嶺西：“且”，浙圖稿本乙册、錫博稿本、中大抄本、北大抄本作“好”。

　　⑦ 綠陂烟羃草萋萋：“羃”，浙圖稿本乙册、錫博稿本、中大抄本、北大抄本作“暗”。

　　⑧ 曉踏春林雨：“春”，錫博稿本、中大抄本、北大抄本作“青”。

　　⑨ 軟風生遠籟：錫博稿本、北大抄本作“軟風微嘯樹”。

雲幽。①

448　夏日雨窗感賦②
四壁雲如漆,凝陰鬱不開。③　雨淫麻麥損,④花病蝶蜂哀。刺眼春歸去,熏人夏復來。欲求排悶計,含嚼手中杯。

449　曉望
曉月挂長空,新嵐浮遠樹。數峰看不齊,亂插雲深處。

450　立秋前一日南園即事
放鴨塘幽景自殊,漁莊蟹舍隱菰蘆。⑤　柳根繫艇斜陽淡,籬脚編茅暑氣無。扶起瓜藤青未減,擘開柑子核纔粗。⑥　蟬聲唱得凉風至,明日秋來染碧梧。⑦

---

① 處處白雲幽:"處處",錫博稿本作"多處"。
② 夏日雨窗感賦:浙圖稿本甲、乙册、補鈔本作"乙巳立夏日雨窗小酌有感而作";錫博稿本、中大抄本、北大抄本作"己巳立夏日雨窗小酌有感而作",當誤。
③ 凝陰鬱不開:"鬱",浙圖稿本甲、乙册、補鈔本、錫博稿本、中大抄本、北大抄本作"慘"。
④ 雨淫麻麥損:"麻",浙圖稿本甲、乙册、補鈔本、錫博稿本、中大抄本、北大抄本作"蠶"。
⑤ 漁莊蟹舍隱菰蘆:"莊",錫博稿本、中大抄本、北大抄本作"晉"。
⑥ 擘開柑子核纔粗:"擘",錫博稿本、中大抄本、北大抄本作"劈"。
⑦ 明日秋來染碧梧:"日",中大抄本、北大抄本作"月"。

451　久旱得雨喜成一律①

上天憐下土，一雨活蒼生。② 枯井泉堪汲，③高田稻亦榮。④ 野行無暑氣，樓卧有秋聲。倚檻平疇望，農民盡出耕。⑤

452　雨後病起⑥

一聽蕉窗雨，微疴頓霍然。⑦ 新凉看野色，孤影立秋烟。葉響蟬移樹，花香風動蓮。⑧ 繩床與竹簟，高枕夢猶仙。⑨

453　秋日閒步

---

① 久旱得雨喜成一律：錫博稿本、中大抄本、北大抄本作"立秋後喜雨"，後有小序"己亥夏秋，亢陽不雨，生民苦甚，偶有此作"。中大抄本小字作一行，北大抄本小字作兩行，兩行字數不勻，兩本均有批"凡細注字要排勻。"

② 一雨活蒼生："活"，北大抄本原作"沾"，校作"活"。

③ 枯井泉堪汲："泉"，錫博稿本、中大抄本、北大抄本作"全"。

④ 高田稻亦榮："稻亦榮"，錫博稿本、中大抄本、北大抄本作"盡得耕"。

⑤ 倚檻平疇望，農民盡出耕：錫博稿本、北大抄本、中大抄本作"且喜四郊足，風清禾黍榮。"

⑥ 雨後病起：錫博稿本、中大抄本、北大抄本作"雨後"。

⑦ 微疴頓霍然："頓"，錫博稿本、中大抄本、北大抄本作"遂"。

⑧ 花香風動蓮："花"，錫博稿本、中大抄本、北大抄本作"池"。"動"，錫博稿本、中大抄本、北大抄本作"卸"。

⑨ 高枕夢猶仙："猶"，錫博稿本、中大抄本、北大抄本作"游"。

四圍山色古,<sup>①</sup>一徑野芳妍。<sup>②</sup> 細草沿溪碧,蒼松偃蓋圓。雨收新霽日,雲澹薄涼天。此際秋光好,相看思渺然。<sup>③</sup>

454　秋杪喜雨<sup>④</sup>

太空一嚏滌殘秋,澤沛人間解渴愁。<sup>⑤</sup> 雨足高原爭下麥,<sup>⑥</sup>水生枯港得行舟。耐寒菊蕊清英吐,<sup>⑦</sup>帶濕芹根嫩綠抽。<sup>⑧</sup> 半尺紅魚池上跳,輕陰潑浪滑如油。<sup>⑨</sup>

455　九日同人過重陽庵,登吳山絕頂,夜集陳懶園草堂<sup>⑩</sup>

455.1　故人期訪勝,携手過重陽。<sup>⑪</sup> 半畝仙家地,四

---

①　四圍山色古:"山",錫博稿本、中大抄本、北大抄本作"石"。
②　一徑野芳妍:"芳",錫博稿本、中大抄本、北大抄本作"花"。
③　相看思渺然:錫博稿本、中大抄本、北大抄本作"看山得自然"。
④　秋杪喜雨:錫博稿本、中大抄本、北大抄本作"喜雨"。
⑤　澤沛人間解渴愁:錫博稿本、中大抄本、北大抄本作"遠近人無饑渴愁"。
⑥　雨足高原爭下麥:錫博稿本、中大抄本、北大抄本作"雨過高原宜下麥"。
⑦　耐寒菊蕊清英吐:"耐",錫博稿本、中大抄本、北大抄本作"向"。
⑧　帶濕芹根嫩綠抽:"根",錫博稿本、中大抄本、北大抄本作"芽"。
⑨　輕陰潑浪滑如油:"陰",錫博稿本、中大抄本、北大抄本作"烟"。
⑩　九日同人過重陽庵,登吳山絕頂,夜集陳懶園草堂:錫博稿本、中大抄本、北大抄本作"九日同人過重陽庵,登吳山莫歸,宴集陳懶園草堂,分賦次懶園韻"。
⑪　携手過重陽:"携手",錫博稿本、中大抄本、北大抄本作"把菊"。

時草木芳。遐思一以適,俗累漸相忘。乘興登絶頂,①東西
接混茫。

455.2　夕陽看正好,偏值亂鴉催。② 峻嶺蟠空下,③
蒼頭迎客來。④ 情留高士榻,興寄菊花杯。⑤ 紫蟹充盤
富,⑥勸余醉飽回。

456　題姚鶴林西江游草⑦

456.1　誦君詩草記遨游,山色溪光筆下收。怪底西
江門外浪,⑧捲空十尺雪花浮。

456.2　凌霄老鶴自清高,⑨偶入秋江濯羽毛。⑩ 肯與

---

①　乘興登絶頂:錫博稿本、中大抄本、北大抄本作"吴越烟江界"。

②　偏值亂鴉催:"鴉",錫博稿本、中大抄本、北大抄本作"鐘"。

③　峻嶺蟠空下:"峻嶺",錫博稿本、中大抄本、北大抄本作"修路"。
"蟠",中大抄本、北大抄本作"燔"。

④　蒼頭迎客來:"迎",錫博稿本、中大抄本、北大抄本作"促"。

⑤　興寄菊花杯:"寄",錫博稿本、中大抄本、北大抄本作"在"。

⑥　紫蟹充盤富:"充",錫博稿本、中大抄本、北大抄本作"登"。

⑦　題姚鶴林西江游草:錫博稿本、中大抄本、北大抄本作"題鶴林西
江游草後"。

⑧　誦君詩草記遨游,山色溪光筆下收。怪底西江門外浪:錫博稿本、
中大抄本、北大抄本作"愛君詩筆記遨游,一句山川一樣秋。却道章江門
外浪","記",中大抄本作"紀"。

⑨　凌霄老鶴自清高:"凌"、"清",錫博稿本、中大抄本、北大抄本分別
作"雲"、"高"。

⑩　偶入秋江濯羽毛:"偶",錫博稿本、中大抄本、北大抄本作"翻"。

雞群同飲啄,①自支孤影返林皋。②

### 457　魏雲山過訪感賦一首③

看君髮盡白,覺我眼全昏。共惜精神減,④相憐氣概存。江聲吞草閣,秋色冷柴門。⑤多少別離事,都從此際論。⑥

### 458　秋杪曉登吳山⑦

拂盡山烟放曉游,快哉此處一登樓。江城萬户雞聲動,⑧海市千門蜃氣浮。樹外閒雲排玉壘,⑨竹間殘月挂銀鈎。⑩回看草上霜華色,颯颯西風報晚秋。⑪

---

①　肯與雞群同飲啄:錫博稿本、中大抄本、北大抄本作"不逐群鷗沙際食"。

②　自支孤影返林皋:"自",錫博稿本、中大抄本、北大抄本作"却"。

③　魏雲山過訪感賦一首:錫博稿本、中大抄本、北大抄本作"六月八日雲山過訪有感而作"。

④　共惜精神減:"減",錫博稿本、中大抄本、北大抄本作"短"。

⑤　秋色冷柴門:"秋",錫博稿本、中大抄本、北大抄本作"松"。

⑥　都從此際論:"從",錫博稿本、中大抄本、北大抄本作"將"。

⑦　秋杪曉登吳山:錫博稿本、中大抄本、北大抄本作"十月十五日曉登吳山作"。

⑧　江城萬户雞聲動:"户",錫博稿本、中大抄本、北大抄本作"井"。

⑨　樹外閒雲排玉壘:"外",錫博稿本、中大抄本、北大抄本作"杪"。"排玉壘",錫博稿本、中大抄本、北大抄本作"迷舊夢"。

⑩　竹間殘月挂銀鈎:"挂銀鈎",錫博稿本、中大抄本、北大抄本作"隱寒秋"。

⑪　颯颯西風報晚秋:錫博稿本、中大抄本、北大抄本作"未辨西風白帝愁"。

459　寒林閒步①

何處可投閒，行行衆木間。細泉流野徑，②寒日在空
山。湖海同誰説，松筠且自攀。我身如鶴瘦，③長叫出
塵寰。④

460　春風桃柳

北幹柳條緑，南枝桃蕊紅。桃花與柳葉，相狎笑春風。

461　草閣荷風

小閣幽窗枕簟涼，天風吹夢入雲鄉。醒時不記仙家
事，身在銀河水一方。

────────────

　　①　寒林閒步：浙圖稿本甲册、錫博稿本、中大抄本、北大抄本、補鈔本
作“散步”，浙圖稿本乙册作“散步偶吟八句”。
　　②　細泉流野徑：“流野徑”，浙圖稿本甲、乙册、錫博稿本、中大抄本、
北大抄本、補鈔本作“伏野草”。
　　③　我身如鶴瘦：“鶴瘦”，浙圖稿本甲册、乙册、錫博稿本、中大抄本、
北大抄本兩字互乙作“瘦鶴”。
　　④　長叫出塵寰：“叫”，浙圖稿本甲册、錫博稿本、中大抄本、北大抄
本、補鈔本作“嘯”。

# 卷 五

約爲華嵒 69 歲至 75 歲之作，
其中編號 532 至 582 爲 50 歲前的作品

### 462　題村社圖
鮮飆團綠野，黍豆揚新華。農事有餘慶，社卮流紫霞。

### 463　入山登眺
客意事幽探，搴攀披草露。澄吟舒遠抱，泛覽獲佳趣。
風滌楸條青，烟淋石壁素。衆象入纖微，囂俗無外附。

### 464　鍾馗嫁妹圖
輕車隨風風颷颷，華鐙紛錯雲團持。跳拏叱咤真詭
異，阿其髯者云鍾馗。

### 465　移居
卜居東里傍城隅，草草三椽結構粗。木榻紙屏非避
俗，蒲羹蕨飯自甘吾。新鉏小圃移花竹，閒課長鬚製茗爐。
深喜太平扶老日，尚能詩畫養惷愚。

### 466　寫竹
寫竹要寫骨與筋，一節一聳千青雲。試問嫦娥月宮
事，桂樹年來大幾分。

467　游聖因寺寺係聖祖仁皇帝行宮改建①

明湖一展新磨鏡,春水溶溶綠到門。向昔鑾輿垂聖
眷,②於今佛子戴天恩。山緣聳碧含孤秀,屋以塗金供至
尊。香徑不妨游履過,松花吹粉護苔痕。

468　題鈍根周處士小像

浮埃滾滾塞青明,世路難求太古情。何以風流竟絕
響,還從紙上見先生。

469　美人春睡圖③

霧閣輕寒夢初醒,華鐙漾映琉璃屏。春衫用浣玉井
水,④爲郎心愛蓮子青。

470　題秋江歸艇圖

雲斂諸峰雨,江流一面山。隔林歸小舫,歌入蓼花灣。

471　畫稻頭小雀

自課農工不廢時,石田烟雨碧絲絲。稻頭賺得三秋
息,⑤分取餘香啖雀兒。

472　馭陶王先生者,嗜古篤學,築居烟水荷柳間,枕

---

① 寺係聖祖仁皇帝行宮改建:此小字臺圖稿本無。
② 向昔鑾輿垂聖眷:"鑾輿",南圖抄本"鑾""輿"互乙。
③ 美人春睡圖:補鈔本作"題仕女圖"。
④ 春衫用浣玉井水:"衫",南圖抄本作"山"。
⑤ 稻頭賺得三秋息:"頭",南圖抄本作"得",當誤。

山面田，以家業訓子孫，且讀且耕，計無虛度。遂擬“寶日”二字銘其軒。云令子容大兄與僕交親。時己巳臘月，[①]風衣雪帽，躡履提壺，過僕寒堂，以尊太人命告，[②]欲僕寫圖垂戒，將來耕讀綿綿，弗違世業。僕悅其用意明達，即為展翰并繫半律

世守青箱課子孫，稻華香裏別開門。小橋活水粼粼浪，[③]捲入蘽塘繞一村。

### 473 贈張穉登

方帽先生襟帶偏，每拖竹杖哦風前。比松蒼茂神尤健，似鶴清癯骨有仙。涉世不羈枥下驥，抱才空鼓膝中絃。閒梳白髮尋鷗侶，獨上穹篷秋水船。

### 474 雙鶴

翩翩壽鳥，皤然雙清。俛仰跳躍，相盼和鳴。

### 475 松石間

游杖入泉蘿，綠雲蔽蒼宇。明心外無縈，獨與松石侶。

### 476 題溪鳥獵魚圖

秀木橫交柯，寒竹相幽鬱。水禽獵春江，逐魚穿龍窟。

---

① 時己巳臘月：“巳”，南圖抄本作“己”，當誤。
② 以尊太人命告：“太”，光緒本、南圖抄本、民國本作“大”。
③ 小橋活水粼粼浪：“活”，南圖抄本作“枯”，當誤。

477　紅牡丹

虛堂野老不識字，半尺詩書枕頭睡。閒向家人索酒嘗，醉筆寫花花亦醉。

478　題射雕兒

馬去若奔龍，弓開似環月。要射雲上雕，勁鏑無虛發。

479　寫秋意贈廣文王瞻山先生

晴雲蕩影溪光白，冷樹含秋石氣清。仿佛柴桑舊面目，澹然真趣可人情。

480　題老子出關圖①

牛背白鬚公，草際函關路。紫氣從東來，流沙自西去。欲授五千言，有德方能遇。

481　過太湖寓目口號

遠樹疏明淡白天，輕鷗亂下五湖烟。吳歌聲細蘆花漫，并櫓雙搖鴨嘴船。

482　庚午七月渡楊子江口拈一首

挂席渡楊子，輕舟破浪飛。江聲萬里至，書卷一擔歸。大火流西日，秋雲濺客衣。由來天塹險，南北望微微。

---

①　題老子出關圖："圖"，南圖抄本脱。

### 483　題何端伯看秋圖

泉歸大澤蛟龍卧，石起空山虎豹蹲。蹊畔有人開笑口，一秋閒看冷江翻。①

### 484　玩事一首

事來神有格，理用情不難。古人三復返，衡心秤其端。

### 485　庚午十二月獨樂室作

寒堂東北隅別啓數椽，既陋且朴，聊可養疴息杖。每遇嚴寒，臨軒曝背，肢體爽然。雖附厘市，猶當高岩峻壁，以此自樂也。

老力艱走雪，閉户避寒威。樂我獨樂室，新日曝人肥。

### 486　挽孝廉張南漪四絶句

486.1　往昔揚州同作客，②春郊把臂躡芳塵。於今要醉紅橋月，何處花前索酒人。

486.2　咳吐明珠驚世間，孝廉家貧，常賣文自給。逢人爭識馬班顔。那知上帝呼來急，一駕白雲不復還。

486.3　五十未過四十餘，有孫有子讀遺書。羨君已了人生事，何用高官髮鬢疏。

486.4　籌量用世孰爲尊，③君子懷仁務立言。孝廉富著述，博學强記。道在文章名不化，茫茫歲月著乾坤。

---

① 一秋閒看冷江翻：“江”，臺圖稿本作“紅”。
② 往昔揚州同作客：“揚”，臺圖稿本作“楊”。
③ 籌量用世孰爲尊：“孰”，南圖抄本作“實”，當誤。

487　咏静

神綆汲無底，暗然渾沌間。密觀適有善，曠諦樂餘閒。
泉涌舌根井，①春縈眉上山。其如莊叟蝶，風裏翅斑斑。

488　庚午臘盡晨起探春信

似可探春信，仰頭觀太蒼。過雲層影漫，去雁一聲長。
水動冰初解，林開樹漸香。瘦筇持老骨，迥立意蒼茫。

489　題蒼龍帶子圖

長空半壁捲海水，②爲雨爲雹雲裹之。雷公披髮忙砍
鼓，③龍父翻身援龍兒。老生凝視久不疲，漸覺氣力長四
肢。直伸禿管結闊字，嗑語斜飛墨離奇。④

490　題虎溪三笑圖

出徑還同入徑迷，亂峰插處白雲低。經年不踐松陰
路，因送高人過虎溪。

491　題畫册十一首
491.1　醉僧

---

①　泉涌舌根井：“舌”，南圖抄本作“石”，當誤。
②　長空半壁捲海水：“捲”，浙圖稿本甲册、錫博稿本、中大抄本、北大
抄本作“飛”。
③　雷公披髮忙砍鼓：“砍”，浙圖稿本甲册、錫博稿本、中大抄本、北大
抄本作“打”。
④　直伸禿管結闊字，嗑語斜飛墨離奇：浙圖稿本甲册、錫博稿本、中
大抄本、北大抄本作“大伸五指捉禿筆，戲掃拗語空墨池”。

夜看山月落,朝聞山鳥啼。密知禪似酒,一飲醉如泥。

491.2　奇鬼

若有衣葉者,非仙亦非神。兩手曳蘿蔓,暗出欲縛人。

491.3　牛虎鬥

怒虎索牛鬥,兩力勢相搏。一片愁雲結,陰陰草木寒。

491.4　嬰戲

非求筆墨工,聊寫閒窗意。自笑白頭人,還愛兒童戲。

491.5　野燒

暗壁忽然開,烏聲谷中亂。乾風吹野燒,群動突烟竄。

491.6　鼠竊食

寒士兩瓮麥,高置園上樓。奈何不仁鼠,晝晚群相偷。

491.7　鱉

虛沙擁軟甲,吐沫揚清波。穴近蛟黿窟,兒孫應太多。

491.8　雀巢

細雀奄高致,結宇附白茅。濛濛輕烟飛,春露滿塘坳。

491.9　蛙

逼岸月漣漣,沙净一痕白。不見摸魚船,惟見蛙跳躑。

491.10　蟹

白酒黃花節,清秋明月天。無錢買紫蟹,畫出亦垂涎。

491.11　蝦

水净逼人寒,到底清可視。個個蝦兒鬚,攀著菱絲歟。①

492　辛未夏夜渡楊子作

---

① 攀著菱絲歟:"菱",南圖抄本作"綾"。

276

一片金焦月，曾經幾夜看。昔游春未晏，今也夏將闌。客味咀含澀，江波泛涉難。澄眸入苦霧，萬里白漫漫。

493　贈徐郎并序①

子泉者，吳人也。年將三五，雅冠百群。郎眸善睇，修頸秀頰。慧解音律，妙於詞曲。清冰嗽齒，吐響流芬。② 日之在東，美無并勝。輕綃凭風，鮮霞炫麗。氣結蘭芳，唇塗丹英。膩然不豐，柔矣若怯。筍玉皎皎，秋鴻翩翩。愛而撫之，乃爲賦詩。

凌空修竹一竿烟，清瘦渾如玉削圓。日暮不嫌翠袖薄，嫩寒時候兩相憐。

494　題蜘蛛壁虎

一絲羅風，一尾曳塵。兩意欲得，相睇忘真。

495　邊景雪夜

陰山一丈雪，萬里月孤懸。駝逆西風走，人被北斗眠。

496　題李靖虬髯公

拋擲兩丸無息機，九州膏乳自空肥。乾坤浩浩人如虱，誰識英雄在布衣。

497　題揭鉢圖

────────

① 贈徐郎并序："并序"，臺圖稿本作小字。
② 吐響流芬："響"，南圖抄本作"芬"，當誤。

雲捲陰霄羅刹風，花分法界菩提雨。佛王鬼母抹丹青，色相分明各奇古。

### 498　岩栖小集和員周南

佳士不期至，所欣風日和。時花芬綺席，雅語激清波。杯酌一爲樂，塵牽何計他。但能幽興盡，流景下庭柯。

### 499　程夢飛索寫桐華庵圖并題①

掰莽藉幽癖，沉喧并俗礙。蒇役壘土爲，凸凹岩壑在。綠砌有餘陰，茅茨誠可快。淋淋碧挂眉，晰晰酚芳灑。四垂冒空英，半懸捲清靈。伊爾羲皇人，迥然塵埃外。

### 500　辛未，余年七十，仍客廣陵員氏之淵雅堂，艾林以芹酒爲壽，因賦是詩

素侶同蘭蕙，道心日已微。顏和雙頰展，鬢淡一絲飛。旨酒生香嫩，鮮芹碧玉肥。矧余雖不肖，如子主情希。

### 501　題文姬歸漢圖

紛紛珠淚濕桃腮，十八拍成詞最哀。一擲千金歸漢女，老瞞端的是憐才。

### 502　題楊妃病齒圖

半曲新聲懶去理，舞衣歌板欲生塵。寥寥一片春宵月，偏照深宮病齒人。

---

① 程夢飛索寫桐華庵圖并題："程"，南圖抄本作"和"，當誤。

503　雪中登平山堂遠眺

堂野一宏壑，皎然千里明。江吞春水漫，雪冒古山清。
碧宇歸元默，柔秖失縱橫。板堤三弄笛，猶似竹西聲。

504　荷池納涼圖辛未，艾林員生二十初度，囑僕爲圖，題此

偶爾池上眺，復此香中吟。不有耳目善，何適懷古心。
順委非求逸，遜退固欲臨。潛鮮俟神雨，①偃憩正清襟。歆
氣寂已蔑，柳汁膩已深。蜩淫哜風細，水作吹虛陰。平野
縈疏薄，淡同翳修林。② 嬌陽含遠榭，衆象咸愔愔。

505　辛未冬，客邸大病月餘，默禱佛王，漸得小瘳。
因遥思二子，感而成詩

我命輕如葉，飄飄浪裹浮。四盼蔑援緪，一念默中求。
佛王垂慈惠，現以金光樓。望樓思二子，泪下不能收。

506　員周南四十寫奉萱圖并詩以壽之

既不爲人用，復不受人憐。披髮佯狂笑，跣足跋荒烟。
四顧陰霧密，荆莽高蔽天。徘徊岐路側，躑躅不能前。中
洲荻可伐，結廬清江邊。③ 花茗堪供母，妻有健婦賢。閉門
飲江水，青山環几筵。或鼓銅斗歌，或誦逍遥篇。春風拂

---

① 潛鮮俟神雨："鮮"，臺圖稿本作"鱗"。
② 淡同翳修林："同翳"，南圖抄本作"回縈"。
③ 結廬清江邊："邊"，南圖抄本作"中"，當誤。

花雨,秋月杯中圓。① 黃蘆冒短楫,舴艋侶鷗眠。四十不當
意,儒冠敝華顛。手植數莖草,奉母永延年。

507　壬申二月歸舟渡楊子作

春棹發楊子,微風撲面和。新紅黏碧岸,初日蕩金波。
獨鼓歸山興,長懷采厥歌。焦公高隱處,千古一青螺。

508　僕解笈館之東北,有餘地一方,縱橫僅可數丈。
中有湖石兩塊,方竹四五竿,金橘、夾竹桃、牡丹、月季高下
相映。自壬申秋,置杖閒居,無關家事,而晴窗靜榻,良可
娛情。因歎歲月矢流,景光堪惜,乃親筆硯,對花掃拂,并
題小詩,填其疏空

客味秋潭水,冷冷自淡白。默坐饒幽情,②真趣舒
眉額。

509　題葵花畫眉

秋雨不沾雲,點點花上響。清入畫眉聲,適我烟霞想。

510　霜條瓦雀

籬角野薔薇,枝條霜後疏。群雀踏欲折,搖搖微風噓。

511　題芙蕖鴛鴦

秋浦一痕,秋波萬頃。鴛鳥懷春,芙蓉照影。如此佳

---

① 秋月杯中圓:"圓",南圖抄本作"元"。
② 默坐饒幽情:"饒",南圖抄本作"繞"。

情，如此佳景。


512　即事

園居怯困雨，層陰冒凝寒。景氣忽疏遠，籬蔓欲闌珊。鳥鳴下歸翼，菊晚含清丹。流目獵四運，寄興役毫端。


513　題訪梅圖

爲遣尋梅意，鞭驢過板橋。前途依灞岸，風雪正瀟瀟。①


514　題林朴齋遺照

伊叟若何，藤杖麻屬。和與時謙，②恬爲道樂。③隱趣梅根，漉酒香塾。忘却機情，化去一鶴。


515　天竹果

紅豆休誇勝，珊瑚難比色。數枝畫雪齋，供養金佛側。


516　研香館

響籟發中川，凉雲撲疏雨。④隔浦荷風來，⑤吹香衣上住。

---

①　風雪正瀟瀟："瀟瀟"，臺圖稿本作"蕭蕭"。
②　和與時謙："和"，南圖抄本脱。
③　恬爲道樂："恬"，光緒本、南圖抄本、民國本作"長"。
④　凉雲撲疏雨："雲"，南圖抄本作"風"。
⑤　隔浦荷風來："荷"，南圖抄本作"和"。

517　題瞌睡鍾馗

戲掃烟邱成幻界，或如盧馬鑿生詩。滿場鬼子偷行樂，却趁先生瞌睡時。

518　秋齋觀畫有感

竹枝青灑灑，疏密間槿籬。幾曲迴幽麓，溪宇覆茅茨。對榻聳危崟，乳瀉白漸漸。驚葉觸飆卷，歸鳥翻飛遲。頹陽照津渡，一抹畫斜湄。① 遥想摸魚艇，其中若有之。但鮮同心侶，虛我秋江詞。

519　題讓山和尚南屏山中看梅圖

道人枯坐冷華龕，壞色山衣浣嫩嵐。曾訂江聲老學士，邀儂吃笋過茅庵。

520　桂香秋閣圖係蔣生內子小影

清閨净似古池水，撲鼻香黏花裏人。老桂一秋枝葉茂，何須烟雨益精神。

521　題顧環洲梅花

顧叟畫梅弃直幹，半枝屈曲烟香亂。竹梢風細月初斜，恍若冷山卧鐵漢。

522　題鍾馗啖鬼圖

老髯袒鉅腹，啖興何其豪。欲盡世間鬼，行路無腥臊。

--------

① 一抹畫斜湄："湄"，南圖抄本作"眉"。

523　癸酉春齋即事

春寒苦雨不能出，山水之情那得伸。聊倚青藤庭下立，竹陰歌鳥暗窺人。

524　挽王母羅太君①

母也名族女，于歸王氏門。禮敬事君子，魚水莫比親。清閨累懿範，邦里蔑不傳。春秋忽忽越，六十餘六年。齊眉一白髮，希世雙高賢。偕隱誠有館，何假鹿門山。籬園足疏曠，芳柯列幽軒。冰桃嵌紫李，朱草繡金萱。恬處淡飲水，②樂善體自安。垂慈訓令子，養德勝立言。濟物福所在，謙約害可遷。澄心究孔孟，神智無隘偏。事用非泛泛，理格固然然。令子敦色養，侍聽解和顏。中饋治佳婦，佐夫承母歡。承歡欣有日，百歲無苦難。詎愁鶴駕促，一往不復還。家人望西哭，白雲何漫漫。

525　題曹荔帷秋湖采蒓圖

蹋來弄烟水，且復理蒓絲。人遐致自逸，秋美事逮時。柳瘦色欲淡，堤長風漫吹。鷗群似遲客，一一揚幽姿。遥山雲浪動，墨汁胡淋漓。攬玩圖中趣，使我長相思。

526　題舊雨齋話舊圖

一徑修柯凝晚翠，數間老屋飽秋烟。篝燈細話當年

---

① 　挽王母羅太君：此首孤山抄本無。
② 　恬處淡飲水："恬"，光緒本、南圖抄本、民國本作"甘"。

事,冷雨蕭蕭人未眠。

### 527　鼠鵲鬧春圖

山靜不知雲出没,鼠偷翻訝鳥酣春。古松盤屈藤挐結,野趣横生詩境新。

### 528　乙亥,兒子浚蒔蓮一缸,花時開二朵,與衆異之,①因繪圖以志佳瑞焉

麗質中通,發華吐瑞。照耀玉堂,福蒙天賜。

### 529　題曹桐君秋林琴趣圖

七尺焦琴,百年古心。欲寫清商,誰子知音。

### 530　題王念臺孝廉桃花書屋小照

如此鬚眉如此景,半窗紅雨半窗春。悠然已在塵埃外,認得先生飽學人。

### 531　雪窗烘凍作畫

新羅小老七十五,僵坐雪窗烘凍筆。畫成山鳥不知名,色聲忽然空裏出。②

---

①　與衆異之:臺圖稿本脱"之"一字。

②　色聲忽然空裏出:"然",臺圖稿本作"從",後改作"然"。

532　陳懶園招同人宴集愛山館分賦①

最憐秋院静，微雨壓新涼。蘭氣熏清酌，蓮風送妙香。時座側蓮蘭市繞，幽艷相間，幾與仙境争優。② 醉吟横野興，幽賞趁時光。天許吾儕樂，迂狂正不妨。

533　贈楓山先生③

翠微深處結幽居，半畝山園帶石鋤。④ 一自秋來傷寂寞，因多酒債典琴書。⑤

534　寄懷金江聲⑥

涼風颼颼過江城，吹動高梧秋裏聲。⑦ 便上小樓横一榻，懷君坐盡第三更。⑧

535　將發江東偶成一律留別諸同好

───────────

①　陳懶園招同人宴集愛山館分賦：錫博稿本、中大抄本、北大抄本後衍"得香字"三字。臺圖稿本闕 532 至 582。

②　時座側蓮蘭市繞，幽艷相间，幾與仙境争優：中大抄本脱"幾與"句。北大抄本圈"幾與"句，以示應删，錫博稿本亦有删除标记。"幾與仙境争優"，浙圖稿本甲册、錫博稿本、補鈔本、北大抄本後衍"矣"一字。

③　贈楓山先生：浙圖稿本甲册作"贈楓山"，浙圖稿本乙册、錫博稿本、中大抄本、北大抄本作"贈薛楓山"。

④　半畝山園帶石鋤：南圖抄本作"半畝山鋤又石園"。

⑤　因多酒債典琴書："因"，浙圖稿本甲册、浙圖稿本乙册、錫博稿本、中大抄本、北大抄本作"兼"。

⑥　寄懷金江聲：錫博稿本、中大抄本、北大抄本作"懷金江聲"。

⑦　吹動高梧秋裏聲：錫博稿本、中大抄本、北大抄本作"吹動松梧竹柏聲"。"聲"，南圖抄本作"深"，當誤。

⑧　懷君坐盡第三更："盡"，錫博稿本、中大抄本、北大抄本作"到"。

未能談笑固安貧，又放白蓮社裏身。刷翅一違鸞鳳
伴，游蹤偏與水雲親。秋風拂面飛華髮，黃葉投簪點角巾。
自愧塵懷多鄙俗，得無佳句奉同人。

536　雪門以松化石見贈，詩以記之①
牝壑枯松樹，誰知化石年。② 皮存鱗甲綻，骨耐雪霜
堅。未足補天缺，且堪伴米顛。故人持此物，贈我枕
頭眠。③

537　啖芋戲作
新泥瓦釜置茅堂，桑火微微煮芋香。却放粗腸儘一
飽，戲操健筆畫桓康。桓康，齊驍將，人有病瘧者，圖其像厭之。

538　題畫自貽
山水有佳趣，雲烟無俗情。澹人懷道樂，森木向春
榮。④ 結構循吾法，⑤哦吟倩鳥聲。未論工與拙，且可愜
平生。

---

① 雪門以松化石見贈，詩以記之：錫博稿本、中大抄本、北大抄本作
"楊雪門以松化石見贈，賦詩一律"。
② 牝壑枯松樹，誰知化石年：錫博稿本、中大抄本、北大抄本作"牝壑
支頹禿，陽崖任變遷"。
③ 贈我枕頭眠："贈"，錫博稿本、中大抄本、北大抄本作"貽"。
④ 森木向春榮："森"，錫博稿本、中大抄本、北大抄本作"疏"。
⑤ 結構循吾法："結構"，錫博稿本、中大抄本、北大抄本二字互乙。

539　丹山書屋月夜咏梅[①]

不須烟月助,已自飽精神。冷冷疏疏白,微微澹澹春。池邊光浸水,香内氣迎人。[②] 可比藐姑子,[③]冰霜劫外身。

---

①　丹山書屋月夜咏梅:浙圖稿本甲册作"丹山書屋咏梅",浙圖稿本乙册作"丹山書屋咏絲萼梅",錫博抄本、中大抄本、北大抄本作"丹山書屋咏梅一律"。

②　香内氣迎人:"迎",浙圖稿本甲册、浙圖稿本乙册、錫博稿本、中大抄本、北大抄本作"清"。

③　可比藐姑子:"姑",南圖抄本作"孤"。

540　自題寫生六首①

540.1

540.2

540.3

540.4

———————

① 　各稿本《離垢集》均無 540,刻本中儘道光本收録。參見"僅爲刻本《離垢集》及其抄本收録之詩",第 44 頁。540 各詩多見於惲壽平詩集,其它《離垢集》刻本所收而未見稿本之詩或許也有他人詩作,待考。此類現象暫時僅見刻本,或爲刻華嵒後人編輯《離垢集》時的失誤,一些華嵒日常抄録的他人之詩與其個人詩稿相混而令其難辨,當然也不排除華嵒親自結集時無意或刻意爲之的可能。

540.1《蕉》"最是桐窗夜雨邊,舞衣零落補寒烟。驅豪忽憶秋前夢,曾翦青羅覆鹿眠"可見惲壽平《甌香館集》卷十《臨白石翁雨中蕉》,其中首句於各刻本《甌香館集》均作"最是桐窗夜卧邊",《石渠寶笈續編》"卧"作"雨"(參見[清]惲壽平著、吳企明輯校《惲壽平全集》(上),北京:人民文學出版社,2015 年,第 309 頁)。

540.2《松》"摩詰庭前鱗未老,淵明籬畔影長孤。耻從東岱觀秦禮,錯使人疑五大夫"可見《甌香館集》卷六《畫松》,其中"籬畔"惲作"籬下"(參見《惲壽平全集》(上),第 171 頁)。

540.3《荷》"碧玉秋沉影暫稀,可憐紅艷冷相依。蒲塘莫遣西風入,留補騷人舊衲衣"可見《甌香館集》卷十三"補遺詩"《荷花》之二,其中"碧玉秋沉影暫稀","沉"南圖抄本作"成",惲詩亦作"成"(參見《惲壽平全集》(中),第 430 頁)。

540.4《菊》"白衣不至酒樽閒,五柳先生正閉關。獨向籬邊把秋色,誰知我意在南山。"可見《甌香館集》卷八《臨王澹軒菊》,其中"五柳先生正閉關"句惲詩作"掩卷高吟深閉關",據吳企明注,《虛齋名畫録》作"五柳蕭蕭正閉關"(參見《惲壽平全集》(上),第 226 頁)。

540.5 掃却研塵來翠色，無吹玉笛亂春愁。① 當時誤入桓玄手，一葉曾看戲虎頭。柳

540.6 關山玉笛夜相催，②忽帶羅浮月影來。亂後江南春信早，一枝還傍戰場開。梅

541 喜雨

忽熱忽凉調氣候，乍晴乍雨作黴天。鑽雲便有呼風鳥，出水而多傅粉蓮。早稻結胎香綠嫩，新菱卷角冷紅鮮。③ 喜看農事十分妙，算得今年勝往年。

542　冬日讀書④

北風酸辣吹老屋，閉户不出縮兩足。焚香晝坐有餘閒，⑤信手抽書向日讀。但苦精神不如少，細字模糊讀難

---

① 掃却研塵來翠色，無吹玉笛亂春愁：可見《甌香館集》卷六《題楊柳》之十，其中"亂春愁"惲詩作"亂春心"。後二句惲詩作"更憐紫燕風前語，可憶西湖舊綠陰"，其中吳企明註"更憐紫燕"於臺北故宫藏画、《石渠寶笈續編》作"最憐鶯燕"（參見《惲壽平全集》(上)，第163頁）。

② 關山玉笛夜相催：可見惲壽平《甌香館集》卷四《題枯楊細柳圖與吳商志》，該詩共四句，後三句作"那得春從輦路回。莫笑長條久搖落，拂天曾傍翠華來"（參見《惲壽平全集》(上)，第98頁）。因540多惲壽平之詩，540.5後二句、540.6後三句是惲壽平該詩的另一版本還是華嵒集句或改寫的產物，尚存疑，待考。

③ 新菱卷角冷紅鮮："新"，南圖抄本作"鮮"，當誤。"鮮"，南圖抄本脱。

④ 冬日讀書：浙圖稿本乙册、錫博稿本、中大抄本、北大抄本後衍"一首"二字。

⑤ 焚香晝坐有餘閒："焚"，浙圖稿本乙册、錫博稿本、中大抄本、北大抄本作"聞"。

熟。即能熟時也不記,①何況多讀又傷目。年來漸老體漸衰,②唯思美酒與爛肉。③ 若得頓頓下喉嚨,④且醉且飽享好福。⑤

543　雪窗⑥

僵臥南城雪,寂寥無所歡。欲沽三斗飲,秖得一錢看。撥竈探餘火,鑿冰衝曉寒。小園搖凍響,風竹兩三竿。

544　題寒林栖鳥圖

一束寒藤亂不齊,蕭疏影裏斷雲低。漫言霜雪南山重,月照松枝獨鳥栖。

545　夢游天台

---

①　即能熟時也不記:"記",浙圖稿本乙册、錫博稿本、中大抄本、北大抄本作"諳"。

②　年來漸老體漸衰:"體",浙圖稿本乙册、錫博稿本、中大抄本、北大抄本作"益"。

③　唯思美酒與爛肉:"爛",中大抄本、北大抄本作"甘"。錫博稿本原作"爛"後改作"甘"。

④　若得頓頓下喉嚨:"若",中大抄本、北大抄本作"但",錫博稿本原作"若",後改作"但"。"下喉嚨",中大抄本、北大抄本作"供眼前",錫博稿本原作"下喉嚨",改作"供眼前"。此句錫博稿本有朱批"結語遜前",北大抄本誤以此小字為詩文內容,後删去,批曰:"小字是當時友人評語非自注也"。

⑤　且醉且飽享好福:"享",南圖抄本作"向",當誤。"好",中大抄本、北大抄本作"厚",錫博稿本原作"好",後改作"厚"。

⑥　光緒本、孤山抄本、南圖抄本、民國本闕543至582。

一枕游仙夢，①因風度石梁。② 水聲衣上冷，花氣鬢邊香。黯澹雲光白，③迷離月色黄。老松三十丈，獨立鬱蒼蒼。④

546　畫紅菊緑筠合成小幅⑤

籬畔移來露未乾，借他修竹倚清寒。輕羅試染猩猩血，紅透千層總耐看。⑥

547　仿米家雲氣貽江上老人⑦

曉起空堂畫水雲，濛濛山翠雨中分。隔江細辨松篁影，⑧隱隱寒濤入耳聞。⑨

548　畫竹送陳石樵之魏塘

剪取梁園翠一竿，贈君懷袖夏生寒。篷窗若展風梢

---

① 一枕游仙夢："枕"，錫博稿本、中大抄本、北大抄本作"榻"。

② 因風度石梁："度"，錫博稿本、中大抄本、北大抄本作"渡"。

③ 黯澹雲光白："雲"，錫博稿本、中大抄本、北大抄本作"秋"。

④ 老松三十丈，獨立鬱蒼蒼：錫博稿本、中大抄本、北大抄本作"老松當径立，静夜獨蒼蒼"。

⑤ 畫紅菊緑筠合成小幅："小"，浙圖稿本乙册作"一"。

⑥ 紅透千層總耐看："總"，浙圖稿本乙册作"亦"。

⑦ 仿米家雲氣貽江上老人：浙圖稿本乙册作"扇頭作米家雲氣貽江上老人"，錫博稿本、中大抄本、北大抄本作"仿米家雲氣"。

⑧ 隔江細辨松篁影："江"，浙圖稿本乙册、錫博稿本、中大抄本、北大抄本作"溪"。"辨"，浙圖稿本乙册、錫博稿本作"辯"，北大抄本原作"辯"，後校作"辨"。

⑨ 隱隱寒濤入耳聞：浙圖稿本乙册、錫博稿本、中大抄本、北大抄本作"如有寒濤扇底聞"。

玩,當作六橋烟柳看。

### 549 題松萱圖
此樹得長生,結根在烟島。上分連理枝,下蔭忘憂草。百靈常來栖,空青四時好。①

### 550 題仙居圖
碧霞影裏絳宮開,似有高高白玉臺。② 誰在窗前呼小鳳,③橫空飛下一雙來。

### 551 題梅生畫册④
誰向吟窗運妙思,花箋一册墨之而。愛他風致能超俗,直似倪迂小筆奇。

### 552 題梅根老人圖⑤
枯木枝頭春氣回,一花先向老人開。⑥ 高懷只合梅邊

---

① 空青四時好:"青",錫博稿本、中大抄本、北大抄本作"春"。
② 似有高高白玉臺:"似",浙圖稿本甲册、錫博稿本、中大抄本、北大抄本、補鈔本作"中"。
③ 誰在窗前呼小鳳:"窗",浙圖稿本甲册、錫博稿本、中大抄本、北大抄本、補鈔本作"花"。
④ 題梅生畫册:北大抄本批曰"删",圈全詩示删。此首中大抄本無。
⑤ 題梅根老人圖:錫博稿本、中大抄本、北大抄本作"梅樹下"。
⑥ 一花先向老人開:"老",錫博稿本、中大抄本、北大抄本作"野"。

放,①頻取香醪酌幾杯。②

### 553　題讀書秋樹根圖
自憐冷筆題秋樹,却愛幽人讀異書。對此烟綃朝至暮,竹風桐葉滿精廬。

### 554　白雲篇題顧斗山小影
白雲復白雲,飄飄起空谷。天風吹之來,入我香茅屋。舉手戲弄之,愛彼冰雪姿。動我搴幽興,縱情任所之。與之汗漫游,悠悠遍九州。九州不足留,復將訪丹邱。丹邱在目如可往,中有人兮白雲上。

### 555　題秋溪高隱圖
水净溪光白,崖陰樹色寒。此中秋不斷,静者得常看。

### 556　題武丹江山圖③
睡起披圖拭目看,濛濛烟翠欲生寒。④ 雲根一水縈迴處,酷似新都七里灘。

### 557　題聽泉圖

---

① 高懷只合梅邊放:"高",錫博稿本、中大抄本、北大抄本作"孤"。
② 頻取香醪酌幾杯:"酌幾杯",錫博稿本、中大抄本、北大抄本作"養竹林"。
③ 題武丹江山圖:錫博稿本、中大抄本、北大抄本作"題江山圖"。
④ 濛濛烟翠欲生寒:"濛濛",中大抄本、北大抄本作"微微"。"烟",錫博稿本、中大抄本、北大抄本作"山"。

一幅冰綃巒影懸，①紛紛寒翠滴空烟。此中不是廬山麓，亦有幽人聽曉泉。②

### 558　題神女圖

仙姬濯漢水，手掬白榆光。一尺芙蓉髻，寶釵十二行。靈香分月府，碧雨喚雲廊。欲去邀金母，中天朝玉皇。

### 559　題松山桂堂圖

萬壑松濤洗翠英，桂堂四壁冷秋聲。嗅香書客凝神坐，斜日當峰鶴一鳴。

### 560　題雲山雙照圖③

客愛爲農好，④幽栖畎畝中。屋邊鴉戀樹，⑤窗外月張弓。穉子捧書讀，⑥老人煨榾烘。雖非晋處士，却似漢梁鴻。

### 561　題薛松山訪道圖⑦

溪山周百里，四面列芙蓉。道者居其内，斯人欲往從。草梳石頂髮，雲沐洞門松。千尺懸崖上，飛空下白龍。

---

① 一幅冰綃巒影懸："一"，錫博稿本、中大抄本、北大抄本作"半"。
② 亦有幽人聽曉泉："幽人"，錫博稿本、中大抄本、北大抄本作"山人"。
③ 題雲山雙照圖：錫博稿本、中大抄本、北大抄本作"題魏老雙照圖"。
④ 客愛爲農好："愛"，北大抄本原作"夢"，校作"愛"。
⑤ 屋邊鴉戀樹："戀"，錫博稿本、北大抄本、中大抄本作"點"。
⑥ 穉子捧書讀："書讀"，北大抄本原作"讀書"，校作"書讀"。
⑦ 題薛松山訪道圖：錫博稿本、中大抄本、北大抄本作"題友人訪道圖"。

562　畫白雲樓圖贈友人①

黃茅檐下白沄沄,屋裏雲連屋外雲。此景難憑詩句
説,②漫將畫筆脱貽君。③

563　題夏惺齋蒲團趺坐圖④

自在真自在,⑤胸中無挂碍。一團智慧心,六尺詩
書態。

564　題獨石⑥

─────────────

　　①　畫白雲樓圖贈友人:浙圖稿本甲册、補鈔本作"畫白雲樓圖贈朱君
鹿田并小序",浙圖稿本乙册作"畫白雲樓圖贈朱君鹿田題此并序",錫博
稿本、北大抄本作"畫白雲樓圖贈朱君鹿田"。甲册、補鈔本序:"東園生終
日飽食,倚檻看白雲游,恍若身居瓊樓珠閣,絶不復知有塵氛也。當以此
景繪貽同好,分而消受何如?",因甲册破損,"倚"前脱一字。乙册序:"東
園野夫終日飽食無悶,唯倚竹檻,閒看白雲游恍,若置身居瓊樓玉閣,絶不
復知有塵界也,當以此景繪貽同好,分而消受何如?"因錫博稿本此處破損
嚴重,其序僅存"東園生終日飽食,倚檻看白雲游,恍若"、"珠閣,絶不復知
有塵氛也。當以此"、"受何如"諸字,北大抄本或因底本即錫博稿本(或與
錫博稿本相關)之故,保留如是諸字,錫博稿本破損處相應留出空白。此
首中大抄本無。北大抄本批曰:"將來若略删始刊,此二首不如置之删
列",并圈全首及1133《撫琴》示删。
　　②　錫博稿本破損,脱"此景"一句。此句北大抄本亦無。
　　③　漫將畫筆脱貽君:"漫",浙圖稿本甲、乙册作"只"。
　　④　題夏惺齋蒲團趺坐圖:"蒲團",錫博稿本、北大抄本"蒲""團"互
乙。此首中大抄本無。北大抄本批曰:"删",圈全詩示删。
　　⑤　自在真自在:"真",錫博稿本、北大抄本作"大"。
　　⑥　題獨石:錫博稿本、北大抄本脱"獨"一字。此首中大抄本無。北
大抄本批曰:"删",圈全詩示删。

尊如丈人,嚴若處女。<sup>①</sup> 唯彼蒼蒼,清堅自處。

565　題挑燈佐讀圖<sup>②</sup>

綺閣夜沉沉,<sup>③</sup>更闌夜已深。<sup>④</sup> 一雙人比玉,連理樹同心。倦繡停針綫,<sup>⑤</sup>挑燈佐苦吟。<sup>⑥</sup> 寒雞聲喔喔,殘月在霜林。<sup>⑦</sup>

566　題麻姑醉酒圖<sup>⑧</sup>

阿姑不肯老,容貌嫩如花。<sup>⑨</sup> 千歲長松下,<sup>⑩</sup>春杯泛紫霞。

567　題仙源圖

---

① 嚴若處女:"處",浙圖稿本甲册、補鈔本、錫博稿本、北大抄本作"貞"。

② 題挑燈佐讀圖:浙圖稿本甲册脱"題"一字。

③ 綺閣夜沉沉:"綺",浙圖稿本甲册、錫博稿本、中大抄本、北大抄本、補鈔本作"霧"。

④ 更闌夜已深:"夜",浙圖稿本甲册、錫博稿本、中大抄本、北大抄本、補鈔本作"漏"。

⑤ 倦繡停針綫:浙圖稿本甲册、錫博稿本、中大抄本、北大抄本、補鈔本作"倚錦停金剪"。

⑥ 挑燈佐苦吟:"佐",浙圖稿本甲册、錫博稿本、中大抄本、北大抄本、補鈔本作"待"。

⑦ 殘月在霜林:"林",北大抄本原作"枝",校作"林"。

⑧ 題麻姑醉酒圖:浙圖稿本甲册、補鈔本作"題麻姑春飲圖",錫博稿本、中大抄本、北大抄本作"題麻姑酌酒圖"。

⑨ 容貌嫩如花:錫博稿本、中大抄本、北大抄本作"顔色嫩如花"。

⑩ 千歲長松下:"歲",錫博稿本、中大抄本、北大抄本作"尺"。

春在青松裏，花開玉版間。① 涓涓泉出竇，翩翩鳥歸山。② 草徑何須掃，柴門永不關。仙家無個事，雞犬亦閒閒。

### 568　題紫牡丹

似醒還帶醉，欲笑却含颦。一種傾城色，十分穀雨春。

### 569　畫竹

春去夏來日漸長，閒中消受好時光。半池濃墨抄書剩，洒作輕烟網竹香。

### 570　題歸山圖③

落日懸疏樹，④寒山捲怪雲。人歸雲樹裏，麋鹿與爲群。⑤

### 571　題孟景顏橫琴待月圖⑥

---

① 花開玉版間：“版”，浙圖稿本甲册、錫博稿本、中大抄本、北大抄本、補鈔本作“洞”。

② 翩翩鳥歸山：“翩翩”，道光本原作“曦曦”，浙圖稿本甲册、補鈔本作“翩翩”，當是。

③ 題歸山圖：“題”，浙圖稿本甲册、錫博稿本、中大抄本、北大抄本脱。

④ 落日懸疏樹：“落日懸”，浙圖稿本甲册、錫博稿本、中大抄本、北大抄本作“夕日頹”。

⑤ 麋鹿與爲群：“與”，錫博稿本、中大抄本、北大抄本作“自”。

⑥ 題孟景顏橫琴待月圖：“景顏”，錫博稿本、北大抄本作“思巖”。北大抄本批曰：“删”，圈全詩示删。此首中大抄本無。

碧山寒玉漱雲根,清響淙淙誰與論。要理絲桐和雅韵,①待他纖月到黄昏。

### 572 題虎溪三笑圖②

一抹輕雲樹杪流,東西林子六朝秋。前賢風味堪追索,奈此溪山不共游。

### 573 題桃花燕子③

洞口桃花發,深紅間淺紅。何來雙燕子,飛入暖香中。

### 574 踏雨入東園

爲有園林冒雨來,橋邊刺杖獨徘徊。多春不似今春冷,桃李留將入夏開。

### 575 南園戲筆④

自笑山夫野性慵,閉關終日對髯龍。偶然洒筆來風雨,收取羅浮四百峰。

---

① 要理絲桐和雅韵:"桐",錫博稿本、中大抄本、北大抄本作"絃"。

② 題虎溪三笑圖:錫博稿本、中大抄本、北大抄本作"汪子麟先裹糧入廬山訪遠公遺迹,多獲佳句。及歸錢塘,囑仇生丹厓作《三笑圖》,索余題詩,遂信筆書一絶句以應來意"。

③ 題桃花燕子:錫博稿本、中大抄本、北大抄本脱"題"一字。

④ 南園戲筆:錫博稿本、中大抄本、北大抄本作"南園即事"。

576　戲咏野薔薇①

野花香馥馥，當徑欲撩人。却礙渾身刺，雖妍不敢親。


577　荷

緑柄擎秋蓋，紅衣倚夕陽。美人新浴罷，水氣暗生香。


578　檀木②

檀木含秋色，③參差緑且黄。④ 細看殘照裏，一半未
經霜。


579　張琴和古松

自覺秋心淡，偏憐松韵長。捲簾看月上，掃石把琴張。
翠逐寒濤瀉，聲邀紫鳳翔。悠哉懷太古，不覺鬢成霜。


580　秋江夜泛⑤

580.1　瑟瑟金風動，⑥溥溥玉露新。明河清淺處，應
有蕩舟人。

───────

　　①　戲咏野薔薇：浙圖稿本甲册、錫博稿本、中大抄本、北大抄本、補鈔
本脱"戲咏"二字。

　　②　檀木：錫博稿本、中大抄本、北大抄本作"檀林"。

　　③　檀木含秋色："含"，錫博稿本、中大抄本、北大抄本作"間"。

　　④　參差緑且黄："參差"，錫博稿本、中大抄本、北大抄本作"紛紛"。

　　⑤　秋江夜泛：錫博稿本、中大抄本、北大抄本作"長江夜泛"。

　　⑥　瑟瑟金風動："金風動"，錫博稿本、中大抄本、北大抄本作"桂花落"。

580.2　泛泛江烟遠,①清波接洞庭。② 誤看雲是水,
冷浸一天星。

581　題芙蓉蘆荻野鴨
秋水芙蓉鏡,孤烟蘆荻衣。一雙沙際鴨,薄暮自相依。

582　法米南宫畫意③
濕雲擁樹墨模糊,樹外寒山看欲無。一葉小舠橫在
水,布帆曳起隔黄蘆。

---

①　泛泛江烟遠:"江烟",錫博稿本、中大抄本、北大抄本"江""烟"互乙。

②　清波接洞庭:"清波",中大抄本、北大抄本作"風濤",錫博稿本原
作"波",後藍筆改作"濤"。

③　法米南宫畫意:浙圖稿本甲册、補鈔本作"法米南宫"。錫博稿本、
中大抄本、北大抄本作"法米南宫潑墨"。

# 下 編

以無錫博物院藏《離垢集》稿本爲底本。
約爲華嵒 32 歲至 49 歲之作

583　過龍慶庵　　　　　　　　　　　見 1

584　短歌贈和煉師　　　　　　　　　見 2

585　新秋晚眺　　　　　　　　　　　見 51

586　烟江詞題畫　　　　　　　　　　見 3

587　古意贈同好　　　　　　　　　　見 4

588　不寐　　　　　　　　　　　　　見 5

589　山居遣懷

一囊藏五嶽，半榻夢千春。月挂昆仑上，[①]星移滄海濱。明珠沉牝壑，寶劍失龍津。天缺功難補，詩亡解未真。壺中窺色界，物外識閒身。拂石開明鏡，悠然見古人。

590　題牡丹

新焙穀雨茶，將來試春水。獨飲妙香中，心神静且美。

591　塞外曲　　　　　　　　　　　　見 6

592　題獨立山人小景山人善寫竹

———————

①　月挂昆仑上："月挂"，浙圖稿本乙册作"挂月"，錫博稿本原作"挂月"，後以对调號改爲"月挂"。

有客吟秋園，秀骨如瘦石。迴立蒼茫間，亭亭此七尺。常愛寫烟梢，清光散瑤席。抖亂渭川雲，腕下瀉寒碧。君既善寫竹，人復善寫君。① 君在尺幅中，直欲千青雲。鳴呼！人生高志苟如此，眼底庸庸孰與群。②

593　宿紫陽山③

紙帳蕭蕭臥碧岑，靜聽山鬼説秋陰。④ 怪他弄月生風雨，起鼓幽窗霹靂琴。

594　述夢　　　　　　　　　　　　　　見7

595　又夢游仙學玉溪生　　　　　　　見8

596　即景言情⑤

596.1　竹烟離亂井梧乾，⑥風剪霜華露氣寒。獨向晚窗閒不寐，月明樓上一凭蘭。

---

①　人復善寫君：錫博稿本因殘破脱“復善寫”三字，據浙圖稿本乙册補。

②　眼底庸庸孰與群：“孰”，北大抄本原作“熟”，後校作“孰”。

③　宿紫陽山：浙圖稿本乙册以593、1119.1、1119.2作“紫陽山雜詩”。又，浙圖稿本乙册詩題後有小字“存二首”，因實存三首，疑誤。

④　靜聽山鬼説秋陰：“靜”，浙圖稿本乙册作“夜”。

⑤　即景言情：中大抄本無596.2，北大抄本作“即景言情二首”，并有批曰“原稿無‘二首’字，宜删去爲是”，遂圈去“二首”二字。

⑥　竹烟離亂井梧乾：“烟”，中大抄本作“枝”。

596.2 古酒能温寒士心，①敝貂押蝨不堪吟。囊中自有江山秀，肯向街頭贈賞音。

597　寄紫金山黄道士　　　　　　　　　　　見9

598　讀書擬古②

漢帝御六龍，驅烟破九陔。欲求不死藥，一登金銀臺。仙靈終不見，鬼雨灑空來。吁嗟！安得竪子搖大扇，揮净六合無纖埃。

599　陳老遲仿荆關一幀，③吾友姚鶴林所貽，古樹竹石之外本無他物，不識何人污墨數點深爲礙目。余因撫其污墨，④略加鈎剔，似若群鳥歸巢之勢，庶不大傷先輩妙構也。庚子十二月八日識并題⑤

破墨當年寫勁柯，誰知蓮子苦心多。先生一號蓮子。平生血氣消磨盡，空向西風唤奈何。

600　題高隱圖

---

①　古酒能温寒士心：錫博稿本有删除標記。北大抄本批曰"此首原稿已在删列可不必存"。

②　讀書擬古：錫博稿本有删除标记。中大抄本批曰："此首原稿已删"。

③　陳老遲仿荆關一幀：北大抄本原此段爲雙行小字，批曰"此數行改作單行大字"。

④　余因撫其污墨："撫"，補鈔本作"摹"。

⑤　庚子十二月八日識并題："庚子"，浙圖稿本甲册、補鈔本作"雍正丁未"。

蒼山延晚照，古木散余清。[①] 唯彼松軒客，澄懷玩物情。

601　寒夜吟　　　　　　　　　　　　見 12

602　題白鷹

天風颯颯落寒影，吹遍空山草木冷。一鷹橫飛海上來，兩翅如霜掃霧開。兔走狐驚不敢出，萬里天高雙眼疾。側身忽聞山鬼啼，一片寒光白日西。鷹乎鷹乎顏色何皎皎，豈逐黃塵而卑棲。

603　夏夕　　　　　　　　　　　　　見 10

604　作畫　　　　　　　　　　　　　見 11

605　金陵道士

客心懸馬首，離思逐江雲。我正嗟行役，啼鶯處處聞。敝袍徒有泪，孤劍惜無群。此去知何所，橫江日未曛。

606　清秋夜泛[②]

輕舟夜泛綠楊村，蘭槳輕敲碧玉痕。知有瑤華無處采，嫦娥拋下水晶盆。

_____

① 古木散余清："散"，北大抄本原作"敝"，校作"散"。
② 清秋夜泛：錫博稿本有刪除標記。

607　竹溪書屋　　　　　　　　　　　見 13

608　淮陰月下聽朱山人鼓琴作詩以贈

銀浦丁丁敲寒玉,空潭水冷雌龍哭。湘靈怨夢不成
吟,驚鴻叫斷高山曲。水聲咽咽學鸞歌,江神擊鼓吹橫竹。
黿鼉驅風翻海屋,①驪珠亂打鯉魚目。芙蓉帳外墮金鈎,半
灣殘月花間伏。花前帳望星斗稀,瑤風瑟瑟吹雲衣。江南
江北春離離,游子思鄉歸未歸。眼前都是躡珠客,②我獨飄
零漫賦詩。詩成更酌葡萄酒,素絲三弄在君手。君家爲我
一鼓琴,琅琅四壁瑤華音。

609　畫贈馬君③

梧桐滴青露,琅玕落翠雨。灑筆掃秋空,④秋聲入纨
素。遙想讀易人,山窗古木處。松風鼓幽壑,綠雲轉深樹。
海月連山來,清輝滿江渡。⑤

610　瓶花

曉露溥新色,幽姿最可人。滿瓶山磵水,常活一
枝春。⑥

---

①　黿鼉驅風翻海屋:"屋",中大抄本原作"曲",校作"屋"。
②　眼前都是躡珠客:"躡珠",錫博稿本原作"朱門",改作"躡珠"。
③　畫贈馬君:浙圖稿本乙册作"畫贈同好"。
④　灑筆掃秋空:"空",浙圖稿本乙册因殘破而脱。
⑤　清輝滿江渡:"輝",浙圖稿本乙册作"光"。
⑥　常活一枝春:"春",中大抄本原作"香",後校作"春"。

611　武林月下留別诸子

離心驚,絃聲迫,勞歌送我東行客。東風吹觴酒花碧,撫膺茫茫對瑶席。繡橐不成裝,①寶刀流金液。感此明月光,梨花滿園白。華月滄春空,春生柳岸風。蒲塘三月水,莎草緑茸茸。別君千里去,歸夢冷雲中。夢魂只怕冷雲對,②雲夢遥遥山萬重。

612　松月歌

千年古幹赤龍纏,枝葉盤挐曳雲烟。摩挲忽見寒濤瀉,奔響還藏松樹間。俄聞海底敲銀鉢,③軟風吹起瑶池月。揮豪剪落秋水光,無數山川眼中發。茫茫海嶽不能收,几回停筆心悠悠。始知腕底無丘壑,④還向囊中索九州。須臾粉壁搖光彩,滿樓墨雨傾簾鈎。⑤篝燈默坐憑窗几,徙倚胡床思彼美。楚羅帳下見靈根,石梁山斷夢魂裏。⑥

613　薛楓山以扇頭索畫題此　　　　　　　　　見14

614　擬廬山一角　　　　　　　　　　　　　見15

---

①　繡橐不成裝:"橐",中大抄本原作"裳",後校作"橐"。
②　夢魂只怕冷雲對:"夢魂",中大抄本、北大抄本作"夢雲",當誤。
③　俄聞海底敲銀鉢:"銀",浙圖稿本乙册作"龍"。
④　始知腕底無丘壑:"丘壑",中大抄本原作"幽壑",又"幽"字删去,作"始知腕底無壑"。
⑤　滿樓墨雨傾簾鈎:"樓",北大抄本原作"簾",校作"樓"。
⑥　石梁山斷夢魂裏:"魂",中大抄本、北大抄本作"雲"。

615　贈雪松和尚　　　　　　　　　　　見 438

615.1　　　　　　　　　　　　　　　見 438.1

615.2　　　　　　　　　　　　　　　見 438.2

616　烏珠果，木不高，舉手可摘。當秋後始孰，①色味精妙，言難盡之②

香綠層層護幾重，玄珠成把綴當中。③ 葡萄未必能稱匹，荔子亦須遜下風。

617　旅舍即事寄徐紫山④

617.1　焦桐鼓罷想離鸞，四壁燈青韵未乾。莫使孤絃長寂寞，滿簾湘水壓闌干。

617.2　把酒還須醹酒星，月光如水浸羅屏。⑤ 座中獨少青袍容，短笛長簫不忍聽。

618　雨夜二首

618.1　素絃久不理，誰復問離情。隱几殘燈下，凄涼聽雨聲。

618.2　客思無悰極，翻吟寶劍篇。孤懷不可問，今夜

---

①　當秋後始孰：“孰”，中大抄本、北大抄本作“熟”。

②　言難盡之：補鈔本作“難以言盡”，後衍“因擬折枝并題”六字。

③　玄珠成把綴當中：“玄”，北大抄本原作“玄”，後校作“元”。

④　旅舍即事寄徐紫山：北大抄本原作“旅舍即事寄徐紫山一首”，校時刪去“一首”二字。

⑤　月光如水浸羅屏：中大抄本、北大抄本脱“光”一字。

酒卮前。

### 619　紅崖
細草緑如髪,春羅暗似烟。桃花初着雨,半壁瀉紅泉。

### 620　題玩秋圖
老樹咽風聲聒耳,落葉捲秋入秋水。牽引吟情吟未成,蕭蕭短鬢如絲清。

### 621　雲居隱者
一室獨静,一客常閒。白雲以上,空翠之間。

### 622　和人游山
游客憐光景,入山看春色。山深蕨苗肥,路暗竹葉密。窈窕陟溪源,迷離尋石室。石邊逢道士,松下説仙術。玉竇瀉紅泉,丹崖墮白蜜。鮮風洗羅帶,甘露灑書帙。野鹿銜花過,孤猿嘯月出。坐久雲濕衣,空山日西昃。

### 623　酒酣看劍
匣中古劍吼蛇腥,白帝之子魂泠泠。商風刮水愁無色,龍光拂落秋河明。焕然星斗都搖動,三尺寒鐵無人用。可憐沉埋在蓬蒿,神鋒未减雪華重。雪華瑩瑩光離離,練帶平拖白虹欹。我獨對之歠清酒,燈前横倒醉如泥。嘘嘻！當此寒宵不能舞,空聽床頭嘯風雨。轉依窗下獨摩挲,古月荒荒秋蓮吐。

624　題浣雲高閣贈施遠村

高披三面閣，直浣四時雲。檻觸鴉翻陣，窗推人出群。
好花清秀竹，古紙脱奇文。宛似依空谷，囂聲絶不聞。

625　畫石壽汪泉軒①

月之朧朧，日之杲杲。地久天長，海清石老。

626　鏡臺曲　　　　　　　　　　　　　　見 17

627　題牧犢圖

寂歷空山聳壁臺，桃花春盡未曾開。遥知此地無靈
氣，不放青牛過嶺來。

628　題畫

抽毫拂霜素，墨華濺如雨。散作千樹万樹烟，化爲三
里五里霧。獨不見晚江一抹杏花春，十二樓空愁殺人。

629　笙鶴樓　　　　　　　　　　　　　　見 16

630　雪窗四首

630.1　寂寂山齊倚翠屏，冷烟和雨壓紫扃。总教一
夜都成雪，啼斷猿聲不忍聽。

630.2　珠樹琅琅挂玉塵，明河凍斷一天春。晚風吹
起山樓月，來照寒窗不寐人。

---

① 畫石壽汪泉軒：此首中大抄本無。

630.3　　　　　　　　　　　　見 18.1
630.4　　　　　　　　　　　　見 18.2

631　癸巳十一月八日爲亡婦追寫小景因製長歌言懷
　　　　　　　　　　　　　　　見 19

632　題沈雷臣江上草堂　　　　見 20

633　雨中即事
用拙非求世,①憂生只爲貧。獨聽花下雨,誰看雪中春。楊柳芽還細,菖蒲髮已勻。橫塘覓艇子,學個打魚人。

634　贈吳石倉　　　　　　　　見 21

635　同徐紫山、吳石倉游石笋峰看秋色　　見 22

636　春日過紫山草堂不值　　　見 23

637　題紅樹青山圖
秋山美顔色,發華傳長林。其如向南枝,飽霜紅更深。

638　題友人訪道圖　　　　　　見 561

639　馬

────────────

①　用拙非求世:"拙",北大抄本作"掘"。

倜儻寧無志,悲嘶向草萊。<sup>①</sup>　自憐非駿骨,未敢逐風雷。

**640　對雨擬景同徐紫山**

寒香薰夜色,暗雨洗朝容。面面江烟濕,山山春氣濃。病來如瘦鶴,夢去覓蒼龍。還共紫山子,同聽花外鐘。

**641　題江山竹石圖**　　　　　　　　見 24

**642　向晚**

晚來看野色,獨立小蓬門。<sup>②</sup>　醉把寒園草,閒吟老樹根。冷香流屋角,新月露潮痕。搖漾浮生意,堪爲靜者論。

**643　沙路歸來**　　　　　　　　　　見 25

**644　水窟吟**

河伯無憀極,日暮鞭錦鱗。游戲滄浪上,水華不沾身。水光搖搖寒不定,老魚跳波開水陣。黿鼉背上捲西風,龍子龍孫出龍宮。海國鮫人夜驚起,并刀翦斷機中水。一尺綠波留不得,因風蕩入空江裏。空江西岸月痕斜,水晶石子委泥沙。輕烟不動秋雲濕,蘆花影背孤鴻泣。

**645　題梅崖踏雪鍾馗**　　　　　　　見 26

---

① 悲嘶向草萊:“悲”,北大抄本原作“非”,後校作“悲”。
② 獨立小蓬門:“蓬”,北大抄本原作“篷”,後校作“蓬”。

646　桃花燕子　　　　　　　　　　見 573

647　題畫
幽蹊花草自閒閒，仙界微茫紫綠間。就裏一聲人嘯樹，粉雲如馬赴春山。

648　題在孚侄小景
士有投閒興，游乎蒼莽間。寒袍染柳汁，仰面看春山。細草迎幽徑，香雲擁翠鬟。溶溶林外水，一碧瀉清灣。

649　春愁詩　　　　　　　　　　　見 27

650　獨飲
獨飲杯中酒，閒吟天上秋。遥空一片水，化作白雲流。

651　新竹
一節瓊芽畫地開，龍孫個個拔春雷。未將梁苑濃陰染，先借湘江嫩綠來。便有清風披小榻，豈無寒翠滴深杯。閩江吟客相依此，直待凉秋鳳子回。

652　秋園
秋園烟露净，叢桂月離離。澹白浮蕉葉，空青沁竹皮。短垣圈亂石，小閣俯方池。寡鶴閒階下，皤然霜雪姿。

653　一枝香，①纖素不凡。香嚴態逸，擬符蘭蕙。獨凄凄空谷，絶無顧問。予嘆草蔓亦有遇與不遇，②因口吟數字③

秀不居蘭下，香宜置菊前。年年自石谷，低首卧風烟。④

654　圖成得句　　　　　　　　　　見110

655　東城聽雨

一夜閒窗雨，都從枕上聽。寒聲散木葉，餘響落空亭。叢竹春陰暗，孤燈客夢醒。前宵曾掩卷，愁倚水晶屏。

656　初夏，⑤得樹軒主人招陪沈君方舟。是夕，余不得同，因賦詩以贈沈君，時沈君遨游方歸

吾聞八咏樓中有佳客，錦爲心兮玉爲骨。吟秋常把銀河傾，⑥落盡榆花滿江白。有時拂座展瑶箋，⑦下筆琅琅響

---

①　一枝香："香"，補鈔本作"春"。

②　予嘆草蔓亦有遇與不遇："予"，補鈔本作"余"。"亦有遇與"，北大抄本作"亦有過"。

③　因口吟數字：補鈔本作"遂口吟四句贈之"。中大抄本、北大抄本目録處均作"一枝香，纖素不凡。香嚴態逸，因口吟數字"，皆有批曰："例應寫全題無節録之理，或照'鳥珠軒'題例以'一枝香'作題而以原題爲小序"。

④　低首卧風烟："低"，補鈔本作"底"。

⑤　初夏：錫博稿本、中大抄本、北大抄本中此序皆爲雙行小字，北大抄本批曰："此兩行題目改作單行大字"。

⑥　吟秋常把銀河傾："把"，北大抄本原作"托"，校作"把"。

⑦　有時拂座展瑶箋："座"，中大抄本、北大抄本作"坐"。

金石。一朝愛作名山游,踏遍五嶽三山與九州。① 東西無
合,南北希儔。總嫌鶴背,終弃鼇頭。鸊鷉之裘換酒,白雪
之詩祛愁。熏風兮歸來,良朋兮把杯,②余獨不得陪兮心惆
悵而不開。③ 披燈寂坐,④擊柱徘徊。拈豪刷素,⑤抽思如
灰。⑥ 聽銀箭之乍轉,想玉山之將頹。文場酒陣,⑦如列風
雷,如簸昆楊旗,如翻昆明池。筆堂之上,彩燭紛披。老樹
軒中,綠陰四垂。沈君方作賦,令弟亦吟詩。沈君季弟雲浦。
東厢主人拍手,陳子懶園。西階賦客舒眉。徐子紫山。此時
諸君玉壺傾美酒,念余四壁燈青繞床走。

657　寫秋雲一抹贈陳子石樵　　　　　　　　見 28

658　松月圖　　　　　　　　　　　　　　　見 29

659　燈下漫吟二首

659.1　燈前常掩卷,愁裏不成吟。支此異鄉骨,漫憐
一寸心。⑧

659.2　自笑非中散,何勞作鳳鳴。放懷須把盞,爛醉

---

① 踏遍五嶽三山與九州:"州",北大抄本原作"州",後校作"洲"。
② 良朋兮把杯:"把",北大抄本原作"執",校作"把"。
③ 心惆悵而不開:"惆悵",中大抄本、北大抄本作"悵悵",當誤。
④ 披燈寂坐:"坐",中大抄本、北大抄本作"座"。
⑤ 拈豪刷素:"拈豪",中大抄本、北大抄本原爲"招豪",後校作"拈毫"。
⑥ 抽思如灰:"抽",北大抄本原作"物",校作"抽"。
⑦ 文場酒陣:"酒",北大抄本原作"洒",校作"酒"。
⑧ 漫憐一寸心:"一",錫博稿本原作"方",後改。

慰平生。

660　石

本是補天餘，沉埋在荒草。冷露滴空青，誰能爲君掃。

661　對雪 見 444

662　山人 見 30

663　寫秋

便可調清露，何妨寫素秋。但知孤月冷，未解白雲愁。

664　放犢圖 見 446

665　夢游天台 見 545

666　仿米家雲氣 見 547

667　畫蒼苔古樹 見 31

668　寫紅梅素月得句

一枝紅雪硯池春，幾點紅香劫外塵。更向霜林添素月，此時應有弄珠人。

669　曉入花塢 見 447

670  寒園聽雪

何以賦烟草，情懷那得開。連朝聽雨雪，只傍小春臺。


671  雨窗春吟                                           見 32


672  獨夜有感                                           見 445


673  作雙樹圖贈吳尺鳧

曉夢吟殘月，琴堂松影孤。淺香銷客被，清漏斷銅壺。
晨起紅蕉牖，梧桐日照初。披帙泛古帖，①最愛練裙書。偶
發林泉興，②毫端墨雨呼。③ 豪端墨雨橫空落，④撥拓靈厓
雙樹圖。⑤ 錦石嵯峨，烟蘿蕭疏。秋蘭之野，幽香盈把。⑥
雲中人兮玉爲者，⑦紅靴踏風風團馬。鳳帶鸞裙何瀟灑，旆
蓋熠燁金銀寫。翻翻飛飛，紛然而來下。⑧

———————

①  披帙泛古帖："披"，浙圖稿本乙册作"散"。"泛"，浙圖稿本乙册因
殘破而脱。

②  偶發林泉興："興"，浙圖稿本乙册作"想"。

③  毫端墨雨呼：浙圖稿本乙册作"豪端風雨呼"，北大抄本作"毫端墨
雨橫"。

④  豪端墨雨橫空落："墨"，浙圖稿本乙册作"風"。

⑤  撥拓靈厓雙樹圖：浙圖稿本乙册作"戲寫雲厓雙樹圖"。

⑥  秋蘭之野，幽香盈把：浙圖稿本乙册作"秋蘭之下，落英盈把"，北
大抄本作"秋蘭之野幽香盈"。

⑦  雲中人兮玉爲者："玉"，浙圖稿本乙册作"胡"。

⑧  紅靴踏風風團馬。鳳帶鸞裙和瀟灑，旆蓋熠燁金銀寫。翻翻飛
飛，紛然而來下：浙圖稿本乙册作"踏風翻翻驅龍馬。愁余思之不能寫，潑
面銀河向胸瀉"。

674　和雪樵丈賦馬志感

幾點桃花飛上身，翩翩駿骨自超倫。曾臨關塞衝風
雪，肯入沙場攬陣塵。①苦竹枝邊銜落照，白楊烟裏咽殘
春。秖因腹下旋毛貴，②却被人憐老向人。

675　法米南宮潑墨　　　　　　　　　見582

676　題魚

老魚能變化，跳躑通神靈。我欲排雪浪，騎之游滄溟。

677　圖成得句

畫水水不竭，畫山山欲深。連開三面障，獨聳一峰陰。
樹響仙人嘯，③潭腥龍子吟。荒荒凉月裏，秋向此中尋。

678　丙申之春，醝使閻公囑余以山水、人物、花草各
寫成幅，作一小屏。余時塵事糾紛，點筆苦未能工。④因每
幅題五言絕句一首，以詩補畫，庶無負來命，亦少有助筆墨
之生氣耳

678.1　一徑曉烟合，千林秋雨深。小窗人病起，猶自
弄瑶琴。

678.2　花影不相照，羅烟未肯青。還憐一片月，狼藉
滿山亭。

---

① 肯入沙場攬陣塵："攬"，錫博稿本有藍筆改之爲"攬"。
② 秖因腹下旋毛貴："秖"，北大抄本作"衹"。
③ 樹響仙人嘯："響"，中大抄本、北大抄本作"聲"。
④ 點筆苦未能工："苦"，北大抄本無"苦"，批曰："筆下漏'苦'字"。

678.3 　　　　　　　　　　　　　　　見 33.1

678.4 　　　　　　　　　　　　　　　見 33.2

678.5 　　　　　　　　　　　　　　　見 33.3

678.6　玉洞春風過,赤城花雨香。舉手招美人,迢迢三石梁。

678.7　把酒對寒花,落英如可咽。不知霜露零,幽思共誰結。①

678.8　一枝硯北春,曉向豪端剪。雨暗緑烟肥,花嬌紅色淺。


679　壽意

昨夜遥空海鶴鳴,真人來此説長生。雲邊留得仙家物,一節靈根石上横。


680　贈徐紫山

湖山面面爲君開,萬緑催紅作雨來。香滿吟窗蒸曉夢,夢回先愛賦天台。


681　雨中畫鍾馗成即題其上一名鐘葵　　　見 34


682　畫火榴

調臙脂,吸清露,紅雲片片流霜素。赤城乍開絳宮曙,

---

① 幽思共誰結:“共”,北大抄本作“供”。“結”,北大抄本作“給”,批曰“查原稿似是‘結’字”。

羲和驅輪入烟霧。珊瑚之鞭敲火樹，千花都向南枝吐。<sup>①</sup>

### 683　壽吳石倉

683.1　灼灼榴花紅玉光，薄炎天氣喜稱觴。燒丹尚說延年好，借箸今和用世長。池上早菱舒軟角，樹頭新杏孕寒漿。先生家在關門住，紫氣曾瞻李伯陽。

683.2　別有名園一畝寬，繞籬都種碧琅玕。小窗盡日攤書史，舉世何人識鳳鸞。訪友不勞蒼玉杖，學仙仍戴舊儒冠。筋骸强健尋常事，松柏從來耐歲寒。

### 684　丙申夏四月苦雨作

高天十日雨平傾，門巷滔滔不可行。見說蛟潭通海市，<sup>②</sup>還聽鼉鼓撼江城。寒魚跋浪銜沙立，饑鵲登巢翼子鳴。我向空齋窺四壁，荒荒憂思眼前生。

### 685　野塘秋景

野塘風濫雨絲絲，老柳新花一兩枝。時有鷄鶺沙際立，澹烟空處捕魚兒。

### 686　自題秋林圖

雲脚斜飛光灑灑，秋林却見霜紅解。搴幽不待山靈知，元氣茫茫此中采。

---

①　千花都向南枝吐："吐"，北大抄本原作"紅"，後校作"吐"。

②　見說蛟潭通海市："潭"，中大抄本、北大抄本原皆爲"龍"，後皆校作"潭"。

687　題菊

全無寒苦色，富有澹精神。所以東籬下，堪憐漉酒人。

688　夏日苦熱①

倚枕不能寐，奈何筋骨疲。自憐憔悴質，屆此炎蒸時。渴鳥啼枯澗，饑蛙吠涸池。熏風如有意，吹動向南枝。

689　久不見紫山作詩懷之②

689.1　聽蟬又值夏將殘，③展轉思君衣帶寬。此夜滿空雲似水，藕花香裏獨凭闌。

689.2　十二層樓夢不真，空教吟客憶仙人。撥開窗外梧桐葉，且看銀灣月半輪。

690　題屏面畫幅八首

| 690.1 | 見 33.4 |
|---|---|
| 690.2 | 見 33.5 |
| 690.3 | 見 33.6 |
| 690.4 | 見 33.7 |
| 690.5 | 見 33.8 |

690.6　行行山磵裏，白雲深又深。忽見微風過，千花散雪林。

---

①　夏日苦熱：此首北大抄本批曰"删"。

②　久不見紫山作詩懷之：北大抄本原作"久不見紫山作詩懷之二首"，後將"二首"删去。

③　聽蟬又值夏將殘："聽"，北大抄本原作"初"，後校爲"聽"。

690.7　欲聽煮茶聲,移鑪置古岸。春風拂拂來,花落柳絲亂。

690.8　山人登瑶崖,俯視蟾光起。抱膝亂雲中,同誰説秋水。

691　閏三月詩

剩有餘香春暫留,暖風細雨麥將秋。吟殘蘭草月逢閏,看到楊花客正愁。新竹解苞寒翠滴,小桃結子澹烟浮。殊鄉最是銷魂處,杜宇聲中獨倚樓。

692　秋潮　　　　　　　　　　　　　　見 37

693　沈小休以新詩見懷賦此答謝　　　　見 111

694　對牡丹口吟二十字①
對此可憐色,無才賦好詩。閉門香外坐,春院日遲遲。

695　畫蘭竹
發我松柏思,寫此蘭與竹。一笑迴氛埃,②悠然在空谷。

696　雪窗二首
696.1　　　　　　　　　　　　　　　　見 543

---

①　對牡丹口吟二十字:"口",浙圖稿本乙册作"偶"。
②　一笑迴氛埃:"迴",浙圖稿本乙册作"過"。

696.2 屋後環珠樹，簾前挂水晶。枯桐敲有韵，老鶴凍無聲。我自披寒色，誰同看晚晴。坐深殘月裏，積雪一窗明。

697　題畫册　　　　　　　　　　　　　　　見 35

698　題寒林栖鳥

曲曲寒藤挂不齊，蕭疏影裏斷雲低。莫言霜雪南山重，殘月枯枝獨鳥栖。

699　松

細翦綠烟刺古春，蒼皮剥落赤龍鱗。西窗夢斷華山後，日夕寒濤聽不真。

700　聞蕭時同友人游金山白雲洞

一徑縈回皴石分，簫聲裊裊隔烟聞。尋來洞口蒼苔濕，不見青山見白雲。

701　樘林　　　　　　　　　　　　　　　見 578

702　水仙

翠帶拖烟重，香鬟着雨多。春閒情自好，①無意學凌波。

---

① 春閒情自好："自"，中大抄本、北大抄本原均作"字"作，後均校作"自"。

703　竹

數竿清且瘦，無奈碧秋何。① 今夜園池上，誰憐風露多。

704　荷　　　　　　　　　　　　　　　　見 577

705　石窟

橫斜勢自古，凹凸色尤青。見説含春洞，夜來蛇氣腥。

706　魚

夜目射寒星，冰鱗刺秋水。不因跋浪游，自愛翻風起。

707　蕉梧②

倦鳥翻烟下，寒蟬抱葉飄。秋窗一夜雨，③敲碎綠芭蕉。

708　夜園　　　　　　　　　　　　　　見 36

709　過斑竹庵訪雪松和尚　　　　　　見 38

710　試墨成圖④

---

①　無奈碧秋何：“碧”，北大抄本作“比”，中大抄本作“壁”。
②　蕉梧：“梧”，中大抄本、北大抄本原作“桐”，且均校作“梧”。
③　秋窗一夜雨：“一”，浙圖稿本乙冊作“半”。
④　試墨成圖：“試”，浙圖稿本乙冊作“點”。

倏忽墨華亂,春雲片片停。古苔披暗雨,滲入石皮青。

711　月①

古玉團光濕,寒金浴水清。九天空色靜,萬國一丸明。

712　送汪鑒滄之太原　　　　　　　　　　見 39

713　西溪二絶句②

713.1 偶尔成孤往,長溪月正生。寺門聽妙響,敲出破銅聲。

713.2 聽得溪聲好,灣頭坐一秋。橫琴纔欲弄,又恐白雲愁。

714　題秋泛圖　　　　　　　　　　　　見 40

715　丁酉九月客都門思親一首兼懷昆弟作時大兄、季弟俱客吳門　　　　　　　　　　　　見 42

716　追憶蔣妍内子作詩當哭　　　　　　見 41

717　壽江東劉布衣七十　　　　　　　　見 437

---

① 月:北大抄本校作"删",并圈全文以示。此首中大抄本無。
② 西溪二絶句:"絶句",浙圖稿本乙册作"首"。

718　旅館有客携茶具見過，且得清談，因發岩壑之思
見 112

719　賦得佛容爲弟子　　　　　　　　　　見 43

720　古藤蒼鼠①

欲支清夢游，卧聽山精語。攪亂秋蘿烟，緑房戲蒼鼠。

721　汪積山以羅紋紙索畫水仙并題一律

不獨烟裳潔，其如羅襪新。濕香凝舊雨，光翠絶纖塵。曉月寒湘夢，清風古洛春。幽哉茅舍裏，吟瘦一詩人。

722　嵩山　　　　　　　　　　　　　　見 44

723　華山　　　　　　　　　　　　　　見 45

724　恒山　　　　　　　　　　　　　　見 46

725　衡山　　　　　　　　　　　　　　見 47

726　泰山　　　　　　　　　　　　　　見 48

727　春夜梅樹下二首

727.1　獨卧冰霜裏，寒花枕畔開。恍如美人子，海底

---

①　古藤蒼鼠：“鼠”，北大抄本多處原作“鬣”校爲“鼠”，下不注。

捧珠來。

727.2　半榻夢初成,香雲覆體輕。玲瓏窺瘦影,衣上月痕清。

728　游山　　　　　　　　　　　　　　　見49

729　題秋林野寺圖　　　　　　　　　　見50

730　留宿白蓮庵題壁僧妙慧嘗諷《法華經》"一夕井中出白蓮"云　　　　　　　　　　　　　　　見52

731　客有嗜馬者以詩增之
端的虬髯好丈夫,千金買取白蹄馬。① 花蹊柳徑休輕試,能踏沙場萬里無。

732　有客從都下來言劉二範齋物,故詩以哭之
見說子期遭物故,教人不復摻絲弦。平生眼底無清淚,此日交流似涌泉。

733　己亥夏送徐紫山游白嶽
正好懸帆去,輕舟穩可乘。風來披枕簟,月到澹江燈。白嶽穿雲訪,天門策杖登。莫愁前路熱,深壑有寒冰。

---

①　千金買取白蹄馬:"蹄馬",錫博稿本因破損,不辨。據北大抄本、中大抄本補。

734　立秋後喜雨己亥夏秋亢陽不雨，生民苦甚，偶有此作

見 451

735　南園即事　　　　　　　　　　　見 575

736　雨後　　　　　　　　　　　　　見 452

737　寒汀孤鷺
雪團葭梗肥，冰合水皮堅。淒絶孤洲鷺，僵卷一足眠。

738　題松萱圖　　　　　　　　　　　見 549

739　山園
寂寂山園好養疴，微風細雨晚涼多。三間古屋蓋黃
筿，一帶疏籬綴綠蘿。老樹有靈秋不落，幽窗無暑客常過。
蟬聲嗓盡斜陽外，①小鳥飛來立斷荷。

740　薛楓山過訪作詩謝之己亥新秋，楓山過余南園，清話
叢竹間。時綠陰繽紛，襟帶蕭然。拊石倚藤，如在深谷中。獨不知夕陽
下山，火雲西流也
舊雨相過話草堂，何須三伏飲寒漿。繁憂頓向尊前
失，酷熱都從竹裏忘。擬卧石門聽瀑布，如攀玉樹入雲鄉。
自今渴病全銷盡，不待秋風夢已涼。

---

①　蟬聲嗓盡斜陽外："嗓"，中大抄本作"噪"；北大抄本原作"嗓"，批
曰："'噪'，原本亦作'嗓'，似誤"。

《離垢集》重輯新校

741　雨夜即事兼懷汪積山

閉門成獨酌，且喜得微醺。<sup>①</sup>欲往城西去，前街柝已
聞。深堂來暗雨，破壁入秋雲。燒盡風前燭，無眠只爲君。

742　懷金江聲　　　　　　　　　　　　見 534

743　贈薛楓山　　　　　　　　　　　　見 533

744　題仙居圖　　　　　　　　　　　　見 550

745　題墨牡丹二絶句<sup>②</sup>

745.1　擗荒無定徑，<sup>③</sup>粉本向何尋。些子居毫末，<sup>④</sup>
牢籠春色深。

745.2　香不熏銀鴨，色嫌弄粉囊。柳枝輸巧笑，桃葉
亞新妝。

746　題松竹梅圖

彼物得良侶，相持共有情。歲寒心不異，冰雪骨常清。

747　寄徐紫山紫山時客海陽

747.1　晨夕徘徊處，君乎那得忘。援琴歌別鳳，跂石

①　且喜得微醺："醺"，北大抄本作"曛"，後校作"醺"。
②　題墨牡丹二絶句：北大抄本目録處作"題牡丹二絶句"。
③　擗荒無定徑："擗"，中大抄本作"僻"，北大抄本批曰："'僻'，原本
作'擗'，或是筆誤"。
④　些子居毫末："居"，錫博稿本原作"矜"，後改爲"居"。

330

玩秋香。幾樹疏烟白，一池殘月涼。天都有歸夢，此際正
茫茫。

　　747.2　　　　　　　　　　　　　　　　　見 53.1

　　747.3　　　　　　　　　　　　　　　　　見 53.2


　　748　讀魏公傳

　　748.1　丈夫遭世亂，七尺苦無依。杖劍將何適，攀髯
與志違。一身惟痛哭，萬里竟難歸。時公年始壯，憂時事壞亂，
舍妻子仗劍出，從軍及鼎革後竟不復返。夫人王處空閨六十載，撫子及
孫，皆有儒行，亦奇士配也。没世憑誰表，長歌懷采薇。

　　748.2　哲配尤無愧，①真堪作女師。幽懷松柏共，苦
節雪霜知。蘇錦何勞纖，秦簫不再吹。②年年妝閣畔，白月
照蛾眉。


　　749　題友人園亭

　　749.1　梅嶼　　　　　　　　　　　　　　見 55.1

　　749.2　桑徑

青青一徑桑，采掇倩蠶娘。將收五色繭，抽絲繡鳳凰。

　　749.3　竹墅　　　　　　　　　　　　　　見 55.2

　　749.4　紅香塢

狼藉胭脂色，宜晴亦宜雨。美人清坐時，紅英散香塢。

　　749.5　水檻　　　　　　　　　　　　　　見 55.3

--------

　　①　哲配尤無愧：中大抄本無"哲配"一詩，其批文録之，并曰："《讀魏
公傳》第二首漏鈔"。

　　②　秦簫不再吹："簫"，北大抄本原作"蕭"，北大抄本校作"簫"。

749.6　稻畦　　　　　　　　　　　　見 55.4

749.7　女蘿亭　　　　　　　　　　　見 55.5

749.8　桐花鳳軒

最愛青桐樹，幽軒一片陰。鳳來花亂落，點點拂瑶琴。


750　喦慕越中山水有年矣，已亥秋，納言陳六觀先生招游園亭。陪諸君子渡江造勝，飽飫林巒，復探禹陵、南鎮、蘭亭、曹山諸奇。爰歸，夢想弗置，得五言詩數首，以識平生游覽之盛　　　　　　　　　見 56

750.1　陳氏北園　　　　　　　　　　見 56.1

　　750.1.1　　　　　　　　　　　　見 56.1.1

　　750.1.2　　　　　　　　　　　　見 56.1.2

750.2　禹陵　　　　　　　　　　　　見 56.2

750.3　南鎮　　　　　　　　　　　　見 56.3

750.4　曹山　　　　　　　　　　　　見 56.4

750.5　旱宕　　　　　　　　　　　　見 57


751　山陰道中歸舟書景　　　　　　　見 54

752　蘭谷

涓涓鳴流泉，其聲聞幽谷。日暮把秋蘭，①清吟倚修竹。


753　六宜樓聽雨　　　　　　　　　　見 58

---

①　日暮把秋蘭："把"，北大抄本原作"托"，校作"把"。

754　閩河舟中口號

一蒿新漲益寒流，犯曉開篷放客舟。七十二灘風浪急，奔雷簸石使人愁。

755　秋夜有懷

仰而望之，銀河耿耿兮不可攀。坐而聽之，如微風之吹珮環。沉水烟寒兮，愁秋客之空山。

756　游玉壺山

空山活活玉泉鳴，流入松風響更清。盡道壺中春似海，特來此地説長生。

757　東岩夜坐

一縷烟蘿弄晚晴，紫崖東上月痕生。清宵忽聽霜林響，知是蒼猿拗樹聲。

758　題扇寄友

欲登岩穴訪山家，古木溪橋倒影斜。人在亂峰秋色裏，日凭征雁去天涯。

759　摘蘭

采采秋蘭，于彼空谷。持此懷人，適我幽獨。

760　贈清映上人半律

本是青蓮化此身，素心那得染紅塵。望中碧海浮杯渡,定裏香雲面壁親。

### 761　新秋書景
桐葉翻風翠影涼,溥溥玉露逗晶光。[①] 百年老鶴如松瘦,背立秋陰兩翅霜。

### 762　研北墨華
研北墨華,幽香可咽,墻東處士風致堪鄰爾。乃掃梁園之空翠,掇金谷之芳香。雖得一樹一石,亦堪鸞鶴同栖矣

不作千萬峰,一石便成壑。中有半枯松,常栖鸞與鶴。

### 763　曉發
一劍橫秋氣,千林木葉驚。曉星衣上白,征鐸馬前鳴。野曠霜天迥,江空水月清。蒼茫進古道,回首別孤城。

### 764　題蓉桂圖　　　　　　　　　見 59

### 765　聞雁
忽見雲俱白,秋空裂一聲。驚鴻迎節至,皎月向愁生。道愧安貧拙,才慚賦物清。故園歸未得,排悶繞階行。

### 766　和友人秋日山居
虛窗倚枕聽寒流,活活溪聲漱石樓。瞥見溪山面目改,白雲半壁寫晴秋。

---

① 溥溥玉露逗晶光:"溥溥",北大抄本原作"溥溥",校作"溥溥"。

767　自題小景

頻將雙眼視鴻蒙，無限清愁幽愫中。空有焦桐常在膝，一絃何處奏秋風。

768　霜月用友人原韵

寒空疑欲曙，清影荒荒白。玉露凝不流，秋蟾凄斷魂。

769　秋日閒居　見 60

770　江邊

江邊何物妙，高柳數行秋。短咏長吟罷，前村問酒樓。

771　小春咏雪

一寒天地凍，一樹雪中春。蒼莽亂雲外，高低山逼人。朔風蘇節氣，瘦骨斂精神。不作袁安卧，狂歌滄海濱。

772　游仙詩題畫

瑶池宴罷嘯歌歸，天上行雲春滿衣。下視九州烟霧塞，一團紅玉蹴空飛。

773　題江聲草堂圖

如此山林經識初，南垞北隖徑生疏。臨江更著香茅屋，有客深堂讀異書。

774　笋①

一雨破蒼苔，耆然地脉開。穿雲抛粉籜，觸石迸龍胎。高士先知味，良工未取材。他時來鳳鳥，秋響自悠哉。

775　題雜花山泉

香風硯北來，墨雨自冲澹。離離片幅中，朱實如可啖。

776　蘆花　　　　　　　　　　　　　　　　見 61

777　辛丑臘月八日，已兒殤，哭之痛，追寫其小景并題四絶

777.1　垂老誰人惜病夫，那堪掌上失明珠。聰明何事偏無命，忍使雙親血泪枯。

777.2　雪膚玉骨一朝摧，形影何從夢裏來。母子恩情今日盡，三年心血化爲灰。

777.3　明星炯炯貫雙眸，剪取銀河水氣秋。恐是仙家憐異物，故招雛鳳入蓬邱。②

777.4　寂寂寒窗雨雪時，痛將泪墨寫情思。总能得汝形容肖，尚少呼耶音一絲。

778　題歸僧雲壑圖　　　　　　　　　　　見 62

779　咏竹研　　　　　　　　　　　　　　見 117

---

①　笋：浙圖稿本乙册作“咏笋”。
②　故招雛鳳入蓬邱：“蓬”，北大抄本原作“篷”，校作“蓬”。

780　和厲樊謝二月八日晚登吳山之作

斯人獨往興飛騰，修路盤空踏幾層。花藥正憐烟月護，春衫偶試石闌凭。江吞古岸涵荒白，樹繞寒城會鬱蒸。夜半山南聽滴漏，高樓聲斷玉壺冰。

781　題玉蘭牡丹

暖吹風屑屑，逶迤撲纖塵。樹玉華鐫雪，香紅錦炙春。晶鎔月裏兔，麗壓帳中人。稠疊縫青碧，絲烟串露新。

782　游梅岩庵

已隔塵氛遠，由來徑路微。泉聲砭客耳，山色浣雲衣。看竹情方定，咀梅興不違。重岩鐘磐響，夕日照禪扉。

783　泰山謁碧霞君

齋心肅禮碧霞君，寶帳風開微有聞。頃見秦松一片雨，須臾化作漢時雲。

784　廣川道上遇狂飆口吟一絕時壬寅四月三日也

東西南北忽無門，滾滾黃塵天地昏。正欲驅車投宿處，馬前惆悵對荒村。

785　環翠亭落成賦此

數椽板屋傍烟林，幾樹新陰望欲深。剗却茅茨雜蒔竹，掃除塵垢一清心。山來牖裏堆寒翠，風過床頭拂素琴。眼界得從高處曠，紛紛景物在衣襟。

786　題熱河磬搥峰二絶

786.1　　　　　　　　　　　　　　　　見 63.1

786.2　　　　　　　　　　　　　　　　見 63.2


787　曉景　　　　　　　　　　　　　　見 64


788　恭賦萬家烟火隨民便應製①

峨峨雙闕壯皇居,日月高懸敞聖模。萬國衣冠歸輦
轂,九衢烟火爨神都。祥光弄彩晨昏變,淑氣匀新遠近殊。
共奏簫韶歌帝德,普天恩澤遍藩隅。


789　秋日閒步　　　　　　　　　　　　見 453


790　題梅生畫册　　　　　　　　　　　見 551


791　送徐紫山之廣州

昔日溪山老復游,携將書卷過浮丘。五羊城裏賡歌
士,好句猶傳十九秋。紫山前與梁藥亭、陳元孝諸子倡和十九
秋詩。


792　題孟思巖橫琴待月圖　　　　　　　見 571

--------

①　恭賦萬家烟火隨民便應製:北大抄本校作"删",圈全詩。此首中
大抄本無。

793　汪子麟先裹糧入廬山訪遠公遺迹,多獲佳句。及歸錢塘,囑仇生丹厓作《三笑圖》,索余題詩,遂信筆書一絶句以應來意　　　　　見 572

794　梅樹下　　　　　見 552

795　六月八日雲山過訪有感而作　　　　　見 457

796　癸卯仲夏,姚子鶴林見過南園,携鵝溪箋乞予作圖,以俟他日擇巢,當如此山水間,可結伴閉關矣

温比玉尤潤,皎如雪一般。對伊超俗表,寫此隔江山。逸趣分華管,幽光渥翠鬟。他時雲谷隱,期我閉柴關。

797　畫鍾馗戲題①

咄哉進士何其靈,鬼魅聞風匿醜形。慣使腰間三尺鐵,②往來塵界刷臊腥。

798　邵書山過訪見贈新詩用來韵以答

衡門晝不啓,静閉養年松。佳客來題鳳,山人正夢龍。言微絶俗思,汲古達清胸。最愛秋江句,青青寫數峰。來詩末云:安得鵝溪絹,乞君江上峰。

———————

① 畫鍾馗戲題:北大抄本校作“删”,圈全詩。此首中大抄本無。
② 慣使腰間三尺鐵:“鐵”,中大抄本、北大抄本作“錢”。

799　過宗陽宮訪魏雲山作①

竹杖支生力,②鶴關訪舊游。獨翁情共冷,炎夏亦同秋。松柏青無改,烟霞迹暫留。還聽雲閣磬,興妙説丹邱。

800　題卧石圖　　　　　　　　　　見 65

801　立秋前一日南園即事　　　　　見 450

802　雲山過我,具言雪樵丈近境,賦詩以貽之

衝炎有客過墻東,細説蔣家白髮翁。掃徑未能延晚景,開關又出救疲癃。松無完甲全封蘚,鶴富清姿偏受籠。似此老懷那得適,强支衰力對秋風。

803　題鶴林西江游草後
803.1　　　　　　　　　　　　　見 456.1
803.2　　　　　　　　　　　　　見 456.2

804　贈寧都魏布衣

碧雲宮裏曳華裾,獨是先生秋不如。倚杖風吹兩鬢雪,開窗月照一床書。蛇形槲柏香常潤,傘樣梧桐葉末疏。老去還能爲健客,寄身福地自蓮蓮。③

―――――――――

①　過宗陽宮訪魏雲山作:北大抄本批曰:"删",圈全詩。此首中大抄本無。
②　竹杖支生力:"杖",北大抄本原作"枝",校作"杖"。
③　寄身福地自蓮蓮:"寄",北大抄本原作"奇",校作"寄"。

### 805　與鶴林論詩法①

松篁冷翠潑塵襟,相與論詩有鶴林。篩簁精粗量要妙,磨礱古雅鑑清深。逶迤蛇過籬根草,斷續絲穿綿裏針。此理豈能容易獲,白頭窗下苦搜尋。

### 806　贈陳懶園

園翁閉戶納秋聲,策策風枝落葉鳴。杖履移從松外立,鬢絲渾與鶴同清。幽懷玩世多先識,老眼翻書勝後生。② 白榻青瓊消受却,閒淘歲月自含情。

### 807　題孟思巖秋游圖

納荷成道帔,綴篲變儒冠。寄入蒼烟裏,清同瘦石看。騷壇仙客宴,禿樹鶴巢安。一徑開生面,乾坤不暑寒。

### 808　閒坐蕉窗,偶展亡兒已官小景閱之,輾轉神傷,不能自遣,乃成一律聊寫衷情

尚惜兒聰慧,知書比姊强。學人騎竹馬,向母索餳餭。小小藥欄外,依依予膝傍。何當圖畫見,含慟絶衷腸。③

### 809　八月十五夜玩月一首④

一洗乾坤净,平分今古秋。蒼茫鎔水府,浩蕩爇山邱。

---

① 　與鶴林論詩法:北大抄本批曰:"删"。此首中大抄本無。
② 　老眼翻書勝後生:"生",中大抄本脱。
③ 　含慟絶衷腸:"慟",北大抄本作"動",校作"慟"。
④ 　八月十五夜玩月一首:北大抄本校作"删",圈全首。北大抄本校作"'一首'二字可删",圈去"一首"。此首中大抄本無。

含彩輪逾滿，發華金欲流。高樓看最得，吟咏費雕鏤。

810　同陳龜山孟思巖諸子游靈隱，登飛來峰，復坐冷泉亭，留宿寧峰庵，分賦得五言詩二首

810.1　石險無妨礙，奇峰得盡登。就雲沐亂髮，選杖截蒼藤。水洌亭常冷，山空木自兢。同人觀竹海，躍躍興飛騰。

810.2　揭開千佛障，撞入老僧龕。草草團蒲妙，津津禪味甘。四山涼月逼，一壑晚窗含。客有披香者，花間秋睡酣。和思巖韵。

811　楊雪門以松化石見贈，賦詩一律　　　　　　見 536

812　賦贈鶴林三十初度用項向榮原韵[①]

蓬徑常停載酒車，一秋塵事醉中除。幽心貫月靈犀似，綺語清人小鳳如。菊插膽瓶新水滿，霜含草閣夜窗虛。養親未得干微禄，三十低頭苦讀書。

813　九日同人過重陽庵，登吴山莫歸，宴集陳懶園草堂，分賦次懶園韵　　　　　　　　　　　見 455

813.1　　　　　　　　　　　　　　　　　　見 455.1

813.2　且復登其險，曠觀欣所宜。帶風黃葉亂，渡嶺白雲遲。海老推時變，牛哀向日疲。三秋無一雨，乾損柏

---

①　用項向榮原韵：中大抄本、北大抄本批曰：“‘用項’等六字似可用大字居中連接上文寫”。

松枝。

813.3　　　　　　　　　　　　　　　　見 455.2

814　喜雨　　　　　　　　　　　　　　見 454

815　對酒
投筆作何用，富貴非可求。悠哉把酒登高樓，一杯銷
盡古今愁。

816　寫烟月松梅圖①
酒酣縱筆灑狂墨，染出松濤寒玉骨。須臾腕底涼風
生，更取龍光著烟月。澹月不成光，輕烟流暗香，恐教神女
下高唐。

817　長江夜泛　　　　　　　　　　　見 580
817.1　　　　　　　　　　　　　　　　見 580.1
817.2　　　　　　　　　　　　　　　　見 580.2

818　題挑燈佐讀圖　　　　　　　　　見 565

819　張秋水近信不至詩以懷之時同袁曉初賦

　　　　　　　　　　　　　　　　　見 433

---

①　寫烟月松梅圖：錫博稿本有刪除標記。北大抄本批曰"删"，圈全
首。此首中大抄本無。

820　和汪積山味盆梅①

矮樹不盈尺，祇開三兩花。野容蒙太古，顛勢逞傾斜。沁雪疏香澹，含烟冷韵嘉。盆中看足好，何必水之涯。

821　行路難

821.1　爲有窮途嘆，方知行路難。焦桐聊一鼓，長鋏不須彈。

821.2　雙眼爲誰白，寸心且自安。晴湖春岸綠，正好把魚竿。

822　題神女圖　　　　　　　　　　　　　　見 558

823　題秋溪高隱圖　　　　　　　　　　　　見 555

824　順承郡王子扈蹕熱河詩以奉懷

派自銀潢近九天，詔隨鑾駕幸甘泉。得依豹尾雲霄上，親奉龍顏日月邊。十里花明馳快馬，一聲箭響落飛鳶。蓬蒿下士空翹首，不睹清輝已二年。

825　送友人之太末　　　　　　　　　　　　見 434

826　東園

對此枯寒色，斜穿入雪林。斷冰滑屐齒，臥石挂衫襟。

---

　　① 和汪積山味盆梅：錫博抄本有刪除標記。北大抄本批曰："刪"，圈全首。此首中大抄本無。

侵曉日還澹，初晴山不陰。擬將新製曲，試坐石根吟。

### 827　不寐有懷

終夜愁多寐不成，仰看屋角月光清。放開藤枕披衣坐，顛倒懷人聽漏聲。

### 828　題岩臥圖

空山凝紫氣，幽室臥真人。① 三疊泉華碧，②九曲烟光新。③ 風清蘭窈窕，露白竹精神。④ 素處分微皺，玄中捲細皴。⑤ 健猿鐵作臂，⑥靈鶴粉爲身。⑦ 書掩黃庭古，琴橫綠綺陳。頑童不識字，⑧老樹自知春。由來隔凡徑，⑨何因染俗塵。⑩

---

① 幽室臥真人：“幽”，錫博稿本原作“石”，後改作“幽”。

② 三疊泉華碧：“華碧”，錫博稿本原作“傳響”，後改作“華碧”。

③ 九曲烟光新：錫博稿本原作“一番雲葉新”，後改作“九曲烟光新”。

④ 露白竹精神：“白”，錫博稿本原作“重”，改作“滴”，再改作“白”。

⑤ 玄中捲細皴：“玄”，北大抄本校作“元”，批曰：“‘素處’二句照原本刪”，并圈“素處”二句，錫博稿本亦圈。“素處”二句中大抄本無。

⑥ 健猿鐵作臂：“健”，錫博稿本原作“冷”，改作“老”，再改作“健”。“鐵作”，錫博稿本原作“霜壓”，後改作“鐵作”。

⑦ 靈鶴粉爲身：“靈”，錫博稿本原作“臞”，後改作“靈”。“爲”，錫博稿本原作“塗”，後改作“爲”。

⑧ 頑童不識字：“不識字”，錫博稿本原作“未省事”，後改作“不識字”。

⑨ 由來隔凡徑：錫博稿本原作“不與通凡界”，後改作“由來隔凡徑”。

⑩ 何因染俗塵：“何因”，錫博稿本原作“如何”，後改作“何因”。

829　題清溪釣叟圖①

一曲清溪野水流,西風楊柳蓼花秋。誰人却罷詹公釣,對此蕭疏景欲愁。

830　題江山圖　　　　　　　　　見556

831　壽潘曉村五十

漫向蒿園寄一枝,肯教垂老獨無爲。蹉跎我亦傷初度,四十逢君五十時。

832　十月十五日曉登吴山作　　　　見458

833　點筆得句　　　　　　　　　見66

834　扇頭竹

樽前瑟瑟起秋風,一扇新凉竹筱中。愛爾緑陰移不去,争教啼血染成紅。

835　旅舍同三弟遥擬尊慈倚閭之望有感賦此

兄弟皆於此,老親獨故園。當知明月夜,定倚小蓬門。望盡秋鴻過,聽殘落葉翻。遥遥思數子,何日奉清樽。

836　題聽泉圖　　　　　　　　　見557

---

①　題清溪釣叟圖:"叟",浙圖稿本甲册、補鈔本作"艇"。"圖",浙圖稿本甲册、補鈔本脱。

837　畫梧桐

咀詩直似冷蟲吟，吟到黄花秋又深。① 搜取破囊廢紙筆，譴拋墨雨濯桐陰。

838　奉懷順承郡王子

王子瑶笙久不聞，清秋但擁一爐熏。坐看天上明河闊，歷歷榆花種白雲。

839　作山水

捲疏簾，凭净几。端溪石子磨秋水，不知風雨從何來，五嶽三山落吾指。

840　梅

静處幽光獨夜新，②美人南國夢江濱。破寒一放蒼崖雪，香露先迎天下春。

841　題魏老雙照圖　　　　　　　　　　見 560

842　夏日泛白門

火輪炎炎燒海濤，赤鳥展翅騰九皋。陰崖鬼母不敢泣，水宮龍子聲嗷嗷。我對深林發長嘯，雷雨空江來返照。

---

① 　吟到黄花秋又深："黄"，北大抄本原作"梅"，校作"黄"。
② 　静處幽光獨夜新："新"，中大抄本、北大抄本作"深"。

江上長虹挂遠天,白門柳色浮蒼烟。① 蒼烟橫江不可渡,六代繁華在何處。吾將弄明月於滄浪,安能長躑躅兮此道路。②

843　同友人登陳山訪龍湫汶觀海,抵暮遇雨,始放舟還③

843.1　欲攬山中景,行看草上花。嵌空石塊壘,拔地樹槎枒。④活火燒桑灰,⑤靈泉煮芥茶。⑤ 更將窮絕頂,不礙路敧斜。

843.2　海氣白茫茫,連天一色長。大魚翻浪立,老鸛逆風翔。⑥ 覽勝開生眼,凭高認故鄉。新詩吟未穩,叉手下層岡。

843.3　游伴都稱快,團圞憩樹間。笑談終日事,消受片時間。雨過沾香稻,雲開疊晚山。日歸風自好,舟發蓼花灣。

844　寫景

---

① 白門柳色浮蒼烟:“門”,北大抄本原作“雲”,校作“門”。

② 安能長躑躅兮此道路:“道路”,北大抄本原“道”“路”互乙,後校作“道路”。

③ 同友人登陳山訪龍湫汶觀海,抵暮遇雨,始放舟還:“汶”,中大抄本、北大抄本原作“汶”,批曰:“‘汶’,原本草書似是‘復’字,俟再查”。

④ 活火燒桑灰:“灰”,中大抄本作“炭”。北大抄本原作“灰”,批曰:“‘灰’。原本已指其誤,似是‘炭’字,或是‘岕’字”。

⑤ 靈泉煮芥茶:“芥”,中大抄本批曰“‘芥’或是‘岕’字”。

⑥ 老鸛逆風翔:“鸛”,中大抄本作“鶴”,北大抄本原作“鶴”,校作“鸛”。

一熱一冷調氣候,乍晴乍雨作黴天。鑽雲便有呼風鳥,①出水而多傳粉蓮。早稻結胎香綠嫩,新菱卷角冷紅鮮。喜看農事十分妙,算得今年勝往年。

845　題施遠村逃禪圖

意忘機,言守默。相空華,玩無色。乾元元,坤寂寂。東而西,南而北。月兮賓,風兮客。假吾儒,此休息。

846　題山丹拳石小幅

楨華敷艷,翠影羃英。幾點苔碧,一拳石清。

847　畫孤山圖有小序

夏日坐南園,②見柯條交映,暗綠成烟。或畫或昏,景趣幽哉。然衆木雖榮,未若孤山獨秀,乃作寒梅澹月以寄興。

847.1　頻年蹤迹寄蓬蒿,戴破山巾著破袍。只慕孤山林處士,滿懷冰雪付霜毫。

847.2　一水一山掃筆成,③漠然春氣澹中生。豈知月在冰華窟,冷魄疏香無比清。

848　唉香圖

————————————

① 鑽雲便有呼風鳥:“便”,中大抄本、北大抄本作“使”。

② 夏日坐南園:北大抄本批曰:“此數行改作大字,單行降低三格寫”。

③ 一水一山掃筆成:北大抄本此首前寫有“其二”,又圈“其二”二字批曰:“原稿無此二字,可以不用”。

　　雲根古幹自槎枒,帶月披風瘦影斜。舊樣衣巾人背立,拗冰搓雪嚼梅花。


　　849　聽蕉圖　　　　　　　　　　　　　見 67


　　850　與高堂偶吟　　　　　　　　　　　見 68


　　851　題江烟草堂圖

　　此間丘壑本無秋,亦有霜紅著樹頭。誰築草堂沙嘴上,暗收新漲入窗流。


　　852　題秋齋臥子圖

　　晴烟老翠結高峰,似薺新松上一重。我若扣關來入室,諒他秋士亦相容。①


　　853　畫墨龍　　　　　　　　　　　　　見 69


　　854　題高隱圖　　　　　　　　　　　　見 70


　　855　寫竹

　　山人寫竹不加思,大葉長竿信筆爲。但恐吟堂秋月迫,老鴉來踏受風枝。


　　856　溪女浣紗圖

---

　　①　諒他秋士亦相容:"士",北大抄本原作"土",校作"士"。


*350*

此處人家似若耶，半溪修竹半溪花。到門活水添新碧，月上小姑出浣紗。

### 857　石林野屋

自有石林藏野屋，絕無暑氣入吟窗。① 展開七尺蠻藤簟，臥看冰輪涌火江。

### 858　題芍藥

粉痕微帶一些紅，吐納幽香薄霧中。正似深閨好女子，自然閒雅對春風。

### 859　静夜

晚風移月挂天根，雲隙纖光漏一痕。坐到更深人未睡，静看花影上蓬門。

### 860　新秋與高堂即事

自愛吾堂朴，真成養拙居。地偏堪寄迹，窗净好翻書。解囊沽清酒，泥鑪煮白魚。一杯當小雨，最喜值秋初。

### 861　山堂泛帙

綠陰深處閉松關，坐擁圖書一室間。② 五月輕裘尚著體，不知有夏入蒼山。

---

① 絕無暑氣入吟窗："絕"，中大抄本作"更"。
② 坐擁圖書一室間："間"，中大抄本作"閒"。

862　岩栖

秋烟不著地，寒色欲成冬。古樹無濃緑，平江有澹容。① 泉華飄細雨，②石笋出高峰。野客終幽隱，何人問卧龍。

863　題松根評泉圖

有石皆靈透，無松不老蒼。松根石乳白，石頂松花黄。細咀石中味，高聞松上香。仙翁俱飽德，③壽與石松長。

864　題佳士鼓琴圖

水鳴活活溪聲哽，④一株兩株松風冷。光翠凝烟乍沉浮，山容汰日煉清影。⑤ 鹿行藥碉嚼靈苗，猿挾藤枝挂蒼嶺。數竿紫竹弄新陰，草堂静極人調琴。茶香酒洌詩腸闊，徑僻窗幽泉林深。余亦稍能樂其樂，敞閣横眠脱雙屬。爽然心體一日佳，精神十倍冲宵鶴。

865　題菖蒲蜀葵

倚南岸子緑烟遮，長短菖蒲葉亂叉。更有新紅凝不散，深深染透蜀葵花。

---

①　平江有澹容："江"，北大抄本原作"生"，校作"江"。

②　泉華飄細雨：北大抄本、中大抄本以"秋烟"四句、"泉華"四句分别爲"岩栖"題下兩首。

③　仙翁俱飽德："俱飽德"，北大抄本、中大抄本作"少塵事"。"仙翁"二句錫博稿本有藍筆删除標記。

④　水鳴活活溪聲哽："哽"，北大抄本原作"咽"，校作"哽"。

⑤　山容汰日煉清影："日"，中大抄本作"目"。

866　摹米家烟雨圖

深坐幽齋冷翠間，較書餘得片時閒。劈開宣紙還成幅，摹寫南宮水墨山。

867　雨中植花堂下口號

未能作老農，且學爲老圃。編竹界秋烟，移花趁小雨。厭他市上塵，樂我庭前土。① 不斷有芳香，隨時得所取。

868　題漸江和尚秋壑孤松圖

古色籠秋氣太澄，逼人齋几薄寒增。細觀紙上鈎松筆，愛爾雲根補衲僧。

869　咏夜來香花

何人編竹筊，引蔓上青蛇。寒結涓涓露，密垂纂纂花。色當秋後美，香到晚來嘉。坐客敲詩咏，新聲迸齒牙。

870　堂下青桂吐華，香氣逼人，偶吟一律

一本居堂下，蓬然自老蒼。帶烟團玉屑。和露釀秋香。最得詩人玩，亦教茶客嘗。吳人煉花入糖，甘香殊美。冷蟾相照魄，光影不尋常。

871　題柴放亭西山負土圖

---

① 樂我庭前土："土"，北大抄本原作"草"，校作"土"。

不辭辛苦往來頻，①爲報當年養育人。三尺墳前栽竹柏，荒烟冷翠夜堂春。②

### 872　題施遠村評硯圖

吾友施遠村，性情類老米。動處不相差，癡癖亦可擬。愛石如愛玉，日夕弄不已。削作十枚硯，用洗一溪水。巨者浮青華，小者斷龍尾。鸜鵒之眼活且圓，豬肝之葉嫩而紫。就體以名物，假物以形體。推移造化，變幻機理，銘詩銘辭，無不精美。藏以紫漆匣，裹之綠錦綺。分品供座右，光澤潤清几。選取授佳兒，譜竹擬君子。硯式削作竹形。兒獨慎加愛，耶亦大歡喜。耶固授兒兒拜受，授使愛物當愛己。③春光却似三月初，④處處鶯聲調新徵。蘭苣香芽桃放蕊，小綠抽烟輕紅始。⑤遠村此時要題詩，已展蕉箋半張紙。看君賦盡世間物，直使文章等身耳。

### 873　中秋家宴

平時不掃榻，此日且開筵。蔬果登盤出，妻兒捧酒前。桂堂三面啟，金鏡一團縣。取筆題秋句，新光漾粉箋。

---

① 不辭辛苦往來頻：“辛”，中山大學抄本作“勞”，詩末有小字兩行：“‘辛苦’誤寫‘勞苦’”。

② 荒烟冷翠夜堂春：“荒”，中大抄本、北大抄本作“芳”。

③ 耶固授兒兒拜受，授使愛物當愛己：中大抄本脫此二句。北大抄本批曰：“耶固二句照原本刪去”，又圈“耶固”二句，錫博抄本有藍筆刪除標記。

④ 春光却似三月初：“三月”，中大抄本作“二月”。

⑤ 小綠抽烟輕紅始：“綠”，北大抄本原作“絲”，校作“綠”。

874　寄金江聲　　　　　　　　　　　見 71

875　題吳石倉小影四絶①

875.1　昨來秋氣清，杲日明山户。展幅發霜毫，爲君掃眉宇。

875.2　先生近七十，白髮滿頭出。老去尤能勤，著書無間旪日。

875.3　粗粗大布袍，秀骨也相稱。抱膝向高天，悠然多逸興。

875.4　空處向翻翻，冷雲飛漸起。兩株石上松，合罩秋潭水。

876　游潮鳴寺

天高晴色好，取徑入東園。野水開魚國，荒烟塞寺門。林空秋氣冷，殿敞佛容尊。爲有逃禪癖，貪尋老衲論。

877　青山白雲圖

雲裏春山山擁雲，山青雲白兩紛紜。真人只在雲山内，茅屋低低花氣熏。

878　遠村以秋蘭數莖見貽，其華香貞静，令人愛重，因譜素影，以報遠村并題四絶

878.1　　　　　　　　　　　　　見 72

---

①　題吳石倉小影四絶：北大抄本批曰："前題已見四絶以下可不用其二等分編"，并圈去"其二"，"其三"，"其四"。

878.2　　　　　　　　　　　　　　　　　　見72

878.3　　　　　　　　　　　　　　　　　　見72

878.4　秋氣静而逸，①幽姿澹且潔。唯届薄涼天，端是好時節。


879　硃紅牡丹②

世間富貴一生得，何物酸寒自不識。畫醉夜酣無醒時，姥姥暖頰堆春色。


880　梁秋潭訪我竹齋，出所游南岡詩見貽報此③

山人曉起籬邊立，草露涓涓芒履濕。紫英之菊冒霜華，冷艷幽香清可吸。④閒攀竹筱除蛛網，復持藤杖打乾葉。呼兒掃葉上篋筐，留取煮茶待客嘗。道語未了聞擊竹，啓户相讓客升堂。布袍大袖深深揖，揖罷坐我白木床。一别由來毂三月，三月等與三年長。眼看明朝值秋季，晚稻紛紛登場地。黄柑賣了紫薑希，冬菜上街草韭刈。時光簸物如流波，聞者見者皆不記。似此情懷自覺懶，客也呵呵合脾胃。⑤坐久寒温已敍畢，復出一紙遞相視。舒紙照日讀題目，乃是昨游南岡之新製。調高句老一百韵，舉體

────────────

①　秋氣静而逸：此首錫博稿本、北大抄本有删除標記，參見72。

②　硃紅牡丹：此首中大抄本無。北大抄本批曰："删"。

③　梁秋潭訪我竹齋，出所游南岡詩見貽報此：北大抄本批曰："此詩鄙意，宜删"，圈全詩。

④　冷艷幽香清可吸："吸"，中大抄本作"汲"。北大抄本原作"汲"，校作"吸"。

⑤　客也呵呵合脾胃：錫博稿本有朱批"此句稍俚"。

約略千餘字。不唯詩好字更嘉,滿紙活活飛龍蛇。濃墨澹墨都入妙,長行短行隨歪斜。掃垢刷糊貼在壁,對之可使無幽寂。養軀固然需甘脆,此詩是以壯筋力。客見余樂心亦歡,兩人大快開顏色。下床再揖客辭歸,送客出門日西昃。

881　作馬應鶴林之請

姚郎受馬向余求,余不得辭爲尔謀。破却工夫盡一疋,四蹄踏踏去銜秋。

882　題竹①

夢入湘潭碧雨深,寒烟合處聽龍吟。醒來還對蕭蕭竹,迷却游踪不可尋。

883　題牡丹

老本新枝共幾丫,玲瓏春碧護晴霞,奇香妙色都能備,信是人間富貴花。

884　冬日讀書一首　　　　　　　　　　　　見 542

885　題牡丹

低窗眼裏透微光,②人傍游絲坐竹床。自笑未能全脱

───────────

① 題竹:浙圖稿本乙册剩此首由二首詩組成,第一首見 1120。

② 低窗眼裏透微光:"透",浙圖稿本乙册作"逶",錫博稿本原作"逶",後改爲"透",該字有明顯後補痕迹。

俗，還将脂粉譜花王。

886　對竹偶作<sup>①</sup>
白雨掠淇園，春風簸巇谷。欲嘗甜苦笋，試看子母竹。

887　寒支詩<sup>②</sup>
頭上天公欲作雪，<sup>③</sup>黑雲四面忙鋪設。<sup>④</sup>西北角上朔風來，掀茅捲瓦樹枝折。呼兒飽飯入桑林，收拾敗枝縛黄篾。擔回堆積厨竈邊，供給三餐莫少缺。<sup>⑤</sup>記得前年春雨深，<sup>⑥</sup>屋溜連朝響不歇。那能著屐出門游，枯坐空齋歌薇蕨。<sup>⑦</sup>欲向鄰翁乞薪米，啓語自怕勞唇舌。<sup>⑧</sup>也碎枯桐繼晨炊，<sup>⑨</sup>烹泉不穀三口啜。由來忽忽幾秋春，<sup>⑩</sup>此事每將心内説。人生苟得無饑寒，便可閉門自養拙。且携妻子晏清

————

①　對竹偶作：浙圖稿本甲册、補鈔本作“竹亭”，浙圖稿本乙册作“題壁間畫竹”。
②　寒支詩：浙圖稿本乙册作“對竹偶作”。
③　頭上天公欲作雪：“欲”，浙圖稿本乙册作“要”。
④　黑雲四面忙鋪設：“忙”，錫博稿本原作“漸”，後改作“忙”，浙圖稿本乙册作“先”。
⑤　供給三餐莫少缺：“餐”，錫博稿本原作“頓”，後改作“餐”，浙圖稿本乙册作“頓”。浙圖稿本乙册此句後衍“乾者，取先爨。生者，留過月。留過一月都可用，温茶温酒容易熟”句。
⑥　記得前年春雨深：“深”，浙圖稿本乙册作“多”。
⑦　枯坐空齋歌薇蕨：“枯坐”，浙圖稿本乙册作“只可”。
⑧　啓語自怕勞唇舌：“啓語自怕”，浙圖稿本乙册作“開口又怕”。
⑨　也碎枯桐繼晨炊：“枯”，北大抄本原作“梧”，校作“枯”。
⑩　由來忽忽幾秋春：“秋”，浙圖稿本乙册作“冬”。

貧,何礙敝衣有百結。況蒙天地容吾閒,起息得由情志
悦。<sup>①</sup> 雖在寒園擁薜蘿,亦將矮屋當岩穴。幽窗正好開青
眼,<sup>②</sup>直看竹竿撐高節。

888　半梧軒

秋雲漸垂,疏雨欲滴。半株敧梧,全遮破壁。

889　幽居　　　　　　　　　　　　　　　　　見 73

890　沈方舟歸里賦此以贈

話別由来歲月深,東西寄迹不同林。喜君客面豐逾
昔,笑我詩腸澀到今。兩袖風塵重把臂,一杯麯蘗又論心。
拈豪欲寫藤箋贈,坐對霜華費苦吟。

891　遣興一首　　　　　　　　　　　　　　　見 74

892　江南烟雨<sup>③</sup>

黃篾樓中醉酒人,筐床臥起一閒身。但將腕底縱橫
墨,寫出江南烟雨春。

893　萬壑争雄圖<sup>④</sup>

―――――――――

① 起息得由情志悦:"志",浙圖稿本乙册作"性"。
② 幽窗正好開青眼:"青",北大抄本作"清",校作"青"。
③ 江南烟雨:浙圖稿本乙册作"寫江南烟雨圖貽沈君方舟"。
④ 萬壑争雄圖:浙圖稿本乙册前衍"題"一字。

893.1 混然一氣静中生，萬竅分開勢欲争。漫道晴空飛霹靂，半邊斜挂玉河鳴。①

893.2 世上何曾有此景，教人那得不貪看。疑他亂木交陰處，便是無冬夏亦寒。

893.3 四圍冷翠逼天根，中有蓮華護一門。自是深深雲洞裏，彼人不食命長存。

893.4 白白紅紅花亂開，妙香都趁竹風回。若教仙徑通凡徑，我亦提壺歌嘯來。


894　松岩圖②

古藤絡著瘦松身，清似重岩煉氣人。由是白雲來點染，幽姿更覺富精神。③


895　題雪月交輝圖④

山人只合坐茅堂，閒看梅花釀冷香。夜鶴叫歸無處認，滿川晴雪月荒荒。


896　江望⑤

誰在中流放小舟，坐來春水滑逾油。⑥ 東風利便人安

---

① 半邊斜挂玉河鳴："邊"，中大抄本、北大抄本作"天"。
② 松岩圖：浙圖稿本乙册前衍"題"一字。
③ 幽姿更覺富精神："富"，浙圖稿本乙册作"有"。
④ 題雪月交輝圖："題"，浙圖稿本乙册作"自題"。
⑤ 江望：浙圖稿本乙册作"春江野望一絶"。
⑥ 坐來春水滑逾油："水"，中大抄本、北大抄本作"雨"。"逾"，錫博稿本有朱批改作"如"。

穩，似此江行不用愁。


　　897　鱼浪花風
春江迎赤鯉，吐氣風雲從。擊碎桃花浪，翻身欲化龍。


　　898　題松風竹屋圖①
山北山南露氣清，冷烟疏竹澹描成。其間一室簾常捲，蕩入松風琴自鳴。


　　899　題瑞蓮圖蓮之并蒂而花者，亦常有也，然分紅白二色，自是難得，因爲寫景②
小池畜水浸空烟，中有平分二色蓮。正似喬家雙姊妹，真珠簾下并香肩。


　　900　竹徑
半川幽緑染新篁，撲面風來野氣香。對此景光吟不就，幾回叉手立斜陽。


　　901　題春生静谷圖　　　　　　　　　見76


　　902　題竹自貽
未許風摇動，那教雪壓斜。無心弄水月，有色傳烟霞。

---

①　題松風竹屋圖：“題”，浙圖稿本乙册脱。
②　蓮之并蒂而花者，亦常有也，然分紅白二色，自是難得，因爲寫景：浙圖稿本乙册作“池蓮開出一朵紅白二色，群以爲瑞”。

饑鳳難求實,幽人正憶家。此君能重節,相伴在天涯。

### 903　夢起戲爲圖

蕭齋臥起憶林邱,妙處憑將畫筆求。僅得半溪浴鴨水,借他漁子下香鈎。

### 904　寫雪梅贈友

濃墨寫寒梅,淡墨畫清雪。貽他高士看,定教冷情熱。

### 905　訪閉松齋主人

野外尋蘿徑,溪邊問草堂。風吟秋竹響,池浸白蓮香。釣艇依孤岸,吟窗傍短墻。故人栖臥此,幽意一何長。

### 906　題環溪絳桃

迴帀皷青山骨臒,野泉漱語漫聲呼。石家成把珊瑚樹,曾有酣香似此無。

### 907　題白菊①

獨以欺霜色,能清静者心。籬邊供雅玩,月下伴秋吟。素影非無艷,甘香本不淫。一枝移入畫,莫教苦寒侵。

### 908　丹山書屋咏梅一律　　　　　　　見539

----

① 題白菊:此首中大抄本無。北大抄本批曰:"删",又批曰:"此首决删"。

909　秋林澹遠圖

符子旅鴻以"數筆蘆花染秋水，一聲清磬下寒林"句欲
余作圖，余時閒居東皋，方臨軒几，乃爲伸紙驅豪，信其墨
之濃澹而成之。或与詩意相諧，則亦稍稍乎得言外趣矣，
復綴半律用題言外之趣者也。①

破墨淋漓詩徑生，遠江吞岸聽無聲。寒烟著樹蕭疏
甚，天自高高秋自清。

910　聽雨　　　　　　　　　　　　　　　見 75

911　散步　　　　　　　　　　　　　　見 459

912　己巳立夏雨窗小酌有感而作　　　　見 448

913　題夏惺齋團蒲趺坐圖　　　　　　　見 563

914　畫白雲樓圖贈朱君鹿田　　　　　　見 562

915　撫琴②

一壑香雲深又深，層層古桂積秋陰。清歌欲發人琴
静，入手絲弦太古音。③

────────

①　秋林澹遠圖：錫博稿本、中大抄本、北大抄本無序，依浙圖稿本乙
册補。

②　撫琴：浙圖稿本甲册、補鈔本作"撫琴桂花底"，此首中大抄本無。

③　清歌欲發人琴静，入手絲弦太古音：錫博稿本因破損，脱"欲發人
琴静入"六字，北大抄本亦無此六字，據浙圖稿本甲册、補鈔本補。

916　雪山行旅圖

壁上風泉凍斷,空中雪棧盤牢。迢迢馬上行客,望望
蜀關自高。

917　題惲南田畫册　　　　　　　　　　　見 77
917.1　　　　　　　　　　　　　　　　　見 77.1
917.2　　　　　　　　　　　　　　　　　見 77.2

918　題萬松亭圖①

一亭空處聳,萬壑此中連。浩浩春光塞,濛濛翠影
懸。②松深不漏日,人遠已忘年。直迸山根石,流來太古泉。

919　和雪樵丈哭牙

殷勤衛老齒,搖落痛衰翁。自少甘肥養,雪樵丈性好善素
食長齋。③而多憂憾攻。白頭歌正苦,聖世道何窮。喦也么
麽子,④敢言貧病同。喦歲未半百已雕二齒,傷哉。

920　題畫自貽　　　　　　　　　　　　見 538

921　寫秋

————————————

①　題萬松亭圖:浙圖稿本乙册作“題萬壑松亭圖”。
②　濛濛翠影懸:“懸”,中大抄本、北大抄本作“縣”。
③　雪樵丈性好善素食長齋:浙圖稿本乙册“齋”後衍“不葷”二字。
④　喦也么麽子:“喦”,錫博稿本、浙圖稿本甲、乙册、北大抄本“喦”作
小字,北大抄本有批曰:“‘喦’字改寫大字移正寫”。

薄薄樹間雲,疏疏雲外樹。并將雲樹秋,寫入無聲句。

922　題葉照亭種藥圖
披圖得素士,傾意與之游。愛彼邱園僻,悦其花藥幽。
閒閒知道勝,迴迴見名浮。倩子手中鋪,埋渠世上愁。

923　寫得"天寒翠袖薄,日暮倚修竹"句　　　見 113

924　陳懶園招同人宴集愛山館分賦得香字　見 532

925　偶得端石一枚自削成硯銘之①
頑而不利,默而若蠢。渾然太古,飽德飽功。

926　西湖春游擬竹枝詩②
西湖最好是三春,桃爲傳神柳寫真。隊隊女郎聯粉
臂,蘇公堤畔踏香塵。

927　寫菊壽遠村
晴暉倚傲骨,冷艷逼清霜。耐可沉酣者,咀英沁酒腸。

928　靈石花草

---

①　偶得端石一枚自削成硯銘之:此首中大抄本無。北大抄本批曰:
"删",圈全詩示删。
②　西湖春游擬竹枝詩:浙圖稿本甲册、補鈔本作"擬竹枝詞"。此首
中大抄本無。北大抄本批曰:"删",圈全詩示删。

崛起玲瓏玉,鬖頭裹緑雲。鮮風弄花影,妙麗自繽紛。

929　春歸山堂對花小飲

勞勞行客赴春歸,歸到山堂蕨正肥。沽取一壺對花飲,透簾風裏妙香微。

930　啖芋戲作　　　　　　　　　　　　　　見537

931　題松

雲氣晴猶濕,①濤聲静亦寒。若將東岱擬,便以大夫觀。

932　陶宙仔以“賦得天葩吐奇芬”之句見貽,武其原韵,②草草成詩

日團迎檻樹,風卸釀花天。吐納生香異,槎枒故態妍。便非雲嶺上,正可竹堂前。杯酒銜相對,婆娑我亦仙。

933　題石　　　　　　　　　　　　　　　見564

934　贈陶宙仔

偶過籬下探幽徑,却在花前見古人。翠竹丰姿蘭氣味,蒼松骨格鶴精神。入奇文字千張紙,③垂老乾坤七尺

---

①　雲氣晴猶濕:“雲”,中大抄本、北大抄本作“雪”。
②　武其原韵:“武”,浙圖稿本甲册、補鈔本作“步”。
③　入奇文字千張紙:“奇”,北大抄本原作“寄”,校作“奇”。

身。此日吟情當我豁，一絲心孔吐清新。

935　爲金嶽高作石①

新磨修月斧，持以砍山骨。片片錦紋纏，細如絲与髮。

936　乙巳冬即山齋芙蓉石畔，海榴、宜男同時發華，
光彩耀目，嫣殊群卉。時遠村將有弄璋之喜，得此佳兆，余
爲破睡，譜圖并題　　　　　　　　　　　　　見 78

937　玩名人畫幅

固知此境非凡境，那論三山與十洲。躡履拖筇如可
即，便須一月百迴游。

938　題夫容桂花②

芙蓉成把桂成擔，信手拈來且自堪。擲下雁聲江氣
冷，黏天秋水正拖藍。③

939　丙午春朝偶譜芍藥四種各媵以詩，但詞近乎戲，
鑒賞者當相視而笑也

939.1 水晶簾卷列金釵，西子含嬌春滿懷。一捏舞腰
無氣力，東風扶著立瑤階。

939.2 雲鬟不整翠眉顰，有恨無言只怨春。偷向花間

---

① 爲金嶽高作石："作"，浙圖稿本甲册、補鈔本作"畫"。

② 題夫容桂花："夫容"，中大抄本、北大抄本作"芙蓉"。

③ 黏天秋水正拖藍："藍"，中大抄本、北大抄本作"籃"。

彈粉泪,楚王宫裏息夫人。

939.3 漏轉星稀月滿庭,深宫列炬照銀屏。玉簫吹破霓裳曲,却喚楊妃醉不醒。

939.4 浴罷蘭膏通體香,①輕羅壓臂出風廊。憐他姊妹平肩立,桃葉桃根一樣妝。

940　雨窗對花一律②

入春以後恒陰雨,一月難逢一日晴。庭草上墙分竹色,野泉穿屋攪琴聲。爐添活火清銅潤,③字剥殘碑古帖精。小試三杯微覺醉,對花還有惜花情。

941　坐雨寫折枝桃花④

非烟非霧雨絲絲,陣陣東風欲暮時。寫就寒塘桃与柳,滿懷春思有誰知。

942　西湖春曉

日曬香堤鳥語嬌,寒烟著柳緑條條。⑤ 東風未解西湖凍,春色先争過斷橋。

---

①　浴罷蘭膏通體香:"通",中大抄本作"竟",北大抄本原作"通",校作"竟"。

②　雨窗對花一律:浙圖稿本甲册、補鈔本作"丙午雨窗對畫芍藥一律"。

③　爐添活火清銅潤:"清",中大抄本作"青"。

④　坐雨寫折枝桃花:"花",浙圖稿本甲册作"柳"。

⑤　寒烟著柳緑條條:"烟",中大抄本作"雨",詩末補曰:"'烟'字誤書'雨'字"。

943　懷姚鶴林　　　　　　　　　　　　見 439.1

944　春宵

春宵煅句苦難成，又聽前街打二更。自剔燈煤自磨墨，画枝香雪慰吟情。

945　將訪徐紫山爲雨所阻感而成詩

欲往城西意已興，凄其風雨出無乘。登厓刺杖原非慣，躡屐衝泥自不能。何以安排吟苦句，直須寤寐憶良朋。低頭只似空庭鶴，①閒倚梅花啄斷冰。

946　二月一日即事　　　　　　　　　　見 443

947　幽居三絶句②

947.1 鄙人家住小東園，綠竹陰中敞北軒。一部陶詩一壺酒，或吟或飲玩晨昏。

947.2　　　　　　　　　　　　　　　　見 79

947.3 竹床瓦枕最堪眠，被褥溫香夢也仙。聽得微風花上過，却疑疏雨逗窗前。③

948　瘝鷄　　　　　　　　　　　　　　見 80

────────────

①　低頭只似空庭鶴："鶴"，補鈔本作"雀"。
②　幽居三絶句："絶句"，浙圖稿本甲册、補鈔本作"首"。
③　却疑疏雨逗窗前：錫博稿本原於"疑"後衍"雨"一字，後删。

949　咏素蘭六韵

唯蘭情致好,品在百花前。貞潔如毛女,幽閒若水仙。玉雕香瓣薄,露滴粉珠圓。① 葉葉風牽動,枝枝雪壓偏。含英清雅操,舒氣熨甘眠。但使高人重,無勞俗士憐。

950　題蕉

石畔吟秋句,風前束瘦腰。拌將三斗墨,揮黑一林蕉。

951　題紫牡丹　　　　　　　　　　　　　見 568

952　小東園遣興

待欲攤書傍午吟,待將操筆寫春心。不然且飲杯中酒,醉臥繩床擁布衾。

953　題扇

野氣蒼茫扇底橫,秋山秋寺夕陽明。孤帆隨著清溪轉,兩岸風林葉葉聲。

954　題仙源圖　　　　　　　　　　　　　見 567

955　題竹

數個箇篁小院西,露梢直與屋檐齊。含風映月都清極,那得高人不品題。

---

①　露滴粉珠圓:"圓",北大抄本原作"團",校作"圓"。

956　歸山圖　　　　　　　　　　　見570

957　題鍾馗踏雪圖

寒林風正急，向晚雪紛紛。且看鍾馗去，①破靴踏凍雲。

958　玩月

夢去魂游極樂國，醒來身倚最高樓。五更霜月新如洗，萬籟無聲天地秋。

959　題古木竹石②

老樹坼枝麋角健，新篁展葉鳳翎輕。枝邊葉下無塵到，石丈相依骨總清。

960　作攀頭山③

谷口風吹雨，山腰雲送秋。老生翻墨汁，靈匠結攀頭。

961　二三子見過口占一律④

自慚才拙守松筠，俯仰乾坤垂老身，陋室但橫塵外榻，⑤幽蹊却過雨中人，窗含翠色迎秋眺，風送花香供雅論。

————————

①　且看鍾馗去："馗"，浙圖稿本甲册、補鈔本作"葵"。

②　題古木竹石："題"，浙圖稿本甲册、補鈔本作"作"。

③　作攀頭山：浙圖稿本甲册、補鈔本作"作畫"。

④　二三子見過口拈一律：北大抄本原作"拈"，校作"占"。

⑤　陋室但橫塵外榻："但"，補鈔本作"猶"，浙圖稿本甲册因殘破而脫。

371

莫訝山杯茶味澀，一旗寒碧紫厓春。①

962　春壑
雲邊松色净無塵，露氣長含太古春。世界暑寒都不染，固知靈壑有真人。

963　陳懶園近得方竹杖一枝，題詩索和，聊答一律
亦在深岩静谷中，含胎不與衆苞同。棱棱勁節充方管，滴滴清英逗冷空。截杖堪爲壽者用，尋山那許俗人逢。花前酒後隨芒屨，小柱春風傍野紅。②

964　題蟹
動動舉雙螯，行行横孤渚。秋邊嚼蘆花，月裏啖香黍。

965　題霜枝畫眉
秋老烟霜飽，林疏草石明。辣風厓上過，剪斷畫眉聲。

966　畫瓜鼠
石壁巉巉藤倒垂，疏條結束緑紛披。一番秋老甜瓜熟，山鼠來偷人不知。

967　水仙花　　　　　　　　　　　　見 81

---

① 一旗寒碧紫厓春："旗"，中大抄本、北大抄本作"棋"。
② 小柱春風傍野紅："柱"，中大抄本、北大抄本作"拄"。

968　盆花①

丸盆種樹亦成林，净緑新紅各淺深。蛺蝶飛飛飛不去，却憐春意在花心。

969　殘荷

方塘水氣白濛濛，剩有殘荷拜曉風。一瓣冷紅嬌欲墮，歲歲愁殺玩花翁。

970　憶舊

園草青青作亂絲，輕烟摇漾燕来時。② 猛然記得前春事，還對梨花誦舊詩。

971　蟬

乾楓十丈骨亭亭，上有青蟬唱不停。但苦聲音太清妙，絶無人對夕陽聽。

972　晝寢

草堂睡覺最佳哉，陣陣幽香枕上來。③ 只道床頭新釀孰，④那知墻角蠟梅開。

---

①　盆花:北大抄本批曰:"删",圈全詩。此首中大抄本無。

②　輕烟摇漾燕来時:浙圖稿本甲册、補鈔本作"蕩"，錫博稿本原作"蕩"，後有朱批改作"漾"。

③　陣陣幽香枕上來:"香"，錫博稿本原作"香風"，後"風"字删去，"幽"字係後補。

④　只道床頭新釀孰:"孰"，補鈔本作"熟"。

973　玉簪花

月邊斜著露邊垂，皎皎玉簪雪一枝。贈與錢唐蘇小小，玻璃枕上撇青絲。

974　夏日池上　　　　　　　　　　　　　　見 83

975　兔

蓬蓬茂草中，老兔待新月。但恐人知之，①一夜遷三窟。

976　畫墨芙蓉

誰道驪龍泣夜珠，楚江雲暗月模糊。芙蓉不用胭脂染，只取枯毫舐墨圖。

977　柳枝螳螂

拂拂渡溪風，吹斜楊柳樹。螳蜋枝上來，抱葉吸清露。②

978　薛松山囑寫《歲朝圖》，遂戲作橘、荔、柿及瓶花二種應之

大吉當頭利市足，人入新年納新福。堂上平安春色濃，梅花茶花香馥馥。

―――――――――

① 但恐人知之："之"，錫博稿本作"知"，北大抄本原作"知"，後校作"之"。

② 抱葉吸清露："清"，北大抄本原作："青"，校作"清"。

979　畫鴛鴦

披幅弄華管，寫物取其意。一展鏡湖秋，拍拍鴛鴦戲。

980　野薔薇　　　　　　　　　　　　　　　　見 576

981　池上觀魚　　　　　　　　　　　　　　　見 82

982　題山堂斷句圖①

幽居緊靠石林開，十畝松陰一徑苔。人在草堂歌雅句，鶴聆清韵上階來。

983　鶴②畫贈姚鶴林③

碧山歸去後，春老藥苗肥。踏碎松間月，清宵雪滿衣。

984　竹

剗却閒花獨種竹，數竿新玉已青青。西風息後天晴老，露重烟輕月滿庭。

985　畫蘭④

春谷何窈窕，春江亦渺茫。當軒懷彼美，伸纸刷幽芳。

───────────

①　題山堂斷句圖："題"，浙图稿本甲册、補鈔本脱。
②　鶴：補鈔本作"畫鶴贈姚子鶴林"，後無小字。
③　畫贈姚鶴林：中大抄本後衍"并題"二字。"姚鶴林"，浙圖稿本甲册作"姚子鶴林"。
④　畫蘭："畫"，浙圖稿本甲册、補鈔本作"題"。

986　題鷄

閒搜野實穿<sub>去聲</sub>桑麻，灼灼峨冠對鶴誇。倏忽鮮風籬腳過，吹開五色妙蓮花。

987　題猫①

客言鼠似犬，復指猫如虎。两物倘相逢，虎歡犬獨苦。

988　庭前小立②

静對松筠立，閒看歲月流。庭前問諼草，何以便忘憂。

989　題虞美人③

何處歌聲繞帳來，楚王拔劍起徘徊。平生意氣今宵盡，忍看虞姬血滿腮。

990　題南山白鹿圖壽柴君④

白鹿蒼蒼，南山昂昂。用祝君子，福壽無疆。

991　荷池坐雨

雨來聽荷鳴，風過看蒲戰。凉氣著秋衣，攬香却葵扇。

992　題山水

---

①　題猫：此首中大抄本無。北大抄本批曰："删"，圈全詩示删。

②　庭前小立：浙圖稿本甲册、補鈔本作"題萱草"。

③　題虞美人：此首中大抄本無。北大抄本批曰："删"，圈全詩示删。

④　題南山白鹿圖壽柴君："題"，浙圖稿本甲册、補鈔本作"寫"。"柴君"，浙圖稿本甲册、補鈔本作"柴放亭"。

　　狹處幾無路,閒中且有人。周山雲似水,森森浸
空春。①

　　993　持酒對花飲②
　　持酒對花飲,飲多就花眠。石榴開口笑,笑我是酺仙。

　　994　高士圖
　　百尺青梧桐,英華净欲沃。動泉皺石間,一士清如玉。

　　995　寫梅一枝贈董蓉城北歸
　　君歸我當送,相送情何堪。但寫梅花贈,要君憶江南。

　　996　題靈草仙鹿圖贈萬九沙先生
　　呦呦復呦呦,往還蓬萊島。渴飲硃砂泉,饑嚙靈芝草。
經歷八千春,仙骨正蒼老。

　　997　題墨竹
　　半壁懸蒼穹,夕陽寒不紅。枯煤籠老竹,滲紙捲長風。

　　998　寫枯楓③
　　欲搏猛虎須吞酒,酒不酺時膽不粗。先向寒岩搖大
樹,試余筋力可能乎。

―――――――――

①　森森浸空春:"浸",錫博抄本原作"侵",後校作"浸"。
②　持酒對花飲:浙圖稿本甲册、補鈔本作"題石榴"。
③　寫枯楓:北大抄本批曰:"删",圈全詩。此首中大抄本無。

999　題静夜賦秋圖①

矮屋檐頭霜葉紫,②夜半隨風打窗紙。有人窗裏賦秋聲,一盞寒燈燒不明。

1000　題江山積雪圖

江山千百里,遠近一分明。野水層冰合,荒原積玉平。魚沉潭底卧,猿挂樹梢鳴。茅屋溪橋外,居人亡姓名。

1001　題美人圖　　　　　　　　　見 84

1002　池館納凉圖　　　　　　　　見 85

1003　北園探春　　　　　　　　　見 86

1004　題仙翁圖

齒齒石間泉下迸,盤盤松頂鶴高眠。二三老子形容異,疑是天仙非地仙。

1005　柳館③

銷炎開柳館,逗静纳荷香。輕弄蒲葵扇,小遷湘竹床。山容含黛色,水影混天光。嘎嘎鳴幽鳥,陰陰布野凉。

----

① 題静夜賦秋圖:"賦",中大抄本、北大抄本作"聽"。
② 矮屋檐頭霜葉紫:"頭",中大抄本、北大抄本作"前"。"霜",中大抄本、北大抄本作"桑"。
③ 柳館:浙圖稿本甲册、補鈔本作"題納凉圖"。

1006　題水田白鷺

半灣新水漾晴烟,何處江村何處天。飛下春鋤銀個
個,朝朝暮暮上平田。


1007　窗前梔子發花,幽艷逼人,偶以五寸雕管追摹
情態,幾惹蜂蝶浪争素酚也①

山人無個事,飽飯坐茅堂。對雨匀鉛粉,②含毫畫
素香。


1008　題許用安聯吟圖③

雍正五年夏六月,二十三日天苦熱。野夫移榻就北
窗,好風習習心神悦。此時百憂不至前,醜惡都從静中滅。
偶披一卷聯吟圖,男女親親幽情結。鳳兮凰兮鳴丹穴,松
兮柏兮覆霜雪。抱蒼蒼石兮寄貞堅,倚亭亭竹兮標素節。
或指春露以研清,或倩秋風以簁潔。或搴香草而紉愁,或
枕冷泉而哽咽。許生許生,吾當按韵揮毫,寫爾胸臆間磊
落曲折之奇血。


1009　新竹

雲邊小逗含香雨,岩下徐過解籜風。十尺泥墻圈不
住,亂青青上碧虚空。

---

① 幾惹蜂蝶浪争素酚也:"酚",中大抄本作"馥"。
② 對雨匀鉛粉:"鉛",北大抄本原作"沿",後校作"鉛"。
③ 題許用安聯吟圖:此首中大抄本無。北大抄本批曰:"删",墨筆圈
全詩。

1010　石中人　　　　　　　　　　　　　　見 87

1011　自寫小影并題

噁余好事徒,性躭山野僻。每入深谷中,貪玩泉与石。或遇奇丘壑,雙飛折齒屐。翩翩排烟雲,如翅生兩腋。此興二十年,[①]追思殊可惜。迩來筋骨老,迴不及疇昔。聊倚孤松吟,閉之蒿間宅。洞然窺小牖,寥蕭浮虛白。炎風扇大火,高天苦燔炙。倦臥竹筐床,清汗濕枕席。那得踏層冰,散髮傾厓側。起坐捉筆硯,寫我軀七尺。羸形似鶴臞,峭兀比霜柏。俛仰絶塵境,晨昏不相迫。草色榮空春,苔文華石壁。古藤結游青,寒水浸僵碧。悠哉小乾坤,福地無災厄。

1012　題山翁雅論圖[②]

却笑山中客,愛説山中景。滿庭桂樹秋,花開香過嶺。

1013　池上風竹

嫂雲新月襯幽姿,孑孑風竿倚石池。將與酒農清醉眼,鏤詩直欲近離奇。

1014　題五老圖

藤花的皪逗空香,烟島深深春畫長。[③]　千歲古松躬背

---

①　此興二十年:"二",浙圖稿本甲册、補鈔本作"四"。

②　題山翁雅論圖:浙圖稿本甲册、補鈔本作"題雅論圖"。

③　烟島深深春畫長:"畫",北大抄本原作"晝",校作"畫"。

立，似聽五老説滄桑。

1015　睡覺
澹澹古香黏晉帖，微微活火養宣銅。日長卧起無些
事，倚枕松堂受好風。

1016　贈海門周岐來<small>周君善岐黄術，嘗浮游東海爲國人重焉</small>①
量遍諸君子，先生天性真。文章華氣骨，道德養精神。
早識中原士，今傳邊海人。翩翩風雅態，常帶柏松春。

1017　賦得風倚荷花作態飛之句
美人浴出冰壺裏，笑頰盈盈妙似仙。纖步徙開綾襪
濕，瘦腰摇動粉衣翩。情支風力湘江去，夢壓秋波洛浦還。
十里長堤香不斷，鴛鴦立處緑田田。

1018　山行
澗冷泉無色，山空木有聲。盤盤烟翠上，人繞亂峰行。

1019　萬九沙先生囑補其八世祖蘭窗公圖并題②
小園纔纔半畝，築室不多寬。檐矮幾妨帽，窗幽但畜
蘭。倚風香絶俗，啼露韵增寒。一段湘臣賦，唯渠學士觀。

_____

①　周君善岐黄術，嘗浮游東海爲國人重焉：補鈔本作大字，且脱“周”
一字。
②　萬九沙先生囑補其八世祖蘭窗公圖并題：浙圖稿本甲册、補鈔本
後衍“之”一字。“公”，浙圖稿本甲册、補鈔本脱。

1020　題屏面雜花四首

1020.1 曉向山堂見，新紅倚舊紅。微微送春雨，冷冷過墙風。芍藥桃花

1020.2 海外一丘壑，悠悠白日長。樹能千歲活，花亦四時香。松萱

1020.3 老眼多遲鈍，看花難得真。糢糊弄丹粉，明白寫青春。茶花水仙

1020.4 西子湖頭渺渺秋，①山光野氣合浮流。②但容蘇老登雙屐，玩月尋香堤上游。荷花


1021　紫雪崖

曲曲鈎真趣，層層展素秋。草分疑虎過，果落見猱游。將挂雲垂脚，欲飛峰出頭。可人詩境别，陶謝未曾收。


1022　題喚渡圖

山雨濛濛樹色迷，乍添新水浸長堤。沙頭有客来呼渡，望過南灣一道溪。


1023　題秋江野鴨

江迴一曲一百里，蘆蓼蓬蓬蔽江水。蘆花漸白蓼花

---

①　西子湖頭渺渺秋：浙圖稿本甲册、補鈔本於"渺渺"後有小字"一作滿滿"。

②　山光野氣合浮流："合浮流"，中大抄本、北大抄本作"各沉浮"。

紅,野鳧泛泛秋烟空。

1024　畫深磵古木圖

清磵之側多古木,斜者直者藤結束。半枯半活自有情,挐雲抱石各起伏。由來不與凡徑接,得氣只合老空谷。細草疏烟澹澹秋,太古泉聲無停流。那許許由來洗耳,深潭見底澄光浮。何如此景足快意,滌去胸臆陳年愁。掃榻高眠時聽雨,静聽一日不下樓。莫笑山夫野性癡,就中樂趣無人知。

1025　後園小立

竹杖藤鞋舊布衣,後園小立看斜暉。半邊蔬果經霜打,柑子微黄豆莢肥。

1026　題梔子花①

娟娟梔子花,皎皎顔色美。玉露洗光風,氤氲香透紙。

1027　賦所見

凍雲低入户,寒鳥暮歸巢。岩畔流清響,西風拗樹梢。

1028　畫菜戲題

且把佳肴一一問,世間幾種最甘甜。算來滋味無如一作逾②菜,頓頓登盤總不嫌。

---

①　題梔子花:"題",浙圖稿本甲册、補鈔本作"畫"。
②　一作逾:補鈔本脱。

1029　荷亭

水漣烟净，紅膩緑肥。香中人睡，柳外鶯飛。

1030　荷亭看雨

閉門消夏坐，亭上脱羅衫。細細香風裏，山杯看雨銜。

1031　己酉之秋，余方閉閣養痾，有客以法製佳蔬見貽。香同異果，甘逾美脯。鮮妙軟雅，色味均備。咀之益津，嗅則達竅，清胃和中。雖神草金丹，功莫能勝。昔黄山谷云"不可使士大夫不知此味"。喜山谷語，乃繪其烟姿露態，兼題一律黏之齋壁

小圃鋤新雨，分苗種及時。色教貧女識，味得大夫知。笋蕨同稱美，魚蝦那數奇。清芬猶可采，蝴蝶莫猜疑。

1032　題蒼龍帶子圖　　　　　　　　　　見 489

1033　揮汗用米襄陽法畫烟雨圖　　　　　見 104

1034　題高士圖

一幅卷雲烟，萬象披水墨。谹然達林邱，幽徑轉轉得。岩穴固有人，姓字人不識。仰面自高歌，悠悠西山側。山氣静而佳，夕陽爲之飾。夕陽山又山，山山深無極。

### 1035　題仙猿蟠桃圖①

直削芙蓉一片青，紫雲開處見仙靈。橫空躍下千年物，偷取蟠桃獻壽星。

### 1036　畫鍾葵戲題

黃油紙纖日邊遮，中酒鍾馗紗帽斜。醉眼也隨蜂蝶去，小西園裏閙叢花。

### 1037　己酉之秋，八月二十日，與四明老友魏雲山過蔣徑之竹柏軒。時雪樵丈然沉檀，誦《黃庭經》方罷，呼童僕獻嫩茶新果。主客就席環坐，且飲且啖。喜茶味之清芬，秋實之甘脆，足以蕩煩憂，佐雅論也。況當石床桂屑，團玉露以和香。籬徑菊蕊，含英華而育艷。衆美并集，百惡何至。雲山笑顧余曰："賞此嘉景，子無作乎？"余欣然相頷。因得眼前趣致，乃解衣盤礴，展紙而揮。樹竹任其顛斜，草水縱其流洒。中間二三老子各得神肖，蔣翁扣杖，魏君彈塵。豪唱快絶，欲罄累積。唯南閩華子倚怪石，默默靜聽而已。其他雲烟明滅，變態無定，幽深清遠，亦可稱僻。漫擬一律聊志雅集云耳　　　　　　　見 90

### 1038　閒坐　　　　　　　　　　　　　　　　見 88

### 1039　秋樹底　　　　　　　　　　　　　　　見 89

---

①　題仙猿蟠桃圖："猿"，北大抄本作"源"。北大抄本批曰："删"，墨筆圈全詩。此首中大抄本無。

1040　題秋窗讀書圖

是處溪山雲氣薄，早涼晚涼風聲作。楓柏卷枝各支持，紅紫紛紛半空落。幽齋感動抱書人，數莖新髮添鬢脚。草簾晝捲長林秋，潑眼景光獨不惡。几席橫陳靜寞中，罕些塵垢能沾著。蕭疏幾首摩詰詩，細細哦吟費搜索。

1041　雍正七年春三月三日，僕自鄞江復來錢唐，道經黃竹嶺。是日晨刻度嶺，午末方至半山橋。少憩橋側，耳根淙淙，水石相磨之聲，寒侵肌骨。久而復行，忽至一所，兩山環合，中間喬柯叢交，素影橫空。恍疑積雪樹底，軟草平鋪，細如絲髮，香綠匀匀。雖晴欲濕，似小雨新掠時也。西北有深潭，潭水澄澈，搖映山腰，草樹生趣逼人，儼然李營邱畫中景也。余時披攬清勝，行役之勞頓相忘矣。既抵錢唐，塵事紛紜，未暇親筆硯。入秋後，始得閉戶閒居，偶憶春游佳遇，追寫成圖，補題小詩用遮素壁　　　見 91

1042　雲壑仙壇

半壑移雲海，全峰割洞天。仙情淘世澹，鳥語話春妍。欲滴松膏嫩，方烹石乳鮮。紫蘭銜碧露，滾滾大珠圓。

1043　秋園詩　　　　　　　　　　　見 92

1044　郊行

昨朝纔入夏，有值熟梅天。林上鳩呼雨，林下水平田。

1045　和雪樵丈悼亡之作

影窺不見青銅暗，絃撥難調綠綺亡。遺枕在床無了恨，熏爐向壁有餘香。花開月府秋蕭瑟，鳳去琴臺路渺茫。從此年年家祭日，白頭夫婿最神傷。

1046　南山圖

南山直聳如人立，太古形容壽自尊。一片濕雲腰下過，春風吹雨到松門。

1047　夢中得句　　　　　　　　　　　　見 95

1048　檐蔔花淡致逸逸，①自有真色，非桃李妖艷可比。其含英發香，素蕙近焉，故數寫不厭。擬以四字詩題之，或朴雅相當耳

冰鑿其華，香浸其魄。霧羃烟籠，自吐真白。

1049　二色桃花

三月天時冷暖中，朝朝小雨撲東風。桃花一樣含春色，開到枝頭却不同。

1050　讀南華經

散懷澄俗慮，默誦莊周文。蝴蝶不成夢，然香熏白雲。

---

①　檐蔔花淡致逸逸："檐"，中大抄本作"薝"，北大抄本原作"檐"，校作"薝"。"蔔"，中大抄本原作"葡"，詩末補曰："'蔔'誤書'葡'"。

1051　咏蓮

蓮方濯濯，出其涸濁。色貞香静，含華育朴。潾潾秋水，田田幽緑。灑以清風，燭以鮮旭。欲舞欲翻，不解不束。仙人抱壺，神女下幄。

1052　梅竹

竹色清梅色，梅香澹竹香。色香相蕩滌，眼鼻細參詳。

1053　繡球花

雕雲不製錦，煉玉已爲花。綿邈塵氛迥，參差翠黛斜。

1054　層岩

渺莽潑晴麗，是山春欲酣。鳥生窺竹徑，麝𪗉過花潭。老木横深磵，疏籬帶小庵。薄容莊與惠，鼓齒結空譚。

1055　玩菊作①

僻性勇奇嗜，養秋玩菊勞。帶寬分束瓦，巾敞獨黏槽。傲骨支陶節，清英繫楚騷。團磨石眼水，拗語遣生毫。

1056　澄江

江静初磨鏡，溶溶渾太清。照人寒透膽，鬚髮盡分明。

1057　雲壑奇峰

無人著屐來幽徑，苔色青青不自分。多少奇峰環大

---

①　玩菊作：此首中大抄本無。北大抄本批曰："删"，墨筆圈全詩。

壑,一峰如劍割秋雲。

1058　題高士看山圖

守拙無良圖,低頭漫學易。平生閉户心,輸與看山客。

1059　謔墨遣興

强伸老臂批新竹,雙管直叉似罱泥。將暮野風揮冷
雨,鷓鴣啼歇子規啼。

1060　六橋春色①

花勝壓斷路,欲讀不能言。但恐漁郎見,又疑一桃源。

1061　題盛嘯厓道妝圖

儒生肯游戲,結束肖老道。轂腰三股條,稱身一衲襖。
杖斫青皮藤,履織黄心草。玉冠上華顛,春風入懷抱。吟
吟未息機,去去恣探討。非愛訪茅君,那要扣莊老。但圖
水窟幽,亦貪雲窩好。素處有真趣,静中無煩惱。悠哉自
悠哉,行樂正當早。

1062　登萬壑亭

一亭宰萬壑,深夏有凉秋。獨抱清狂興,高歌捫碧游。

1063　燈花二首　　　　　　　　　　　　　　見 96
1063.1　　　　　　　　　　　　　　　　　見 96.1

———————

①　六橋春色:此首中大抄本無。北大抄本批曰:"删",墨筆圈全詩。

1063.2 　　　　　　　　　　　　　　　　　見 96.2

1064　松下耆英圖

寥寥天宇青，落落松陰碧。雅會投春明，高潭迥清識。
展懷恣幽賞，蕭曠情志適。

1065　竹窗漫吟　　　　　　　　　　　　見 97

1066　夜坐　　　　　　　　　　　　　　見 98

1067　鏥劍

神鋒剝退土華斑，病鐵那能復砍山。① 拔向虛窗重拂
拭，猶存冷氣射星灣。

1068　寒食後一日過清隱僧舍，訪四明李東門，分賦
二律得支微字

1068.1　先生吟興好，桃柳亦芳菲。東門有吟"桃柳行樂
長"句，精煉古雅。老句經奇險，寸心入渺微。逢僧因借榻，對
酒却忘機。要我披雲水，相依話夕暉。

1068.2　看掃鵝溪絹，時葉東村爲東門寫照。羨君神骨
奇。詩歌存齒舌，霜雪在鬚眉。水際聽黄鳥，松根掘紫芝。
引年今七十，行樂正逢時。

_____

①　病鐵那能復砍山："砍"，中大抄本原作"破"，詩末補曰"'砍'字誤
寫'破'字"。

1069　徐茗園、姚鶴林兩同學以湖上觀花近作見貽，拈其來韵賦答

二子尋芳游，百錢挂杖頭。未須船載酒，且試屐登樓。柳佐花情冶，湖添山翠幽。蘇公堤上去，雅調發清謳。

1070　題李君觀桃圖

春色枝頭足，蒙蒙密密開。杖藜人有興，吟過一敲來。

1071　東門冒雨見過，極言花隖放游之樂，兼出所作，漫賦長句以答　　　　　　　　　　見 99

1072　贈鄭雪崖先生　　　　　　　　　　見 100

1073　庚戌仲春，雅集就莊。雪川陳東萃爲諸公及余寫照，余補作《就莊春宴圖》用祝李君東門壽

二月天日好，①春暖鳴黄鸝。光風簸淑氣，物態呈新姿。欣欣就莊叟，含情動幽思。折簡招群公，車馬赴良時。簡亦及山人，野服得攀追。升堂敘齒德，茶罷隨游嬉。登覽四面樓，面面花紛披。海棠坼粉片，楊柳擘烟絲。湖光白上壁，山色青在衣。鶴鳴清籟裂，松唱古弦揮。或一榻評文，或兩局彈棋。或坐壺中吟，或入花間窺。或倚曝書台，或釣浴鵝池。或蘭階刺杖，或藥圃摘芝。行樂既如此，神仙未必知。況有隔年釀，滿滿斟縹瓷。羅列富盤饌，方

---

① 二月天日好：“二”，錫博稿本因破損此字殘缺，據浙圖稿本甲册、補鈔本、中大抄本、北大抄本補。

物各精奇。豪飲兼大嚼,醉飽將告歸。主人發高論,諸君
且遲遲。我有一足絹,昨日新下機。搗練已光熟,點染諒
得宜。繪作春宴圖,相持慶大耊。① 諸公向前請,山人那能
辭。山人固通畫,寫真未善之。此題最風雅,須用合筆爲。
遂邀陳生來,一一傳鬚眉。且得諸公神,而添山人癡。即
譜眼前景,闊狹圈園籬。疊石聊仿佛,架屋近依稀。圖成
束錦箋,一卷當壽儀。大家團團拜,拜罷申祝詞。七十方
初度,百歲未足期。願君等彭祖,直邁陳希夷。東門開口
笑,喜氣堆兩頤。還倩諸公筆,多多題妙詩。

### 1074　題梅根酌酒鍾馗

偉哉鍾夫子,雅愛麴居士。一飲陶陶然,再飲醺醺矣。
踏凍越寒陂,尋梅傍烟水。倔强兩三株,蕭疏千萬蕊。曲
者坐可攀,斜者立可倚。色欲侵醉顏,香已沁入髓。香風
拂鬚眉,微笑露牙齒。條懸寶珱青,花分袍縫紫。老怪聽
指揮,靈鬼任驅使。往來天地間,出入人家裏。赫赫坐中
堂,臻臻降祥祉。

### 1075　大椿

老椿得氣蟠黃土,頑枝厚葉分門户。雷霆往往出其
間,呵龍叱雲至靈雨。

### 1076　水村

---

① 相持慶大耊:浙圖稿本甲册、補鈔本作"相賞亦醒疲",錫博稿本原
作"相賞亦醒疲",後改作"相持慶大耊"。

柳港通花港，柴扉對竹扉。家家利傍水，鵝鴨養來肥。


1077　庚戌四月二十八日，峽石蔣擔斯過訪，貽以佳篇，并出吳芑君、陳古銘兩君見懷之作，走筆和答　　見 101


1078　題閔韞輝小照照作釋老披袈裟，坐禪椅，傍有二美人持錢酒相逼，隱酒色財氣爲圖

雪川閔子善戲謔，扮僧像僧不用學。借得馬祖紫袈裟，半身披轉光灼灼。天然椅子坐觀空，世界一切都抹却。雖有洛城嬌，①眼中無處著。雖有鬱金香，舌根未領略。雖有銅山封，飄若浮雲薄。笑彼鴻溝爭，冷冷懸冰壑。去者來者日紛紛，幾人知命如君樂。


1079　畫瓜茄

扶竹引瓜藤，拔芽理茄子。老人仗養生，朝朝灌泉水。


1080　題鶴林饁耕圖

澹士能知命，無將名利縈。笑携書酒隱，歌拂水雲耕。鷺靜忘機立，鶯和對景鳴。優優田野趣，閒與細君評。


1081　抛墨

老骨迎秋健，白頭坐雨新。漫將抛墨意，料理操舟人。

------

①　雖有洛城嬌：錫博稿本原於"有"後衍"銅"一字，後刪去，因次列起首爲"雖有銅山封"句，疑爲抄時錯簡。

1082　秋吟圖

林疏風易落，江闊鳥難過。欲待秋山暮，哦詩攬薜蘿。

1083　唐解元《春園玩花圖》一幀，人物古雅，結景幽致，信乎一代傑作。雨窗臨摹，未能盡得其神妙，然亦稍逼其風趣矣。庚戌七月望後一日并題

學得逃禪痼疾瘳，焚香趺坐小東樓。[①] 臨摹前世驚人畫，消受新凉白雨秋。

1084　畫泰岱雲海圖并序

客言丁南羽有《黃山雲海圖》，惲南田有《天目雲海圖》。然黃山奇險，天目幽奧。雲嵐聚合，變態無常。而兩君各運機杼，皆能掇其秘趣。余曩時客游泰岱，見雲出蓮華。日觀兩峰之間，其始也，或如龍如馬，如鳳翔鵬起。蓋旋車翻，似若逢逢有聲。須臾彌空疊浪，汪洋海矣。今擬丁惲二子所畫之雲海與余所觀之雲海，三者則當有別焉。余獨何艱乎排胸中浩蕩之氣，一洗山靈面目也哉。

忽訝山骨冷，萬竅濯靈濤。我師列禦寇，憑虛風飋飋。

1085　畫菊遣興時客華亭，寓雨花精舍

雨花庭院竹梧深，疏雨凉雲日日陰。畫取破籬聊遣興，漫依叢菊細哦吟。

1086　庚戌中秋夜，同柴放亭、楊悦琛游虎邱，登可中

---

① 焚香趺坐小東樓："趺"，北大抄本原作"趺"，校作"趺"。

亭小飲,值微雨籠月,冷翠蒼凉,偶賦二絶句

1086.1　扁舟却爲劍池游,良友相依情思幽。携得清尊亭上坐,聽他歌管叫凉秋。是夕吴人多載絲竹而游。

1086.2　新試輕衫傍石闌,桂花香静益清寒。微微細雨濛濛月,最是今宵人愛看。①

1087　題張老嗅梅圖　　　　　　　　　　　　見 102

1088　别吴郎克恭②時同客禾中,余又有當湖之役
昔年重神交,此日最情切。故鄉不易親,他鄉容易别。

1089　秋日登烟雨樓
一泓開草莽,萬象得斯樓。烟雨窗間宿,鯤鰲檻下游。軟雲黏濕浦,疏柳綴寒秋。披擁南湖勝,清吟興自幽。

1090　題行吟圖
水澄溪骨冷,山静檞烟深,去去忘機者,掉頭發楚吟。

1091　張琴和古松　　　　　　　　　　　　見 103

1092　題梅華道人墨竹
道人腕底墨蕭疏,寫竹還同作草書。蛇子蛇孫成把起,看看直欲破精廬。

---

①　最是今宵人愛看:"愛",錫博稿本有朱批作"耐"。
②　别吴即克恭:此首中大抄本無。北大抄本圈全詩,以爲當删。

1093　題葉滄珊吳山觀潮圖
一碧吳烟合，蒼茫越嶠開。風濤移海走，秋氣逼人來。
猛勢雷車驟，大聲黿鼓隤。石林凭水府，觀者思悠哉。

1094　竹松軒與客對飲①
屋前竹尾直千宵，屋後松枝垂著地。于此對君情思
佳，飲多春酒不知醉。

1095　題牡丹
曉日纖風露未乾，密烟稠疊護春寒。洛陽城裏花千
種，第一奇香數牡丹。②

1096　同學汪陳也兄出其尊公井西先生畫菊索題，走
筆應命，愧不成詩，恐傷雅構也
文章老手世無敵，戲寫秋花亦過人。半百餘年生氣
在，傲霜枝葉自精神。

1097　題陳白楊先生畫貓③
白陽山人老手辣，④端是畫家大菩薩。滿把焦墨信筆
圖，圖出貓兒活潑潑。

————————

①　竹松軒與客對飲：此首中大抄本無。北大抄本圈全詩，以爲當刪。
②　第一奇香數牡丹："香"，中大抄本、北大抄本作"秀"。
③　題陳白楊先生畫貓：北大抄本圈全詩，以爲當刪。此首中大抄本無。
④　白陽山人老手辣："白"，錫博稿本因破損"白"字缺，依北大抄本
補。

1098　題石濤和尚山水<sub></sub>和尚一號青緗老人，又瞎尊者，又苦瓜道人，相傳道人係前朝世冑。

落手離奇甚，脱陳遂出新。翩翩彼僧者，信是不凡人。

1099　作山水自題付二男　　　　　　　　　　見 116

1100　題畫

蒼岩古木未知春，凍亂寒烟鋪不勻。倒下泉聲如辟歷，陡然驚動看山人。

1101　題麻姑酌酒圖　　　　　　　　　　　見 566

1102　忘憂草①

胡爲掇此芳草，眷伊款可忘憂。風鮮琴絲冷，冷泉咽，石籟休。

1103　窗外茶梅會芳口吟手記薄成短章

竹外橫清芬，流英透疏鑿。届此歲寒春，弦歌有餘樂。

---

①　忘憂草：1102、1103 僅見臺圖稿本。據其於臺圖稿本的位置（153《同員九果堂游山作》和 154《雨中移蘭》之間），其之前有詩 148《髙犀堂五十詩以贈之》（作於高翔 50 歲生日，即乾隆二年，1737 年）與 131《戊午四月念七日得雨成詩》（作於乾隆三年，1738 年），其之後有 161《庚申歲客維楊果堂家除夕漫成五言二律》（作於 1740 年），可判斷其創作年份約在 1737年至 1740 間。

1104　用米南宫法作瀟湘圖①

閒窗摻筆細搜求，牽引湘江腕底流。半幅冷雲蒸碧雨，一林焦墨釀紅秋。

1105　題孫老楓林停車圖

霜葉團風亂不分，翻翻涼影炫紅曛。夫君一笑停車坐，老氣橫秋礴白雲。

1106　臨風拂袖圖

一林修竹近黃昏，冷翠撩人欲斷魂。閒去但依新鳳子，瘦來猶傍古龍孫。待將妙曲橫琴奏，却惹清愁倩鳥言。三尺吳羅裁舞袖，臨風拂處雪翻翻。

1107　題牡丹

三月花叢堂上看，珠簾高捲不知寒。紅樓紫蓋層層艷，富貴精神仙一般。

1108　作桃花春水圖爲遠村壽

活水淘生境，新花發舊技。恬然携緑酒，幽賞及芳時。

1109　題三星圖祝澂心子

春雲欲滴石乳滑，笋根净蘚新緑潑。倚風靈籟雜玄歌，冷翠刺烟立蛇髮。龐眉老翁擲杖來，笑踏香岩聳金骨。緋衣仙官偏大袖，繡帶深拖拂裙襪。修髯道士頂法冠，羽

---

①　用米南宫法作瀟湘圖：1104—1111 儘見浙圖稿本甲册。

扇輕摇半天月。翩翩都是猶龍人，眼光一掣一千春。十月暖氣回陽火，環土凝黄飛清塵。生意滿幅張奇僻，祝君大年合大椿。"環土"一作"寰土"。①

1110　東園生索居蒿里，饑卧自傷，寫此毛骨，當俟孫陽一顧庶慰憔悴

1110.1　值得英雄金一千，耳批雙竹鬃毛卷。誰能拂拭塵埃裏，堪托死生鬥陣前。

1110.2　眼光一片總能清，但苦饑軀色不榮。天下豈無孫伯樂，何時仰首一長鳴。

1111　又題馬

曾負將軍破虜先，玉門歸去壯名傳。秖今海内清平甚，閒嚼蒿根阪下眠。

1112　醉暑作扇頭系此②

盡日低頭無所歡，頻斟臘酒解嚴寒。借將杜老題詩筆，脱出乾坤畫裏看。

1113　對畫戲題

何處溪山供眼前，吟情暗與景相牽。呼兒爲我移藤榻，且對蒼厓古樹眠。

---

① "環土"一作"寰土"：補鈔本脱。
② 醉暑作扇頭系此：1112－1121 儘見浙圖稿本乙册。

1114　畫白石朱竹壽雪樵丈六十

欲爲深邃徑,把筆費經營。洞壑詩中著,烟霞景外生。竹丹含老節,石白孕清貞。用配先生壽,何曾有重輕。

1115　山行

日日山行不厭勞,寻蹤且復到東皋。秋聲撼落長林葉,寒色蕭蕭上布袍。

1116　酒後對月戲作

菘滿春盤酒滿壺,山人醉飽直狂呼。隔窗抛下團團月,若個嫦娥愛殺吾。

1117　夢有所思而不能者欲將持之以寄遠

飛光灑灑滿空春,十二瓊樓鎖白雲。豈等鳳子雲邊出,貽我瑶華月半輪。

1118　金陵留別徐紫山

我從三山渡海来,海門直對錢唐開。烟巒幾點青可數,拂衣直上南屏臺。南屏山人紫山子,日乘小艇泛秋水。素絲裊裊珊瑚竿,釣得黃金一雙鯉。春風三月花參差,城南柳條歷亂垂。無媒徑路人不到,我獨竪堂一訪之。先生授我詩一帙,四壁歌聲若金石。此時我又作征人,揮手吳山不忍別。昨来又向金陵游,梨花暮雨風颸颸。我正尋春登木末,先生已在閲江樓。壚頭春酒白如乳,何不相依醉鄉住。醉裏長吟太白篇,醒來還咏元暉句。人生會合未必常,東西南北誠茫茫。不知此後相逢處,還在他鄉在故鄉。

1119　紫陽山雜詩①

1119.1　吹笛峰頭閉九關，梅花灑灑落烟鬟。身騎野鶴飛瓊島，細剪靈空作亂山。

1119.2　悵望神山舊夢遥，何從天外聽鸞蕭。寶刀欲斷空江水，只恐仙人不弄潮。

1120　題松風捲瀑圖

何處紅弦弄瑶水，濤聲却在松風裏。泠然忽捲空春來，樹下騷人拂衣起。

1121　題竹②

一葉兩葉含雨嘯，三竿四竿披風吟。從朝至暮不曾住，寒翠滿林春陰陰。

1122　重九前三日晚於桂華香裏與員子説秋煮茶，分韵成句兼懷李七郎③

商風蘇冷節，苦霧壓織塵。得月墻東桂，貽香硯北人。簾拖飛小篆，壁聳畫空春。相與素心侣，而懷淵雅鄰。

1123　賦得菊爲重陽冒雨開

① 紫陽山雜詩：浙圖稿本乙册後有小字“存二首”，因實存三首，疑誤。三首之第一首見593。
② 題竹：浙圖稿本乙册由二首詩組成，第二首見883。
③ 重九前三日晚於桂華香裏與員子説秋煮茶，分韵成句兼懷李七郎：1122－1126僅見補鈔本。

只隔疏籬烟一層，數枝清艷冷相凝。秋姿嫩割香房蜜，貞色新雕臘月冰。不耐市廛逢熱客，甘依野徑識枯僧。颭颭絮絮重陽節，無限幽情戴雨興。

### 1124　紅菊
籬角秋光冷，霜清菊影紅。有詩吟不得，閒看一庭風。

### 1125　題梅竹小雀幅
歲寒有竹梅，相依誰與共。幸哉小雀來，啁唧助清弄。

### 1126　南園圖
碧雲蕩天末，遥峰綴林隙。窈窕結精廬，蒼蒼烟水隔。靜者拋書坐，清嘯有時發。柴門盡日開，似待山中客。幽蹊染麝香，平臺篆鳥迹。庭前獨鶴迴，羽衣霜雪白。松風刷寒翠，驚濤響晨夕。蘿帶系殘春，蘭葉交空碧。冷泉盤曲澗，奔灘簸危石。靈匠儻可求，春星豈難摘。淡然硯北窺，千山列咫尺。

附　録

# 各版本《離垢集》序、跋、題辭、附識

## f1.1　顧師竹序（道光本）

新羅山人畫,名噪海內百餘年矣。鑒賞家謂與吾郡南田老人匹,①嘗獲觀其遺縑,即尺幅亦有題咏。味其筆妙,覺自成一家者,然竊以爲是必有集,然憾無由窺全豹也。僕旋里之次年,忝主仙源講席,重與大令華君榕軒過從談藝。② 乙未夏,忽以詩卷出示。展之,乃新羅山人《離垢集》若干首,③將付剞劂,徵僕一言爲序。僕益信初見之,不謬也。携向海山慧業處,焚香靜坐,每讀一過,口角流沫。蓋古今諸體,如氣之秋,如月之曙,性情所至,妙不自尋。④ 而後,知山人一生實以詩鳴,畫猶緒餘耳。舊稿五卷,山人手自繕寫。書法高古,直逼晋唐。合而觀之,且有三絶之目。凡得其片羽藏弄以爲榮者,⑤固在畫而不徒在乎畫也。山人於榕軒爲祖行,榕軒簿書之暇,校刊是編,誠合乎數典不

---

① 鑒賞家謂與吾郡南田老人匹:"田",南圖抄本作"山",當誤。
② 重與大令華君榕軒過從談藝:"榕",南圖抄本作"溶",當誤。
③ 乃新羅山人離垢集若干首:"若干",南圖抄本作"十三",當誤。
④ 妙不自尋:"自",南圖抄本作"可"。
⑤ 凡得其片羽藏弄以爲榮者:"弄",南圖抄本作"弃",當誤。

忘之義，獨歎山人生於閩，家於杭。① 掃除俗狀，②往來山
水窟中，領略奇致，發爲歌詩，而畫名先無翼而飛，是編緘
之青箱，遲之又久，必俟山人曾孫銕舫序榮持至仙源幕府，
始得榕軒表揚之。雖顯晦有時，而榕軒之尚風雅，闡幽潛，
更有足多者，嗣此法書妙畫必因《離垢集》永垂不朽。僕素
嗜山人畫，今又藉是編兼悉山人之人品出處，亦與有幸焉。
何敢以不文辭。道光十有五年五月江陰顧師竹拜序

f1.2　題辭③

f1.2.1　華君秋岳，天才驚挺。落筆吐辭，自其少時
便無塵埃之氣。④ 壯年苦讀書，句多奇拔。近益好學，長歌
短吟，無不入妙。蓋具有仙骨，世人不知其故也。憶康熙
癸未歲，⑤華君由閩來浙，余即與之友，迄今三十載，深知其
造詣。嘗謂本根鈍者，失之夆鄙。天資勝者，多半浮華。
求其文質相兼而又能超脱於畦畛之外如斯人者，亦罕覯
矣。其詩如晴空紫氛，層崖積雪，玉瑟彈秋，太阿出水，足
稱神品。且復工書畫，書畫之妙亦如其詩。昔毗陵惲南田
擅三絶，名於海内，斯人仿佛當無惡焉。⑥ 時在雍正九年辛

---

① 家於杭："杭"，南圖抄本作"浙"。
② 掃除俗狀："除"，南圖抄本作"去"。
③ 以下爲19篇見於道光本、光緒本、臺圖稿本等處的題辭。
④ 落筆吐辭自其少時便無塵埃之氣："埃"，南圖抄本作"俗"。
⑤ 憶康熙癸未歲：臺圖稿本作"憶壬午癸卯間"。
⑥ 斯人仿佛當無惡焉："當"，臺圖稿本衍"又"一字，作"又當"。

亥歲重九日紫山老人徐逢吉題①

f1.2.2　我愛秋岳子，蕭寥烟鶴姿。自開方溜室，高咏游仙詩。② 雲壁可一往，風泉無四時。滄州畫成趣，儻要故人知。

辛亥上春獲讀秋岳先生詩集，驚歎高妙，非塵垢中所有。敬題五言一首，聊當跋尾。③ 同學弟屬鸎樊榭題④

f1.2.3　曾向丹青窺意匠，更從畫像見風裁。山人工作畫，自繪有一幅橫琴小影。詩情怪底清如許，⑤山水窟中洗髓來。

蕅鐙細意校蠧眠，肯使行間帝虎沿。榕軒刺史另抄成帙，既自校閱，復屬賤子覆校，蓋慎之也。⑥ 便擬焚香終日讀，此長生奉大羅仙。

金匱顧志熙静軒題

f1.2.4　對面蓮峰插半天，晴雲閒過小窗前。人間此境誰能領，倦讀猶携離垢編。時在仙源書院奉讀是編。

一生山水窟中游，身似春雲心似秋。呼吸清光歸筆

①　時在雍正九年辛亥歲重九日紫山老人徐逢吉題：臺圖稿本作“雍正九年九月九日紫山老人徐逢吉手題”。

②　高咏游仙詩：“咏”，南圖抄本作“吟”。

③　辛亥上春獲讀秋岳先生詩集，驚歎高妙，非塵垢中所有。敬題五言一首，聊當跋尾：道光本無，據臺圖稿本、錫博稿本、中大抄本補。

④　同學弟屬鸎樊榭題：“題”，臺圖稿本、錫博稿本、中大抄本作“頓首”。

⑤　詩情怪底清如許：“情”，南圖抄本作“清”。

⑥　蓋慎之也：“蓋”，南圖抄本作“益”。

底,怪來書畫亦風流。

尺幅森森竹萬竿,<small>新羅山人曾孫序榮曾惠墨竹小幅。</small>炎天挂壁亦生寒。携琴擬向篁中去,坐取君詩入譜彈。

江陰顧師竹倚山題

f1.2.5　我讀離垢集,我懷離垢客。書法逼鍾王,逸趣寄松石。浮家山水間,烟波共晨夕。高吟雜仙心,一字不着迹。

用韋蘇州寄全椒山中道士韵。

元和冷叟梅之恒曉村題

f1.2.6①　格比秋高岳并肩,身兼仙骨筆如椽。緋衫白袷常携具,明月青山好放船。洛紙價高名早遍,墨華齋聚寶初全。鄭前惲後推三絶,合與新羅彙一編。

來往甌西又越東,當年珍重已紗籠。不酣富貴爭千古,特借蒪湖築一宮。吐納烟雲冠秋嶺,平章風月付春工。故應胸氣軒軒出,百丈文開世世雄。

江陰季惇敍堂題

f1.2.7②　書劍隨身不厭貧,詩情畫意迥空塵。<small>山人遺有"空塵詩畫"圖章。</small>祠堂四壁存真迹,淮海千秋緬古人。<small>山人生長閩汀,曾題畫於祠堂壁間。至今百年,墨迹猶新。及徙家西湖,客維揚最久,其名至今猶傳。</small>尺幅争誇希世寶,籝金難購舊時珍。

---

① 此篇題辭光緒本、民國本、孤山抄本、南圖抄本脱。
② 此篇題辭光緒本、民國本、孤山抄本、南圖抄本脱。

仰瞻遺像顏如渥,目送手揮妙入神。山人自繪有橫琴小照。

　　恨我生遲數十年,無緣親炙地行仙。曾從巨室窺陳
迹,更向留村見手編。讀罷頓忘炎日熾,吟餘還羨宰官賢。
燽於邗江親友家,曾一見山人遺墨。近游仙源幕中,得睹全詩,蓋東君
華榕軒刺史校刊也。時當盛夏,讀之頓忘炎熱。漫題蕪句續貂尾,
仰止高山思邈然。

　　吳門朱燽湘嵐題


　　f1.2.8　壯年橐筆遠方游,北馬南船幾度秋。大塊文
章都入抱,詩成無句不風流。山人自閩遷浙,久寓維揚,曾至幽
燕,以詩畫著名。

　　詩句精工畫亦工,人間珍重碧紗籠。何如祠壁留千
古,奕奕英光透綺櫳。山人墨迹多爲巨室珍藏,唯祠堂題壁人得見
之,至今百年不壞。

　　遍搜墨迹恨無存,守抱遺編有後昆。披誦一過心頓
豁,飄然身在紫微垣。是集乃山人手澤,其曾孫鐵舫序榮來游仙
源,霈得讀之,頓豁塵襟。

　　刺史憐才歷苦辛,校讎手澤出清新。幽芳自此傳青簡,
藝苑從知筆有神。山人詩畫近今罕睹,①得此集傳播,足以窺見一斑。

　　桃園陳汝霈韞山題


　　f1.2.9②　夙聞妙筆善傳神,流布人間迹已陳。今日
欣瞻高士像,淡如秋水信空塵。素慕山人詩畫,恨不得見。今幸
睹其自寫小照,蓋以淡墨傳神,足見其妙。

---

①　山人詩畫近今罕睹:"睹",孤山抄本作"都",當誤。
②　此篇題辭光緒本、民國本、孤山抄本、南圖抄本脱。

　焚香盥露讀過遺詩,俯唱遥吟俗垢離。集名離垢,大半是題畫之作。更向詩中求畫意,蕭疏閒雅少人知。

　　大興吕紹堂題


　f1.2.10　山人作畫如作詩,嘔心抉髓窮神奇。山人吟詩通畫理,造化爲象心爲師。平生志不慕榮利,矯矯白鶴神仙姿。浪游愛尋山水勝,探幽索奥神忘疲。天機所動筆能寫,妙意自喻非人知。吟懷冲淡得古趣,擺脱凡近無塵緇。芙蓉娟娟出秋水,楊柳濯濯春風吹。黄山仙吏尚風雅,錦囊搜刻全無遺。惜哉緣慳未見畫,但從妙句參希夷。他時尺幅幸示我,卧游四壁烟雲垂。

　　鎮洋沈端滄州題


　f1.2.11　畫筆世所貴,詩情尤足奇。全從天籟出,盡得騷人遺。逸興雲飛處,澄懷月到時。山人號離垢,真個垢能離。
　　族有循良吏,編摩不憚煩。雲烟千變歷,風雨一篇存。私淑多高弟,貽謀付後昆。蔚湖明月夜,應亦感吟魂。

　　古歙曹鳴鑾穀生題


　f1.2.12　人生百年如過客,惟有名流名不没。山人志趣超群倫,不慕荣華不祈積。壯年橐筆四方游,萬壑千岩羅胸膈。興酣時作短長吟,寫生尤多清奇格。至今作古百餘年,墨迹都藏富貴宅。尺幅千金苦難求,剩有祠堂四壁歸然留手澤。我來仙源誦遺詩,想見生前奇情真鬱勃。

心欲離垢垢難離,①仰止高山徒嘆息。恨不移家西湖邊,汲取清泉濯神魄。

懷遠林士班竹溪題

f1.2.13　湖平廣,水淡蕩,名流半作浮家想。何處飛來無垢人,洒然更欲解衣賞。月白風清泛棹吟,散入高空作秋響。百年之後剩有詩,猶生清氣逼人朗。自慚塵垢叢復叢,②何日身心一滌蕩。焚香把卷坐前軒,胡爲令我時鼓掌。③笑煞古人刮垢力費多,妙境豈真留迹象。自是蓴湖祇濯纓,寄語游人盡俛仰。想見雲水光中、烟波深處,④先生之神惟與香山玉局相還往。⑤

苕溪沈鉞秋岩題

f1.2.14　一片靈光出化工,太阿秋水豁雙瞳。人憑筆墨留清氣,天譴湖山屬寓公。參透真詮詩即畫,掃除凡艷色俱空。吟餘洗盡無窮垢,坐我和風朗月中。

蠶眠字字重琳琳,集爲山人手録。煞費編摩刺史心。一代名流餘慧業,百年遺響遇知音。闡揚風雅情何切,追溯淵源意倍深。付與後昆加護惜,不愁先澤久淹沉。

海寧陳詒耕鹿題

---

①　心欲離垢垢難離:南圖抄本脱"心"一字。
②　自慚塵垢叢復叢:"塵",南圖抄本作"叢"。
③　胡爲令我時鼓掌:"令",孤山抄本作"今"。
④　烟波深處:"深",南圖抄本作"生"。
⑤　先生之神惟與香山玉局相還往:"還往",南圖抄本"還""往"二字互乙。

f1.2.15　筆意蕭疏古米顛，飄然風骨淡如仙。浮家泛宅渾忘老，範水模山別有天。① 價重二分明月地，光騰十樣彩雲箋。祇今墨迹何從覓，讀罷遺詩見意筌。

集名離垢信非誇，明聖湖頭是舊家。慣汲清泉澆磊塊，掃除俗氣入烟霞。吟來字字融渣滓，誦去篇篇沁齒牙。自是胸中有丘壑，千秋珍重壁籠紗。

皖城楊蕭冠卿題

f1.2.16② 半生作客嘆飄蓬，歸去西湖興不窮。藝苑曾標三絕譽，騷坛共仰一時雄。琴絃幽咽秋蘭渚，粉墨吹噓素壁風。不有手編貽後嗣，瓣香何處奉南豐。

展卷長吟有所思，高曾難得拜遺規。書留芸閣藏函日，花落琴堂點筆時。一代元音存大雅，千秋妙品著神奇。漸江已遠環山杳，漸江僧江六奇、環山方士庶皆歙邑著名畫家。領略風騷問阿誰。

新安曹鳴鈴昉生題

f1.2.17③ 浙西兩畸士，金厲各軼群。謂金冬心、厲樊榭。跨鶴游揚州，不攖塵垢氛。振筆洒鴻藻，珠玉何繽紛。我得兩公集，香取辟蠹熏。獨憐廣陵散，曠絕不可聞。今日見公作，如誦十賫文。暉暉金碧氣，息息蘭芷芬。斷琴

---

①　筆意蕭疏古來顛，飄然風骨淡如仙。浮家泛宅渾忘老，範水模山別有天：南圖抄本脫“筆”至“範”二十二字。

②　此篇題辭光緒本、孤山抄本、南圖抄本、民國本脫。

③　此篇題辭光緒本、孤山抄本、南圖抄本、民國本脫。

蝕古漆，上有梅花紋。見詩如見畫，疑披敬亭雲。見畫如
見書，醉墨羊欣裙。華侯今大儒，胸中富典墳。風雅被流
俗，民物皆欣欣。聽訟有餘閒，家集校勘勤。何知幹吏幹，
案牘事紛紜。

　　錫山顧翰蒹塘題


f1.2.18① 　梓里鴻泥迹未湮，四圍花竹一簾春。解弢
館舍分明在，館近爲余外舅邱迪舟先生宅。不見當時舊主人。

　　垢非仙筆不能離，此事難教俗客知。愧我垢多離未
得，展君圖畫誦君詩。

　　錢塘王蔭森槐卿題


f1.2.19② 　生小故園未識公，今朝何幸見遺風。焚香
浣手窗前讀，③詩境渾如畫意工。

　　知公家住白沙村，風雅今無舊迹存。惆悵斯人何日
再，一回展卷一銷魂。

　　同里羅汝修弨庭題


f1.3　記新羅山人《離垢集》卷後（道光本）

　　《離垢集》五卷，高叔祖秋岳公遺稿也。公諱喦，原字
德嵩。生於閩，家於浙。不忘桑梓之鄉，因自號爲新羅山
人。新羅者，閩南汀州之舊號也。公性岐嶷，好詩畫，方就

---

① 　此篇題辭光緒本、孤山抄本、南圖抄本、民國本脱。
② 　光緒本、民國本、孤山抄本、南圖抄本衍此題辭一篇。
③ 　焚香浣手窗前讀："讀"，南圖抄本作"誦"。

傳,即矢口成聲,落筆生趣。狀游吳越,居維揚最久。善與
人交,技益進。聯鑣北上,譽噪一時。其作畫不拘一體,山
水人物時出新奇。畫必有題詞,甚蒼老而無俗氣。書法整
整斜斜,皆有別致。白苧村桑者張浦山稱,①其力追古法,
脫去時習,洵爲近日空谷之音,其言殆不誣也。晚歸西湖,
不甚酬應,惟以舉子業、課後昆。子浚、孫繩武,舉於鄉。
孫清武,懍於庠。自是手澤僅存尺幅,珍如和璧矣。時所
見無多,而祖祠壁間墨迹歷今百年不壞,尤疑其有神護。
其詩於阮雲臺先生《輶軒集》中采登數首,嘗讀一過,而惜
未睹其全。迨自道光丁亥歲,承乏仙源。其曾孫世琮、世
璟來游,以公手録全稿出示。吟玩再三,寫作信不猶人,乃
益嘆其有美不彰也。因命兒曹繕抄,以質大雅,僉曰:“是
真神品也,不可不傳。”爰於簿書之暇,②親加校閲,以授梓
人。囑其曾孫世琮、世璟考辨魯魚。凡越三月,書始成。
承諸君子錫以弁言,予以題辭,是集當可不朽也,因志數言
於後。時乙未仲夏下旬之四日也。再侄孫時中謹記

### f1.4　黎庶昌序(光緒本)

余生平不能畫,然遇古人佳山水人物,亦喜收藏而寶
玩焉。憶往歲在金陵,從友人觀畫,見新羅山人小品數幅,
筆力清放,脫去恒蹊,以爲畫名噪一世不虛也。維時未知
山人有詩。今年於友人羅少耕太守所得山人之詩而讀之,
其詩超逸拔俗,與其畫格相稱。又始知山人能詩也。考近

---

① 白苧村桑者張浦山稱:“浦”,南圖抄本作“捕”,當誤。
② 爰於簿書之暇:“爰”,南圖抄本作“奚”,當誤。

人之所撰《畫史彙傳》,山人閩汀上杭人,家錢唐,善人物山
水花鳥草蟲,脱去時習,力追古法,詩亦古質,與書稱三絶,
有鄭虔之譽。少耕與山人生同里閈,懼山人文章才望久而
淹没,遂將山人之詩用聚珍版排印行世。使知山人造詣深
邃,不僅僅以畫鳴也。其用心於鄉先達,可謂至厚。少耕
欲余爲之序,余謂山人既以畫傳海内,莫不知雖有詩終不
能軼畫名而上之也。而山人之詩實有超詣,要不可以磨
滅。其集名"離垢",蓋已不啻自敘其詩矣。余何庸贊一
辭,謹書數言,志嚮往而已。

光緒十五年十二月遵義黎庶昌

f1.5　羅嘉傑序(光緒本)

新羅山人,姓華氏,諱嵒,字秋岳,閩汀上杭人,居白沙
鄉。與余同里閈。余生也晚,不獲睹山人丰采,得讀山人
詩,亦云幸矣。先君子勗庭公曩有題山人《離垢集》詩二
章,猶憶論山人壯年力學,嗜古名人畫,評騭綦精。書法出
入歐顔,上追兩晋,獨闢二王堂奥。善繪尋丈大幅,筆力縱
放清逸,中具蒼秀致寢,饋唐宋以來諸大家兼集衆妙。擅
花卉翎毛,山水名噪環宇,超邁群倫。中年游歷名山大川,
著作益富。嘗往來揚州武林間,攬西竺六橋之勝。晚歲家
焉,杖履所經,人争迓不遑,山人顧淡然置之。有得其一縑
半楮,恒珍若璆琳。上杭華氏祠堂堊壁至今墨迹猶存,蓋
山人所作也。可想見當時振臂一揮,横掃千軍氣概,此中
容或有鬼神呵護,不然胡歷劫弗磨耶。咸豐歲丙辰,余晤
山人裔孫見田上舍,以山人《離垢集》五卷相貺。知爲榕軒
大令所梓者,受而卒讀。覺有體皆備,無義不搜。寫景寫

情,俱臻夐絕。摩詰"詩中有畫,畫中有詩",讀此集恍有味乎斯言,宜先君子嘖嘖稱道。惜原版蕩軼無存,苟不覯此集,幾使後世不知山人為吾閩人。余尤懼山人文章才望久而淹没弗彰,是亦嚮慕者所深憾。亟擬壽諸梨棗,翼廣流傳。徒以抗塵走俗,宦迹靡常,致稽歲月。近以于役扶桑,案牘餘閒。爰悉心讎校,重付梓人,以供同好。用贅數言,聊志巔末後之覽者,庶知山人固不僅以書畫鳴世也。

光緒十有五年冬十一月,同里後學羅嘉傑少耕氏識於日本橫濱理廨之見山樓

f1.6 《國朝杭郡詩輯》小傳(浙圖稿本甲冊)

華嵒,字秋岳,號新羅山人,仁和人。有《離垢集》。徐紫山言秋岳詩如春空紫氣,層崖積雪,玉瑟彈秋,太阿出水,足稱神品。其畫善人物山水花鳥草蟲,皆能脫去詩習,而力追古法,一幀之直今日已重至兼金矣。

又按"乾隆府志"入"寓賢"以為閩人僑居杭州,《錢塘縣志》以為臨汀人。自少游學,慕西湖之勝,遂家錢塘。《輶軒録》則直作錢唐人,而原輯言自閩遷杭入仁和籍。按,秋岳子浚,乾隆庚辰舉人,先大父少同几席,知家世甚詳,所言自有依據也。浚子繩武,乾隆甲寅舉人,仁和籍,居大夾道巷口。見《同年録》《畫征録》以秋岳為蜀人,誤矣。慶坻按,福建省無臨汀,疑長汀之誤,校字者偶疏耳。欣木、姻世二兄獲此冊出以見示,歎為環寶。前賢名迹,不敢妄題。謹録先高祖《杭郡詩輯》小傳一首,又先大父增往一則,俾後之知人論世者,有所考云。

丁巳初夏同裏後生吳慶坻

f1.7　況周頤序(補鈔本)

自昔瑰奇絶特之士,生平被服儒雅,得力於天資,學力既厚且深。而其微尚所寄,發爲詞章。筆精墨妙,炤映區寓。後之人不唯愛之重之,必欲表章而流布之。將以夷考其出處,默會其性情。而第云摛華掞藻,猶其後焉者也。秋岳華先生,閩嶠一布衣耳。詩及書畫,世稱三絶。自甌香館已還,一人而已。夫先生之見重於世,豈唯是詩及書畫云爾哉。吾聞之,先生薄游日下,落落寡合,有如少陵所云"冠蓋滿京華,斯人獨憔悴"者。洎乎作客維揚,卜居西泠,得湖山之助,應求之雅,繇是聲譽日隆而所詣亦益進。其權衡乎出處,沆瀣乎性情。所謂熱不因人,交必以道者,其殆庶幾乎。至其落筆吐辭,無塵埃之氣。江陰顧先生倚山序《離垢集》稱其"如氣之秋,如月之曙",紫山老人則比之"太阿出水,玉瑟彈秋",蓋與書畫同工而非書畫所能揜也。丁巳秋日,同社鶴廬仁兄得先生手寫《離垢集》初稿詩如干首,多出坊肆印本之外。一珠一字,古薌馘然,是宜秘而藏之。而鶴廬不謂然也,并世書畫家兼工吟事者,未嘗乏人。然而求之出處之閒,性情之地,則夫秋岳先生何其倜乎遠也。鶴廬讀先生之詩,因而深知先生之出處與其性情,於是乎益愛重先生之詩,不欲秘藏之,而必欲表章流布之。爰亟補鈔付印,以貽同好。先生之書之畫,近已稀如星鳳,而詩獨有足本流傳,與《甌香館集》後先趾美,誠藝林盛事哉。

上元丁巳嘉平月幾望臨桂況周頤夔笙序於滬濱賃廡

## f1.8　象記（補鈔本）

雍正初，餘杭華秋岳先生來揚州，先君一見如舊相識。教甫六歲，固未望見先生顏色也。後侍先君客游將十載，歸而卜居郡城之北，則先生主員果堂先生家。員氏，余世戚而比鄰者。於是蕭衣冠，拜先生於淵雅堂中。先生忻然曰："瓠谷翁與我爲莫逆交，其子與我子皆長成，又同時列於庠序，兩家世好，其勿替乎？"繼見教《咏籬門》一詩中有句云："晚日懸漁網，秋風絡豆花"。顧謂教："子詩富畫情，何不作畫？吾生平無門弟子，蓋畫意不畫形，匪不欲授人無可授也。"教寫短幅獻之，先生曰："異哉，子於六法有宿悟焉，其勉爲之。雖然，畫，藝也，藝成則賤。必先有以立乎其貴者，乃賤之而不得。是在讀書以博其識，修己以端其品。吾之畫法如是而已。"教謹識之不敢忘，然終未執贄先生之門。先生亦不屑以畫中未事一一指示也。自此日或一再至，先生皆不余厭。一日雪中問先生之疾，時先君客豫章，員氏移居城之東偏。先生慨然曰："平時索吾畫者，踵相接也。今天寒歲暮闃無人至，子獨憫我遠來，用心良厚。吾前後至揚州二十年，老友惟汪學軒時來調藥，少年中惟子問訊不絶。揚之可交者兩人而已。"先生體羸善病，七十後稀復渡江矣。先君道過武林，造先生之門，劇談終日始別去。先生時惠尺書，或作詩寄教，惓惓之意，無日忘之。曾幾何時，而先生竟仙去矣。壁上烟雲猶濕，笥中翰墨仍新。惟有道之容，杳不復睹。教潦倒半生，迄無成就，負先生朝許者尤甚。因仿佛平生追成此像，庶不必求諸夢魂得以親之，楮墨畫成，距先生歿時已逾一紀，而先君弃不肖亦三年矣。書此不禁涕泗橫流也。

七月十日後學四教再拜謹識

f1.9　丁仁跋（補鈔本）

右華秋岳先生《離垢集補鈔》一卷，先生閩人僑居杭州，號新羅山人，一號白沙山人，嘗客廣陵，主馬氏小玲瓏山館。書摹鐘王，畫以神韵勝。善山水人物花卉禽蟲，皆能脱去時習。力追古法，不求研媚，而寫動物尤佳。詩筆清超拔俗，與畫相若。所著《離垢集》，紫山老人題辭有云，“文質相兼，又能超脱畦畛之外”，可謂能知秋岳者。《離垢集》傳本甚稀，近滬上坊肆以石版印行，更名《新羅山人題畫詩集》，取便求沽，遂失廬山面目。丁巳暮秋，余得先生手鈔《離垢集》一册，册中各詩泰半爲坊本所無。爰亟補鈔付印，俾讀先生之詩者得窺全豹。并更正舊名，以存其真。先生爲吾浙寓賢，是編之存，關係鄉邦雅故，表而章之，則私淑之志也。先生以詩書畫三絶媲美南田，而其人品之高亦與南田伯仲。後之人知人論世，毋徒以詩書畫重先生，庶幾能知先生之詩而典型奉之乎。先生小象爲揚州張宣傳所繪，張雲門所藏，兹并假付重橅冠之卷端。

歲在疆梧大荒駱大寒後五日錢唐鶴廬居士丁仁跋

f1.10　華秋岳《離垢集》書後[1]

松生沈君得新羅山人《白雲松舍圖》，空靈曠逸，得未曾有，上有題句云[2]“朝飲花上露，夜卧松下風。雲英化爲

---

　　[1]　華秋岳《離垢集》書後：此文收録於陳文述《頤道堂集》卷七，所謂“《離垢集》”即錫博稿本，今於錫博稿本可見陳文述此文手書。此處以《頤道堂集》爲底本，校以錫博稿本等。參見［清］陳文述《頤道堂集》，《清代詩文集彙編》第505册，第123頁。

　　[2]　上有題句云：錫博稿本、中大抄本、北大抄本脱“上”一字。

水，光彩與我同"，歎爲神似太白，①曾爲七言古詩題之。②
今復以山人手鈔《離垢集》見示云，近日得之友人處。書法
虞褚，③尤近雲林。余適養疴湖樓，雨窗無事展讀之。④ 五
言如"池光依案白，花影落幢紅"，"落日數峰外，⑤歸雲一
鳥邊"。⑥ 頗似司空圖、劉長卿。若"編竹界秋烟，破壁入秋
雲"，則又神似賈長江矣。⑦ 七言如"蓮塘水繞鴛鴦夢，⑧落
盡閒花過一秋"，"紫鸞去後從無夢，春雨蕭蕭獨掩門"，"昨
夜滿空雲似水，藕花香裏獨憑闌"，"撥開窗外梧桐葉，且看
銀灣月半輪"，才情婉約，雅近温李。若"清宵忽聽霜林響，
知是蒼猿扚樹聲"，⑨"便是秋風來作伴，夜敲松子落茆
庵"，⑩"寒烟石上孤生竹，瘦似天台面壁僧"，則非餐霞飲渌
者，不能道矣。⑪ 其詩可傳，其字可鑱，其人可入武林耆舊
傳也。余近爲《湖山古詩》⑫，有《南園懷華秋岳》，詩云："南
園秋色晚蒼蒼，曾是先生舊草堂。月華静寫竹柏影，露氣

---

    ①  歎爲神似太白："歎"，北大抄本作"欲"，校作"歎"。

    ②  曾爲七言古詩題之：錫博抄本、中大抄本、北大抄本作"爲七言古
詩題之"。

    ③  書法虞褚：錫博稿本、中大抄本、北大抄本"書法"後衍"類"一字。

    ④  雨窗無事展讀之：錫博稿本、中大抄本、北大抄本作"雨窗無事展
卷焚香讀之"。

    ⑤  落日數峰外："外"，中大抄本、北大抄本作"交"。

    ⑥  歸雲一鳥邊："邊"，中大抄本、北大抄本作"逢"。

    ⑦  則又神似賈長江矣："又"，錫博稿本、中大抄本、北大抄本作"更"。

    ⑧  蓮塘水繞鴛鴦夢："鴦"，錫博抄本作"央"。

    ⑨  知是蒼猿扚樹聲："蒼"，錫博稿本、中大抄本、北大抄本作"山"。

    ⑩  夜敲松子落茆庵："茆"，中大抄本、北大抄本作"茅"。

    ⑪  不能道矣：錫博抄本、中大抄本、北大抄本作"不能道隻字"。

    ⑫  湖山古詩：錫博抄本、中大抄本、北大抄本作"西湖懷古詩"。

細滋松桂香。閒中畫史自留稿,老去詩翁誰擅場。一幀梅
花高士在,滿襟幽趣發寒香。"南園,先生所居。余藏先生
梅花高士一幅,①逸品也。② 故詩中及之。③

道光甲申八月八日頤道居士④書於青蘿浦上黃葉樓

## f1.11　鄧爾疋跋(錫博稿本)

唐人律髓晋人書,豈但詩中心畫儲,爲問新羅三絶備,
匈無万卷奈何爲。

驚喜跫然山谷空,書家畫史出詩翁。甌香離垢雖相
近,先后烟艰春不同。見集中題南田畫詩。

冠五先生得新羅山人自書詩稿真迹,出示索題。山人
以畫著,詩書不多見。此編隨意謄抄,尤想見其心手相應,
漸近自然也。敬讀一過,口占絕句兩首附錄卷末。

　　　　　　　　　　　　　　癸酉清明節鄧爾疋

## f1.12　附識(中大抄本)

此集藏伍氏粵雅堂尚未授諸黎棗。余不能俟其集出,
以先觀爲快也。故令兒輩抄之。

---

① 余藏先生梅花高士一幅:中大抄本、北大抄本作"余藏先生所畫梅
花高士一幅"。

② 逸品也:北大抄本原作"送足也",後校作"逸品也"。

③ 故詩中及之:錫博抄本、中大抄本、北大抄本作"故詩中及之,既載
入《秋雪漁莊筆記》,因書集尾,以應松生之屬"。

④ 頤道居士:錫博抄本、中大抄本、北大抄本作"頤道居陳文述"。

# 各主要版本《離垢集》與今存華嵒
# 相關詩稿之比較

## (1)國家博物館藏華嵒"行書册頁"各開釋文
## 及其與各主要版本《離垢集》的比較

（説明：主要版本《離垢集》包括道光本及四種稿本）

f2.1.1 水腐吟（見 644）

河伯無憀極，日暮鞭錦鱗。游戲滄浪上，水華不沾身。
水光摇摇寒不定，老魚跳波開水陣。黿鼉背上捲西風，龍
子龍孫出龍宫。海國鮫人夜驚起，并刀翦斷機中水。一尺
緑波留不得，因風蕩入空江裏。空江西岸月痕斜，水晶石
子委泥沙。輕烟不動秋雲濕，蘆花影背孤鴻泣。

f2.1.2 自寫小景并題（見 1011）

嗟余好事徒，性耽山野僻。每入深谷中，貪玩泉与石。
或遇奇邱壑，雙飛打（錫博稿本、浙圖稿本甲册作"折"）齒
屐。翩翩排烟雲，如翅生兩腋。此興二十年（浙圖稿本甲
册作"四十年"），追思殊可惜。迩來筋骨老，迥不及疇昔。
聊倚孤松吟，閉之蒿間宅。洞然窺小牖，寥蕭浮虚白。炎
風扇大火，高天苦燔炙。倦游（錫博稿本、浙圖稿本甲册作

422

"卧")竹筐床,清汗濕枕席。那得踏層冰,散髮傾崖側。起坐捉筆硯,寫我軀七尺。贏形似鶴臞,峭兀比霜柏。俛仰絶塵境,晨昏不相迫。草色榮空春,苔文華石壁。古藤結游青,寒水浸僵碧。悠哉小乾坤,福地無灾厄。

f2.1.3 畫墨龍(見 69)

山人揮袂露兩肘,把筆一飲墨一斗。拂拭光箋驟雨傾,雷公打鼓蒼龍走。

f2.1.4 苦雨作(見 684,錫博稿本作"丙申夏四月苦雨作")

高天十日雨平傾,門巷滔滔不可行。見説蛟潭通海市,還聽鼉鼓撼江城。風雷未必能蒙養,吴楚如何得再晴。我向空齋無一事,坐看四壁緑草生。(末四句錫博稿本作"寒魚跋浪銜沙立,饑鵲登巢翼子鳴。我向空齋窺四壁,荒荒憂思眼前生")

f2.1.5 遠村(臺圖稿本、道光本作"施遠村")以秋蘭數莖見貽,題詩以報之(見 72。錫博稿本作"遠村以秋蘭數莖見貽,其華香貞静,令人愛重,因譜素影,以報遠村并題四絶",且有四首。其中"美人披蘭叢"四句、"養以古瓷瓶"四句、"吟窗晝坐時"四句分别爲三首,另一首見 878.4。)

美人披蘭叢,素手撥蒙密。摘取數莖花,貽我熏秋室。養以古瓷瓶,供之清几案。潾潾冷澗泉,一日當(錫博稿本作"常")三換。吟窗晝坐時,把卷静相對。愛彼王者香,堪爲野人佩。

f2.1.6 題遠村（錫博稿本作"施遠村"）評硯圖（見
872）

吾友施遠村，性情類老米。動處不相差，癖癖亦可擬。
愛石如愛玉，日夕弄不已。削作十枚硯，用洗一溪水。巨
者浮青華，小者斷龍尾。鸂鶒之眼活且圓，猪肝之葉嫩而
紫。就體以名物，假物以形體。推移造化，變幻機理，銘詩
銘辭，無不精美。藏以紫漆匣，裹之綠錦綺。分品供座右，
光澤潤清几。（錫博稿本此處衍"選取授佳兒，譜竹擬君
子。硯式削作竹形。兒獨慎加愛，耶亦大歡喜。耶固授兒兒
拜受，授使愛物當愛己"三句）春光却似三月初，處處鶯聲
調新徵。蘭茁香芽桃放蕊，小綠抽烟輕紅始。遠村此時要
題詩，已展蕉箋半張紙。看君賦盡世間物，直使文章等
身耳。

f2.1.7 題獨立山人小景（見 592。浙圖稿本乙冊、錫
博稿本後有小字"山人善寫竹"）

有客吟秋園，秀骨如瘦石。迴立蒼茫間，亭亭此七尺。
常愛寫烟梢，清光散瑤席。抖亂渭川雲，腕下瀉寒碧。君
既善寫竹，人復（此處脫一"寫"字）善君（錫博稿本因殘破
脫"復善寫"三字）。君在尺幅中，直欲干青雲。嗚呼，人生
高志苟如此，眼底庸庸孰與群。

f2.1.8 題閔韞輝小照（見 1078。錫博稿本後有一小字
"照作釋老披袈裟，坐禪椅，傍有二美人持錢酒相逼，隱酒色財
氣爲圖"）

雪川閔子善戲謔，扮僧像僧不用學。借得馬祖紫袈裟，半身披轉光灼灼。天然椅子坐觀空，世界一切都抹却。雖有洛城嬌，眼中無處著。雖有鬱金香，舌根未領略。雖有銅山封，飄若浮雲薄。笑彼鴻溝争，冷冷懸冰壑。去者來者日紛紛，幾人知命如君樂。

f2.1.9 寒支詩（見 887。浙圖稿本乙册作"對竹偶作"）

頭上天公欲（浙圖稿本乙册作"要"）作雪，黑雲四面漸（臺圖稿本作"先"）鋪設。西北角上朔風來，掀茅捲瓦樹枝折。呼兒飽飯入桑林，收拾敗枝縛黄箑。擔回堆積厨竈邊，供給三頓（錫博稿本有小字"餐"於"頓"側）莫少缺。（浙圖稿本乙册此處衍"乾者，取先爨。生者，留過月。留過一月都可用，温茶温酒容易熟"三句）記得前年春雨深（浙圖稿本乙册作"多"），屋溜連朝響不歇。那能著屐出門游，枯坐（浙圖稿本乙册作"只可"）空齋歌薇蕨。欲向鄰翁乞薪米，啓語（浙圖稿本乙册作"開口"）自怕（浙圖稿本乙册作"又怕"）勞唇舌。也碎枯桐繼晨炊，烹泉不穀三口啜。由來忽忽幾秋春（浙圖稿本乙册作"冬春"），此事每將心内説。人生苟得無饑寒，便可閉門自養拙。且携妻子晏清貧，何礙敝衣有百結。況蒙天地客吾間，起息得由情志（浙圖稿本乙册作"情性"）悦。雖在寒園擁薜蘿，亦將矮屋當岩穴。幽窗正好開青眼，直看竹竿撑高節。

f2.1.10 夏日泛白門（見 842）

火輪炎炎燒海濤，赤鳥展翅騰九皋。陰崖鬼母不敢泣,水宮龍子聲嗷嗷。我對深林發長嘯,雷雨空江來返照。江上長虹挂遠天,白門柳色浮蒼烟。蒼烟橫江不可渡,六代繁華在何處。吾將弄明月於滄浪,安能長躑躅兮此道路。

f2.1.11 新羅題自寫山水(見 116。錫博稿本作"作山水自題付二男",臺圖稿本、道光本作"作山水成題以補空")

春晨進食罷,深坐橋窗南。閒極背作癢,急搔美且甘。豈無事物擾,所幸一生憨。好書不愛讀,懶勝三眠蠶。但虜消遣計,思索至再三。記得登雲岩,怪險都能探。尚可摹寫出,兔毫漫咀含。展紙運墨汁,移竹蔽茅庵。遠天黏孤雁,高峰潑蒼嵐。霜櫬摩詰句,石窟遠公龕。滾滾雲堆白,層層水叠藍。魚躍上三峽,龍歸下一潭。成此幽僻境,對之且自堪。(錫博稿本後有"興快還題字,題畢付二男",臺圖稿本、道光本後有"酬以梅花釀,東風蘇清酣")

f2.1.12 揮汗用米襄陽法作烟雨圖(見 104)

秋深仍苦熱,敞閣納涼風。偶然得新意,掃墨開鴻濛。溪山銜猛雨,密點打疏桐。樓觀蔽烟翠,老樟合(臺圖稿本、道光本作"團")青楓。奔灘激寒溜,雷鼓聲逢逢。方疑巨石轉,漸慮危橋衝。皂雲和古漆,張布黔低空。游禽返叢樾,濕翎翻生紅。景物逞情態,結集毫末中。邈然推妙理,妙理固難窮。

f2.1.13 作雙樹圖贈吳尺鳧(見 673)

曉夢吟殘月，琴堂松影孤。淺香銷客被，清漏斷銅壺。晨起紅蕉牖，梧桐日照初。披（浙圖稿本乙册作“散”）帙泛（“泛”，浙圖稿本乙册因殘破而脱）古帖，最愛練裙書。偶發林泉興（浙圖稿本乙册作“想”），毫端墨雨呼（浙圖稿本乙册作“豪端風雨呼”）。毫端墨（浙圖稿本乙册作“風”）雨横空落，撥拓靈崖雙樹圖（浙圖稿本乙册作“戲寫雲崖雙樹圖”）。錦石嵯峨，烟蘿蕭疏。秋蘭之野，幽香盈把（浙圖稿本乙册作“秋蘭之下，落英盈把”）。雲中人兮玉（浙圖稿本乙册作“胡”）爲者，紅靴踏風風團馬，鳳帶鸞裙和瀟灑。旆蓋熠燁金銀寫，翻翻飛飛，紛然而來下（浙圖稿本乙册作“踏風翻翻驅龍馬。愁余思之不能寫，潑面銀河向胸瀉”）。

## (2)廣東省博物館藏華嵒"楷書詩稿"與
## 各主要版本《離垢集》的比較

f2.2.1 題聽泉圖（見 557）
一（錫博稿本作"半"）幅冰綃巒影懸，紛紛寒翠滴空烟。此中不是廬山麓，亦有幽（錫博稿本作"山"）人聽曉泉。

f2.2.2 江烟畫舫圖（各版本《離垢集》均未見此詩）
翠烟蒙密藏清䚿，若有靈子泉石上。畫舫却停蘆荻邊，吟聲都作烟霞想。

f2.2.3 奉懷順承郡王子（見 838）
王子瑤笙久不聞，清秋但擁一爐熏。坐看天上明河闊，歷歷榆花種白雲。

f2.2.4 潑墨爲圖（見 839。錫博稿本作"作山水"）
捲疏簾，凭淨几。端溪石子磨秋水，不知風雨從何來，五嶽三山落吾指。

f2.2.5 梅（見 840）
靜處幽光獨夜新，美人南國夢江濱。破寒一放蒼厓雪，香露先迎天下春。

f2.2.6 喜雨（見 454。道光本作"秋杪喜雨"）

太空一嚏滌殘秋,遠近(道光本作"澤沛")人間(錫博稿本作"無")饞(道光本作"解")渴愁。雨過(道光本作"足")高原(詩稿原作"田",後改作"原")宜(道光本作"爭")下麥,水生枯港得行舟。向(道光本作"耐")寒菊蕊清英吐,帶濕芹根(錫博稿本作"芽")嫩緑抽。半尺紅魚池上跳,輕陰(錫博稿本作"烟")潑浪滑如油。

f2.2.7 白雲篇題顧斗山小影(見554。各《離垢集》稿本未見此詩,儘道光本收録)

白雲復白雲,飄飄起空谷。天風吹之來,入我香茅屋。舉手戲弄之,愛彼冰雪姿。動我寡幽興,一縱無所定(道光本作"縱情任所之")。與之汗漫游,悠悠遍九州。九州不足留,復將訪丹邱。丹邱在目如可往,中有人兮白雲上。

f2.2.8 對酒(見815)

投筆作何用,富貴非可求。悠哉把酒登高樓,一杯銷盡古今愁。

f2.2.9 題松烟梅月成幅(見816。錫博稿本作"寫烟月松梅圖")

酒酣縱筆灑狂墨,染出松濤寒玉骨。須臾腕底涼風生,更取龍光著烟月。澹月不成光,輕烟流暗香,恐教神女下高唐。

f2.2.10 題顧上儒秋吟圖(各版本《離垢集》均未見此詩)

百年老木自離奇,大葉疏條多下垂。正是夕陽開野景,何如吟客對秋時。

f2.2.11 陳懶園招同人宴集愛山館分賦(見 532。錫博稿本作"陳懶園招同人宴集愛山館分賦得香字")

最憐秋院靜,微雨壓新凉。蘭氣熏清酌,蓮風送妙香。時坐(錫博稿本、浙圖稿本甲册、道光本作"座")側蓮蘭帀繞,幽艷相間,幾與仙境爭優矣(道光本脱"矣"字)。醉吟橫野興,幽賞趁時光。天許吾儕樂,迂狂正不妨。

f2.2.12 二月一日即事(見 443)

正月已過二月來,飽香梅蕊未全開。野夫閒立茅檐(錫博稿本、浙圖稿本甲册作"堂")下,手把松毛掃緑苔。

f2.2.13 幽居三首(見 79、947。錫博稿本作"幽居三絕句"。次首於臺圖稿本、道光本單獨成一首,臺圖稿本作"幽居口吟四句遣興",道光本作"幽居遣興")

f2.2.13.1 鄙人家住小東園,緑竹陰中敞北軒。一部陶詩一壺酒,或吟或飲玩晨昏。

f2.2.13.2 常共妻孥飲粥糜,登盤瓜豉茹上聲(小字錫博稿本、道光本脱)芹葵。貧家自有真風味,富貴之人那得知。

f2.2.13.3 竹床瓦枕最堪眠,被褥温香夢也仙。聽得微風花上過,却疑疏雨逗窗前。

f2.2.14 顾影有感(各版本《離垢集》均未見此詩)

四十餘年未展眉，終朝如醉亦如癡。自知懶性難更改，每怨人前退縮遲。

f2.2.15 得句題蕉（見 950。錫博稿本作“題蕉”）
石畔吟秋句，風前束瘦腰。拌將三斗墨，揮黑一林蕉。

f2.2.16 題桃花燕子（見 573。錫博稿本脱“題”字）
洞口桃花發，深紅間淺紅。何來雙燕子，飛入暖香中。

f2.2.17 小東園遣興三絶（第一首各版本《離垢集》均未見，另兩首分別見 952、534，前者錫博稿本作“小東園遣興”，後者道光本作“寄懷金江聲”，錫博稿本作“懷金江聲”）
f2.2.17.1 寂倚虛窗對野塘，此身閒放水雲鄉。梅花開後春還冷，一領羊裘未可藏。
f2.2.17.2 待欲攤書傍午吟，待將操筆寫春心。不然且飲杯中酒，醉倚桑林看竹林（錫博稿本作“醉卧繩床擁布衾”）。
f2.2.17.3 涼風 過江城，吹動松梧竹柏（道光本作“高梧秋裏”）聲。便上小樓橫一榻，懷君坐到（道光本作“盡”）第三更。

f2.2.18 贈鳳山（見 533）
翠微深處結幽居，半畝山園帶石鋤。一自秋來傷寂寞，兼（道光本作“因”）多酒債典琴書。

f2.2.19 題仙居圖（見 550）

碧霞影裏絳宮開，似（錫博稿本、浙圖稿本甲册作
"中"）有高高白玉臺。誰在窗（錫博稿本、浙圖稿本甲册作
"花"）前呼小鳳，橫空飛下一雙來。

f2.2.20 寄魏雲山（各版本《離垢集》均未見此詩）

世人探討固能之，那得如君學不疲。畫入晚年尤有
法，詩窮老境更多奇。蒼松帶月清堪比，翠竹含風秀亦宜。
我自勞勞終守拙，閉關偏尔抱幽思。

f2.2.21 題沈方舟園亭景（見 55.1、749.2、55.2，錫博
稿本作"題友人園亭"，臺圖稿本、道光本作"題友人園亭五
首"，此詩稿中錄有"梅嶼"、"桑徑"、"竹墅"三首，疑"景"字
前脱"三"字）

f2.2.21.1 梅嶼

挐舟花外渡，孤嶼隔烟水。恍有羽衣翁，獨立寒香裏。

f2.2.21.2 桑徑

青青一徑桑，采掇倩蠶娘。將收五色繭，抽絲繡鳳凰。

f2.2.21.3 竹墅

竹墅多陰雲，日夕電（錫博稿本、道光本作"雷"）殷殷。
山雨一番過，籬根掘新笋。

f2.2.22 草閣荷風（見 461）

小閣幽窗枕簟涼，天風吹夢入雲鄉。醒時不記仙家
事，身在銀河水一方。

f2.2.23 夏日泛白門（見 842）

火輪炎炎燒海濤，赤鳥展翅騰九皋。陰厓鬼母不敢出
（錫博稿本作"泣"），水宮龍子聲噉噉。我對深林發長嘯，
雷雨空江來返照。江上長虹挂遠天，白門柳色浮蒼烟。蒼
烟橫江不可渡，六代繁華在何處。吾將弄明月於滄浪，安
能長躑躅兮此道路。

f2.2.24 題雲山雙照圖（見 560。錫博稿本作"題魏老
雙照圖"）

客愛爲農好，幽栖畎畝中。屋邊鴉點（道光本作"戀"）
樹，窗外月張弓。穉子捧書讀，老人煨椊烘。雖非晋處士，
却似漢梁鴻。

f2.2.25 圖成得句（見 110）

烏皮几上白紛紛，半幅鮫綃展浪（臺圖稿本、道光本作
"麗"）紋。洒去墨華凝作霧，移來山色化爲雲。松風搏（錫
博稿本、臺圖稿本、道光本作"簌"）綠沉（錫博稿本、臺圖稿
本、道光本作"淘"）秋影，野蔓抽烟漾夕曛（錫博稿本、臺圖
稿本、道光本作"野氣搏黄煉夕曛"）。寫就澄潭三十畝，芙
蓉花裏著湘君。

f2.2.26 對牡丹（見 694。錫博稿本作"對牡丹口吟二
十字"，浙圖稿本乙册作"對牡丹偶吟二十字"）

對此可憐色，無才賦好詩。閉門香外坐，春院日遲遲。

f2.2.27 寫蘭竹（見 695。錫博稿本、浙圖稿本乙册作

"畫蘭竹")

發我松柏思,寫此蘭與竹。一笑迴(浙圖稿本乙册作
"過")氛埃,悠然在空谷。


f2.2.28 題薛松山訪道圖(見 561。錫博稿本作"題友
人訪道圖")

溪山周百里,四面列芙蓉。道者居其内,斯人欲往從。
草梳石頂髮,雲沐洞門松。千尺懸厓上,飛空下白龍。


f2.2.29 癸卯夏,雲山仍寓宗陽宫,余爲過訪,作此贈
之(見 799。錫博稿本作"過宗陽宫訪魏雲山作")

竹杖支生力,鶴關訪舊游。獨翁情共冷,炎夏亦同秋。
松柏青無改,烟霞迹暫留。還聽雲閣磬,興妙説丹邱。


f2.2.30 立秋前一日南園即事(見 450)

放鴨塘幽景自殊,漁罾(道光本作"莊")蟹舍隱菰蘆。
柳根繫艇斜陽淡,籬脚編茅暑氣無。扶起瓜藤青未減,擘
(錫博稿本作"劈")開柑子核纔粗。蟬聲唱得凉風至,明日
秋來染碧梧。


f2.2.31 題姚鶴林西江游草(見 456)

愛君詩筆記遨游,一句山川一樣秋。却道西(錫博稿
本作"章")江門外浪(以上三句道光本作"誦君詩草記遨
游,山色溪光筆下收。怪底西江門外浪"),捲空十尺雪
花浮。

雲(道光本作"凌")霄老鶴自高(道光本作"清")高,翻

（道光本作"偶"）入秋江濯羽毛。不逐群鷄同處食（錫博稿本作"不逐群鷗沙際食"，道光本作"肯與鷄群同飲啄"），遂（錫博稿本作"却"，道光本作"自"）支孤影返林皋。

f2.2.32 與姚鶴林論詩偶成一律（見 805。錫博稿本作"與鶴林論詩法"）

松篁冷翠潑塵襟，相與論詩得（錫博稿本作"有"）鶴林。篩簁精粗量要妙，磨礱古雅鑑清深。逶迤蛇過籬根草，斷續絲穿綿裏鍼。此理豈能容易獲，白頭空（錫博稿本作"窗"）下苦搜尋。

f2.2.33 偶得端石一枚自削成硯銘之（見 925）
頑而不利，默而若蠢。渾然太古，飽德飽功。

f2.2.34 題松（見 931）
雲氣晴猶濕，濤聲静亦寒。若將東岱擬，便以大夫觀。

f2.2.35 題獨石（見 564。錫博稿本作"獨石"）
尊如丈人，嚴若真（錫博稿本作"貞"）女。唯彼蒼蒼，清堅自處。

按，該詩稿後有康咏題識：
華秋岳先生遺稿，余得自其家。乙巳重付裝池，以存名迹。汀州康咏識。

# 浙江圖書館藏《離垢集》稿本
# 甲册、乙册及補鈔本目録

## (1)浙江圖書館藏《離垢集》稿本甲册、乙册目録

| 浙圖稿本甲册 | 正文標號 |
|---|---|
| f3.1 丹山書屋咏梅 | 539 |
| f3.2 聽雨 | 75 |
| f3.3 散步 | 459 |
| f3.4 竹亭 | 886 |
| f3.5 乙巳立夏日雨窗小酌有感而作 | 448 |
| f3.6 題葉照亭種藥圖 | 922 |
| f3.7 寫得"天寒翠袖薄,日暮倚修竹"句 | 113 |
| f3.8 陳懶園招同人宴集愛山館分賦 | 532 |
| f3.9 偶得端石一枚自削成硯銘之 | 925 |
| f3.10 擬竹枝詞 | 926 |

f3.11 乙巳冬即山齋芙蓉石畔,海榴、宜男共時發花,光彩耀目,嫣殊群卉。時遠村將有弄璋之喜,得此佳兆,余爲破睡,譜圖并題　　　　　　78

f3.12(f3.12.1－f3.12.4)題屏面雜花四首

1020.1、1020.2、1020.3、1020.4

436

f3.13 陳老遲仿荊關一幀,吾友姚鶴林所貽,古樹竹石之外本無他物,不識何人污墨數點深爲礙目。余因撫其污墨,略加鈎剔,似若群鳥歸巢之勢,庶不大傷先輩妙構也。

雍正丁未十二月八日識并題　　　　　　　　　599

　f3.14 題唤渡圖　　　　　　　　　　　　1022

　f3.15 雲居隱者　　　　　　　　　　　　 621

　f3.16 題玩秋圖　　　　　　　　　　　　 620

　f3.17 畫深磵古木圖　　　　　　　　　　1024

　f3.18 題秋江野鴨　　　　　　　　　　　1023

　f3.19 雨窗春吟　　　　　　　　　　　　　32

　f3.20 獨夜有感　　　　　　　　　　　　 445

　f3.21 將訪徐紫山爲雨所阻感而成詩　　　 945

　f3.22 二月一日即事　　　　　　　　　　 443

　f3.23 陳懶園近得方竹杖一枝,題詩索和,聊答一律

　　　　　　　　　　　　　　　　　　　　 963

　f3.24 題霜枝畫眉　　　　　　　　　　　 965

　f3.25 作古木竹石　　　　　　　　　　　 959

　f3.26 題清溪釣艇　　　　　　　　　　　 829

　f3.27 作畫　　　　　　　　　　　　　　 960

　f3.28 二三子見過口拈一律　　　　　　　 961

　f3.29 用米南宫法作瀟湘圖　　　　　　　1104

　f3.30 題孫老楓林停車圖　　　　　　　　1105

　f3.31 春壑　　　　　　　　　　　　　　 962

　f3.32(f3.32.1－f3.32.2)幽居三首　79、947.1、947.3

　f3.33 瘝雞　　　　　　　　　　　　　　　80

　f3.34 咏素蘭六韵　　　　　　　　　　　 949

f3.35 贈楓山　　　　　　　　　　　　　533

f3.36 題仙居圖　　　　　　　　　　　　550

f3.37 寄徐紫山紫山時客海陽　　　　　　　747.1

f3.38(f3.38.1－f3.38.4)丙午春朝偶譜芍藥四種各勝以詩,但詞近乎戲,鑒賞者當相視而笑也

939.1、939.2、939.3、939.4

f3.39 丙午雨窗對畫芍藥一律　　　　　　940

f3.40 坐雨寫折枝桃柳　　　　　　　　　941

f3.41 西湖春曉　　　　　　　　　　　　942

f3.42 懷姚鶴林　　　　　　　　　　　439.1

f3.43 法米南宫　　　　　　　　　　　　582

f3.44 題畫　　　　　　　　　　　　　　647

f3.45 挑燈佐讀圖　　　　　　　　　　　565

f3.46 臨風拂袖圖　　　　　　　　　　1106

f3.47 陶宙仔以"賦得天葩吐奇芬"之句見貽,步其原韵,草草成詩　　　　　　　　　　　　932

f3.48 題獨石　　　　　　　　　　　　　564

f3.49 贈陶宙仔　　　　　　　　　　　　934

f3.50 爲金嶽高畫石　　　　　　　　　　935

f3.51 題紫牡丹　　　　　　　　　　　　568

f3.52 畫鴛鴦　　　　　　　　　　　　　979

f3.53 野薔薇　　　　　　　　　　　　　576

f3.54 池上觀魚　　　　　　　　　　　　82

f3.55 山堂斷句圖　　　　　　　　　　　982

f3.56 題牡丹　　　　　　　　　　　　1107

f3.57 鶴畫贈姚子鶴林　　　　　　　　　983

f3.58 題扇　　　　　　　　　　　953

f3.59 題仙源圖　　　　　　　　　567

f3.60 題竹　　　　　　　　　　　955

f3.61 歸山圖　　　　　　　　　　570

f3.62 題鍾馗踏雪圖　　　　　　　957

f3.63 玩月　　　　　　　　　　　958

f3.64 題納涼圖　　　　　　　　　1005

f3.65 兔　　　　　　　　　　　　975

f3.66 畫墨芙容　　　　　　　　　976

f3.67 柳枝螳螂　　　　　　　　　977

f3.68 薛松山囑寫《歲朝圖》,遂戲作橘、荔、柿及瓶花
二種應之　　　　　　　　　　　978

f3.69 荷池坐雨　　　　　　　　　991

f3.70 題山水　　　　　　　　　　992

f3.71 題石榴　　　　　　　　　　993

f3.72 高士圖　　　　　　　　　　994

f3.73 畫梔子花　　　　　　　　　1026

f3.74 賦所見　　　　　　　　　　1027

f3.75 畫菜戲題　　　　　　　　　1028

f3.76 荷亭　　　　　　　　　　　1029

f3.77 荷亭看雨　　　　　　　　　1030

f3.78 題蒼龍帶子圖　　　　　　　489

f3.79 春宵　　　　　　　　　　　944

f3.80 殘荷　　　　　　　　　　　969

f3.81 憶舊　　　　　　　　　　　970

f3.82 蟬　　　　　　　　　　　　971

f3.83 畫寢　　　　　　　　　　　　　　　　972

f3.84 玉簪花　　　　　　　　　　　　　　　973

f3.85 畫白雲樓圖贈朱君鹿田并小序　　　　562

f3.86 自寫小影并題　　　　　　　　　　　1011

f3.87 池上風竹　　　　　　　　　　　　　1013

f3.88 題雅論圖　　　　　　　　　　　　　1012

f3.89 撫琴桂花底　　　　　　　　　　　　915

f3.90 題萱草　　　　　　　　　　　　　　988

f3.91 題虞美人　　　　　　　　　　　　　989

f3.92 題麻姑春飲圖　　　　　　　　　　　566

f3.93 題蘭　　　　　　　　　　　　　　　985

f3.94 題雞　　　　　　　　　　　　　　　986

f3.95 題貓　　　　　　　　　　　　　　　987

f3.96 寫南山白鹿圖壽柴放亭　　　　　　　990

f3.97 贈海門周岐來周君善岐黃術，嘗浮游東海爲國人重焉

　　　　　　　　　　　　　　　　　　　1016

f3.98 賦得風倚荷花作態飛之句　　　　　　1017

f3.99 萬九沙先生囑補其八世祖蘭窗圖并題之　1019

f3.100 和雪樵丈哭牙　　　　　　　　　　919

f3.101(f3.101.1－f3.101.2)題惲南田畫册　77.1

　　　　　　　　　　　　　　　　　　　77.2

f3.102 作桃花春水圖爲遠村壽　　　　　　1108

f3.103 讀南華經　　　　　　　　　　　　1050

f3.104 咏蓮　　　　　　　　　　　　　　1051

f3.105 梅竹　　　　　　　　　　　　　　1052

f3.106 養生一首己酉冬十月望前一日作　　　94

f3.107 題三星圖祝澂心子　　　　　　　　　　1109

f3.108(f3.108.1－f3.108.2)東園生索居蒿里,饑卧
自傷,寫此毛骨,當俟孫陽一顧庶慰憔悴　　　　1110.1

　　　　　　　　　　　　　　　　　　　　1110.2

f3.109 又題馬　　　　　　　　　　　　　　　1111

f3.110 夢中得句　　　　　　　　　　　　　　95

f3.111 檐葡花淡致逸逸,自有真色,非桃李妖艷可比。
其含英發香,素蕙近焉,故數寫不厭。擬以四字詩題之,或
朴雅相當耳　　　　　　　　　　　　　　　　1048

f3.112 二色桃花　　　　　　　　　　　　　　1049

f3.113 東門冒雨見過,極言花隖放游之樂,兼出所作,
謾賦長句以答　　　　　　　　　　　　　　　99

f3.114 贈鄭雪崖先生　　　　　　　　　　　　100

f3.115 庚戌仲春,雅集就莊。雪川陳東萃爲諸君及余
寫照,余補作《就莊春宴圖》用祝李君東門壽　　1073


**浙圖稿本乙册**　　　　　　　　　　**正文標號**

f3.116 古意贈同好　　　　　　　　　　　　　4

f3.117 短歌贈紫陽山和煉師　　　　　　　　　2

f3.118 對竹偶作　　　　　　　　　　　　　　887

f3.119 幽居偶咏　　　　　　　　　　　　　　73

f3.120 沈君方舟歸里賦此以贈　　　　　　　　890

f3.121 遣興一首　　　　　　　　　　　　　　74

f3.122 寫江南烟雨圖貽沈君方舟　　　　　　　892

f3.123(f3.123.1－f3.123.4)題萬壑争雄圖

　　　　　　　　893.1、893.2、893.3、893.4

f3.124 題松岩圖　894

f3.125 自題雪月交輝圖　895

f3.126 春江野望一絕　896

f3.127 醉暑作扇頭系此　1112

f3.128 松風竹屋图　898

f3.129 題瑞蓮圖池蓮開出一朵紅白二色，群以爲瑞　899

f3.130 贈薛楓山　533

f3.131 放犢圖　446

f3.132 丹山書屋咏絲莽梅　539

f3.133 畫紅菊綠筬合成一幅　546

f3.134 秋林澹遠圖　909

f3.135 對畫戲題　1113

f3.136 畫白石朱竹壽雪樵丈六十　1114

f3.137 山行　1115

f3.138 酒後對月戲作　1116

f3.139 聽雨　75

f3.140 散步偶吟八句　459

f3.141 題壁間畫竹　886

f3.142 乙巳立夏日雨窗小酌有感而作　448

f3.143 畫白雲樓圖贈朱君鹿田題此并序　562

f3.144(f3.144.1－f3.144.2)題惲南田先生畫册二絕
　　77.1、77.2

f3.145 題萬壑松亭圖　918

f3.146 和雪樵丈哭牙　919

f3.147 金陵道士　605

f3.148 扇頭作米家雲氣貽江上老人　547

f3.149 寫蒼苔古樹　31

f3.150 春愁詩　27

f3.151 擬廬山一角　15

f3.152(f3.152.1－f3.152.2)贈雪松和尚

438.1、438.2

f3.153 松月歌　612

f3.154 夢有所思而不能者欲將持之以寄遠　1117

f3.155 題高隱圖　600

f3.156 夏夕　10

f3.157 作畫　11

f3.158(f3.158.1－f3.158.2)西溪二首　713.1

713.2

f3.159 題秋江放艇圖　40

f3.160 題沈雷臣江上草堂　20

f3.161 有客從都下來言劉二範齋物,故詩以哭之　732

f3.162 已亥夏送徐紫山游白嶽　733

f3.163 壽江東劉布衣七十　437

f3.164 旅館有客携茶具見過,且得清譚,因發岩壑之想口吟八句　112

f3.165 賦得佛容爲弟子　43

f3.166 過龍慶庵　1

f3.167 金陵留別徐紫山　1118

f3.168 烟江詞題畫　3

f3.169 寒夜吟　12

f3.170 塞外曲　6

f3.171 即景言懷　596.2

f3.172 寄金山黄道士　　　　　　　　　　9

f3.173 題白鷹　　　　　　　　　　602

f3.174 雨窗春懷　　　　　　　　　32

f3.175 石　　　　　　　　　　660

f3.176 對雪　　　　　　　　　444

f3.177 畫蘭竹　　　　　　　　695

f3.178(f3.178.1—f3.178.2)雪窗二首　543、696.2

f3.179 題畫册一絶　　　　　　　35

f3.180 蕉梧　　　　　　　　　707

f3.181 魚　　　　　　　　　706

f3.182 夜園　　　　　　　　　36

f3.183 過斑竹庵　　　　　　　　38

f3.184 點墨成圖　　　　　　　710

f3.185 游仙詩題畫　　　　　　772

f3.186 題江聲草堂圖　　　　　773

f3.187 咏笋　　　　　　　　　774

f3.188 獨飲　　　　　　　　　650

f3.189 新竹　　　　　　　　　651

f3.190 山居遣懷　　　　　　　589

f3.191 不寐　　　　　　　　　5

f3.192 竹溪書屋　　　　　　　13

f3.193 淮陰月下聽朱山人鼓琴作詩以贈　608

f3.194 畫贈同好　　　　　　　609

f3.195(f3.195.1—f3.195.3)紫陽山雜詩

　　　　　　593、1119.1、1119.2

f3.196 題獨立山人小景山人善寫竹　592

f3.197 述夢　　　　　　　　　　　　　　7

f3.198 山人　　　　　　　　　　　　　　30

f3.199 題春歸静壑圖　　　　　　　　　76

f3.200 旅舍即事兼寄徐君紫山　　　　111

f3.201 對牡丹偶吟二十字　　　　　　694

f3.202 作雙樹圖贈吳尺鳬　　　　　　673

f3.203 和雪樵丈賦馬志感　　　　　　674

f3.204 題松風捲瀑圖　　　　　　　1120

f3.205 月　　　　　　　　　　　　　711

f3.206(f3.206.1—f3.206.2)題竹　882、1121

f3.207 題牡丹　　　　　　　　　　　883

f3.208 冬日讀書一首　　　　　　　　542

f3.209 題牡丹　　　　　　　　　　　885

## （2）補鈔本目録

| 補鈔本 | 浙圖稿本甲册標號 | 正文標號 |
| --- | --- | --- |
| 乙巳立夏日雨窗 | | |
| 　小酌有感而作 | f3.5 | 448 |
| 竹亭 | f3.4 | 886 |
| 散步 | f3.3 | 459 |
| 題葉照亭種藥圖 | f3.6 | 922 |
| 擬竹枝詩 | f3.10 | 926 |
| 題屏面雜花四首 | f3.12 | 1020 |
| 　芍藥桃花 | f3.12.1 | 1020.1 |
| 　松萱 | f3.12.2 | 1020.2 |

| | | |
|---|---|---|
| 茶花水仙 | f3. 12. 3 | 1020. 3 |
| 荷花 | f3. 12. 4 | 1020. 4 |
| 陳老遲仿荊關一<br>幀,吾友姚鶴林<br>所貽,古樹竹石<br>之外本無他物,<br>不識何人污墨數<br>點深爲礙目。余<br>因摹其污墨,略<br>加鉤剔,似若群<br>鳥歸巢之勢,庶<br>不大傷先輩妙構<br>也。雍正丁未十<br>二月八日識并題 | f3. 13 | 599 |
| 題喚渡圖 | f3. 14 | 1022 |
| 雲居隱者 | f3. 15 | 621 |
| 題玩秋圖 | f3. 16 | 620 |
| 畫深澗古木圖 | f3. 17 | 1024 |
| 題秋江野鴨 | f3. 18 | 1023 |
| 獨夜有感 | f3. 20 | 445 |
| 將訪徐紫山爲雨所阻感<br>而成詩 | f3. 21 | 945 |
| 二月一日即事 | f3. 22 | 443 |
| 陳懶園近得方竹杖一枝,<br>題詩索和,聊答一律 | f3. 23 | 963 |
| 題霜枝畫眉 | f3. 24 | 965 |

| | | |
|---|---|---|
| 作古木竹石 | f3.25 | 959 |
| 題清溪釣艇 | f3.26 | 829 |
| 作畫 | f3.27 | 960 |
| 二三子見過口拈一律 | f3.28 | 961 |
| 用米南宮法作瀟湘圖 | f3.29 | 1104 |
| 題孫老楓林停車圖 | f3.30 | 1105 |
| 春墅 | f3.31 | 962 |
| 幽居二首 | f3.32.1 | 947.1 |
| | f3.32.2 | 947.2 |
| 咏素蘭六韵 | f3.34 | 949 |
| 畫鴛鴦 | f3.52 | 979 |
| 野薔薇 | f3.53 | 576 |
| 山堂斷句圖 | f3.55 | 982 |
| 題牡丹 | f3.56 | 1107 |
| 畫鶴贈桃子鶴林 | f3.57 | 983 |
| 題扇 | f3.58 | 953 |
| 題仙源圖 | f3.59 | 567 |
| 題竹 | f3.60 | 955 |
| 歸山圖 | f3.61 | 570 |
| 題鍾馗踏雪圖 | f3.62 | 957 |
| 玩月 | f3.63 | 958 |
| 題納凉圖 | f3.64 | 1005 |
| 題仙居圖 | f3.36 | 550 |
| 寄徐紫山時客海陽 | f3.37 | 747.1 |
| 丙午春朝偶譜芍藥四<br>　種各媵以詩，但詞 | | |

近乎戲,鑒賞者當
相視而笑也(一)　　　f3. f3. 38. 1　　　　939. 1
　　　　　　(二)　　　f3. f3. 38. 2　　　　939. 2
　　　　　　(三)　　　f3. f3. 38. 3　　　　939. 3
　　　　　　(四)　　　f3. f3. 38. 4　　　　939. 4
丙午雨窗對畫芍藥一律　　f3. 39　　　　　　940
坐雨寫折枝桃柳　　　　f3. 40　　　　　　941
西湖春曉　　　　　　f3. 41　　　　　　942
懷姚鶴林　　　　　　f3. 42　　　　　　439. 1
法米南宮　　　　　　f3. 43　　　　　　582
題畫　　　　　　　f3. 44　　　　　　647
挑燈佐讀圖　　　　　f3. 45　　　　　　565
臨風拂袖圖　　　　　f3. 46　　　　　　1106
陶宙仔以"賦得天葩吐
　奇芬"之句見貽,步
　其原韵,草草成詩　　f3. 47　　　　　　932
題獨石　　　　　　　f3. 48　　　　　　564
贈陶宙仔　　　　　　f3. 49　　　　　　934
爲金岳高畫石　　　　f3. 50　　　　　　935
題紫牡丹　　　　　　f3. 51　　　　　　568
春宵　　　　　　　　f3. 79　　　　　　944
殘荷　　　　　　　　f3. 80　　　　　　969
憶舊　　　　　　　　f3. 81　　　　　　970
蟬　　　　　　　　　f3. 82　　　　　　971
晝寢　　　　　　　　f3. 83　　　　　　972
玉簪花　　　　　　　f3. 84　　　　　　973

| | | |
|---|---|---|
| 兔 | f3.65 | 975 |
| 畫墨芙蓉 | f3.66 | 976 |
| 柳枝螳螂 | f3.67 | 977 |
| 薛松山囑寫《歲朝圖》,遂戲作 | | |
| 　橘、荔、柿及瓶花二種應之 | f3.68 | 978 |
| 荷池坐雨 | f3.69 | 991 |
| 題山水 | f3.70 | 992 |
| 題石榴 | f3.71 | 993 |
| 高士圖 | f3.72 | 994 |
| 畫梔子花 | f3.73 | 1026 |
| 賦所見 | f3.74 | 1027 |
| 畫菜戲題 | f3.75 | 1028 |
| 荷亭 | f3.76 | 1029 |
| 荷亭看雨 | f3.77 | 1030 |
| 作桃花春水圖爲遠村壽 | f3.102 | 1108 |
| 讀南華經 | f3.103 | 1050 |
| 咏蓮 | f3.104 | 1051 |
| 梅竹 | f3.105 | 1052 |
| 贈海門周岐來。君善岐黄 | | |
| 　術,嘗浮游東海爲國 | | |
| 　　人重焉 | f3.97 | 1016 |
| 賦得風倚荷花作態飛之句 | f3.98 | 1017 |
| 萬九沙先生囑補其八世祖 | | |
| 蘭窗圖并題之 | f3.99 | 1019 |
| 和雪樵丈哭牙 | f3.100 | 919 |
| 畫白雲樓贈朱君鹿田并小序 | f3.85 | 562 |

| | | |
|---|---|---|
| 自寫小影并題 | f3.86 | 1011 |
| 池上風竹 | f3.87 | 1013 |
| 題雅論圖 | f3.88 | 1012 |
| 撫琴桂花底 | f3.89 | 915 |
| 題萱草 | f3.90 | 988 |
| 題虞美人 | f3.91 | 989 |
| 題麻姑春飲圖 | f3.92 | 566 |
| 題蘭 | f3.93 | 985 |
| 題雞 | f3.94 | 986 |
| 題貓 | f3.95 | 987 |
| 寫南山白鹿圖壽柴放亭 | f3.96 | 990 |
| 題三星圖祝澄心子 | f3.107 | 1109 |
| 東園生索居蒿里,饑卧自<br>　傷,寫此毛骨,俟孫陽<br>　一顧庶慰憔悴 | f3.108.1 | 1110.1 |
| | f3.108.2 | 1110.2 |
| 又題馬 | f3.109 | 1111 |
| 檐葡花淡致逸逸,自有真<br>　色,非桃李妖艷可比。其<br>　含英發香,素蕙近焉,故<br>　數寫不厭。擬以四字詩題<br>　之,或朴雅相當耳 | f3.111 | 1048 |
| 二色桃花 | f3.112 | 1049 |
| 庚戌仲春,雅集就莊。雪川<br>　陳東萃爲諸君及余寫照,<br>　余補作《就莊春宴圖》用祝 | | |

李君東門壽　　　　　　f3.115　　　　　1073

重九前三日晚於桂華香裏

　與員子說秋煮茶,分韵

　成句兼懷李七郎　　　　　　　　　　1122

賦得菊爲重陽冒雨開　　　　　　　　　1123

一枝香,纖素不凡。香嚴態逸,

　擬符蘭蕙。獨淒淒空谷,絕無

　顧問。余嘆草蔓亦有遇與不遇,

　遂口吟四句贈之　　　　　　　　　　653

烏珠果,木不高,舉手可摘。當秋後

　始熟,色味精妙,難以言盡,因擬

　折枝并題　　　　　　　　　　　　　616

畫梅石①

紅菊　　　　　　　　　　　　　　　　1124

題梅竹小雀幅　　　　　　　　　　　　1125

鷓鴣　　　　　　　　　　　　　323(末四句)

南園圖　　　　　　　　　　　　　　　1126

題仕女畫　　　　　　　　　　　　　　469

題畫竹

偶得端石一枚自削成硯銘之f3.9　　　　925

---

① 　畫梅石:有關《畫梅石》、《題畫竹》,參見專論,第 27 至 29 頁。

# 華嵒現存書畫作品之題詩
# 於《離垢集》可見者一覽

    説明:本表以本書正文爲依據,比較華嵒書畫作品之題詩與其異同。依"序號"、"作品"二欄所示,華嵒現存書畫中至少有 133 件作品之題詩可與《離垢集》中的 124 首詩分別對應。另,"詩作標號"對應本書正文中各詩標號,"參考文獻"示意相關作品檢索來源。本表查得書畫有限,部分作品收藏之所或有變化,尚待添補、修訂,煩請方家指正。

| 序號 | 詩作標號 | 作品 | 參考文獻 |
|---|---|---|---|
| 1 | 26 | 《鐘馗圖》( 134.2cm × 53.8cm,故宮博物院藏) | 1. 中國古代書畫鑒定組編:《中國古代書畫圖目》第 23 册,北京:文物出版社,2000 年,第 112 頁 |
| 2 | 31 | 《人物山水册》之十 (26.9cm × 32.6cm,上海博物館藏),"俟"作"夢"。 | 1.《中國古代書畫圖目》第 5 册,第 180 頁 |
| 3 | 33.3 | 《山水人物圖册》之二 (20.6cm × 27.8cm,日本大阪市立美術館藏),"映"作"帶","秋"作"坰"。 | 1. 鈴木敬編:《中國繪畫總合圖録》第 3 卷,東京:東京大學出版會,1982 年,第 158 頁 |
| 4 | 33.8 | 《山水清音圖》之十一 (28.3cm × 22cm,故宮博物院藏) | 1.《中國古代書畫圖目》第 23 册,第 108 頁 |

| 序號 | 詩作標號 | 作品 | 參考文獻 |
|---|---|---|---|
| 5 | 35 | 《探梅图》（Die Pflaumenblüten besuchen）（141cm×62cm，侯時塔舊藏），"碧岸"作"逼岸"，"人家都在"作"草亭着在" | 1. Munich, Haus der Kunst, 1000 *Jahre Chinesische Malerei*. Exhibition catalogue, Munich，1959 |
| 6 | 40 | 《山水人物圖册》之三（20.6cm×27.8cm，日本大阪市立美術館藏） | 1.《中國繪畫總合圖録》第 3 卷，第 159 頁 |
| 7 | 49 | 《山水人物圖册》之七（20.6cm×27.8cm，日本大阪市立美術館藏），"秋"作"空"，"笑"作"嘯"。 | 1.《中國繪畫總合圖録》第 3 卷，第 160 頁 |
| 8 | 50 | 《山水》册之七（壬寅即 1722 年，19.8cm×29.4cm，故宫博物院藏），"毫"作"豪"。 | 1.《中國古代書畫圖目》第 23 册，第 98 頁 |
| 9 | 57 | 《雜畫册》之十四（20.1cm×25.4cm，蘭千山館寄存於臺北故宫博物院）録該詩"水漲三篙緑，魚飛一尺紅"句，作"水静半潭緑，魚飛一尺紅"。 | 1.《中國繪畫總合圖録》第 2 卷，第 28 頁 |
| 10 | 58 | 《山水》册之七（30.5cm×22.5cm，天津博物館藏），"水"作"樹"，"詩成盡日垂簾坐，萬竹樓頭聽雨聲"作"并刀試剪吳淞水，散入空濛作雨聲"。 | 1.《中國古代書畫圖目》第 10 册，第 109 頁 |

續表

| 序號 | 詩作標號 | 作品 | 參考文獻 |
|---|---|---|---|
| 11 | 60 | 《山水》冊之六（壬寅即 1722 年，19.8cm×29.4cm，故宮博物院藏）題有"此中"、"何必"兩句。 | 1.《中國古代書畫圖目》第 23 冊，第 98 頁 |
| 12 | 61 | 《山水人物圖冊》之十（20.6cm×27.8cm，日本大阪市立美術館藏） | 1.《中國繪畫總合圖錄》第 3 卷，第 160 頁 |
| 13 | 68 | 1.《空亭濯翠圖》（甲寅即 1734 年，117cm×54cm，上海博物館藏），"詩"作"書"，"賦"作"付"<br>2.《遣興三絕圖》（58.9cm×28.9cm，香港藝術館虛白齋藏畫），"詩"作"書"，"賦"作"付"。 | 1.《中國古代書畫圖目》第 5 冊，第 173 頁<br>2.小川裕充、板倉聖哲編：《中國繪畫總合圖錄三編》第 4 卷，東京：東京大學出版會，2013 年，第 228 頁 |
| 14 | 70 | 《山水人物圖冊》之八（20.6cm×27.8cm，日本大阪市立美術館藏） | 1.《中國繪畫總合圖錄》第 3 卷，第 160 頁 |
| 15 | 73 | 《雜畫冊》之二（28.9cm×34.8cm，高居翰景元齋舊藏） | 1.《中國繪畫總合圖錄》第 1 卷，第 353 頁 |
| 16 | 82 | 《雜畫冊》之十（20.1cm×25.4cm，蘭千山館寄存於臺北故宮博物院） | 1.《中國繪畫總合圖錄》第 2 卷，第 28 頁 |
| 17 | 84 | 《山水人物圖冊》之四（20.6cm×27.8cm，日本大阪市立美術館藏） | 1.《中國繪畫總合圖錄》第 3 卷，第 159 頁 |
| 18 | 87 | 《山水人物圖冊》之五（11cm×13cm，美國克利夫蘭藝術博物館藏） | 1.《中國繪畫總合圖錄三編》第 1 卷，第 68 頁 |

| 序號 | 詩作標號 | 作品 | 參考文獻 |
|---|---|---|---|
| 19 | 89 | 《山水人物圖册》之九（20.6cm×27.8cm，日本大阪市立美術館藏），最後兩字因殘破不辨 | 1.《中國繪畫總合圖録》第3卷，第160頁 |
| 20 | 91 | 《黃竹嶺圖》（己酉即1729年，27.7cm×99cm，故宫博物院藏），"七年"後衍"春"一字，"自鄞江回錢塘"作"僕自鄞江復來錢唐"（"錢塘"，画中皆作"錢唐"），"辰"作"晨"，"少憩側聞水石相磨之聲"作"少憩橋側，耳根淙淙，水石相磨之聲"，"硯"作"研"。 | 1.《中國古代書畫圖目》第23册，第101頁 |
| 21 | 92 | 《梧桐書屋圖》（96.6cm×30.4cm，日本東京國立博物館藏） | 1.《中國繪畫總合圖録》第3卷，第82頁 |
| 22 | 93 | 《山水人物圖册》之一（20.6cm×27.8cm，日本大阪市立美術館藏） | 1.《中國繪畫總合圖録》第3卷，第158頁 |
| 23 | 94 | 《書畫合裝》（字：19.3cm×13.1cm，畫：20.1cm×14.2cm，無錫博物院藏），"俯"作"俛"，"獲"作"得"，"慎度八節調四時，運養六腑保精髓"脱，"浩然之氣充膚毛"作"善保六腑塞五關"，"血性豪"作"意氣强"，"磬"作"罄"，"去"作"却"，"胡"作"何"，"神完體健"作"完固精神"。 | 1.《中國古代書畫圖目》第6册，第200頁 |

續表

| 序號 | 詩作標號 | 作品 | 參考文獻 |
|---|---|---|---|
| 24 | 95 | 1.《夢中山水》（Dream Landscape）（扇面，18.4cm×52.9cm，Roy and Marilyn Papp Collection）<br>2.《山水人物圖册》之六（20.6cm×27.8cm，日本大阪市立美術館藏） | 1. Artstor, Jstor：https://www.jstor.org/stable/10.2307/community.14537762（2021年5月16日檢索）<br>2.《中國繪畫總合圖録》第3卷，第160頁 |
| 25 | 97 | 《行書七絕詩》（書法，174.5cm×67.9cm，上海博物館藏），"蝸"作"窩"。 | 1.《中國古代書畫圖目》第5册，第188頁 |
| 26 | 104 | 《溪山猛雨圖》（己酉即1729年，193cm×66.4cm，故宫博物院藏），"仍"作"餘"，"團"作"合"，"激"作"滚"。 | 1.《中國古代書畫圖目》第23册，第99頁 |
| 27 | 106 | 《山水人物圖册》之五（20.6cm×27.8cm，日本大阪市立美術館藏） | 1.《中國繪畫總合圖録》第3卷，第160頁 |
| 28 | 110 | 《澄江夕曛圖》（148.5cm×43cm，廣東省博物館藏），"麗文"作"浪紋"，"簸"作"?"，"淘"作"沉"，"野氣搏黄煉夕曛"作"?"，"潭"作"江"，"三十畞"作"三萬頃"。部分文字因圖小難辨，待考。 | 1.《中國古代書畫圖目》第13册，第251頁 |
| 29 | 124 | 《大鵬圖》（176.1cm×88.6cm，日本泉屋博古館藏） | 1.《中國繪畫總合圖録》第3卷，第258頁 |

456

| 序號 | 詩作標號 | 作品 | 參考文獻 |
|---|---|---|---|
| 30 | 128 | 1.《水西山宅圖》(辛酉即 1741 年,171.5cm×85.8cm,中國國家博物館,原中國歷史博物館藏)"築花宅"作"築山宅","塵蹤"作"人蹤"。<br>2.《尋春圖》(丙子即 1756 年,安徽省博物館藏,173cm×57.5cm) | 1.《中國古代書畫圖目》第 1 冊,第 255 頁<br>2.《中國古代書畫圖目》第 12 冊,第 264 頁 |
| 31 | 139 | 《花鳥草蟲圖册》之七(庚午即 1750 年,36cm×26.7cm,上海博物館藏),"疏雨"作"霜柏"。 | 1.《中國古代書畫圖目》第 5 冊,第 177－178 頁 |
| 32 | 144 | 《行書五言古詩》(95cm×37cm,故宫博物院藏)"長林曳幽莽,翳日蒙醰興。濕紅爛生樹"作"凉雨倏然止,朝暾丽以升。湿红點生树","暢飲"作"暢酌"。詩後所題與 144 詩題近,"晨起"前衍"雨止"二字,"逸趣横生"作"逸致艷生"。 | 1.《中國古代書畫圖目》第 23 冊,第 112 頁 |
| 33 | 151 | 《山水》册頁之十六(辛酉即 1741 年,23.5cm×17.6cm,無錫博物院藏) | 1.《中國古代書畫圖目》第 6 冊,第 202 頁 |

續表

| 序號 | 詩作標號 | 作品 | 參考文獻 |
|---|---|---|---|
| 34 | 153 | 1.《游山圖》(辛酉即1741年,197.5cm×116cm,上海博物館藏),"被"作"襞"。2.《空庭悟賞圖》(182.7cm×94.8cm,上海博物館藏),"停策憩疏樾"作"止杖憩空亭"。 | 1.《中國古代書畫圖目》第5冊,第174、184頁 |
| 35 | 157 | 《山水》冊頁之四(辛酉即1741年,23.5cm×17.6cm,無錫博物院藏),"花"作"華"。 | 1.《中國古代書畫圖目》第6冊,第201頁 |
| 36 | 158 | 《溪堂閒仰圖》(Müßig in der Hütte am Bergbach)(癸亥即1743年,179cm×75cm,德國柏林國家博物館藏),可依《離垢集》中該詩詩題"溪堂閒仰"名之。 | 1. http://www.smb—digital.de/eMuseumPlus? service = ExternalInterface&module = collection&objectId = 1920641&viewType = detailView(2021年5月17日檢索) 2.戶田禎佑、小川裕充編:《中國繪畫總合圖錄續編》第2卷,東京:東京大學出版會,1998年,第270頁 |
| 37 | 186 | 《坐攬石壁圖》(139.2cm×51.5cm,上海博物館藏) | 1.《中國古代書畫圖目》第5冊,第183頁 |
| 38 | 195 | 《菊花圖》(丁卯即1747年,134.6cm×48.6cm,香港藝術館虛白齋藏畫),圖小難辨,待考。 | 1.《中國繪畫總合圖錄三編》第4卷,第228頁 |
| 39 | 196 | 《山水》冊頁之一(辛酉即1741年,23.5cm×17.6cm,無錫博物院藏),"蒙"作"淫"。 | 1.《中國古代書畫圖目》第6冊,第201頁 |

| 序號 | 詩作<br>標號 | 作品 | 參考文獻 |
|---|---|---|---|
| 40 | 197 | 《山水》册頁之六（辛酉即 1741 年， 23.5cm × 17.6cm，無錫博物院藏），"勁"作"靈"。 | 1.《中國古代書畫圖目》第 6 册，第 201 頁 |
| 41 | 199.1 | 《山水》册頁之二（辛酉即 1741 年， 23.5cm × 17.6cm，無錫博物院藏） | 1.《中國古代書畫圖目》第 6 册，第 201 頁 |
| 42 | 199.5 | 《山水》册頁之十五（辛酉即 1741 年，23.5cm × 17.6cm，無錫博物院藏） | 1.《中國古代書畫圖目》第 6 册，第 202 頁 |
| 43 | 199.6 | 《山水》册頁之十三（辛酉即 1741 年，23.5cm × 17.6cm，無錫博物院藏） | 1.《中國古代書畫圖目》第 6 册，第 202 頁 |
| 44 | 199.7 | 《山水》册頁之十二（辛酉即 1741 年，23.5cm × 17.6cm，無錫博物院藏），"烘報揭"作"揭紅啟"。 | 1.《中國古代書畫圖目》第 6 册，第 202 頁 |
| 45 | 199.8 | 《山水》册頁之八（辛酉即 1741 年， 23.5cm × 17.6cm，無錫博物院藏），"敦"作"挹"。 | 1.《中國古代書畫圖目》第 6 册，第 201 頁 |
| 46 | 199.9 | 《山水》册頁之十（辛酉即 1741 年， 23.5cm × 17.6cm，無錫博物院藏） | 1.《中國古代書畫圖目》第 6 册，第 202 頁 |
| 47 | 199.12 | 《山水》册頁之五（辛酉即 1741 年， 23.5cm × 17.6cm，無錫博物院藏） | 1.《中國古代書畫圖目》第 6 册，第 201 頁 |

續表

| 序號 | 詩作標號 | 作品 | 參考文獻 |
|---|---|---|---|
| 48 | 199.14 | 《山水》册頁之十一（辛酉即1741年，23.5cm×17.6cm，無錫博物院藏） | 1.《中國古代書畫圖目》第6册，第202頁 |
| 49 | 199.16 | 《山水》册頁之九（辛酉即1741年，23.5cm×17.6cm，無錫博物院藏） | 1.《中國古代書畫圖目》第6册，第201頁 |
| 50 | 199.19 | 《山水》册頁之十四（辛酉即1741年，23.5cm×17.6cm，無錫博物院藏） | 1.《中國古代書畫圖目》第6册，第202頁 |
| 51 | 199.22 | 《山水》册頁之七（辛酉即1741年，23.5cm×17.6cm，無錫博物院藏），"咨"作"趣"。 | 1.《中國古代書畫圖目》第6册，第201頁 |
| 52 | 199.23 | 《山水》册頁之三（辛酉即1741年，23.5cm×17.6cm，無錫博物院藏） | 1.《中國古代書畫圖目》第6册，第201頁 |
| 53 | 203 | 《孤渚泊舫圖》（114.5cm×42.4cm，天津博物館藏） | 1.《中國古代書畫圖目》第10册，第111頁 |
| 54 | 222 | 《桃潭浴鴨圖》（壬戌即1742年，271.5cm×137cm，故宮博物院藏）"曜"作"燁"。 | 1.《中國古代書畫圖目》第23册，第101頁 |
| 55 | 227.3 | 《花鳥册》之三（20.5cm×27.5cm，上海博物館藏），"茲"作"此"。 | 1.《中國古代書畫圖目》第5册，第181頁 |
| 56 | 227.4 | 《花鳥册》之四（20.5cm×27.5cm，上海博物館藏） | 1.《中國古代書畫圖目》第5册，第181頁 |

| 序號 | 詩作標號 | 作品 | 參考文獻 |
|---|---|---|---|
| 57 | 227.5 | 《花鳥册》之五（20.5cm×27.5cm,上海博物館藏） | 1.《中國古代書畫圖目》第5册,第181頁 |
| 58 | 227.7 | 《枝頭刷羽圖》（124.5cm×29.5cm,北京畫院藏） | 1.《中國古代書畫圖目》第1册,第108頁 |
| 59 | 227.8 | 《花鳥册》之八（20.5cm×27.5cm,上海博物館藏） | 1.《中國古代書畫圖目》第5册,第182頁 |
| 60 | 228 | 《花鳥册》之七（20.5cm×27.5cm,上海博物館藏） | 1.《中國古代書畫圖目》第5册,第182頁 |
| 61 | 229 | 《花鳥册》之六（20.5cm×27.5cm,上海博物館藏） | 1.《中國古代書畫圖目》第5册,第181頁 |
| 62 | 230 | 《花鳥册》之二（20.5cm×27.5cm,上海博物館藏） | 1.《中國古代書畫圖目》第5册,第181頁 |
| 63 | 232 | 《花鳥册》之一（20.5cm×27.5cm,上海博物館藏） | 1.《中國古代書畫圖目》第5册,第181頁 |
| 64 | 235 | 1.《松礀蒼鹿圖》（甲寅即1734年,103cm×63cm,重慶市博物館藏）2.《雜畫册》之三（28.9cm×34.8cm,高居翰景元齋舊藏）,"陽"作"傍"。 | 1.《中國古代書畫圖目》第17册,第218頁 2.《中國繪畫總合圖録》第1卷,第353頁 |
| 65 | 251 | 《青緑山水》（164.3cm×46.8cm,故宫博物院藏）題有"柔祇"至"逸韵"六句,"層"作"曾"。 | 1.《中國古代書畫圖目》第23册,第110頁 |
| 66 | 264 | 《遁迹茅茨圖》（154cm×56.8cm,崇宜齋藏）。圖小難辨,待考。 | 1.《中國繪畫總合圖録續編》第2卷,第136頁 |

續表

| 序號 | 詩作標號 | 作品 | 參考文獻 |
|---|---|---|---|
| 67 | 289 | 《游魚扇面》(中國美術館藏) | 1.《中國古代書畫圖目》第 1 冊,第 53 頁 |
| 68 | 292 | 《秋林高士圖》(丙寅即 1746 年,) 138.7cm × 54.8cm,芝加哥藝術博物館藏),"淋淋"作"泠泠","冷翠"作"古翠"。 | 1.《中國繪畫總合圖錄續編》第 1 卷,第 70 頁 2. https://www. artic. edu/artworks/28119/man－with－staff－by－a－stream(2021 年 5 月 14 日檢索)<br>2. "Oriental Art Recently Acquired by American Museum", 1967, *Archives of Asian Art* (1968－69), p. 107, Fig. 3. |
| 69 | 307 | 1.《竹禽圖》(扇面,上海博物館藏),"石泉深"作"竹枝清"<br>2.《花鳥圖》(144cm × 48.8cm,至樂樓藏),"庭柯"作"疏篁"。 | 1.《中國古代書畫圖目》第 5 冊,第 187 頁<br>2.《中國繪畫總合圖錄》第 2 卷,第 58 頁 |
| 70 | 309 | 《蹊巖美雲圖》(丙寅即 1746 年, 126.4cm × 62.2cm,芝加哥大學斯馬特美術館(David and Alfred Smart Museum of Art, University of Chicago),可依《離垢集》中該詩詩名"題倚石山房"名之"倚石山房圖"。 | 1.《中國繪畫總合圖錄》第 1 卷,第 28 頁 |

| 序號 | 詩作標號 | 作品 | 參考文獻 |
|---|---|---|---|
| 71 | 321 | 1.《白芍药图》(136.3cm×55.8cm，無錫博物院藏)"紅药"作"媟药"。<br>2.《竹墟清吟圖》(壬子即1732年，120.7cm×30.8cm，國泰美術館藏) | 1.《中國古代書畫圖目》第6册，第202頁<br>2.《中國繪畫總合圖錄》第2卷，第33頁 |
| 72 | 313 | 《雜畫》之三(己巳即1749年，25.5cm×16.5cm，故宮博物院藏) | 1.《中國古代書畫圖目》第23册，第104頁 |
| 73 | 345 | 《柳岸松風圖》(丙寅即1746年，132.5cm×62.3cm，浙江省博物館藏) | 1.《中國古代書畫圖目》第11册，第114頁 |
| 74 | 350 | 《竹樹集禽圖》(辛未即1751年，179cm×65.2cm，清華大學美術學院藏)，"適我"作"掩適"。 | 1.《中國古代書畫圖目》第1册，第123頁 |
| 75 | 364 | 《寒駝殘雪圖》(丙寅即1746年，139.7cm×58.4cm，故宮博物院藏)題有"老駝"、"殘雪"二句。 | 1.《中國古代書畫圖目》第23册，第102頁 |
| 76 | 366 | 1.《桃花鴛鴦圖》(戊辰即1748年，128.2cm×60.4cm，南京博物院藏)<br>2.《桃花鴛鴦圖》(戊辰即1748年，128.5cm×62cm，天津博物馆藏) | 1.《中國古代書畫圖目》第7册，第207頁<br>2.《中國古代書畫圖目》第10册，第108頁 |

續表

| 序號 | 詩作標號 | 作品 | 參考文獻 |
|---|---|---|---|
| 77 | 383 | 《人物圖册》(26.5cm×37.4cm,柳孝藏)"桃膠迎夏香琥珀,自課越儂能種瓜"前半句改自 383"桃膠迎夏香"句。 | 1.《中國繪畫總合圖録》第 4 卷,第 185 頁 |
| 78 | 386 | 《竹石牡丹圖》(148.3cm×58.6cm,上海博物館藏) | 1.《中國古代書畫圖目》第 5 册,第 183 頁 |
| 79 | 400 | 《雜畫卷》(東京國立博物館藏),"一枝貽麗人"脱 | 1.《中國繪畫總合圖録續編》第 3 卷,第 8－9 頁 |
| 80 | 405 | 1.《畫壽星》(戊辰即 1748 年,178.3cm×93.9cm,臺北故宫博物院藏) 2.《壽老人圖》(133.9cm×44cm,個人收藏),"流"作"獨?",待考。 | 1.臺北故宫博物院編輯委員會:《故宫書畫圖録》第 11 册,臺北:臺北故宫博物院,1993 年,第 149－150 頁 2.《中國繪畫總合圖録續編》第 3 卷,第 116 頁 |
| 81 | 407 | 《春宴圖》(戊辰即 1748 年,144cm×60.5cm,廣東省博物館藏),"醉眼"作"乘醉"。 | 1.《中國古代書畫圖目》第 13 册,第 249 頁 |
| 82 | 420 | 《没骨山水》(129cm×61.5cm,故宫博物院藏) | 1.《中國古代書畫圖目》第 23 册,第 110 頁 |
| 83 | 423 | 《芝蘭松鶴圖》(甲戌即 1754 年,234cm×118.5cm,廣州美術館藏),"福洞桃初熟"作"松浪芝草茂"。 | 1.《中國古代書畫圖目》第 14 册,第 126 頁 |
| 84 | 428 | 《隔水吟窗圖》(己巳即 1749 年,96.6cm×39.9cm,上海博物館藏) | 1.《中國古代書畫圖目》第 5 册,第 176 頁 2.《揚州畫派書畫全集·華嵒》,圖 93－94 |

| 序號 | 詩作標號 | 作品 | 參考文獻 |
|---|---|---|---|
| 85 | 446 | 人物花鳥册之一（北京工藝品進出口公司藏）"且放"作"漫放"，"嶺西"作"水西"，"烟霏"作"春暗"，"趁楊花"作"向枯桑"，"嬌鳥"作"幽鳥"，"一聲"作"評翻"。 | 1.《中國古代書畫圖目》第 1册，第 160 頁 |
| 86 | 464 | 《鐘馗嫁妹圖》（己巳即 1749 年， 135.5cm × 70.1cm,南京博物院藏），"詭"作"怪"。 | 1.《中國古代書畫圖目》第 7册，第 207 頁 |
| 87 | 491.5 | 《野燒圖》（ 46.4cm × 27.6cm,蘭千山館寄存於臺北故宮博物院） | 1.臺北故宮博物院:《華喦寫生册》,臺北:臺北故宮博物院,2012 年,第 96－97 頁。 |
| 88 | 508 | 《雞頭圖》（小川廣己藏） | 1.《中國繪畫總合圖録》第 4卷,第 416 頁 |
| 89 | 509 | 《葵石畫眉圖》（131cm × 57cm,廣東省博物館藏） | 1.《中國古代書畫圖目》第 13册,第 251 頁 |
| 90 | 511 | 《荷花鴛鴦圖》（甲戌即 1754,129.1cm×52.4cm,上海博物館藏），"秋浦"、"秋波"句脱,"鴛鳥"作"鴛鴦"。 | 1.《中國古代書畫圖目》第 5册,第 178 頁 |
| 91 | 555 | 《江干游賞圖》（丁酉即 1717 年， 103.8cm × 109.8cm,中國美術館藏） | 1.《中國古代書畫圖目》第 1册,第 51 頁 |

續表

| 序號 | 詩作標號 | 作品 | 參考文獻 |
|---|---|---|---|
| 92 | 581 | 《花鳥圖》(175.3cm×58.6cm，江田勇藏)可依《離垢集》中該詩詩名"題芙蓉蘆荻野鴨"名之"芙蓉蘆荻野鴨圖"。 | 1.《中國繪畫總合圖録》第4卷，第257頁 |
| 93 | 612 | 《山水册》之三（36.6cm×24.5cm，福建省博物館藏），"豪"作"亳"，"剪"作"翦"。 | 1.《中國古代書畫圖目》第14册，第200頁 |
| 94 | 637 | 《秋林飽霜圖》（137.3cm×44.9cm，住友藏），"傳"疑似作"賦"，"南枝"疑似作"陽葉"，待考。 | 1.《中國繪畫總合圖録》第4卷，第526頁 |
| 95 | 678.8 | 人物花鳥册之二(北京工藝品進出口公司藏)，"豪"作"亳"，"花"作"華"。 | 1.《中國占代書畫圖目》第1册，第160頁 |
| 96 | 686 | 《秋林詩意圖》(丙申即1716年，161cm×77cm，上海博物館藏)，"此"作"就"。 | 1.《中國古代書畫圖目》第5册，第170頁 |
| 97 | 700 | 《山水》册之八（壬寅即1722年，19.8cm×29.4cm，故宮博物院藏)，"縈回"作"尋來"，"尋來洞口蒼苔濕"作"丹楓樹外回頭望"。 | 1.《中國古代書畫圖目》第23册，第98頁 |
| 98 | 702 | 《水仙圖》(扇面，上海博物館藏) | 1.《中國古代書畫圖目》第5册，第187頁 |
| 99 | 713.2 | 《山水清音圖》之十(28.3cm×22cm，故宮博物院藏)題有"聽得"、"灣頭"二句。 | 1.《中國古代書畫圖目》第23册，第108頁 |

| 序號 | 詩作標號 | 作品 | 參考文獻 |
|---|---|---|---|
| 100 | 757 | 《老樹蒼猿圖》(丁卯即1747年,139.5cm×63cm,普林斯頓大學藝術博物館藏),"一縷烟蘿弄晚晴"作"瑟瑟烟空暗復明"。 | 1. https://artmuseum.princeton.edu/collections/objects/28411(2021年5月14日檢索) |
| 101 | 839 | 《山水》扇面(18.4cm×54.3cm,故宮博物院藏),"凭"作"拂","端溪石子磨秋水,不知風雨從何來,五嶽三山落吾指"作"蒼蒼古硯涵秋水,戲寫五岳驅霜毫,蕭蕭墨雨落吾指"。 | 1.《中國古代書畫圖目》第23冊,第112頁 |
| 102 | 858 | 《紅白芍藥圖》(辛亥即1731年,中國美術館藏,94cm×97.3) | 1.《中國古代書畫圖目》第1冊,第51頁 |
| 103 | 862 | 《古樹平江圖》(甲辰即1742,山東省博物館藏,160cm×67cm) | 1.《中國古代書畫圖目》第16冊,第217頁 |
| 104 | 864 | 《深山客話圖》(庚戌即1730年,中國美術館藏,186.2cm×100.7cm),"調琴"作"聯吟"。 | 1.《中國古代書畫圖目》第1冊,第52頁 |
| 105 | 866 | 《仿米山水》(甲辰即1724年,121.2cm×45cm,故宮博物院藏),"深坐幽齋冷翠間"脱"翠"一字。 | 1.《中國古代書畫圖目》第23冊,第99頁 |

續表

| 序號 | 詩作標號 | 作品 | 參考文獻 |
|---|---|---|---|
| 106－109 | 875（875.1－875.4） | 《吳石倉像》（107.1cm×50.3cm，故宮博物院藏），"毫"作"豪"。 | 1.《中國古代書畫圖目》第23冊，第110頁 |
| 110 | 894 | 《重岩煉氣圖》（98cm×169.3cm，浙江省杭州市文物考古所） | 1.《中國古代書畫圖目》第11冊，第224頁 |
| 111 | 903 | 《清溪垂釣圖》（137cm×66cm，上海博物館藏） | 1.《中國古代書畫圖目》第5冊，第186頁 |
| 112 | 909 | 《遠江吞岸圖》（128.6cm×57.6cm，上海博物館藏）"徑"作"境"，"天"作"秋"，"秋"作"氣"。可依《離垢集》中該詩詩題名之"秋林澹遠圖"。 | 1.《中國古代書畫圖目》第5冊，第170頁 |
| 113 | 958 | 《山水冊》之四（36.6cm×24.5cm，福建省博物館藏） | 1.《中國古代書畫圖目》第14冊，第200頁 |
| 114 | 1011 | 《自畫像》（丁未即1727年，130cm×51cm，故宮博物院藏），"二十"作"四十"，"悠哉"作"悠悠"。 | 1.《中國古代書畫圖目》第23冊，第99頁 |
| 115 | 1012 | 《秋香過嶺圖》（184.2cm×99.6cm，天津博物館藏） | 1.《中國古代書畫圖目》第10冊，第110頁 |
| 116 | 1018 | 《空山烟翠圖》（147.5cm×43.6cm，故宮博物院藏） | 1.《中國古代書畫圖目》第23冊，第111頁 |

| 序號 | 詩作標號 | 作品 | 參考文獻 |
|---|---|---|---|
| 117 | 1024 | 《古木圖扇面》(16.7cm×49.1cm,美國舊金山亞洲藝術博物館藏),因有破損,"足"或後補爲"之"。 | 1.《中國繪畫總合圖錄續編》第 1 卷,第 168 頁 |
| 118 | 1027 | 《枯樹寒禽圖》(163.2cm×58cm,浙江省博物館藏) | 1.《中國古代書畫圖目》第 11 册,第 115 頁 |
| 119 | 1036 | 1.《人物花鳥册》之四(北京工藝品進出口公司藏)<br>2.《午日鐘馗圖》(131.5cm×63.7cm,臺北故宮博物院),"叢"作"群"。 | 1.《中國古代書畫圖目》第 1 册,第 160 頁<br>2.《故宫書畫圖錄》第 11 册,第 151—152 頁 |
| 120 | 1040 | 《秋山晚翠圖》(己酉即 1729 年, 27.8cm×138.2cm,上海博物館藏),"是處"作"一帶","各"作"暗","紅紫""紛紛"互乙,"入"作"人"。 | 1.《中國古代書畫圖目》第 5 册,第 171 頁 |
| 121 | 1042 | 《松下三老圖》(171cm×98cm,廣東省博物館藏),"海"作"水", | 1.《中國古代書畫圖目》第 13 册,第 250 頁 |
| 122 | 1046 | 《山水圖》( 244.9cm×120.8cm,畏壘堂藏) | 1.《中國繪畫總合圖錄續編》第 2 卷,第 64 頁 |

續表

| 序號 | 詩作標號 | 作品 | 參考文獻 |
|---|---|---|---|
| 123 | 1084 | 1.《泰岱雲海圖》(庚戌即1730年,170cm×67.8cm,常州市博物館藏),"擬"前衍"今"一字,"一洗"句後衍"庚戌八月三日并題"句。<br>2.《泰岱雲海圖》(庚戌即1730年,170cm×67.9cm,美國普林斯頓大學藝術博物館藏),"擬"前衍"今"一字,"一洗"句後衍"庚戌八月三日并題"句。<br>3.《泰岱雲海圖》(扇面,18cm××54 cm,"清七家扇面合冊",美國舊金山亞洲藝術博物館藏),脫"見雲出蓮華,日觀兩峰之間……三者則當有別焉"句,"余獨"作"獨余",詩"忽訝"四句無。 | 1.《中國古代書畫圖目》第6冊,第299頁<br>2 美國普林斯頓大學藝術博物館:<br>https://artmuseum.princeton.edu/collections/objects/31429(2021年5月14日檢索)<br>3.美國舊金山亞洲藝術博物館:<br>https://collections.mfa.org/objects/13801/viewing—a—distant—waterfall—and—mountains? ctx=d96f2ca4—bf66—47el—97b6—f63596aa2d52&idx=0(2021年5月16日檢索) |
| 124 | 1126 | 《遥岑結茅圖軸》(劉海粟美術館藏) | 1.劉海粟美術館、上海人民美術出版社編:《劉海粟美術館藏品——中國歷代書畫集》,上海:上海人民美術出版社,1996年,第181頁。 |

# 索　引

# 索引説明

1. “華嵒《離垢集》索引”依據道光本、錫博稿本兩種《離垢集》，即本書正文上下二編諸詩。關於《離垢集》版本與編次，參見“整理説明”第一、二條。

2. 本索引分为Ⅰ、Ⅱ、Ⅲ三編，Ⅰ編爲“詩號索引”，可檢索各詩對應序號。Ⅱ爲“題名、首句綜合索引”，凡各詩題名、首句均予以檢索。Ⅲ編爲“人名、地名綜合索引”，凡《離垢集》中人名、地名均編成索引。

3. Ⅰ編“詩號索引”依詩號順序由“1”至“1126”排列。Ⅱ、Ⅲ編均以筆畫排檢法，按各目首字筆畫數由少至多排列，筆畫數相同者按起筆筆形橫、豎、撇、點、折順序排列。爲檢索之便，詩中各字（包括正文中保留的異體字）於本索引均統一爲《通用規範漢字表》（2013 年發布）確立的繁體字，通假字（如“華”通“花”、“研”通“硯”等）及正文校記已注出各版本之錯訛字詞，也均校爲通用繁體字，不再單獨列目。

4. 關於索引標號。爲便於索引，Ⅱ、Ⅲ編中每詩均以其標號（參見“整理説明”第三條）指示。

因部分詩在不同編次中互見，并爲了在索引中亦體現華嵒詩不同版本系統的關係與情況，其標號（參考“詩號索引”）亦相應以“標號＋（下编標號）”的形式进行区别，且不再綴列其所在題、句。如"1 過龍慶庵"(下文詩題皆省略，均以標號表示)，下編中的 583 與之相對應，本編以"1(583)"表示。"題名、首句綜合索引"中，若不同編次可對應之詩因內容不完全一致而使兩者題名不同的，則將兩者標號分別列出。

部分詩在不同編次所代表的版本系統下的具體內容有所差異。若字(通假、異體字除外)、詞、句有差異，則有關條目下，對應相關編次的標號以"＊"標識。若差異難以"＊"區別，則將各自標號均列於目下。

凡例後附"本書上下編互見詩作標號對照"。

5. 關於Ⅱ編"題名、首句綜合索引"。凡首句者，均以"△＋首句"與題名區分。題名、首句中小字不列，組詩中"其一"、"其二"等僅表示詩序者不予索引。詩題篇幅長而近序言者僅列其首句(首句一致者，列起首二句)并保留該句標點，表示为"，……"或"。……"。題名或所列首句於不同編次有差異者，依"4. 關於索引標號"亦以"＊"區別。

6. 關於Ⅲ編"人名、地名綜合索引"。各人名、地名除首字外，餘字不予索引。

人名，詩中僅舉姓或名者，若其姓名不可考，則僅以姓或名列目，如"黃道士"，其人待考，則"黃"下列"黃道士"。

若其姓名可考，則括注其姓名於該目下，如"未須慕莊列"，"莊列"分別對應莊子、列子，則設"莊子"、"列子"條目并分別括註其原文中所用简称"莊"、"列"。

若其於詩中，或稱字號、或有代指，且該別號與姓名首字不同的情況，則以參見法，如"紫山"指"徐逢吉"時，其詩標號列於"徐逢吉"下，并於相應"紫山"下注"(參'徐逢

吉’）”、“徐逢吉”下括註“（紫山）”；而若該詩稱“徐紫山”，
則因其與“徐逢吉”首字相同，則“徐逢吉”下括註“（徐紫
山）”，而不再於“徐”下列“徐紫山”。括註中各名稱依首字
筆畫順序排列。

　　地名同理。

## 附：本書上下編互見詩作標號對照

| | | |
|---|---|---|
| 1(583) | 24(641) | 41(716) |
| 2(584) | 25(643) | 42(715) |
| 3(586) | 26(645) | 43(719) |
| 4(587) | 27(649) | 44(722) |
| 5(588) | 28(657) | 45(723) |
| 6(591) | 29(658) | 46(724) |
| 7(594) | 30(662) | 47(725) |
| 8(595) | 31(667) | 48(726) |
| 9(597) | 32(671) | 49(728) |
| 10(603) | 33.1(678.3) | 50(729) |
| 11(604) | 33.2(678.4) | 51(585) |
| 12(601) | 33.3(678.5) | 52(730) |
| 13(607) | 33.4(690.1) | 53(747) |
| 14(613) | 33.5(690.2) | 53.1(747.2) |
| 15(614) | 33.6(690.3) | 53.2(747.3) |
| 16(629) | 33.7(690.4) | 54(751) |
| 17(626) | 33.8(690.5) | 55.1(749.1) |
| 18.1(630.3) | 34(681) | 55.2(749.3) |
| 18.2(630.4) | 35(697) | 55.3(749.5) |
| 19(631) | 36(708) | 55.4(749.6) |
| 20(632) | 37(692) | 55.5(749.7) |
| 21(634) | 38(709) | 56(750) |
| 22(635) | 39(712) | 56.1(750.1) |
| 23(636) | 40(714) | 56.1.1(750.1.1) |

56. 1. 2(750. 1. 2)　　76(901)　　　　100(1072)

56. 2(750. 2)　　　　77(917)　　　　101(1077)

56. 3(750. 3)　　　　77. 1(917. 1)　　102(1087)

56. 4(750. 4)　　　　77. 2(917. 2)　　103(1091)

57(750. 5)　　　　　78(936)　　　　104(1033)

58(753)　　　　　　79(947. 2)　　　110(654)

59(764)　　　　　　80(948)　　　　111(693)

60(769)　　　　　　81(967)　　　　112(718)

61(776)　　　　　　82(981)　　　　113(923)

62(778)　　　　　　83(974)　　　　116(1099)

63(786)　　　　　　84(1001)　　　　117(779)

63. 1(786. 1)　　　　85(1002)　　　　433(819)

63. 2(786. 2)　　　　86(1003)　　　　434(825)

64(787)　　　　　　87(1010)　　　　437(717)

65(800)　　　　　　88(1038)　　　　438(615)

66(833)　　　　　　89(1039)　　　　438. 1(615. 1)

67(849)　　　　　　90(1037)　　　　438. 2(615. 2)

68(850)　　　　　　91(1041)　　　　439. 1(943)

69(853)　　　　　　92(1043)　　　　443(946)

70(854)　　　　　　95(1047)　　　　444(661)

71(874)　　　　　　96(1063)　　　　445(672)

72(878. 1)　　　　　96. 1(1063. 1)　　446(664)

(878. 2)(878. 3)　　96. 2(1063. 2)　　447(669)

73(889)　　　　　　97(1065)　　　　448(912)

74(891)　　　　　　98(1066)　　　　450(801)

75(910)　　　　　　99(1071)　　　　451(734)

| | | |
|---|---|---|
| 452(736) | 538(920) | 564(933) |
| 453(789) | 539(908) | 565(818) |
| 454(814) | 542(884) | 566(1101) |
| 455(813) | 543(696.1) | 567(954) |
| 455.1(813.1) | 545(665) | 568(951) |
| 455.2(813.2) | 547(666) | 570(956) |
| 456(803) | 549(738) | 571(792) |
| 456.1(803.1) | 550(744) | 572(793) |
| 456.2(803.2) | 551(790) | 573(646) |
| 457(795) | 552(794) | 575(735) |
| 458(832) | 555(823) | 576(980) |
| 459(911) | 556(830) | 577(704) |
| 489(1032) | 557(836) | 578(701) |
| 532(924) | 558(822) | 580(817) |
| 533(743) | 560(841) | 580.1(817.1) |
| 534(742) | 561(638) | 580.2(817.2) |
| 536(811) | 562(914) | 582(675) |
| 537(930) | 563(913) | |

# 詩作標號索引

上編

1 過龍慶庵

2 短歌贈和煉師

3 烟江詞

4 古意贈同好

5 不寐

6 塞外曲

7 述夢

8 又夢游仙學玉溪生

9 寄紫金山黃道士

10 夏夕

11 寫松

12 寒夜吟

13 竹溪書屋

14 薛楓山以扇索畫題此

15 擬廬山一角

16 笙鶴樓

17 鏡臺曲

18 雪窗

18.1　其一①

18.2　其二

19　爲亡婦追寫小景，因製長歌言懷

20　題沈雷臣江上草堂

21　贈吳石倉

22　同徐紫山、吳石倉石笋峰看秋色

23　春日過紫山草堂不值

24　題江山竹石圖

25　沙路歸來

26　題梅崖踏雪鍾馗

27　春愁詩

28　寫秋雲一抹贈陳澹江先生

29　題松月圖贈寧都魏山人

30　山人

31　畫蒼苔古樹贈玉玲瓏閣主人

32　春吟詩

33　題畫屏八絕句

33.1　其一

33.2　其二

33.3　其三

33.4　其三

33.5　其四

33.6　其五

33.7　其六

---

① 　其一：點校者注補，下不注。

　　　33.8　其七

34　雨中畫鍾馗成即題其上

35　題烏目山人畫扇

36　春夜小園

37　秋潮

38　過斑竹庵訪雪松和尚

39　送汪鑒滄之太原

40　題秋泛圖

41　憶蔣妍内子作詩當哭

42　丁酉九月客都門思親兼懷昆弟作 時大兄、季弟俱客吳門

43　賦得佛容爲弟子應王生教

44　嵩山

45　華山

46　恒山

47　衡山

48　泰山

49　游山

50　題廬山東林古寺圖

51　新秋晚眺

52　宿白蓮庵題壁 僧妙慧嘗諷《法華經》“一夕井中出白蓮”，故以
　　名庵。

53　寄徐紫山 時紫山客海陽
　　　53.1　其一
　　　53.2　其二

54　山陰道中歸舟寫景

55　題友人園亭五首

55.1　梅嶼

55.2　竹墅

55.3　水檻

55.4　稻畦

55.5　女蘿亭

56　邑慕越中山水有年矣,己亥秋,納言陳六觀先生招游園亭。陪諸君子渡江造勝,飽飫林巒,復探禹陵、南鎮、蘭亭、曹山諸奇。爰歸,夢想弗置,得五言詩數首,以志平生游覽之盛

56.1　陳氏北園

56.1.1　其一

56.1.2　其二

56.2　禹陵

56.3　南鎮

56.4　曹山

57　旱岩

58　六宜樓聽雨同金江聲作

59　題蓉桂圖

60　秋日閒居

61　蘆花

62　題僧歸雲壑圖

63　題熱河磬搥峰

63.1　其一

63.2　其二

64　曉景

65　題卧石圖

66　點筆緑窗下

67　題聽蕉圖

68　坐與高堂偶爾成咏

69　畫墨龍

70　高隱圖

71　寄金江聲

72　施遠村以秋蘭數莖見貽，題詩以報之

73　幽居

74　遣興一首

75　聽蕉

76　題春生静谷圖

77　題惲南田畫册

　　　77.1　其一

　　　77.2　其二

78　即山齋海榴、宜男同時發花，時遠村將有弄璋之喜，獲
　　　此佳兆，余爲破睡，譜圖并題

79　幽居遣興

80　瘦雞

81　咏水仙花

82　池上觀魚

83　夏日池上

84　美人

85　水館納凉

86　北園

87　石中人

88　閒坐

89　樹底

90　己酉之秋,八月二十日,與四明老友魏雲山過蔣徑之
　　菊柏軒。時雪樵丈然沉水檀,誦《黃庭經》方罷,呼童
　　僕獻嫩茶新果。主客就席環坐,且飲且啖。喜茶味之
　　清芬,秋實之甘脆,足以蕩煩憂,佐雅論也。況當石床
　　桂屑,團玉露以和香。籬徑菊蕊,含英華而育艷。眾
　　美并集,糅乘何至。雲山笑顧余曰:"賞此佳景,子無
　　作乎?"余欣然相額,因得眼前趣致,乃解衣盤礴,展紙
　　而揮。樹石任其顛斜,草木縱其流洒。中間二三子各
　　得神肖,蔣翁扣杖,魏君彈塵。豪唱快絕,欲罄積累,
　　唯南閩華子倚怪石,默默靜聽而已。其他雲烟明滅,
　　變態無定,幽深清遠,亦可稱僻。漫擬一律聊志雅集
　　云耳

91　雍正七年三月三日,自鄞江回錢塘,道經黃竹嶺。是
　　日辰刻度嶺,午末方至半山橋。少憩,側聞水石相磨
　　之聲,寒侵肌骨。久而復行,忽至一所,兩山環合,中
　　間喬柯叢交,素影橫空。恍疑積雪樹底,軟草平鋪,細
　　如絲髮,香綠勻勻。雖晴欲濕,似小雨新掠時也。西
　　北有深潭,潭水澄澈,搖映山腰,草樹生趣逼人,儼然
　　李營邱畫中景也。余時披攬清勝,行役之勞頓相忘
　　矣。既抵錢塘,塵事紛紜,未暇親筆硯。入秋後,始得
　　閉戶閒居,偶憶春游佳遇,追寫成圖,補題小詩用遮
　　素壁

92　秋園詩

93　寫古樹竹石

94　養生一首己酉冬十月望前一日作

95　夢中得句

96　燈花二首

　　96.1　其一

　　96.2　其二

97　竹窗漫吟

98　夜坐

99　四明李東門冒雨見過,極言花隖放游之樂,兼出所作,
　　漫賦長句以答

100　贈鄭雪崖先達

101　庚戌四月二十八日,峽石蔣擔斯過訪,貽以佳篇,并
　　出吳芑君、陳古銘兩君見懷之作,走筆和答云

102　題鐵崖山人嗅梅圖

103　張琴和古松(一弦撥動)

104　揮汗用米襄陽法作烟雨圖

105　題荷香深柳亭

106　松礀

107　畫馬

108　題員雙屋紅板詞後

109　裳亭納姬歟爲艷體一律奉贈

110　圖成得句(烏皮几上白紛紛)

111　答沈小休

112　旅館有客携茶具見過,且得清談,因發岩壑之思

113　寫"天寒翠袖薄,日暮倚修竹"句復題

114　宿水月庵

115　題澄江春景

116　作山水成題以補空

117  咏竹硯

118  夏日園林小憩

119  山游志意

120  馬

121  秋夜獨坐

122  煮茶有作

123  湖心月

124  題鵬翠圖

125  題美人吟蘭圖

126  員子周南酷愛僕書畫,每觀拙構,則氣静神凝,清致泉涌,咀味岩壑,攬結幽芬,便欲侶烟霞友猿鳥矣。若非真嗜山水者,莫能如是也。因劈繭箋,乞僕繪圖,僕將披硯拂穎,然圖安從生?乃擬員子胸中邱壑而爲之,是以成圖

127  題桃核硯

128  入山訪友

129  題鳴鶴圖

130  李儉漁過訪兼贈新詩撫其來韵以答

131  戊午四月念七日得雨成詩

132  題員果堂摹帖圖

133  浴佛日一律

134  題春山雲水圖

135  晴朝東里館作

136  和一軒子言心

137  員青衢移歸老屋作詩贈之

138  題果堂讀書堂圖

139　題畫眉

140　題田居樂勝圖

141　一軒主人張燈插菊,招集同儔,宴飲交歡,分賦志雅

142　十月望夜月下作

143　紫藤花

144　晨起廉屋見屏菊攢繞,逸趣橫生,握管臨池,漫爾成篇

145　屬樊榭索寫西溪築居圖并繫數語

146　員裳亭珠英閣落成,招集雅酌,分賦得禪字

147　咏磁盆冬蘭十六句

148　高犀堂五十詩以贈之

149　員十二以歲朝圖索題漫爲長句

150　吳薇林以耕石齋印譜出觀漫題一絶

151　題畫(楓岩蕩幽嵐)

152　山游二絶

153　同員九果堂游山作

154　雨中移蘭

155　過雙屋口贈

156　客春小飲有感

157　夢中同友人游山記所見

158　溪堂閒仰

159　素梅

160　朱蘭

161　庚申歲客維楊果堂家除夕漫成五言二律

　　　161.1　其一

　　　161.2　其二

162 郊游憩閒止園

163 牛

164 挽徐紫山<small>先生善養道，壽近九十無疾而終</small>

165 花軒遺筆

166 坐雨

167 辛酉仲春，陰雨連朝。一軒子以肩輿見邀，遂登幽
徑。是日，聽琴觀畫，極樂何之，乃爲一詩以志

168 員雙屋見過雅談賦此以贈

169 雨霽望鄰園

170 梅邊披月有感

171 余客居揚之東里，果堂時寒霖結戶，寢杖絕游，閒聽
員生歌古樂府，聲節清雅，抑揚入調，喜而爲詩，書以
相贈

172 霪雨疾作達夜無寐書此言情

173 曉起喜晴

174 和汪哉生西郊春游

175 雨窗同果堂茗飲口拈

176 汪食牛以春郊即事詩索和，步其來韵相答

177 和汪食牛清明日掃墓之作

178 歲壬子，僕自邗溝返錢塘，道過楊子。時屆嚴冬，朔
飆暴烈，驚濤山推，勢若冰城雪阽。遂冒寒得疾，抵
家一臥三越月。求治弗瘳，自度必無生理。伏枕作
書，遺員子果堂，以妻孥相托，詞意悲惻，慘不成文。
書發後，轉輾床褥者又月餘，乃漸蘇。既能飲糜粥，
理琴書，守家園，甘葵藿，以終餘生願也。奈何饑寒
驅人，未克養拙，復出謀衣食，仍寄果堂。時辛酉秋，

霪雨彌月，置杖息游，主客恂恂，款然良對。果堂偶出前書，披閱相玩，驚嘆久之，感舊言懷，情有餘悲，匪長聲莫舒汗簡，復係以詩云

179　尺波軒宴飲集字

180　寄雪樵丈

181　溪居與友人清話

182　題高秋軒蕉窗讀易圖

183　雪樵叔丈以詩見寄作此奉答

184　客以長紙索寫荷花題詩志趣

185　酌酒

186　秋潭吟

187　登高邱

188　贈員果堂有序

189　園居秋興

190　題荷花

191　題夾竹桃一名俱那衛，一名俱那異

192　題獲亭蒼茫獨立圖

193　題華軒文淑圖

194　辛酉自維揚歸武林舟次作詩寄員九果堂

195　咏菊（驚商激清籟）

196　秋室閒吟

197　涉峻遐眺有感

198　泛江即景

199　題畫二十三首

　　199.1　其一

　　199.2　其二

199.3　其三

199.4　其四

199.5　其五

199.6　其六

199.7　其七

199.8　其八

199.9　其九

199.10　其十

199.11　其十一

199.12　其十二

199.13　其十三

199.14　其十四

199.15　其十五

199.16　其十六

199.17　其十七

199.18　其十八

199.19　其十九

199.20　其二十

199.21　其二十一

199.22　其二十二

199.23　其二十三

200　辛酉十二月小憩憺齋題古木泉石圖

201　題養真圖

202　題古檜圖

203　繫舟烟渚偶有所得遣筆記之

204　夏夜納涼作

205　叩梅

206　玩物感賦

207　紅牡丹（瑩露泫英蕤）

208　聽鴐

209　題董文敏畫卷後有序

210　鴨

211　題蔣雪樵先生歸藏圖

212　入雨訪勝

213　題文禽圖

214　僕性愛山水，每逢幽處，竟日忘歸，研聲志趣，幾彌
　　　層壁

215　吳門李客山手録窗稿見貽作此答贈

216　潛休

217　題許雔庵松鹿圖小照

218　題崔司馬宮姬玩鏡圖

219　壬戌夏，員雙屋携囊渡江，飽觀杭之西湖，兼訪陋室，
　　　晤拙子留詩而去。余時亦客維揚，叩雙屋，則主人已
　　　在六橋烟柳間矣。越月歸録前贈，相視擬此答焉

220　果堂東游海濱見寄殷殷感而答詩

221　題桃溪文禽圖

222　題桃潭浴鴨圖

223　黄衛瞻者，吳之虞山人也。寄籍廣陵，頗爲游好。推
　　　重而質性恬潔，無繫榮貴，所嗜籤帙、古玩、樹石、花
　　　草而已。雖逼市垣，居庭砌寂，然余慕其遐曠之致，
　　　因詩以贈焉

224　寒窗遣筆偶作喬松幽鳥圖

225　題六貞圖 以牡丹、蘭花、海棠、玉蘭、竹、石爲六貞

226　挽廣陵汪光禄上章

227　題畫

　　　227.1　蘭（雲壑固聿夐）

　　　227.2　忘憂草（兩丸如擲梭）

　　　227.3　菊

　　　227.4　玫瑰花（廊曲媚青紫）

　　　227.5　梅（機運微由憑）

　　　227.6　秋海棠

　　　227.7　栖鳥（倦鳥聿有托）

　　　227.8　文雀

　　　227.9　游翎

228　披月刷翮怒然自愛

229　孤鳴在林

230　雁

231　松竹畫眉題贈員果堂

232　雙鵝

233　園雀

234　贈金壽門時客廣陵將歸故里

235　松鹿

236　題水閣美人觀魚圖

237　題二色桃花

238　題折枝芍藥

239　兔

240　題子母虎

241　題冬蘭

242　麃

243　鷽斯

244　梅窗小飲

245　題梅竹松

246　壬戌歲,余客果堂。除日風雪凄然,群爲塵務所牽。
　　唯余與果堂寒襟相對,賦以志感

247　題環河飲馬圖贈金冬心

248　崇蘭軒即事集字

249　竹枝黄雀

250　題華翎

251　題韜真圖

252　題松竹爲員周南母吳夫人壽

253　戲筆爲蝦蟹并題句

254　題梅窗淑真圖

255　燕

256　芍藥(純景啓新節)

257　白門周幔亭貽以詩畫作此奉答

258　溪亭

259　題蘇子卿牧羝圖

260　題石蘭菊露

261　題芍藥(重羅叠烟碧淋淋)

262　寫邊馬動歸心

263　湖居

264　贈栖岩散人

265　題幽鳥擇止圖

266　題幽卉游蟲

267  題畫（柳烟翳曲溪）

268  偶爾寫見

269  題童嬉圖

270  挽員九果堂

271  高犀堂見懷五律一首步其原韵奉答

272  題閔耐愚閒居愛重九小照

273  癸亥十月七日，過故友員九果堂墓，感生平交，悲以
     成詩

274  余年六十尚客江湖，對景徘徊，頗多積懨，因賦小詩
     自貽，試發長聲以咏之

275  題松（静諦捐凡象）

276  癸亥除夕前一日崇蘭書屋作
     276.1  其一
     276.2  其二

277  重過淵雅堂除夕有感題贈員氏姊弟
     277.1  其一
     277.2  其二

278  和員裳亭立春日宴集原韵

279  題歲兆圖圖作童子迓祥，踘芳爲戲

280  獨坐

281  馬半查五十初度，擬其逸致優容，寫之扇頭，并製詩
     爲祝

282  題員周南静鏡山房圖圖意取民動如烟，我静如鏡

283  甲子夏日寓架烟書屋作

284  感昔

285  題許勉哉竹溪小隱

286　題汪旭瞻蘆溪書隱

287　題沈安布畫

288　題松鶴泉石

289　題魚（一碧净若空）

290　解弢館即事（掩齋咀世味）

291　題幽叢花鳥

292　題畫（輕烟刷净曉山秋）

293　柳塘野鴨

294　沙堤引馬圖

295　題吟雲圖

296　題美人（輕羅壓臂滑逾烟）

297　題雙美折桂圖

298　乙丑秋，客維揚，薛漠塘、殿山兩昆季見過并贈以詩，
　　　即用來韵和答

299　題香湖鴛鴦

300　梅林書屋

301　題秋溪草堂圖

302　菊夜同員周南作

303　十月七日禮觀音閣作

304　題水塘游禽

305　志山窗所見

306　題丹山白鳳

307　閒庭栖鳥

308　題美人玩梅圖（擘疏烟翼幹）

309　題倚石山房

310　春郊即景

311　題麗女園游圖

312　題春崖畫眉

313　春游（春游履絕磴）

314　秋壑歸樵

315　幽溪草閣

316　解弢館即事（情愻良有作）

317　丙寅春畫解弢館作

318　題麗人玩鏡

319　春日同沈秋田東皋游眺

320　題虎獅

321　芍亭坐雨

322　題綠牡丹

323　登秋原聞鷓鴣聲有感

324　丙寅孟夏，兒子浚奉府試詩題，賦得戰勝臞者肥。余
　　　時閒居無事，偶亦作此，以自廣智

325　賦得林園無世情限林字

326　賦得汀月隔樓新

327　題鷹落搏雀

328　題臨流美人

329　梅花春鳥

330　閒居

331　題鍾馗

332　玩月美人

333　雨窗

334　邊夜雪景

335　四明老友魏雲山八十詩以壽之

336　寄懷雲山

337　玩菊以下八首俱題畫之作

338　山窗雨夜

339　小溪歸棹

340　春游（東風初暖弄精神）

341　溪堂問字

342　川泛

343　探幽

344　冷士

345　夏日作山水題以填空

346　題鳥鳴秋磵

347　山居（竹舍翳雲窗几潤）

348　題牡丹（花徑懸春雨）

349　賞紅藥

350　解弢館聽鳥鳴作

351　贈朱南廬先生

352　秋宵有作兼寄魏雲山

353　丁卯，雲山寄書索畫。因作黃鳥鳴春樹答之，并繫
　　　一絕

354　題牡丹

　　　354.1　其一（美人醉倚青竹枝）

　　　354.2　其二（新烘緑笋與紫蕨）

355　題菊（菊意多甘苦）

356　白雲溪上

357　題菊潭栖鳥

358　王茨檐索寫乞食圖并題以贈

359　戊辰初春解弢館畫牡丹成即題其上

360　題美人采蓮圖

361　題雜花

362　栖鳥（逸翮愛輕條）

363　題黃薔薇

364　擬邊景

365　題美人玩梅圖（昨宵春信暗相催）

366　題桃花鴛鴦

367　題布景三星圖

368　題畫扇

369　題美人（個中有佳人）

370　題松（濤奔石谷剛髯竪）

371　題宮人踏春圖

372　秋江（江昏林挂雨）

373　隱居

374　題白鸚鵡

375　美人靧面

376　作畫眉

377　咏菊（金風作力剪庭隅）

378　良驥

379　錦邊綠牡丹

380　山中

381　郊游

382　芍藥（纖眉未待描）

383　柏碉錦雞

384　平田

385　白鷴

386　朱牡丹

387　溪上

388　借菊

389　戊辰三月二十一日亡荊蔣媛周忌作詩二首

　　　389.1　其一

　　　389.2　其二

390　梅溪

391　携同好游山

392　蜂

393　金吕黄索余寫墨竹并題此詩

394　徐養之先達以小照囑補竹溪清憩圖并綴一絶

395　題山人飲鶴圖

396　感作

397　蓮溪和尚乞畫即畫白蓮數朵題贈之

398　山居（石嶝縈紆上翠微）

399　畫白頭公鳥并題

400　玫瑰花（香中疑有酒）

401　題牡丹竹枝

402　題墨筆水仙花四首

　　　402.1　其一

　　　402.2　其二

　　　402.3　其三

　　　402.4　其四

403　題吴雪舟洗桐飲鶴圖

　　　403.1　其一

403.2　其二

404　題吳雪舟秋山放游圖并序

405　題南極老人像

406　題吳雪舟黃山歸老圖

407　題賞芍藥圖

408　王茨檐囑寫柳池清遣圖并題

409　題佳人秋苑玩月

410　題鵝并序

411　蘭（密意若不勝）

412　竹（虛中無欲盈）

413　松磵二首

413.1　其一

413.2　其二

414　秋江（做寒秋意辣）

415　作枕流圖呈方大中丞

416　鶴

417　鸕鶿

418　文鳥媚春

419　題玉堂春麗圖

420　雲阿樵隱

421　寄懷老友四明魏雲山是年雲山八十有一

422　歌鳥

423　作冰桃雪鶴壽友人

424　風雨歸舟

425　松根道士

426　己巳春日解弢館即事用題梔子花

427　山人(有客空山結草廬)

428　溪上寓目

429　江上釣舟

430　跋徑

431　山村

432　己巳六月,余方銷夏於清風碧梧之閣,適有客衝炎過
　　　訪,竭談上世名賢,如鹿門、太邱、柴桑輩。舌本津
　　　津,略無鮮倦,時傍又一客徐而言曰:"子之所舉,皆
　　　前代也。獨不聞吾城有盛君約庵者,寵仁向義,踐德
　　　謙和,就俗引善,遠情稽古,即昔之明達,今之君子
　　　也! 豈不懋乎!"余因奇之,乃作《蒼松彥士圖》并詩
　　　以贈

433　蔣雪樵叔丈過訪因懷魏雲山音信不至

434　送錢他石之太末

435　游靈隱寺賦贈楊璞岩

436　夢入紫霞宮

437　壽江東劉布衣

438　贈指峰和尚
　　　438.1　其一
　　　438.2　其二

439　懷姚鶴林
　　　439.1　其一
　　　439.2　其二

440　訪蔣雪樵丈新病初起

441　和積山見寄四首
　　　441.1　其一

441.2　其二

441.3　其三

441.4　其四

442　春夜偕金江聲游虎邱

443　二月一日即事

444　春園對雪

445　春夜感懷

446　題牧犢圖(且放春牛過嶺西)

447　曉入花塢

448　夏日雨窗感賦

449　曉望

450　立秋前一日南園即事

451　久旱得雨喜成一律

452　雨後病起

453　秋日閒步

454　秋杪喜雨

455　九日同人過重陽庵,登吳山絶頂,夜集陳懶園草堂

455.1　其一

455.2　其二

456　題姚鶴林西江游草

456.1　其一

456.2　其二

457　魏雲山過訪感賦一首

458　秋杪曉登吳山

459　寒林閒步

460　春風桃柳

461　草閣荷風

462　題村社圖

463　入山登眺

464　鍾馗嫁妹圖

465　移居

466　寫竹（寫竹要寫骨與筋）

467　游聖因寺寺係聖祖仁皇帝行宮改建

468　題鈍根周處士小像

469　美人春睡圖

470　題秋江歸艇圖

471　畫稻頭小雀

472　馭陶王先生者，嗜古篤學，築居烟水荷柳間，枕山面
　　　田，以家業訓子孫，且讀且耕，計無虛度。遂擬“寶
　　　日”二字銘其軒。云令子容大兄與僕交親。時己巳
　　　臘月，風衣雪帽，躧履提壺，過僕寒堂，以尊太人命
　　　告，欲僕寫圖垂戒，將來耕讀綿綿，弗違世業。僕悦
　　　其用意明達，即爲展翰并繫半律

473　贈張稺登

474　雙鶴

475　松石間

476　題溪鳥獵魚圖

477　紅牡丹（虛堂野老不識字）

478　題射雕兒

479　寫秋意贈廣文王瞻山先生

480　題老子出關圖

481　過太湖寓目口號

482 庚午七月渡楊子江口拈一首

483 題何端伯看秋圖

484 玩事一首

485 庚午十二月獨樂室作

486 挽孝廉張南漪四絕句

    486.1 其一

    486.2 其二

    486.3 其三

    486.4 其四

487 咏静

488 庚午臘盡晨起探春信

489 題蒼龍帶子圖

490 題虎溪三笑圖（出徑還同入徑迷）

491 題畫册十一首

    491.1 醉僧

    491.2 奇鬼

    491.3 牛虎鬥

    491.4 嬰戲

    491.5 野燒

    491.6 鼠竊食

    491.7 鱉

    491.8 雀巢

    491.9 蛙

    491.10 蟹

    491.11 蝦

492 辛未夏夜渡楊子作

493　贈徐郎并序

494　題蜘蛛壁虎

495　邊景雪夜

496　題李靖虬髯公

497　題揭鉢圖

498　岩栖小集和員周南

499　程夢飛索寫桐華庵圖并題

500　辛未,余年七十,仍客廣陵員氏之淵雅堂,艾林以芹
　　　酒爲壽,因賦是詩

501　題文姬歸漢圖

502　題楊妃病齒圖

503　雪中登平山堂遠眺

504　荷池納凉圖辛未,艾林員生二十初度,囑僕爲圖,題此

505　辛未冬,客邸大病月餘,默禱佛王,漸得小瘳。因遥
　　　思二子,感而成詩

506　員周南四十寫奉萱圖并詩以壽之

507　壬申二月歸舟渡楊子作

508　僕解弢館之東北,有餘地一方,縱橫僅可數丈。中有
　　　湖石兩塊,方竹四五竿,金橘、夾竹桃、牡丹、月季高
　　　下相映。自壬申秋,置杖閒居,無關家事,而晴窗静
　　　榻,良可娛情。因歎歲月矢流,景光堪惜,乃親筆硯,
　　　對花掃拂,并題小詩,填其疏空

509　題葵花畫眉

510　霜條瓦雀

511　題芙蕖鴛鴦

512　即事

513 題訪梅圖

514 題林朴齋遺照

515 天竹果

516 研香館

517 題瞌睡鍾馗

518 秋齋觀畫有感

519 題讓山和尚南屏山中看梅圖

520 桂香秋閣圖係蔣生內子小影

521 題顧環洲梅花

522 題鍾馗啖鬼圖

523 癸酉春齋即事

524 挽王母羅太君

525 題曹荔帷秋湖采蒓圖

526 題舊雨齋話舊圖

527 鼠鵲鬧春圖

528 乙亥,兒子浚蒔蓮一缸,花時開二朵,與衆異之,因繪
圖以志佳瑞焉

529 題曹桐君秋林琴趣圖

530 題王念臺孝廉桃花書屋小照

531 雪窗烘凍作畫

532 陳懶園招同人宴集愛山館分賦

533 贈楓山先生

534 寄懷金江聲

535 將發江東偶成一律留別諸同好

536 雪門以松化石見贈,詩以記之

537 啖芋戲作

538　題畫自貽

539　丹山書屋月夜咏梅

540　自題寫生六首

　　540.1　其一

　　540.2　其二

　　540.3　其三

　　540.4　其四

　　540.5　其五

　　540.6　其六

541　喜雨

542　冬日讀書

543　雪窗（僵卧南城雪）

544　題寒林栖鳥圖

545　夢游天台

546　畫紅菊綠筍合成小幅

547　仿米家雲氣貽江上老人

548　畫竹送陳石樵之魏塘

549　題松萱圖

550　題仙居圖

551　題梅生畫册

552　題梅根老人圖

553　題讀書秋樹根圖

554　白雲篇題顧斗山小影

555　題秋溪高隱圖

556　題武丹江山圖

557　題聽泉圖

558　題神女圖

559　題松山桂堂圖

560　題雲山雙照圖

561　題薛松山訪道圖

562　畫白雲樓圖贈友人

563　題夏悝齋蒲團趺坐圖

564　題獨石

565　題挑燈佐讀圖

566　題麻姑醉酒圖

567　題仙源圖

568　題紫牡丹

569　畫竹

570　題歸山圖

571　題孟景顏橫琴待月圖

572　題虎溪三笑圖（一抹輕雲樹杪流）

573　題桃花燕子

574　踏雨入東園

575　南園戲筆

576　戲咏野薔薇

577　荷

578　檀木

579　張琴和古松（自覺秋心淡）

580　秋江夜泛

　　　580.1　其一

　　　580.2　其二

581　題芙蓉蘆荻野鴨

582　法米南宮畫意

下編

583　過龍慶庵

584　短歌贈和煉師

585　新秋晚眺

586　烟江詞題畫

587　古意贈同好

588　不寐

589　山居遣懷

590　題牡丹（新焙穀雨茶）

591　塞外曲

592　題獨立山人小景山人善寫竹

593　宿紫陽山

594　述夢

595　又夢游仙學玉溪生

596　即景言情

　　　596.1　其一

　　　596.2　其二

597　寄紫金山黃道士

598　讀書擬古

599　陳老遲仿荆關一幀，吾友姚鶴林所貽，古樹竹石之外本無他物，不識何人污墨數點深爲礙目。余因撫其汙墨，略加鈎剔，似若群鳥歸巢之勢，庶不大傷先輩妙構也。庚子十二月八日識并題

600　題高隱圖

601　寒夜吟

602　題白鷹

603　夏夕

604　作畫（野性習成懶）

605　金陵道士

606　清秋夜泛

607　竹溪書屋

608　淮陰月下聽朱山人鼓琴作詩以贈

609　畫贈馬君

610　瓶花

611　武林月下留別諸子

612　松月歌

613　薛楓山以扇頭索畫題此

614　擬廬山一角

615　贈雪松和尚

　　　615.1　其一

　　　615.2　其二

616　烏珠果，木不高，舉手可摘。當秋後始孰，色味精妙，
　　　言難盡之

617　旅舍即事寄徐紫山

　　　617.1　其一

　　　617.2　其二

618　雨夜二首

　　　618.1　其一

　　　618.2　其二

619　紅崖

620　題玩秋圖

621　雲居隱者

622　和人游山

623　酒酣看劍

624　題浣雲高閣贈施遠村

625　畫石壽汪泉軒

626　鏡臺曲

627　題牧犢圖（寂歷空山簹壁臺）

628　題畫（抽毫拂霜素）

629　笙鶴樓

630　雪窗四首

　　　630.1　其一

　　　630.2　其二

　　　630.3　其三

　　　630.4　其四

631　癸巳十一月八日爲亡婦追寫小景因製長歌言懷

632　題沈雷臣江上草堂

633　雨中即事

634　贈吳石倉

635　同徐紫山、吳石倉游石笋峰看秋色

636　春日過紫山草堂不值

637　題紅樹青山圖

638　題友人訪道圖

639　馬（偶儻寧無志）

640　對雨擬景同徐紫山

641　題江山竹石圖

642　向晚

643　沙路歸來

644　水窟吟

645　題梅崖踏雪鍾馗

646　桃花燕子

647　題畫（幽蹊花草自閒閒）

648　題在孚侄小景

649　春愁詩

650　獨飲

651　新竹（一節瓊芽畫地開）

652　秋園

653　一枝香，纖素不凡。香嚴態逸，擬符蘭蕙。獨凄凄
　　　空谷，絕無顧問。予嘆草蔓亦有遇與不遇，因口吟
　　　數字

654　圖成得句（烏皮几上白紛紛）

655　東城聽雨

656　初夏，得雨軒主人招陪沈君方舟。是夕，余不得同，
　　　因賦詩以贈沈君，時沈君遨游方歸

657　寫秋雲一抹贈陳子石樵

658　松月圖

659　燈下漫吟二首

　　　659.1　其一

　　　659.2　其二

660　石

661　對雪

662　山人

663　寫秋（便可調清露）

664　放犢圖

665　夢游天台

666　仿米家雲氣

667　畫蒼苔古樹

668　寫紅梅素月得句

669　曉入花塢

670　寒園聽雪

671　雨窗春吟

672　獨夜有感

673　作雙樹圖贈吳尺鳧

674　和雪樵丈賦馬志感

675　法米南宫潑墨

676　題魚（老魚能變化）

677　圖成得句（畫水水不竭）

678　丙申之春，齮使閤公囑余以山水、人物、花草各寫成幅，作一小屏。余時塵事糾紛，點筆苦未能工。因每幅題五言絶句一首，以詩補畫，庶無負來命，亦少有助筆墨之生氣耳

　　678.1　其一

　　678.2　其二

　　678.3　其三

　　678.4　其四

　　678.5　其五

　　678.6　其六

　　678.7　其七

　　678.8　其八

679　壽意

680　贈徐紫山

681　雨中畫鍾馗成即題其上一名鐘葵

682　畫火榴

683　壽吳石倉

　　　683.1　其一

　　　683.2　其二

684　丙申夏四月苦雨作

685　野塘秋景

686　自題秋林圖

687　題菊（無全寒苦色）

688　夏日苦熱

689　久不見紫山作詩懷之

　　　689.1　其一

　　　689.2　其二

690　題屏面畫幅八首

　　　690.1　其一

　　　690.2　其二

　　　690.3　其三

　　　690.4　其四

　　　690.5　其五

　　　690.6　其六

　　　690.7　其七

　　　690.8　其八

691　閏三月詩

692　秋潮

693　沈小休以新詩見懷賦此答謝

694　對牡丹口吟二十字

695　畫蘭竹

696　雪窗二首

　　　696.1　其一

　　　696.2　其二

697　題畫册

698　題寒林栖鳥

699　松

700　聞蕭時同友人游金山白雲洞

701　檉林

702　水仙

703　竹（數竿清且瘦）

704　荷

705　石窟

706　魚

707　蕉梧

708　夜園

709　過斑竹庵訪雪松和尚

710　試墨成圖

711　月

712　送汪鑒滄之太原

713　西溪二絶句

　　　713.1　其一

　　　713.2　其二

714　題秋泛圖

715　丁酉九月客都門思親兼懷昆弟作<small>時大兄、季弟俱客吳門</small>

716　追憶蔣妍内子作詩當哭

717　壽江東劉布衣七十

718　旅館有客携茶具見過，且得清談，因發岩壑之思

719　賦得佛容爲弟子

720　古藤蒼鼠

721　汪積山以羅紋紙索畫水仙并題一律

722　嵩山

723　華山

724　恒山

725　衡山

726　泰山

727　春夜梅樹下二首

　　　727.1　其一

　　　727.2　其二

728　游山

729　題秋林野寺圖

730　留宿白蓮庵題壁<small>僧妙慧嘗諷《法華經》"一夕井中出白蓮"云</small>

731　客有嗜馬者以詩增之

732　有客從都下來言劉二範齋物，故詩以哭之

733　已亥夏送徐紫山游白嶽

734　立秋後喜雨<small>己亥夏秋亢陽不雨，生民苦甚，偶有此作</small>

735　南園即事

736　雨後

737　寒汀孤鷺

738　題松萱圖

739　山園

740　薛楓山過訪作詩謝之己亥新秋,楓山過余南園,清話叢竹間。時緑陰繽紛,襟帶蕭然。拊石倚藤,如在深谷中。獨不知夕陽下山,火雲西流也

741　雨夜即事兼懷汪積山

742　懷金江聲

743　贈薛楓山

744　題仙居圖

745　題墨牡丹二絶句

　　745.1　其一

　　745.2　其二

746　題松竹梅圖

747　寄徐紫山紫山時客海陽

　　747.1　其一

　　747.2　其二

　　747.3　其三

748　讀魏公傳

　　748.1　其一

　　748.2　其二

749　題友人園亭

　　749.1　梅嶼

　　749.2　桑徑

　　749.3　竹墅

　　749.4　紅香塢

　　749.5　水檻

　　749.6　稻畦

749.7　女蘿亭

749.8　桐花鳳軒

750　喦慕越中山水有年矣，已亥秋，納言陳六觀先生招游園亭。陪諸君子渡江造勝，飽飫林巒，復探禹陵、南鎮、蘭亭、曹山諸奇。爰歸，夢想弗置，得五言詩數首，以志平生游覽之盛

750.1　陳氏北園

750.1.1　其一

750.1.2　其二

750.2　禹陵

750.3　南鎮

750.4　曹山

750.5　旱宕

751　山陰道中歸舟書景

752　蘭谷

753　六宜樓聽雨

754　閩河舟中口號

755　秋夜有懷

756　游玉壺山

757　東岩夜坐

758　題扇寄友

759　摘蘭

760　贈清映上人半律

761　新秋書景

762　研北墨華，幽香可咽，墙東處士風致堪鄰爾。乃掃梁園之空翠，掇金谷之芳香。雖得一樹一石，亦堪鸞鶴

同栖矣

763　曉發

764　題蓉桂圖

765　聞雁

766　和友人秋日山居

767　自題小景

768　霜月用友人原韵

769　秋日閒居

770　江邊

771　小春咏雪

772　游仙詩題畫

773　題江聲草堂圖

774　笋

775　題雜花山泉

776　蘆花

777　辛丑臘月八日,已兒殤,哭之痛,追寫其小景并題
　　　四絶

　　　777.1　其一

　　　777.2　其二

　　　777.3　其三

　　　777.4　其四

778　題歸僧雲壑圖

779　咏竹研

780　和厲樊謝二月八日晚登吳山之作

781　題玉蘭牡丹

782　游梅岩庵

783 泰山謁碧霞君

784 廣川道上遇狂飆口吟一絕時壬寅四月三日也

785 環翠亭落成賦此

786 題熱河磬搥峰二絕

    786.1　其一

    786.2　其二

787 曉景

788 恭賦萬家烟火隨民便應製

789 秋日閒步

790 題梅生畫册

791 送徐紫山之廣州

792 題孟思巖橫琴待月圖

793 汪子麟先裹糧入廬山訪遠公遺迹，多獲佳句。及歸
    錢塘，囑仇生丹厓作《三笑圖》，索余題詩，遂信手書
    一絕句以應來意

794 梅樹下

795 六月八日雲山過訪有感而作

796 癸卯仲夏，姚子鶴林見過南園，携鵝溪箋乞予作圖，
    以俟他日擇巢，當如此山水間，可結伴閉關矣

797 畫鍾馗戲題

798 邵書山過訪見贈新詩用來韵以答

799 過宗陽宮訪魏雲山作

800 題臥石圖

801 立秋前一日南園即事

802 雲山過我，具言雪樵丈近境，賦詩以貽之

803 題鶴林西江游草後

803.1　其一

803.2　其二

804　贈寧都魏布衣

805　與鶴林論詩法

806　贈陳懶園

807　題孟思巖秋游圖

808　閒坐蕉窗，偶展亡兒已官小景閱之，輾轉神傷，不能自遣，乃成一律聊寫衷情

809　八月十五夜玩月一首

810　同陳龜山孟思巖諸子游靈隱，登飛來峰，復坐冷泉亭，留宿寧峰庵，分賦得五言詩二首

810.1　其一

810.2　其二

811　楊雪門以松化石見贈賦詩一律

812　賦贈鶴林三十初度 用項向榮原韵

813　九日同友人過重陽庵，登吳山莫歸，宴集陳懶園草堂，分賦次懶園韵

813.1　其一

813.2　其二

813.3　其三

814　喜雨

815　對酒

816　寫烟月松梅圖

817　長江夜泛

817.1　其一

817.2　其二

818　題挑燈佐讀圖

819　張秋水近信不至詩以懷之時同袁曉初賦

820　和汪積山味盆梅

821　行路難

　　821.1　其一

　　821.2　其二

822　題神女圖

823　題秋溪高隱圖

824　順承郡王子扈蹕熱河詩以奉懷

825　送友人之太末

826　東園

827　不寐有懷

828　題岩臥圖

829　題清溪釣叟圖

830　題江山圖

831　壽潘曉村五十

832　十月十五日曉登吳山作

833　點筆得句

834　扇頭竹

835　旅舍同三弟遙擬尊慈倚閭之望有感賦此

836　題聽泉圖

837　畫梧桐

838　奉懷順承郡王子

839　作山水

840　梅（静處幽光獨夜新）

841　題魏老雙照圖

842　夏日泛白門

843　同友人登陳山訪龍湫汶觀海,抵暮遇雨,始放舟還

　　843.1　其一

　　843.2　其二

　　843.3　其三

844　寫景

845　題施遠村逃禪圖

846　題山丹拳石小幅

847　畫孤山圖有小序

　　847.1　其一

　　847.2　其二

848　啖香圖

849　聽蕉圖

850　與高堂偶吟

851　題江烟草堂圖

852　題秋齋臥子圖

853　畫墨龍

854　題高隱圖

855　寫竹(山人寫竹不加思)

856　溪女浣紗圖

857　石林野屋

858　題芍藥(粉痕微帶一些紅)

859　靜夜

860　新秋與高堂即事

861　山堂泛帙

862　岩栖

863　題松根評泉圖

864　題佳士鼓琴圖

865　題菖蒲蜀葵

866　摹米家烟雨圖

867　雨中植花堂下口號

868　題漸江和尚秋壑孤松圖

869　咏夜來香花

870　堂下青桂吐華，香氣逼人，偶吟一律

871　題柴放亭西山負土圖

872　題施遠村評硯圖

873　中秋家宴

874　寄金江聲

875　題吳石倉小影四絕

　　　875.1　其一

　　　875.2　其二

　　　875.3　其三

　　　875.4　其四

876　游潮鳴寺

877　青山白雲圖

878　遠村以秋蘭數莖見貽，其華香貞静，令人愛重，因譜
　　　素影，以報遠村并題四絕

　　　878.1　其一

　　　878.2　其二

　　　878.3　其三

　　　878.4　其四

879　硃紅牡丹

880　梁秋潭訪我竹齋,出所游南岡詩見貽報此

881　作馬應鶴林之請

882　題竹(夢入湘潭碧雨深)

883　題牡丹(老本新枝共幾丫)

884　冬日讀書一首

885　題牡丹(低窗眼裏透微光)

886　對竹偶作

887　寒支詩

888　半梧軒

889　幽居

890　沈方舟歸里賦此以贈

891　遣興一首

892　江南烟雨

893　萬壑争雄圖

　　　893.1　其一

　　　893.2　其二

　　　893.3　其三

　　　893.4　其四

894　松岩圖

895　題雪月交輝圖

896　江望

897　鱼浪花風

898　題松風竹屋圖

899　題瑞蓮圖蓮之并蒂而花者,亦常有也,然分紅白二色,自是難
　　　得,因爲寫景

900　竹徑

901 題春生静谷圖

902 題竹自貽

903 夢起戲爲圖

904 寫雪梅贈友

905 訪閉松齋主人

906 題環溪絳桃

907 題白菊

908 丹山書屋咏梅一律

909 秋林澹遠圖

910 聽雨

911 散步

912 己巳立夏雨窗小酌有感而作

913 題夏惺齋團蒲趺坐圖

914 畫白雲樓圖贈朱君鹿田

915 撫琴

916 雪山行旅圖

917 題惲南田畫册

    917.1　其一

    917.2　其二

918 題萬松亭圖

919 和雪樵丈哭牙

920 題畫自貽

921 寫秋(薄薄樹間雲)

922 題葉照亭種藥圖

923 寫得“天寒翠袖薄，日暮倚修竹”句

924 陳懶園招同人宴集愛山館分賦得香字

925　偶得端石一枚自削成硯銘之

926　西湖春游擬竹枝詩

927　寫菊壽遠村

928　靈石花草

929　春歸山堂對花小飮

930　啖芋戲作

931　題松（雲氣晴猶濕）

932　陶宙仔以“賦得天葩吐奇芬”之句見貽，武其原韵，草
　　　草成詩

933　題石

934　贈陶宙仔

935　爲金嶽高作石

936　乙巳冬即山齋芙蓉石畔，海榴、宜男同時發華，光彩
　　　耀目，嫣殊群卉。時遠村將有弄璋之喜，得此佳兆，
　　　余爲破睡，譜圖并題

937　玩名人畫幅

938　題夫容桂花

939　丙午春朝偶譜芍藥四種各媵以詩，但詞近乎戲，鑒賞
　　　者當相視而笑也

　　　939.1　其一

　　　939.2　其二

　　　939.3　其三

　　　939.4　其四

940　雨窗對花一律

941　坐雨寫折枝桃花

942　西湖春曉

943　懷姚鶴林

944　春宵

945　將訪徐紫山爲雨所阻感而成詩

946　二月一日即事

947　幽居三絕句

　　　947.1　其一

　　　947.2　其二

　　　947.3　其三

948　瘦雞

949　咏素蘭六韵

950　題蕉

951　題紫牡丹

952　小東園遣興

953　題扇

954　題仙源圖

955　題竹(數個篔簹小院西)

956　歸山圖

957　題鍾馗踏雪圖

958　玩月

959　題古木竹石

960　作礬頭山

961　二三子見過口占一律

962　春墅

963　陳懶園近得方竹一杖,題詩索和,聊答一律

964　題蟹

965　題霜枝畫眉

966　畫瓜鼠

967　水仙花

968　盆花

969　殘花

970　憶舊

971　蟬

972　晝寢

973　玉簪花

974　夏日池上

975　兔

976　畫墨芙蓉

977　柳枝螳螂

978　薛松山囑寫《歲朝圖》，遂戲作橘、荔、柿及瓶花二種
　　　應之

979　畫鴛鴦

980　野薔薇

981　池上觀魚

982　題山堂斷句圖

983　鶴畫贈姚子鶴林

984　竹（剗却閒花獨種竹）

985　畫蘭

986　題鷄

987　題貓

988　庭前小立

989　題虞美人

990　題南山白鹿圖壽柴君

991　荷池坐雨

992　題山水

993　持酒對花飲

994　高士圖

995　寫梅一枝贈董蓉城北歸

996　題靈草仙鹿圖贈萬九沙先生

997　題墨竹

998　寫枯楓

999　題静夜聽秋圖

1000　題江山積雪圖

1001　題美人圖

1002　池館納凉圖

1003　北園探春

1004　題仙翁圖

1005　柳館

1006　題水田白鷺

1007　窗前梔子發花，幽艷逼人，偶以五寸雕管追摹情態，
　　　幾惹蜂蝶浪争素盼也

1008　題許用安聯吟圖

1009　新竹（雲邊小逗含香雨）

1010　石中人

1011　自寫小影并題

1012　題山翁雅論圖

1013　池上風竹

1014　題五老圖

1015　睡覺

1016　贈海門周岐來周君善岐黃術，嘗浮游東海爲國人重焉

1017　賦得風倚荷花作態飛之句

1018　山行（澗冷泉無色）

1019　萬九沙先生囑補其八世祖蘭窗公圖并題

1020　題屏面雜花四首

　　　1020.1　其一

　　　1020.2　其二

　　　1020.3　其三

　　　1020.4　其四

1021　紫雪崖

1022　題喚渡圖

1023　題秋江野鴨

1024　畫深磵古木圖

1025　後園小立

1026　題梔子花

1027　賦所見

1028　畫菜戲題

1029　荷亭

1030　荷亭看雨

1031　己酉之秋，余方閉閣養疴，有客以法製佳蔬見貽。
　　　香同異果，甘逾美脯。鮮妙軟雅，色味均備。咀之
　　　益津，嗅則達竅，清胃和中。雖神草金丹，功莫能
　　　勝。昔黃山谷云“不可使士大夫不知此味”。喜山
　　　谷語，乃繪其烟姿露態，兼題一律黏之齋壁

1032　題蒼龍帶子圖

1033　揮汗用米襄陽法畫烟雨圖

1034　題高士圖

1035　題仙猿蟠桃圖

1036　畫鍾葵戲題

1037　己酉之秋，八月二十日，與四明老友魏雲山過蔣徑
　　　之竹柏軒。時雪樵丈然沉檀，誦《黃庭經》方罷，呼
　　　童僕獻嫩茶新果。主客就席環坐，且飲且啖。喜茶
　　　味之清芬，秋實之甘脆，足以蕩煩憂，佐雅論也。況
　　　當石床桂屑，團玉露以和香。籬徑菊蕊，含英華而
　　　育艷。衆美并集，百惡何至。雲山笑顧余曰："賞此
　　　嘉景子無作乎？"余欣然相頷。因得眼前趣致，乃解
　　　衣盤礴，展紙而揮。樹竹任其顛斜，草水縱其流洒。
　　　中間二三老子各得神肖，蔣翁扣杖，魏君彈塵。豪
　　　唱快絕，欲罄累積。唯南閩華子倚怪石，默默靜聽
　　　而已。其他雲烟明滅，變態無定，幽深清遠，亦可稱
　　　僻。漫擬一律聊志雅集云耳

1038　閒坐

1039　秋樹底

1040　題秋窗讀書圖

1041　雍正七年春三月三日，僕自鄞江復來錢唐，道經黃
　　　竹嶺。是日晨刻度嶺，午末方至半山橋。少憩橋
　　　側，耳根淙淙，水石相磨之聲，寒侵肌骨。久而復
　　　行，忽至一所，兩山環合，中間喬柯叢交，素影橫空。
　　　恍疑積雪樹底，軟草平鋪，細如絲髮，香緑匀匀。雖
　　　晴欲濕，似小雨新掠時也。西北有深潭，潭水澄澈，
　　　搖映山腰，草樹生趣逼人，儼然李營邱畫中景也。
　　　余時披攬清勝，行役之勞頓相忘矣。既抵錢唐，塵

事紛紜,未暇親筆硯。入秋後,始得閉戶閒居,偶憶春游佳遇,追寫成圖,補題小詩用遮素壁

1042　雲壑仙壇

1043　秋園詩

1044　郊行

1045　和雪樵丈悼亡之作

1046　南山圖

1047　夢中得句

1048　檐蔔花淡致逸逸,自有真色,非桃李妖艷可比。其含英發香,素蕙近焉,故數寫不厭。擬以四字詩題之,或朴雅相當耳

1049　二色桃花

1050　讀南華經

1051　咏蓮

1052　梅竹

1053　繡毬花

1054　層岩

1055　玩菊作

1056　澄江

1057　雲壑奇峰

1058　題高士看山圖

1059　謔墨遣興

1060　六橋春色

1061　題盛嘯崖道妝圖

1062　登萬壑亭

1063　燈花二首

1063.1　其一

1063.2　其二

1064　松下耆英圖

1065　竹窗漫吟

1066　夜坐

1067　鏑劍

1068　寒食後一日過清溪僧舍，訪四明李東門，分賦二律
得支微字

1068.1　其一

1068.2　其二

1069　徐茗園、姚鶴林兩同學以湖上觀花近作見貽，拈其
來韵賦答

1070　題李君觀桃圖

1071　東門冒雨見過，極言花隖放游之樂，兼出所作，漫賦
長句以答

1072　贈鄭雪崖先生

1073　庚戌仲春，雅集就莊。雪川陳東萃爲諸公及余寫
照，余補作《就莊春宴圖》用祝李君東門壽

1074　題梅根酌酒鍾馗

1075　大椿

1076　水村

1077　庚戌四月二十八日，峽石蔣擔斯過訪，貽以佳篇，并
出吳芭君、陳古銘兩君見懷之作，走筆和答

1078　題閔韞輝小照照作釋老披袈裟，坐禪椅，傍有二美人持錢酒
相逼，隱酒色財氣爲圖

1079　畫瓜茄

1080　題鶴林餲耕圖

1081　抛墨

1082　秋吟圖

1083　唐解元《春園玩花圖》一幀，人物古雅，結景幽致，信乎一代傑作。雨窗臨摹，未能盡得其神妙，然亦稍逼其風趣矣。庚戌七月望後一日并題

1084　畫泰岱雲海圖并序

1085　畫菊遣興時客華亭，寓雨花精舍

1086　庚戌中秋夜，同柴放亭、楊悦琛游虎邱，登可中亭小飲，值微雨籠月，冷翠蒼凉，偶賦二絕句

　　　　1086.1　其一

　　　　1086.2　其二

1087　題張老嗅梅圖

1088　別吳郎克恭時同客禾中，余又有當湖之役

1089　秋日登烟雨樓

1090　題行吟圖

1091　張琴和古松（一弦撥動）

1092　題梅華道人墨竹

1093　題葉滄珊吳山觀潮圖

1094　竹松軒與客對飲

1095　題牡丹（曉日纖風露未乾）

1096　同學汪陳也兄出其尊公井西先生畫菊索題，走筆應命，愧不成詩，恐傷雅構也

1097　題陳白楊先生畫猫

1098　題石濤和尚山水和尚一號青絀老人，又瞎尊者，又苦瓜道人，相傳道人係前朝世胄。

1099　作山水自題付二男

1100　題畫（蒼岩古木未知春）

1101　題麻姑酌酒圖

1102　忘憂草（胡爲掇此芳草）

1103　窗外荼梅會芳口吟手記薄成短章

1104　用米南宮法作瀟湘圖

1105　題孫老楓林停車圖

1106　臨風拂袖圖

1107　題牡丹（三月花叢堂上看）

1108　作桃花春水圖爲遠村壽

1109　題三星圖祝澂心子

1110　東園生索居蒿里，饑卧自傷，寫此毛骨，當俟孫陽一顧，庶慰憔悴

1110.1　其一

1110.2　其二

1111　又題馬

1112　醉暑作扇頭系此

1113　對畫戲題

1114　畫白石朱竹壽雪樵丈六十

1115　山行（日日山行不厭勞）

1116　酒後對月戲作

1117　夢有所思而不能者欲將持之以寄遠

1118　金陵留別徐紫山

1119　紫陽山雜詩

1119.1　其一

1119.2　其二

1120　題松風捲瀑圖

1121　題竹（一葉兩葉含雨嘯）

1122　重九前三日晚於桂華香裏與員子説秋煮茶，分韵成
　　　句兼懷李七郎

1123　賦得菊爲重陽冒雨開

1124　紅菊

1125　題梅竹小雀幅

1126　南園圖

# 詩作題名、首句綜合索引

**一畫**

一

△一水一山掃筆成
847.2

△一片金焦月
492

△一本居堂下
870

△一石存遺廟
56.2(750.2)

△一曲清溪野水流
829

△一坏黃壤依林莽
273

△一束寒藤亂不齊
544

△一身貧骨似饑鴻
77.1(917.1)

△一抹輕雲樹杪流
572(793)

一枝香,……
653

△一枝紅雪硯池春
668

△一枝硯北春
678.8

△一林修竹近黃昏
1106

△一枕游仙夢
545＊(665)

△一枕新寒夢不成
5(588)

△一雨破蒼苔
774

△一夜閒窗雨
655

△一泓開草莽
1089

△一弦撥動
103(1091)

△一洗乾坤净
809

△一亭空處篁
918

△一亭宰萬壑
1062

△一室獨静
621

△一室蘿烟合
283

△一怒獨要嚙鬼雄
331

一軒主人張燈插菊，……
141

△一徑修柯凝晚翠
526

△一徑曉烟合
678.1

△一徑縈回皴石分
700

△一架秋霜老
88(1038)

△一過吟堂一慘神
277.1

△一葉兩葉含雨嘯
1121

△一幅冰綃鸞影懸
557 *（836）

△一幅卷雲烟
1034

△一寒天地凍
771

△一絲羅風
494

△一蒿新漲益寒流
754

△一節瓊芽畫地開
651

△一碧吳烟合
1093

△一碧净若空
289

△一榻游仙夢
545(665 *)

△一熱一冷調氣候
844

△一劍横秋氣
763

△一壑香雲深又深
915

△一縷烟蘿弄晚清
757

△一聽蕉窗雨
452(736)
△一囊藏五嶽
589

乙
乙巳冬即山齋芙蓉石
畔,……
78(936＊)
乙巳立夏日雨窗小酌有感
而作
448(912＊)
乙丑秋,……
298
乙亥,……
528

二畫
二
△二子尋芳游
1069
二三子見過口占一律
961
二月一日即事
443(946)
△二月天日好

1073
二色桃花
1049

十
△十二層樓夢不真
689.2
十月十五日曉登吴山作
458(832＊)
十月七日禮觀音閣作
303
十月望夜月下作
142

丁
丁卯,……
353
丁酉九月客都門思親兼懷
昆弟作
42＊(715)
丁酉九月客都門思親一首
兼懷昆弟作
42(715＊)

七
△七尺焦琴

529

卜
△卜居東里傍城隅
465

八
八月十五夜玩月一首
809
△八咏樓中客
20(632)

人
△人能好事持花飲
407

入
入山訪友
128
入山登眺
463
△入谷循陂陀
343
入雨訪勝
212
△入春以後恒陰雨

940

九
九日同人過重陽庵,……
455,813

又
又夢游仙學玉溪生
8(595)
又題馬
1111

三畫
三
△三月天時冷暖中
1049
△三月花叢堂上看
1107
△三星在户
12(601)

士
△士也厲其志
192
△士有投閒興
648

寸

△寸田誠苦耕

182

大

△大吉當頭利市足

978

大椿

1075

△大癡老叟法堪師

165

丈

△丈夫遭世亂

748.1

△丈室叕貞秀

317

上

△上天憐下土

451(734)

山

山人

30(662),427

△山人也似冬青樹

376

△山人只合坐茅堂

895

△山人惟好道

21(634)

△山人無個事

1007

△山人登瑤厓

690.8

△山人揮袂露兩肘

69(853)

△山人質性懶如蠶

78(936)

△山人寫竹不加思

855

△山人曉起籬邊立

880

山中

380

△山水有佳趣

538(920)

△山北山南露氣清

898

山行

1018,1115

山村
431

△山雨濛濛樹色迷
1022

山居
347，398

山居遣懷
589

△山翁無個事
89（1039）

山陰道中歸舟書景
54（751＊）

山陰道中歸舟寫景
54＊（751）

山堂泛帙
861

山游二絕
152

山游志意
119

山窗雨夜
338

山園
739

△山静不知雲出没
527

△山燈寒戀客
338


小

△小池畜水浸空烟
899

小東園遣興
952

小春咏雪
771

△小圃鋤新雨
1031

△小園竪景逼蝸居
97（1065）

△小園纔半畝
1019

小溪歸棹
339

△小閣幽窗枕簟凉
461


千

△千年古幹赤龍纏
612


川

△川谷險不塞
186

川泛
342

夕
△夕日頹疏樹
570(956＊)
△夕陽看正好
455.2(813.2)

久
久不見紫山作詩懷之
689
久旱得雨喜成一律
451＊(734)

丸
△丸盆種樹亦成林
968

之
△之子勸吾駕
167

己

己巳六月，……
432
己巳春日解弢館即事用題
梔子花
426
己亥夏送徐紫山游白嶽
733
己酉之秋，八月二十
日，……
90(1037)
己酉之秋，余方閉閣養
痾，……
1031

已
△已隔塵氛遠
782

女
女蘿亭
55.5(749.7)

四畫

王
△王子瑶笙久不聞
838

王茨檐索寫乞食圖并題
以贈
358

王茨檐囑寫柳池清遣圖
并題
408


天
天竹果
515
△天風颯颯落寒影
602
△天高晴色好
876
△天涯飄泊授衣初
433（819）


五
△五十未過四十餘
486.3
△五千餘刃削空青
45（723）


不
△不作千萬峰
762

△不須烟月助
539（908）
不寐
5（588）
不寐有懷
827
△不結香茅居
65（800）
△不獨烟裳潔
721
△不辭辛苦往來頻
871


太
△太平歲月與人同
399
△太空一嚏滌殘秋
454（814）


少
△少年好騎射
107


日
△日日山行不厭勞
1115

△日氣初沉塹
314

△日團迎檻樹
932

△日曬香堤鳥語嬌
942

中

中秋家宴
873

水

水仙
702

水仙花
81（967＊）

△水曲迴朱檻
236

水村
1076

△水净逼人寒
491.11

△水净溪光白
555（823）

△水華掀處風泠泠
394

△水晶簾卷列金釵
939.1

△水漣烟净
1029

水窟吟
644

△水鳴活活溪聲哽
864

△水澄溪骨冷
1090

水館納涼
85＊（1002）

水檻
55.3（749.5）

牛

牛
163

牛虎鬥
491.3

△牛背白鬚公
480

壬

壬申二月歸舟渡楊子作
507

壬戌夏，……

219

壬戌歲，……
246


月
711

△月之朧朧
625

△月邊斜著露邊垂
973


丹
丹山書屋月夜咏梅
539＊（908）

丹山書屋咏梅一律
539（908＊）

△丹岡聳幽茂
306


勾
△勾留人處美溪山
380


六
六月八日雲山過訪有感
而作

457（795＊）

六宜樓聽雨
58（753＊）

六宜樓聽雨同金江聲作
58＊（753）

六橋春色
1060


文
文雀
227.8

△文雀最微細
227.8

文鳥媚春
418

△文章老手世無敵
1096


方
△方水懷良玉
281

△方池四壁柳毿毿
408

△方帽先生襟帶偏
473

△方塘水氣白濛濛

969

火
△火輪炎炎燒海濤
842

以
△以道敦名教
209

**五畫**

玉
△玉杓回北斗
278
△玉洞春風過
678.6
玉簪花
973

未
△未能作老農
867
△未能談笑固安貧
535
△未許風搖動
902

正
△正月已過二月來
443(946)
△正好懸帆去
733

去
△去家八百里
161.1

世
△世上何曾有此景
893.2
△世守青箱課子孫
472
△世好能知通舊情
277.2
△世間富貴一生得
879

古
△古玉團光濕
711
△古色籠秋氣太澄
868

△古酒能温寒士心
596.2

古意贈同好
4(587)

△古藤絡著瘦松身
894

古藤蒼鼠
720

本

△本是青蓮化此身
760

△本是補天餘
660

丙

丙午春朝偶譜芍藥四種各
媵以詩，……
939

丙申之春，……
678

丙申夏四月苦雨作
684

丙寅孟夏，……
324

丙寅春晝解發館作

317

石
660

石中人
87(1010)

石林野屋
857

△石畔吟秋句
950

石窟
705

△石窟支寒隱
87(1010)

△石嶝縈紆上翠微
398

△石險無妨礙
810.1

△石壁巉巉藤倒垂
966

△石蘭被芳英
260

戊

戊午四月念七日得雨成詩

131

戊辰三月二十一日亡荆蔣
媛周忌作詩二首
389

戊辰初春解弢館畫牡丹成
即題其上
359

平

平田
384

△平生未得養生方
94

△平時不掃榻
873

北

△北風酸辣吹老屋
542(884)

△北幹柳條綠
460

北園
86＊(1003)

北園探春
86(1003＊)

△北嶽玄泉不可求

46(724)

△北疇殷桑麻
140

且

△且把佳肴一一問
1028

△且把琴書抛一邊
441.2

△且放春牛過嶺西
446＊(664)

△且復登其險
813.2

△且說秋收罕有成
71(874)

甲

甲子夏日寓架烟書屋作
283

只

△只隔疏籬烟一層
1123

兄

△兄弟皆於此

835

叩
叩梅
205

四
四明老友魏雲山八十詩以
壽之
335
四明李東門冒雨見過，……
99＊（1071）
△四圍山色古
453＊（789）
△四圍石色古
453（789＊）
△四圍冷翠逼天根
893.3
△四壁雲如漆
448（912）

乍
△乍見鬚眉色漸枯
440

白

△白木構爲亭
55.5（749.7）
△白白紅紅花亂開
893.4
△白衣不至酒樽閒
540.4
△白雨掠淇園
886
白門周幔亭貽以詩畫作此
奉答
257
△白酒黃花節
491.10
△白鹿蒼蒼
990
△白陽山人老手辣
1097
△白雲復白雲
554
白雲溪上
356
白雲篇題顧斗山小影
554
△白雲嶺上伐松杉
73（889）
△白璧重連城

335
白鷳
385

用
用米南宮法作瀟湘圖
1104
△用拙非求世
633

冬
冬日讀書
542＊（884）
冬日讀書一首
542（884＊）

主
△主人賞我好
175

市
△市夐塵已空
282

立
立秋前一日南園即事

450（801）
立秋後喜雨
451（734＊）

半
△半川幽綠染新篁
900
△半曲新聲懶去理
502
△半房蕉影日初斜
403.2
△半條蒼雪拗春來
244
半梧軒
888
△半幅冰綃巒影懸
557（836＊）
△半幅羅衾不肯溫
27（649）
△半榻夢初成
727.2
△半壁冷逾冰
402.2
△半壁斜窺石罅開
62（778）
△半壁障青天

49（728）

△半壁懸蒼穹

997

△半壑移雲海

1042

△半臂宮衣蓮子青

386

△半灣新水漾晴烟

1006


弘

△弘景不在山

4（587）


出

△出岫雲無滯物心

295

△出骨寒枝凍欲枯

102（1087）

△出徑還同入徑迷

490


尺

尺波軒宴飲集字

179


母

△母也名族女

524


**六畫**

吉

△吉士被絃歌

199.10


老

△老力艱走雪

485

△老去文章誰復憐

108

△老去解頤唯旨酒

426

△老本新枝共幾丫

883

△老矣揚州路

156

△老骨迎秋健

1081

△老眼多遲鈍

1020.3

△老魚能變化

676

△老椿得氣蟠黃土
1075
△老髯袒鉅腹
522
△老樹坼枝麋角健
959
△老樹咽風聲聒耳
620

芍
芍亭坐雨
321
芍藥
256,381

地
△地上老人天上星
405

西
△西子湖頭渺渺秋
1020.4
△西來一疋欲追風
378
△西湖吟客又南征
434(825)

西湖春游擬竹枝詩
926
西湖春曉
942
△西湖最好是三春
926
西溪二絕句
713

百
△百尺青梧桐
994

有
△有士懷鄉土
406
△有石皆靈透
863
△有客吟秋園
592
△有客空山結草廬
427
有客從都下來言劉二範齋
物,故詩以哭之
732

此

△此處人家似若耶
856

△此間丘壑本無秋
851

△此樹得長生
549(738)

曲

△曲曲鈎真趣
1021

△曲曲寒藤挂不齊
698

同

同友人登陳山訪龍湫汶觀
海，……
843

同員九果堂游山作
153

同徐紫山、吳石倉石笋峰看
秋色
22＊(635)

同徐紫山、吳石倉游石笋峰
看秋色
22(635＊)

同陳龜山孟思巖諸子游靈
隱，……
810

同學汪陳也兄出其尊公井
西先生畫菊索題，……
1096

朱

朱牡丹
386

朱蘭
160

先

△先生吟興好
1068.1

△先生近七十
875.2

△先生歸去補書巢
137

竹

412,703,984

△竹外橫清芬
1103

△竹色清梅色

555

1052

△竹杖支生力

799

△竹杖藤鞋舊布衣

1025

△竹床瓦枕最堪眠

947.3

△竹枝青灑灑

518

竹枝黃雀

249

竹松軒與客對飲

1094

△竹舍翳雲窗几潤

347

竹徑

900

△竹烟離亂井梧乾

596.1

△竹陰款語味修林

246

竹窗漫吟

97(1065)

竹溪書屋

13(607)

竹墅

55.2(749.3)

△竹墅多陰雲

55.2(749.3)

牝

△牝墼枯松樹

536(811)

休

△休杖息吾駕

171

伐

△伐石挽泉湊坡曲

341

仲

△仲夏依芳林

183

仰

△仰而望之

755

△仰讀沓嶂雲

199.13

仿

仿米家雲氣

547(666＊)

仿米家雲氣貽江上老人

547＊(666)


伊

△伊叟若何

514


自

△自古神棲地

56.3(750.3)

△自在大自在

563(913＊)

△自在真自在

563＊(913)

△自有石林藏野屋

857

△自別層城不記年

9(597)

△自笑山夫野性慵

575(735)

△自笑非中散

659.2

△自笑擔囊不遇時

441.1

△自惜羽毛清

129

△自傷衰朽骨

389.1

△自愛吾堂朴

860

△自愛深山臥

30(662)

△自慚才拙守松筠

961

△自課農工不廢時

471

自寫小影并題

1011

△自憐冷筆題秋樹

553

自題小景

767

自題秋林圖

686

自題寫生六首

540

△自覺秋心淡

579

向

向晚
642
△向默探輪轉
133

似
△似可探春信
488
△似醒還帶醉
568（951）

行
△行行山磵裏
690.6
行路難
821

名
△名賢方小憩
56.1.2（750.1.2）

冰
△冰老長河凍氣清
334
△冰鑿其華

1048

并
△并影游烟腹
232

江
江上釣舟
429
△江山千百里
1000
△江水不可涉
336
△江昏林挂雨
372
江南烟雨
892
△江迴一曲一百里
1023
江望
896
△江静初磨鏡
1056
江邊
770
△江邊何物妙

770

池
池上風竹
1013
池上觀魚
82(981)
△池塘烟水滿
55.4(749.6)
池館納涼圖
85(1002＊)

守
△守拙無良圖
1058
△守陋甘爲木石鄰
352
△守經敦典禮
177

如
△如此山林經識初
773
△如此烟波裏
33.1(678.3)
△如此鬚眉如此景

530

好
△好放春牛過嶺西
446(664＊)
△好鳥息庭柯
307
△好善無近名
211

七畫
扶
△扶竹引瓜藤
1079

坂
△坂坻緲廬霍
198

拋
拋墨
1081
△拋擲兩丸無息機
496

投

△投筆作何用
815

志
志山窗所見
305

却
△却笑山中客
1012

把
△把酒還須爵酒星
617.2

拗
△拗落南枝雪
36(708)

芙
△芙蓉成把桂成擔
938

花
△花迎丹嘴麗
385

花軒遣筆
165
△花徑懸春雨
348
△花勝壓斷路
1060
△花影不相照
678.2

李
李儉漁過訪兼贈新詩撫其
來韵以答
130

匣
△匣中古劍吼蛇腥
623

更
△更愛癡懷類米顛
439.2

吾
△吾友施遠村
872
△吾聞八咏樓中有佳客

656

△吾聞東方之野有若木枝
高萬丈
149


旱
旱巖
57(750.5)


吳
△吳江雲
3(586)
吳門李客山手錄窗稿見貽
作此答贈
215
△吳繭抽生絲
393
吳薌林以耕石齋印譜出觀
漫題一絕
150


見
△見説子期遭物故
732
△見説蕭齋夏日長
441.4


吟
△吟窗晝坐時
878.3


吹
△吹笛峰頭閉九關
1119.1
△吹亂一溪碧玉
293


別
△別有名園一畝寬
683.2
別吳郎克恭
1088


我
△我命輕如葉
505
△我從三山渡海來
1118


秀
△秀木橫交柯

476

△秀不居蘭下

653

何

△何人編竹筱

869

△何以賦烟草

670

△何年揮鬼斧

57＊（750.5）

△何年運鬼斧

57（750.5＊）

△何來一片月

29（658）

△何處可投閒

459（911）

△何處拋愁好

42（715）

△何處紅弦弄瑤水

1120

△何處溪山供眼前

1113

△何處歌聲繞帳來

989

作

△作力事岩耕

199.12

作山水

839

作山水成題以補空

116＊（1099）

作山水自題付二男

116（1099＊）

作冰桃雪鶴壽友人

423

作枕流圖呈方大中丞

415

作馬應鶴林之請

881

作桃花春水圖爲遠村壽

1108

作畫

11（604＊）

作畫眉

376

作雙樹圖贈吳尺鳧

673

作攢頭山

960

低
△低窗眼裏透微光
885

余
余年六十尚客江湖
274
余客居揚之東里
171

坐
坐雨
166
坐雨寫折枝桃花
941
坐與高堂偶爾成咏
68＊(850)

谷
△谷口風吹雨
960
△谷風拂吟條
227.9
△谷響聞樵唱
60(769)

辛
辛丑臘月八日,……
777
辛未,……
500
辛未冬,……
505
辛未夏夜渡楊子作
492
辛酉十二月小憩憺齋題古
木泉石圖
200
辛酉仲春,……
167
辛酉自維揚歸武林舟次作
詩寄員九果堂
194

忘
忘憂草
227.2,1102

冷
△冷士一窗雲
344
冷士

344

△冷雲空處梅填雪

26（645）

灼

△灼灼榴花紅玉光

683.1

汪

汪子麟先裹糧入廬山訪遠
公遺跡,……

572（793＊）

汪食牛以春郊即事詩索
和,……

176

汪積山以羅紋紙索畫水仙
并題一律

721

沙

沙堤引馬圖

294

沙路歸來

25（643）

△沙路歸來

25（643）

泛

泛江即景

198

△泛泛江烟遠

580.2（817.2）

沈

沈小休以新詩見懷賦此
答謝

111（693＊）

沈君方舟歸里賦此以贈

890

△沈郎下筆多生氣

287

良

△良悟非恒獲

141

△良璞蘊清輝

226

良驥

378

初

初夏,……

656

君
△君子敦大雅
432
△君冒黄梅雨
219
△君歸我當送
995

即
即山齋海榴、宜男同時發
花,……
78＊(936)
即事
512
△即事殊多戀
199.20
即景言情
596

阿
△阿姑不肯老
566(1101)

壯
△壯鳥呼林開宿霧
373

姊
△姊妹相携去踏春
371

邵
邵書山過訪見贈新詩用來
韵以答　798

**八畫**

玩
玩月
958
玩月美人
332
玩名人畫幅
937
玩事一首
484
玩物感賦
206

玩菊
337

玩菊作
1055

武
武林月下留別诸子
611

青
青山白雲圖
877

△青青一徑桑
749.2

△青松挺秀姿
288

△青泥閣子白檾橡
146

△青壁懸丹葩
310

玫
玫瑰花
227.4,400

長

長江夜泛
580(817＊)

△長林曳幽莽
144

△長空半壁捲海水
489＊(1032)

△長空半壁飛海水
489(1032＊)

△長柯臨磊砢
202

△長夏憩園林
118

抽
△抽毫拂霜素
628

披
披月刷翮怒然自愛
228

△披雲深竹裏
22(635)

△披幅弄華管
979

△披圖得素士

922

**拂**
△拂去空齋半壁塵
76(901)
△拂拂渡溪風
977
△拂盡山烟放曉游
458(832)

**其**
△其温故可捫
136

**昔**
△昔日溪山老復游
791
△昔年重神交
1088

**若**
△若有衣葉者
491.2

**茂**
△茂薄蔭幽阜

239

**直**
△直削芙蓉一片青
1035

**林**
△林莽宿寒雨
157
△林疏風易落
1082
△林薄杳平莽
196
△林薄媚修茂
291
△林樾冒朝雨
250

**松**
699
松下耆英圖
1064
松月歌
612
松月圖
29(658＊)

松石間
475

松竹畫眉題贈員果堂
231

松岩圖
894

松根道士
425

松鹿
235

△松篁冷翠潑塵襟
805

△松檜交茂
231

松磵
106

松磵二首
413

△松磵之陽
235

述

述夢
7(594)

來

△來日又當臘盡頭
276.2

枕

△枕泉嗽石耳牙清
415

東

△東山一石欲搥空
63.1(786.1)

△東西南北忽無門
784

東岩夜坐
757

東門冒雨見過
99(1071＊)

東城聽雨
655

△東風初暖弄精神
340

△東風煦野草
162

東園
826

東園生索居蒿里，……
1110

雨夜二首

618

雨夜即事兼懷汪積山

741

雨後

452（736＊）

雨後病起

452＊（736）

雨窗

333

雨窗同果堂茗飲口占

175

雨窗春吟

32（671＊）

雨窗對花一律

940

雨霽望鄰園

169


奇

奇鬼

491.2


非

△非曰慕春榮

227.6


卧

△卧此梅花窟

300


事

△事來神有格

484


兩

△兩丸如擲梭

227.2


雨

雨中即事

633

雨中移蘭

154

雨中植花堂下口號

867

雨中畫鍾馗成即題其上

34（681）

△雨花庭院竹梧深

1085

△雨來聽荷鳴

991

△非求筆墨工　　　　　147
491.4

△非烟非霧雨絲絲　　　呦
941　　　　　　　　　△呦呦復呦呦
　　　　　　　　　　　996

果
果堂東游海濱見寄殷殷感　到
而答詩　　　　　　　△到來便欲細敲詩
220　　　　　　　　　413.2


咏　　　　　　　　　　尚
咏水仙花　　　　　　△尚惜兒聽慧
81＊（967）　　　　　808
咏竹硯
117（779）　　　　　固
咏夜來香花　　　　　△固知此境非凡境
869　　　　　　　　　937
咏素蘭六韵
949　　　　　　　　　明
咏菊　　　　　　　　△明星炯炯貫雙眸
195,377　　　　　　　777.3
咏蓮　　　　　　　　△明湖一展新磨鏡
1051　　　　　　　　467
咏静　　　　　　　　△明湖印明月
487　　　　　　　　　123
咏磁盆冬蘭十六句　　△明湖忽在眼

184

△明霞映晚秋

33.3(678.5)

咀

△咀詩直似冷蟲吟

837

咄

△咄哉進士何其靈

797

岩

岩栖

862

岩栖小集和員周南

498

垂

△垂老誰人惜病夫

777.1

物

△物役有權宰

223

△物性秉非一

227.3

和

和一軒子言心

136

和人游山

622

和友人秋日山居

766

和汪哉生西郊春游

174

和汪食牛清明日掃墓之作

177

和汪積山味盆梅

820

和員裳亭立春日宴集原韵

278

和雪樵丈哭牙

919

和雪樵丈悼亡之作

1045

和雪樵丈賦馬志感

674

和厲樊謝二月八日晚登吳

山之作

780

和積山見寄四首
441

佳
△佳士不期至
498

往
△往昔揚州同作客
486.1
△往昔懷人
255
△往舊事不遺
178

彼
△彼物得良侶
746

所
△所欣泉石友
161.2

舍
△舍杖憩游履
224

金
△金刀繡緞謾酬君
111(693)
金呂黃索余寫墨竹并題此詩
393
△金風作力剪庭隅
377
△金風掀木葉
424
△金風蘇殘暑
51(585)
金陵留別徐紫山
1118
金陵道士
605

命
△命駕發東里
155

采
△采采秋蘭
759
△采遙過南塘

360

兔
239，975

忽
△忽見雲俱白
765
△忽訝山骨冷
1084
△忽熱忽凉調氣候
541

夜
△夜分人不寐
98(1066)
△夜目射寒星
706
夜坐
98(1066)
△夜看山月落
491.1
△夜氣忽然净
326
夜園
36(708＊)

郊
郊行
1044
△郊夜情何適
199.22
△郊烟蕩凉颸
206
郊游
381
郊游憩閒止園
162

庚
庚午十二月獨樂室作
485
庚午七月渡楊子江口占
一首
482
庚午臘盡晨起探春信
488
庚申歲客維楊果堂家除夕
漫成五言二律
161
庚戌中秋夜，……
1086

庚戌四月二十八日,……
101(1077)

庚戌仲春,……
1073

放
△放鴨塘幽景自殊
450(801)

放犢圖
446(664＊)

法
法米南宮畫意
582＊(675)

法米南宮潑墨
582(675＊)

河
△河伯無憀極
644

空
△空山活活玉泉鳴
756

△空山凝紫氣

828
△空庭布桂氣
297

△空處向翻翻
875.4

居
△居陋以求道
199.9

△居貧固以道
180

孤
△孤坻迴淺碧
253

△孤情只愛寫寒秋
28(657)

孤鳴在林
229

△孤嶼隔囂穢
199.14

九畫

春
△春山似有道

134

春日同沈秋田東皋游眺

319

春日過紫山草堂不值

23(636)

△春水初生漲碧池

366

△春去夏來日漸長

569

△春在青松裏

567(954)

△春色枝頭足

1070

△春江迎赤鯉

897

春吟詩

32＊(671)

△春谷何窈窕

985

△春雨連朝夕

172

春夜小園

36＊(708)

春夜梅樹下二首

727

春夜偕金江聲游虎邱

442

春夜感懷

445＊(672)

春郊即景

310

△春草淺淺綠微微

339

△春泉激浪連珠揮

356

春風桃柳

460

△春華揚修茂

305

△春皋累芳茂

319

△春烟低壓綠闌珊

81(967)

春宵

944

△春宵煆句苦難成

944

△春晨進食罷

116(1099)

△春陽麗融光

359

△春雲欲滴石乳滑

1109

春游

313,340

△春游履絕磴

313

△春寒苦雨不能出

523

△春園冷如水

444(661)

春園對雪

444＊(661)

春愁詩

27(649)

△春熅影原隰

208

春塾

962

△春棹發楊子

507

春歸山堂對花小飲

929

△春鶯喚起睡鬢欹

375


玻

△玻璃瓶裏月

397

挂

△挂席渡楊子

482

△挂壁開盲窒

96.1(1063.1)

持

持酒對花飲

993

△持酒對花飲

993

草

△草色開殘雪

248

△草衣書客斷雲根

150

△草堂睡覺最佳哉

972

草閣荷風

461


故

△故人期訪勝

455.1(813.1)

胡
△胡爲掇此芳草
1102

南
△南山直聳如人立
1046
南山圖
1046
南園即事
575(735＊)
南園圖
1126
南園戲筆
575＊(735)
南鎮
56.3(750.3)

枯
△枯木枝頭春氣回
552(794)

柳
柳枝螳螂

977
△柳烟罨曲浹
267
△柳港通花港
1076
柳塘野鴨
293
柳館
1005

威
△威加百獸
240

研
研北墨華，……
762
研香館
516

砌
△砌隅翻紫藥
238

背
△背郭向郊原

303
△背郭園無一畝深
403.1

削
△削地栽新竹
56.1.1(750.1.1)

是
△是處溪山雲氣薄
1040

昨
△昨來秋氣清
875.1
△昨夜遥空海鶴鳴
679
△昨宵春信暗相催
365
△昨朝纔入夏
1044

思
△思將倚芳若
187

咳
△咳吐明珠驚世間
486.2

迴
△迴帀敿青山骨矑
906

幽
△幽向徑已僻
280
△幽苕發秀姿
147
幽居
73(889)
幽居三絶句
947
幽居遣興
79
△幽居緊靠石林開
982
△幽條其扶曳
191
△幽情鬱已結
353
幽溪草閣

315

△幽蹊花草自閒閒

647

△幽露懸明條

199.1

看

△看君髮盡白

457(795)

△看掃鵝溪絹

1068.2

香

△香不熏銀鴨

745.2

△香中疑有酒

400

△香風硯北來

775

△香綠層層護幾重

616

秋

△秋山美顔色

637

秋日閒步

453(789)

秋日閒居

60(769)

秋日登烟雨樓

1089

△秋水芙蓉鏡

581

△秋水冽已清

417

△秋老烟霜飽

965

秋江

372,414

秋江夜泛

580＊(817)

秋吟圖

1082

秋林澹遠圖

909

秋抄喜雨

454＊(814)

秋抄曉登吳山

458＊(832)

△秋雨不沾雲

509

秋夜有懷

755
秋夜獨坐
121
△秋風成獨往
53.2(747.3)
秋室閒吟
196
△秋室無塵四壁净
132
△秋氣凌岡岑
199.10
△秋氣静而逸
878.4
△秋烟不著地
862
△秋浦一痕
511
秋海棠
227.6
秋宵有作兼寄魏雲山
352
△秋深仍苦熱
104(1033)
△秋雲漸垂
888
△秋畬告豐穰

163
秋園
652
△秋園烟露净
652
秋園詩
92(1043)
秋潮
37(692)
秋潭吟
186
秋樹底
89(1039＊)
秋壑歸樵
314
秋齋觀畫有感
518
△秋蟲一一鳴
121

科
△科頭大叫苦炎熱
83(974)

重
重九前三日晚於桂華香裏

與員子説秋煮茶，……

1122

重過淵雅堂除夕有感題贈

員氏姊弟

277

△重羅叠烟碧淋淋

261

便

△便可調清露

663

△便有憐妝意

41（716）

修

△修條圻麗密

143

△修梧標端姿

234

△修篁奄幽青

285

俗

△俗艷删除盡

59（764）

信

△信步穿林到斷崖

435

△信筆點蒼苔

31（667）

△信道苟不惑

324

△信説文章交有神

276.1

泉

△泉歸大澤蛟龍卧

483

鬼

△鬼斧何年斷削成

63.2（786.2）

禹

△禹門震奇響

33.8（690.5）

禹陵

56.2（750.2）

追

追憶蔣妍内子作詩當哭

41(716＊)

待
△待欲攤書傍午吟
952

後
後園小立
1025

盆
盆花
968

風
△風入窗櫺裏
75(910)
風雨歸舟
424
△風颸颸兮日將暮矣
113(923)

亭
△亭午日不晅
152

庭
△庭雨灑疏白
333
庭前小立
988

彦
△彦士修其身
270

施
施遠村以秋蘭數莖見
貽，……
72

美
美人
84＊(1001)
△美人披蘭叢
72(878.1)
美人春睡圖
469
△美人浴出冰壺裏
1017
△美人醉倚青竹枝
354.1

美人靧面
375
△美子吟秋蘭
125

送
送汪鑒滄之太原
39(712)
送徐紫山之廣州
791
送錢他石之太末
434(825)

洞
△洞口桃花發
573(646)

活
△活水淘生境
1108
△活龍奮鬐拏烟飛
425

派
△派自銀潢近九天
824

恒
恒山
46(724)

客
△客心懸馬首
605
客以長紙索寫荷花題詩
志趣
184
客有嗜馬者以詩增之
731
△客言鼠似犬
987
△客來恣幽尋
33.4(690.1)
△客味秋潭水
508
客春小飲有感
156
△客思無憀極
618.2
△客意如斯矣
142
△客意事幽探

463

扁
△扁舟却爲劍池游
1086.1

神
△神物渥戀德
120
△神緪汲無底
487
△神鋒剝退土華斑
1067

既
△既不爲人用
506

屋
△屋後環珠樹
696.2
△屋前竹尾直千宵
1094

眉
△眉約春嬌

139

姚
△姚郎受馬向余求
881

姣
△姣人若輕赴
311

挐
△挐舟花外渡
55.1(749.1)

怒
△怒虎索牛鬥
491.3

飛
△飛光灑灑滿空春
1117
△飛閣縹青霞
199.4

癸
癸巳十一月八日爲亡婦追
寫小景，……

19(631 ＊)

癸卯仲夏，……
796

癸亥十月七日，……
273

癸亥除夕前一日崇蘭書
屋作
276

癸酉春齋即事
523


柔
△柔祇冢幽藴
251


紅
△紅豆休誇勝
515

紅牡丹
207,477

△紅板橋頭烟雨收
13(607)

紅厓
619

紅香塢
749.4

紅菊
1124

△紅葉翳階舊草堂
301

**十畫**
泰
泰山
48(726)

泰山謁碧霞君
783


珠
△珠樹琅琅挂玉塵
630.2


素
△素衣玄策合丹心
374

△素侶同蘭蕙
500

△素音流峻壁
312

△素致澹而古
130

素梅
159

△素絃久不理
618.1

馬
120,639

△馬去若奔龍
478

馬半查五十初度,……
281

哲
△哲配尤無愧
748.2

挽
挽王母羅太君
524

挽孝廉張南漪四絕句
486

挽員九果堂
270

挽徐紫山
164

挽廣陵汪光禄上章
226

華
華山
45(723)

恭
恭賦萬家烟火隨民便應製
788

荷
577(704)

荷池坐雨
991

荷池納涼圖
504

荷亭
1029

荷亭看雨
1030

桂
△桂枝不可攀
189

桂香秋閣圖

520

栖
栖鳥
227.7,362
△栖僻既云陋
350

柏
△柏葉含春緑
383
柏磵錦雞
383

桐
桐花鳳軒
749.8
△桐烟淡欲流
409
△桐葉翻風翠影涼
761
△桐樾奄幽隅
268

桃
△桃花紅減欲空條
381
桃花燕子
573(646＊)

酌
酌酒
185

夏
夏夕
10(603)
夏日池上
83(974)
夏日作山水題以填空
345
夏日泛白門
842
夏日苦熱
688
夏日雨窗感賦
448＊(912)
夏日園林小憩
118
夏夜納涼作
204
△夏館匝修竹

257

破

△破墨淋漓詩徑生
909

△破墨當年寫勁柯
599

劃

△劃却閒花獨種竹
984


峨

△峨峨雙闕壯皇居
788


員

員十二以歲朝圖索題漫爲
長句
149

員子周南酷愛僕書畫,……
126

△員生年最少
126

員青衢移歸老屋作詩贈之

137

員周南四十寫奉護圖并詩
以壽之
506

員裳亭珠英閣落成,……
146

員雙屋見過雅談賦此以贈
168


笋
774


借

借菊
388


值

△值得英雄金一千
1110.1


倚

△倚竹衣裙碧
90(1037)

△倚枕不能寐
688

△倚南岸子緑烟遮
865

倒
△倒入空江山色澄
24（641）

倏
△倏忽墨華亂
710

個
△個中有佳人
369

倜
△倜儻寧無志
639

倦
△倦鳥聿有托
227.7
△倦鳥翻烟下
707

息

△息影臨華月
204

烏
△烏皮几上白紛紛
110（654）
烏珠果，……
616

徑
△徑斜穿樹橘花疏
315
△徑響登山屐一雙
14（613）

得
△得踐三摩地
43（719）

徐
徐茗園、姚鶴林兩同學以湖
上觀花近作見貽，……
1069
△徐叟既不作
164
徐養之先達以小照囑補竹

溪清憩圖并綴一絶
394

殷
△殷勤銜老齒
919
△殷雷走地驟雨傾
34（681）

狹
△狹處幾無路
992

狼
△狼藉胭脂色
749.4

留
留宿白蓮庵題壁
52（730＊）

凍
△凍合春潭水
33.2（678.4）
△凍雲低入户
1027

凌
△凌空修竹一竿烟
493
△凌霄老鶴自清高
456.2＊（803.2）

高
高士圖
994
△高天十日雨平傾
684
△高披三面閣
624
△高松含戀姿
351
高犀堂五十詩以贈之
148
高犀堂見懷五律一首步其
原韵奉答
271
高隱圖
70＊（854）

唐
唐解元《春園玩花圖》一

幀,……

1083

凉

△凉風颸颸過江城

534(742)

旅

旅舍同三弟遥擬尊慈倚閭

之望有感賦此

835

旅舍即事寄徐紫山

617

旅館有客携茶具見過,……

112(718)

瓶

瓶花

610

粉

△粉痕微帶一些紅

858

朔

△朔風大地吹烟沙

6(591)

烟

△烟水蒼茫浦淑明

58(753)

烟江詞

3 ＊(586)

烟江詞題畫

3(586 ＊)

酒

酒後對月戲作

1116

酒酣看劍

623

△酒酣縱筆灑狂墨

816

涉

涉峻遐眺有感

197

涓

△涓涓鳴流泉

752

浴

浴佛日一律

133

△浴罷蘭膏通體香

939.4

浮

△浮埃動野莽

358

△浮埃滾滾塞青明

468

海

△海外一丘壑

1020.2

△海客弄狂濤

33.7(690.4)

△海氣白茫茫

843.2

流

△流梭玩日月

274

△流覽獲誠景

176

家

△家安就畎畝

199.2

容

容大兄(參"王德溥")

窈

△窈窕弄澄漪

269

朗

△朗璞蒙其垢

185

扇

扇頭竹

834

陳

陳氏北園

56.1(750.1)

陳老遲仿荆關一幀,……

599

陳懶園近得方竹一杖,……

963

陳懶園招同人宴集愛山館　256
分賦

532＊（924）

陳懶園招同人宴集愛山館
分賦得香字

532（924＊）


陰
△陰山一丈雪

495


陶
陶宙仔以"賦得天葩吐奇
芬"之句見貽,……

932


娟
△娟娟梔子花

1026


桑
桑徑

749.2


純
△純景啓新節

納
△納荷成道帔

807


紛
△紛紛珠淚濕桃腮

501


紙
△紙帳蕭蕭卧碧岑

593


十一畫
掩
△掩齋咀世味

290


捏
△捏雪捼香野趣生

419


捲
△捲疏簾

839

探
△探春入北園
86(1003)

探幽
343

掃
△掃却研塵來翠色
540.5

菘
△菘滿春盤酒滿壺
1116

黃
△黃茅檐下白氻氻
562(914)
△黃油紙緻日邊遮
1036
△黃野沙枯荒磧迴
364

黃衛瞻者
223

△黃榴悉已落
243
△黃篾楼中醉酒人
892

曹
曹山
56.4(750.4)

菊
227.3
△菊意多甘苦
355

乾
△乾楓十丈骨亭亭
971

梧
△梧竹陰已深
345
△梧桐滴青露
609

梅
227.5,840

梅竹
1052
梅林書屋
300
梅花春鳥
329
梅窗小飲
244
△梅疏香遲客
390
梅溪
390
梅樹下
552(794＊)
梅嶼
55.1(749.1)
梅邊披月有感
170

硃
硃紅牡丹
879

雪
雪山行旅圖
916

雪中登平山堂遠眺
503
雪門以松化石見贈，詩以
記之
536＊(811)
雪窗
18,543(696.1)
雪窗二首
696
雪窗四首
630
雪窗烘凍作畫
531
△雪團葭梗肥
737
△雪膚玉骨一朝摧
777.2
雪樵叔丈以詩見寄作此
奉答
183

虛
△虛中無欲盈
412
△虛沙擁軟甲
491.7

△虛堂野老不識字
477

△虛窗倚枕聽寒流
766

雀
雀巢
491.8

堂
堂下青桂吐華,……
870

△堂野一宏壑
503

常
△常共妻孥飲粥糜
79(947.2)

△常持半偈坐幽龕
438.2(615.2)

晤
△晤賞懌餘善
391

晨

△晨夕徘徊處
747.1

△晨風盪陽谷
325

晨起廉屋見屏菊攢繞,……
144

△晨霞曳光風
199.18

△晨霞媚清川
221

眼
△眼光一片總能清
1110.2

閉
△閉戶游五嶽
188

△閉門成獨酌
741

△閉門消夏坐
1030

晚
△晚來看野色
642

△晚風移月挂天根
859

岑
△岑崿被淋碧
153

崇
△崇柯含秀姿
128
崇蘭軒即事
248

崛
△崛起玲瓏玉
928

野
△野田罡乏粟
228
△野外尋蘿徑
905
△野寺蒼烟斷
1(583)
△野花香馥馥
576(980)

△野性習成懶
11(604)
△野氣蒼茫扇底橫
953
野塘秋景
685
△野塘風濫雨絲絲
685
野薔薇
576(980＊)
△野磧敷柔莽
247
野燒
491.5

唯
△唯君子之華堂兮有蘭
有竹
225
△唯蘭情致好
949

啖
啖芋戲作
537(930)

啖香圖

848

過
過太湖寓目口號
481
△過我無聊齋
168
過宗陽宮訪魏雲山作
799
過斑竹庵訪雪松和尚
38(709)
過龍慶庵
1(583)
過雙屋口贈
155

移
移居
465

動
△動動舉雙螯
964

笙
笙鶴樓

16(629)

做
△做寒秋意辣
414

偃
△偃素循墨林
222

偶
△偶過籬下探幽徑
934
偶得端石一枚自削成硯銘之
925
△偶爾池上眺
504
△偶爾成孤往
713.1
偶爾寫見
268

鳥
△鳥貪春似酒
418

偉

△偉哉鐘夫子

1074


欲

△欲支清夢游

720

△欲往城西意已興

945

△欲爲深邃徑

1114

△欲登岩穴訪山家

758

△欲發清商送遠行

39(712)

△欲搏猛虎須吞酒

998

△欲醉胡爲醉

166

△欲聽煮茶聲

690.7

△欲攬山中景

843.1


貪

△貪玩虎邱石

442


貧

△貧居執素志

170


魚

706

魚浪花風

897


逸

△逸翮愛輕條

362


猗

△猗萎媚纖飂

237


猛

△猛氣空林澤

320


訪

訪閉松齋主人

905
訪蔣雪樵丈新病初起
440

廊
△廊曲媚青紫
227.4

鹿
242

商
△商坰流寒飋
272
△商風蘇冷節
1122

牽
△牽舫泊孤渚
203

眷
△眷彼喬柯
265

粗

粗粗大布袍
875.3

剪
△剪取梁園翠一竿
548

清
△清池只一曲
55.3(749.5)
清秋夜泛
606
△清秋勇晨興
404
△清溪明月轉空廊
18.2(630.4)
△清閨净似古池水
520
△清碉之側多古木
1024

混
△混然一氣静中生
893.1

淮

淮陰月下聽朱山人鼓琴作
詩以贈
608

深
△深坐幽齋冷翠間
866
△深巷安居迹已潛
441.3
△深溪立巉壁
286

梁
梁秋潭訪我竹齋，……
880

情
△情懟良有作
316

悵
△悵望神山舊夢遙
1119.2

寄
寄金江聲

71(874)
寄徐紫山
53,747
寄雪樵丈
180
寄紫金山黃道士
9(597)
寄懷老友四明魏雲山
421
寄懷金江聲
534＊(742)
寄懷雲山
336

寂
△寂居何縈思
284
△寂寂山園好養痾
739
△寂寂山齋倚翠屏
630.1
△寂寂寒窗雨雪時
777.4
△寂歷空山聳壁臺
627

宿

宿水月庵
114

宿白蓮庵題壁
52＊(730)

△宿雨在鄰樹
169

宿紫陽山
593

密

△密地殷香團水魄
322

△密意若不勝
411

△密樹不通日
85(1002)

啓

△啓寒仍邇室
254

晝

晝寢
972

張

張秋水近信不至詩以懷之
433(819＊)

張琴和古松
103(1091),579

將

將訪徐紫山爲雨所阻感而
成詩
945

將發江東偶成一律留別諸
同好
535

姝

△姝致逼幽薄
349

細

△細草綠如髮
619

△細雀奄高致
491.8

△細蔚綠烟刺古春
699

終
△終夜愁多寐不成
827

十二畫
馭
馭陶王先生者,……
472

揭
△揭開千佛障
810.2
△揭幔興春閣
173

喜
喜雨
454(814＊),541

彭
△彭澤沙明烟水涸
15(614)

煮
煮茶有作
122

揮
揮汗用米襄陽法作烟雨圖
104＊(1033)
揮汗用米襄陽法畫烟雨圖
104(1033＊)

斯
△斯人獨往興飛騰
780

散
散步
459(911＊)
△散懷澄俗慮
1050

萬
萬九沙先生囑補其八世祖
蘭窗公圖并題
1019
萬壑爭雄圖
893

落
△落日懸疏樹

570 * (956)

△落手離奇甚
1098

△落葉半寒雲
199.5

朝
△朝日升暘谷
135

△朝吸南山雲
124

△朝暾發虞淵
279

逼
△逼水離垣野氣蒸
114

△逼岸月漣漪
491.9

雁
230

殘
殘荷
969

雲
△雲山八十一高峰
421

雲山過我,……
802

雲阿樵隱
420

△雲抹山腰雨意濃
106

△雲門已奧
230

雲居隱者
621

△雲根古幹自槎枒
848

△雲氣晴猶濕
931

△雲捲陰霄羅刹風
497

△雲脚含風亂不齊
74(891)

△雲脚斜飛光灑灑
686

△雲夢未獨幽
199.15

△雲裏春山山擁雲
877

△雲霄老鶴自高高
456.2（803.2＊）

雲壑仙壇
1042

雲壑奇峰
1057

△雲壑固聿夐
227.1

△雲歛霄嶭
242

△雲斂諸峰雨
470

△雲邊小逗含香雨
1009

△雲邊松色净無塵
962

△雲寶石嗽乳
346

△雲鬟不整翠眉顰
939.2


紫
紫雪厓
1021

△紫陽山中有真人
2（584）

紫陽山雜詩
1119

紫藤花
143


晴
△晴光亂空影
19（631）

△晴風簌柳
304

△晴烟老翠結高峰
852

晴朝東里館作
135

△晴雲蕩影溪光白
479

△晴暉倚傲骨
927

△晴霞高尉露初乾
401


最
△最是桐窗夜雨邊
540.1

△最愛青桐樹
749.8
△最憐秋院静
532（924）

量
△量遍諸君子
1016

閏
閏三月詩
691

開
△開匣香雲擁硯池
66＊（833）
△開匣香雲起硯池
66（833＊）

閒
閒坐
88（1038）
閒坐蕉窗，……
808
閒居
330

閒庭棲鳥
307
△閒搜野實穿桑麻
986
△閒窗摻筆細搜求
1104

跋
跋徑
430

蛙
491.9

嵒
嵒慕越中山水有年矣，……
56（750）

無
△無人著屐來幽徑
1057
△無全寒苦色
687
△無慕人榮華
361

短
短歌贈和煉師
2(584)

剩
△剩有餘香春暫留
691

程
程夢飛索寫桐華庵圖并題
499

黍
△黍稷既纘纘
233

稅
△稅駕憩石門
199.19

答
答沈小休
111＊(693)

筆
△筆尖刷却世間塵

77.2(917.2)

順
順承郡王子扈蹕熱河詩以
奉懷
824

焦
△焦桐鼓罷想離鸞
617.1

遁
△遁迹托茅茨
264

舒
△舒鳧循沂游
210

爲
爲亡婦追寫小景，……
19＊(631)
△爲有園林冒雨來
574
△爲有窮途嘆
821.1

△爲汝披香土
80（948）

爲金嶽高作石
935

△爲遣尋梅意
513

痛
△痛醉欲無醒
160

尊
△尊如丈人
564（933）

道
△道人王屋來
416

△道人枯坐冷華龕
519

△道人腕底墨蕭疏
1092

△道勝文章質
271

曾

△曾向金臺跨紫騮
438.1＊（615.1）

△曾向金臺鞭紫騮
438.1（615.1＊）

△曾負將軍破虜先
1111

△曾爲度嶺客
91（1041）

勞
△勞勞行客赴春歸
929

渺
△渺莽潑晴麗
1054

温
△温比玉尤潤
796

湖
△湖山面面爲君開
680

湖心月
123

湖居
263

游
游山
49(728)
游玉壺山
756
游仙詩題畫
772
△游杖入泉蘿
475
△游伴都稱快
843.3
△游客憐光景
622
游梅巖庵
782
游聖因寺
467
游翎
227.9
△游罷諸名山
54(751)
游潮鳴寺
876

游靈隱寺賦贈楊璞巖
435

寒
△寒士兩瓮麥
491.6
寒支詩
887
寒汀孤鷺
737
△寒林風正急
957
寒林閒步
459＊(911)
寒夜吟
12(601)
△寒空疑欲曙
768
△寒香薰夜色
640
寒食後一日過清隱僧
舍，……
1068
寒窗遣筆偶作喬松幽鳥圖
224
寒園聽雪

670
△寒聲颯颯吟孤秋
7(594)

窗
窗外茶梅會芳口吟手記薄
成短章
1103
窗前梔子發花，……
1007

畫
△畫水水不竭
677
畫火榴
682
畫石壽汪泉軒
625
畫白石朱竹壽雪樵丈六十
1114
畫白雲樓圖贈友人
562＊(914)
畫白雲樓圖贈朱君鹿田
562(914＊)
畫白頭公鳥并題
399

畫瓜茄
1079
畫瓜鼠
966
畫竹
569
畫竹送陳石樵之魏塘
548
畫孤山圖
847
畫紅菊綠筍合成小幅
546
畫泰岱雲海圖
1084
畫馬
107
畫菜戲題
1028
畫菊遣興
1085
畫梧桐
837
畫深磵古木圖
1024
畫蒼苔古樹贈玉玲瓏閣
主人

31＊（667）

畫蒼苔古樹

31（667＊）

畫墨芙蓉

976

畫墨龍

69（853）

畫稻頭小雀

471

畫鴛鴦

979

畫鍾馗戲題

797

畫鍾葵戲題

1036

畫贈馬君

609

畫蘭

985

畫蘭竹

695


强

△强伸老臂批新竹

1059


隔

△隔水吟窗若有人

428


婑

△婑雲新月襯幽姿

1013


疏

△疏徑隱籬落

388


登

登秋原聞鷓鴣聲有感

323

登高邱

187

登萬壑亭

1062


發

△發之東陂

213

△發我松柏思

695

△發徵既辛激

215

結
△結伴入空山
690.3

幾
△幾點桃花飛上身
674

十三畫
瑟
△瑟瑟金風動
580.1＊(817.1)
△瑟瑟桂花落
580.1(817.1＊)

瑰
△瑰姿温潤不留塵
318

頑
△頑而不利
925

遠

遠村以秋蘭數莖見貽，……
878
△遠樹疏明淡白天
481

携
携同好游山
391

蓮
△蓮方濯濯
1051
△蓮華峰畔白雲幽
70(854)
蓮溪和尚乞畫即畫白蓮數
朵題贈之
397

蓬
△蓬蓬茂草中
975

夢
夢入紫霞宮
436
△夢入湘潭碧雨深

882

夢中同友人游山記所見

157

夢中得句

95（1047）

△夢去魂游極樂國

958

夢有所思而不能者欲將持
之以寄遠

1117

夢起戲爲圖

903

夢游天台

545（665）


蒼

△蒼山延晚照

600

△蒼岩古木未知春

1100


楊

楊雪門以松化石見贈，賦詩
一律

536（811＊）

想

△想見鶴林一片春

439.1（943）


楓

△楓岩蕩幽嵐

151


感

感作

396

感昔

284


電

△電火燒青林

10（603）


歲

歲壬子，……

178

△歲寒有竹梅

1125


鄙

△鄙人家住小東園

947.1

睡
△睡屛六六貼蘭房
109
△睡起披圖拭目看
556(830)
睡覺
1015

暖
△暖吹風屑屑
781

暗
△暗壁忽然開
491.5

園
△園居怯困雨
512
園居秋興
189
△園草青青作亂絲
970
△園翁閉戶納秋聲

806
園雀
233
△園疏圻寒林
92(1043)
△園閒遲書啓
337

遣
遣興一首
74(891)

蜂
392

農
△農婦下田刈早麥
384

圓
△圓池媚幽泛
410
△圓澄一鏡初披匣
115
△圓靈函淒陰
259

嗤
△嗤余好事徒
1011

嵩
嵩山
44(722)

矮
△矮屋檐頭霜葉紫
999
△矮樹不盈尺
820

與
與高堂偶咏
68(850＊)
與鶴林論詩法
805

鼠
鼠鵲鬧春圖
527
鼠竊食
491.6

微
△微雨欲晴還未晴
363
△微風撲涼雲
422

愛
△愛此澄潭僻
56.4(750.4)

亂
△亂著鴉青江上山
429

解
解羑館即事
290,316
解羑館聽鳥鳴作
350
△解纜謝秋浦
342

試
試墨成圖
710

話
△話別由来歲月深
890

新
新竹
651,1009
△新泥瓦釜置茅堂
537(930)
新秋書景
761
新秋晚眺
51(585)
新秋與高堂即事
860
△新烘綠笋與紫蕨
354.2
△新焙穀雨茶
590
△新試輕衫傍石闌
1086.2
△新磨修月斧
935
△新羅小老七十五
531

△新羅山人含老齒
68(850)
△新羅山人貧且病
100(1072)

意
△意忘機
845
△意懶得閒止
131

雍
雍正七年三月三日,……
91＊(1041)
雍正七年春三月三日,……
91(1041＊)
△雍正五年夏六月
1008

煩
△煩杖臨攲壁
212

塞
△塞磧圻苦寒
262

溪

溪上

387

溪上寓目

428

溪女浣紗圖

856

△溪曲結衡宇

158

△溪林斂曙色

329

溪居與友人清話

181

△溪南老屋僅三椽

67(849)

溪亭

258

溪堂問字

341

溪堂閒仰

158

△溪漫縈山腹

199.8

塞

塞外曲

6(591)

**十四畫**

静

△静者携茶竈

112

静夜

859

△静處欣有托

214

△静處幽光獨夜新

840

△静對松筠立

988

△静辭敷陰浹

299

△静諦捐凡象

275

碧

△碧山寒玉漱雲根

571(792)

△碧山歸去後

983

△碧玉秋沉影暫稀

540.3

△碧岸桃花漾烟水
35(697)

△碧柳烟中黃篾亭
105

△碧雲堆裏墨痕斜
16(629)

△碧雲蕩天末
1126

△碧海濛濛捲暗塵
8(595)

△碧梧疏處晚天青
302

△碧雲宮裏曳華裾
804

△碧霞宮殿倚巑岏
48(726)

△碧霞影裏絳宮開
550(744)

瑤

△瑤池宴罷嘯歌歸
772

△瑤島春開瑞氣增
367

壽

壽江東劉布衣
437＊(717)

壽江東劉布衣七十
437(717＊)

壽吳石倉二首
683

壽意
679

壽潘曉村五十
831

摘

摘蘭
759

碣

△碣來弄烟水
525

△碣爲塵外游
216

摹

摹米家烟雨圖
866

蔣

蔣雪樵叔丈過訪因懷魏雲
山音信不至
433＊（819）

檀

檀木
578＊（701）
△檀木含秋色
578＊（701）
△檀木間秋色
578（701＊）
檀林
578（701＊）

爾

△爾來精力不如初
82（981）

輕

△輕舟夜泛綠楊村
606
△輕車隨風風颺颺
464
△輕烟刷净曉山秋
292

△輕羅壓臂滑逾烟
296

歌

歌鳥
422

厲

厲樊榭索寫西溪築居圖并
繫數語
145

對

△對此可憐色
694
△對此枯寒色
826
對竹偶作
886
對牡丹口吟二十字
694
對雨擬景同徐紫山
640
對酒
815
對雪

444(661＊)
對畫戲題
1113

裳
裳亭納姬歔爲艷體一律
奉贈
109

聞
△聞君北渚堂前勝
100(1072)
聞雁
765
聞蕭
700

閩
閩河舟中口號
754

團
△團帽也如折角巾
430

圖

圖成得句
110(654),677

僕
僕性愛山水,……
214
僕解弢館之東北,……
508

銀
△銀浦丁丁敲寒玉
608

廣
廣川道上遇狂飆口吟一絕
784

端
△端的虯髯好丈夫
731

養
養生一首
94
△養以古瓷瓶
878.2

△養學從花窟
145

漢
△漢帝御六龍
598

漫
△漫向蒿園寄一枝
831

漁
△漁潭霧木曉風披
258

漏
△漏轉星稀月滿庭
939.3

寥
△寥寥天宇青
1064

盡
△盡日低頭無所歡
1112

嫩
△嫩黃堆不起
96.2(1063.2)

翠
△翠陰羅幽薄
217
△翠帶拖烟重
702
△翠微深處結幽居
533(743)

綺
△綺閣夜沉沉
565(818)

緑
△緑衣重擁瘦腰身
379
△緑衣絶緇塵
402.3
△緑柄擎秋蓋
577(704)
△緑泉涌陽谷
199.6

△緑陰深處閉松關
861

**十五畫**

撫
撫琴
915

蕉
蕉梧
707

橫
△橫川欝拱木
199.23
△橫斜勢自古
705

暫
△暫息懌無擾
357

醉
醉暑作扇頭系此
1112
醉僧

491.1

雪
△雪川閔子善戲謔
1078

齒
△齒齒石間泉下迸
1004

賞
賞紅藥
349

數
△數竿清且瘦
703
△數家春水潑香堤
368
△數家雲住亦山村
431
△數椽板屋傍烟林
785
△數個篔簹小院西
955

賦
賦所見
1027
賦得林園無世情
325
賦得佛容爲弟子
43(719 *)
賦得佛容爲弟子應王生教
43 *(719)
賦得風倚荷花作態飛之句
1017
賦得菊爲重陽冒雨開
1123
賦贈鶴林三十初度
812

影
△影窺不見青銅暗
1045

踏
踏雨入東園
574

稻
稻畦

55.4(749.6)

僻
△僻性勇奇嗜
1055
△僻巷有修士
148

僵
△僵卧南城雪
543(696.1)

衝
△衝炎有客過墻東
802

盤
△盤松纏緑烟
33.5(690.2)
△盤崎有遁士
201

銷
△銷炎開柳館
1005

魯

△魯連嘯東海

220

誰

△誰在中流放小舟

896

△誰向吟窗運妙思

551(790)

△誰家艇子烟江曲

40(714)

△誰假公輸巧

117

△誰道雌龍泣夜珠

976

調

△調臙脂

682

誦

△誦君詩草記遨游

456.1(803.1)

摩

△摩詰庭前鱗未老

540.2

瘞

瘞雞

80(948)

瑩

△瑩露泫英蕤

207

潛

潛休

216

△潛窩居冷客

179

澗

△澗冷泉無色

1018

△澗激以沸憒

200

澄

澄江

1056

寫
816

寫"天寒翠袖薄，日暮倚修
竹"句
113（923＊）

寫"天寒翠袖薄，日暮倚修
竹"句復題
113＊（923）

寫古樹竹石
93

寫竹
466,855

△寫竹要寫骨與筋
466

寫松
11＊（604）

寫秋
663,921

寫秋雲一抹贈陳澹江先生
28＊（657）

寫秋雲一抹贈陳子石樵
28（657＊）

寫秋意贈廣文王瞻山先生
479

寫紅梅素月得句
668

寫烟月松梅圖

寫菊壽遠村
927

寫梅一枝贈董蓉城北歸
995

寫雪梅贈友
904

寫景
844

寫枯楓
998

△寫罷茶經踏壁眠
93

寫邊馬動歸心
262


翩

△翩翩壽鳥
474


劈

△劈石栽松松已蒼
395


層

層岩

1054

△層樓市危峰

199.17

△層壁聳奇詭

423


險

△險徑匪可測

199.21


駕

△駕言情所興

298


十六畫

頹

△頹華敷艷

846


擗

△擗荒無定徑

745.1

△擗莽藉幽瘱

499


燕

255


薛

薛松山囑寫《歲朝圖》,……

978

薛楓山以扇索畫題此

14＊(613)

薛楓山以扇頭索畫題此

14(613＊)

薛楓山過訪作詩謝之

740


薄

△薄言傷別離

194

△薄薄樹間雲

921


蕭

△蕭齋臥起憶林邱

903

△蕭蕭雲氣散毫端

50(729)


樹

樹底

89 ＊（1039）

樽
△樽前瑟瑟起秋風
834

機
△機運微由憑
227.5

頭
△頭上天公欲作雪
887

頻
△頻年蹤迹寄蓬蒿
847.1
△頻將雙眼視鴻蒙
767

曉
曉入花塢
447（669）
△曉日纖風露未乾
1095
△曉月淡長空

64（787）
△曉月挂長空
449
△曉向山堂見
1020.1
△曉夜游西池
199.16
△曉起空堂畫水雲
547（666）
曉起喜晴
173
曉望
449
△曉夢吟殘月
673
△曉夢沉沉傍酒鑪
18.1（630.3）
曉景
64（787）
△曉越城西陌
23（636）
曉發
763
△曉踏春林雨
447 ＊（669）
△曉踏青林雨

447(669＊)

△曉露溥新色

610

鴨

210

蝦

491.11

嘯

△嘯歌臨畎畝

174

默

△默坐一鳴琴

95(1047)

築

△築屋非深山

402.4

△築屋南湖陰

263

篷

△篷徑常停載酒車

812

學

△學得逃禪痼疾瘳

1083

儒

△儒生肯游戲

1061

衡

衡山

47(725)

△衡山九面赤霞蒸

47(725)

△衡門晝不啓

798

錦

錦邊綠牡丹

379

膩

△膩玉一身柔

84(1001)

雕
△雕雲不製錦
1053
△雕窗繫玉女
17(626)

獨
△獨以欺霜色
907
獨坐
280
△獨坐碧樹根
332
△獨臥冰霜裏
727.1
獨夜有感
445(672＊)
△獨夜江潮至
53.1(747.2)
獨飲
650
△獨飲杯中酒
650

謔
謔墨遣興

1059

癧
△癧嵳奄修靈
252

燈
燈下漫吟二首
659
燈花二首
96(1063)
△燈前常掩卷
659.1

濛
△濛鬱澹青空
119

浣
△浣素淋新華
199.7

濃
△濃墨寫寒梅
904

澹
△澹士能知命
1080
△澹月籠輕雲
402.1
△澹然咀世味
138
△澹澹古香黏晋帖
1015

憶
憶蔣妍内子作詩當哭
41＊（716）
憶舊
970

龍
△龍君獵秋海
37（692）

壁
△壁上一條苔徑微
420
△壁上風泉凍斷
916

隱
隱居
373
△隱憫含清音
229

十七畫
環
△環溪帶茂樹
181
環翠亭落成賦此
785

駿
△駿馬嬌行出柳徑
294

擬
擬邊景
364
擬廬山一角
15（614）

舊
△舊雨相過話草堂

740

檐
檐葡花淡致逸逸，……
1048
△檐頭滴滴雨不歇
99（1071）

臨
臨風拂袖圖
1106

磵
△磵西亭子磵東樓
413.1

霜
霜月用友人原韵
768
△霜氣撲疏林
249
霜條瓦雀
510
△霜葉團風亂不分
1105
△霜葉翻平原

323
△霜飆激澹林
327

戲
戲咏野薔薇
576＊（980）
△戲掃烟邱成幻界
517
戲筆爲蝦蟹并題句
253

嬰
嬰戲
491.4

闃
△闃地匪方圓
330

蹊
△蹊岩美雲白
309

點
點筆得句

66(833＊)
點筆緑窗下
66＊(833)

矯
△矯然披雪起
159

魏
魏雲山過訪感賦一首
457＊(795)

鮮
△鮮飇團緑野
463

齋
△齋心肅禮碧霞君
783

濤
△濤奔石谷剛礧竪
370

灄
△灄塘漬藕香

190

濕
△濕風吹雨過蕉林
321
△濕雲擁樹墨模糊
582(675)

擘
△擘疏烟翼榦
308

十八畫
藤
△藤花的皪逗空香
1014

霧
△霧閣沉沉夜色昏
445＊(672)
△霧閣沉沉夜色渾
445(672＊)
△霧閣曉開
193
△霧閣輕寒夢初醒
469

叢

△叢條滴翠愁春死

32（671）

題

題二色桃花

237

題三星圖祝澂心子

1109

題山人飲鶴圖

395

題山水

992

題山丹拳石小幅

846

題山翁雅論圖

1012

題山堂斷句圖

982

題子母虎

240

題王念臺孝廉桃花書屋
小照

530

題夫容桂花

938

題五老圖

1014

題友人訪道圖

561（638＊）

題友人園亭

749

題友人園亭五首

55

題水田白鷺

1006

題水塘游禽

304

題水閣美人觀魚圖

236

題丹山白鳳

306

題六貞圖

225

題文姬歸漢圖

501

題文禽圖

213

題玉堂春麗圖

419

題玉蘭牡丹

781
題石
564(933＊)
題石濤和尚山水
1098
題石蘭菊露
260
題古木竹石
959
題古檜圖
202
題布景三星圖
367
題田居樂勝圖
140
題仙居圖
550(744)
題仙翁圖
1004
題仙猿蟠桃圖
1035
題仙源圖
567(954)
題白菊
907
題白鷹

602
題白鸚鵡
374
題冬蘭
241
題芍藥
261,858
題老子出關圖
480
題竹
882,955,1121
題竹自貽
902
題行吟圖
1090
題江山竹石圖
24(641)
題江山積雪圖
1000
題江山圖
556(830＊)
題江烟草堂圖
851
題江聲草堂圖
773
題折枝芍藥

238

題芙蓉蘆荻野鴨

581

題芙蕖鴛鴦

511

題村社圖

462

題李君觀桃圖

1070

題李靖虬髯公

496

題在孚侄小景

648

題夾竹桃

191

題吳石倉小影四絶

875

題吳雪舟秋山放游圖并序

404

題吳雪舟洗桐飲鶴圖

403

題吳雪舟黃山歸老圖

406

題吟雲圖

295

題牡丹

348，354，590，883，885，

1095，1107

題牡丹竹枝

401

題佳士鼓琴圖

864

題佳人秋苑玩月

409

題何端伯看秋圖

483

題汪旭瞻蘆溪書隱

286

題沈安布畫

287

題沈雷臣江上草堂

20(632)

題玩秋圖

620

題武丹江山圖

556＊(830)

題林朴齋遺照

514

題松

275，370，931

題松山桂堂圖

559

題松月圖贈寧都魏山人
29 * (658)
題松竹梅圖
746
題松竹爲員周南母吳夫
人壽
252
題松風竹屋圖
898
題松風捲瀑圖
1120
題松根評泉圖
863
題松萱圖
549(738)
題松鶴泉石
288
題臥石圖
65(800)
題虎獅
320
題虎溪三笑圖
490,572 * (793)
題果堂讀書堂圖
138
題岩臥圖

題牧犢圖
446 * (664),627
題孟思巖秋游圖
807
題孟思巖橫琴待月圖
571(792 * )
題孟景顏橫琴待月圖
571 * (792)
題春山雲水圖
134
題春生静谷圖
76(901)
題春崖畫眉
312
題挑燈佐讀圖
565(818)
題南山白鹿圖壽柴君
990
題南極老人像
405
題幽草游蟲
266
題幽鳥擇止圖
265
題幽叢花鳥

291

題香湖鴛鴦

299

題秋江野鴨

1023

題秋江歸艇圖

470

題秋林野寺圖

50（729＊）

題秋泛圖

40（714）

題秋窗讀書圖

1040

題秋溪草堂圖

301

題秋溪高隱圖

555（823）

題秋齋臥子圖

852

題施遠村逃禪圖

845

題施遠村評硯圖

872

題美人

296，369

題美人吟蘭圖

125

題美人玩梅圖

308，365

題美人采蓮圖

360

題美人圖

84（1001＊）

題宮人踏春圖

371

題神女圖

558（822）

題屏面畫幅八首

690

題屏面雜花四首

1020

題姚鶴林西江游草

456＊（803）

題紅樹青山圖

637

題華軒文淑圖

193

題華翎

250

題荷花

190

題荷香深柳亭

105
題桃花燕子
573＊（646）
題桃花鴛鴦
366
題桃溪文禽圖
221
題桃潭浴鴨圖
222
題核桃硯
127
題夏惺齋蒲團趺坐圖
563＊（913）
題夏惺齋團蒲趺坐圖
563（913＊）
題柴放亭西山負土圖
871
題員果堂摹帖圖
132
題員周南静鏡山房圖
282
題員雙屋紅板詞後
108
題唤渡圖
1022
題倚石山房

309
題射雕兒
478
題烏目山人畫扇
35＊（697）
題高士圖
1034
題高士看山圖
1058
題高秋軒蕉窗讀易圖
182
題高隱圖
70（854＊）,600
題浣雲高閣贈施遠村
624
題扇
953
題扇寄友
758
題孫老楓林停車圖
1105
題陳白楊先生畫猫
1097
題揭鉢圖
497
題黄薔薇

363

題菖蒲蜀葵

865

題菊

355,687

題菊潭栖鳥

357

題梅生畫册

551(790)

題梅竹小雀幅

1125

題梅竹松

245

題梅崖踏雪鍾馗

26(645)

題梅華道人墨竹

1092

題梅根老人圖

552＊(794)

題梅根酌酒鍾馗

1074

題梅窗淑真圖

254

題梔子花

1026

題曹荔帷秋湖采蓴圖

525

題曹桐君秋林琴趣圖

529

題盛嘯崖道妝圖

1061

題雪月交輝圖

895

題崔司馬宮姬玩鏡圖

218

題鳥鳴秋磵

346

題魚

289,676

題貓

987

題許用安聯吟圖

1008

題許勉哉竹溪小隱

285

題許雛庵松鹿圖小照

217

題訪梅圖

513

題麻姑酌酒圖

566(1101＊)

題清溪釣叟圖

829
題麻姑醉酒圖
566＊(1101)
題張老嗅梅圖
102(1087＊)
題葉照亭種藥圖
922
題葉滄珊吳山觀潮圖
1093
題萬松亭圖
918
題董文敏畫卷後
209
題葵花畫眉
509
題雲山雙照圖
560＊(841)
題紫牡丹
568(951)
題閔耐愚閒居愛重九小照
272
題閔韞輝小照
1078
題鈍根周處士小像
468
題童嬉圖

269
題寒林栖鳥
698
題寒林栖鳥圖
544
題惲南田畫册
77(917)
題畫
151，227，267，292，628，647，1100
題畫二十三首
199
題畫册
35(697＊)
題畫册十一首
491
題畫自貽
538(920)
題畫屏八絶句
33
題畫眉
139
題畫扇
368
題瑞蓮圖
899

題蓉桂圖
59(764)

題蒼龍帶子圖
489(1032)

題楊妃病齒圖
502

題歲兆圖
279

題虞美人
989

題溪鳥獵魚圖
476

題蔣雪樵先生歸藏圖
211

題蜘蛛壁虎
494

題鳴鶴圖
129

題僧歸雲壑圖
62(778)

題養真圖
201

題漸江和尚秋壑孤松圖
868

題緑牡丹
322

題熱河磐搥峰
63＊(786)

題熱河磐搥峰二絶
63(786＊)

題蕉
950

題瞌睡鍾馗
517

題墨竹
997

題墨牡丹二絶句
745

題墨筆水仙花四首
402

題賞芍藥圖
407

題澄江春景
115

題薛松山訪道圖
561＊(638)

題獲亭蒼茫獨立圖
192

題獨石
564＊(933)

題獨立山人小景
592

題環河飲馬圖贈金冬心
247

題麗人玩鏡
318

題環溪絳桃
906

題麗女園游圖
311

題舊雨齋話舊圖
526

題廬山東林古寺圖
50＊（729）

題臨流美人
328

題鵬舉圖
124

題魏老雙照圖
560（841＊）

題蟹
964

題鍾馗啖鬼圖
522

題韜真圖
251

題霜枝畫眉
965

題鍾馗
331

題鵝
410

題鍾馗踏雪圖
957

題雙美折桂圖
297

題鐵崖山人嗅梅圖
102＊（1087）

題歸山圖
570＊（956）

題雞
986

題雜花
361

題顧環洲梅花
521

題雜花山泉
775

題鶴林西江游草後
456（803＊）

題蘇子卿牧羝圖
259

題鶴林餂耕圖
1080

題聽泉圖
557(836)
題聽蕉圖
67＊(849)
題讀書秋樹根圖
553
題靈草仙鹿圖贈萬九沙
先生
996
題讓山和尚南屏山中看
梅圖
519
題鷹落搏雀
327

蟬
971

雙
△雙眼爲誰白
821.2
雙鵝
232
雙鶴
474

邊
邊夜雪景
334
邊景雪夜
495

歸
歸山圖
570(956＊)

離
△離心驚
611

斷
△斷壁映殘雪
241

十九畫
蘆
蘆花
61(776)
△蘆花開素秋
61(776)

繫

繫舟烟渚偶有所得遣筆
記之
203

麗
△麗旭啓青陽
266
△麗質中通
528

霪
霪雨疾作達夜無寐書此
言情
172

贈
贈朱南盧先生
351
贈吳石倉
21(634)
贈金壽門時客廣陵將歸
故里
234
贈指峰和尚
438＊(615)
贈員果堂

188
贈徐郎并序
493
贈徐紫山
680
贈海門周岐來
1016
贈陳懶園
806
贈陶宙仔
934
贈雪松和尚
438(615＊)
贈清映上人半律
760
贈栖岩散人
264
贈張稺登
473
贈楓山先生
533＊(743)
贈鄭雪厓先達
100＊(1072)
贈鄭雪厓先生
100(1072＊)
贈寧都魏布衣

804

贈薛楓山

533(743＊)

關

△關山玉笛夜相催

540.6

鏡

鏡臺曲

17(626)

鎇

鎇劍

1067

蟹

491.10

懷

△懷仙夢入紫霞宮

436

懷金江聲

534(742＊)

△懷春自笑如閨女

396

懷姚鶴林

439(943)①

繡

繡球花

1053

二十畫

蘭

227.1,411

蘭谷

752

△蘭英渥鬢輕雲滑

328

蘚

△蘚徑憑橋渡

387

巍

△巍巍太室近天門

44(722)

①　943與439.1互見,參見正
文439.1。

籌
△籌量用世孰爲尊
486.4

鐘
鐘馗嫁妹圖
464

寶
△寶旭啓軒挂
218

竇
△竇有靈泉
122

響
△響籟發中川
516

二十一畫

露
△露苔殊不一
154

躋
△躋險迫無蹊
197

顧
△顧叟畫梅弃直幹
521

鶴
416,983
△鶴髮毵毵垂兩肩
437

二十二畫

驚
△驚商激清籟
195

聽
聽雨
75(910＊)
△聽得溪聲好
713.2
聽蕉
75＊(910)
聽蕉圖

67(849＊)
△聽蟬又值夏將殘
689.1
聽鵶
208

鱉
491.7

讀
讀南華經
1050
讀書擬古
598
讀魏公傳
748

## 二十三畫
顯
△顯晦人神異
389.2

纖
△纖眉未待描
382

## 二十四畫

攬
△攬秀隔山陂
205

靈
靈石花草
928
△靈核初劈
127
△靈曜沃丹英
245

籬
△籬角秋光冷
1124
△籬角野薔薇
510
△籬畔移來露未乾
546

鸑
鸑斯
243

二十五畫

灣
△灣頭逢衲子
38(709)

屭
△屭苔求土汁
392

二十七畫

鸝
鸝鶋
417

二十八畫

鑿
△鑿開峰頂石
52(730)
△鑿壁達幽峽
199.3

# 詩作人名、地名綜合索引

**一畫**

一

一軒子（一軒主人）

136,141,167

**二畫**

二

二王（參"王羲之"、"王獻
之"）

十

十八盤

48(726)

十洲

937

丁

丁雲鵬（丁、丁南羽）

1084

七

七十二峰

47(725)

七里灘

556(830)

八

八咏樓

656

九

九州

554,656,772

九江

15(614)

九陔

598

九沙（參"萬經"）

## 三畫

三

三山

7(594),656,839,937

三山島

2(584)

三石梁

4(587)

大

大禹

56.2(750.2)

大兄(參“華東升”)

大癡(參“黃公望”)

小

小東園

947.1,952

小玲瓏山館(玲瓏館)

281

山

山陰道

54(751)

山人(參“吴允嘉”、“華嵒”)

山谷(參“黃公望”)

亡

亡荆(參“蔣媛”)

亡婦(參“蔣妍”)

已

已兒(參“華已官”)

子

子陵灘

53.1(747.2)

子(參“華已官”、“華浚”、“華嵒之女”、“華禮”)

子泉(參“徐子泉”)

子浚(參“華浚”)

子期(參“鐘子期”)

女

女羅亭

55.5(749.7)

## 四畫

王

王生教

43(719)

王念臺

530

王昭君（漢姬）

191

王屋

416

王處

748.1

王曾祥（王茨檐）

358,408

王鈞（馭陶王先生）

472

王翬（烏目山人）

35(697)

王蒙（王）

93

王維（摩詰）

116(1099),540.2

王德溥（王子、王子容大、容
大兄）

410,472

王羲之（二王）

101(1286),410

王瞻山

479

王獻之（二王）

101(1286)

王母（參“羅太君”）

井

井西先生（參“汪井西”）

天

天山

6(591)

天目山（天目）

1084

天台

24(641),545(665),680

太

太原

39(712)

太湖

481

太末（參“龍游”）

太邱（參“陳實”）

五

五老峰

15(614)

五嶽

188,656,839

五羊城（參"廣州"）
五柳先生（參"陶淵明"）

水
水月庵
114
水檻
55.3（749.5）

毛
毛女
949

仇
仇丹厓
572（793＊）

公
公輸
117（779）

月
月宮
466

丹

丹山書屋
539（908）

六
六宜楼
58（753）
六朝松
15（614）,50（729）
六橋（參"西湖"）

文
文姬（參"蔡文姬"）

方
方中丞（方大中丞）
415

尺
尺波軒
179

孔
孔子（孔）
188,524

**五畫**

玉

玉門關（玉門）

1111

玉玲瓏閣

31＊（667）

玉姜

419

玉壺山

756

玉玲瓏閣主人（參“龔翔
麟”）

玉溪生（參“李商隱”）


邗

邗溝

178

邗江（參“揚州”）


艾

艾林（參“員艾林”）


可

可中亭

1086


石

石崇（石季倫）

379

石梁

545（665）

石笋峰

22（635）

石濤（石濤和尚、青絪老人、
苦瓜道人、瞎尊者）

1098


平

平山堂

503

平湖（當湖）

1088


北

北京（層城、都門）

9（597），42（715）

北渚堂

100（1072）

北園

86（1003）

北園（陳氏北園）

56.1（750.1）

北嶽（參“恒山”）

白嶽（參“齊雲山”）

四

四明（參“寧波”）

禾

禾（參“嘉興”）

伏

伏羲（羲皇）

499

白

白居易（白公）

99(1071)

白帝

45(723),51(585),623

白華樓

101(1286)

白雲洞

700

白雲嶺

73(889)

白蓮庵

52(730)

白門（參“南京”）白陽山人

（參“陳淳”）

半

半山橋

91(1041)

弘

弘景（參“陶弘景”）

司

司馬遷（馬）

486.2

母

母（參“蔣妍”）

六畫

老

老子（老、李伯陽）

389.2,480,683.1

老米（參“米芾”）

西

西江

456(803)

西池

199.16

西南湖

101(1077)

西施（西子）

939.1

西湖（六橋、西子湖）

164， 219， 926， 942，

1020.4,1060

西溪

713

西階賦客（參"徐逢吉"）

在

在孚（侄）

648

呂

呂梁山（呂梁）

199.15

朱

朱樟（朱君鹿田）

562(914＊)

朱雝模（朱南廬先生）

351

朱山人

608

竹

竹西樓

13(607)

竹松軒

1094

竹柏軒

90(1037＊)

竹溪書屋

13(607)

竹墅

55.2(749.3)

米

米芾（老米、米南宮、米襄陽、米癲、南宮）

104 （1033），439.2， 582(675),866,872,1104

江

江上老人

547＊(666)

江上草堂

20(632)

江北

177,608

江東
437,535

江南
540.6,608,995

江南人
7(594)

江神
608

江聲草堂
773

阮
阮籍(阮)
148,234

七畫
杜
杜甫(杜老)
192,1112

李
李七郎
1122

李白(李生)
192

李成(李營丘)
91(1041)

李君
1070

李果(李客山)
215

李商隱(玉溪生)
8(595)

李隆基(明皇)
386

李靖
496

李儉漁
130

李暾(李君東門、李東門)
99(1071),1068,1073

李伯陽(參"老子")

吳
223,455.1(813.1＊),493,
870,1086.1

吳山
455(813),458(832),780,
1093,1118

吳夫人(員周南母)
252

吴門

42(715),215

吴江

3(586)

吴淞

14(613)

吴允嘉(吴石倉)

21(634),683,875

吴克恭(吴郎克恭)

1088

吴敉寧(吴子竹亭)

99(1071)

吴雪舟(吴子雪舟、雪舟)

403,404,406

吴焯(吴尺鳬)

673

吴嗣广(吴芑君)

101(1286)

吴蘅林

150

吴鎮(梅花道人)

1092


虬

虬髯客(虬髯公)

496

我

我(參"華喦")

何

何端伯

483

余

余(參"華喦")

彤

彤伯(參"員彤伯")

冷

冷泉亭

810

汪

汪井西(井西先生)

1096

汪日焕(汪旭瞻)

286

汪哉生

174

汪泉軒

625

汪食牛（汪生）
176,177

汪惟憲（汪積山、積山）
441,721,741,820

汪應庚（汪光禄上章）
226

汪繹辰（汪陳也）
1096

汪鑒滄
39（712）


沉

沉香亭
386


阿

阿姑（參"麻姑"）


姊

姊（參"華嵒之女"）


邵

邵書山
798

八畫

武

武丹
556＊（830）

武林（參"杭州"）


青

青緗老人（參"石濤"）


苦

苦瓜道人（參"石濤"）


林

林朴齋
514


松

松門
48（726）


杭

杭州（杭、武林、錢塘）
91（1041），178，194，219，
611，973


東

東林寺(東林古寺)　　　叔丈(參"蔣弘道")

50 *(729)

東里　　　　　　　　　虎

155,171,465　　　　　虎丘

東里館　　　　　　　　442,1086

135

東城　　　　　　　　　果

655　　　　　　　　　果堂(參"員果堂")

東南湖　　　　　　　　昆

101(1077)　　　　　　昆明

東皋　　　　　　　　　656

909

東園　　　　　　　　　昆陽

826,876　　　　　　　656

東園生(參"華皛")

東岱(參"泰山")　　　明

東厢主人(參"陳懶園")　明皇(參"李隆基")


雨　　　　　　　　　　季

雨花精舍　　　　　　　季弟(參"華德豐")

1085

　　　　　　　　　　　姪

妻　　　　　　　　　　姪(參"在孚"、"春生")

妻(參"蔣媛")

　　　　　　　　　　　岱

叔　　　　　　　　　　岱(參"泰山")

兒
兒(參"華浚"、"華嵒之女"、
"華禮")

金
金山
700
金吕黄(金郎)
393
金志章(金江聲)
58(753),71(874),442,534
(742)
金谷園(金谷)
762
金農(金壽門)
234,247
金銀臺
598
金嶽高
935
金陵(參"南京")

周
周處士
468

周榘(周幔亭)
257

河
河伯
644
河陽
396

沈
沈小休
111(693)
沈用濟(沈君、沈君方舟)
656,890
沈安布(沈郎)
287
沈琯(沈秋田)
319
沈雲浦(沈君季弟)
656
沈雷臣
20(632)

宗
宗陽宫
799

523

郎

郎廷極（郎中丞）

93

孟

孟子（孟）

524

孟思巖

571（792 ＊）,807,810

孟景顔

571 ＊（792）

孤

孤山

847

孥

孥（參“華浚”、“華嵒之女”、
“華禮”）

**九畫**

春

春生（佺）

209

春齋

玲

玲瓏館（參“小玲瓏山館”）

指

指峰和尚

438 ＊（615）

荊

荊浩（荊）

599

南

南山

1046

南岡

880

南京（白門、金陵）

257,605,842,1118

南屏山

23（636）,164,519,1118

南極老人（南極老翁）

370,405

南園

450（801）,575（735）,740,

796,847,1126

南鎮

56(750)

南宮(參"米芾")

南屏山人(參"徐逢吉")

南閭華子(參"華嵒")

故

故人(參"員果堂")

故友(參"員果堂")

研

研香館

516

秋

秋齋

518

重

重陽庵(重陽)

455(813)

禹

禹門

33.8(690.5)

禹陵

56(750)

泉

泉下士(參"員果堂")

施

施象壑(施遠村、遠村)

72(878),78(936),624,

845,872,927,1108

恒

恒山(北嶽)

46(724)

恒康

537(930)

姚

姚鶴林(姚郎、鶴林)

439,439.1(943),456

(803),599,796,805,812,

880,983,1069,1080

架

架烟書屋

283

馬

馬曰璐（馬半查）

281

馬君

609

馬祖

1078

馬（參“司馬遷”）

飛

飛來峰

810

紅

紅板橋

13（607）

紅香塢

749.4

袁

袁曉初

433（819＊）

**十畫**

泰

泰山（東岱、岱、泰岱）

48 （ 726 ）， 217， 783，

931,1084

都

都門（參“北京”）

華

華山

45（723）,699

華已官（已兒、子）

777,808

華東升（大兄）

42（715）

華亭

1085

珠

珠英閣

146

班

班固（班）

486.2

華浚（子、子浚、兒、孥）
68,79,178,324,528,887

華嵒（山人、自、我、余、東園
生、南闉華子、衰翁、鄙人、
新羅山人、僕）
68（850），69（853），78
（936），90（1037），91
（1041），99（1071），101
（1077），130，144，161.2，
171，177，178，188，214，
223，246，257，271，273，
274，324，404，432，472，
500,504,531,562（914＊），
599，611，656，678，740，
767，798，855，864，881，
909,919,947.1,961,995,
1007，1011，1031，1073，
1084,1110,1118

華嵒之女（子、姊、兒、孥）
68,79,178,808,887

華德豐（三弟、季弟）
42(715),835

華禮（子、兒、孥）
68,79,178,887

晋

晋處士（參"陶淵明"）

莊

莊子（莊）
188,389.2

栖

栖岩散人
264

桐

桐花鳳軒
749.8

桐華庵
499

夏

夏綸（夏惺齋）
563(913)

柴

柴君
990

柴放亭
871,1086

柴桑（參"陶淵明"）

員

員子

1122

員艾林（艾林）

500,504

員彤伯（彤伯）

277.2

員果堂（果堂、故人、故友、

泉下士、員九果堂、員生）

132，138，153，161，171，

175，178，188，194，220，

231，246，270，273，274，

277.1,277.2,284

員青衢

137

員琳（道頤）

277.2

員獲亭（員十二、獲亭）

149,192

員燉（員子周南、員子、員

生、員周南）

126,252,282,302,498,506

員雙屋

108,155,168,219

員裳亭（裳亭）

109,146,278

員周南母（參“吳夫人”）

倚

倚石山房

309

倪

倪瓚（倪）

93

烏

烏目山人（參“王翬”）

徐

徐子泉（子泉、徐郎）

493

徐秉仁（徐茗園）

1069

徐逢吉（西階賦客、南屏山

人、徐叟、徐紫山、紫山、紫

山子）

22（635），53（747），164，

617，640，656，680，689，

791,945,1118

徐養之
394

衰
衰翁（參"華喦"）

高
高玉桂（高秋軒）
182
高翔（高犀堂）
148,271

唐
唐寅（唐解元）
1083
唐（參"堯"）

烟
烟雨樓
1089

海
海陽
53（747）

孫

孫老
1105

陶
陶弘景（弘景）
4（587）
陶宙仔
932,934
陶淵明（五柳先生、晋處士、柴桑、陶、陶公、陶彭澤、陶處士）
99（1071），144，275，432，540.4，560（841），947.1，1021,1055

桑
桑徑
749.2

**十一畫**
菊
菊柏軒
90＊（1037）

黄
黄山

406,1084

黄公望（大癡）

165

黄竹嶺

91(1041)

黄河

45(723)

黄道士

9(597)

黄庭堅（山谷、黄山谷）

1031

黄衛瞻

223

黄篋樓

892


梅

梅生

551(790)

梅林書屋

300

梅岩庵

782

梅嶼

55.1(749.1)

梅花道人（參“吴鎮”）


曹

曹山

56(750)

曹芝（曹荔帷）

525

曹桐君

529


硤

硤石

101(1077)


盛

盛約庵（盛君約庵）

432

盛嘯厓

1061


雪

雪松和尚

38(709),438(615＊)

雪舟（參“吴雪舟”）

雪厓（參“鄭羽逵”）

雪門(參"楊雪門")　　　　218
雪樵、雪樵丈、雪樵叔丈(參
"蔣弘道")

紫　　　　　　　　　248
紫山草堂
23(636)
紫金山
9(597)
紫姑
419
紫陽山
2(584),593,1119
紫微山
101(1077)
紫霞宮
436
紫山(子)(參"徐逢吉")

閉
閉松齋主人
905

崔
崔鐯(崔司馬)

崇
崇蘭軒
248
崇蘭書屋
276

笙
笙鶴樓
16(629)

符
符旅鴻(符子旅鴻)
909

得
得樹軒主人
656

許
許由
1024
許用安(許生)
1008
許勉哉

285

許雖庵

217

麻

麻姑(阿姑)

566(1101)

鹿

鹿門(參"龐德公")

章

章江

456.1(803.1＊)

商

商州

33.6(690.3＊)

望

望江樓

111(693)

清

清映上人

760

清隱僧舍

1068

梁

梁文泓(梁秋潭)

880

梁苑(梁園)

651,762

梁佩蘭(梁藥亭)

791

梁鴻

560(841)

張

張老

102(1087＊)

張秋水

433(819＊)

張燴(張南漪)

486

張稺登

473

十二畫

斑
斑竹庵
38(709)

堯
堯(唐)
432

馭
馭陶王先生(參"王鈞")

項
項向榮
812
項羽(楚王)
989

越
455.1(813.1*)
越女
191
越江
3(586),33.6(690.3)

揚

揚州(邗江、維揚、廣陵)
156,161,194,219,223,
226,234,298,486.1,500

彭
彭祖
1073
彭澤
15(614)

葉
葉東村
1068.2
葉照亭
922
葉滄珊
1093

萬
萬竹樓
58(753)
萬杏坡(蘭窗公)
1019
萬經(九沙、萬九沙)
99(1071),996,1019

董
董其昌（董文敏）
16(629),209
董蓉城
995

雲
雲中君
31(667)
雲夢澤（雲夢）
199.15
雲山（參"魏雲山"）

閒
閒止園
162

閔
閔耐愚
272
閔韞輝（閔子）
1078

喦
喦（參"華喦"）

嵇
嵇康（嵇生）
148,189

程
程兆熊（程夢飛）
499

順
順承郡王子
824,838

焦
焦光（焦公）
507

舜
舜（虞）
432

道
道頤（參"員琳"）

湖

湖州(雪川)
1073,1078
湖南寺
52(730)

湘
湘江
33.3(678.5),651
湘君
110(654)

淵
淵雅堂
277,500

渾
渾源州
46(724)

惲
惲格(惲、惲南田)
77(917),1084

十三畫

遠

遠公(參"慧遠")
遠村(參"施象埜")

聖
聖因寺
467
聖祖仁皇帝(參"愛新覺
羅·玄燁")

鄞
鄞江(參"寧波")

蓮
蓮花峰
70(854)
蓮溪和尚
397
蓮子(參"陳洪綬")

蓬
蓬萊島
996

楊
楊子渡(楊子)
178,482,492,507

楊玉環（楊妃）
502,939.3

楊朱（楊）
234

楊悦琛
1086

楊雪門（雪門）
536(811)

楊璞巖
435

楓
楓山（參“薛楓山”）

虞
虞山
223

虞姬
989

虞（參“舜”）

當
當湖（參“平湖”）

鄙
鄙人（參“華嵒”）

嵩
嵩山（嵩）
44(722),217

愛
愛山館
532(924)

愛新覺羅・玄燁（聖祖仁皇
帝）
467

解
解弢館
290，316，317，350，359，
426,508

新
新都
556(830)

新羅山人（參“華嵒”）

煉
煉師
2(584)

殿
殿山(參"薛殿山")

**十四畫**
静
静鏡山房
282

碧
碧霞元君(碧霞君)
783
碧霞宮
48(726)

瑶
瑶池
772
瑶島
367

嘉
嘉興(禾)
1088

蔡
蔡文姬(文姬、漢女)

501

蔣
蔣弘道(叔丈、蔣徑之、雪
樵、雪樵丈、雪樵叔丈、蔣
翁、蔣雪樵)
90(1037),164,180,183,
211,433＊(819),440,674,
802,919,1045,1114
蔣宏任(蔣擔斯、蔣子)
101(1077)
蔣妍(亡婦、母、蔣生內子)
19(631),41(716),520,
777.2,808
蔣媛(亡荊、妻、蔣生內子)
68, 161.1, 178, 389,
520,887

楚
楚王(參"項羽")

厲
厲鶚(厲樊榭)
145,780

裳

裳亭(參"員裳亭")

閩
閩江
651
閩河
754

裳
裳亭(參"員裳亭")

僕
僕(參"華嵒")

僧
僧妙慧
52(730)

廣
廣川道
784
廣州(五羊城)
791
廣陵(參"揚州")
齊
齊州

33.6 ＊(690.3)
齊雲山(白嶽)
733

鄭
鄭羽逵(雪厓、鄭雪厓)
99(1071),100(1072)

漢
漢女(參"蔡文姬")
漢帝(參"劉徹")
漢姬(參"王昭君")

漸江(漸江和尚)
868

寧
寧波(四明、鄞江)
90(1037),91(1041),335,
421,1068
寧都
29 ＊(658),804
寧峰庵
810

維

維揚（參“揚州”）

**十五畫**

慧
慧遠（遠公）
50(729),116(1099),

熱
熱河
63(786),824

雪
雪川（參“湖州”）

瞎
瞎尊者（參“石濤”）

墨
墨子（墨）
188,234

稻
稻畦
55.4(749.6)

劍
劍池
1086.1

魯
魯仲連（魯連）
220

劉
劉二範
732
劉布衣
437
劉徹（漢帝）
598

摩
摩詰（參“王維”）

潮鳴寺
876

澂
澂心子
1109

潘
潘岳（潘生、潘郎）
389.2,396
潘曉村
831

審
審山
101(1077)

層
層城（參"北京"）

嫦
嫦娥
466,606,1116

十六畫

磬
磬錘峰
63(786)

薛
薛松山
561＊(638),978

薛楓山（楓山）
14(613),533(743),740
薛漠塘
298
薛殿山（殿山）
298

霍
霍山（霍）
198

閻
閻公（艖使）
678

積
積山（參"汪惟憲"）

衡
衡山
47(725)

錢
錢璜（錢他石）
434＊(825)
錢塘（參"杭州"）

獲
獲亭(參"員獲亭")

獨
獨立山人
592
獨樂室
485

龍
龍游(太末)
434(825)
龍湫汶
843
龍慶庵
1(583)

憺
憺齋
200

羲
羲皇(參"伏羲")

陳

陳山
843
陳恭尹(陳元孝)
791
陳允恭(陳六觀)
56(750)
陳東萃(陳生)
1073
陳洪綬(陳老遲、蓮子)
599
陳梓(陳古銘、陳君)
101(1286)
陳淳(白陽山人、陳白陽先生)
1097
陳摶(陳希夷)
1073
陳實(太邱)
432
陳龜山
810
陳澹江(陳石樵)
28(657),548
陳懶園(東廂主人)
455(813),532(924),656,806,963

陳氏北園（參"北園"）

**十七畫**

環
環翠亭
785

薮
薮姑子
539（908）

蘇
蘇小小
973
蘇武（蘇子卿）
259
蘇堤（蘇公堤）
926，1069
蘇軾（蘇老）
1020.4

魏
魏山人
29 ＊（658）
魏士傑（魏雲山、雲山、魏

老、魏君）
90（1037），335，336，352，
353，421，433 ＊（819），457
（795），560（841），799，802
魏公
748
魏布衣
804
魏塘
548

謝
謝靈運（謝、謝臨川）
188，1021

**十八畫**

顏
顏回（顏）
188

禰
禰衡（禰子）
189

斷

斷橋
942

15(614),33.4(690.1),50
*(729),198,557(836)

**十九畫**

嚴
嚴光
4(587)

關
關仝(關)
599
關門
683.1

羅
羅太君(王母)
524
羅浮
575(735)

瀛
瀛洲
7(594)

廬
廬山(廬)

龐
龐德公(鹿門)
432

**二十畫**

蘭
蘭亭
56(750)
蘭窗公(參"萬杏坡")

艖
艖使(參"閻公")

鐘
鐘子期(子期)
732
鐘馗(鐘葵)
26(645),34(681),331,
464,517,522,797,957,
1036,1074

寶

寶日軒
410

## 二十一畫

鐵
鐵崖山人
102＊（1087）

顧
顧斗山
554
顧環洲
521

鶴
鶴林（參“姚鶴林”）

## 二十三畫

龔
龔翔麟（玉玲瓏閣主人）
31（667）

## 二十四畫

觀
觀音閣
303
觀梅閣
278

靈
靈隱寺（靈隱）
435,810

讓
讓山和尚
519

# 參考文獻

## 一、古代文獻

各版本《離垢集》：

［清］華嵒：

《離垢集》，稿本。（無錫博物院藏）

《離垢集》，稿本。（浙江圖書館藏，索書號：善舊 5069）

《離垢集》，稿本。（臺灣圖書館藏，臺北：臺灣文海出版社 1974 年影印出版）

《新羅山人離垢集》，華時中刊，道光十五年（1835 年）慎餘堂刻本。（美國哈佛大學燕京圖書館藏，http：//nrs. harvard. edu/urn－3：HUL. FIG：007230628）

《新羅山人離垢集》，羅嘉傑刊，光緒間鉛印本（浙江圖書館藏，索書號：普 811. 17/44603，普/9198）

《新羅山人題畫詩》，古今圖書館、杭州德記書莊刊，民國石印本。（浙江圖書館藏，索書號：普/3128）

《離垢集補鈔》，丁仁輯，上海聚珍仿宋印書局，民國六年（1917 年）刻本。（浙江圖書館藏，索書號：811. 17/44602.02）

《離垢集》，管庭芬抄本，輯入《待清書屋雜抄續編》。（天津圖書館藏，索書號：s3316）

《離垢集》，抄本。（浙江圖書館藏，索書號：普 811. 17/44603/2）

《離垢集》，抄本。（南京圖書館藏，索書號：GJ/EB132225）

《離垢集》，抄本。（北京大學圖書館藏，索書號：LSB/4316）

《離垢集》,抄本。(中山大學圖書館藏,索書號:2151)

《離垢集》,唐鑒榮校注,福州:福建美術出版社,2009 年。

其他古代文獻:

[宋]周紫芝:《太倉稊米集》,《宋集珍本叢刊》第 35 册,綫裝書局,2004 年。

[明]宋應星:《天工開物》,潘吉星譯注,上海:上海古籍出版社,2008 年。

[清]李世熊:《寒支初集》,輯入《清代詩文集彙編》第 17 册,《清代詩文集彙編》編纂委員會編,上海:上海古籍出版社,2010 年。

[清]惲壽平:《惲壽平全集》,吴企明輯校,北京:人民文學出版社,2015 年。

[清]蔣弘道:《雪樵集》七卷,清康熙刻本。(寧波天一閣博物館藏,索書號:朱 6722)。

[清]華嵒:《華新羅寫景山水》,民國十三年(1924 年)影印。(浙江圖書館藏,索書號:普 741.67/44601.5)

[清]陳梓:《陳一齋全集》五種四十二卷八册,清嘉慶二十年(1815 年)胡敬義堂刻本。(天津圖書館藏,中華古籍資源庫:http://read.nlc.cn/allSearch/searchDetail • searchType=&showType=1&indexName=data_892&fid=GBZX0301013198)[清]厲鶚:《樊榭山房集》,[清]董兆熊注,陳九思標校,上海:上海古籍出版社,1992 年。

[清]金農:《冬心先生集》。雍正十一年(1733 年)廣陵般若庵刻本。(浙江圖書館藏,索書號:善舊 5064)

[清]金農:《冬心先生自度曲》一卷。道光四年(1824 年)陳啥秋抄本。(浙江圖書館藏,索書號:善舊 5750)

[清]金農:《冬心先生畫竹題記》。乾隆間刻本。(浙江圖書館藏,索書號:善 2711)

[清]金農:《冬心先生雜著》。清陳鴻壽種榆仙館刻本。(浙江圖書館藏,索書號:善 2710)

[清]鄭燮:《板橋集》。乾隆間刻本。(浙江圖書館藏,索書號:普 814.7/8799/2/c1-c4,普 814.7/8799/2(2)/c2,普 814.7/8799/2(2)))

《離垢集》重輯新校

[清]張庚:《國朝畫徵録》,《中國書畫全書》第 10 册,上海:上海書畫出版社,2009 年。

[清]李斗:《揚州畫舫録》,汪北平、涂雨公點校,《清代史料筆記叢刊》,北京:中華書局,1960 年。

[清]阮元:《兩浙輶軒録》,《續修四庫全書》"集部·總集類"第 1683 册,《續修四庫全書》編纂委員會,上海:上海古籍出版社,1995 年。

[清]陳文述:《頤道堂集》,《清代詩文集彙編》第 505 册,《清代詩文集彙編》編纂委員會,上海:上海古籍出版社,2010 年。

[清]方濬頤:《夢園書畫録》,《中國書畫全書》第 17 册,上海:上海書畫出版社,2009 年。

[清]戴熙:《習苦齋畫絮》,《中國書畫全書》第 20 册,上海:上海書畫出版社,2009 年。

[清]丁仁編:《八千卷樓書目》,《續修四庫全書》"史部·目録類",上海:上海古籍出版社,2002 年。

## 二、近人論著

著作:

白謙慎:《傅山的世界——十七世紀中國書法的嬗變》,北京:生活·讀書·新知三聯書店,2006 年。

卞孝萱主編:《揚州八怪研究資料叢書·揚州八怪年譜》(上册),南京:江蘇美術出版社,1990 年。

卞孝萱主編:《揚州八怪研究資料叢書·揚州八怪年譜》(下册)南京:江蘇美術出版社,1993 年。

党明放:《鄭板橋年譜》,北京:首都師範大學出版社,2009 年。

丁家桐:《揚州八怪全傳》,上海:上海人民出版社,1998 年。

黄裳:《書之歸去來》,北京:中華書局,2008 年。

柯愈春:《清人詩文集總目提要》,北京:北京古籍出版社,2001 年。

李盛鐸:《木犀軒收藏舊本書目(一)》,民國抄本,國家圖書館藏,影印收録於《中國著名藏書家書目匯刊·近代卷·第十九册》,林夕主編,煮雨山房輯,北京:商務印書館,2005 年。

684

李致忠:《古書版本鑒定》,北京:國家圖書館出版社,2007年。

劉海粟美術館、上海人民美術出版社編:《劉海粟美術館藏品——中國歷代書畫集》,上海:上海人民美術出版社,1996年。

劉建平發行:《揚州畫派書畫全集·華嵒》,天津:天津人民美術出版社,1998年。

盧輔聖主編:《華嵒研究》,《朵雲》57集,上海:上海書畫出版社,2003年。

潘承厚編:《明清畫苑尺牘》,民國三十一年(1942)珂羅版。

錢存訓:《中國紙和印刷文化史》,桂林:廣西師範大學出版社,2004年。

阮榮春等編:《海外藏明清繪畫珍品:陳洪綬、華嵒卷》,沈陽:遼寧美術出版社,2015年。

單國霖主編:《華嵒書畫錄》,北京:文物出版社,1987年。

《名家精品·華嵒閩中花卉冊》,上海:上海畫報出版社,2002年。

蘇振旺、何志溪主編:《閩西民間故事選》,北京:華藝出版社,2009年。

臺北故宮博物院編輯委員會:《故宮書畫圖錄》,臺北:臺北故宮博物院,1986－2015年

臺北故宮博物院:《華嵒寫生冊》,臺北:臺北故宮博物院,2012年。

田洪編著:《二十世紀海外藏家·王南屏藏中國古代書畫》,天津:天津人民美術出版社,2015年。

王伯敏:《中國繪畫通史》,北京:生活·讀書·新知三聯書店,2008年。

溫肇桐:《華嵒》,上海:上海人民美術出版社,1981年。

吳永貴主編:《中國出版史》上冊,長沙:湖南大學出版社,2008年。

肖東發:《中國編輯出版史》,沈陽:遼寧教育出版社,1996年。

謝國楨:《江浙訪書記》,北京:生活·讀書·新知三聯書店,1985年。

謝稚柳:《鑒餘雜稿》(增訂本),上海:上海人民美術出版社,1996年。

徐邦達:《歷代書畫家傳記考辨》,上海:上海人民美術出版社,1983年。

徐邦達:《古書畫偽訛考辨》,南京:江蘇古籍出版社,1984年。

許逸民：《古籍整理釋例》，北京：中華書局，2011 年。

薛永年：《華嵒研究》，天津：天津人民美術出版社，1984 年。

薛永年、薛鋒：《揚州八怪與揚州商業》，北京：人民美術出版社，1991 年。

葉德輝：《書林清話》，北京：國家圖書館出版社，2009 年。

趙爾巽等撰：《清史稿》，北京：中華書局，1976 年。

中國科學院圖書館：《續修四庫全書總目提要（稿本）》第 21 冊，濟南：齊魯書社，1996 年。

中國地方志集成編輯工作委員會編：《上杭縣志》（民國本），《中國地方志集成》福建府縣志輯，上海：上海書店、成都：巴蜀書社、南京：江蘇古籍出版社，2000 年。

中國古代書畫鑒定組編：《中國古代書畫圖目》，北京：文物出版社，2000 年。

《中國古代繪畫全集》第 28 冊，北京：文物出版社，杭州：浙江人民美術出版社，2001 年。

朱賽虹等：《中國出版通史》清代卷，北京：中國書籍出版社，2008 年。

（澳）安東籬：《説揚州：1550－1850 年的一座中國城市》，北京：中華書局，2007 年。

（奥）恩斯特·克里斯、奥托·庫爾茨：《藝術家的傳奇》，潘耀珠、邱建華譯，杭州：中國美術學院出版社，1990 年。

（德）雷德侯：《萬物》，張總等譯，北京：生活·讀書·新知三聯書店，2012 年。

（加）馬歇爾·麥克盧漢：《理解媒介》，何道寬譯，南京：譯林出版社，2011 年。

（美）韓書瑞、羅友枝：《十八世紀中國社會》，南京：江蘇人民出版社，2009 年。

（美）牟復禮、朱鴻林：《書法與古籍》，畢斐譯，杭州：中國美術學院出版社，2010 年。

（英）貢布里希：《理想與偶像——價值在歷史與藝術中的地位》，范景中、楊思梁譯，南寧：廣西美術出版社，2013 年。

（英）雷蒙・威廉斯：《關鍵詞：文化與社會的詞彙》，劉建基譯，北京：生活・讀書・新知三聯書店，2005 年。

（日）鈴木敬編：《中國繪畫總合圖録》，東京：東京大學出版會，1982 年。

（日）戶田禎佑、小川裕充編：《中國繪畫總合圖録續編》，東京：東京大學出版會，1998 年。

（日）小川裕充、板倉聖哲編：《中國繪畫總合圖録三編》，東京：東京大學出版會，2013 年。

Munich，Haus der kunst，1000 *Jahre Chinesiche Malerei*，Exhibition Catalogue，Munich，1959.

Kristen Loring Chiem，*Hua Yan（1682 – 1756）and the Making of the Artist in Early Modern China*，Leiden：Brill，2020.

論文：

陳傳席：《揚州八怪詩文集概述》，見《陳傳席文集》第 3 卷，鄭州：河南美術出版社，2001 年。

黃俶成：《鄭燮詩文集版本源流考》，《社會科學戰綫・圖書學》，1994 年第 5 期。

李偉銘：《關於金農題畫以及詩文的著述》，《新美術》，1989 年第 2 期。

石祥：《〈八千卷樓書目〉考》，《古籍整理研究學刊》，2011 年第 2 期。

王輝：《華喦與閩地故里行蹤探究》，《美術研究》，2004 年第 2 期。

吳爾鹿：《金農和他的代筆畫》，《文物》，1998 年第 12 期。

薛永年：《華喦的藝術》，《美術研究》，1981 年第 2 期。

左海：《鑒賞新羅山人作品感受》，《美術》，1961 年第 1 期。

陳名揚：《陳梓生平及其華夷觀研究》，寧波大學碩士生學位論文，2017 年。

Tsang，Ka Bo. "Portrait of Hua Yan and the Problem of His Chronology." *Oriental Art* 28，no. 1(1982)：64－79.

"The Relationships of Hua Yan and Some Leading Yangzhou Painters as Viewed from Literary and Pictorial Evidence"，*Journal of Oriental Studies* 23/1（1985）：1－28.

《離垢集》重輯新校

"A Case Study: The Influence of Book Illustration on Painting as Viewed in The Work of Hua Yan", *Oriental Art* 33/2 (1987): 150—164.

# 圖表目錄

表 1 《離垢集》各版本相關信息表

表 2 《離垢集》道光本、光緒本、臺灣圖書館藏稿本中的時間標記

表 3 浙江圖書館藏《離垢集》稿本甲册中的時間標記

表 4 浙江圖書館藏《離垢集》稿本乙册中的時間標記

表 5 無錫博物院藏《離垢集》稿本中的時間標記

表 6 各版本《離垢集》中的時間標記匯總表

表 7 《離垢集》各版本之異體字、俗字及其通用規範漢字對照表


彩圖 1 無錫博物院藏《離垢集》稿本首册首頁

彩圖 2 浙江圖書館藏《離垢集》稿本甲册首頁

彩圖 3 ［清］華嵒、魏士傑《層崗飛瀑圖／華嵒像》,1705年,立軸,絹本設色,130cm×47.2cm,美國克利夫蘭藝術博物館(Cleveland Museum of Art)藏

彩圖 4 ［清］華嵒《自畫像》,1727年,立軸,紙本設色,130.5cm×50.7cm,故宮博物院藏(題畫詩可參見正文668)

彩圖 5 ［清］華嵒《桃潭浴鴨圖》,1742年,立軸,紙本設色,271.5cm×137cm,故宮博物院藏(題畫詩可參見正文

222）

彩圖 6　〔清〕華嵒《隔水吟窗圖》，1749 年，立軸，紙本設色，96.6cm×39.9cm，上海博物館藏（題畫詩可參見正文428）

彩圖 7　《離垢集》光緒本 首卷首頁 浙江圖書館藏

彩圖 8　《離垢集》補鈔本 首卷首頁 浙江圖書館藏


圖 1　《離垢集》版本源流

圖 2　〔清〕華嵒，楷書詩稿第一開（共八開），冊頁，紙本，廣東省博物館藏。采自劉建平發行：《揚州畫派書畫全集·華嵒》，天津：天津人民美術出版社，1998 年。

圖 3　〔清〕華嵒，行書題畫詩之五（共十二開），冊頁，紙本，中國國家博物館藏。采自劉建平發行：《揚州畫派書畫全集·華嵒》，天津：天津人民美術出版社，1998 年。

圖 4　〔清〕華嵒，行書題畫詩之十（共十二開），冊頁，紙本，中國國家博物館藏。采自劉建平發行：《揚州畫派書畫全集·華嵒》，天津：天津人民美術出版社，1998 年。

圖 5　如今的華家村 整理者攝於 2015 年

圖 6　〔清〕華嵒《閩中花卉冊》（十二開）之五《紅娘子》，冊頁，絹本設色，31.5cm×24.5cm，宋玉麟藏。采自《名家精品·華嵒〈閩中花卉冊〉》，上海：上海畫報出版社，2002 年。

圖 7　〔清〕華嵒《閩中花卉冊》（十二開）之九《五指草》，冊頁，絹本設色，31.5cm×24.5cm，宋玉麟藏。采自《名家精品·華嵒〈閩中花卉冊〉》，上海：上海畫報出版社，2002 年。

圖 8　華常五等三十餘華氏先輩合葬墓 整理者攝於 2015 年

圖 9　華家村寅山祠 整理者攝於 2015 年

圖 10　［清］華嵒等《桐華庵勝集圖軸》，1746 年，立軸，紙本設色，111.7cm×30.7cm，王南屏舊藏。采自田洪編著《二十世紀海外藏家·王南屏藏中國古代書畫》，天津：天津人民美術出版社，2015 年。

圖 11　［清］華嵒《風條栖鳥圖軸》，立軸，紙本設色，125.8cm×31.6cm，上海博物館藏。采自單國霖主編：《華嵒書畫錄》，北京：文物出版社，1987 年。

圖 12　［清］華嵒《竹石鸚鵡圖》，立軸，紙本設色，130.5cm×53cm，上海博物館藏。采自單國霖主編：《華嵒書畫錄》，北京：文物出版社，1987 年。

圖 13　［清］華嵒《薔薇山禽圖》，立軸，紙本設色，126.7cm×55.1cm，故宮博物院藏。采自中國古代書畫鑒定組編《中國古代繪畫全集》第 28 册，北京：文物出版社，杭州：浙江人民美術出版社，2001 年。

圖 14　［清］華浚《海棠鸚鵡圖》，立軸，絹本設色，127cm×43cm，天一閣博物館藏。采自中國古代書畫鑒定組編《中國古代繪畫全集》第 28 册，北京：文物出版社，杭州：浙江人民美術出版社，2001 年。

圖 15　［清］華嵒《海棠鸚鵡圖》，1756 年，立軸，紙本設色，136.5cm×62.4cm，上海博物館藏。采自中國古代書畫鑒定組編《中國古代繪畫全集》第 28 册，北京：文物出版社，杭州：浙江人民美術出版社，2001 年。

圖 16　［清］華嵒《白雲松舍圖》，1734 年，立軸，紙本設色，158.4cm×54.5cm，天津博物館藏。采自天津博物館編《清代中期繪畫特展》，北京：文物出版社，2019 年。

圖 17　［清］張四教《新羅山人像》（及華嵒致張四教的八通

書信),1767 年,立軸,紙本設色,63.6cm×53cm,天津博物
館藏。采自中國古代書畫鑒定組編:《中國古代書畫圖目》
第 10 册,北京:文物出版社,2001 年。

# 後　記

　　2012—2016 年，我在大學期間完成了對華嵒《離垢集》的整理與初步研究，尋找與整理諸版本期間的筆記形成《求書記》一文，篇幅冗長，摘取其中片段稍作修改作爲"跋"以紀念之。

## 2012 年秋

　　第一學期開學不久，迎來了一項作業，爲兩本書編"索引"：我們三十個一年級學生接觸到了兩本聽着像武林秘籍的書：《天水冰山録》《離垢集》。大約三四人一組，共四組，每組分配到百餘首。2009 年福建美術出版社刊行了簡體標點版《離垢集》，我們組做索引即以此爲底本。這本《離垢集》以道光年間刊印的《離垢集》刻本爲底本。照連冕老師的要求，要讓這些詩實現"標本化"，我們給每一首詩按照順序編了序號。我在此後獨自整理《離垢集》過程中，想起了這份索引可以給我帶來便利。但實踐證明，它錯誤百出，無法使用。

　　就在索引製作過程中，我在谷歌圖書上發現了道光本《離垢集》的電子版，在新浪愛問找到一份影印臺灣藏《離垢集》稿本的電子版。

## 2012 年 12 月 15 日

浙江圖書館孤山館舍。下午發現《離垢集補鈔》。這本《離垢集》中的詩大多是我們做索引時沒見過的。我第一次知道,拍攝古籍書影要付費給圖書館。不同等級的古籍,每張照片的價格還不同。《離垢集補鈔》是民國時的書,收費三元一張。我拍了五張照片,牌記、序在一張上,其他四張分別是卷首卷端、跋和兩張正文。

我和范浩遠從孤山出來時,天已快黑。沿着西湖走,到湖濱吃了碗麵。我把下午的發現告訴連老師。從那刻開始,連老師鼓勵我對《離垢集》繼續深入研究。之後的那個周末,連老師帶着全班包車到餘杭塘栖古鎮,隨後參觀良渚博物館。在車上時,連老師讓我坐到他身邊,我給他看了從孤山帶來的書影。他向我再次確認:是否有決心繼續做下去?

## 2013 年 2 月 15 日

"你兩天能不能看完? 這本書我們一般不再拿出來了。"

春節後,曙光路浙圖古籍部第一天上班。我推開玻璃門進去,那時剛到上班時間,只有那位嗓音略有沙啞的管理員在。我向她說明了來意,調閱《離垢集》稿本,并說明了在春節前曾與連老師一同來過以示意這本古籍之於我并非初次調閱。她表現得很不情願,希望我儘快看完:兩天時間究竟能否看完呢? 我當時覺得,今後再要想調閱浙圖稿本并不容易了。

"可以。"我回答她。

古籍部上午 9 點開門，中午 11 點半到下午 1 點休息，下午 5 點下班。我家在嘉興，坐上午 7 點 18 分的 T31，差不多可以趕在古籍部上班時間左右到，晚上呢，6 點 35 的 T32，到家也不晚。運氣好呢，還可以買到坐票。

所謂的"看完"，其實就是抄完。電腦的輸入法依現代漢語設計，輸入古文不如抄寫更快。於是，《離垢集》又多了一種抄本。

## 2013 年 7 月 10 日

4 月時，"捕獲"了一條求書路綫指南。柯愈春《清人詩文集總目提要》中記錄了《離垢集》的十種版本，除了已經見到的道光本、光緒本、孤山抄本、民國本、臺圖稿本、浙圖稿本、補鈔本外，還有"南京圖書館藏抄本""北京大學圖書館、中山大學圖書館均藏有《離垢集》清抄二卷本，有批校"。

南京圖書館交通很方便，坐地鐵到大行宮站，出站便是。第一天到南京，已是晚上，住在距離南圖不遠的快捷酒店。第二天一早來到南圖古籍部，將書目告訴了工作人員，稍等片刻後他告訴我《離垢集》抄本需要在電腦上看照片，但還沒有拍照，需要等兩三天。

次日，我坐地鐵來到南京博物院。那裏還在裝修。我在隔壁的明故宮遺址公園裏走走，東看看西瞧瞧，坐在樹下的椅子上看風景。天晴，出來玩的人很多。明故宮遺址現在只留下一些磚石和青草，人們在一邊擺起桌子打牌喝茶。

　　第四天，我來到南圖古籍部，工作人員説《離垢集》已經拍完照，我只需在電腦中找到相應資料夾，就可以一頁頁看。正如南圖綫上資料庫對其的描述，抄本，五卷兩册，藍格。比較後發現，這本南圖抄本與孤山抄本一樣由光緒本衍生，其字迹較浙圖孤山館舍所藏抄本更爲端正。還没看幾頁就發現問題了：抄錯現象嚴重。連老師告訴我不要着急判斷是抄錯，還要認真比對。原字的書寫相對複雜時，該本即以"以""之"等書寫相對簡單的字代替。除此外，其他錯誤現象，如錯簡等，到處都是。

## 2013 年 10 月 8 日

　　清華園的夜晚很冷。李亮師兄扯下自己的床單給我，告訴我可以晚飯後去五道口的易初蓮花買被子。我到宿舍樓下租了一輛看起來安全的自行車，小車一天五元，押金二百。師兄怕我迷路，給了我張清華地圖。我騎着小車去五道口。住的地方出去，有很長的馬路。路燈很暗，光綫吃力地透過高高的樹到達我的影子。

　　10 月 8 日，周二，清華北大正式上課。從清華大學西門出來，沿着中關村北大街向南一直走，從北京大學東門進入北大。校外人員進入北大圖書館需要憑證件繳費 3 元換取臨時閱覽證。古籍閱覽室在一樓，從大廳推門進入一個亮堂的走廊，室外的光從頂上照下。走不過十幾步，來到閱覽室門口。進第一扇門存包，再進第二扇門，服務台在右側，正面及左側是書架，擺着大部頭工具書、各類叢書等，服務台前方擺着幾十張桌子。

　　工作人員根據索書號 LSB/4316 將兩册《離垢集》交給

我。北大抄本半頁 10 行，行 20 字，板框 18.9cm × 14.
2cm。上册有"北京大學圖書館藏"朱文方印，上、下册均有
"麐嘉館印"朱文方印。是爲李盛鐸舊藏。全本字迹端正，
有批校，不知抄、校分別出自何人。開始校勘。才到第三
首詩便奇怪：北大抄本第 3 首《新秋晚眺》在道光本位於第
51 首，第 6 首《山居遣懷》又是出現在浙圖稿本而爲道光本
所無。

## 2014 年 1 月 13 日

　　我坐在圖書館的一條走廊裏，高低并不合適的座位
上，趴在玻璃桌上草草寫了幾張紙。臨窗，身邊不斷有同
學路過。這是中山大學本學期的最後一周，大家在準備考
試。每天中午從古籍部出來，便聽見耳邊討論題目的聲
音。有天路過看似是印考卷的辦公室，裏面正刷刷地吐出
試卷來，叠了厚厚幾堆。

　　我住在中大西側門附近。早晨在樓下吃兩個叉燒包，
路過幾條小弄堂，弄堂兩側是有點年紀的小店鋪。那是一
扇小門，進門有一個略陡的斜坡，同學們要把自行車推上
斜坡才好進門。通往圖書館的路上，要經過中軸綫上的大
草坪。每到中午，草坪上坐滿青年、孩子、曬太陽。一座孫
中山像正視前方。雕像左側有一條小路，那裏是人類學博
物館。向前直走，陰涼處隱藏着陳寅恪故居。我每天上午
準時趕在古籍部八點開門前趕到。幾乎每天都能在旅館
與圖書館間探索出新的路綫。中大像座迷宫，高大的植
物，清一色紅磚建築，經常走進只有鳥聲的樹影中。

　　期末的最後一周，校園熱鬧地議論考試，圖書館古籍

部非常冷清。我在那裏待的一周,坐在管理員面前的那張小桌子,與她面對面,各忙各的。那天中午她們下班,與我同下電梯。她問我的學校,我告訴她是中國美院。北京?她問。在杭州。哦,北京那個是?答,中央美院。中大附近也有一個美院。對,廣州美院。

閱覽室只有兩個管理員,年長些的約摸四十來歲。年輕些的也許比我大不了幾歲。那幾天,略年長的老師常要打電話,製定返鄉計劃,她發現臨近這個時間點并不好訂票。

關於中大抄本,從各個角度看,它與北大抄本幾乎出自一個母本。兩者有着可能出自一人之手的批校痕迹,諸如"原本作某某字""此詩原本無當刪"云云。中大抄本内有題字:"此集藏伍氏粵雅堂尚未授諸黎棗。余不能俟其集出,以先觀爲快也。故令兒輩抄之。"其原稿當屬粵雅堂所藏,抄録者何人無法判斷。中大抄本下册目録首頁,有"居廉"白文方印,驚喜居廉與華嵒竟有過這一維度上的對話。

周末,完成了校勘工作。中大圖書館放假了。天氣很好,海風把雲吹走,只剩藍天。我上了輛觀光巴士,它帶我在廣州城裏兜風。廣東省博物館當時在展"中國茶文化展",起名"茗香茶韻",海報用了華嵒的《金屋春深圖》。

## 2014 年 3 月 11 日

我戴上手套,在一位工作人員陪同下翻開《離垢集》。翻到首卷首頁便暗喜:"確實是華嵒手稿!"再往後看,便愈加興奮。這是北大抄本與中大抄本之源。北大抄本、中大抄本批校中所謂“原稿如何如何”之“原稿”正是這本無錫博物院藏稿本。

　　工作人員告訴我,這本《離垢集》是不久前才到博物院的。她隨即報給我一個名字,但口音之限,她爲我寫下一個名字,并告訴我“他是我們蕩口人”。華繹之,無錫蕩口人,實業家,有“養蜂大王”之稱,1948 年遷居臺灣。他的三個兒子後來均旅居海外,自 2011 年到 2013 年,華繹之的三個兒子陸續向無錫博物院捐贈了共 213 件文物,華嵒《離垢集》稿本是其中之一。

　　暑假,三個版本系統的《離垢集》已分別校勘完畢。那段時日經常在想如何將三個系統的《離垢集》整合在一起,且互不重複。

## 2015 年 2 月 13 日

　　下午 5 點左右,我和涂聞軒到了龍岩,終於還是來了。很不容易。去年打算來,但由於種種原因拖到暑假,暑假因爲福建有颱風,又想春節左右來可感受豐富的民俗,就準備這個寒假前來。在初中同學四人小聚時,簡單討論之後,就訂車票了。對涂聞軒來説,是説走就走的旅行。那時候,票已難求。只能買到從上海出發的車票,回來也只能買到 18 號,也就是除夕,下午 5 點回來,正好吃年夜飯。

## 2015 年 2 月 14 日

　　9 點多起床。在旅館隔壁西安北路上有一家牛雜店。龍岩以牛肉著名。前一天晚上在龍岩市中心,中山街上溜達,那兒衆多品牌的牛排店匯於一處。到了今天上午,我們意識到這家牛雜店才是當地不可忽略的品牌。我們各自點了碗牛雜湯,十元一碗。牛雜湯裏牛雜混着牛肉,堆了滿滿一碗。不時會有服務員過來問需不需要加湯。牛雜店兩個門面,裏面很深。外面看着十分簡陋,但殊不知這家店每到飯點則塞滿食客。

在牛雜店附近可坐 27 路公交到會議中心站下車抵達龍岩博物館。龍岩的公車一元一位。到站時若不揮手叫停車,公交就不靠站。到博物館門口是 10 點半。門口有開放時間:上午 11 點半要關門。中午,我們在旅店附近的菜市場走走,步過一座橋,橋下流水很清,水不深,可見水草蕩漾。遠處有人在岸邊就水洗衣。

退房後,我們拿着行李趕往火車站坐大巴去上杭。到後被告知,要到老汽車站坐車。因最近一班在火車站上車的有座班次要等到 5 點。而到老汽車站坐的車則是 3 點 45 分。這時不過一點多。我們在火車站等往老汽車站的車,等了約半小時。我與鄒泉生老師聯繫,告訴他我們大概 5 點半能到。

龍岩到上杭的車約要兩個多小時,一路上的山綿延不斷,毛茸茸的。這裏屬福建內陸,在浙北待慣的我們一致感覺很乾燥。上杭汽車站大概從 90 年代末沿用至今,"售票處""候車廳""廁所",大大方方的紅字擔當了一切信息的傳遞。

安頓好後,旅館好心地幫我們叫了車,把我們送到瓦子街的華喦書畫院。此時已是傍晚六點多。

鄒老師自謙地説自己只是華喦的愛好者。問他,是否學新羅。他說只是玩玩。當我提到次日將往華家村時,他幫我聯繫了華松年醫師。他是華家村一位對華嵒頗有瞭解的長輩。

當日晚飯有生地排骨湯、汀州豆腐,均爲當地特色。我們從瓦子街走回旅館,走了約 20 分鐘便到,非常近。

## 2015 年 2 月 15 日

8 點出發,9 點上車,往華家村的車是上杭開往古田的。一路在鄉間穿梭,走的盡是山路,風景很好。有的民居還保留舊貌。家養的牛、雞會在田間休息。這天有些小雨,一陣陣的。有時飄幾點,有時倒像模像樣地下一些,終究大不起來。後來向華醫師問起這邊的天氣,他說一般雨會多些,今年下得少了。也是巧,我們到華家村就有雨了,差不多是 10 點多。

在華醫師家小坐一會兒,喝了會兒茶。據他侄子講,華醫師原本是上杭醫院心血管科的醫師,現七十多歲,退休後在家,每周也會回醫院給病人看病,算是專家門診。在我們小坐時,有的村民就找上門請他看病。喝茶時,一位老太太很安靜地坐在一邊。華醫師的侄子告訴我們,她是華醫師的母親,村裏最年長的老人,今年一百零二歲。

我們坐下與華醫師交談前,他已經準備好了兩本《華氏族譜》。華醫師想在杭州上學的我可以幫他確認新羅的墓究竟在哪裏。當我問起華嵒父親華常五的墓是否可見時,華醫師當即熱情地要帶我們去。

路上,華醫師指著一小塊菜地說,這就是華嵒原先的家。我問,如何判斷的。他說憑藉一直來的說法判斷的方位,而且這裏有殘墙斷壁遺留,日後要爭取把這塊地徵下來,立上牌子。華醫師帶我們前往華氏祠堂。祠堂正在修繕,還留有明代的磚,清代的柱子。據說,華喦就在這間不大的祠堂内作畫,也有人稱這裏是"華喦作畫遺址"。祠堂右邊有一間小房子,華醫師告訴我們,這是他祖先的祠堂。當時來當地的華氏兩兄弟,老大和老四最終離開,留下老二和老三,兩人的後代分别爲他們造了兩間祠堂。相比之下,華喦祖先的祠堂保存要好很多。到後天除夕夜,人們會聚集在祠堂裏祭拜祖先。本來祠堂前還有許多記功柱,20世紀六七十年代時被毁,現在只可見半截。涂問,爲什麽祠堂前兩隻獅子不同。華答,因爲華時中(華喦曾孫輩)中了進士,因此有一隻獅子開口、含珠。但如今獅子的嘴角被砸掉,石珠也被取出。

到了華醫師所説的華常五墓可能的位置。那是一片竹林。他讓我們在竹林外等着,説着便自己撥開竹枝鑽進叢中,忽地不見了身影。我們只好在一邊喊,讓華醫師注意安全。山坡布滿竹葉,小雨後很滑。過了一會兒他從竹叢中出來,説不在這裏。於是邊打電話邊向外走,雖聽不懂方言,但大致知道他在問别人這墓的具體位置。通話後,我們又回到那片竹叢,華醫師又鑽進叢中,身影又一瞬間淹没在枝葉間。我們只好通過樹木枝葉的細微晃動判斷他的位置。過了好久,我們決定放棄。雨季的山地很滑華醫師繼續找,還是不讓我們進樹叢去。華醫師鑽進樹叢的另一邊,只聽見他叫道:"在這裏!"我竄進竹叢。這裏都是小灌木,我們一個個進去,互相隔開些距離,以免后面的人被前排的人撞開的樹枝彈到。

　　墓裏葬着華喦祖父輩、父輩、同輩、兒輩、孫輩。據説是華時中做官後回鄉來把墓遷在一起。又有一説,是華喦的兒子華浚遵從父親去世前的囑咐,回到故鄉把先輩的墓遷在一起。墓碑上布滿青苔,隱約可見"常五"二字。這時天下起雨來,越下越大,催我們要快些從竹叢裏出來。

　　華醫師帶我們去了當地的華喦紀念館,據説此處舊爲文昌閣,爲華時中回鄉後所建。紀念館在一座小山頂上,可俯瞰華家村,可見華常五墓之所在。中午,華醫師和他侄子帶我們去當地的飯館吃飯,有嵌肉的汀州豆腐等,都是純正的當地美食,大概也是華喦童年的味道。飯後他們把我們送到村口附近方便坐車的地方。等大巴時,我們去參觀了不遠處一座一百年前建的廊橋。據華醫師説,這橋後來被汽車撞壞了,現在看見的是修過後的模樣。他侄子説,這也算是華家村一處標志吧。剛進華家村,會在村口發現一塊今年剛立的石碑,碑上的紅字還很新鮮,"華喦故里華家村"。

　　回上杭後,我們走了很遠的路,本要找上杭唯一的"全國文保"臨江樓,後來却先找到了當地保存還不錯的文廟,和丘逢甲的講堂,也是邱氏祠堂。四處打聽才找到臨江樓。這裏是當時毛澤東作詩的地方,現在是革命歷史博物館。春節將至,樓內博物館的部分不開放。

　　晚飯找得非常艱難,幾乎繞了上杭一大圈。臨近春節,大多店家都關門,一路上并没看見什麼營業的飯店。後來終於找到一家我們覺得"實在不行還是找家隨便吃點吧"的地方。老闆娘告訴我們,上杭這裏流動人口少,因爲紫金礦業的存在,富的很富,窮的很窮,物價被抬高得與發達地區一樣。

## 2015 年 2 月 16 日

一早醒來已是 9 點多。今天與《離垢集》(福建美術出版社,2009 年)點校者唐鑒榮老師約在下午見面。中午退房後我們坐摩的去汽車站將大件行李寄存在車站,把下午 5 點去龍岩的車票改簽到永定。

下午 2 點半,我們準時來到唐老師家。唐老師幾天前知道我要來,便準備好了很多資料。在一些書的關鍵文章處都夾有小紙條。唐老師談了他對華嵒與揚州八怪關係的看法。問及華嵒後來是否回到過上杭,唐老師認爲沒有。唐老師和我們談了"閒熏一柱香"之"閒"的問題。後,唐老師帶我們去市政府找政協中心的溫主任,想聽聽他的看法。一路上涂聞軒與唐老師介紹了嘉興特産,唐老師也向我們推薦了上杭哪裏有好吃的。只是我們行程匆忙,來不及享受了。

我們趕到汽車站時,那裏正在春節前的大掃除,他們在候車廳邊用水冲邊拿掃把打掃。往永定的車在路上開了兩個小時,6 點左右時天已黑了。車在村莊間穿行,星星出來得不多。

## 2015 年 11 月 3 日

長實道上的門關着,很偏。我告訴保安我來古籍部看書,他便開門放我進去。正對着我的是天津圖書館舊館大樓的背影,大樓近 20 層。正對着我和陽光的是通往頂樓的樓梯和每一層的長長走廊,那些走廊像巨人的肋骨般一根根橫着。往前走,看見樓的右側有一扇小門,門邊挂這塊小牌,寫着"歷史文獻部"。我推了推門,沒開。正打算打電話,透過玻璃看見門口的那個辦公室掩着門,門口有位工作人員對着我坐着。我敲了敲玻璃,他聽見了,放下手上的事走了過來。問我,看書?我答是。他幫我開了門。我拿着介紹信進門給他,他讓我上二樓。我到二樓找了間辦公室,走進去告知情況。他們看起來像是沒有預料到今天會有讀者。"這幾天部長不在,我們正好在搬家,不知道善本能不能看。"那位管理員拿着我的介紹信去了三樓,讓我在二樓等着。二樓角落裏桌椅叠着,有些亂。確實在搬家。這裏的玻璃窗内還有一層可拉伸的鐵門隔着,透過窗可以看見那條大樓背影上誇張的樓道。二樓辦公室門口擺着一排抽屜,是那種圖書館特有的查卡片的抽屜。她來回兩三趟後,三樓下來一位年輕一些的,大約三十歲左右的女士。她帶我去了三樓。打開一扇用鎖鎖着的門,讓我在裏面坐一會。那是一個舊辦公室,中間一張大桌子,桌上有兩本厚厚的《天津圖書館古籍普查登記目録》。窗臺上擺着一小盆仙人掌,對着窗外我進門來的路。

"《離垢集》是哪一册你知道嗎?"那位管理員走來問我,她的意思是《離垢集》在管庭芬《待清書屋雜抄續編》裏是第幾册,"你來看下吧。"

管庭芬一共抄録 30 首,由此序和詩來看,其所依版本當爲道光本。第 1 首是道光本第 13 首《竹溪書屋》,最後一首,即第 30 首,也是道光本最後一首《法米南宫畫意》。兩者除了個别字的書寫有不同外,没有任何内容上的差異。《待清書屋雜抄續編》,半頁 11 行,行 23 字不等。序中有"亂後雖散佚無幾,爲理從殘籍遣惡趣,或有所得,則摘而存之。更匯去冬所録者,積成四册,署曰續編,以附前鈔之末"句。

　　从 2012 开始研究至今日成書,一路上得到太多師友的幫助和支持。連冕先生必须是我第一个要感謝的人。連老師是我步入藝術史研究的啓蒙老師,將我與華嵒聯繫在了一起,一直引導我深度挖掘《離垢集》。從手把手教我看善本,到向浙江大學出版社推薦了這份成果、鼓勵我繼續完成索引等内容并展開更多元的思索,過程中無論困難或收穫,連老師一直是第一個聽我傾訴、爲我指路的人。薛永年先生是華嵒研究最重要的學者,自 2014 年春天我們在杭州第一次見面後,凡有研究上的新發現或實質性進展總期待與薛先生交流,薛先生對本研究的建議與對我的關心是本書得以實現的重要動力,更要感謝薛先生爲本書賜序。從 2016 年計劃出版到最終成書,有賴於浙江大學出版社的大力支持。我會永遠記得第一次到宋旭華先生辦公室的陽光明媚的午後,他聽完我對本研究的介紹并決定將它在浙大社出版。先後爲本書辛勤編輯的邵吉辰先生、袁方先生的再三校對與詳細意見是本書有今日面貌的基石,浙江時代出版服務有限公司爲本書完成排版做了巨大努力。尤其是黄寶忠先生、宋旭華先生等前輩的魄力與負責令人欽佩、難忘,在此對他們的所有努力表達由衷感謝!
　　整理研究《離垢集》是一次針對藝術史材料的實驗,本科畢業以來,對它的重審斷斷續續,今後仍會持續。在中國美術學院藝術人文學院的學習生涯於我十分寶貴,學士學位論文《華喦與〈離垢集〉》與其附錄正是本書專論與正文的雛形,進行中的博士論文將繼續圍繞華喦展開。從碩士至今的博士階段,我能在范景中先生、萬木春先生、董捷先生的指導下學習藝術史非常幸運。感謝我的導師們,不論學術寫作還是學術智慧,他們的博學與睿智讓我體會到藝術史的廣闊與樂趣,并堅定對它的探索。本書能够登場,離不開我的學姐盧之萍女士百忙中抽空爲它做的封面設計,謝謝她爲《離垢集》創造的新印象。感謝雷雨晴近年來爲我搜集了大量圖文資料,它們使本書得以持續完善。諸多長輩、師友爲這項工作給予了太多幫助與關懷,在此一一表示感謝:華松年、唐鑒榮、曹錦炎、陳鍠、范笑我、盧爲峰、畢斐、吳敢、鄒泉生、孔令偉、楊振宇、錢舒、曾四凱、張喬、周飛强、路偉、胥瑾、李亮、李弘堯、鄭楚珺、涂聞軒、伍梓維、李斯言、楊可涵,及曾經一同製作《離垢集》索引的伙伴們,等等。

　　按考察的時間順序,依次感謝浙江圖書館、南京圖書館、北京大學圖書館、中山大學圖書館、無錫博物院、天津圖書館、中國國家圖書館爲調閱《離垢集》提供方便。

　　最後,感謝我的家人一直來的支持,從搜集材料、寫作論文,到反復修訂、最終成書,家人是我最堅實的後盾。也感謝華喦,這還只是他留給我們的驚喜的冰山一角。

2021 年 6 月

2022 年 1 月修改於吴山之麓

圖書在版編目(CIP)數據

《離垢集》重輯新校 /(清)華嵒撰;陸天嘉整理. —
杭州:浙江大學出版社,2023.6
ISBN 978-7-308-23651-5

Ⅰ.①離… Ⅱ.①華… ②陸… Ⅲ.①古典詩歌－詩
集－中國－清前期 Ⅳ.①I222.749

中國國家版本館 CIP 數據核字(2023)第 061841 號

---

**《離垢集》重輯新校**

[清]華嵒 撰 陸天嘉 整理

| | | |
|---|---|---|
| 責任編輯 | 宋旭華 | |
| 文字編輯 | 邵吉辰 | |
| 責任校對 | 胡　畔 | |
| 封面設計 | 連　冕　盧之萍　許昌偉 | |
| 出版發行 | 浙江大學出版社 | |
| | (杭州市天目山路148號　郵政編碼310007) | |
| | (網址:http://www.zjupress.com) | |
| 排　　版 | 浙江時代出版服務有限公司 | |
| 印　　刷 | 浙江海虹彩色印務有限公司 | |
| 開　　本 | 880mm×1230mm　1/32 | |
| 印　　張 | 23 | |
| 插　　頁 | 4 | |
| 字　　數 | 662 千 | |
| 版 印 次 | 2023 年 6 月第 1 版　2023 年 6 月第 1 次印刷 | |
| 書　　號 | ISBN 978-7-308-23651-5 | |
| 定　　價 | 168.00 元 | |

---